रज़ा पुस्तक माला

अन्त और आरम्भ

बीसवीं शताब्दी के अन्त पर विमर्श

रज़ा फ़ाउण्डेशन | THE RAZA FOUNDATION

अन्त और आरम्भ

बीसवीं शताब्दी के अन्त पर विमर्श

सम्पादक
मदन सोनी

राजकमल प्रकाशन

रज़ा पुस्तक माला : सभ्यता-समीक्षा
प्रधान सम्पादक : अशोक वाजपेयी | सम्पादक : पीयूष दईया
राजकमल प्रकाशन प्रा.लि. और रज़ा फ़ाउण्डेशन का सह-प्रकाशन

ISBN-978-81-267-3095-7

मूल्य : ₹750

पहला संस्करण : 2018

प्रकाशक : राजकमल प्रकाशन प्रा. लि.
1-बी, नेताजी सुभाष मार्ग, दरियागंज
नई दिल्ली-110 002

शाखाएँ : अशोक राजपथ, साइंस कॉलेज के सामने, पटना-800 006
पहली मंजिल, दरबारी बिल्डिंग, महात्मा गांधी मार्ग, इलाहाबाद-211 001
36 ए, शेक्सपियर सरणी, कोलकाता-700 017

वेबसाइट : www.rajkamalprakashan.com
ई-मेल : info@rajkamalprakashan.com

मुद्रक : यश प्रिंटोग्राफिक्स
नोएडा-201301 (उत्तर प्रदेश)

ANT AUR ARAMBH
(Sabhyata-samiksha) Edited by Madan Soni

आमुख

कलाओं में भारतीय आधुनिकता के एक मूर्धन्य सैयद हैदर रज़ा एक अथक और अनोखे चित्रकार तो थे ही उनकी अन्य कलाओं में भी गहरी दिलचस्पी थी। विशेषत: कविता और विचार में। वे हिन्दी को अपनी मातृभाषा मानते थे और हालाँकि उनका फ्रेंच और अँग्रेज़ी का ज्ञान और उन पर अधिकार गहरा था, वे, फ्रांस में साठ वर्ष बिताने के बाद भी, हिन्दी में रमे रहे। यह आकस्मिक नहीं है कि अपने कला-जीवन के उत्तरार्द्ध में उनके सभी चित्रों के शीर्षक हिन्दी में होते थे। वे संसार के श्रेष्ठ चित्रकारों में, २०-२१वीं सदियों में, शायद अकेले हैं जिन्होंने अपने सौ से अधिक चित्रों में देवनागरी में संस्कृत, हिन्दी और उर्दू कविता में पंक्तियाँ अंकित कीं। बरसों तक मैं जब उनके साथ कुछ समय पेरिस में बिताने जाता था तो उनके इसरार पर अपने साथ नवप्रकाशित हिन्दी कविता की पुस्तकें ले जाता था : उनके पुस्तक-संग्रह में, जो अब दिल्ली स्थित रज़ा अभिलेखागार का एक हिस्सा है, हिन्दी कविता का एक बड़ा संग्रह शामिल था।

रज़ा की एक चिन्ता यह भी थी कि हिन्दी में कई विषयों में अच्छी पुस्तकों की कमी है। विशेषत: कलाओं और विचार आदि को लेकर। वे चाहते थे कि हमें कुछ पहल करना चाहिये। २०१६ में साढ़े चौरानवे वर्ष की आयु में उनकी मृत्यु के बाद रज़ा फ़ाउण्डेशन ने उनकी इच्छा का सम्मान करते हुए हिन्दी में कुछ नये क़िस्म की पुस्तकें प्रकाशित करने की पहल *रज़ा पुस्तक माला* के रूप में की है, जिनमें कुछ अप्राप्य पूर्व प्रकाशित पुस्तकों का पुनर्प्रकाशन भी शामिल है। उनमें गांधी, संस्कृति-

चिन्तन, संवाद, भारतीय भाषाओं से विशेषतः कला-चिन्तन के हिन्दी अनुवाद, कविता आदि की पुस्तकें शामिल की जा रही हैं। सभी पुस्तकों पर रज़ा साहब और उनके समकालीन मित्र चित्रकारों आदि की प्रतिकृतियाँ आवरणों पर होंगी।

यह पुस्तक बीसवीं शताब्दी के अन्त और इक्कीसवीं शताब्दी के आरम्भ पर वैचारिक स्थिति बल्कि स्थितियों पर एकाग्र एक अनूठा संचयन है। हमारे जाने हिन्दी में ऐसी कोई और पुस्तक नहीं है जिसमें इस तरह से व्यापक और कुशाग्र विचार किया गया हो। इस संचयन में दृष्टियों की बहुलता है; उनमें दार्शनिक, साहित्यिक, वैज्ञानिक, पारम्परिक आदि शामिल हैं। इस विचार में *अन्त और आरम्भ* की अवधारणाओं को भी प्रश्नांकित किया गया है। अभी हमारी नयी शताब्दी के दो दशक भी पूरे नहीं हुए हैं और सारे संसार में हिंसा, युद्ध, हत्या, धर्मोन्माद, अनुदारता आदि का भयावह विस्तार हुआ है। विचार मात्र को ध्यान और आवश्यकता के परिसर से देशनिकाला देने की लगातार कोशिश हो रही है। ऐसे मुक़ाम पर इस वैचारिक बहुमुखी हस्तक्षेप का महत्त्व है।

अशोक वाजपेयी
जुलाई २०१७, नयी दिल्ली

आरम्भिक

सितम्बर १९९६ में अशोक वाजपेयी के प्रधान सम्पादन और मेरे सम्पादन में भारत भवन, भोपाल की पत्रिका *पूर्वग्रह* का पुनर्प्रकाशन आरम्भ हुआ था। वह दो सदियों का सन्ध्या-काल था : ईसा की बीसवीं सदी ढल रही थी और इक्कीसवीं सदी उदित होने को थी। हमने बीसवीं सदी के समाप्त होने-होने तक 'पूर्वग्रह' में 'अन्त और आरम्भ' शृंखला के अन्तर्गत इस सदी के आकलन पर केन्द्रित नियमित सामग्री प्रकाशित करने की महत्त्वाकांक्षी योजना बनायी थी।

हमारी योजना इस सदी का बौद्धिक आकलन करने की थी; उसका महज़ श्वेतपत्र नहीं बल्कि एक ऐसी बैलेंसशीट तैयार करने का प्रयत्न जिसमें भौतिक, आध्यात्मिक, सांस्कृतिक, सामाजिक, राजनैतिक आदि विभिन्न शीर्षों पर हमारे श्रेय, हमारे गौरव, हमारी साख, हमारे ऋण और हमारे ऋणशोध आदि का लेखा सम्भव हो सकता।

बीसवीं शताब्दी महज़ एक कालखण्ड नहीं है, वह एक प्रत्यय भी है : एक अर्थ-गझिन प्रत्यय, जो इन सौ वर्षों में मनुष्य नामक पदार्थ के विस्मयकारी विस्फोट की विकीरण की प्रक्रिया में उत्पन्न हुआ था। वह घटनाओं से भरी हुई सदी रही है : मशरूम की तरह उत्पन्न हुई विचार-सरणियाँ और विमर्श-पद्धतियाँ, प्रश्न और जिज्ञासा की मुँहफट तकनीकें, नरमेध के विराट अनुष्ठान, विप्लव और क्रान्तियाँ, अनिद्रा की हद तक जा पहुँची जागृति, विश्वग्रामीण नज़दीकी और परिवार जैसी नितान्त छोटी-सी इकाई का विघटन, व्यक्तिस्वातन्त्र्य की अभूतपूर्व चेतना, मत-बोध, विश्वव्यापी मुक्ति-संघर्ष, गुलामी तथा उपनिवेशवाद की नयी शैलियों का उदय, और

टैगोर, प्रूस्त, पिकासो, पॉल क्ली, रविशंकर, तारकोव्स्की, चार्ली चैप्लिन, ब्रेख़्त, गाँधी, श्री अरविन्द, आइंस्टाइन, फ्रायड और मदर टैरेसा जैसी दर्जनों विभूतियों की कर्मभूमि। बीसवीं शताब्दी नामक प्रत्यय इन तमाम, अक्सर परस्पर विरोधी, संहारक अर्थों से भरा है।

अन्त और आरम्भ इस सदी के होने का अपना ढंग, उसकी लय, उसका चलन रहा है। ऐसा बहुत कुछ है जो सिर्फ़ इस सदी के सन्दर्भ में अनूठा है और जिसका आरम्भ और अन्त इसी सदी में हुआ। इस सदी का द्वैध इस बात में है कि यह अपने मर्मस्थलों को उजागर कर, अपने को चरम रूप से पारदर्शी और वेध्य बनाकर ही अपनी अभेद्यता और अपारदर्शिता में प्रगट होती है। यदि इसमें कोई सम्मोहन रहा है, जोकि शायद रहा है, तो उसका रहस्य भी सम्भवत: इसी द्वैध में है।

हममें से कुछ लोग इसे शायद 'हमारी' शताब्दी न कहना चाहें (ऐसी ध्वनियाँ इस पुस्तक में शामिल सामग्री में जहाँ-तहाँ हैं भी)। पर यह भी क्या इस शताब्दी में होने की ही एक विडम्बना नहीं है कि हम उन चीज़ों के लिए ज़िम्मेदार होने या उनकी ज़िम्मेदारी लेने को विवश हैं जो 'परायी' हैं? और यदि हम इस ज़िम्मेदारी से इंकार भी करते हैं, तो भी क्या हमसे उन आधारों को स्पष्ट करने की अपेक्षा नहीं की जानी चाहिए जहाँ हमारा यह इंकार उचित या प्रामाणिक और नैतिक रूप से विश्वसनीय ठहराया जा सके?

एक कठिनाई सम्भवत: यह भी है कि विमर्श के जो भी रूप इस सदी में लोकप्रिय या प्रभावी रहे हैं, और जिनके साथ यह सदी अंगांगी भाव हो चुकी लगती है, वे स्वयं इस सदी की देन हैं। यदि हम इस शताब्दी पर अपने विमर्श को इस दुष्चक्र से बचाने चाहते हैं, यदि हम इस प्रत्यय को यथासम्भव वस्तुनिष्ठ बनाना चाहते हैं, तो हमें विमर्श की अपनी स्वतन्त्र शब्दावली और पद्धति भी खोजनी होगी। इस शताब्दी को और इसमें अपनी अवस्थिति को व्यक्त करने के लिए हमें अपनी 'स्वभावोक्ति' आविष्कृत करनी होगी।

इन्हीं तमाम इरादों के साथ हमने भारत भवन में *अन्त और आरम्भ* नाम से एक व्याख्यान-शृंखला की शुरुआत की थी, जिसके अन्तर्गत पहला व्याख्यान, पुनर्प्रकाशित *पूर्वग्रह* के पहले अंक का लोकार्पण करते हुए

सुविख्यात कन्नड़ लेखक यू.आर. अनन्तमूर्ति ने दिया था। इस क्रम में बाद में निर्मल वर्मा, दयाकृष्ण, मुकुन्द लाठ, रामस्वरूप चतुर्वेदी, सुधीरचन्द्र के व्याख्यान हुए थे, जो *पूर्वग्रह* के अंकों में यथासमय प्रकाशित हुए थे। इसी शृंखला के अन्तर्गत कुछ अन्य लेखकों के स्वतन्त्र निबन्ध भी *पूर्वग्रह* के विभिन्न अंकों में प्रकाशित हुए थे, जिनमें प्रभात त्रिपाठी, वागीश शुक्ल, नाग बोडस और रुस्तम शामिल हैं। ये सभी व्याख्यान और निबन्ध इस पुस्तक में संग्रहित हैं।

अनन्तमूर्ति का व्याख्यान विषेष रूप से भारतीय सन्दर्भ में समय की अवधारणा पर और बीसवीं सदी के आश्वासनों की विफलताओं तथा इक्कीसवीं सदी की सम्भावनाओं को लेकर तीख़ी आशंकाओं पर एकाग्र है। उसमें भारतीय भाषाओं के भविष्य को लेकर गहरी चिन्ता है और इक्कीसवीं सदी में स्त्रियों, दलितों तथा पर्यावरणविदों के संघर्षों को लेकर उम्मीद का भाव है।

निर्मल वर्मा का व्याख्यान बीसवीं सदी को उसकी अपनी भूमि पर प्रश्नविद्ध करता है; उसकी जन्मभूमि, दीक्षा और कर्मभूमि पर; प्रायः उसकी अपनी सौन्दर्यदृष्टि के ही प्रस्थान से। वे यूरोप की 'नैतिक दृष्टि' और कलात्मक उपलब्धियों को, उनके चरम क्षणों में, एक–दूसरे के बरक्स रखकर उस विडम्बना को उजागर करते हैं जो सिर्फ़ इस सदी के आरम्भ और अन्त की ही नहीं बल्कि स्वयं 'अन्त' और 'आरम्भ' नामक अवधारणाओं की भी विडम्बना है।

दार्शनिक दयाकृष्ण का व्याख्यान बीसवीं सदी के उस मानस को प्रश्नविद्ध करता है जो एकसाथ इन सौ वर्षों की महान उपलब्धियों और वंचनाओं के पीछे सक्रिय रहा है। वह बीसवी सदी की उस 'कहानी' पर केन्द्रित है जो 'शुद्ध बुद्धि' के नायकत्व में पश्चिम में घटित होती है और जिसके चरम पर यह 'शुद्ध बुद्धि' विडम्बनापूर्ण ढंग से वहाँ पहुँचती है जहाँ उसकी सम्भावनाएँ ही उसकी वे सीमाएँ हैं जिनके समक्ष वह हतप्रभ और किंकर्त्तव्यविमूढ़ है।

सौन्दर्यशास्त्री और दार्शनिक मुकुन्द लाठ का व्याख्यान 'आदि','अन्त', 'मध्य', 'युगबोध' और 'व्युत्पत्ति' की अवधारणाओं और इनके प्रति भारतीय दृष्टि पर गहरा दार्शनिक विमर्श है।

अब यह एक मुहावरा जैसा बन चुका है कि यह इलेक्ट्रॉनिक मीडिया का समय है; संक्षेप में, ई-समय या ई-युग। यह 'ई' अब जैसे एक अनिवार्य उपसर्ग है जो अब लगभग हर चीज़ के पूर्व, इनकी शर्त या उपाधि के रूप में, चिपकता जा रहा है। और उपसर्ग महज़ एक व्याकरणिक कोटि नहीं है, उसका अर्थ रोग, रोगजन्य विकार, संकट, अपशकुन और मृत्यु का लक्षण भी है। दूसरी तरफ़ एक व्याकरणिक कोटि के रूप में उपसर्ग के बारे में अगर एक मत यह है कि वे स्वयं अर्थहीन होते हैं, वे सिर्फ़ धातु में पहले से विद्यमान किन्तु गुप्त अर्थ को प्रकाशित करते हैं, तो दूसरा मत यह है कि उनका अपना अर्थ होता है जो धातु के अर्थ में सुधार, संवर्द्धन और परिवर्तन करता है। अपने समय के एक उपसर्ग के रूप में इस 'ई' को पहचानते हुए, स्वीकार या अस्वीकार करते हुए, उपसर्ग के इन तमाम अर्थों को दृष्टिगत रखना बेहतर होगा। इस विद्युत अणु (ई) के सन्दर्भ में शब्द के समक्ष, या कहें वाक्अणु के समक्ष, क्या चुनौतियाँ सम्भावित हैं? साहित्य इस विद्युत अणु के साथ किस तरह सामंजस्य बिठाएगा—उसके समक्ष, उसके बरक्स प्रतिरोधी भूमिका निभाते हुए, या उससे निरपेक्ष बने रहना चाहते हुए, या ख़ुद भी उसको एक उपसर्ग के रूप में—इस शब्द के जिस किसी भी अर्थ में—स्वीकारते हुए, और इस तरह शायद उसके सामने आत्मसमर्पण करते हुए? इसके क्या सांस्कृतिक परिणाम हो सकते हैं? रामस्वरूप चतुर्वेदी का व्याख्यान इसी परिप्रेक्ष्य में पढ़ा जा सकता है।

समाजेतिहासकार सुधीर चन्द्र का व्याख्यान भी यद्यपि बीसवीं सदी के आकलन पर केन्द्रित है, किन्तु इस आकलन के सिलसिले में उन्होंने दलितों और अल्पसंख्यकों के साथ हो रही हिंसा के साथ-साथ स्त्री के शक्ति-संवर्धन और उसके प्रति अन्याय के प्रश्न को प्रमुखता से उठाया है। सुधीर चन्द्र की आधार-सामग्री में पिछली दो सदियों के कुछ सामाजिक तथ्य शामिल हैं जिनका विश्लेषण करते हुए, मार्मिक और बेचैन कर देने वाली निजी स्मृतियों तथ रखमाबाई जैसी अपेक्षाकृत अज्ञात क्रान्तिकारी स्त्रियों के साथ घटित प्रकरणों के सहारे सुधीर चन्द्र ने दर्शाया है कि किस तरह बीसवीं सदी अपनी पहचान स्त्रियों के शक्तिसंवर्धन की दिशा में हुए क्रान्तिकारी परिवर्तनों से नहीं बल्कि अपनी उस ऐतिहासिक विडम्बना से बनाती है जो इन परिवर्तनों की चकाचौंध में अन्याय के उन रूपों को

ओझल बनाये रखने में उजागर होती है जो सदियों से कमोबेश जैसे के तैसे बने हुए हैं।

प्रभात त्रिपाठी का निबन्ध बीसवीं सदी की उद्विग्नता को अपेक्षाकृत अधिक विशिष्ट और हमारे लिए अधिक निकट सन्दर्भ - हिन्दी और उसके विमर्शात्मक रूप की दशा-दिशा—पर केन्द्रित है। उन्होंने विशेष रूप से औपनिवेशिक शिक्षा संस्कारों में ढली बीसवीं सदी के हिन्दी साहित्य-शिक्षण की विडम्बनाओं पर अपना ध्यान केन्द्रित किया है।

वागीश शुक्ल का निबन्ध बीसवीं सदी की एकध्रुवीय दुनिया की सांस्कृतिक विडम्बनाओं का गहरे व्यंग्यभाव से विश्लेषण करता हुआ उससे उपजती इक्कीसवीं सदी की सांस्कृतिक विडम्बनाओं को पश्चिम के ही आधुनिक और उत्तरआधुनिक चिन्तन के साक्ष्यों से सामने लाता है और इनके बरक्स समय के भारतीय बोध का उभारता है।

रुस्तम के निबन्ध का प्रस्थान भी सदी का अन्त ही है किन्तु अपने विस्तार में यह अभाव, शक्ति की क्षति, शोक, यथार्थ और प्रतीकात्मक जगत आदि के परस्पर सम्बन्धों को सूक्ष्म चिन्तन की भूमि पर बरतता है।

इन व्याख्यानों और निबन्धों के अतिरिक्त *पूर्वग्रह* के तत्कालीन अंकों से ही कुछ अन्य सामग्री—दयाकृष्ण का व्याख्यान (साहित्य अकादेमी में प्रस्तुत) 'तीसरी सहस्त्राब्दि में भारतीय सभ्यता के योग्य पुरुषार्थ...', रामस्वरूप चतुर्वेदी का निबन्ध 'सभ्यताओं का संघर्ष', वागीश शुक्ल का निबन्ध 'शताब्दी के अन्त पर स्त्री' और मुकुन्द लाठ का व्याख्यान 'हमारी आधुनिकता'—भी इस पुस्तक में शामिल है। कहना न होगा कि यह सामग्री भी इस पुस्तक की मूल विषयवस्तु के सन्दर्भ में बहुत प्रासंगिक है।

मैं भारत भवन, भोपाल और *पूर्वग्रह* के प्रति आभार व्यक्त करता हूँ जहाँ से यह सम्पूर्ण सामग्री ली गयी है।

इस पुस्तक के प्रकाशन के लिए रज़ा फ़ाउण्डेशन के प्रति भी मैं आभारी हूँ।

मदन सोनी

क्रम

बुद्धि की वेदी पर चेतना का चढ़ावा

निर्मल वर्मा

मैं भारत भवन का आभारी हूँ, जिसने मुझे यहाँ 'अन्त और आरम्भ' विषय पर बोलने के लिए आमन्त्रित किया। बाद में जब मुझे बताया गया कि मेरा यह भाषण *अज्ञेय स्मृति व्याख्यानमाला* के अन्तर्गत आयोजित किया गया है तो मेरे लिए यह एक प्रीतिकर आश्चर्य था। आधुनिक हिन्दी लेखकों में जैनेन्द्र के बाद अज्ञेय उन कम लेखकों में थे—शायद अकेले—जिन्होंने समय की भूलभुलैया में प्रवेश करने का जोख़िम उठाया था। साहित्य अकादेमी की प्रथम *संवत्सर व्याख्यानमाला* का उद्‌घाटन ही उन्होंने अपने भाषण 'स्मृति के परिदृश्य' शीर्षक से दिया था। यहाँ आने से पहले जब मैं उसे पुनः पढ़ रहा था तो लगा, कितनी सटीक, सीधी-सादी तार्किक प्रांजलता के साथ उन्होंने भारत और पश्चिम की दो विभिन्न लगभग विपरीत समय की अवधारणाओं का विश्लेषण किया था। 'अन्त' और 'आरम्भ' केवल समय के दो बिन्दु ही नहीं हैं, बल्कि उनके बारे में हमारी क्या धारणा होती है, इससे हमारा समूचा जातीय चरित्र प्रभावित होता है।

आज जब हम बीसवीं शताब्दी के कगार पर खड़े हैं तो पीछे मुड़कर गुजरी हुई राह को देखने का सम्मोहन अधिक प्रबल हो उठता है—किन्तु यदि हम अपने लेखे-जोखे के नोट्स किसी अन्य सह-दर्शक से लगाएँ, तो कुछ आश्चर्य होगा कि पिछले सौ वर्षों में जो कुछ घटा है, उसे हम—दुनिया के लोग—एक ही दृष्टि से नहीं देखते। हम वही देखते हैं, जिसने

हमें सबसे अधिक प्रभावित किया है। यहाँ तक कि बीसवीं शताब्दी के बारे में भी एक मत नहीं है। यह सही है कि कलैण्डर के आधार पर हम उसका 'आरम्भ-बिन्दु' निर्धारित कर सकते हैं, किन्तु बीसवीं शताब्दी केवल समय की शृंखला नहीं है, उस शृंखला के भीतर किन ऐतिहासिक दबावों के कारण मानव-चरित्र में परिवर्तन आया है, उसका मानचित्र भी प्रस्तुत करती है। किन्तु मानचित्र का यह ख़ाका क्या उन्नीसवीं शताब्दी के उत्तरार्द्ध में ही आरम्भ नहीं हो गया था? यदि मैं आपके सामने बिना ज़्यादा सोचे-समझे कुछ नाम रखूँ, जिन्होंने बीसवीं शती की जीवन-दृष्टि और भाव-बोध को मूलगामी ढंग से झिंझोड़ दिया था, तो आपको आश्चर्य होगा, अपने-अपने क्षेत्रों में उन्होंने क्रान्तिकारी अवदान (फ्रायड को छोड़ कर) उन्नीसवीं शताब्दी में ही सम्पन्न कर दिया था—मार्क्स ने समाजशास्त्र में, नीत्शे ने दर्शन में, बोदलेयर और मलार्मे ने कविता में, सीजाँ ने चित्रकला में। बीसवीं शती यदि यूरोपीय मनुष्य के आधुनिक भाव-बोध के चमत्कारिक आविष्कारों या अपने 'एस्थेटिक एडवेंचर' द्वारा मानी जाती है, तो यह रचनात्मक उत्थान कलैण्डर की तारीख़ की प्रतीक्षा किये बिना उन्नीसवीं शती के अन्तिम दशकों में ही आने लगा था।

क्या यह इतिहास का एक शाश्वत रहस्य है कि हम परिवर्तन का परिणाम तभी देख पाते हैं जब उसकी प्रक्रिया समाप्त हो जाती है? हम आरम्भ पर उँगली रख पाएँ, इसके पहले ही वह व्यतीत हो चुका होता है, कुछ ऐसे रोगों की तरह जो देह पर तभी प्रकट होते हैं जब भीतर देखने के लिए कुछ भी बचा नहीं रहता? सम्भव है, ऐसा होता हो। शायद ऐसा होता ही है, लेकिन मुझे लगता है, इतिहास हो या मनुष्य की देह, होने वाला परिवर्तन नंगी आँखों से न भी दिखायी दे, तो भी उसकी हल्की-सी भनक मिल ही जाती है। लगता है, हवा में कुछ बदल गया है। हम सहसा एक दिन दुनिया को दूसरी निग़ाहों से देखने लगते हैं...ख़ुद हमारा अपने से नाता बदल जाता है। वह क्या है, हम नहीं जानते, जो जानते हैं, वह बता नहीं सकते। मेरी स्मृति में वे प्रेम कविताएँ सबसे अमिट हैं, जब कवि ठीक उस क्षण को शब्द में बदलता है, जब प्रेम का अनुभव होता है, लेकिन वह अभी शब्द में प्रकट नहीं हुआ। वह जो हमारे अनुभव में आरम्भ बनता है, उसका आरम्भ कहाँ होता है, क्या इसके रहस्य को कोई भेद सकता है? रूसी गुड़िया की तरह एक आरम्भ के नीचे पता नहीं कितने और आरम्भ

छिपे रहते हैं।

रहस्य अपनी जगह है, लेकिन इसको भेदने के प्रयास भी कम नहीं हुए हैं। इतिहासकार जब काल की अनन्तता का अलग-अलग 'पीरियडों' में वर्गीकरण करते हैं तो बात समझ में आती है। वह इतिहासकार कैसा जो विभाजन की कला में पारंगत न हो...किन्तु जब साहित्यकार उसमें दख़ल देने लगें तो उनकी बात सुननी पड़ती है, क्योंकि साधारणतया वे ऐसा नहीं करते। मुझे यहाँ वर्जीनिया वुल्फ का (आप कहेंगे, भला और कौन!) वह असाधारण निबन्ध याद आता है, जब उन्होंने उपन्यासों में होने वाले नये परिवर्तनों को लक्षित करते हुए कहा था कि १९१० के आसपास मनुष्य के चरित्र, उसके स्वभाव में ऐसा बदलाव आया है, जो विक्टोरियन युग के उपन्यासों में दिखायी नहीं देता। लेकिन १९१० ही में वह क्यों लक्षित किया गया? अपने एक संस्मरण में वह कहती हैं (जो उनकी मृत्यु के बाद प्रकाशित हुआ) कि उन्हें अब भी वह दिन याद है जब उनके युवा मित्र लिटन केवी चाय पर उनके घर आये थे। सोफा पर वर्जीनिया वुल्फ की बहन चित्रकार वैनेसा बेल बैठी थीं। उनकी स्कर्ट पर कोई धब्बा देखकर लिटन केवी ने अपनी छड़ी की नोक से इशारा करते हुए कहा—Is it semen? "उस शाम के बाद मुझे लगा", वर्जीनिया वुल्फ लिखती हैं, "हमारे भीतर जमी हुई विक्टोरियन वर्जनाएँ अपने आप झर गयीं।" जिस शब्द को सभ्य समाज में लोग बोलते हुए झिझकते हैं, उसे कोई खुलेआम कह दे, और वह भी दो बहनों के सामने, जिसमें अभी एक अविवाहित थी—यह क्या छोटी क्रान्ति थी?

किन्तु आरम्भ और अन्त के बिन्दु एक जगह टिके नहीं रहते, अपनी जगह बदलते रहते हैं। जो घटना किसी युग का अन्त जान पड़ती है, वही कालान्तर में किसी दूसरे दौर का आरम्भ बन जाती है। मुझे याद है, मेरे छात्रावस्था के दिनों में यह माना जाता था कि उन्नीसवीं शती के संसार का असली अन्त प्रथम महायुद्ध की विभीषिका में हुआ। स्टीफेन ज्वायग ने अपनी मर्मस्पर्शी आत्मकथा 'द वर्ल्ड ऑफ़ यर्स्टुडे' में इसका उल्लेख करते हुए कहा है कि "उस युद्ध के बाद वह सभ्यता समाप्त हो गयी, जिसमें हर चीज़ की अपनी जगह थी, कुछ मानव-मूल्य चिर-स्थायी माने जाते थे, हर मनुष्य की अपनी एक विशिष्ट निर्धारित छवि थी, जिस पर उसके वर्ग के संस्कार छपे रहते थे। रातों-रात सब कुछ बदल गया...लगा,

हर चीज़ कितनी क्षणभंगुर है...जिसे हम यथार्थ समझ बैठे थे, वह कितना बड़ा इल्यूज़न था...''स्टीफेन ज्वायग ने जिस संक्रान्ति की कुहेलिका का इतना अन्तरभेदी विश्लेषण किया था, उसकी गहरी छाया उन्हीं के शहर वियना में रहने वाले विटगेंश्टाइन, फ्रायड, राबर्ट म्यूसिल जैसे समकालीन लेखकों के चिन्तन पर देखी जा सकती है।

क्या यह सचमुच सभ्यता का अन्त था? जब कालेज के दिनों में मैं मार्क्सवाद के प्रति आकर्षित हुआ तो हमसे कहा गया कि वह सभ्यता नहीं, एक विशिष्ट समाज की रोगग्रस्त अवस्था थी, जिसका मरण अनिवार्य था...हमें उस 'नये मनुष्य' को गढ़ना है, जो क्रान्ति के बाद जन्मा है। और तब हमें पता चला कि बीसवीं शती के बाक़ी सब आरम्भ झूठ थे, उसका सही और सच्चा आरम्भ तो १९०० में नहीं, १९१० में नहीं, १९१७ में सोवियत क्रान्ति से हुआ था। बीच के वर्षों में उस 'नये मनुष्य' पर क्या बीती, मैं उस कहानी में नहीं जाऊँगा। वह शायद हमारी बीती हुई शताब्दी की सबसे दुखद त्रासदी है। लेकिन आज मैं थोड़ा पीछे मुड़कर देखता हूँ तो आश्चर्य और दुख ज़रूर होता है कि बीसवीं शती के आरम्भ की घोषणा जिस 'नये मनुष्य' के जन्मदिन पर की गयी थी, वह उस शती का अन्त देखने के लिए बचा नहीं रह सका।

लेकिन क्या वह मनुष्य भी बचा रह सका, जो दूसरे महायुद्ध की खन्दकों से निकलकर नयी शती के उजाले में आया था? हमें थोड़ा ठहरकर इस प्रश्न पर विचार करना चाहिए, क्योंकि इसका उत्तर पाने के लिए हमें कोई दूसरा आरम्भ बिन्दु ढूँढ़ना होगा, जहाँ से यूरोपीय मनुष्य की आधुनिक पहचान बनती है, जिसमें वे सब आरम्भ बिन्दु शामिल हैं, जिनकी चर्चा हमने ऊपर की है।

आपके सामने शायद यह स्पष्टीकरण करना ज़रूरी नहीं है कि यहाँ मैं फ़िलहाल यूरोपीय मनुष्य की बात कर रहा हूँ—मनुष्य मात्र की नहीं। उन परम्पराओं में जन्मे मनुष्य की नहीं जो एक भिन्न क़िस्म के कालबोध में अपनी दुनिया और अपने 'आत्म' की छवि बनाता है। और यदि ज़्यादा सफ़ाई से कहूँ तो यूरोपीय मनुष्य की भी उतनी नहीं, जितनी मनुष्य के उस विशिष्ट व्यक्तित्व की, जिसके 'पर्सोना' का अवतार मध्यकाल की समाप्ति और जिसे इतिहासकार यूरोप का नवजागरण युग कहते हैं, उसके आरम्भ होने पर प्रगट हुआ था। मैं जानबूझ कर 'प्रगट होने' शब्द का इस्तेमाल

कर रहा हूँ, ताकि आप यह न भूलें कि हर संस्कृति के कुछ स्थायी बिम्ब अवश्य होते हैं, किन्तु हर इतिहास-परिवर्तन के नीचे इन बिम्बों का सम्मिश्रण (configuration) बदलता रहता है, जिससे उसका एक नया रूप बनता है, जो अपने में स्थायी नहीं है—इसीलिए मैंने उसके लिए 'पर्सोना' का शब्द उपयुक्त किया है। एक तरह का मुखौटा जो चेहरे की स्थायी पहचान नहीं है। यहाँ यह शब्द एक अतिरिक्त महत्त्व प्राप्त कर लेता है क्योंकि पिछले चार सौ वर्षों में जिस यूरोप ने अपने बाहर फैली जिन ग़ैर-यूरोपियन, ग़ैर-ईसाई सांस्कृतिक परम्पराओं—जिनमें भारतीय परम्परा सबसे प्रमुख रही है—को प्रभावित किया, तोड़ा-फोड़ा, बदला या कहीं-कहीं, जैसे लातिन अमरीका में, उनको पूर्णतया नष्ट कर दिया—उसमें यूरोपीय मनुष्य के इस नये रूप या पर्सोना ने सबसे निर्णायक भूमिका अदा की थी। किन्तु यह स्वीकार करते हुए भी मैं आपको थोड़ा सचेत कर देना चाहता हूँ कि आप यूरोप के इस आक्रामक तेवर को देखकर उसके आत्म-सशंकित, उद्भ्रान्त, रोमाण्टिक, वल्नरेबल पक्ष को न भूल जायें, जो हमें उसके कला, संगीत और साहित्य में इतना उद्वेलित करता है। शेक्सपियर के रक्त-रंजित चेहरों के पीछे कितने आँसू छिपे रहते हैं, कौन नहीं जानता। हम चाहें तो कह सकते हैं कि वह यूरोप का 'दूसरा चेहरा' था या उसी चेहरे का दूसरा पक्ष, *द अदर साइड आफ़ यूरोप*। यह ध्यान रखना इसलिए भी ज़रूरी है कि आज हम भारतीय जब अपने 'आधुनिक युग' के आरम्भ की बात करते हैं, वह चाहे जहाँ से भी शुरू हुआ हो, वहाँ हमें यूरोप के इन दोनों पक्षों का सामना करना पड़ेगा...ग़लत नहीं होगा, यदि मैं कहूँ कि अपने को जाँचने के लिए जैसे हम आज हैं, यूरोप के इस अन्तर्विरोधी, संश्लिष्ट मानस को जानना ज़रूरी होगा।

हम स्टीफेन ज्वायग की आत्म-कथा की बात कर रहे थे...उन्होंने यूरोपीय मनुष्य की असुरक्षित, अस्थायी अवस्था की ओर संकेत करते हुए कहा था कि पहली बार उन्हें एक revelation सा हुआ, कि जिन चीज़ों, मूल्यों और भावनाओं को हम 'शाश्वत' मानकर चलते हैं, वे कितनी नाज़ुक, कमज़ोर नींवों पर आधारित होती हैं...जरा-सा झटका ख़ाते ही वे भरभरा कर टूट जाती हैं।

अस्थायीपन सिर्फ़ वह अवस्था नहीं है जब पैरों तले की ज़मीन खिसकती दिखायी देती है, किन्तु वह डाँवाँडोल स्थिति भी है जब मनुष्य को अपने

भीतर का संसार—जिसे हम उसका 'सेल्फ़' कहें तो बेहतर होगा—वह भी अपनी चूल से डिगता जान पड़ता है। मनुष्य को अपने भीतर सहसा दो अन्तर्विरोधी-सी दिखने वाली 'सेंसेशंस' का अनुभव होता है, एक तरफ़ वह अपने को बहुत हल्का, बोझहीन, स्वतन्त्र, समस्त पुरानी घिसी-पिटी परिपाटियों से मुक्त महसूस करता है—एक वर्जना-मुक्त मनुष्य—जिसकी ओर वर्जीनिया वुल्फ ने संकेत किया था, दूसरी ओर उसे लगता था कि वह जो स्वतन्त्र और मुक्त है—उसका मैं—आप उसे उसका अहम या ईगो, कुछ भी कह सकते हैं—वह अपने में ही हर क्षण बदलता, फिसलता, एक स्थायी अस्थिरता में जीता 'जीव' है, जिसकी अपनी परम्परागत पहचान तो लुप्त हो चुकी है, किन्तु नयी अस्मिता बन नहीं पायी है। येट्स ने जिसे बाहरी दुनिया का संकट कहा था, मनुष्य अब उसे अपने भीतरी यथार्थ में जीने लगता है—'between two worlds, one dead the other powerless to be born.' एक समय में जो सामाजिक और धार्मिक संस्थाएँ उसे एक 'स्वत्व' का मालिक बनाती थी, वे इतना धूमिल, भ्रामक, प्रपंचपूर्ण बन गयी थीं कि वे उसका 'निजत्व' छिपाती अधिक थीं, दिखाती कम थीं और जब हम उन्हें भेद कर उसके निज के अन्दरूनी यथार्थ में प्रवेश कर भी पाते थे, तो पाते थे कि यथार्थ तो है, लेकिन उसका कोई केन्द्र-बिन्दु नहीं है, कोई ऐसा वस्तु-परक निकष नहीं है, जिसकी कसौटी पर उसे नापा जा सके...क्या सच है, क्या झूठ, क्या टिकने वाला है, क्या वह है, जो मिटने वाला है...एक ऐसा यथार्थ जिसे हम सही अर्थ में यथार्थ नहीं कह सकते, क्योंकि उसे अ-यथार्थ से अलग करना असम्भव होता जाता है।

तो क्या हम मान लें कि मनुष्य की अपनी कोई अखण्डित, इण्टीग्रल इयत्ता नहीं...कोई सम्पूर्ण इमेज नहीं, जिसे एक फ्रेम में जड़ा, पकड़ा जा सके...वह सिर्फ़ बहते, मिटते, बदलते प्रभावों, इम्प्रेशन्स, अनुभूतियों का पुंज-मात्र है? मनुष्य के इस विखण्डित, विश्रृंखलित, केन्द्र-हीन 'व्यक्तित्व' (यदि इसे व्यक्तित्व कहा जा सके) को जानने की एक ऐसी क्रान्तिकारी शुरुआत थी, जिसने यूरोपीय उपन्यास के समूचे कथ्यात्मक ढाँचे को ही हिला दिया था। यदि यह बात सच है कि उपन्यास ने आधुनिक मनुष्य के भीतर होने वाले परिवर्तनों को वैसे ही पूर्वानुमानित (anticipate) किया है, जैसे कुछ जानवर आँधी आने से पहले उसके आसारों को हवा में सूँघ लेते हैं, तो प्रूस्त, जायस, वर्जीनिया वुल्फ के उपन्यासों में यूरोपीय मनुष्य के

खण्डित आत्मबिम्बों की पूरी एक पोर्टरेट गैलरी दिखायी देती है। रेनेसाँ से उन्नीसवीं शताब्दी तक मनुष्य ने जो अपने आत्मकेन्द्रित सेल्फ़ की प्रतिमा बनायी थी, वह दोस्तोएवस्की से गुजरते हुए हमारे समय तक आते-आते कितनी आहत और लुंज-पुंज हो गयी थी, ये उपन्यास उसका जीता-जागता दस्तावेज़ हैं। क्या मनुष्य के अन्दरूनी यूनीवर्स के बारे में प्रूस्त की खोज आइंस्टाइन की अन्तरिक्ष खोज से कम महत्त्वपूर्ण थी...यदि इन उपन्यासों का कोई एक समान शीर्षक देना चाहे तो शायद वह होगा—*आत्म से निष्कासित मनुष्य की गाथा...*

मनुष्य की अपनी सेल्फ़ से विदाई, इसे आरम्भ कहें या अन्त? यहाँ अन्त अर्थ अँग्रेज़ी शब्द *एण्ड* (End) के श्लिष्ट अर्थ 'लक्ष्य' या 'उद्देश्य' से भी किया जा सकता है। जब मनुष्य की 'बुनियादी' छवि ('बुनियादी' केवल व्यावहारिक अर्थ में, क्योंकि कौन-सी छवि मनुष्य की प्राथमिक है—आपकी शब्दावली में कहें, कौन-सी ओरिजिनल है और कौन-सी प्रिंट—कहना असम्भव है। शायद *आत्यान्तिक* शब्द बेहतर है) जब उसे अपनी 'आत्यान्तिक छवि' पर ही सन्देह होने लगता है, तो उसके 'अन्त' की अवधारणा में भी अन्तर आता है। जब मनुष्य एक जादूगर की तरह अपने 'आरम्भ' (origin) के बारे में एक 'मायालोक' रचता है, वह चाहे कितना सन्दिग्ध और छलनामय क्यों न हो, वह स्वयं अपने 'अन्त' का भी एक सुरक्षा-स्थल खोज लेता है, वह चाहे कितना ही काल्पनिक क्यों न हो (ईसाई-यहूदी परम्परा में इसकी एक सुसंगत परिपाटी रही है, जिसकी चर्चा मैं बाद में करूँगा) किन्तु जब किन्हीं ऐतिहासिक दबावों तले यह भ्रमलोक टूटता है तो मनुष्य अपने को दुबारा वहीं पाता है, अपनी अकेली अनाथावस्था की ठण्ड में ठिठुरता हुआ, तारकोवस्की की फ़िल्म *स्टाकर* के पात्रों की तरह, जो एक लम्बी सुरंग से बाहर आकर जब चैन की साँस लेते हैं, तो हठात् पाते हैं, कि वे, उसी सुरंग के मुँह पर खड़े हैं, जहाँ से भीतर गये थे। ऐसी अवस्था में आत्म-विश्वास का वह आख़िरी सम्बल भी छूट जाता है, जो 'ईश्वर' से विलगित होकर उसके पास बचा रह गया था—उसका अपना 'मैं', उसका सेल्फ़, उसका आत्म। इससे दारुण विडम्बना क्या होगी कि मनुष्य यह तो जानता है कि वह किन परम्पराओं, परिपाटियों से मुक्त हुआ है, किन्तु स्वयं उस सेल्फ़ के बारे में आश्वस्ति खो बैठा है, जिसकी मुक्ति के लिए वह स्वतन्त्र होना चाहता था। अब

उसका 'अन्त' भी धूमिल और संशयग्रस्त बन जाता है, वह उसकी बनायी हुई 'नियति' को उजागर नहीं करता—एक लक्ष्यहीन मनुष्य—जो अपनी विवेक-मेधा को छोड़कर दूसरों द्वारा निर्मित लक्ष्यों पर गुजारा करने को विवश होता है। जब मनुष्य के अपने भीतर का देवता मर जाता है, तब वह 'झूठे' देवताओं की शरण में जाता है।

यह बात हमें दूसरी जगह ले जाती है, जहाँ हमें यूरोपीय मनुष्य के सबसे विकट विरोधाभास का सामना करना पड़ता है। यूरोपीय संस्कृति, जो अपने वैज्ञानिक चमत्कारों और ज्ञान प्रसार के असीम साधनों द्वारा जानी जाती है, वह अपने बुद्धि-वैभव के ही कारण। तर्क, विवेक, ज्ञान, *क्रिटिकल रीजन, रैशनेलिटी* की जो मेधा यूरोप में प्रस्फुटित हुई थी, जिसने अपने इर्द-गिर्द पूरी एक पश्चिमी सभ्यता का निर्माण किया था, उसी यूरोप के हृत-स्थल में ऐसी मानव-विरोधी विचारधाराओं का जन्म हुआ, जो उसकी समस्त बौद्धिक परम्पराओं का उपहास और तिरस्कार करती थीं। ऐसा कैसे सम्भव हो सका?

क्या यह सिर्फ़ एक भूल थी, राजनीतिक अदूरदर्शिता का फल, आर्थिक कारणों का परिणाम, अथवा बीमारी कहीं अधिक गहरी और संघातक थी, जो स्वयं यूरोपीय संस्कृति के भीतर से उत्पन्न हुई थी, स्वयं 'मनुष्य' की अवधारणा से जुड़ी हुई थी? क्या यह सिर्फ़ संयोग था कि यूरोप जो पश्चिमी सभ्यता का मुख्य प्रेरणा-स्रोत और बौद्धिक नवोत्थान (enlightenment) का ज्वलन्त प्रतीक था, जिसमें एक तरह से एक पूरे बौद्धिक अभियान (Age of reason) की शुरुआत हुई थी, वही यूरोप दो महायुद्धों के नरसंहार, जेनोसाइड, गुलग, यातना-गृहों के लिए भी उत्तरदायी ठहराया जाय? सभ्यता के गौरव-शिखर पर अभूतपूर्व बर्बरता का विस्फोटन, जिसका उदाहरण इतिहास में मिलना असम्भव है, इसलिए नहीं कि विनाश और हिंसात्मकता कभी पहले नहीं हुई थी, बल्कि इसलिए कि स्वयं बुद्धि, rationality, ज्ञान-विज्ञान की उपलब्धियों के बौद्धिक ढाँचे के बीच बर्बरता का यह अन्धकार कुछ वैसा ही अप्रत्याशित जान पड़ता है, जैसे चमकते सूर्य के बीच काला सुराख़ दिखायी दे जाता है। कहीं यह सुराख़ यूरोपीय 'रेशनेलिटी' के बीच ही नहीं कीड़े की तरह छिपा था? बुद्धि और बर्बरता के बीच पर्दा कितना झीना होता है—वह कभी भी फट सकता है—जो नीचे दबा है, वह कभी भी ऊपर आकर समूची सभ्यता के आवरण को

हटाकर मनुष्य को एक ऐसे यथार्थ से साक्षात् करा सकता है, जिसके अस्तित्व से वह बेख़बर तो नहीं था, किन्तु जिससे वह आँख मिलाने का साहस नहीं जुटा सकता था।

कैसा था वह यथार्थ? मैं समझता हूँ, वह मनुष्य के सम्पूर्णत्व का बोध था, जिसे यूरोपीय मानस ने 'आधुनिक' होने की लम्बी प्रक्रिया में अपनी विस्मृति में फेंक डाला था क्योंकि प्रगति, विकास और वैभव के रास्ते पर वह बोध ही उसका सबसे बड़ा शत्रु, सबसे बड़ा व्यवधान, सबसे घातक कण्टक था। आधुनिकता की बलिवेदी पर अपने 'सम्पूर्णत्व' को चढ़ाकर ही वह एक स्वतन्त्र व्यक्ति बनने का वरदान पा सकता था। यह एक तरह से चेतना का चढ़ावा बुद्धि की वेदी पर था। किन्तु देवी से जो वरदान मिला था, उसमें प्रसाद के कण भी थे—जो उस पर चढ़ाए गये थे—जैसा अक्सर होता है। ये मनुष्य की चेतना में तब भी धड़कते हैं, जब ऊपर बुद्धि का वैभव अपराजेय दिखायी देता है। अपने खोये हुए सम्पूर्णत्व की स्मृति के कण। मनुष्य अब एक ऐसी विभाजित स्थिति में जीने के लिए अभिशप्त है, जहाँ न वह एक का हो पाता है न दूसरे का, रात के अँधेरे में वह अपना 'प्राकृतिक' जीवन जीता है, जो कभी उसका था, दिन के उजाले में वह अपना सभ्य जीवन, जिसमें वह ख़ुद अपने को अजनबी पाता है। आधुनिक यूरोपीय मनुष्य की भविष्य-रेखा पहली बार एक ऐसे ही आत्मसशंकित, आत्मविभाजित व्यक्ति की हथेली पर उजागर हुई थी। आज अक्सर इतिहास के अन्त की, आइडियोलॉजी के अन्त की, यहाँ तक कि कला के अन्त की भविष्यवाणियाँ की जाती हैं। मुझे नहीं मालूम, उनमें कितनी सच्चाई है, किन्तु मुझे लगता है, ये सब अन्त अगर सच है, तो 'व्यक्ति' के अवसान से जुड़े हैं, जिसने इतिहास के आतंक और आइडियोलॉजी के ज्वर को अपनी नंगी त्वचा पर झेला था, उसके अद्वितीय असाधारण अनुभव को अपनी अवसादपूर्ण कला में अभिव्यक्त किया था। यूरोपीय साहित्य एक अर्थ में इसी 'सम्पूर्णबोध' के विस्मृत हो जाने का विलाप गीत माना जा सकता है। किन्तु जो विस्मृत है, वह मृत नहीं हो जाता; एक बार जो अनुभव हो चुका है, वह हमेशा बना रहता है, जीवन में नहीं तो स्मृति में, नींद में, स्वप्न में, अवचेतन में। यदि इतिहास उसे अपने छद्म उजाले से निष्कासित कर देता है तो वह आत्मा के अँधेरे में—जो असली है—शरण पा लेता है। काफ्का ने कहा था, हमारे सबसे मधुर गीत हमारे

भीतर निचले, दबे, गुह्यतम नरक से बाहर आते हैं—एक ऐसी विस्थापित आत्मा की पुकार, जो हमें बीथोवन के अन्तिम क्वार्ट्रेट्स में, रिल्के और होल्डरलिन की कविताओं में, टामस मान के अभिशप्त कलाकार-नायकों की गाथाओं में सुनायी देती है। हर युग अपने पद चिह्न दूसरे युग की आत्मा में लहूलुहान खरोंचों की तरह छोड़ जाता है।

यह कौन से युग की विदाई का गीत था? किसका अन्त? मुझे लगता है, युग से अधिक वह एक विशिष्ट भावबोध—सेंसीबिलिटी—का अवसान था, जिसे इतिहासकार प्राय: मध्य युग कहकर एक ख़ास काल-खण्ड में डाल देते हैं। उसे हम वह भावबोध भी कह सकते हैं, जो 'आधुनिकता' के आक्रमण से पहले यूरोप में जीवित था—पूर्व आधुनिक काल। किन्तु शायद उससे भी सही और सार्थक नाम वह होगा जो इतिहास के कालखण्डों से मुक्त होकर ख़ुद अपनी 'स्पेस' निर्धारित कर सके। मैं उसे मध्यकाल की कोटि से उठाकर परम्परा की स्पेस में लाना चाहूँगा। यह इतिहास का ऐसा निर्णायक मोड़ था, दो रास्तों का बार्डर पोस्ट, जिस पर जो निर्देशन तख़्ती लगी थी उस पर दो तीरों के निशान ख़ुदे थे—दो विपरीत दिशाओं की ओर निर्देश करते हुए—एक परम्परा लोक की ओर मुड़ता हुआ, दूसरा आधुनिक संसार की ओर जाता हुआ। पहले संकेत के आगे लिखा था—परम्परालोक, जिस पर ईश्वर का राज्य है—Kingdom of God, दूसरा, मनुष्यलोक, जिसमें व्यक्ति सर्वे-सर्वा है। यह वह सीमारेखा थी, जहाँ मनुष्य की संस्कृति में पहली बार लौकिक और अलौकिक के बीच फाँक पड़ी थी।

अगर आप ज़्यादा ध्यान से सोचें, तो आपको कुछ आश्चर्य होगा कि यह 'सीमा-विभाजन'—मनुष्य के मानस को दो खण्डों में विभाजित करने की घटना—जिसने यूरोप की संस्कृति को आधुनिकता की देहली पर लाकर खड़ा कर दिया था—कोई बहुत पुरानी नहीं है। मुश्किल से चार-पाँच सौ साल पुरानी, जो भला मनुष्य की सुदीर्घ यात्रा में क्या महत्त्व रखती है? लेकिन ज़रा देखिये, मनुष्य की वर्तमान प्रतिमा को गढ़ने में वह इतनी अधिक समर्थ रही कि आज वह सनातन प्रतिमा लगती है जैसे 'मनुष्य' हमेशा से ऐसा ही था, दुनिया की विभिन्न परम्पराओं में गढ़ी मनुष्य की मूर्तियों को मिटाकर आज वह एक मॉडल मूर्ति की तरह कायम है। यदि आज आप किसी से कहे कि आधुनिक मनुष्य का यह व्यक्तिनुमा

मॉडल, जिसे आज आप देखते हैं, चार सौ साल पहले यूरोप में नहीं पाया जाता था, तो वह आपकी बात हँसी में टाल देगा और यदि आप उससे कहें कि आज भी कुछ ऐसी संस्कृतियाँ, परम्परागत समाज है, जहाँ मनुष्य कुछ दूसरे ढाँचे में ढला है, जिसकी स्मृतियाँ और संस्कार कुछ दूसरे मिट्टी-गारे के बने हैं—हालाँकि देखने-गुनने में वह पेरिस-न्यूयार्क में चलते मनुष्य की तरह ही दिखता है, जो 'आज' के मनुष्य की छवि से बहुत अलग है, किन्तु उनकी शक्ल-सूरत मनुष्य जैसी है—तो उसे विश्वास होगा या नहीं, आश्चर्य ज़रूर होगा।

कुछ संस्कृतियों के इतिहास में ऐसे मर्मघाती परिवर्तन आते हैं जो मानव-इतिहास में भले ही बहुत 'ब्रेक थ्रू' माने जायें मनुष्य की मनीषा में एक फाँक-सी खींच जाते हैं। मध्ययुग का अन्त कुछ ऐसा ही था—एक पारम्परिक परिवेश में जीने वाले मनुष्य की आस्थाओं का विघटन। हमने उसे ऊपर ईश्वरीय लोक कहा था, सो इसलिए नहीं कि वहाँ ईश्वर वास करता था, मनुष्य अब भी उसके विलगाव के मरुस्थल में जीता था, बल्कि इसलिए कि वह अभी उसके सान्निध्य-भाव को भूला नहीं था, उसे लगता था, ईश्वर चला तो गया है लेकिन बहुत दूर नहीं गया है, इतनी दूर नहीं गया है जहाँ मनुष्य की आवाज़ उस तक और ईश्वर का सन्देश मनुष्य तक न पहुँच पाये। मनुष्य अब भी 'ईश्वरीय संरक्षण' के नीचे जीता था, इसलिए सुखी न भी हो, आधुनिक मनुष्य की तुलना में अपने को कहीं सुरक्षित महसूस करता था। आप इसे एक अन्धविश्वास कह सकते हैं—कहते ही हैं—लेकिन जब सारे अन्धविश्वास एक सुसंगत शृंखला में जुड़ते हैं, तो वे अन्धे हों, न हों, एक गहरी सांस्कृतिक अर्थवत्ता प्राप्त कर लेते हैं। यह अर्थवत्ता मनुष्य की रेशनेलिटि को काटती नहीं, लेकिन उसके कटघरों में बन्दी भी नहीं है, किसी समाज को रचने का दम्भ भी नहीं करती, वह उसमें रहती है, जो पूर्व-प्रदत्त है, मानव निर्मित नहीं। यह पूर्व-प्रदत दुनिया ईश्वर के नियमों पर चलती है—एक डिवाइन आर्डर में—जो 'अलौकिक' होकर भी लौकिक व्यवहार को पवित्रता प्रदान करते हैं। डिवाइन आर्डर रेशनेलिटी के तर्क-विधान पर नहीं, बिम्बों और प्रतीकों की संरचना करता है—प्रतीक, जो इस दुनिया के होते हुए भी दूसरी दुनिया को निरन्तर अपने में प्रतिबिम्बित, प्रतिध्वनित करते रहते हैं। यह अकारण नहीं है कि आनन्द कुमारस्वामी आरम्भिक क्रिश्चियन कला और

मिस्टिक चिन्तकों-भक्तों को भारतीय कला के इतना निकट पाते थे। भारतीय कला पर मनन करते हुए वह अक्सर मध्यकालीन यूरोप के द्रष्टान्तों को सामने रखते थे। दोनों संस्कृतियों के बीच बहुत सी असमानताएँ थी, लेकिन जो एक चीज़ समान थी, वह मूल्यवान थी—दोनों ही परम्परालोक के आलोक मण्डल में रहती थीं, इस विश्वास के आधार पर रहती थी कि केवल 'प्रतीकात्मक भाषा' में ही सम्पूर्ण सत्य, ultimate reality को जाना जा सकता है। ऑडेन प्रतीकों को अन्धे की छड़ी कहा करते थे, जिसके सहारे वह अपना रास्ता टोह लेता है, कुछ वैसी ही भूमिका वे परम्परागत मानस में भी अदा करते हैं—मनुष्यलोक के चौराहे पर ईश्वर की दिशा की ओर निर्देश करते हुए। कोई चौराहा ऐसा नहीं था जिसके केन्द्र में सत्य की अनुभूति अनुपस्थित हो।

किन्तु सबसे उल्लेखनीय बात, जो इस 'परम्परालोक' को आधुनिक समाज से अलग करती थी, वह यह कि मनुष्य वहाँ सृष्टि के केन्द्र में न होकर समूची सृष्टि को अपने केन्द्र में—जो उसका आत्म था—लेकर जीता था। ब्रह्माण्ड में पिण्ड-मात्र, किन्तु पिण्ड में ब्रह्माण्ड झलकाता हुआ, जिसके आलोक में समूचा संसारी कार्य-कलाप एक दैवी कृपा, divine sanction, प्राप्त कर लेता था। मनुष्य का जीवन इस धरती पर क्षणभंगुर भले ही हो, उसे अपने कर्म का दायित्व-बोध इसी 'सैंक्शन' से प्राप्त होता था, जो मृत्यु के बाद भी सनातन रहता था, इसलिए सनातन परम्पराओं में उसे धर्मबोध माना गया। वह एक ऐसी अखण्डित सम्पूर्ण समदृष्टि से आप्लावित था, जो भारतीय अथवा यूरोपीय परम्पराओं में आबद्ध न होकर मनुष्य मात्र के भीतर प्रवाहित होता था। वहाँ प्रश्न यह नहीं था कि किस 'धर्म' में कौन-सा ईश्वर पूजा जाता है, प्रश्न अगर पूछा जाता था तो यह कि वह ख़याल कहाँ से आता है, जिसके आगे माथा झुक जाता है। यह 'खयाल' अगर यूरोप में दान्ते की *डिवाइन कामेडी*, मिस्टिक सन्तों की वाणी, एकहार्ट के चिन्तन में ध्वनित होता था, तो भारत में तुलसी, मीरा, तुकाराम और कबीर के काव्य-कर्म में भी उज्ज्वल होता था, क्योंकि दोनों ही की काव्य परम्पराओं में अभी तक आत्म का अन्य से, दृश्य का अदृश्य से, आकार का निराकार से विच्छेद नहीं हुआ था। इसीलिए वहाँ 'ईश्वर' की परिभाषा भी आज के ईश्वर से कुछ भिन्न थी, जिसकी सुन्दर व्याख्या सिमोन वेल ने उपनिषद् को उद्धृत करते हुए दी

है। वह लिखती हैं,

> ''ईश्वर वह नहीं है, जो शब्द में गोचर होता है, बल्कि वह है, जिससे शब्द गोचर होता है। ईश्वर वह है जिसके द्वारा हर चीज़ गोचर होती है, किन्तु जो चीज़ किसी से गोचर नहीं होती, वह संकेतक द्वारा चिह्नित अंक नहीं है, किन्तु 'वह' है, जिसके द्वारा सही अंक चिह्नित किये जाते हैं।''

क्या यहाँ हम एक क्षण ठहरकर सोच सकते हैं, कैसे चिह्नित अंकों का यह 'प्रतीकलोक', जिससे एक समय में लाखों लोग जीने-मरने का अर्थ प्राप्त करते थे—एकाएक चरमरा कर ढह गया? यह भी एक अन्त था या कहें, यह भी एक तरह के मनुष्य का अन्त था। रेनेसाँ से यूरोप के 'उत्थान' का एक नया युग आरम्भ होता है, इसकी गौरवगाथा तो बहुत गायी जाती है, किन्तु उसकी इमारत के नीचे कितने विश्वासों, आस्थाओं अन्तर्दृष्टियों की अस्थियाँ दबी हैं, क्या कोई इसकी कल्पना कर सकता है? आज हमें उसके अवशेष ज़रूर दिखायी देते हैं। गिरजे, ईसाई मठ, मिशनरी संस्थाएँ—वे अमेरिका के उन रिजर्वेशन फार्मस् की याद दिलाते हैं, जहाँ इण्डियन कबीलों के बचे-खुचे लोगों को प्रदर्शन के लिए रखा जाता है, ताकि हम यह जान सकें कि एक समय ये आदिवासी ही इस धरती के असली निवासी थे। किन्तु आज आपको लुप्तलोक के निवासी कहाँ मिलेंगे, जहाँ 'ईश्वरीय बोध' धर्म प्रतिष्ठानों में, सामान्य जन-मानस में, उसकी मांस-मज्जा में रचा-बसा था? यह एक या दो विश्वासों का नहीं, यह आस्था पर आधारित पूरे एक सांस्कृतिक लोक का विस्मृति में चले जाना था।

खण्डहरों के बीच जो बचा रह गया था, वह 'ईश्वर' था, किन्तु क्या यह वही ईश्वर था, जिसे हमने उपनिषद् के उपर्युक्त उद्धरण में देखा था? ख़ुद अगोचर होता हुआ भी सृष्टि को गोचर होता हुआ, समूची सृष्टि के आकार को अपने अनाकार से चमकाता हुआ—दोनों के बीच भेद गिराता हुआ। मुझे डर है, वह 'ईश्वर' भी अब उतना ही अपने घर से निर्वासित था, जितना मनुष्य। किसी समाज के प्रतीक-मण्डल में ही एक विशिष्ट ईश्वर का आवास होता है, ज्यों ही किन्हीं कारणों से वह प्रतीक-योजना छिन्न-भिन्न होती है, ईश्वर की छवि धूमिल पड़ जाती है, रहता वह अब भी है, किन्तु अब समूची सृष्टि की जगह वह एक विशिष्ट धर्म-प्रतिष्ठा, एक विशिष्ट थियोलोजिकल आइडियोलॉजी का संरक्षक, देवता, दाता बन कर। क्या क्रिश्चियन मिस्टिक सन्तों का ईश्वर वही था, जिसकी

प्रतिमा बाद में रोमन चर्च और वेटिकन ने अपने भव्य गिरजों में स्थापित की थी? दान्ते ने *डिवाइन कामेडी* में जिस ईश्वर की परिकल्पना की थी, उसका सन्त आगस्ताइन के Kingdom of God से दूर का नाता भी नहीं था; एक में ईश्वर का खयाल था, जो कविता में आया था, दूसरे में धर्म की आइडियोलॉजी थी, जिसने कैथोलिक चर्च को जन्म दिया था। यह इतिहास में जन्मा ईश्वर था। उन्नीसवीं शती के छोर पर जब नीत्शे ने ईश्वर के मरण की घोषणा की थी वह यही ऐतिहासिक ईश्वर था। एक तरह से वह उस समूची ईसाई–यूरोपीय परम्परा को चुनौती देना था, जिसने उसकी ऐतिहासिक छवि को यूरोपीय अन्तरिक्ष में अंकित किया था।

ईश्वर की छवि बनती कैसे है? वह बनती नहीं, बनायी नहीं जाती, हर संस्कृति उसे अपने भीतर से उद्घाटित करती है। वह अवधारणा नहीं, अवतार है...सृष्टि और मनुष्य के बीच अवतरित होता हुआ वह अपना वैसा ही बिम्ब, इमेज, रूप सिरजता जाता है, जैसे मनुष्य प्रकृति या सृष्टि के साथ जुड़ता जाता है, या उससे अलग दिखता जाता है। इसीलिए उसका एक रूप नहीं है। इसीलिए हमें भारतीय परम्परा में दी गयी ईश्वर की परिकल्पना उससे इतनी भिन्न दिखायी देती है, जो उसका रूप हमें यहूदी–ईसाई परम्पर में दिखायी देता है। ईश्वर के एक विशेष बिम्ब–मण्डल में हमें मनुष्य संस्कृति का विशिष्ट चरित्र उद्घाटित होता दिखायी देता है।

ख़ास इस बिन्दु पर 'आरम्भ' की अवधारणा एक ऐतिहासिक महत्त्व प्राप्त कर लेती है। मनुष्य यदि किसी स्वर्ग–वाटिका—Garden of Eden—से निष्कासित होकर ही इस धरती पर आया था, जो उसका 'पतन' था, तो यह धरती भी उसके पाप से दूषित हो जाती है। उसका धरती पर आना ही ईश्वर से दूर होना है। यदि मनुष्य का इतिहास 'गिरने' से आरम्भ होता है तो उसका उठना, उद्धार होना भी एक ऐसे आदर्श स्वर्गीय लोक में ही हो सकता है, जो हू–ब–हू न सही, कुछ वैसा हो, जिससे वह निष्कासित किया गया है, जहाँ कभी वह सुरक्षित और सुखी था, किसी भी पाप बोध से मुक्त था। अगर वह वापिस मुड़कर अपनी मिथकीय वाटिका में नहीं जा सकता, तो इसे लौकिक समय में, जो इतिहास ने उसे प्रदान की है, अपने खोये हुए सुरक्षा–स्थल को प्राप्त तो कर सकता है। एलियट ने कहा था, मेरे अन्त में ही मेरा प्रारम्भ है...संस्तुति के 'आरम्भ' में उसका 'अन्त' निहित रहता है...दोनों बिन्दु एक ही परम्परा–संस्कार से उपजते हैं। क्या

मनुष्य के समस्त परिकल्पित सेक्युलर यूटोपिया एक तरह से उस खोये हुए 'पैराडाइस' को पुनर्निर्मित करने की आकांक्षा नहीं है? एक ऐसे अन्त को पाना, जो उसे उस आरम्भ से मिला दे, जहाँ से वह स्खलित हुआ था! और यदि इस आकांक्षा के पीछे इतिहास की शक्ति भी सक्रिय हो तो क्या मनुष्य का वर्तमान ही बीच का रोड़ा नहीं है, एक व्यवधान जिसे कुचलकर ही आकांक्षित भविष्य पाया जा सकता है? विरोधाभास यह है कि जो ज्ञान—इतिहास बोध—मनुष्य को निषिद्ध फल खाने से प्राप्त हुआ था, वही उसकी आकांक्षापूर्ति का सबसे कारगर साधन बनकर प्रस्तुत होता है—कुछ वैसे ही जैसे एक रात अचानक मेफिस्टोफिलिस फाउस्ट के अध्ययन कक्ष में प्रगट हुआ था? इतिहास की पाप-भूमि से स्वयं इतिहास का हाथ पकड़कर उबरना—क्या यह अपने में त्रासद विडम्बना नहीं है?

भारतीय परम्परा यदि अपने को इस दुश्चक्र से, पतन और उद्धार (fall and redemption) की त्रासद प्रक्रिया से मुक्त रख सकी तो इसलिए कि वहाँ 'आरम्भ' और 'अन्त' किसी ख़ास ऐतिहासिक बिन्दु पर अंकित नहीं किये जाते। यह नहीं कि उसमें मनुष्य के सृजन (creation) और अन्त की परिकल्पनाएँ नहीं हैं, किन्तु वे ईश्वर और मनुष्य के बीच किये अनुबन्ध से, या उसे भंग करने के अपराध-बोध से उत्पन्न नहीं होतीं। इसीलिए भारतीय मानस पर, संस्कृति के बिम्बों पर, कला और साहित्य के भावनात्मक जगत पर 'आरम्भ और अन्त' की अवधारणाएँ उस तरह का ऐतिहासिक हस्तक्षेप नहीं करतीं, जैसा हम पश्चिम की ईसाई-यहूदी परम्परा में देखते हैं। पश्चिमी परम्परा में यह विचार असम्भव लगता है कि समय का 'आरम्भ' उतना ही आरम्भहीन हो सकता है, जितना उसका 'अन्त' अन्तहीन। चूँकि मनुष्य का अपना जीवन जन्म और मृत्यु के बीच सीमित है, वह हर प्रवाह की अनन्तता को नकारते हुए उसे आरम्भ और अन्त के बीच आबद्ध करने को व्याकुल रहता है। विराट और असीम की रहस्यमयता में 'मनुष्य' को देख पाना, जैसा हम वैदिक ऋचाओं अथवा पौराणिक कथाओं में देखते हैं, एक बात है। किन्तु उसकी अनन्तता से आतंकित भी हुआ जा सकता है। आतंक से छुटकारा तभी पाया जा सकता है, जब असीम को इतिहास के आदमकद चौखटे में वर्गीकृत किया जा सके। ईश्वर को मनुष्य के रूप में अथवा मनुष्य को ईश्वर की इमेज में घटाने के पीछे भी यही कामना कार्यरत रहती है।

मिथक और इतिहास के बीच जो अन्तर है, एक तरह से वह पश्चिमी संस्कृति और भारतीय परम्परा के बीच भी परिलक्षित होता है। इतिहास अपने चौखटों के भीतर काल की अन्धी, अन्तहीन गतिमयता को बाँधने का प्रयास है ताकि उसे किसी प्रकार की क्रमशीलता, सोद्देश्यता, अर्थवत्ता प्रदान की जा सके—अपने ज्ञान के मापदण्ड से वह उसकी अनन्तता को भेद कर कहता है, यह आरम्भ है, यह अन्त और इस तरह उसे एक मानवोनुकूल, anthromorphic, दिशा देने का प्रयत्न करता है, उस 'अन्त' की ओर मोड़ता हुआ जहाँ उसका कोई अर्थ, कोई पैटर्न कोई संगति निकल सके—और उसके अनुरूप मनुष्य अपनी 'नियति' (destiny), निर्धारित कर सके। इसी अर्थ में उसे messiahanic time कहा जाता है—जहाँ किसी मसीहा की दृष्टि ही मानव नियति का प्रतीक बन जाती है। इसके विपरीत मिथक एक उलटी दिशा निर्देशित करता है—वह मनुष्य को अपनी 'मानवीकृत' सीमाओं से उठाकर एक ऐसे सनातन बोध की ओर ले जाता है, जहाँ मनुष्य अपने 'होने' की अर्थवत्ता काल को खण्डित करके नहीं, उसे अतीत और भविष्य में विभाजित करके नहीं, बल्कि स्वयं उसकी अनन्त प्रवाहमयता के भीतर संलग्नता (Connectedness) खोजने में निहित रहती है। संलग्नता के इस भाव में मनुष्य अपने भीतर जिस ईश्वर से सम्पर्क करता है, वह वह ईश्वर नहीं है, जिसका कोई रूप निर्धारित किया जाये क्योंकि जैसा एक बौद्ध पाठ में कहा गया है, ''ईश्वर को स्वयं नहीं मालूम, वह क्या है, क्योंकि वह कोई क्या नहीं है।'' ईश्वर के बारे में यह अन्तर्दृष्टि वास्तव में उस असृजित, uncreated की ओर संकेत करती है, जो पश्चिमी परम्परा के केन्द्रीय भाव से बहुत भिन्न है, जहाँ सृष्टि के 'क्रियेशन' को इतना महत्त्व दिया गया है। जो अनस्तित्व है, आरम्भहीन है, उसका अनुभव कारण-कार्य की सांसारिक शृंखला द्वारा निर्मित नहीं हो सकता।

विचित्र बात यह लगती है—जो सचमुच में विचित्र नहीं है—कि समग्रता का यह संलग्न भाव पश्चिमी परम्परा के अवचेतन में हमेशा से विद्यमान रहा है, वर्ना हम उसे एकहार्ट, दान्ते, ब्लेक और गोएटे के सृजन और चिन्तन में कैसे देख पाते। यह एक जीवन-दृष्टि का दूसरी परम्परा में सेंध लगाकर आना नहीं है, बल्कि उसी 'दृष्टि' को बार-बार पाना है जो इतिहास की उन्मत्त 'विकास यात्रा' में बार-बार धुँधला जाती है। मनुष्य

अपने भीतर एक काल-बोध नहीं, अनेक समय-संसार लेकर चलता है। क्षण में 'एटर्निटी' देखने का अनुभव सिर्फ़ एक कवि का दुर्लभ अनुभव नहीं होता, न ही वह एक परम्परा का विशिष्ट वरदान है। निष्कासन की पीड़ा, अधूरेपन और अलगाव की अनाथावस्था मनुष्य-जीवन का उतना ही सच्चा अनुभव है, जितना उसे अतिक्रमण करने की अदम्य, शाश्वत आकांक्षा। मनुष्य का 'आरम्भ' किसी भी परम्परा में कैसा भी हो, वह अपने को आरम्भ हर बार एक ऐसी आत्म-चेतन अवस्था में करता है, जहाँ दोनों की काल चेतनाएँ एक-दूसरे में अन्तर्गुम्फित हैं। यदि 'आधुनिक' होने का अर्थ आत्म-विभाजित मानसिकता का बोध है, उसकी अपरिहार्य पीड़ा से गुजरना है, तो शायद ऐसा कोई युग नहीं था, जब मनुष्य आधुनिक नहीं था। ईश्वर के न होने की पीड़ा और उसके अस्तित्व में आस्था, दोनों ही एक आध्यात्मिक अनुभव के दो पहलू हैं। आधुनिक युग का अभिशाप यह रहा है कि उसने स्वयं परम्परा के शाश्वत बोध को खण्डित किया है, उसने आस्था की अभाव-पीड़ा को शून्यता के आत्महीन बोध में परिणत किया है। अतः प्रश्न आधुनिकता से छुटकारा पाना नहीं है, बल्कि स्वयं आधुनिक-बोध को उसकी ऐतिहासिकता से मुक्त करना है। शून्यता-बोध वह नहीं है, जिसे बौद्ध दर्शन में void माना गया है—जिसका अपना अस्तित्व है—आत्म-रिक्तता की ऐसी स्थिति है, जब मनुष्य स्वयं अपने स्वत्व से ख़ाली हो जाता है, जो उसका सेल्फ़ था, उसका आधारमंच। इतालवी नाटककार पिराण्डेलो के शब्दों में,

> "मनुष्य एक ऐसा फ़िल्म-अभिनेता सा बन जाता है, जो न केवल मंच से, बल्कि अपने से निर्वासित हो गया है। वह एक बेचैन-सा कर देने वाला ख़ालीपन महसूस करता है। उसकी देह अपनी मांसलता खो देती है, वह हवा में उड़ जाती है, वह अपनी वास्तविकता, अपना जीवन, अपनी आवाज़ खो देती है, सिर्फ़ एक गूँगी इमेज में बदल जाती है, जो एक परदे पर झिलमिल कर ख़ामोशी में खो जाती है। प्रोजैक्टर पब्लिक के सामने उसकी छाया से खेलेगा, जबकि स्वयं अभिनेता को क़ैमरा के सामने ही अपने खेल से सन्तोष कर लेना पड़ेगा।"

अब वह ऐसा मनुष्य नहीं, जो अपने को मनुष्य कह सके, अब वह इतिहास के परदे पर मनुष्य की छाया है, एक क्षण चमककर अँधेरे में लोप होती हुई। यदि हम सार्त्र के इस कथन को मान लें कि 'मनुष्य की कोई

प्रकृति नहीं, सिर्फ़ उसका इतिहास है' तो मनुष्य का कोई ऐसा आदि रूप और नार्म नहीं बचा रहता, जिसके आधार पर हम यह जाँच सकें कि इतिहास की लैबोरेट्री से जो 'छवि' बनकर आयेगी, उसे 'मनुष्य' की संज्ञा दे सकें।

क्या इस बिन्दु पर आकर हमें सब अन्तों के अन्त में 'मनुष्य मात्र का अन्त' नहीं दिखायी देता? कुमारस्वामी यदि आधुनिक कला के इतने तीव्र आलोचक थे, तो इसलिए कि उन्हें उसमें मनुष्य के अन्त की रिक्तता दिखायी देती थी, एक ऐसी कला जिसने अपने को समूचे प्रतीक-मण्डल से निर्वासित कर लिया था, जो पारम्परिक कला के बिम्बों को एक दैवी आलोक में प्रतिबिम्बित करता था। अधिकांश आधुनिक कला के बारे में उनकी धारणा मुझे सही जान पड़ती है, किन्तु मुझे लगता है कि आधुनिक कला का एक दूसरा पक्ष रहा है—उसका प्रच्छन्न पक्ष—जिसकी ओर मैंने कुछ देर पहले संकेत किया था। यह मनुष्य को 'अपने भीतर और अपने परे' देखने के लिए उन्मेषित करती है, जहाँ आरम्भ और अन्त के बिन्दु किसी ऐतिहासिक क्षितिज के दो छोरों पर नहीं, स्वयं अपने भीतर के अनुभव-खण्डों में एक-दूसरे के भीतर स्पन्दित होते हैं। बीसवीं शती के मध्य में युंग ने एक पुस्तक लिखी थी—Man in search of His Soul...आप उसे 'सोल' कहें, या उसका सेल्फ़, या आत्म, आधुनिक कला अपने सर्वोत्तम क्षणों में इस खोयी हुई 'चीज़' के सत्य, essence, से साक्षात करती है। कला में मनुष्य के तत्त्व उसके essence की खोज एक तरह से पूर्वी परम्परा का आधुनिक कला में उद्घाटन है। अपनी अमूर्तता में वह निराकार के उन बिम्बों को खोजती है, जो सिर्फ़ मनुष्य की छवि में घटकर चुक नहीं जाते, बल्कि उसके परे विश्व और स्पेस के असंख्य अन्तरसम्बन्धों को उद्घाटित करते हैं। वह अपने प्रतीकों और बिम्बों में सेक्युलर युग की रिक्तता का अतिक्रमण करती हुई 'परम' का स्पर्श करती है—अनुभव के उस आयाम को स्पर्श करती है, जिसे सिर्फ़ 'पवित्र' का नाम दिया जा सकता है। आधुनिक कला के महान प्रवर्तक पिकासो ने पवित्र भाव-बोध के इसी उपेक्षित पक्ष की याद दिलाते हुए कभी अपने मित्र ब्राक से कहा था,

> "हमें इसे (पवित्र), इस शब्द को, या इसी तरह के शब्द को कहना चाहिए, लेकिन लोग इसे ग़लत समझेंगे और उसे वह अर्थ देंगे, जो उसका है नहीं।

> हमें कहना चाहिए कि इस या उस पेंटिंग में शक्ति की वह गरिमा इसलिए है क्योंकि वह 'ईश्वर-स्पर्श' से दीप्त है। लोग इसका ग़लत अर्थ लगा सकते हैं, किन्तु यही हमारे लिए सबसे निकट का सत्य है।''

कला का यह क्षण ही मनुष्य की मृत्यु, उसके अन्त को नहीं, उसे दुबारा पाने को है, ठीक वहाँ, जहाँ वह खो गया था, आधुनिक युग के मरुस्थल में।

आज बीसवीं शती के अन्त में जब हम उत्तरआधुनिकता की बात करते हैं तो मनुष्य के आधुनिक बोध के इस आध्यात्मिक पक्ष को बिल्कुल भुला देते हैं, एक ऐसा बोध जिसकी सम्भावनाएँ कभी पूर्ण रूप से यूरोप में उद्घाटित नहीं हो पाईं। असली उत्तरआधुनिकता वह होती, जो आधुनिक मनुष्य की अधूरी, बीच में टूटी हुई यात्रा में परम का वह अंश जोड़ पाती। उस बीहड़ तनाव के बीच रास्ता बना पाती जो आधुनिक कला के आत्मसंघर्ष की आधार-भूमि थी। यह करने के बजाय उसने एक सुविधाजनक रास्ता अपनाया—स्वयं तनाव के केन्द्रीय भाव से आँखें मोड़ लीं। इसीलिए उत्तरआधुनिकता की विचारधारा में जो बहुलता दिखायी देती है, वह खुलापन नहीं ढीलापन है—विशृंखलता जो केन्द्रहीनता से उत्पन्न होती है। आधुनिक मनुष्य के अन्तर्विरोधों की पीड़ा और उनका अतिक्रमण करने का आध्यात्मिक गौरव—वह दोनों के प्रति निरपेक्ष जान पड़ती है। आत्म-विभाजित मानस में उद्बोधन के किसी भी चरण में अपने अखण्डित सम्पूर्णत्व की ओर मुड़ने की आशा बनी रहती है, लक्ष्यहीन बहुलता की अवस्था में वह आशा भी लुप्त हो जाती है। किन्तु एक दूसरा रास्ता भी है। उसे ढूँढ़ने के लिए हमें कहीं अपने से दूर नहीं जाना होगा, क्योंकि मनुष्य की अन्तहीन यात्रा में वह ठीक वहाँ उजागर होता है, जो उसका वर्तमान है, उसकी अपनी ज़मीन जो उसे धरोहर में मिली है, सँकरी, असुरक्षित, हर क्षण फिसलती हुई, किन्तु यही उसका आवास-स्थल भी है—एक ऐसी जगह, जहाँ मनुष्य देवता और पशु के बीच निरन्तर अपनी अधूरी पहचान को पूर्ण करने का स्वप्न देखता है, अपने को परिभाषित और पुनः परिभाषित करने का कभी न ख़त्म होने वाला आत्म-अभियान। यह अभियान उस पक्षी की तरह है, जो हवा के ख़िलाफ़ उड़ान लेने से पहले अपने परों को तौलता है, और तभी उसे पहली बार अपने पक्षीत्व का बोध होता है। दुनिया में कितनी परम्पराएँ ऐसी हैं, जो आरम्भ की अवधारणा 'पतन' से नहीं, 'उड़ान' से परिभाषित करती हैं? मनुष्य एक

पापग्रस्त प्राणी नहीं, एक सतत विद्रोही, एक नकारवादी, निहिलिस्ट व्यक्ति नहीं। हमारा आदि विद्रोही मनुष्य यदि उसके आधुनिक विद्रूप से कुछ अलग है तो इसलिए कि वह केवल 'नकार' में जीवन की सार्थकता नहीं ढूँढ़ता, बल्कि वह अपने से बाहर दी हुई परिभाषाओं को इसलिए नकारता है, क्योंकि उनके चौखटों में उसका 'स्वत्व' नहीं समा पाता। यह महज़ संयोग नहीं है कि हर देश के रोमांटिक कवियों का प्रिय मिथकीय नायक प्रमथ्यु था, जो देवलोक से अग्नि को चुराकर धरती पर लाया; आदर्श पुरुष, जो आदि विद्रोही था। जिस ज्ञान के कारण मनुष्य स्वर्ग-वाटिका से निष्कासित हुआ था, उस ज्ञान को पाने की ख़ातिर एक दूसरे आदि मानव ने स्वर्ग-लोक के देवताओं के प्रभुत्व को चुनौती देने का दुस्साहस किया था। दोनों को ही अपनी सीमा का उल्लंघन करने की घोर सज़ा मिली थी।

किन्तु इस सज़ा का औचित्य क्या है? क्यों मनुष्य को अपने स्वाधीन कर्म के लिए देवताओं के कोप का भाजन बनना पड़ता है? इसमें क्या ग़लत या अनुचित है कि मनुष्य अपने को जिस अवस्था में पाता है, उससे असन्तुष्ट होकर उसमें कोई ऐसा परिवर्तन लाने का प्रयास करे जो उसे एक बेहतर स्थिति में लाने में समर्थ हो? 'बेहतर स्थिति' से हमारा अभिप्राय है, जहाँ मनुष्य और जगत के बीच एक ऐसा सामंजस्य बन सके, जो दोनों के बीच फैली दूरी और अजनबियत को पूरी तरह नष्ट नहीं तो कुछ कम कर सके। मानव-संस्कृति का विकास एक तरह से उत्तरोत्तर अधिक अर्थपूर्ण सामंजस्य हासिल करने का इतिहास रहा है। संगीत, साहित्य, कला और कुछ नहीं, मनुष्य की उस निराकार आकांक्षा को साकार करने का प्रयत्न है, जहाँ वह अपने और विश्व के बीच एक लय, एक संगति, एक संवाद स्थापित करने में सक्षम हो सके। यह संवाद सतत् है—न कहीं से शुरू होता है, न कहीं समाप्त होता है...सिर्फ़ कभी-कभी उसका बोध होता है, चेतना के अन्तहीन प्रवाह में आत्म-चेतन होने का क्षण।

यह न हमारा अन्त है न आरम्भ

यू.आर. अनन्तमूर्ति

मैंने सोचा था, भारत भवन से मेरे सम्बन्ध का अन्त आ गया है, लेकिन वह फिर आरम्भ हो गया। *पूर्वग्रह* भी अपने अन्त को प्राप्त हो गया था लेकिन वह भी आरम्भ हो गया। हो सकता है यही कारण हो कि मुझसे 'अन्त और आरम्भ' पर बोलने का आग्रह किया गया है।

हम सभी जानते हैं कि यह संसार रहने लायक जगह, बल्कि ख़ूबसूरत जगह इसलिए है क्योंकि लोग मरते हैं। अगर लोग कभी भी मरते न रहे होते तो हिटलर अब भी जीवित होता, स्टालिन अब भी जीवित होता। वे सारे लोग जिनसे हम नफ़रत करते हैं, वे अब भी जीवित होते और यह संसार एक भयानक जगह हो गया होता। यह बहुत गम्भीर तथ्य है कि हम सभी मरते हैं, और यह एक संकेत भी है कि भविष्य में नया सृजन होगा। और इसीलिए संसार में क्रान्तिकारी शक्ति केवल मृत्यु है, वे शक्तियाँ क्रान्तिकारी नहीं, जिन्हें हमने बनाया है।

अभी हाल में मास्को में यह बात मैंने बहुत गहरे तक अनुभव की। यह मेरी तीसरी रूस यात्रा थी। पहली दो मर्तबा मैं लेनिन को देखने उनके मकबरे में नहीं गया क्योंकि मैंने सोचा कि एक ऐसे शरीर का जस का तस रखा रहना बहुत भद्दा है, जिसे वापस मिट्टी में, या पाँच तत्त्वों में विलीन हो जाना चाहिए। उस शरीर को रखे रहना मेरी दृष्टि में निकृष्टतम अन्धविश्वास है,

लेकिन इस बार इक्का-दुक्का लोग वहाँ जा रहे थे। लम्बी कतारें भी नहीं थीं सो मैं भी वहाँ चला गया और मुझे उस लेनिन से बहुत गहरी सहानुभूति हुई जो अब वहाँ बहुत सम्माननीय नहीं है। वहीं उनकी कोई परवाह नहीं करता, लेकिन उनका बेचारा शरीर राजकीय सम्मान से, यूनिफार्म में वहीं लेटा है। उसे देखकर मुझे लगा कि यह संसार की सबसे असुन्दर चीज़ों में है।

लेनिन की पत्नी यह नहीं चाहती थीं। उन्होंने स्टालिन को लिखा भी था कि उनकी लाश का राजनीतिकरण मत करो, उसे दफना दो, लेकिन स्टालिन नहीं माना। अगर लेनिन के बच्चे हुए होते तो उनके किसी पोते या परपोते को यह देखकर बेहद पीड़ा हुई होती कि उनके परिवार के एक उच्च सदस्य को अब-तक मिट्टी को नहीं सौंपा गया है। दुर्भाग्य से लेनिन की कोई वास्तविक सन्तानें नहीं थीं और अब तो रूस में उनकी वैचारिक सन्तानें भी नहीं बचीं। वे हिन्दुस्तान में ज़रूर होंगीं, लेकिन रूस में नहीं हैं। यहाँ की उनकी विचारधारात्मक सन्तानों को यह जानना चाहिए कि कुछ ख़त्म हो गया है। मैं लेनिन के शव को दफ़नाने के लिए एक आन्दोलन चाहता हूँ। यह बीसवीं शताब्दी को ख़त्म करने का उचित ढंग होगा। मैं यह रूपकात्मक ढंग से भी कह रहा हूँ, क्योंकि अगली शती में हमें एक दूसरी तरह की क्रान्ति में प्रवेश करना चाहिए।

शताब्दियों के सन्दर्भ में सोचना, जैसा कि हम करते हैं, एक तरह से कृत्रिम है क्योंकि यह डायरी की केवल एक तारीख़ है। लेकिन उन्नीसवीं शताब्दी के बाद से, भारत के हम कुछ लोग यह सोचने पर बाध्य किये गये कि हम एक विशेष शताब्दी में हैं क्योंकि वे लोग जिनके लिए उन्नीसवीं शती मायने रखती थी, भारत आये और हम पर शासन करने लगे और वे लोग अपने साथ अपने विचार भी यहाँ लाये थे जो औद्योगिक क्रान्ति के बाद उन्नीसवीं शती का उत्पाद थे। समय की यूरोपीय धारणा भारत में तब महत्त्वपूर्ण हुई जब अँग्रेज़ यहाँ आये और अपना शासन लाये। वे न सिर्फ़ अपना समय बल्कि अपने विचार भी लाये और हमने ख़ुद को उन्नीसवीं शती के विचारों से नापने की शुरुआत कर दी। राजा राममोहन राय भी, अगर मैं इस शब्द का इस्तेमाल करूँ तो इसके 'दोषी' हैं—उन्नीसवीं शती के सन्दर्भ में यह मापने के दोषी कि हम कौन हैं, कितने बेहतर हैं वग़ैरह। इस तरह जब अँग्रेज़ आये, हमने उन्नीसवीं शती

में रहना आरम्भ कर दिया और अब हम यह मानने को विवश किये गये हैं कि हम बीसवीं शती में रहते हैं। लेकिन हमें यह याद रखना चाहिए कि यह आपके और मेरे जैसे मध्यमवर्गीय लोगों के लिए ही सही है, जो नौकरियों में आये हैं जो दुनिया भर में घूमते हैं। अन्यथा ऐसे आदिवासी होंगे, ग्रामीण होंगे जो किसी और समय में रहते हैं।

यूरोप के बारे में यह कहा जा सकता है कि वह बीसवीं शती में है, लेकिन आप यह नहीं कह सकते कि समूचा भारत बीसवीं शताब्दी में है। यह बात मैं निन्दात्मक ढंग से नहीं कह रहा हूँ। मैं यह इस तरह कह रहा हूँ कि भारत को बचाने वाली एक चीज़ यह रही है कि यही अनेक शताब्दियाँ एक साथ रहती हैं। मैंने यह तब जाना जब मैं हाईस्कूल में था। मैं एक गाँव से आता था। वह अग्रहार था। वहाँ एक मठ था। मैं एक छोटे शहर के हाईस्कूल में जाता था और वहाँ मैं अचानक पाता था कि मेरे अध्यापक, जो बी.ए., बी.एड. होते थे, कक्षा में आकर हमें बताते कि 'भगवत गीता का उपदेश युद्ध क्षेत्र में कैसे दिया जा सकता है? यह तो हो ही नहीं सकता, यह यथार्थवादी नहीं है'। युद्ध क्षेत्र में क्या किया जा सकता है, यह बोध मेरे अध्यापक को उपयोगितावादी उन्नीसवीं शती से प्राप्त हुआ था। वे उससे प्रभावित थे। इसलिए वे मुझसे कहते थे कि 'युद्ध क्षेत्र में भगवत् गीता कैसे जन्म ले सकती है'। इससे मैं विचलित होता था, क्योंकि मैं एक दूसरे संसार से आया हुआ होता था—जहाँ मैं एक दूसरे तरह के समय में रहता था। और फिर रास्ते में कोई मुझसे जार्ज बर्नाड शॉ की चर्चा छेड़ देता क्योंकि उसने रेडियो पर शॉ के नाटक सुने होते या जो उसने उन दिनों ख़रीदा होता। (मैं अब चौंसठ वर्ष का हूँ। मैं तब दस वर्ष या ऐसी ही उम्र का रहा हूँगा। याने मैं आधी शताब्दी पहले की बात कर रहा हूँ जब रेडियो बैट्री से चलता था, क्योंकि तब वहाँ बिजली नहीं थी।) वह बेहतरीन अँग्रेज़ी बोलता और उसने अपना नाम भी श्रीनिवास 'सिन्हा' से बदलकर 'ज्वाइस' कर लिया था। इस तरह मेरे छोटे शहर में कोई अपना नाम बदलकर बीसवीं शती में आ गया था और वह मुझसे तर्कणावाद और जार्ज बनार्ड शॉ और इस तरह की बातें एक दवाई की दुकान पर खड़े होकर किया करता था जहाँ मैं अपने गाँव वालों के लिए दवाइयाँ ख़रीदने जाता था। वे मुझे अलग-अलग रंगों की बोतलें देते थे, ताकि मैं उनके सहारे उन दवाइयों को पहचान सकूँ, जिन्हें मुझे ख़रीदना होता था। कुछ

स्त्रियों के लिए नसवार भी, जो अपने पतियों से छिपकर उसका सेवन किया करती थीं। मैं अपने गाँव वापस लौटता और अचानक पाता कि वहाँ लोग इस बात की चर्चा कर रहे हैं कि पृथ्वी चपटी है या गोल, विकासवाद के ये सारे विचार सही है या ग़लत। वे इन पर विवाद करते थे। इस तरह मुझे बहुत पहले महसूस हुआ कि भारत में हम अनेक शताब्दियों में एक साथ रहते हैं। बहुत पढ़े-लिखे लोगों के घर भी कोई ताई या बुआ रहती हैं जिनकी इच्छानुसार उनके घरों में विवाह होते हैं। उनके जीवन की बेहद महत्त्वपूर्ण घटना उस व्यक्ति की इच्छा के अनुसार होती है जो मध्ययुग में रहता है। इस तरह भारत में मध्ययुग, आधुनिक युग आदि का सहअस्तित्व है और यह हमारी बहुत-सी कला का उत्स भी है और इसलिए हमारे साहित्य में सिर्फ़ आधुनिक यूरोप ही प्रवेश नहीं पाता बल्कि हमारा शास्त्रीय अतीत भी, कालिदास, भास भी और सभी भाषाओं के अपने शास्त्रीय लेखक जैसे पम्पा आदि भी। इस तरह वहाँ आपको शास्त्रीय परम्परा आपकी अपनी भाषा की शास्त्रीय परम्परा और विश्व-परम्परा की निरायु कविता, जो हमारे सृजन का अत्यन्त महत्त्वपूर्ण भाग है जिससे हम सभी प्रभावित हैं ही, सब मिलेंगे।

इन सभी का भारत में सहअस्तित्व है जहाँ समय यूरोपीय लेखकों के समय से बहुत भिन्न है। एक यूरोपीय लेखक भी अपने अतीत का पुनर्निर्माण कर सकता है, लेकिन सिर्फ़ अपने दिमाग़ से। लेकिन हमारे लिए अतीत एक ऐसी चीज़ है जो हमारे साथ रहती है, हमें चोट पहुँचाती हुई, परेशान करती हुई, तकलीफ़ देती हुई। हमारे जीवन में शायद उसकी उपस्थिति से ही दुख है और उसी में हम अचानक अपनी सृजनात्मकता के स्रोत ढूँढ़ लेते हैं क्योंकि वह अब भी मरा नहीं है और इसलिए यह शताब्दी ख़त्म करने के बाद, मैं नहीं सोचता कि हम उसी तरह इक्कीसवीं शती में प्रवेश करेंगे जैसे यूरोप। हम किसी और ढंग से वहाँ प्रवेश करेंगे।

संगीतकार या लेखक या चित्रकार का समय ऐतिहासिक समय से बहुत अलग होता है। मुझे पता है कि मैंने जो भी श्रेष्ठ लिखा है, उसे मैं प्रभुप्रकाश (इपीफैनी) कहना चाहूँगा। समय के किसी ख़ास क्षण में आकस्मिक रहस्योद्घाटन। एक बहुत क्षुद्र वस्तु जिसे आप रोज़ देखते हैं और जो बेमतलब है, किसी एक ख़ास क्षण में कुछ और उद्घाटित कर सकती है। कविता में एक चिड़िया कुछ और उद्घाटित कर सकती है और

इसलिए वहाँ वह रोज़मर्रा की चिड़िया नहीं बल्कि वह प्रभुप्रकाश है। अगर आपकी कल्पना उसे थाम लेती है तो आकस्मिक रहस्योद्घाटन के क्षण में एक काँच का टुकड़ा भी बहुत अर्थपूर्ण हो जा सकता है। प्रभुप्रकाश क्या है? वह इतिहास में, समय में घटित होता है, वह गुरुवार की शाम के पाँच बजे घट सकता है। बिल्कुल। वह एक ऐतिहासिक घटना है, वह समय के भीतर भी है लेकिन उसके बाहर भी, क्योंकि उसके माध्यम से आपके सामने कुछ और उद्घाटित हो गया है। कोई पुरानी स्मृति एक नया अर्थ लिए आपके निकट चली आयी है। आप किन्हीं दो चीज़ों को जोड़ देते हैं, जबकि आपने कभी सोचा तक नहीं था कि इनके बीच कोई सम्बन्ध हो सकता है। लेकिन अचानक किसी मृत्यु की याद, किसी प्रेम की स्मृति, विफलता की स्मृति ये सब एक छोटी-सी घटना के सहारे आपस में जुड़ जाती हैं; यही प्रभु-प्रकाश है। अगर यह कला की सामग्री है तो मैं सोचता हूँ कि इक्कीसवीं शती में भी कला की सामग्री यही रहेगी। इसलिए एक तरह से किसी चीज़ का अन्त नहीं आया। चीज़ें सिर्फ़ बदल रही हैं और स्वयं को विविध रंगों में विविध लोगों के लिए प्रकट कर रही हैं और अलग अर्थों में प्रकट हो रही हैं। और इसलिए बदलते समय में जहाँ तक कला के संसार का प्रश्न है—उसका मूल्य इस बात में निहित है कि वह समय को रोक सके। आप क्षण को शाश्वत की तरह देखते हैं, महज़ प्रवाह की तरह नहीं। लेकिन समय प्रवाह और शाश्वत दोनों ही है। आप यह नहीं कह सकते कि समय केवल शाश्वत है या केवल प्रवाह है। अनेक राजनैतिक विचारधाराएँ या तो इसलिए बहक गयीं कि वे समय को केवल शाश्वत मानकर सामाजिक परिवर्तनों को रोकने की कोशिश करती रहीं या इतने नैरन्तर्य और बेदिमाग़ी से सामाजिक परिवर्तनों का सूत्रपात किया गया कि यह बात भुला दी गयी कि एक क्षण प्रवहमान क्षण ही नहीं, शाश्वत में भी एक क्षण है।

शायद इक्कीसवीं शती में परिवर्तन के लिए इतना तीव्र चकराने वाला, इतना विचलित करने वाला दबाव हम पर होगा कि हममें से अनेक वह जानना या अनुभव करना शुरू करें जो अपरिवर्तनीय है, जो हमेशा हमारे साथ बना रहता है। शायद कुछ विपरीत हो, उस चीज़ को पाने का संघर्ष शुरू हो जो परिवर्तन का विपरीत है। इसका आपको यूरोप में बहुत शिद्दत से अनुभव होता है। वहाँ कोई भी सृजनात्मक कृति दस वर्षों से अधिक

नहीं टिकती। वे शताब्दियों के नहीं, बल्कि दशकों के सन्दर्भ में बात करते हैं, बल्कि दशकों के भी नहीं, क्योंकि फ़ैशन हर वर्ष बदल जाता है। साहित्य के संसार में जहाँ हमें आनन्दवर्धन जैसे लेखकों की महान् कृतियाँ आज भी अर्थपूर्ण जान पड़ती हैं, वहीं यूरोप में साहित्यिक सिद्धान्त हर साल बदल जाते हैं। कई बार मैं सोचता हूँ कि ये सिद्धान्त हर वर्ष इसलिए बदलते हैं कि नयी दृष्टियाँ उत्पन्न हुई हैं या इसलिए कि अपनी प्रोफ़ेसरशिप बचाने के लिए लोगों की कुछ ज़रूरतें हैं और उनके यहाँ मुद्रणालय हैं और उन्हें हर वर्ष कुछ नयी पुस्तकें प्रकाशित करनी ही होती हैं वरना वे मुद्रणालय बन्द हो जायेंगे? शायद इसलिए लोग इतनी पुस्तकें लिखते हैं। शायद वहाँ तकनीकी और पेशेवर अनिवार्यताओं के कारण इतने परिवर्तन होते हैं। इसलिए जैसे-जैसे हम इक्कीसवीं शती के क़रीब आ रहे हैं, मैं सोचता हूँ, ख़ुद अपनी ख़ातिर होने वाले परिवर्तनों के विषय में हम बहुत शंकालु हो जायेंगे, क्योंकि हम वह सब बहुत देख चुके। यह एक लेखक की दृष्टि है क्योंकि लेखक के लिए प्रभु-प्रकाश सबसे महत्त्वपूर्ण होता है और कुछ और भी।

अगर आप लेखक या कलाकार हैं तो मुझे लगता है आप प्रगति की अवधारणा पर गहरा सन्देह करेंगे। आज प्रगति की अवधारणा एक ऐसी पवित्र अवधारणा हो गयी है कि अगर आप किसी की प्रशंसा भी करना चाहते हैं तो आप कहेंगे कि वह बहुत प्रगतिशील व्यक्ति है। यह किसी अच्छे व्यक्ति को परिभाषित करने का ढंग-सा बन गया है। एक बार फिर यह उन्नीसवीं शती की अवधारणा है जो हम तक आ गयी है। कार्ल मार्क्स समेत उन्नीसवीं शती के सभी महान् चिन्तक सोचते थे कि पृथ्वी पर असीमित प्रगति सम्भव है। मार्क्स ने यहाँ तक सोचा था कि एक ऐसा समय आयेगा कि जब लोगों को काम करने की ज़रूरत नहीं होगी और वे छुट्टियों का आनन्द लेते हुए मछली मारेंगे। यह इसलिए कि पृथ्वी को एक अक्षय पात्र की तरह देखा गया। अक्षय पात्र की तरह पृथ्वी, जहाँ से आप कुछ भी और कितना भी लेते चले जा सकते हैं। उन्नीसवीं और बीसवीं शताब्दियाँ पृथ्वी पर इसी तरह क्रियाशील हुईं। आप कितना ही पेट्रोल, कितनी ही मात्रा में गैस और न जाने क्या-क्या लेते जा सकते हैं। लेकिन हम जानते हैं कि पृथ्वी अक्षय पात्र नहीं है, उसकी सीमाएँ हैं। पण्डित जवाहरलाल नेहरू समेत उन्नीसवीं और बीसवीं शताब्दियों के

सभी विचारक, अलावा गांधी के, 'प्रगति' की आवधारणा के सम्मोहन में थे जो उनके अनुसार मनुष्यता को शोषण आदि से मुक्त कर देगी। लेकिन अब हम जानते हैं कि इससे एक दूसरे तरह की प्रभुता कायम हो जाती है और जिससे पृथ्वी विनाश की ओर जा सकती है। इसलिए मैं सोचता हूँ कि इक्कीसवीं शती विकास की अवधारणा पर गहरा प्रश्नचिह्न लगाएगी। उन्नीसवीं शती में एक समय था जब कार्ल मार्क्स ने कहा था कि सारी आलोचना धर्म की आलोचना से शुरू होती है। उनका आशय यह था कि धर्म सर्वज्ञ होने का दावा करता है, इस बात का दावा कि उसके पास सभी प्रश्नों का हल है। नये विचार-विमर्श की कोई गुंजाइश ही नहीं थी क्योंकि एक ऐसा दावेदार पहले से ही मौजूद था जो सोचता था कि उसके पास सारे जवाब सहज उपलब्ध हैं। इसलिए चिन्तन तभी सम्भव था जब आप धर्म की आलोचना करें। आज जब हम बीसवीं शताब्दी के अन्त की ओर जा रहे हैं, कोई भी नया सृजनात्मक चिन्तन तभी सम्भव है जब आप विकास के विचार को प्रश्नांकित करने का जोख़िम उठायें। जो विकास के प्रश्न को प्रश्नांकित नहीं कर सकते, वे कुछ भी नया नहीं सोच सकते। इस तरह यहाँ भी शताब्दी का अन्त एक नये चिन्तन की शुरुआत होगा जहाँ विकास को सुख और मुक्ति के एकमात्र स्रोत की तरह देखे जाने को प्रश्नांकित किया जायेगा। मुक्त समाज में इस तरह के असीमित विकास में विश्वास करने वाले को सोवियत यूनियन में विफल मार्क्सवाद को एक विचार की तरह भी प्रश्नांकित किया जाना चाहिए, क्योंकि यह स्वयं को इस मान्यता पर आधारित करता है कि पृथ्वी एक अक्षय पात्र है और यहाँ असीम विकास सम्भव है। यह पूँजीवाद की भी आलोचना है क्योंकि ये दोनों इस दृष्टि से दरअसल बहुत अलग नहीं हैं। दोनों ने ही विकास के रास्ते मुक्त समाज बनाने की कल्पना की थी। पूँजीवाद का आधार भी उन्नीसवीं शती के विचार में है जो उस रूप में बाहर से भारत आया था जिस रूप में पूँजीवाद को हम समझते हैं। इसे भी प्रश्नांकित करना होगा। जब हम यह कहते हैं कि जीवन परिवर्तनशील है तो इसके क्या मायने होते हैं। वह परिवर्तित होता रहता है क्योंकि, जैसा हमने कहा, हम सभी मरते हैं और बिना मृत्यु के कोई क्रान्ति नहीं होती। कुछ भी नया नहीं है, बच्चों के लिए इसलिए जगह बनती है कि बूढ़े मरते हैं और बच्चे एक नयी उम्मीद हैं और यह प्रकृति का विधान है कि वृक्ष अपनी पत्तियाँ छोड़ते हैं और पुष्पित होते हैं, पल्लवित होते हैं। अन्त और आरम्भ का यह एक

महान् निरन्तर चक्र है।

अब के बाद से हमारी कौन-सी बड़ी चिन्ताएँ होंगी ? अब चिन्ता का वही विषय होगा जो महान प्राचीन चीनियों का था : अवबोध के द्वार। मनुष्य होने के नाते हममें अवबोध के द्वार हैं—आँखें और कान और स्पर्श और हमारा मस्तिष्क, हमारे प्राण, हमारा हृदय, हमारी संवेदनाओं के स्थान, ये सभी अवबोध के मार्ग हैं। लेकिन ये हमेशा धुँधला जाते हैं, जो एक बार फिर जीवन का विधान है—मृत्यु। हम देख नहीं पाते। हम सुन नहीं पाते। कई बार हमारे जीवन में कई संकट और एक तरह की मृत्यु इसलिए आती है कि हमारा अवबोध साफ़ नहीं होता। प्राचीनों के पास भी ऐसे कई उपाय थे जिससे वे अवबोध को साफ़ करते थे—योग से, ध्यान से। एलियट ने कहीं कहा है कि दान्ते अपनी *डिवाइन कॉमेडी* इसलिए लिख सके क्योंकि मध्ययुग में सभी बच्चों को बिम्बों और रूपकों के सहारे देखना सिखाया जाता था। वहाँ रूपकों के सहारे लोग बड़े होते थे। आज भी निरक्षर ग्रामीण कई चीज़ों को बिम्बों के सहारे देखते हैं और वे उसी ढंग से उन्हें याद रखते हैं। यह सिर्फ़ आध्यात्मिक गतिविधि ही नहीं, मानवीय इन्द्रियों की गतिविधि भी है। मानवीय इन्द्रियाँ कल्पना करने में, बिम्ब रचने में सक्षम हैं। शायद हमारी शिक्षा में नयी तरह की कल्पनाशीलता पर जोर होगा। हमें शायद तर्क करने का वह ढंग छोड़ना पड़े जिसका अब तक हमारी चिन्तन-प्रणाली पर गहरा असर था; चिन्तन की द्वन्द्वात्मक भाषा जहाँ एक सिद्धान्त होता है फिर उसका एक प्रति-सिद्धान्त होता है, दोनों में मुठभेड़ होती है, फिर संश्लेषण होता है और यह 'संश्लिष्ट' फिर टूट जाता है। आप को पता ही होगा कि हम इस सबसे कितने प्रभावित रहे आये हैं। मैं इस सब पर बात करने का अधिकारी नहीं हूँ। लेकिन एक लेखक के रूप में मुझे लगता है कि हम चिन्तन की इस प्रधान प्रणाली से मुक्त हो जायेंगे। तब दूसरे तरह की चिन्तन-प्रणाली होगी जो दान्ते की थी, ब्लेक की थी। वरना आप इस तथ्य को कैसे समझ सकेंगे कि ब्लेक का कोई भी समकालीन इतिहासकार या समाजशास्त्री या दार्शनिक वह नहीं देख सका जो ब्लेक देख सके थे। ब्लेक प्रौद्योगिक क्रान्ति की भयावहता, और वह हमें कहाँ ले जा सकती है, को रूपकात्मक और स्वप्नदर्शी दृष्टि के सहारे ही देख सके थे। ब्लेक के पास प्रतिभा थी और वे आलोकप्रिय थे क्योंकि उनके समकालीन इस प्रतिभा से लगभग हाथ

धो चुके थे और इसलिए वे वह नहीं देख पाये जो ब्लेक ने देख लिया। सम्भवतः नयी शती में जानने की जिन विधियों के हम अभ्यस्त हैं—जानने की तर्कणामूलक विधियाँ—उनकी जगह हम जानने की किन्हीं अन्य विधियों में स्वयं को प्रशिक्षित करेंगे। सम्भवतः इस पर अधिक जोर होगा।

अगर हम यही सृजनात्मक ढंग से जीवन बिताना चाहते हैं और इस शताब्दी को समाप्त करना और सचमुच कुछ नया शुरू करना चाहते हैं तो हम इस शताब्दी की शुरुआत की ओर वापस मुड़े और यह देखें कि तब क्या घटा रहा था। मैं सोचता हूँ, बीसवीं शताब्दी में दो बहुत बड़े व्यक्तित्व हुए, या शायद तीन; मार्क्स और गांधी और आइंस्टीन। मार्क्स अनेक तरह से उन्नीसवीं शताब्दी के उत्पाद थे। उन्होंने मुक्ति को आवश्यकता की तरह देखा लेकिन उनके मुक्ति के विचार में यूरोप पहले मुक्त होता, बाद में अन्य देश मुक्त होते। इसका यह अर्थ हुआ कि पहले मुक्त हुए देश बाद में मुक्त हुए देशों से हमेशा थोड़ा आगे रहते। इस तरह हम हमेशा ही बराबरी पर आने की कोशिश करते रहेंगे। लेकिन गांधी ने इसे एक बिल्कुल ही दूसरे ढंग से देखा और इसलिए गांधी ही सचमुच वि-उपनिवेशीकरण के साधन बने। वि-उपनिवेशीकरण मार्क्स के नहीं गांधी के माध्यम से हुआ। तथ्य तो यह है कि भारतीय कम्युनिस्ट स्वतन्त्रता आन्दोलन में पूरी तरह शामिल होने में हिचकिचा रहे थे क्योंकि ऐतिहासिक तर्क के अनुसार हम गांधी के बताए रास्ते से मुक्त नहीं हो सकते थे। इस तरह वि-उपनिवेशीकरण की प्रमुख विचारधारा गांधी का चिन्तन, गांधी की अन्तर्दृष्टि थी। वह प्रमुखतः प्रतीकात्मक थी—उदाहरण के लिए 'नमक सत्याग्रह' सोचना उस आदमी के वश की बात नहीं है जो तार्किक या द्वन्द्वात्मक ढंग से सोचता है। यह वही सोच सकता है जो रूपकात्मक और प्रतीकात्मक ढंग से विचार करता है। मुझे हमेशा यही लगा है कि भारत तब आज़ाद हो गया था, जब गांधी दाण्डी गये और उन्होंने नमक लेकर अपनी मुट्ठी को ऊपर किया। वह हमारी आज़ादी थी। थोड़ा-सा नमक। यह कवि के देखने का ढंग है और इसने भारतीय राजनीति को सचमुच गतिशील बनाया क्योंकि यह किसी तरह की अकादेमिक, द्वन्द्वात्मक, सिलसिलेवार ऐतिहासिक पद्धति नहीं है बल्कि सोचने का काव्यात्मक, प्रतीकात्मक ढंग है। इसलिए वह वि-उपनिवेशीकरण हुआ।

लेकिन वि-उपनिवेशीकरण सफल नहीं हो सका क्योंकि वि-उपनिवेशीकृत

देशों ने अपने लिए कोई वैकल्पिक सभ्यता सोचने की जगह महज़ पश्चिम का अनुगमन करना ही स्वीकार किया। गांधीजी यह जानते थे। यह गांधी की विफलता थी—अगर मार्क्स की विफलता सोवियत रूस और दूसरे देशों में ज़ाहिर हो गयी तो गांधी की विफलता को भारत में देखा जा सकता है। क्योंकि आज के ये अनेक हवालाबाज़ लोग गांधी का जाप किया करते थे (और कोई इसकी किस तरह व्याख्या कर सकेगा)। मैं एक शब्द का उपयोग करना चाहता हूँ। मैं इसे कन्नड़ में कहूँगा नाचीके याने शर्म। हममें से अनेक के लिए हमारी नैतिकता का स्रोत हमारी शर्म है। लोगों में शर्म है, हया है इसलिए वे एक हद के बाहर नहीं जाते। हमारे राजनेताओं में शर्म बिल्कुल नहीं है। बिल्कुल भी नहीं। मैं इसे इस तरह कहने की कोशिश करता हूँ : मेरी नज़र में दुनिया की सबसे सुन्दर चीज़ एक शर्मीली बुढ़िया है—एक बहुत बूढ़ी औरत जिसका चेहरा शर्म से लाल हो जाता है। यह सम्भव है। बूढ़ा आदमी अपनी शर्म बचाकर रख सकता है जो दरअसल उसमें यौवन का लक्षण है। बुढ़ापे में भी आपका बचपन आपके भीतर जीवित रह सकता है। लेकिन राजनेताओं में शर्म नाम मात्र को नहीं है और आप तो जानते ही हैं कि हम कलंकित समय में रहते हैं। क्या आपने कभी यह सोचा है कि भारत में पिछले पाँच सालों में—उन पाँच सालों में जब एक 'क्रान्ति' (मुझे यह शब्द इस्तेमाल करना नहीं चाहिए; यह तो इस शब्द का दुरुपयोग होगा) या अनेक परिवर्तन हुए, मनमोहन सिंह और अन्यों के माध्यम से, तब जैसा कि आरोप है (और अगर यह आरोप सही है तो) सरकार ने तीन करोड़ रुपए ख़र्च करके अपने लिए बहुमत जुटाया—हम तीन करोड़ रुपयों से शासित हुए और तीन करोड़ रुपया होता ही क्या है, क्योंकि कई मर्तबा एक सांसद इतना रुपया चुनाव जीतने के लिए ख़र्च कर देता है। हम पाप में जी रहे हैं। हम सब पाप में ज़िन्दा हैं। हम एक ऐसे समय में जी रहे हैं जहाँ शर्म नहीं है।

यह एक लेखक जानता है, एक कलाकार जानता है। वे कितने ही विद्वान और कितने ही होशियार लोग क्यों न हों—तर्क पद्धति में निष्णात इत्यादि—लेकिन अगर उनमें शर्म नहीं है तो वे हृदयहीन हैं। हिटलर में शर्म नहीं थी। स्टालिन में शर्म नहीं थी। ऐसे किन्हीं लोगों में शर्म नहीं होती, जो सत्ता को चाहते हैं। किसी बड़ी बहुराष्ट्रीय कम्पनी के व्यक्ति में असली शर्म

नहीं होती। मेरा मतलब है कि यह कला की दृष्टि है और इसलिए मैंने कहा कि हमें इस तरह के गहन मानवीय गुणों को पुनर्जीवित करने के स्रोत खोजने होंगे। और हम यह शुरुआत नहीं कर पायेंगे अगर हम अपने उस मोहभंग का सीधा सामना नहीं करते जो दरअसल एक विराट मोहभंग है। मैं आपको बताऊँ कि जब मैं इंग्लैण्ड में विद्यार्थी था, मैं माओत्से तुंग से प्रेम करने लगा था। मैं सोचता था कि माओ के माध्यम से ही महान सांस्कृतिक क्रान्ति सम्भव होगी। आज हम जानते हैं कि 'लांग मार्च' क्या था—वह मार्च कोकाकोला की बोतल के लिए था। किसी भी दूसरे देश की तरह। अब मैं पाता हूँ कि हममें से अनेक ने, जो मूलगामी ढंग से सोचते हैं, मरने की क्षमता खो दी है। मरना याने हमें अपने मोहभंगों से आँखें मिला सकना चाहिए और यह पूछ सकना चाहिए कि ग़लती कहाँ हुई। वरना कोई इक्कीसवीं शती नहीं होगी। बिल्कुल नहीं होगी। अगर हमने अपने मोहभंगों का सामना नहीं किया। गांधीवाद और गांधीवादियों से ऐसी क्या ग़लती हुई जो हम इस तरह से शासन करते हैं? मार्क्सवाद और मार्क्सवादियों से क्या ग़लती हुई? चीज़ें क्यों नहीं बदल सकीं? इस तरह यह भी हमारे समय की ज़रूरत है जब हम अगली शती की ओर बढ़ रहे हैं : एक खरा मोहभंग और स्वयं से यह सवाल कि कहाँ क्या ग़लती हो गयी? मैं यह क्यों कह रहा हूँ? क्योंकि हमारी शती का एक लक्षण, और एक बेहतर लक्षण, समता की भूख रहा है। अगर आप मुझसे पिछले सौ वर्षों का सबसे महत्त्वपूर्ण लक्षण पूछें तो मैं कहूँगा, समता की भूख। मेरे लिए हमारे इतिहास का सबसे महत्त्वपूर्ण क्षण—अगर भारत की बात छोड़ दी जाये, गांधी की दाण्डी यात्रा या उनका विभाजन के बाद का कार्य जब वे पैदल चलते गये, चलते गये, नौआखाली से लोगों के हृदय परिवर्तन के लिए—वह है जब मार्टिन लूथर किंग ने अपने हज़ारों काले और उनके प्रति सहानुभूतिशील गोरों के साथ 'हम होंगे कामयाब' गाया। एक महान् क्षण। यह वह क्षण था जिसने दर्शाया कि समता की भूख सबसे बड़ी भूखों में से एक है। लेकिन समता की भूख ऐतिहासिक रूप से ज़्यादातर विफल रही क्योंकि जिनमें समता की भूख थी, जब वे सत्ता में आये तो उन्होंने लोगों को दबाना शुरू कर दिया। इसलिए हमें कभी तो परिपक्व होकर यह दिखाना पड़ेगा कि समता की भूख का हश्र अपने इतिहास को नहीं दोहराएगा। और यह कि अगर समता की भूख पूँजीवाद या मार्क्सवाद जैसे किसी रास्ते पूरी नहीं हो पायी तो भी इसका अर्थ यह

नहीं है कि समता की भूख का अन्त हो गया। वह अभी भी है। हमारी क्षमता में भिन्नताओं के बावजूद, लिंग-भेद के बावजूद, हमारी बौद्धिक क्षमताओं की भिन्नताओं के बावजूद समता की भूख आज भी बरकरार है। किसी में असाधारण बौद्धिक क्षमता हो सकती है, किसी में नहीं लेकिन जिस व्यक्ति में वह नहीं है, उसमें कुछ ऐसे गुण हो सकते हैं जो अत्यन्त विकसित मस्तिष्क के व्यक्ति में न हों। इसलिए हरेक चीज़ सच्ची है। हरेक को संसार में रहने का हक़ है। केवल मनुष्य को ही नहीं, पशु-पक्षी और वृक्षों को भी। अगर आप इस तरह चलते जायें तो आप जैन हो जायेंगे जिन्होंने जीवन के हर रूप को इसकी ज़द में ले लिया। समता की भूख से मेरा आशय यह है। हमारे अपने मध्यकालीन सन्तों के यहाँ समता की भूख का एक स्थान है। कबीर में, तुलसी में, बसवा में और तुकाराम में। मैं नहीं जानता कि ग़लत समझे जाये बिना मैं इसे कहूँ कैसे, लेकिन मुझे इसकी फ़िक्र नहीं। अब मेरे लिए एकमात्र सच्चा वाक्य जिसमें हमें यह लगे कि समता सच्ची है कुछ यूँ होगा : हम सभी ईश्वर की सन्तान हैं। कोई और वाक्य समता के विचार को इतने सच्चे ढंग से नहीं समझा सकता जितना यह कि हम सभी ईश्वर की सन्तान हैं। मुझे नहीं लगता कि *कम्युनिस्ट मेनिफेस्टो* का कुछ भी मुझे समता की सच्चाई पर इतना भरोसा करा सकता है जितना यह वाक्य जिस पर भारत के मध्ययुगीन सन्त कवि विश्वास किया करते थे। सम्भवत:अब के बाद समता पाने का यह संघर्ष शक्ति-क्रीड़ा नहीं होगा, इस संघर्ष को समुदाय का अर्थ पाने की गहन आध्यात्मिक खोज होना होगा। मैं सोचता हूँ वह इक्कीसवीं शती का सबसे बड़ा आन्दोलन होगा। इसे आप अब स्त्रीवाद में लक्ष्य कर सकते हैं, महान् पर्यावरण-संघर्षों में लक्ष्य कर सकते हैं। समता के ये आध्यात्मिक मायने कि इस संसार में सभी को रहने का अधिकार है चाहे वह कीड़ा हो या बड़ा जानवर या मनुष्य। हम सभी को साथ रहना है। एक नया अर्थ जो भावी समय में नयी विश्व-व्यवस्था का स्रोत होगा।

लेकिन जब हम इक्कीसवीं शती में प्रवेश कर रहे हैं, मेरे मन में कुछ आशंकाएँ भी हैं। इस सब उदारीकरण, विश्ववाद और इसी तरह की चीज़ों के कारण। मेरे विचार से भारत अपने बहुलतावादी समाज होने के कारण अद्वितीय है। हम अपने कर्मों में ही नहीं, अपनी भाषाओं में भी बहुलतावादी हैं। ढेरों भाषाएँ हैं, हमारे खाने की आदतें वग़ैरह सभी

बहुलतावादी हैं। हम भारत को विभिन्न अन्न-क्षेत्रों में विभाजित कर सकते हैं—कहीं गेहूँ खाया जाता है कहीं चावल आदि। आप भारत को विभिन्न तेल-बेल्टों में विभाजित कर सकते हैं : नारियल तेल बेल्ट और तमाम तरह के तेल-बेल्ट। भाषिक-बेल्ट, तेल-बेल्ट जैसी अनेक विविधताएँ। यह विश्ववाद (ग्लोबलाइजेशन) विक्रय शक्ति के किसी तरह के केन्द्र की खोज है। मैं एक उदाहरण दूँगा। कर्नाटक में हमें अपने साम्भर पर बड़ा गर्व है। हर घर में साम्भर पाउडर बनता है और हर घर को अपने साम्भर पाउटर पर गर्व है। और अगर आप नौकरी-पेशा हैं और पाउडर नहीं बना सकते तो आपको गली का कोई व्यक्ति साम्भर बनाकर बेचेगा। किन्तु अब साम्भर बनाने का काम लिएन कम्पनी ने ले लिया है। मैं नहीं समझता कि यह सिर्फ़ मुनाफे की ख़ातिर है। यह विकेन्द्रीकरण को नष्ट करने की गहरी साजिश है। वरना अगर वे अपनी चाय को साम्भर पाउडर के साथ रखेंगे, उनका एक साथ भण्डारण करेंगे तो वह चाय साम्भर पाउडर की तरह महकेगी। इसलिए उनके लिए साम्भर या आचार बनाना हास्यास्पद है। लेकिन तब भी वे यह क्यों कर रहे हैं। ये बहुराष्ट्रीय कम्पनियाँ यह क्यों कर रही हैं? वे साम्भर पाउटर और पापड़ क्यों बनाना चाहती हैं? वे हर इस तरह के धन्धे में आ रही हैं। मुझे लगता है कि बहुलतावाद नष्ट होने जा रहा है। आज अगर आप—चाहे आप हिन्दी क्षेत्र में रहते हों या कहीं और—अँग्रेज़ी न जानते हों तो मैं नहीं समझता कि आपको पाँच अंकों में तनख़ाह मिल सकती है, क्या मिल सकती है? जब तक आप किसी बहुराष्ट्रीय कम्पनी वाले या करोड़पति के बेटे न हों। इस तरह के केन्द्रीकरण के दबाव हैं, लेकिन विज्ञान ने विकेन्द्रीकरण के रास्ते भी खोले हैं। मुझे लगता है कि कम्प्यूटर तकनीक इत्यादि चीज़ें भी विकेन्द्रीकरण की ओर ले जा सकती हैं जहाँ आप अपने घर पर बैठे काम कर सकते हैं। हर जगह भटकने की ज़रूरत नहीं है। मैं इसे बुरा नहीं समझता लेकिन मुझे लगता है कि अब दो तरह की शक्तियाँ कार्यरत हैं : एक केन्द्रीकरण की, विश्व-व्यवस्था की और दूसरी विकेन्द्रीकरण की शक्तियाँ जो कई बार हिंसक हो सकती हैं, कई बार जातीय हिंसा का रूप ले लेती हैं, कई बार ग़लत रास्ते पर आ जाती हैं—तो इनके पीछे यह भय धड़कता रहता है कि कहीं हम अपनी अस्मिता न खो दें। यह सच्चा भय है, भले ही कई बार यह ग़लत भय की तरह राजनीति में अभिव्यक्त हो। हमें इसे समझना होगा कि एक ओर केन्द्रीकरण हो रहा है इसलिए इस्लामिक

उग्रवाद भी इसी तरह की आकांक्षा— अपनी अस्मिता बचाने की आकांक्षा— की अभिव्यक्ति है।

हो सकता है इक्कीसवीं शती कहे कि विकेन्द्रीकरण अनिवार्य है, बहुलतावाद अनिवार्य है, लेकिन उन्हें आध्यात्मिक संघर्षों के रास्ते पाना होगा—उन रास्तों से जिन्हें मैंने इन्द्रियों की सफ़ाई कहा है जो आपको कल्पनाशील बनाती हैं। सम्भवतः संसार को मानसिकता-परिवर्तन के माध्यम से बड़े परिवर्तनों की ओर ले जाना होगा, राजनीतिक उथल-पुथल की जगह जिनके प्रति आपका—अगर आप ईमानदार हैं तो—अब तक पूरी तरह मोहभंग हो चुका होना चाहिए।

मैं सभी भारतीय भाषाओं के भविष्य को लेकर भी चिन्तित हूँ। क्योंकि आजकल सभी होशियार लोग, जो ठीक-ठाक जीवन बिता रहे हैं, अपने बच्चों को अँग्रेज़ी विद्यालयों में भेजते हैं और सम्भवतः हमारी सन्ततियाँ तुलसी, कबीर, बसवा, पम्पा में उस तरह शिक्षित नहीं हो सकेगी जैसे हम हुए थे क्योंकि हम गाँव से आये थे। इसीलिए हमारे भीतर कहीं गहरे भारतीय संस्कृति विद्यमान है क्योंकि हम सभी जानते हैं कि भारत में कोई भी *रामायण* या *महाभारत* को पहली मर्तबा नहीं पढ़ता। यह उस जीवन्त संस्कृति के कारण हो सका जो हम तक भारतीय भाषाओं के रास्ते आयी। हमारी भाषाओं ने संस्कृत परम्परा की विरासत को पूरी तरह स्वीकार, उसे स्वीकार कर अपना बनाया और लोक साहित्य से बहुत कुछ लिया। इस तरह हमारी भाषाएँ जिनके बारे में अक्सर मैं कहता हूँ—'जीर्णाग्नि' हैं। उन्होंने संस्कृत को पचाया, लोक-साहित्य को पचाया और यूरोप को पचाया। हमारी भाषाएँ लोगों की चेतना में जीर्णाग्नि हैं और अगर नयी पीढ़ी को उनसे मेहरूम किया गया तो फिर सत्ता का केन्द्रीकरण होगा और आप अपनी अस्मिता धीरे-धीरे खोते जायेंगे। शायद आप इन भाषाओं को रसोईघरों तक सीमित रखें। आप अपनी माँ या ऐसे ही किसी व्यक्ति से अपनी भाषा में ही बात करते रहें, लेकिन कुछ वर्षों में ये सारी भाषाएँ रसोईघर की भाषाएँ होकर रह जायेंगी। लेकिन एक उम्मीद अब भी है, क्योंकि जैसा कि मैंने कहा, भारत विकास के विभिन्न स्तरों की अनेक शताब्दियों के सह-अस्तित्व का देश है। हो सकता है यह सब यहाँ के गाँवों में न फैलाया जा सके। इसलिए हमारी निचली जातियों में भारतीय भाषाओं का प्रभाव बना रहेगा। मैं सोचता हूँ और यहाँ मैं मज़ाक़ नहीं कर रहा, कि अगर यही चलता रहा, तो सम्भवतः

हमारी भाषाओं के श्रेष्ठ लेखक तथाकथित ऊँची जातियों से नहीं, तथाकथित निचली जातियों से आयेंगे। इस तरह इक्कीसवीं शती इन मूल्यवान चीज़ों, जैसे हमारी भाषाओं के संरक्षण की साक्षी होगी उन लोगों के हाथों जो विकसित नहीं हैं। और अगर भारत संसार के लिए उम्मीद की लौ है तो इसलिए कि अगर अमेरिकी नगरों को रोटी, अण्डे या कुछ दिन के लिए बिजली न मिले तो उन्हें लगने लगता है कि वे अब बचेंगे नहीं, लेकिन हमारे यहाँ भारत में कैसे-कैसे जीवन-रक्षक उपकरण हैं। बचे रहने की क्षमता : कारण, ग़रीब से ग़रीब भारतीय नाच सकता है, गा सकता है, त्यौहार मना सकता है। ये त्यौहार ग़रीब-से-ग़रीब व्यक्ति भी मनाता है, उसके पास ईंधन हो या न हो। इसी रास्ते यहाँ के ये सारे सूक्ष्म मूल्य बचे रहे आते हैं। एक निरक्षर स्त्री को भी कविता के हज़ारों पृष्ठ कण्ठस्थ हैं, आज भी। कल दिल्ली में कार्यक्रम था, जिसमें डॉ. देवी कुछ भील लायी थीं। उन्होंने अट्ठाइस दिनों तक अपनी रामायण का पाठ किया। उन्होंने अपनी रामायण निश्चय ही वाल्मीकि की *रामायण* से ली है, लेकिन उन्होंने उसमें इतना उलटफेर किया है कि उसकी कहानी ही बदल गयी है, जो पुनः एक ऐसा गुण है जो इस संस्कृति को जीवित बनाये रखने में सहायक सिद्ध होगा। हमारी संस्कृति में अन्तर्पाठीयता का यह अनोखा गुण है। आपको लोक-साहित्य को शास्त्रीयता से अलग करके नहीं देखना चाहिए। यह देखने का यूरोपीय ढंग है। इनके बीच अन्तर्पाठीयता मौजूद है। मैं आपको वह उदाहरण देता हूँ जो मुझे बहुत पसन्द है जिसे रामानुजन ने कभी दिया था। रामानुजन कन्नड़ की लोक-रामायणें इकट्ठा कर रहे थे। कर्नाटक में हज़ारों रामायणें हैं। किसी एक अब तक अलिखित, लोक-रामायण में सीता कहती है कि वह भी राम के साथ वन को जायेगी। राम कहते हैं, नहीं, तुम वन नहीं जा सकतीं। तुम राजकुमारी हो। तुम्हारे पैर कोमल हैं और वहाँ वनैले पशु हैं और यह तुम्हारे लिए ठीक नहीं है। लेकिन वह कहती है नहीं, मैं तुम्हारी अर्धांगिनी हूँ, तुम्हारी पत्नी हूँ, वग़ैरह। और अब ज़रा देखिये, सीता क्या कहती है— और यह लोक-रामायण की निरक्षर सीता है : 'जब हर रामायण में सीता वन को जाती है, तो आप मुझे कैसे रोक सकते हो?' भारतीय संस्कृति में इस तरह की अन्तर्पाठीयता है और मेरी दृष्टि में यह इसकी संरक्षक-शक्ति है।

अन्त में मैं आपसे एक बात कहना चाहता हूँ। मैं अब 'संस्कृति' शब्द का

प्रयोग नहीं करूँगा, मैं अब 'सभ्यता' शब्द का प्रयोग करना चाहता हूँ। मनुष्य, समाज और सभ्यता। आप जानते ही हैं कि मनुष्य का आध्यात्मिक आयाम होता है। यौन आयाम भी। उसमें भूख होती है—सभी तरह की भूख—उसमें अच्छे-बुरे का संघर्ष चलता रहता है। हमें मनुष्य के विषय में जिज्ञासा है और मनोविज्ञान और दर्शन आदि में उसकी व्याख्या की गयी है। उन्नीसवीं शती के बाद से हम पर समाज की धुन सवार है : समाज, सामाजिक न्याय और सामाजिक सन्ताप इत्यादि। हमें यह मालूम होना चाहिए कि अगर हम समाज की भूख बढ़ाकर उसमें परिवर्तन लाना चाहते हैं, तो पृथ्वी का कोई भविष्य नहीं, क्योंकि अगर भारतीय समाज अमेरिकी समाज की तरह रहना चाहे और हम भी अमेरिकियों की जितनी ही ऊर्जा का व्यय करना चाहें तो मुझे नहीं लगता कि पृथ्वी महीने-भर भी जीवित रह सकेगी। समाज की भूख बढ़ाने की एक सीमा है। हमारे सारे सामाजिक संघर्ष उन लोगों को जिनके पास कुछ नहीं है, उनके प्रति ईर्ष्यालु बनाने के लिए हैं जिनके पास बहुत कुछ है ताकि वे भी वह सब पाना चाहने लगें जो उन अन्यों के पास है। लेकिन इसकी एक सीमा है शायद समता के संघर्ष किसी और आधार पर होंगे, धरती माँ की स्थिति के ज्ञान के आधार। वह नया आधार तभी होगा जब हम यह मानें कि यह एक सभ्यता है। देखिये, नेहरू में सभ्यता के प्रति चिन्ता थी। गांधी में तो थी ही, तिलक में भी, पुराने समय के सभी महानों में। लेकिन अब सभ्यता नाम की चीज़ की कोई चिन्ता नहीं है। कोई भी राजनैतिक दल भारत की ऐसी सभ्यता की तरह चिन्ता नहीं करता जो शताब्दियों तक जीवित रही आयी है। किसी राजनैतिक दल को सभ्यता में कोई दिलचस्पी नहीं है। जो संस्कृति से अलग है। सभ्यता से मेरे आशय हममें निहित चीज़ों से नहीं है, वह तो संस्कृति है, बल्कि वे चीज़ें जिनमें हम विश्वास करते हैं, जिनका हम निर्माण करते हैं, जिनका हम अपने बौद्धिक और सचेत आत्म में वहन करते हैं। वह सभ्यता है और मैं सोचता हूँ अगली शती में साभ्यतिक चिन्ता बहुत महत्त्वपूर्ण होगी।

मूल अँग्रेज़ी से अनुवाद : उदयन वाजपेयी

पुनर्प्रकाशित पूर्वग्रह के पहले अंक के लोकार्पण के अवसर पर २९ सितम्बर, १९९६ को भारत भवन, भोपाल में दिये गये व्याख्यान का सम्पादित पाठ।

शुद्ध बुद्धि के अन्तर्विरोधों की शताब्दी

दया कृष्ण

अन्त और आरम्भ—इस व्याख्यान का आरम्भ कैसे किया जाय? जो वक्ता इस व्याख्यान-शृंखला का अन्त करने वाला होगा उसके सामने इसको लेकर कोई समस्या नहीं होगी क्योंकि उसके पहले बहुत कुछ कहा जा चुका होगा और उसके आधार पर वह कुछ अन्त भी कर सकता है या करने की चेष्टा कर सकता है। पर आरम्भ...

वास्तव में चर्चा का विषय तो वही होना चाहिए जो अनादि और अनन्त है। जिसका प्रारम्भ होता है या जिसका अन्त होता है उसकी क्या चर्चा करें! अगर किसी चीज़ का अन्त हो गया है तो वह स्मृति का विषय हो सकती है, संस्कार का विषय हो सकती है; चर्चा का विषय वह तभी हो सकती है जब हम उसको नये तरीक़े से देखने की कोशिश करें। और यह बात कि जो हो चुका है उसको अनेक दृष्टियों से देखा जा सकता है, उसके अनेक पहलू उभारे जा सकते हैं—यह शायद सबसे अजीब बात है। अभी कुछ दिन पहले रमेशचन्द्र शाह ने कहा कि वे एक नया उपन्यास लिख रहे हैं। उस उपन्यास में एक आदमी है जो अपनी जीवन-कथा लिखना चाहता है। वह हर बार लिखता है और हर बार उसको नकार देता है, काट देता है और यह बात बार-बार होती है। यही स्मृति की कहानी है कि हम उसको बार-बार अनेक नज़रियों से देखते हैं और फिर कहते

हैं कि नहीं, यह ठीक नहीं है और फिर कोई नया नज़रिया अपनाते हैं; या यह नज़रिया कोई दूसरा आदमी अपनाता है। तो जिस शताब्दी का अन्त हो रहा है उसको हम कैसे देखें? मैं आपके सामने उसके कुछ नज़रिये रखना चाहूँगा।

इसी सन्दर्भ में कल ही मदन सोनी ने एक बात कही और मैं समझता हूँ कि बात इस सन्दर्भ में उतनी ही सार्थक है जितनी रमेशचन्द्र शाह का वह उपन्यास जो वे लिख रहे हैं। मदन ने यह बात कही कि एक प्रसिद्ध दार्शनिक हैं (उन्होंने नाम नहीं लिया, हो सकता है उनका इशारा शल्य जी की ओर हो) जो यह कहते हैं कि वे इस शताब्दी में नहीं रहते। मदन सोनी ने कहा कि यदि हम इस शताब्दी में हैं, इसमें जी रहे हैं तो इसको नकारा तो नहीं जा सकता। यह ठीक है, पर मेरे मन में सवाल उठा कि स्वयं यह शताब्दी किसमें स्थित है? हम शताब्दी में स्थित हैं पर यह शताब्दी किसमें स्थित है? और किसी शताब्दी में स्थित होने का मतलब क्या होता है? जो ग़ैर-पश्चिमी संस्कृतियाँ और सभ्यताएँ हैं उनके सामने इस शताब्दी में स्थित होने का अर्थ बहुत भिन्न है। यही इस शताब्दी की स्थिति का केन्द्र-बिन्दु है। जो शताब्दी गुजर रही है, गुजरने वाली है, जिसका अन्त होने वाला है उसमें पश्चिमी सभ्यता, संस्कृति, उसका दृष्टिकोण, उसकी चेतना, उसके चिन्तन की कोटियाँ, उसका भावना-जगत और भावना के तरीक़े वास्तव में सारे जगत पर इस प्रकार छा गये हैं कि हर सभ्यता, संस्कृति का मनुष्य अगर इस शताब्दी में अपने को स्थित करना चाहता है तो वह असल में ख़ुद को इन तमाम चीज़ों में स्थित करना चाहता है, उनसे सम्बन्ध जोड़ना चाहता है, उनको आत्मसात करना चाहता है। यह हमारी स्थिति है।

यह स्थिति कैसे उत्पन्न हुई, इसका एक लम्बा इतिहास है। इस बात को हम जब तक नहीं समझेंगे तब तक इस शताब्दी में ख़ुद को स्थापित करने का हमारा प्रयत्न सार्थक नहीं होगा। तब यह शताब्दी, जिसका केन्द्र पश्चिम का विचार है, उसके चिन्तन की कोटियाँ हैं, उसके नज़रिये हैं, उसके देखने का अन्दाज़ है, वह क्या है? मैं आपके समक्ष कुछ पेश करने की कोशिश करूँगा। शायद आपको पसन्द आये। यह शताब्दी भी जब प्रारम्भ हुई थी तब भी ऐसा ही वातावरण रहा होगा। लोग सोचते होंगे कि एक शताब्दी का अन्त हो रहा है और एक शताब्दी का प्रारम्भ

हो रहा है। तब क्या हो रहा था? उस सबकी ओर तो नहीं पर कुछ चीज़ों की ओर मैं दृष्टिपात करूँगा। पश्चिम का एक लम्बा इतिहास है—शुद्धि बुद्धि में आस्था का इतिहास। जब तक आप इस आस्था के प्राण को नहीं समझेंगे तब तक पश्चिम को नहीं समझ सकते। इस आस्था का इतिहास बीसवीं सदी का इतिहास है। जो लोग कला, साहित्य इत्यादि से सम्बन्धित होते हैं, वे सामान्यतः बुद्धि में इस आस्था के प्रति उदासीन होते हैं और इस इतिहास में उनकी कोई विशेष रुचि नहीं होती। लेकिन जो दर्शन का क्षेत्र है, विज्ञान का क्षेत्र है, तकनीक का क्षेत्र है और वे तमाम अनेकानेक क्षेत्र जिन्होंने वास्तव में इस सदी को बनाया है, जिन्होंने आज की स्थिति को उपस्थित किया है वे एक गहन बौद्धिक आस्था के क्षेत्र रहे हैं : बुद्धि में आस्था।

यह आस्था क्या थी? यह अपने में बहुत लम्बी बात है, एक अलग व्याख्यान का विषय। शुद्ध बुद्धि में आस्था का अर्थ क्या होता है? वह आस्था यह है कि जो सत है उसे हम शुद्ध बुद्धि के द्वारा जान सकते हैं, उसके लिए अनुभव की आवश्यकता नहीं है। और शुद्ध बुद्धि से जो ज्ञान प्राप्त होता है वह अनिवार्य रूप से, अवश्यम्भावी रूप से सत्य भी होता है। कोई बात जो शुद्ध बुद्धि से प्राप्त होती है, उसमें एक निश्चितता होती है, क्योंकि वह अनुभव से प्राप्त नहीं है, अनुभव पर आश्रित नहीं है। और उसमें एक सार्वभौमिकता होती है। इस अनिवार्यता और सार्वभौमिकता के अलावा, अनिवार्य रूप से वह ज्ञान उस चीज़ के बारे में भी सत्य होता है जो हम इन्द्रियों के माध्यम से जानते हैं।

इस ज्ञान का प्रारूप गणित का ज्ञान है। गणित का ज्ञान अजीब ज्ञान है। ज़रा सोचिये कि यह ज्ञान है क्या? हम कहते हैं दो और दो चार होते हैं। ज़रा गिनती गिनिये, गिनती तो कभी समाप्त नहीं होती! जगत की वस्तुएँ समाप्त हो सकती हैं, वे गिनती में सीमित हैं, लेकिन गिनती समाप्त नहीं हो सकती। यह जो गणित के ज्ञान की, संख्याओं की अनन्तता है, यह क्या है? संख्याएँ अनन्त हैं और हम इस बारे में ज्ञान प्राप्त करते हैं और निश्चित ज्ञान प्राप्त करते हैं। अनन्त के बारे में एक सीमित बुद्धि ज्ञान प्राप्त करती है, ऐसा ज्ञान जो अनिवार्यतः सत्य है। पर यह जो आपके सामने संसार है अगर आप इसको सत्य मानते हैं तो वह तो सीमित है; तब गणित अगर एक वास्तविक ज्ञान है जो कि शुद्ध बुद्धि के द्वारा प्राप्त होता है और

जो ज्ञान अनिवार्यतः इन्द्रियजन्य ज्ञान पर लागू होता है, जैसे कि ज्यामिति शास्त्र में होता है, तब यह प्रश्न उपस्थित होता है कि यह ज्ञान किस विषय का है। यह संख्या क्या है? क्योंकि संख्या तो अनन्त है, संख्या वह चीज़ नहीं है जो इन्द्रियों के द्वारा ग्रहण होती हो। इन्द्रियों के द्वारा अनन्तता ग्रहण नहीं होती। इन्द्रियजन्य ज्ञान हमेशा सीमित होता है : वह यहाँ है, अब है। यही नहीं, जैसे-जैसे गणित की संख्याओं के क्षेत्र का विस्तार होता है वैसे-वैसे यह समस्या और जटिल होती जाती है। मसलन, जब हम कहते हैं कि यह शून्य है तो शून्य किस प्रकार की संख्या है? और शून्य से नीचे जाने वाली संख्या, जिसको हम निगेटिव संख्या कहते हैं, वह क्या है? रेशियो क्या है, रेशनल कही जाने वाली संख्याएँ क्या हैं? संख्याओं के क्षेत्र का विस्तार कहाँ-कहाँ, कब-कब हुआ है और उसने मनुष्य के लिए क्या समस्याएँ उत्पन्न की हैं—यह अपने आपमें एक बड़ी भारी कहानी है। बहरहाल मैं आपका ध्यान इस ओर आकर्षित करना चाहता हूँ कि मनुष्य के सामने एक समस्या यह उत्पन्न हुई—शताब्दी के प्रारम्भ में—कि यह ज्ञान वास्तव में किस विषय का ज्ञान है। क्योंकि अगर आप यह मानते हैं कि गणित का ज्ञान है और वह किसी विषय का ज्ञान है तो उस विषय की सत्ता भी माननी पड़ेगी। उस विषय की सत्ता मानते ही आपको असंख्य की, गणनातीत की, अनन्त की सत्ता माननी पड़ेगी। और आधुनिक मानव अनन्त की सत्ता कैसे मान सकता है। इस सदी की शुरुआत इस समस्या से होती है।

आज जिसको आप 'सेक्यूलरिज्म' कहते हैं, उसका अर्थ क्या है? यही कि इन्द्रियों से जो ग्रहण होता है वही सच है, बाक़ी सब कल्पना है। अगर हम यह मानते हैं कि जो इन्द्रियों से भोगा जा सकता है, जिसका आनन्द इन्द्रियों से लिया जा सकता है, जो इन्द्रियों को शुभ-अशुभ लगता है वही सत है, वही शुभ है, वही सुन्दर है, बाक़ी सब कल्पना है तो गणित जो शुद्ध बुद्धि के ज्ञान का क्षेत्र है उसका क्या होगा, उसको हटाया तो नहीं जा सकता! और उसको स्वीकार करते ही हम 'नॉन-सेक्युलरिस्ट' हो जाते हैं; हम एक ऐसे क्षेत्र की सत्ता में विश्वास करने लगते हैं, जो स्वयं अनन्त है, फिर भी जिसका ज्ञान होता है, जिसको ग्रहण किया जाता है।

इस शताब्दी का प्रारम्भ इस बात से होता है कि कैसे हम संख्याओं के इस ज्ञान को इस प्रकार समझें कि हमको यह मानने की ज़रूरत न हो कि

संख्याओं जैसी कोई चीज़ है। आप ज़रा सोचिये—दिस सेन्चुरी स्टार्टस् विद ए सेल्फ़ कन्ट्राडिक्टरी डिमाण्ड ऑन दि इण्टलेक्ट इटसेल्फ़। स्वयं बुद्धि के लिए बुद्धि का एक क्षेत्र समस्या उत्पन्न करता है—एक ऐसी समस्या जो अन्तर्विरोध से भरी हुई है। एक तरफ़ वह कहते हैं कि ऐसा ज्ञान है, दूसरी तरफ़ कहते हैं ऐसा ज्ञान नहीं होना चाहिए। क्यों नहीं होना चाहिए? यहाँ एक आग्रह है। अगर उसको हम वास्तव में एक ज्ञान मानते हैं, उसके विषयों को वास्तव में अगर विषय मानते हैं तो हमारे सामने यह समस्या होती है कि यह जो जगत है, यह जो हमें इन्द्रियों से ज्ञात होता है, यही मात्र जगत नहीं है, कुछ और भी है। कुछ और भी है, इसे नकारना, स्वयं बुद्धि के द्वारा, उस ज्ञान को नकारना है जो बुद्धि के द्वारा प्राप्त होता है, जिसकी कम से कम ढाई हज़ार साल की पश्चिमी परम्परा थी।

१९१० में रसल ने *प्रिंसपिया ऑफ़ मैथामैटिका* लिखी। लिखी तो उससे पहले थी लेकिन १९१० में छपी थी। वह एक बड़ी भारी कोशिश थी कि गणित का ज्ञान स्वतन्त्र रूप में गणित का ज्ञान न माना जाय। बुद्धि की इससे बड़ी कोशिश शायद कभी नहीं हुई थी कि बुद्धि यह कहे कि मुझे जिस क्षेत्र का ज्ञान होता है और जिस पर मुझे नाज है और जिसके सहारे हम सारी दुनिया को समझते हैं वह वास्तव में ज्ञान नहीं है, वह प्रतीति मात्र है; वह वास्तविक ज्ञान नहीं है।

आप सब साहित्य प्रेमी, साहित्य के लोग हैं इसलिए आपको इसमें शायद थोड़ा रस भी आ सकता है कि भाषा क्या चीज़ होती है? भाषा विषय है, पर एक माध्यम भी है। भाषा बिना अर्थ के कुछ नहीं होती। पर भाषा क्या उसी रूप में एक विषय है जिस रूप में टेबिल, कुर्सी और दुनिया की तमाम दूसरी चीज़ें होती हैं? हमारे यहाँ भाषा पर चिन्तन हुआ है। आरम्भ में हुआ है। गणित पर चिन्तन पश्चिम में हुआ है। दोनों एक तरह से बड़ी अजीब चीज़ें हैं। भाषा स्वयं में कोई चीज़ नहीं है, लेकिन अर्थ क्या है? उस अर्थ का भाषा से सम्बन्ध क्या है? स्वयं अर्थ की सत्ता क्या है? जिस प्रकार संख्याओं की सत्ता की समस्या उत्पन्न होती है उसी प्रकार अर्थ की सत्ता की भी समस्या उत्पन्न होती है। अर्थ ग्रहण कैसे होता है? अर्थ इन्द्रियों से तो ग्रहण नहीं होता? फिर कैसे होता है? अर्थ का संसार कैसे बनता है? अर्थ में सत्-असत् का भेद कैसे करेंगे क्योंकि—अर्थ तो सदैव सत् होता है, यद्यपि वो जो कहता है वह असत् हो सकता है। इसी प्रकार

शून्य को माने बग़ैर संख्याएँ नहीं हो सकतीं। विडम्बना देखिये कि हम जहाँ से चले थे वहाँ मानते थे कि जो इन्द्रियों से ग्रहण होता है वही सच है। पर जब इन दो चीज़ों पर विचार करते हैं तो यह समस्या होती है कि शून्य क्या है और उस अर्थ का अर्थ क्या है जो यह कहता है कि 'यह नहीं है'। क्योंकि अगर हम कह रहे हैं कि यह नहीं है और यह वाक्य सत्य है तो इसके कोई विषय होना चाहिए वरना वह सत्य कैसे होगा? ये दो समस्याएँ पिछले सौ साल के इतिहास में बुद्धि के केन्द्र में रही हैं।

जब संख्याओं को रसल ने और व्हाइटहैड ने तर्कशास्त्र के अन्दर अनूदित किया कि वास्तव में संख्याओं को हम तर्कशास्त्र के अन्दर रूपान्तरित कर सकते हैं, तब समस्या का रूप यह हो जाता है कि तर्कशास्त्र का विषय क्या है और उसकी सत्ता क्या है। और क्योंकि तर्कशास्त्र वाक्यों के आपसी सम्बन्धों से सम्बन्धित होता है और वाक्य भाषा के अनिवार्य अंग होते हैं, इसलिए समस्या केवल भाषा की ही रह जाती है। भाषा कम से कम उस रूप में विषय नहीं है जिस रूप में संख्या दिखती है। भाषा का सत्य वह सत्य नहीं जो संख्या का सत्य है। तो समस्या बदल जाती है और भाषा पर आकर केन्द्रित हो जाती है। दूसरी तरफ़ दो बड़ी कोशिशें थीं जिनकी ओर इशारा करना ज़रूरी है। एक कोशिश यह सिद्ध करने की थी कि गणित के ज्ञान में कोई भी अन्तर्विरोध नहीं है। जो भी कोई शुद्ध बुद्धि की बात करता है वह यह मानता है कि अगर कोई आदमी यह सिद्ध कर दे कि आप जो कह रहे हैं उसमें अन्तर्विरोध है तो वह बात सत्य नहीं हो सकती। तो उस ज़माने के सबसे बड़े गणितज्ञ हिल्बैर्ट ने यह कोशिश की कि हम यह सिद्ध कर दें कि वास्तव में जो भी सारे गणित का विस्तार है इसमें मूलभूत रूप में आपस में कोई अन्तर्विरोध नहीं है। इसका मतलब यह है कि उसकी जो स्थापना है वह ऐसी भित्ति पर हो जायेगी जो असन्दिग्ध होगी।

यह कहानी इसलिए ज़रूरी है कि आज जब लोग देरीदा या रोर्टी की बात करते हैं तो उनको यह कहानी पता नहीं होती। और जब तक यह कहानी पता नहीं होगी तब तक आप न देरीदा को समझ सकते हैं न रोर्टी को समझ सकते हैं और न आज के पश्चिम की आस्था को समझ सकते हैं। यह जो हुआ, इस शताब्दी के प्रारम्भ में, जो समस्या इसके सामने उत्पन्न हुई, उसने इस सारी खोज की नींव को हिला दिया। उसके बाद पश्चिम

की बौद्धिकता में आस्था बिल्कुल ख़त्म हो गयी। आप लोग नहीं जानते कि पश्चिम में क्या हुआ है। पश्चिम की बौद्धिकता की जड़ें किस तरह हिली हैं—इसका आपको आभास नहीं है। रसल और व्हाइटहैड की कम से कम दस साल की कोशिश और उसके बाद की लगातार कोशिशों के बाद लोगों ने हताश होकर यह मान लिया कि यह प्रयत्न असम्भव है। क्यों असम्भव है? क्योंकि गणित का ज्ञान तब तक ज्ञान का रूप नहीं ले सकता जब तक कि वह ऐसी मूल मान्यता न माने जो शुद्ध बुद्धि नहीं दे सकती। जो शुद्ध बुद्धि का क़िला है, उस क़िले की नींव में : ऐसी मान्यता है जिसे शुद्ध बुद्धि सत्यापित नहीं कर सकती। वह क्या है? बड़ी सीधी-सीधी चीज़ है। उसको कहते हैं 'एक्ज़ियम ऑव इनफिनिटी'; हमको यह मानना पड़ेगा कि संख्या अनन्त है। परन्तु जो है वह सान्त है लेकिन अनन्त को माने बग़ैर गणित नहीं बन सकता। और अनन्त है या नहीं, यह शुद्ध बुद्धि नहीं बता सकती, और इन्द्रियाँ भी नहीं बता सकतीं क्योंकि जो है वह तो सब कुछ सीमित है।

दूसरी तरफ़ ३१ में कुर्ट गोडेल, जो कि संसार के सबसे बड़े गणितज्ञों में थे उन्होंने दो परचे लिखे। उन दो परचों ने सारे गणित की नींव को धराशायी कर दिया। जिस तरह रसल ने सिद्ध किया कि यह सिद्ध नहीं किया जा सकता कि सारे गणित का जो विस्तार है, वह एक ऐसी नींव पर निश्चय ही आधारित है जो कोई ऐसी पूर्वमान्यता नहीं रखता जिसका विषय—सत से कोई सम्बन्ध न हो, अर्थात् जो विषयों की सत्यता के बारे में कोई भी पूर्वापेक्षा नहीं करता, जिसकी सत्यता बुद्धि नहीं बता सकती उसी प्रकार गोडेल ने यह कहा कि यह कभी सिद्ध नहीं किया जा सकता (यानी उसने यह सिद्ध किया कि सिद्ध नहीं किया जा सकता) कि गणित वास्तव में अन्तर्विरोध शून्य है। अब देखिये कि मनुष्य की बुद्धि क्या कहती है : मेरी जो रचना है, उसकी नींव में एक ऐसी मान्यता है जिसको बुद्धि सत्य रूप में नहीं बता सकती, और जो इन्द्रियानुभव के आधार पर कभी भी सत्य स्थापित हो ही नहीं सकता। दूसरी ओर वही बुद्धि यह बताती है कि यह कभी सिद्ध नहीं किया जा सकता कि वह अन्तर्विरोधों से मुक्त है। ये दो खोजें अब नयी दिशाएँ लेती हैं।

दूसरा आयाम इसी काल में विज्ञान के क्षेत्र में उत्पन्न हुआ था; ऐसा क्षेत्र जहाँ शुद्ध बुद्धि और अनुभव का एक मिश्रण होता है। वह अजीब मिश्रण

है। जो लोग विज्ञान को नकारते हैं वे यह भूलते हैं कि विज्ञान में इन्द्रियानुभव, कल्पना और शुद्ध बुद्धि से उत्पन्न तर्क और गणित इन तीनों का ऐसा मेल है जैसा संसार में आज तक कभी नहीं हुआ। विज्ञान की जो चमत्कारिक प्रगति है, पिछले सौ से अधिक साल में, वह इस नींव पर आधारित है। उन्होंने ऐसी विधि का पता लगाया जिसमें कल्पना का स्थान महत्त्वपूर्ण है। आज विज्ञान में साहित्य से भी अधिक कल्पना का अंश है : आप 'साइंस फिक्शन' पढ़िए। वह ऐसी-ऐसी बातें कहता है जो समझ में नहीं आतीं। १९१५ में आइंस्टाइन का पहला पेपर निकलता है रिलेटिविटी के बारे में। और उसके कम से कम दस या पन्द्रह साल बाद उसका दूसरा पेपर निकलता है *जनरल थ्यौरी ऑव रिलेटिविटी*। हम लोगों को आज पश्चिम का विरोध करने की भी आदत बन गयी है, लेकिन ज़रा पश्चिम को समझिए तो सही। गति, देश और काल का जो सम्बन्ध आइंस्टाइन ने स्थापित किया वह वास्तव में मनुष्य के इतिहास में ऐसी घटना थी जो आज तक पूर्ण रूप से मनुष्य को समझ में नहीं आयी है। 'जनरल थ्यौरी' के बारे में तो आज भी कहा जाता है कि उसको बड़े-बड़े वैज्ञानिक नहीं समझते। अगर आइंस्टाइन ने एक नयी बात पता की कि देश और काल को समझने के लिए इनको गति से सम्बन्धित करना होगा और गति की एक चरमसीमा है और इनमें सापेक्षता है तो देश और काल की अनन्तता का क्या होता है? क्योंकि देश काल स्वयं गति-सापेक्ष हैं और गति स्वयं सीमित है, एक हद के आगे वह नहीं बढ़ सकती। यही नहीं उसने एक और बात कही कि वास्तव में जो द्रव्य और ऊर्जा है, जो जड़ जगत है और जो शक्ति है वे वास्तव में एक-दूसरे में रूपान्तरित किये जा सकते हैं। उनका रूपान्तरण ही नहीं किया जा सकता बल्कि उस रूपान्तरण का एक फार्मूला बताया जा सकता है। बड़ा मशहूर फार्मूला है : $E=mc^2$ जिस के आधार पर एटम बम बना है। उसके बाद ३१ की कहानी हाइज़नबर्ग से आरम्भ होती है—*प्रिंसिपल ऑव इनडिटर्मिनेसी* से : जो विद्युत कण—जिनसे एक प्रकार से सारा जगत बना है—उनके बारे में यह निश्चित रूप से नहीं कहा जा सकता कि वे किस विशिष्ट स्थान पर हैं और उनकी गति क्या है। हम केवल एक का ही निर्धारण कर सकते है। अगर यह जानना चाहते हैं कि वह किस देश में स्थित है तो उस समय उसकी गति का पता लगाना असम्भव है। दूसरी ओर यदि हम उसकी गति के बारे में निश्चित रूप से जानना चाहते हैं तो यह जानना असम्भव है कि वह उस समय

किस विशिष्ट देश में है। जो अणु हैं उनमें क्या होता है, उनके बारे में एक निश्चितता नहीं हो सकती।...यह सब बाद की कहानी है। १९३० तक एक ऐसी अवस्था उत्पन्न हो चुकी थी जहाँ बुद्धि ने स्वयं अपने सामने ऐसे प्रश्न उपस्थित कर दिये थे जिससे बुद्धि में उस प्रकार का विश्वास सम्भव नहीं रह गया था जैसा पहले था।

अब ज़रा थोड़ा पलटिए। उसी बुद्धि में आस्था ने मार्क्स को पैदा किया था। उसके पहले हेगल हो चुका था। हेगल ने शुद्ध बुद्धि के द्वारा सारे इतिहास को समझने की चेष्टा की थी। अब हम जड़ जगत की बात नहीं कर रहे हैं, संख्याओं की बात नहीं कर रहे हैं, अब हम इतिहास की बात कर रहे हैं, मानव की बात कर रहे हैं। पहले हेगल ने और बाद में मार्क्स ने शुद्ध बुद्धि के द्वारा इस बात को पकड़ने की कोशिश की कि इतिहास के अन्दर क्रम क्या है, उसकी गति क्या है, उसके नियम क्या हैं; और इसी के साथ शुद्ध बुद्धि अगर आदर्श उपस्थित करती है, पुरुषार्थ उपस्थित करती है, तो मानव का पुरुषार्थ क्या है। मानव के पुरुषार्थ को पहली बार इतिहास से जोड़ा गया। पश्चिम में ईसाइयत ने पहले ऐसा कुछ किया था लेकिन वह मनुष्य का पुरुषार्थ नहीं था, उसमें कई नयी दैवी शक्तियाँ थीं। पर यहाँ तो मनुष्य स्वयं अपने पुरुषार्थ को इतिहास से जोड़कर इतिहास के क्रम को जानकर एक ऐसे समाज की रचना कर सकता है जो आदर्श समाज हो। यह कहानी १९१७ के बाद शुरू होती है रूस में। क्रान्ति के बाद रूस में जो कुछ हुआ वह शुद्ध बुद्धि का बाहर का खेल है। उसकी नींव में शुद्ध बुद्धि की बात है।

उसी शुद्ध बुद्धि का एक दूसरा भी रूप था : नात्सीवाद। नात्सीवाद को आप शुद्ध बुद्धि का रूप कहेंगे या नहीं?—यह समस्या उत्पन्न हो सकती है। कुछ लोग कहते हैं कि नहीं वह उसका उलटा था। वह बौद्धिकता नहीं थी, वह कुछ और था। आज लोग होलोकास्ट की बात करते हैं और कहते हैं कि इतने लाख लोगों को मार दिया गया क्योंकि वे यहूदी थे और उनके खाल के लैम्पशेड बनाये गये, उनकी चर्बी से साबुन बनाया गया, ये इतने ज़ाहिल लोग थे। लेकिन जर्मनी तो ज़ाहिलों का देश नहीं था। वह तो बिथोविन, मोत्सार्ट, बाख का देश था, मार्क्स और हेगल का देश था। नीत्शे का भी देश था। जर्मनी तो शुद्ध बुद्धि का केन्द्र था जहाँ यह सब हुआ! एक सभा हो रही थी। वहाँ इसकी चर्चा हो रही थी। रामचन्द्र गांधी

वहाँ थे। उन्होंने पूछा : हर रोज़ लाखों जानवरो को इसलिए मार दिया जाता है कि मनुष्य की क्षुधा शान्त हो और अगर एक लाख आदमी मार दिये जाते हैं तो आपको लगता है कि बुरा हुआ! उन्होंने कहा, शायद यह जो होलोकास्ट हुआ है यह आपको यही सिखाने के लिए है कि उन जानवरों को कैसा महसूस होता होगा। सारा सभागार स्तब्ध। किसी की हिम्मत नहीं हुई कि कुछ कहे। क्योंकि यह तो आपने एक ऐसी नब्ज़ छू दी है जहाँ पश्चिम का आदमी ही क्या, जो भी मांस खाता है वह एकदम बिलबिला उठता है। कभी शिकागो में जाइए, जहाँ मांस का सबसे बड़ा कारखाना है। कहने का अर्थ यह है कि जानवर में और मनुष्य में भेद क्या है? आप क्यों भेद करते हैं मनुष्य और जानवरों में? अगर जानवर के साथ आप एक प्रकार का व्यवहार ठीक समझते हैं तो वही व्यवहार मनुष्य के साथ क्यों ग़लत मानते हैं। हिटलर उनको मनुष्य नहीं मानता था। उसने कहा था कि ये लोग मनुष्य नहीं हैं। आपकी परिभाषा में वे मनुष्य हो सकते हैं, उसकी परिभाषा में वे मनुष्य नहीं थे। जिस प्रकार मार्क्स की परिभाषा में प्रत्येक मनुष्य मनुष्य नहीं होता। जब तक आप प्रॉलितरेत क्लास के नहीं हैं तब तक आप मनुष्य नहीं हैं, बुर्जुआ हैं। बुर्जुआ एक गाली है। कॉडवेल ने किताब लिखी थी *स्टडीज़ इन ए डाइंग कल्चर*—उसके हर पन्ने पर यह गाली है : बुर्जुआ। मनुष्यों के बीच में यह भेद भेद ही है—चाहे वह किसी आधार पर हो, वर्ग, रूप, रंग, किसी भी आधार पर। वे मानते हैं कि कुछ लोग मनुष्य नहीं हैं। और इसका जीता-जागता उदाहरण केवल नात्सी जर्मनी में ही नहीं मिलता आपको, कम्युनिस्ट शासन में भी मिलता है जहाँ लाखों लोगों की हत्या कर दी गयी—क्योंकि वे वर्ग विशेष में नहीं थे, उसके विरोधी थे। इससे भी ज़्यादा कम्बोडिया में हुआ। यह भी उसी शताब्दी का इतिहास है जिसका अन्त आज आप देख रहे हैं।

अब थोड़ा चलिए, मनुष्य को देखने की दृष्टियों की ओर। जिन चित्रकार की आप तारीफ़ करते हैं—जैसे पिकासो, जिनको आप क्यूबिस्ट कहते हैं—वे मनुष्य को कैसे देखते हैं? सिलिण्डर की तरह है, सर्कल है, क्यूब है। संसार में मनुष्य का इतना निरादर कभी भी हुआ है! जिस मनुष्य के बारे में कहा गया था कि वह वास्तव में अमृत का पुत्र है उसको आज इस दृष्टि से देखा जा रहा है। यह भी वही बुद्धि कह रही है कि शुद्ध विषय

रूप में देखो। शुद्ध विषय रूप में देखने का अर्थ क्या होता है? यह भी पश्चिम के इतिहास की कथा है। उसी इतिहास की कथा जिसमें पहले यह कहा गया कि वास्तव में जगत में न रूप है, न रस है, न गन्ध है, न स्पर्श है, ये तो सब हमारी इन्द्रियों से उत्पन्न होते हैं : हमारी इन्द्रियों के व्यापार से हमें यह प्रतीति होती है कि नीला है, पीला है पर वास्तव में तो वे प्रकाश की तरंगें हैं, उन तरंगों के भेद हैं, वे सब भेद परिमाण के भेद हैं। तो जो कुछ है वह या तो संख्या है या आकार मात्र है। मनुष्य के बारे में आपको क्यूनिस्ट आर्ट यह बताता है और आप उसकी वाहवाही करते हैं। यह कि मनुष्य शुद्ध विषय रूप है। क्योंकि जब तक वह विषय रूप नहीं होगा तब तक वह विज्ञान का विषय नहीं बन सकता, जाना नहीं जा सकता। और जाना कैसे जायेगा? उन्हीं कोटियों में जाना जायेगा जिन कोटियों में आप जड़ जगत को जानते हैं। बुद्धि में आस्था का यह तीसरा पक्ष है कि सारा संसार, चाहे वह मनुष्य का हो, चाहे मनुष्य की रचनाओं का हो, उसको विषय रूप बनाकर परिमाणात्मक रूप में, संख्या के क्षेत्र में लाकर ही समझा जा सकता है : कार्य कारण रूप में। हम उस पर काबू तभी पा सकते हैं जब हम उन कारणो का पता लगाएँ जिनसे वह उत्पन्न होता है और फिर उन कारणों को उत्पन्न करें। इसकी भी एक लम्बी कहानी इस शताब्दी की कहानी है। लेकिन वास्तव में यह कहानी संस्कृति के उस अन्तराल की, उसके पतन की कहानी है। संस्कृतियों और सभ्यताओं का पतन किसी एक शताब्दी में नहीं होता। उसमें बहुत समय लगता है। जब कोई इतिहासकार मुड़कर देखता है तो उसे पता चलता है कि यह तो बहुत पहले आरम्भ हो गया था।

अब देखिये कि चक्र और किस ओर घूमता है। अब तक बुद्धि सत्य को खोजती थी, यह मानती थी कि कोई सत्य है, लेकिन आज जो रॉर्टी और देरीदा में मिलता है वह वास्तव में उस मोड़ की कहानी है जहाँ बुद्धि थक चुकी है, जहाँ अपने आप में उसका विश्वास ख़त्म हो चुका होता है और तब वह कहती है कि चूँकि सत्य तो जाना ही नहीं जा सकता, सत्य का अर्थ ही कुछ नहीं होता इसीलिए वास्तव में किसी भी विषय पर बैठकर बात करने का कोई आधार ही नहीं है। रॉर्टी और देरीदा बहस नहीं करते। आप लोग उन पर मोहित हैं। वे बहुत अच्छा लिखते हैं, लेकिन उन्होंने बुद्धि को शुरुआत में ही नकार दिया है, लेकिन अगर कोई कुछ कह रहा

है और उसमें अगर कोई अन्तर्विरोध है, और अगर वह ज्ञान के क्षेत्र की बात है तो साधारणतः वह बात ग़लत मानी जायेगी। अगर कोई खण्डन करेगा तो आपको जवाब देना पड़ेगा, आपको यह बताना पड़ेगा कि उसने जो दोष बताया है वह दोष क्यों नहीं है। इन दोनों के अलावा भी बहुत सारे लोग हैं—इनके चेले-चाँटे। वे तमाम इस बात के लिए तैयार ही नहीं हैं कि बहस करें क्योंकि वे यह निश्चय कर चुके हैं कि बहस से कुछ नहीं मिल सकता। रॉर्टी तो साफ़ कहते हैं कि आप मानिये, न मानिये, असली बात तो यह है कि शक्ति हमारी (यानी पाश्चात्य जगत की) है और इतिहास बता चुका है कि हम जो कहते हैं वही ठीक है, इससे ज़्यादा ठीक कुछ मिल नहीं सकता।

लेकिन इसके पीछे एक और कथा है। विज्ञान के बारे में भी आप लोगों की जो मान्यता है वह बहुत पुरानी है। आज का वैज्ञानिक यह नहीं मानता कि वह किसी सत्य की खोज कर रहा है। विज्ञान का एक बड़ा प्रसिद्ध दार्शनिक है, लकाटोस; उसका बहुत असर हुआ है—उसके पहले विज्ञान के किसी विषय के सन्दर्भ में दो वैज्ञानिकों की परिकल्पनाओं के बीच, चुनाव का आधार इस बात पर निर्भर करता था कि वह परिकल्पना असत्य है या सत्य है। मैं इस लम्बी कथा में नहीं जाना चाहता लेकिन इसके बारे में दो बातें सिद्ध हो चुकी हैं। पहली, जो पॉपर के नाम से प्रसिद्ध है, यह है कि यह कहना कि आप किसी प्राक्कल्पना को सत्यापित कर सकते हैं, इसके मूल में एक तर्क-दोष है। उसने कहा कि आप असत्यापित कर सकते हैं, आप यह बता सकते हैं कि वह ग़लत है पर यह नहीं कह सकते कि वह सत्य है। बाद में यह हुआ कि आप यह भी नहीं कह सकते। (वास्तव में बीसवीं शताब्दी की कहानी इसकी चर्चा किये बिना हो ही नहीं सकती) तब फिर क्या होता है? आप ज़रा टर्न देखिये, ज़रा मज़ा लीजिये—शोखिए-तहरीर का। लकाटोस कहता है कि दो प्राक्कल्पनाओं में से चयन उसका करना चाहिए जिस पर ज़्यादा रिसर्च हो सके, जिससे रिसर्च प्रोग्राम ज़्यादा उत्पन्न हो सकें। यानी वैज्ञानिक इसलिए चयन नहीं करता कि वह किसी बात को सत्य साबित करेगा या किसी बात को झूठ साबित करेगा, बल्कि इसलिए कि इससे और रिसर्च कितनी हो सकती है और रिसर्च प्रोग्राम कितना बन सकता है। और इसका ताज़ा संस्करण यह है कि किस प्राक्कल्पना पर कितना पैसा ख़र्च होगा, सरकार से आप

कितना पैसा माँग सकते हो—यह शोध के चयन का आधार है। आपको आश्चर्य होगा कि वैज्ञानिक अनुसन्धान की दिशाएँ (अपने यहाँ भी) आज इस बात से निर्धारित होती हैं कि उसके लिए कितना पैसा मिल सकता है रिसर्च के लिए। बुद्धि का, ज्ञान के पुरुषार्थ का, इससे ज़्यादा करप्शन नहीं हो सकता! यह आज की स्थिति है।

मनुष्य के बारे में ऐसा कहा गया है कि जो देखने में बड़ा बौद्धिक प्राणी होता है उसका अवचेतन मन बड़ा भाव-केन्द्रित अथवा, भावुक होता है और जो देखने में बड़ा भावुक होता है, वास्तव में उसका अवचेतन मन उतना भावुक नहीं होता। यह बात ठीक हो या न हो पर संस्कृति-सभ्यता के बारे में भी ऐसा लगता है। जहाँ एक ओर बौद्धिक आस्था केन्द्र-बिन्दु है, शुद्ध बुद्धि का विस्तार है, वहीं दूसरी ओर शुद्ध भावुक भी है। अगर एक तरफ़ पिकासो है तो दूसरी तरफ़ शागाल है। (आप शागाल के चित्र देखिये और पिकासो के : दोनों को बार-बार देखिये, तब आपको पता लगेगा कि क्या हो रहा है।) अगर एक तरफ़ मार्क्स है, वेबर है, तो दूसरी तरफ़ फ्राइड है जो *फ्यूचर ऑफ़ एन इल्यूज़न* लिखता है। तो पश्चिम की सभ्यता में स्वयं अन्तर्विरोध है।

लेकिन आज स्थिति क्या है इस शताब्दी के अन्त में? यहाँ आकर दोनों धाराएँ मिल गयी हैं। शुद्ध बुद्धि ने अपने में आस्था खो दी है, क्योंकि सत्य की खोज समाप्त हो गयी है, केवल शक्ति की साधना है, अर्थ की साधना है, काम की साधना है। आज वही ज्ञान 'ज्ञान' है जिससे आप धन कमा सकते हैं, शक्ति उपार्जन कर सकते हैं, बम बना सकते हैं या इस प्रकार की चीज़ें बना सकते हैं। आर्म्स इण्डस्ट्री अपना सामान कैसे बेचती है? सिर्फ़ बोफोर्स की बात नहीं है, सारे संसार में जो आज आतंकवाद फैल रहा है वह कैसे हो रहा है, उनके पास ये सारी चीज़ें कहाँ से कैसे आ रही हैं, कैसे बिकती हैं? इसके पीछे एक बड़ा भारी तन्त्र है जो केवल यह मानता है कि वही ज्ञान ज्ञान है जो इन आर्मामेंट्स को उत्पन्न कर सकता है, और वही ज्ञान ज्ञान हैं जो इनको बेच. सकता है। अब तो यह सब हमारे देश में भी होने वाला है। हमारे यहाँ भी लोग बहुत शान से कहते हैं हमारी लड़की, हमारा लड़का एम.बी.ए. कर रहा है!—अरे, यह कोई पढ़ने की चीज़ है! आप बताइये, बिडला जी इतने बड़े व्यापारी थे, उनको कोई बौद्धिक मानता था! लेकिन आजकल इंजीनियरी करने के बाद लड़का

एम.बी.ए. करता है और इससे लड़का भी प्रसन्न है और उसके माता-पिता भी प्रसन्न हैं।

गीता का एक बड़ा प्रसिद्ध श्लोक है जिसका मतलब कुछ यह है कि जिसका जन्म हुआ है उसकी मृत्यु निश्चित है और जिसकी मृत्यु हुई है उसका जन्म निश्चित है। तो ये जो आस्थाएँ हैं—बुद्धि के बारे में या भावना के बारे में या कर्म, के बारे में, या ये काम के, शक्ति के जो पुरुषार्थ हैं—ये चिरन्तन हैं। कभी किसी का विस्तार होता है, कभी कोई केन्द्र-बिन्दु बनता है; कभी कोई पीछे हटता है कोई आगे आता है। मैं आपसे अन्त में यह कहना चाहूँगा कि यदि आप संस्कृतियों के इतिहास को समझना चाहते हैं तो आप पश्चिम का मोह छोड़िये। जानिए ज़रूर, पर इस तरह से मत जानिए जैसा कि वह अपने को बताना चाहता है। जिस तरह से वे अपने को प्रस्तुत करते हैं, उन्हें वैसे मत देखिये। आप यह देखिये कि उसके पीछे क्या हो रहा है। इसी के साथ जो ग़ैर-पश्चिमी संस्कृति और सभ्यताएँ हैं जैसे कि चीन की, उनको भी देखिये : उन्होंने मनुष्य के बारे में, संस्कृति के बारे में, इतिहास के बारे में किस तरह सोचा है और उनका इतिहास क्या रहा है, यह भी देखिये। जितनी चिरन्तनता और परिवर्तन इस देश के बुद्धि, भावना और साधना के आयामों में हुआ है उतना शायद ही कहीं और हुआ है। उसका इतिहास आपको पता नहीं है, आपको विचार की वे कोटियाँ भी पता नहीं हैं जिनसे इस देश ने इन सब क्षेत्रों को पकड़ा है। आपकी संस्कृति से आपको इतनी बड़ी धरोहर मिली है। हमने उसको इन डेढ़ सौ सालों में बिल्कुल भुला दिया और हम किसी ऐसी संस्कृति पर मोहित हैं जिसमें हालाँकि बहुत कुछ है लेकिन जिस प्रकार हम मोहित हैं वह हमें उसके असली स्वरूप को समझने में बाधा उत्पन्न करता है। मुझे आश्चर्य होता है कि हमारे यहाँ के अच्छे से अच्छे लड़के और लड़कियाँ जिन चीज़ों पर मोहित हैं उनके असली इतिहास का उनको ज्ञान ज़रा सा भी नहीं है—उस इतिहास का जिसकी ओर मैंने संकेत किया है। उनको तो अपने देश के बौद्धिक इतिहास के बारे में भी वास्तव में ज्ञान नहीं है, लेकिन इस अज्ञान के बावजूद उनमें दम्भ इतना है कि जैसे वह जो कुछ कहते हैं वही वास्तव में ठीक है। एरोगेन्स ऑव इग्नोरेंस इज अनबिलीवेबॅल। संसार में ऐसा कभी हुआ ही नहीं है कि आपको पता भी नहीं है और आप एरोगेण्ट हैं।

पश्चिम में एक जीवन्त शक्ति है। आप अगर उसके बारे में खुले मन से सोचेंगे तो आप पश्चिम को भी नये रूप में समझेंगे, अपने को भी नये सिरे से समझेंगे और जिस 'आरम्भ' की बात हम करना चाहते हैं वह कुछ नये प्रकार का हो सकेगा। कम से कम वह अन्धा नहीं होगा। आज हम कितने अन्धे होते जा रहे हैं! रोज़ अख़बार में पढ़ते हैं कि दिल्ली में पानी और हवा जीवन के लिए हानिकारक है। हमें इन सब के कारण भी पता हैं। लेकिन हम सोचते हैं कि विकास का अर्थ यही है कि गाड़ियाँ कितनी हैं। विकास का मतलब यही है कि धुआँ कितना है। आप तो भोपाल में रहते हैं जहाँ ट्रेजिडी हुई थी। लेकिन वास्तव में आज यह विकास का लक्षण माना जाता है। कौन यह कहेगा कि यह विकास नहीं है। अगर आपकी सड़कों पर अधिक मोटरें चलती हैं तो यही कहा जायेगा कि विकास हो रहा है। आपके प्रदेश में कितने विश्वविद्यालय हैं, यह विकास का लक्षण है, जबकि सबको पता है कि वहाँ पढ़ाई नहीं होती। एक तरफ़ आप कहते हैं कि पढ़ाई नहीं होती, कि लड़के को लिखना नहीं आता, दूसरी तरफ़ कहते हैं विकास हो रहा है। इसी के आधार पर तो आँकड़े बनते हैं। ये आँकड़े उन चीज़ों के हैं जिनको पश्चिम ने विकास का मापदण्ड माना है। उन मापदण्डों पर हम अपने को तौलते हैं। यदि वे मापदण्ड हम नहीं स्वीकारें तब क्या हो? हमने अपने मापदण्ड तो नहीं बनाये! क्या पश्चिम के बारे में, पश्चिमी सभ्यता के बारे में, ज्ञान के बारे में हमारे अपने मापदण्ड हैं?

आरम्भ थोड़ा खुला होता है; कम से कम भ्रम ज़रूर होता है कि वह खुला है। और उसमें हमें थोड़ा चयन का अधिकार होता है, कल्पना का अधिकार होता है, पुरुषार्थ का अधिकार होता है। इसीलिए कम से कम जो अपने प्रारम्भ में है, उसके बारे में, हम कुछ नये सिरे से सोच सकते हैं। हम अपने अनुभूत सत्य को ईमानदारी से कहें कि यह विकास नहीं है, विकास कुछ और है। इस आरम्भ में हम विचार, अनुभूति, साधना, धर्म आदि के क्षेत्र में, अपनी पुरानी विरासत को लेकर आगे बढ़ें तो मैं समझता हूँ कि शायद कुछ नया हो सकता है। ऐसा नहीं है कि इस देश में कुछ हुआ नहीं है। पुराने लोगों की बात करने से ज़्यादा फ़ायदा नहीं है लेकिन जिस शताब्दी ने आपको गांधी, अरविन्द जैसे लोग दिये हैं, विनोबा जैसे लोग दिये हैं उसी शताब्दी का अन्त एक महापुरुष से हो रहा है—अठावले पाण्डुरंग

शास्त्री। ज़रा उनका 'स्वाध्याय आन्दोलन' देखिये! जिस व्यक्ति ने लाखों लोगों के जीवन में परिवर्तन कर दिया उसके कार्य को विकास नहीं माना जाता, वह प्लानिंग कमीशन में नहीं है! यह क्या हो रहा है अपने देश में! लेकिन उसने एक नयी दिशा दी है और इसी से यह आश्वासन होता है कि जो आरम्भ हो रहा है, वह पूर्ण रूप से अन्धकारमय नहीं है।

काल प्रवाह और शब्द
(साहित्य और ई-साहित्य)

रामस्वरूप चतुर्वेदी

पिछली शती के अन्त में रचनात्मकता के सामने दो चुनौतियाँ थीं—एक ओर था विचारधारा का दबाव, और दूसरी ओर संचार-साधनों का। हमारा साहित्य इनसे कैसे निपटता है इसका महत्त्वपूर्ण साक्ष्य है रघुवीर सहाय का काव्य। यहाँ कवि विचार को अनुभूति में रूपान्तरित करता है, पूरी तरह। यह प्रक्रिया अज्ञेय-मुक्तिबोध-शमशेर के साथ आरम्भ हो गयी थी, पर उसे एक परिष्कार मिलता है रघुवीर सहाय द्वारा। दूसरी ओर, व्यक्तिगत जीवन में संचार-साधनों के बीचों-बीच काम करते भी वे उनसे आक्रान्त नहीं होते, वरन् उनकी भाषा और मुहावरे को जैसे अनायास अपने काव्य में ले आते हैं। अख़बार से कविता रचना रघुवीर का वैशिष्ट्य है। यों शती का समापन होते-होते साहित्य विचार के पोषण को सकारता है, विचारधारा को परे करके, और संचार-साधनों के बीच भी साहित्य की सर्जन-क्षमता को ऊपर रखता है।

पश्चिम का परिदृश्य भिन्न है। वहाँ शती के अन्तिम दशक में नोबेल विजेता लातीनी लेखक ऑक्तेवियो पाज़ टी.वी. काव्य की सम्भावनाओं का विवेचन करते हैं, और नयी शती के आरम्भ में लोकप्रिय अमरीकी कथाकार स्टीफेन किंग का ई-उपन्यास संजाल में फैलता या कि प्रसारित

होता है, पारम्परिक अर्थ में प्रकाशित नहीं होता। यों यन्त्र की पकड़ वहाँ एकबारगी ऐसी बढ़ गयी है कि सहसा विश्वास नहीं होता। अलिफ-लैला के किस्से, तमाम विज्ञान-कथाएँ! और हक्सले तथा ऑरवेल के विलोम आदर्श राज्य जैसे सचमुच चरितार्थ हुए हों। भारत के सन्दर्भ में लगेगा कि शती के अन्त में साहित्य विजयी होता है विचारधारा और संचार-साधन दोनों पर। पर कुल मिलाकर नयी शती लगते-लगते संचार साधन इसका बदला लेता है। अब यन्त्र पूरी तरह आक्रमण कर रहा है साहित्य पर। साहित्य की टकराहट है ई-साहित्य से। इस समूचे प्रकरण का कुछ विस्तृत विवेचन यहाँ अभीष्ट होगा।

काल और शब्द का घनिष्ट, अन्योन्याश्रित सम्बन्ध है। शब्द काल में अवस्थित है। दूसरी ओर वैदिक वाङ्मय और बाइबिल दोनों के अनुसार, काल का आरम्भ शब्द से हुआ। यहाँ हमारी जिज्ञासा उतनी पुरानी न होकर, समकालीन जीवन से जुड़ी है, और यह जिज्ञासा अब चिन्ता में बदल रही है। नयी शती/नये सहस्राब्द के संक्रमण पर शब्द को डब्बाबन्द करके, या जाल में फँसा कर उसे उन्मुक्त काल प्रवाह से काटकर अलग कर लेने का नादान यत्न तेजी पर है। पुस्तक में शब्द दबा था, पर वहाँ पाठक से उसका सहज क्रमिक संवाद चलता रहा; अब वैद्युतिक संचार-साधनों ने उसे एकतरफ़ा कार्रवाई बना दिया है। हो सकता है कला में इस अग्रणी भूमिका के साथ आगे एक-एक डब्बाबन्द जीवन भी हमें जीने के लिए मिल जाय।

साहित्य युगों का अतिक्रमण करता आया है, बावजूद इसके उसकी रचना किसी युग-विशेष में होती है, और उस युग-विशेष की समस्याएँ अपने ढंग से उसके लिए उत्प्रेरक भी बनती हैं। बीसवीं शताब्दी का अन्त कैलेण्डर के सन्दर्भ में अपना एक विशेष महत्त्व रखता है, वह अलग बात है। पर इसके अतिरिक्त महत्त्वपूर्ण यह है कि इतिहास के इस बिन्दु पर साहित्य को एकाएक अनेक प्रकार की विकट परिस्थितियों का सामना करना पड़ रहा है।

यह एकाएक इतना एकाएक भी नहीं है। कई शताब्दियों से मुद्रण-तकनीकी का व्यावहारिक लाभ उठाते-उठाते साहित्य के पठ्य रूप का एक चरित्र बन गया है, जो उसके पिछले श्रव्य रूप से भिन्न है। पर वही तकनीकी बीसवीं शताब्दी के अन्तिम दशक में कुछ ऐसी बदली है कि साहित्य का

पुस्तक–पदम रूप अब सहसा कम्प्यूटर, रॉबो, इण्टरनेट के ज़माने में एक ख़ास तरह का दृश्य–श्रव्य रूप लेता दिखता है। दृश्य–श्रव्य तो नाटक के आरम्भ से रहा है और अब भी है, पर नाटक का दृश्य–श्रव्य रूप जितना अधिक जीवन्त मानवीय है, आधुनिक संचार–साधन उतना ही यन्त्र के मुख में प्रवेश करता जा रहा है। और यही साहित्य—जिसमें नाट्य सम्मिलित है—के लिए बुनियादी चुनौती आती है, रचना के पक्ष में भी और आस्वादन के पक्ष में भी।

मूल समस्या काल की गति से उत्पन्न होती है। अभी तक साहित्य की रचना–प्रक्रिया भी समय–साध्य रही और आस्वादन–प्रक्रिया भी। रचना के लिए कहा गया, स्वयं कवियों द्वारा, भाव को स्थिर होने पर स्मरण करना ('इमोशन रिकलैक्टैड इन ट्रैंक्विलिटी') ''जो घनीभूत पीड़ा थी—मस्तक में स्मृति–सी छायी/दुर्दिन में आँसू बनकर वह आज बरसने आयी'' या कि ''बरस पर बरस बीते एक मुक्ता–रूप को पकते''। यह लम्बी रचना–प्रक्रिया तकनीकी के इस तुरन्ता युग में कई तरह से बाधित दिखती है। और फिर भावक की तरफ़ अपनी कठिनाई है कि उसका क्रमिक आस्वादन, और एक तरह से रचना का पुनर्सर्जन, आज के विविध प्रकार के दृश्य–श्रव्य माध्यमों में उत्तरोत्तर कठिन होता जा रहा है। एक ज़माने का व्यंग्यपूर्ण मुहावरा था—'स्किन–डीप ब्यूटी' यानी त्वचा–स्तरीय सौन्दर्य। अब कला सौन्दर्य का आस्वाद नेत्र तथा कान तक ही अधिकतर रह जाता है, मन–मस्तिष्क से होकर व्यक्तित्व के अन्तर प्रदेशों तक नहीं उतर पाता। तब साहित्य के लिए ख़तरा है कि वह महज़ इन्द्रियोपजीवी होकर न रह जाय। बाज़ार महात्म्य के इस युग में प्रायः सभी कलाएँ उपयोग्य वस्तु के रूप में पहले से ही देखी जाने लगी हैं।

सिनेमा–दूरदर्शन–केबल के बाद इण्टरनेट साहित्य को शृप्य–पठ्य से अधिक त्वरितचालित छवियों के रूप में उतारने को कृतसंकल्प है। रचना का पाठ अब टी.वी. स्क्रीन पर सुलभ होगा जो 'पाठक' की इच्छानुसार आगे–पीछे तो किया जा सकेगा, पर पाठक न वहाँ अपना रेखांकन कर सकता है और न हाशिये में अपनी टिप्पणी। कुल मिलाकर यह पाठ एक बड़ी सीमा तक निर्वैयक्तिक होगा और तब मुद्रित रूप में पुस्तक की व्यक्तिगत मित्र होने की भूमिका ख़तम हो जायेगी। शास्त्रीय या वैज्ञानिक पाठ्य सामग्री तो इस स्क्रीन पर अपने प्रेषण में बाधित न होगी, पर

साहित्य का समूचा वैयक्तिक आस्वाद स्खलित हो जायेगा। और भावक द्वारा रचना का अपने तईं पुनर्सर्जन लगभग असम्भव होगा। साहित्य का अनुभव नेत्र तथा कान तक सीमित रह जायेगा। और यों 'साहित्य' पद में रचनाकार–भावक के साहित्य की आधारभूत प्रतिज्ञा खण्डित होगी।

साहित्य की रचना–प्रक्रिया एकतरफ़ा नहीं होती। सूचना एकतरफ़ा होती है, साहित्य बराबर द्विपक्षीय रहता है। रचना जीवन का अर्थ–विस्तार करती है तो भावक–आलोचक मिलकर रचना का अर्थ–विस्तार करते हैं। यह सम्भव होता है भाषा की अपनी बहुरूपी प्रकृति और बहुस्तरीय अर्थ–क्षमता के कारण। बड़ी रचना का बड़प्पन इसी में है कि वह अनेक युगों के पाठक की व्याख्याओं को आत्मसात–करती हुई अपने को समृद्ध करती है, और कालजयी बनती है। व्याख्या वह है जिसे रचना वापस अपने में सहज भाव से धारण कर सके, जिस बिन्दु पर वह उसे धारण न कर सके वहीं से अतिव्याख्या का क्षेत्र आरम्भ हो जाता है जो अनुभव के विस्तार–क्रम में वर्जित प्रदेश है। इस प्रसंग में यह भी स्मरणीय है कि रचना में अर्थावेश–प्रक्रिया बैटरी चार्जिंग/रिचार्जिंग की तरह है। और इसलिए अपने प्राथमिक भाषा–क्षेत्र में ही सम्भव है, क्योंकि रचना का सहभाषी ही उसके अर्थ से और अर्थमीड़ों को पकड़ समझ सकता है। अनुवाद में अर्थ ग्रहण तो किसी कदर होगा, पर पाठक–भावक की अपनी प्रतिक्रिया वापस रचना में आत्मसात न की जा सकेगी। लगातार चलने वाली यह अर्थावेश की प्रक्रिया भावकों और आलोचकों द्वारा पीढ़ी दर पीढ़ी सम्भव होती है। यह अपेक्षया मन्द गतिशील प्रक्रिया रचना और भावक के बीच भिन्न भाषिक माध्यमों से सम्भव न होगी। उदाहरण के लिए ग़ालिब का उर्दू काव्य भारत के समाज में अनेकानेक पाठकों के लिए मित्र–संवाद की तरह है, वहीं उनका फ़ारसी दीवान तिरस्कृत है, भारत में भी और फ़ारस में भी, क्योंकि भारत में उसके समभाषी पाठक नहीं जो उसमें अर्थावेश सम्भव करें, फ़ारस में वह परदेश में की गयी नक़ल की तरह उपेक्षित है। बहुत कुछ ऐसी ही स्थिति भारतीय अँग्रेज़ी साहित्य की है। परदेशी शासकों की भाषा सूचना और किसी कदर ज्ञान के लिए तो उपादेय हो सकती है, सर्जनात्मक साहित्य के लिए नहीं, जहाँ सर्जन–प्रक्रिया रचनाकार से आरम्भ होकर भावक में उतर जाती है। इसी क्रम में ई–साहित्य आयेगा एकतरफ़ा कार्रवाई के रूप में। नयी शताब्दी कैसे इसे

लेती है, यह देखने की बात होगी।

साहित्य को यों अब ख़तरा उप-साहित्य से है, जो या तो सत्ता से अनुशासित होता है या फिर बाज़ार से। सत्ता से अनुशासित दूरदर्शन तो एकदम मुफ़्त है अब, बाज़ार द्वारा अनुशासित भी काफ़ी कम शुल्क पर सुलभ है। इस उप-साहित्य या कभी-कभी अपसाहित्य की सस्ती लोकप्रियता—अभिधा और लक्षणा दोनों में- साहित्य के लिए चुनौती है अन्त में भी और आरम्भ में भी। यह ठीक है कि अन्य कलाओं जैसे स्थापत्य, मूर्ति या किसी चित्रकला की तुलना में साहित्य की रचना-प्रक्रिया का क्षेत्र अपेक्षया स्वायत्त है। तब यह भी लक्षित करना होगा कि वैचारिक सन्दर्भों में साहित्य की सम्भावनाएँ जितनी प्रखर हैं सत्ता उतना ही अधिक उसे अनुशासित करने को उत्सुक है। सच तो यह है कि बीसवीं शती का लेखा-जोखा करते समय उसका यह पक्ष एक कलंक की तरह उभरता है। बीसवीं शती में, विविध रंगों की सर्वसत्तावादी पद्धतियों द्वारा साहित्य को अनुशासित करने के जैसे सघन यत्न किये गये वे मानवीय साहित्य में अप्रतिम धब्बे हैं। भाषा और साहित्य नियन्त्रण के ये अँधेरे प्रसंग आरवेल तथा हक्सले द्वारा विस्तार में अंकित हुए हैं। उनकी कृतियों का हल्का विनोद भाव, तथा नीति-कथा और विज्ञान-कथा के सावधानीपूर्वक बनाये गये ढाँचे जैसे उनकी कथा-वस्तु के डरावनेपन को किसी कदर झुठलाने के लिए रक्खे गये हों। भारत में स्वदेशी शासन के बीच आपातकाल के लगभग दो वर्ष जैसे इस कठोर अनुभव के आस्वाद के लिए थे, विदेशी शासन में तो तरह-तरह के नियन्त्रणों का होना सहज ही है।

ध्यान देने की बात है कि साहित्य की रचना-प्रक्रिया में स्थूल स्तर पर कुछ भी बाह्य उपकरण अपेक्षित नहीं, तब साहित्य की निर्भरता बाज़ार के नियमों या कि शासन-सत्ता पर सबसे कम है। यों सत्ता और बाज़ार दोनों की ओर उसे सबसे कम उन्मुख होना होता है। पर तकनीकी ने इसका बदला टी.वी., केबल, इण्टरनेट के ज़रिये उप-साहित्य और छद्म साहित्य के कई तरह के रूप बना कर लिया है। *गोदान, चित्रलेखा* या कि *श्रीकान्त* के धारावाहिक दूरदर्शन पर सुलभ हैं, *कामायनी* और *राम की शक्ति-पूजा* पर वैसी ही नृत्यनाटिकाएँ हैं, जो साहित्य नहीं, साहित्य के छद्म हैं क्योंकि वे अपनी प्रक्रिया में एकतरफ़ा हैं, और उनकी प्रकृति मानवीय न होकर यान्त्रिक है, तथा उनका आस्वाद, क्रमिक न होकर तुरन्त है। रचनाकार

और भावक का 'साहित्य' वहाँ एकदम अनुपस्थित है।

नयी शताब्दी में साहित्य की ये कुछ विकट समस्याएँ हैं, जिनका निराकरण अकेले व्यक्ति के लिए दुःसाध्य है, और तब सत्ता की ओर से नहीं, बृहत्तर समाज की ओर से ही यह सम्भव है। समाज व्यक्ति के व्यक्तित्व को विकसित करता है, भीड़ उसे नष्ट करने को उतारू है। और विडम्बना यह है कि संगठित सत्ता अपनी शक्ति भीड़ से लेना पसन्द करती है बजाय समाज के। यदि समाज सत्ता को अनुशासित नहीं करेगा तो साहित्य क्षरित होगा। भीड़-संचार-साधन-सत्ता के बजाय समीकरण यदि समाज-साहित्य-सत्ता के बीच बनेगा तो विकास की व्यापक सम्भावनाएँ उन्मुक्त होंगीं, अन्यथा *ब्रेव न्यू वर्ल्ड* (आल्डस हक्सले), *१९८४* (आरवेल) या कि *सेफ्टीनैट* (हैनरिक बदल) के विलोम आदर्श राज्य फलित होते दिखेंगे; दिखेंगे क्या दिखने शुरू हो गये हैं! अब यह बुनियादी चुनाव नयी शती, नये सहस्राब्द को करना है।

गत शती के चौथे दशक में प्रसिद्ध मार्क्सवादी आलोचक वाल्टर बैंजामिन ने अपना निबन्ध मूल जर्मन भाषा में प्रकशित किया—'द वर्क ऑफ़ आर्ट, इन द एज़ ऑफ़ मैकेनिकल रिप्रॉडक्शन' (१९३६)। उसका मुख्य तर्क था कि अभी तक कलाकृतियाँ—मुख्यतः दृश्य चित्र—कुछ सम्पन्न घरानों के अधिकार में थीं। यान्त्रिक सुविधा, जैसे लीथोग्राफ, छपाई-प्रेस आदि ने उन्हें एकबारगी जन-जन तक फैला दिया है, जो एक स्वागत-योग्य विकासक्रम है। अब साहित्यिक रचनाएँ और उच्च कोटि के चित्र दोनों अपने मुद्रित रूप में आस्वाद के लिए बृहत्तर समाज को सुलभ हो सकेंगे। कहना न होगा, हिन्दी के मार्क्सवादी चिन्तक-आलोचक ने भी इस मान्यता के आधार पर अपने यहाँ नये विकसित संचार-साधनों का स्वागत किया, और उन्हें साहित्य के विकास के लिए उपकारक माना। (द्रष्टव्य : हिन्दी साहित्य सम्मेलन, बम्बई अधिवेशन, १९९४ : साहित्य परिषद का मुद्रित अध्यक्षीय अभिभाषण—'जन संचार माध्यम और हिन्दी साहित्य'।)

इस प्रसंग में समझने की बात यह है कि कला-अनुभूति का सर्जनात्मक सम्प्रेषण/संक्रमण सर्वाधिक तो जीवन्त मानवीय सम्पर्क में सम्भव होता है—जैसे साक्षात् काव्य-पाठ या कि नृत्य-संगीत-समाज में। या फिर रचना के सुस्थिर मूल अथवा उसकी वैसी प्रतिकृति में, जैसे कि मुद्रित पुस्तक, चित्र आदि। ग्राहक का भावात्मक सम्बन्ध इन्हीं स्थिर दशाओं में

बनता है। आधुनिक वैद्युतिक संचार-साधन तो, इसके विपरीत, एकदम ऐसे त्वरित, तात्कालिक और चलनशील हैं कि बैंजामिन के समय में उनकी कल्पना भी कठिन थी। तब मुद्रित पुस्तक अथवा प्रतिकृत चित्र जैसे स्थिर रूपों को लेकर उसका जो अभिमत था, उसे इन वैद्युतिक गतिशील संचार-साधनों के लिए प्रासंगिक मानना बेचारे बैंजामिन के प्रति अन्याय होगा। आज इन नये संचार-साधनों के द्वारा लगता है कि स्थायी भाव के बिना, महज़ संचारी के आधार पर रस-दशा को प्राप्त करने का यत्न चल रहा हो।

तब फिर साहित्य का, और इतिहास का भविष्य क्या है? नये सहस्राब्द में भारत की चिन्ता यदि किसी से सर्वाधिक मिलती है तो एक अन्य एशियाई देश जापान से, जहाँ भी परम्परा और तकनीकी प्रयोग के बीच सन्तुलन बनाने का निरन्तर उपक्रम चल रहा है—श्रद्धा और इड़ा को समरस करना जैसे दोनों का चरम लक्ष्य हो सकता है। कह सकते हैं कि बढ़ते भौतिक प्रदूषण के कारण जैसे आज सहसा हमारे जीवन में वृक्ष का महत्त्व केन्द्र में आ गया है, हो सकता है वैसे ही आध्यात्मिक प्रदूषण का एहसास बढ़ने पर साहित्य का महत्त्व फिर से रेखांकित हो।

आलेख के आरम्भ में हमने विख्यात आधुनिक कवि ऑक्तेवियो पाज़ द्वारा प्रस्तावित और विवेचित टेलीविजन-काव्य का उल्लेख किया था। अब यहाँ इस प्रसंग की कुछ विस्तृत मीमांसा उपयुक्त होगी। पिछली शती के अन्तिम दशक में पाज़ ने आधुनिक कविता पर लिखित अपने निबन्धों का संग्रह प्रकाशित किया द *अदर वॉयस* (१९९०)। संग्रह के अन्तिम खण्ड में उनका निबन्ध है 'ए बैलेंस शीट एण्ड ए प्रिडिक्शन'। एक प्रकार से हमारे विचारणीय विषय-क्रम 'अन्त और आरम्भ' का जैसे यह भी बही-खाता हो। एक बड़े कवि का खाता और भविष्य-संकेत होने के कारण यह निश्चय ही हमारे विवेचन के लिए अत्यन्त प्रासंगिक है। आज के आपा-धापी के ज़माने में कविता के प्रसार के लिए यहाँ उन्होंने सामूहिक काव्य-पाठ के आयोजनों पर बल दिया है। और इसके लिए उन्होंने टेलीविजन की उपयोगिता स्वीकार की है। उन्हीं के शब्दों में,

> यही वजह है कि टेलीविजन के पर्दे की सम्भावनाएँ बहुत अधिक हैं। पहली बात तो यह कि वीडियो कैसेट की बढ़ती लोकप्रियता टी.वी. कार्यक्रमों के था। आकाशवाणी के वातानुकूलित बन्द कक्ष में माइक के सामने

> कविता पढ़ते समय—और तब प्रसारण प्राय: निरपवाद रूप में सीधे होता था आज के समाचार-वाचन की तरह—कवि इस भ्रान्ति में पड़ जाता था कि वह अपने पूरे समाज को सम्बोधित कर रहा है। श्रोता-पक्ष से इसे हम किसी कदर सही मान भी लें, तो भी महत्त्वपूर्ण बात यह थी कि श्रोता की प्रतिक्रिया जानने की उस कमरे में बन्द कवि को कोई सुविधा न थी। कवि और भावक के बीच जीवन्त सम्पर्क का एकान्त अभाव था वहाँ, जैसा कि लगभग आधी शती बाद प्रस्तावित पाज़ के टी.वी. काव्य में है, इस अन्तर के साथ कि तब श्रोता अदृश्य-अनुपस्थित था, पाज़ की परिकल्पना में वह दृश्य-उपस्थित होगा। जहाँ तक हिन्दी क्षेत्र की बात है जब हरिऔध, मैथिलीशरण गुप्त और सनेही के काव्य-पोषित समाज में युवा सुमित्रानन्दन पन्त की 'प्रथम रश्मि' और 'मौन निमंत्रण' सुनी-सराही जा सकती थीं, तो अज्ञेय-मुक्तिबोध-शमशेर के प्रयोगों के लिए भी उस समाज में सम्भावना हो सकती थी। बात अपने काव्य-रसिकों पर भरोसा करने की थी। तब सार्वजनिक काव्य-पाठ को वापस लाने का पाज़ का सुझाव निश्चय ही उपयोगी है, हर दृष्टि से। विशेष रूप से इसलिए कि यहाँ रचनाकार और भावक का 'साहित्य' अधिकतम रूप में सम्भव है। पाज़ ने निज के अनुभव से बताया भी है कि अमरीका में परिसरों और सामान्य समाज दोनों जगह इस प्रकार का काव्य-पाठ फैल रहा है। अमरीकी पोएट लॉरिएट रॉबर्ट पिन्स्कीस ने काव्य-पाठ और लगभग काव्य-मेला के अनेक आयोजन परिचालित किये हैं। इस उत्सवों में कवि अपनी कविताओं का पाठ करते हैं, अपने प्रिय कवियों की कविताओं का भी। साथ ही साथ काव्य-रसिक श्रोताओं को प्रोत्साहित किया जाता है कि वे अपनी चुनी हुई प्रिय कविताएँ पढ़कर सुनाएँ। ऐसे काव्य-समारोह अमरीका में बढ़ती पर हैं, इसके लिए कई तरह के आँकड़े भी प्रस्तुत किये गये हैं।

परिदृश्य का यह पक्ष निश्चय ही उत्साहवर्द्धक है। पर नयी शती के संक्रमण के साथ एक दूसरा पक्ष—अपनी सम्भावना में लगभग आततायी—उभरकर आया है। यह है टेलीविजन-काव्य को कहीं पीछे छोड़ता हुआ ई-पुस्तक का। यह संयोग से अधिक है कि ई-पुस्तक का आविर्भाव

ईसवी सन २००० में होता है, जैसे नयी शती का स्वागत करते हुए, एक दूसरी दृष्टि से जैसे उसे बिराते हुए। मध्य मार्च में लोकप्रिय अमरीकी कथाकार स्टीफेन किंग का लघु उपन्यास *राइडिंग द बुलैट* इण्टरनेट, पर बुना जाता है, जिसे उतारने के लिए पाठकों की लाइन लग जाती है; पहले कई दिनों में शुल्क मुक्त और फिर बाद में भी काग़ज़ पर मुद्रित पुस्तक की तुलना में काफ़ी कम मूल्य पर। कहना न होगा, कई दिनों में ही उसकी लाखों प्रतिकृतियाँ बन गयीं। बैंजामिन ने यान्त्रिक आवृत्तियों की जो सुविधा सोची थी तीस के दशक में उसको जैसे एक चिढ़ाता रूप सामने आ गया। और फिर कुछ ही महीनों बाद जुलाई में किंग का दूसरा उपन्यास *द प्लांट* इण्टरनेट पर आ जाता है धारावाहिक रूप में, जिसकी एक किश्त महज़ एक डॉलर में उतारी जा सकती है। इतने पर भी अमरीकी पत्रिका *फोर्ब्स* के हिसाब से किंग "संसार का सबसे धनी लेखक" है, समृद्ध भले न हो। पश्चिम में पिछली शती का अन्त होता है टी.वी. काव्य की सम्भावनाओं में, नयी शती का आरम्भ होता है ई-उपन्यास से।

यह ठीक है कि भारत अमरीका या इंग्लैण्ड नहीं है, पर जिस गति से सूचना तकनीकी सार्वभौम रूप में फैल रही है, और जिस तरह हमारा देश आगे बढ़कर उसमें हिस्सेदारी कर रहा है, उसे देखते हुए ई-साहित्य का अवतरण यहाँ कभी भी हो सकता है। साहित्य में इण्टरनेट के प्रवेश से पाठक-वर्ग का बँटवारा और साफ़ हो जायेगा। भारतीय अँग्रेज़ी साहित्य ई-साहित्य हो जायेगा, भारतीय भाषाओं का साहित्य परम्परागत रूप में मुद्रित साहित्य बना रहेगा। इस द्वैत के फिर क्या परिणाम सम्भाव्य हैं, इस पर स्वतन्त्र रूप से विचार अपेक्षित होगा।

एक स्थिति की ओर अवश्य संकेत किया जा सकता है। यह स्पष्ट है कि संचार-साधनों की ओर से कविता ही सबसे अधिक वेध्य है। पर कथा-साहित्य के लिए भी कुछ कम समस्याएँ नहीं। एक के ऊपर एक आरूढ़ 'सोप सीरियल' टेलीविजन पर कथा-साहित्य के स्थानापन्न होते हैं। ये धारावाहिक उघारे शरीर पर साबुन के झाग की तरह—जिनके विज्ञापन से उनका अस्तित्व है—ज़रा देर के लिए दर्शक के मन पर चढ़ते हैं, और फिर बिला जाते हैं। लगातार इस दूरदर्शन से दर्शक की अनुभव-क्षमता भोथरी होती है, क्योंकि उसका व्यक्तित्व इस दैनिक अभ्यास में कहीं अपने को समृद्धतर नहीं पाता। दूसरी ओर, मुख्य साहित्य-क्षेत्र में भी इन धारावाहिकों

के दबाव में साबुनी उपन्यास लिखे जाने लगे हैं, क्षेत्र–पीढ़ियों–परिवारों की गाथाएँ लिए हुए जो उपन्यास बनने के बजाय जैसे क़िस्सागोई में वापस जा रहे हों।

साहित्य के पाठक के लिए यह सब दुःस्वप्न जैसा लग सकता है। यन्त्र से, प्रकृति से, और बहुत बार मनुष्य से ही जूझता हुआ वह साहित्य के पास आता है मानवीय संस्पर्श के लिए। और जब यहाँ मानवीय संस्पर्श ही अनुपस्थित हो जायेगा तो साहित्य का उसके लिए अर्थ क्या रहेगा? सूचना–क्रान्ति यदि सूचना के क्षेत्र में सीमित रहती तो सबके हित में था। पर वह तो मानव जीवन के विविध क्षेत्रों में पैठ रही है। यहीं साहित्य को प्रतिवाद करना होगा, स्वयं अपने लिए और समूची मानव सभ्यता के हित में। यह अकारण नहीं कि ई–साहित्य का प्रचार जबकि अमरीका में सर्वाधिक है तो सार्वजनिक काव्य–पाठ की ललक भी वहीं सबसे अधिक है। सार्वजनिक काव्य–पाठ ही नहीं, सामूहिक कहानी–गोष्ठियों का आन्दोलन भी वहाँ तेजी पर है। चोट जितनी गहरी है उपचार का यत्न उतना सघन है। डिब्बाबन्द शब्द के प्रतिकार का उपाय सहज मानवीय शब्दोच्चार ही हो सकता है। नयी शती में साहित्य को अपने इस दुहरे दायित्व का लगातार निर्वाह करना है। रामचन्द्र शुक्ल की शब्दावली का कुछ भिन्न भंगिमा में प्रयोग करें तो यह लोकमंगल की साधनावस्था का ना सिर्फ़ काव्य होगा, वरन स्वयं में साधनावस्था का उपक्रम भी होगा। अन्त में ही आरम्भ हो तो यह हर दृष्टि से उचित है।

न किसी आदि में न अन्त में : हम निरन्तर मध्य में हैं

मुकुन्द लाठ

हम बात चाहे आदि की करें या अन्त की, होते हम मध्य में हैं। एक बहते हुए प्रवाह में उतरते हैं; होती हुई घटना के बीच आँख खोलते हैं; वहीं रहते हैं, वहीं सचेतन होते हैं, कुछ करते हैं, कुछ सोचते हैं, कुछ साधते हैं। हमारे अनुभव की नींव, हमारे करने की, साधना की धरती, प्रवाह के मध्य है। हमारी जिजीविषा का बोध, प्राण–स्रोत, बहते हुए संसार में रहता है, तभी जीवन और उसके परिवेश को 'संसृति' कहा गया है। आदि और अन्त की बातें अनुभव की नहीं, विचार की बातें हैं। बुद्धि के अपने स्वतन्त्र धारणा–जगत की, जिनका अनुभव से सम्बन्ध एक गुत्थी है।

हाँ, *बुद्धि* की उँगली पकड़कर चलें तो हमारी जिजीविषा का 'मध्य' भी एक पहेली हो जाता है। बुद्धि यहाँ पहला ही प्रश्न उठायेगी कि क्या आदि और अन्त के बिना 'मध्य' का कोई अर्थ भी बनता है? तर्क कहता है कि मध्य की *धारणा* आदि और अन्त की धारणा के बिना 'अनुपपन्न' है—'मध्य', यह *प्रत्यय* रूप ही तब लेता है जब 'आदि' और 'अन्त', ये प्रत्यय ध्यान में हों। ऊह में आदि और अन्त न हों तो मध्य क्या? तर्क की भूमि पर बात ठीक है, पर अनुभव तो यह नहीं कहता। और यहाँ जिस बात से

हमारा सरोकार है, वह अनुभव की बात है। जीवन की बात, विशुद्ध विचार की नहीं। हम मनुष्य के विगत को आँकने और आगत को भाँपने की चेष्टा कर रहे हैं यहाँ, और इस अनुभव–प्राण विचार के माध्यम से अपने आप को समझने की चेष्टा कर रहे हैं, कि हम क्या करें, कहाँ, कैसे आगे बढ़ें। हम ज्यामिति के शून्य देश–विस्तार को या काल–क्रम के निर्जीव संख्या–प्रसार को नहीं बूझ रहे, जहाँ आदि मध्य अन्त एक ही विचार के मेरु पर स्थित होते हैं और मध्य की बात आदि अन्त के बिना खोखली, निरर्थक है। पिछली स्थितियाँ, इन्हें विचार में लाना हमारी विमर्श–चेतना को अनिवार्य प्रतीत होता है। पर आदि और अन्त को हम अगर अपने अनुभव मध्य से विच्छिन्न हो जाने दें तो उनका ऊह ही कर सकते हैं—'ऊह' जानबूझकर कह रहा हूँ, 'कल्पना' नहीं, क्योंकि कल्पना की उत्प्रेक्षा में किसी चीज़ के 'होने' की, या उनकी 'अनिवार्यता' की कोई ध्वनि नहीं होती, जो कि ऊह में होती है, क्योंकि ऊह का आधार उत्प्रेक्षा नहीं युक्ति है, जो विचार का अंग है, कल्पना का नहीं। हम विचार में आदि अन्त का *आक्षेप* करते हैं, सोचते हैं कि वे 'हैं '। पर यह नहीं भूलना चाहिए कि *विचार* की विशुद्ध तर्कमयी भूमि पर आदि, मध्य, अन्त इन धारणाओं की 'कोटि' में कोई अन्तर नहीं उभरता—धारणा की दृष्टि से तीनों समान हैं, विचार की एक ही गति में परस्पर–अनुविद्ध; या यों कहिए कि विचार की एक ही स्थिति में समाहृत। पर अनुभव, विचार मात्र नहीं होता, उसका अपना स्पन्द होता है। विचार की ही प्रज्ञा में यह भी जागता है कि जहाँ हम हैं वह आदि अन्त की तरह प्रत्यय मात्र नहीं है। इसी को मध्य कह रहा हूँ।

जिस विगत की हम बात कर रहे हैं, अनुभव का विगत है : एक सदी का अन्त नयी सदी का आरम्भ एक ऐसा काल–क्रम जिसे हम अपना 'आज' समझते हैं, जिसके बीच हम साँस ले रहे हैं। पिछले और अगले 'कल' के इस मध्य के लिए 'पुल' या 'सेतु' का रूपक यहाँ ध्यान में आ सकता है। हम सोच सकते हैं कि 'हम दो सदियों के बीच एक पुल हैं', जिस पर से हम विगत से आगत की ओर बढ़ रहे हैं। पर सचमुच अनुभव के मध्य की दृष्टि से देखिये तो पुल का रूपक ठीक नहीं होगा। हमारा मध्य ऐसा नहीं है। पुल, स्थिर, स्थित होता है। ठीक है, वह 'मध्य' में होता है, पर प्रवाह के मध्य में नहीं, प्रवाह से अलग होता है। वास्तव में पुल मध्य से बच निकलने का उपाय है; वह मध्य को स्थाणु बना देता है। वहाँ से

हम पीछे ही की नहीं, आगे की गतियों को भी तोल-परख सकते हैं। पुल एक बने-बनाये रास्ते के बीच होता है; गन्तव्य ज्ञात होता है। हमारा मध्य ऐसा नहीं है : प्रवाह कहाँ जा रहा है, हम नहीं जानते। पुरानी स्थितियों को हम कुछ देख भी सकते हों, तो आगे की नहीं।

फिर भी इतना तो मानना ही होगा कि किसी भी आगे-बढ़ती गति को *समझने* के लिए, आगे का टोह लेने के लिए, हमें एक ठहराव पर होना होगा, अनुभव में न सही, बुद्धि में *स्थित*। तो, चलिए, सदी के अन्त को पुल नहीं पड़ाव कह लेते हैं—पथ पर बनी खुली धर्मशाला, एक बारहदरी या माप, जहाँ से पथ के बीच से हटकर भी हम पथ को आगे-पीछे देख सकते हैं, पथ की *बहती* धारा से अलग पर उसके अनुभव में *बसे* हुए बुद्धि की आँख से उसे टोह सकते हैं। इसी के लिए हम इतिहास का सहारा लेते हैं। इतिहास हमें पीछे ले जाकर आगे की पकड़ देता है। लगता है कि उसका अन्तरंग बोध आगे का सहज उन्मेष जगा सकता है। और यही हम चाह रहे हैं : आगे के क्षितिज को परिप्रेक्ष्य देने के लिए पिछली गति के स्पन्द में प्रवेश चाह रहे हैं।

पर पथ के बीच बने मण्डप की उपमा भी ठीक नहीं। यह हमारे मध्य को नहीं पकड़ती। मण्डप या बारहदरी भी एक बने-बनाये पथ के किनारे होती है, एक ऐसा पथ जिस पर लोग चल चुके हैं; हम उनके पीछे हैं। पर हमारा मध्य किसी तय की हुई यात्रा का मध्य नहीं। आगे को भाँपने का फिर क्या सहारा हो ? बुद्धि का सहारा ही सूझता है, जो पीछे की दृष्टि से आगे का अनुमान लगा सकती है। तभी हम विचार करने बैठे हैं।

ठीक है, पर कैसी बुद्धि, कैसा विचार ? बुद्धि निःसंग होती है, तभी परिस्थिति को नाप-तोल सकती है। आगत को परखने के लिए उसके पास एक रास्ता है कि विचार से परीक्षण करते हुए विगत में डूबकर आगत के सही और जाग्रत सूत्र खोज निकाले।

पर विचार को यों भी देखिये : विचार में एक विचित्र दोमुँहापन है (एक अनहोना सा द्विस्वभाव। वह निःसंग तो होता है, पर हमारे अनुभव के संग भी, अनुभव के *मध्य* भी जागता है, नहीं तो अनुभव पर विचार ही सम्भव नहीं होता। विचार अपनी ओर यों भी मुड़ सकता है कि अनुभव और अनुभव के जगत से मुँह फेर ले, अपना अलग जगत बुने। लेकिन वह

अनुभव में उतर भी सकता है, उसे उन्मेष भी दे सकता है। विचार निःसंग, तटस्थ बुद्धि का ही व्यापार नहीं, वह अनुभव का भी सखा है, उसके प्रवाह का भी संगी; निरहं संगी, पर संगी। हम कुछ साधते हैं तो विचार का यही भाव हमारे साथ होता है; और साधना का मुँह आगे की ओर ही होता है, पीछे की ओर नहीं। विचार साधना के भीतर भी जागता है, ऐसा नहीं है कि तटस्थ, निःसंग, बाहर से देखता भर हो। ऐसे कर्म-के-भीतर-जागते विचार को हम अलग संज्ञा देना चाहें तो अनुभव की धार में बसी विचार की ऐसी बूझ को प्रज्ञा कह सकते हैं। इस प्रज्ञा पर कुछ विचार करूँगा। मध्य-बहती जिजीविषा को यही प्रकाश और प्रेरणा देती है।

हमें लग सकता है कि विचार स्थित होकर ही मनन कर सकता है। और जिस पर मनन करता है उसे स्थिति का रूप देकर उसे सामने खड़ा कर लेता है—तभी मनन कर सकता है। पीछे की ओर हम इतिहास-दृष्टि से देखते हैं तो विचार यही मुद्रा लेना चाहता है। गति के *भीतर* बहता हुआ, गति-विचलित, गति-क्षुब्ध विचार ही कैसा? यह तो विचार के स्वरूप को ही नकारने की सी बात है। स्थिति के बिना, रुके बिना, अलग हटे बिना, विचार की आँख में दृष्टि ही कैसे प्रतिष्ठ होगी? पर, यों देखना विचार की पूरी पकड़ नहीं है। हम पाते ही हैं कि विचार की वृत्ति हमारी सभी वृत्तियों में, ज्ञान, भाव, कर्म, सब में वर्तमान रहती है। विवेक के रूप में वर्तमान रहती है, हमें अभिज्ञ करती है, 'आत्मस्थ' करती है—जिसके बिना हम अपने को आत्मचेतन ही नहीं कह सकते। फिर भी हम कह सकते हैं कि इस विवेक, इस अभिज्ञता में भी बुद्धि का अलगाव, तटस्थ-भाव, बना रहता है—हम वर्तमान से हट कर, उसे *स्थिति* के रूप में देखते चलते हैं। पर बुद्धि हममें एक रूढ़ संस्कार की तरह भी जागती रहती है, कुछ अभ्यस्त कोटियों में हमारी अभिज्ञता को भी *स्थिति* में बनाये रखती है—सच्चे विवेक के लिए प्रतिभा भी चाहिए, जो लकीर से अलग भी रास्ता दिखाये। और फिर विचार मध्य से सर उठा कर आदि और अन्त, इनके किसी परिनिष्ठित ऊह के माध्यम से नहीं, मध्य में डूबे हुए ही अपने को परखता चलता है, अपनी थाह लेता दिखता है। वह स्थिर, परिनिष्ठित कुछ ढूँढ़ना बनाना नहीं चाहता, जिसे मुट्ठी में पकड़ ले। वह मुट्ठी की पकड़ नहीं, खुली उँगलियों की चरिष्णुता चाहता है कि अगला स्वर ढूँढ़ ले—अनुभव में बहता हुआ।

विचार का जहाँ प्रज्ञा से सम्बन्ध है, वह गति के भीतर से ही विमर्श करता है। गति की ही आँख होता है। यहाँ आप कहेंगे कि विचार को द्विस्वभाव दिखाने के लिए मैं बुद्धि और प्रज्ञा में जो अन्तर कर रहा हूँ वह भी विचार चाहता है, लक्षण, परिभाषा, प्रमाण चाहता है—जो विचार के बुद्धिनिष्ठ होने की ही बात है। ठीक है, पर मैं किसी दर्शनशास्त्रीय चर्चा में यहाँ नहीं जाना चाहता, बात को जिस शब्दावली में कह रहा हूँ, उससे भिन्न भी (शायद अधिक युक्त भी) हो सकती है। मैं यहाँ अनुभव की ही दुहाई दूँगा। सृजन के अनुभव की, जिसकी उपमा मैंने अभी दी है। हम पाते ही हैं कि विचार हमारी एषणा, हमारे पुरुषार्थ के संचरण में भी जागता रहता है। किसी सार्थक की खोज में, जिसे हम सृजन कहते हैं, ऐसे उन्मेष में कुछ करते हुए, कुछ बनाते हुए ही हम अनदेखे को 'देखते' चलते हैं-- नहीं तो अपनी आगे-चलती गति में हम सोच की बात कर ही नहीं सकते। क्योंकि सोचिये : विगत को जानने के लिए हम उसे किसी स्थिति के रूप में खड़ा कर भी लेते हैं, पर आगत के लिए—जिधर हम बढ़ रहे हैं—उसके लिए क्या ऐसा कर सकते हैं?

अपने अनुभव की ओर देखिये। हमारे लिए आगे और पीछे में एक विचित्र वैषम्य है—एक गूढ़ विसंगति। इसकी ओर साधारणतः हमारा ध्यान चाहे न जाता हो पर सोचकर देखिये तो आगे और पीछे की ओर चेतना का उन्मुखी-भाव ही भिन्न होता है। बोध की जिस वृत्ति से हम आगे की ओर आँख करते हैं, पीछे की ओर उससे नहीं देखते। दूसरी वृत्ति से देखते हैं—दीठ ही और होती है। मध्य में होने का यही मार्मिक, बोध-की-नाभि-में-जाग्रत अनुभव है। पीछे का हमें ज्ञान होता है—लक्षण-प्रमाण-परिभाषा सापेक्ष—या हो सकता है। आगे की ओर हम *देखने* की बात करें तो उस दृष्टि को इस अर्थ में ज्ञान कहना उचित नहीं जान पड़ता, क्योंकि ऐसे ज्ञान को ही 'बुद्धि' का व्यापार कह रहा हूँ। आगे देखते हुए हम यों नहीं देखते—आगे हम कुछ साधते हैं, वह करते-साधते की आँख होती है, देखते की नहीं। आगे जब हम देखते हैं तो अनुमान की एक उत्प्रेक्षा से भविष्य की सम्भाव्य स्थितियों को आँकने पकड़ने के भाव से देखते हैं। 'ज्ञान' का आधार जिस प्रमाण-व्यापार पर टिका है, वह साक्ष्य के आधार पर आँकता है। पर आगे का क्या साक्ष्य? आगे को आँकने में प्रमाण-व्यापार उत्प्रेक्षा से ही काम लेता है, और ऐसे व्यापार को *प्रमाण* व्यापार

कहना भी उत्प्रेक्षा ही होगी। क्योंकि आँकने के *प्रमाण* कहलाने वाले सिद्ध आधार वहाँ निरुपाय हैं। कहने को इस उत्प्रेक्षा को हम प्रमाण कह भी लेते हैं, पर इससे मुट्ठी में पकड़ने जैसा कुछ बन ही नहीं पड़ता। इसे ज्ञान कहना या विचार की ऐसी कोटि में रखना जो युक्ति-तर्क-निष्ठ प्रत्यक्ष, अनुमान जैसे प्रमाण से सम्बद्ध हो, यह ज्ञान, प्रमाण, इन शब्दों का लाक्षणिक प्रयोग ही होगा। यह ठीक है कि व्यवहार की अर्थक्रिया के लिए हम कुछ आगे का ठोस-सा अनुमान निरन्तर करते ही चलते हैं, इसके बिना लोक-यात्रा ही नहीं बन सकती, पर यह अनुमान बड़ा सीमित सा वृत्त बनाता है। कुछ स्थूल सी घटनाओं को ही पकड़ता है। या अधिक भी पकड़े तो यही पकड़ता है—या यह भरोसा रखता है कि जिस जगत में हम रहते, सोचते, भोगते हैं, वह ऐसा ही रहेगा जैसे रहा है। प्रकृति के नियम नहीं बदलेंगे, हमारी करनी का फल से जैसा सम्बन्ध आज तक रहा है, वही रहेगा, हमारा स्वरूप-स्वभाव नहीं बदल जायेगा। मनुष्य मनुष्य ही रहेगा (चाहे मनुष्य को हम जिस भी रूप में समझें, बल्कि हम यह भी कह सकते हैं कि समझने की चेष्टा और दृष्टिभेद भी अब तक की तरह ही बने रहेंगे)। पर यह सब कुछ अन्यथा-सिद्ध जैसा कुछ है—इसे माने बिना हमारा जगत ही नहीं बनता, चाहे बात विगत की हो या आगत की। यह अन्यथा-सिद्ध ही नहीं, एक मूलभूत अर्थ में अपरिवर्तनीय है। यह हमारी और जगत की प्रकृति का वह स्थिर मंच है—या परिसर कहिए—जिस में हमारी लीला बनती है। या यात्रा कहिए—इसे लोकयात्रा कहा ही गया है—या व्यवहार कह सकते हैं, लोकव्यवहार। इस स्थिर मंच के आदि और अन्त के प्रश्न हमारी यात्रा के लिए अतिप्रश्न हैं। सच देखें तो जिस जगत को मैं मंच कह रहा हूँ, वह स्थिर-स्थित कुछ नहीं, सतत गतिशील है, अनवरत प्रवाहमय। पर यह प्रवाह, एक-स्वभाव रहता है, या यों कहिए कि किसी रूप में एक-स्वभाव माने बिना इसे हम समझ ही नहीं सकते (सोचिये, भौतिक जगत को अनेक और भिन्न-स्वभाव समझने का क्या अर्थ होगा?) हमारे इस मंच के आदि और अन्त की चर्चा हो सकती है, हम करते ही हैं, जहाँ तक, जिस रूप में कर सकते हैं। निष्कर्ष जो भी निकालें, पाते हम अपने आप को इस *चर्चा* के भी मध्य में ही हैं। पर हमारी अपनी जीवन-यात्रा के लिए भौतिक जगत एक तरह से ध्रुव है। इसमें परिवर्तन की बात हम नहीं करते, इसका कोई इतिहास नहीं आँकते। आँकें तो समझ में नहीं आयेगा, कैसे आँकें। यह हमारा परिसर है जिसमें हम अपने को पाते हैं,

अपना जगत बनाते हैं, इसका इतिहास क्या? इसमें कुछ परिवर्तन हुआ भी हो तो ऊपरी या बाहरी बात है, जिससे जगत के स्वरूप में *हमारे लिए* कोई फ़र्क़ सा फ़र्क़ नहीं पड़ता। यह हमारा परिसर है जिसमें हम अपना मनुष्य-जगत बनाते हैं—*फिर अपने उस जगत को* इतिहास की दृष्टि से देखते हैं। शेष जगत के प्रवाह को परिवर्तन से बाहर रखते हुए, *अपनी यात्रा* को हम परिवर्तन की यात्रा के रूप में आँकते हैं।

हमारी पीछे की आँख स्मृति के पटल पर विगत को आँकती है, आगे की सार्थक आँख सिसृक्षा की, सृजन की एषणा में पली आँख होती है। अपने आगत का सम्बन्ध जिन वृत्तियों से हम जोड़ते हैं, इनमें आशा, आकांक्षा, स्वप्न, अभिलाषा, एषणा, सिसाधयिषा, इनको गिनाया जा सकता है—और सबसे बढ़कर सिसृक्षा- सृजन का स्पन्द, उन्मेष, स्फूर्ति। अलंकार-परम्परा के पुराने शब्दों में कहें तो कह सकते हैं कि विगत से हमारा सम्बन्ध व्युत्पत्ति का सम्बन्ध है—समझने-समझाने का, आँकने-तोलने का—पर आगत से हमारा सम्बन्ध प्रतिभा का सम्बन्ध है—नव-नव-उन्मेष का सम्बन्ध। आलंकारिक जिसे प्रतिभा कहते हैं, उसे प्रज्ञा भी कहते हैं, जिस शब्द का मैंने प्रयोग किया है। प्रज्ञा का उन्मेष ही उसकी आँख होती है जो सृजन के भीतर से आगे देखती बढ़ती है। विगत से उन्मुक्त होती चलती है, यही उसके उन्मेष का मर्म है, तभी वह *नव* की ओर बढ़ती है। हम जिसे प्रमाण-व्यापार कहते हैं, स्पष्ट ही यह वह व्यापार नहीं है। तभी मैंने इसे 'ज्ञान' से अलग कोटि में रखना चाहा है। पर यह अज्ञान का व्यापार नहीं है, आकस्मिक, यादृच्छिक गति नहीं है। न विचार-शून्य है। यह उन्मेष का, आँखों के खुलने का, प्रकाश का व्यापार है, निर्विचार कैसे हो सकता है? हाँ, विचार की गति यहाँ ज्ञान से, जिसे हम प्रमाण-व्यापार कहते हैं, उससे भिन्न होती है।

आगत की ओर बढ़ते हुए हम अनजान की ओर बढ़ते हैं; पर यह अनजान बिल्कुल अनपहचान, अनहोनी नहीं है। हमारा आगा और हमारा पीछा दोनों हमारी चेतना—आत्मचेतना—के एक ही मेरु पर उभरते हैं। जीवन की एक ही डोर से बँधे होते हैं। मत्यु से तुलना कीजिये। भविष्य के अनजान, अनिश्चय में भी हम जानते हैं कि मृत्यु हमारे भविष्य में निश्चित है। पर मृत्यु हमारे लिए सचमुच अनजान है। जहाँ भविष्य अनजान है, वह सचमुच अनहोनी है। उसके प्रति चेतना की उन्मुखता अन्धकार ही देखती

है। जब कि भविष्य को हमारी चेतना आगे के क्षितिज की तरह देखती है, जो जाने हुए पीछे से निकलता हुआ अनजाने आगे की ओर बढ़ता है।

मृत्यु को अन्त कहा जाता है। वह अन्त है या नहीं कह नहीं सकते; पर मृत्यु हमारे किसी भी तरह के जानने के वलय से भी बाहर जान पड़ती है। पर एक बात हम जानते हैं, मृत्यु अन्त हो या न हो, वह उठा हमें *बीच* से ही ले जाती है। हम मध्य में आते हैं, मध्य से ही निकल जाते हैं। पर 'हम' की बात यहाँ भ्रान्त हो सकती है। मृत्यु समष्टि की नहीं होती, व्यष्टि की ही होती है। 'मैं' मध्य से निकल जाता हूँ, 'हम' नहीं। 'हम' का सातत्य, *परम्परा* बनी रहती है, निरन्तर भविष्य-उन्मुख। मैं एक परम्परा के बीच जन्म लेता हूँ, परम्परा के बीच से मृत्यु मुझे उठा ले जाती है। परम्परा चलती रहती है, पीछे से निकलती हुई, आगे की ओर। पर देखिये, परम्परा का विस्तार *मुझ* से कहीं बड़ा हो, पर है वह भी मेरी तरह मध्य की ही वस्तु, जाने कहाँ से आ रही है, कहाँ को जा रही है। पर कुछ साधती चलती है। मेरी ही तरह जीवन-यात्रा के भीतर से ही जीवन-यात्रा से ऊपर, कुछ सार्थक साधती चलती है, परम्परा। लेकिन, हाँ, मेरी तरह परम्परा की मृत्यु नहीं होती। परम्परा की मृत्यु की बात करना विचित्र, अटपटा, लगता है। हम परम्परा के आदि और अन्त की बात करते हैं, और ऐसे ही सन्दर्भ में करते हैं, जैसे यहाँ आदि और अन्त की बात कर रहे हैं। प्रकट ही, यहाँ जब हम किसी पुराने के अन्त और किसी नये के आरम्भ का विचार कर रहे हैं तो ध्यान समष्टि की जीवन-धारा, एक रहनी-करनी की शृंखला, आगे बढ़ती पीढ़ी के बाद पीढ़ी, *परम्-परा,* की ही ओर है। जिसका आधार, मेरी ही तरह, आत्मचेतना है। परम्परा का आधार अगर आत्मचेतना है तो वहाँ आदि और अन्त का क्या अर्थ होगा?

मनुष्य की परम्परा के आदि या आरम्भ को लीजिये। अगर आत्मचेतना हमें मनुष्य बनाती है तो आदि की खोज इतिहास में आत्मचेतना के स्रोत का अनुसन्धान होगा। पर इस अनुसन्धान का आधार क्या होगा, कैसे प्रमाण हम ढूँढ़ेंगे? इतिहास खोजें तो पहले साक्ष्य बटोरने होंगे, ऐसे जिनके प्रत्यक्ष चिह्न विगत में मिलें, कालक्रम में सजाये जा सकें। आत्मचेतना के जो चिह्न मिलते हैं, आत्मचेतना को मानकर चलते हैं, उसे पूर्वगृहीत रखते हैं। मनुष्य में आत्मचेतना को हम *बनता-हुआ* नहीं देख पाते। भाषा को लीजिये, जिसके बिना हम अपनी आत्मचेतना के प्रति चेतन ही नहीं हो

सकते। भाषा हम परम्परा से सीखते हैं, पर भाषा की परम्परा का आदिम इतिहास पकड़ के बाहर है—उसका कोई साक्ष्य-प्रमाण-सिद्ध इतिहास नहीं बनता। ठीक है, भाषा में परिवर्तन आते हैं, इसका कुछ इतिहास उभारा जा सकता है, उभारा जाता भी है। पर भाषा मात्र की परम्परा का आदि? किस साक्ष्य से पकड़ा जायेगा? भाषा को हम बना-बनाया ही पाते हैं। बनता हुआ नहीं। प्रश्न ही रह जाता है कि बनता हुआ देखना चाहें तो कहाँ देखें कि उसके स्रोत तक पहुँचे पशु और मनुष्य के बीच के काल की रग पर हाथ रख सकें। जिन परम्पराओं को हम आदिम कहते हैं, उनमें भी भाषा बनती हुई नहीं, बनी हुई ही मिलती है। एक समय था जब गुमान था कि भाषा का इतिहास सामने लाया जा सकेगा, *ऋग्वेद* में भी कुछ लोगों ने भाषा को बनते हुए देखना चाहा था। पर आज इतिहासकार भाषा के आदि काल को इतिहास का विषय ही नहीं मानते, इतिहास के प्रमाणों की परिधि से बाहर मानते हैं। पहले लोग भाषा का स्रोत किसी ऊर्ध्व या अतिक्रामी चेतना में देखते थे—भाषा ईश्वर ने दी है। आज ऐसा कहना, परलोक को चर्चा में लाना, बौद्धिक अपराध की कोटि में आने लगा है; पर भाषा का इहलौकिक स्रोत ढूँढ़ने की चेष्टा भी निश्चेष्ट सी है। हाँ, भाषा के *प्रयोग* और *व्यवहार* का इतिहास सम्भव है : कितनी भाषाएँ हैं, कालक्रम में उनके सम्बन्ध कैसे बने-बिगड़े हैं, भाषा विशेष में क्या परिवर्तन हुए हैं, समाज और भाषा के क्या सम्बन्ध हैं...।

भाषा के आदि की बात नहीं की जा सकती तो परम्परा के (या संस्कृति कहिए, उसके) आदि की बात भी नहीं की जा सकती। जो करते हैं, जैसे विकासवादी, वे एक दृष्टि-विशेष के आग्रह को सत्य मान कर करते हैं, पर वह श्रद्धा और आस्था का ही सत्य है, साक्ष्य और प्रमाण का नहीं। विकास किसको कहेंगे, इसका ऐतिहासिक तथ्य में कोई आधार नहीं होता। मनुष्य में कोई वैसा अन्यथाभाव नहीं आया है, जैसा जीवन लोक में दिखता है, जहाँ विकास के ठोस इंगित देखे भी जा सकते हैं (आदमी का ही उभरना देखिये)। मनुष्य वही है जो पहले था, न होता तो उसका जैसा इतिहास हम उभारते हैं, वैसे इतिहास की कल्पना ही नहीं कर पाते; आज का इतिहास मनुष्य का इतिहास होता है और मनुष्य को मनुष्य के रूप में सिद्ध मानकर ही आगे बढ़ता है। मनुष्य की चेतना में जो भेद देखे जाते हैं, वे सार्वकालिक जान पड़ते हैं, काल-क्रम-जन्य नहीं; पुराना

विचार, पुरानी कला, पुरानी साधना, पुराने आदर्श आज भी सार्थक हैं, अवगाहन के विषय हैं। कुछ विद्याओं में, जैसे विज्ञान में, कुछ नया है भी तो इस से मनुष्य की चेतना कुछ 'विकसित' नहीं दिखायी देती और विकास अगर चेतना को नहीं समोता तो विकास क्या? हाँ, यह बोध पुराना है—मनुष्य के रूप में मनुष्य में सनातन सा है—कि मनुष्य अन्य जीवों से भिन्न है, उसकी चेतना अलग है, क्योंकि कुछ साधती है। इस साधना के अनगिनत रूप दिखते हैं, इन्हीं की परम्परा(एँ) होती हैं, जिनका हम इतिहास साधते हैं। परम्परा में रहकर ही हम इतिहास साधते हैं, उस साधना की भी परम्परा ही बनाते हैं। व्यष्टि व्यष्टि की चेतना में हम भेद भी देखते हैं, किसी को किसी अर्थ में अधिक विकसित भी कहते हैं, क्योंकि *वैसा* विकास हम भी साधते हैं, न साधते होते तो यह बोध भी न होता। पर बात सार्वकालिक है, इसके कोई विकास-युग नहीं बनते, विकास-यात्रा नहीं बनती, जो इतिहास के कालक्रम में डाली जा सके और जिसमें पिछले कुछ हज़ार सालों में परिवर्तन की कोई प्रकट, निर्भ्रान्त छवि उभरे। जो ऐसी यात्रा बनाते हैं, और (आधुनिकता को एक नये युग का सोपान और दिगन्त कहते हुए) आधुनिक-पारम्परिक जैसे भेद करते हैं, उनके अभिप्राय पर हम सन्देह न भी करें तो भी उनकी दृष्टि पर तो करना ही चाहिए। मेरा तात्पर्य यह है कि मनुष्य की आत्मचेतना का ऐसा कोई इतिहास नहीं उभरता, जो सीधा किसी ऋजु क्रम में या घूमता हुआ किसी चक्र क्रम में (या किसी और गुत्थिल क्रम में ही सही) *कहीं आगे* बढ़ने की गवाही देता हो। इतिहास हम आमतौर पर मनुष्य के व्यवहारलोक का रचते हैं, वहीं विकास देखते हैं। इसी अर्थ में आज किसी समाज विशेष को कालक्रम में किसी विकास की ओर बढ़ता देख रहे हैं। पर मनुष्य अपने समष्टिगत (या व्यष्टिगत) व्यवहार में किसी वरेण्यतर गन्तव्य के निकटतर आ गया हो—या कोई विशेष समाज ही ऐसी विशेष गति पा गया हो—ऐसा लगता तो नहीं। व्यवहार का जगत (पहले से गुत्थिल हो भी गया हो तो भी) है *वही*, और है *वहीं* जहाँ पहले था। और इस अर्थ में किसी समाज विशेष को अधिक विकसित कहना (और दूसरों को तीसरी दुनिया में रखना) धोखा है। कोई समाज अपने आप को विकास में पहला कहे तो ध्वनि प्रभुत्व की आती है। (जिसकी अभिसन्धि भी हो ही सकती है)। हम अगर समाज के रूप में किसी 'विकसित' से कुछ सीखते हैं या उसकी नक़ल करते हैं, तो यह नीतिकौशल (या व्यवहार-कौशल) हो,

यह समझ में आता है (और कोई नयी बात भी नहीं, राजनीति का पुराना नियम है), पर इससे यह समझ बैठना कि मनुष्य जाति का शील ही किसी ब्रह्म-विहार की एक सीढ़ी ऊपर चढ़ गया है—यह आत्मवंचना होगी।

व्यवहार में मनुष्य उसी मध्य में है, जहाँ था, और यह मध्य तो कुछ स्थिर मध्य सा ही लगता है। हाँ, इतिहास मनुष्य की साधनाओं का, सिसृक्षा का भी पसारा खोलता है। व्यवहार-मात्र से ऊपर उठती आत्मचेतना की कई साधनाएँ हैं जो व्यष्टियों, गोष्ठियों, सम्प्रदायों, घरानों में होती हैं—इनमें विकास की बात की जा सकती है, पर यह विकास इतिहास के किसी ऐसे निरन्तर क्रम में नहीं आता कि कहा जा सके कि मनुष्य ही विकास कर रहा है। ऐसी साधनाओं की भिन्न परम्पराएँ बनती हैं, जो भिन्न देशकाल में भिन्न रूप लेती हैं और इनमें सृजन का ह्रास-विकास देखा भी जा सकता है—ये उभरती हैं, पनपती हैं, मिटती हैं। पर ये व्यवहार की बृहत्तर धरती को उह्य रखती हैं; व्यवहार की एक स्थिर सी पर मनुष्य-व्यापक परम्परा के भीतर ही आगे बढ़ती हैं। व्यवहार की इस परम्परा में जो भेद उभरते हैं, क्रम-विकास की बात सच पूछिए तो वहीं की जाती है (और वही मनुष्य का जाति के रूप में आधार-भूत विकास होगा भी)। ऐसे विकास का दावा किया जाता है, पर दिखायी तो नहीं देता। कहीं किसी देश या काल के किसी कोने में कोई कल्याण-समाज उभरता भी है तो उसका ढूह व्यवहार की उसी सपाट धरती पर आ गिरता है। व्यष्टियों के परस्पर सम्बन्ध, समष्टियों, समाजों, राष्ट्रों के और भी निर्मम-स्वभाव से ही निर्मम—सम्बन्ध, ये स्वभाव से एक ही रहते दिखते हैं।

पर परम्परा (या संस्कृति के आदि-अन्त की बात पर आएँ। आदि की बात हम छेड़ चुके हैं। भाषा या परम्परा के आदि की बात करना अगर एक अनबूझ पहेली (या रहस्य) है, जो प्रत्यक्ष और अनुमान की परिधि के परे है, तो अन्त की बात करना और भी अटपटा है। मनुष्य मात्र के अन्त की बात तो हम कर सकते हैं, यह सम्भव ही है। आज तो हम मनुष्य जाति के अन्त की बात बड़े आतंक के साथ करते हैं—अन्त के ब्रह्मास्त्र सज्जित हैं और अन्त सामने खड़ा दिखता है; खरा प्रश्न है, बचें कैसे? पूछना यह भी चाहिए कि बचें क्यों?

लेकिन चलिए इस प्रश्न को यहीं छोड़ेंगे। फिर भी यह तो सच है कि मनुष्य का अन्त ही उसकी परम्पराओं का अन्त होगा। अब थोड़ा डूब

देखिये तो मनुष्य जाति के अन्त से अधिक उसकी परम्परा के अन्त की बात—उसकी सार्थक साधनाओं के अन्त की बात—हमें विचित्र लगती है, बचाने योग्य कुछ है तो वही है। मनुष्य, ज्ञान, कर्म और भाव की जिन साधनाओं में लगा है, उस साधना-परम्परा का ही सर्वथा अन्त हो जाय, यह बात नागवार ही नहीं, अनहोनी लगती है, *अनृत* लगती है, माने सृष्टि के मूल में ही अन्याय की बात हो। पर जो भी हो, परम्परा मात्र के अन्त की बात न सही, परम्परा *विशेष* के अन्त की बात करना इतिहास का एक तकिया कलाम ही है (भाषा-विशेष के अन्त की बात करने में भी यही आशय होता है)।

जिस सन्दर्भ में हम यहाँ विचार कर रहे हैं उसे देखते हुए 'अन्त' के स्थान पर एक और शब्द लेता हूँ जो इतिहास की भाषा में आज 'अन्त' का पर्याय सा है—'मृत्यु'। 'मृत्यु' शब्द को एक दूसरे सन्दर्भ में हम ले चुके हैं : मेरी (व्यक्ति की) मृत्यु। पर आजकल यह शब्द इतिहास के सन्दर्भ में बहुत चला हुआ है—'मृत' परम्परा और उससे भी अधिक 'मृत' भाषा की चर्चा बहुत होती है (और जैसा कि कह आया हूँ, मृत भाषा से भी संकेत मृत परम्परा ही की ओर होता है)। मृत्यु शब्द का यह प्रयोग नया है, 'आधुनिक' मानस की उपज है। जिस पिछली शताब्दी की हम बात कर रहे हैं और जिनकी शताब्दी की बात कर रहे हैं, उनमें उसी पिछली शताब्दी में इस शब्द ने जोर पकड़ा है—प्रयोग का आरम्भ चाहे कुछ और पहले हुआ हो। हम जहाँ तक अपने आप को उसी शताब्दी में, और उस शताब्दीवालों में समझते हैं, शब्द हमारे यहाँ भी चल ही पड़ा है। पहले इस शब्द का प्रयोग नहीं होता था। सोचिये तो प्रयोग आज भी विचित्र लगता है, क्योंकि भाषा की मृत्यु का क्या अर्थ, उसकी देह तो होती नहीं, वह हमारी आत्मचेतना में रहती है, और आत्मचेतना की परम्परा बनी रहती है क्योंकि आत्मचेतना ही परम्परा का मूल है, वहाँ स्मृतिलोप हो सकता है, मृति या मृत्यु नहीं होती। जो भाषा प्रयोग में नहीं रही, उसे भी आत्मचेतना अपने में जाग्रत कर सकती है, उससे प्राणशक्ति भी पा सकती है।

यहाँ एक बात कहकर आगे बढ़ता हूँ। ऊपर की चर्चा में मैंने भाषा और परम्परा को लगभग एक ही कोटि में रक्खा है, और यह ठीक भी है कि भाषा के बिना परम्परा नहीं होती, पर मेरा आशय दोनों को एकात्म करने का नहीं है (यों भी देखिये कि विचार के जिस प्रज्ञा पक्ष की मैंने बात की

है, वहीं भाषा भी गौण सी हो जाती है—गाते हुए हम सुर में ही 'सोचते' हैं, कर्म करते हुए करनी के भीतर से)। आत्मचेतना का क्षेत्र भाषा से बड़ा है। ऐसा होता ही आया है कि परम्परा बदल जाय और भाषा न बदले, या भाषा बदल जाय परम्परा न बदले—इतिहास में इसके द्रष्टान्त बहुत हैं (और आज अपने साथ भी हम इसको घटते हुए देख सकते हैं)। पर चलिए भाषा और परम्परा को हम एकात्म ही क्यों न मानें, पर भाषा या परम्परा की 'मृत्यु' क्या? इसके अभिप्राय पर विमर्श कीजिये। अभिप्राय से अधिक अभिसन्धि की बात लगती है—अपनी सत्ता में आत्मस्तम्भित आधुनिकता की अभिसन्धि।

किसी भाषा—या परम्परा—के अन्त की बात और उसकी *मृत्यु* की बात में बड़ा अन्तर है, एक मौलिक तात्पर्य-भेद है। भाषा विशेष या परम्परा विशेष के अन्त की बात सीधी सपाट सी बात है, अभिधा की बात है, पर *मृत्यु* की बात में एक वक्र ध्वनि है, और ध्वनि के साथ एक सन्देश या आदेश है, जिसे उभारने की ओर बढ़ता हूँ। भाषा या परम्परा की मृत्यु की बात हम करते हैं तो यह भी कहना चाहते हैं कि अब वह विगत की चीज़ हो चुकी है। उसमें आज के लिए या आनेवाले कल के लिए कुछ नहीं बचा है, उसे मृत ही रहने दो, जबरन जीवित करने या जीवित रखने की चेष्टा कुचेष्टा है, इतिहास के प्रति अपराध। जो लोग मिथ्या आग्रह के कारण मृत को विगत में ही नहीं रहने देना चाहते हैं, वे सड़ाँध ही फैलाना चाहते हैं। ऐसे लोगों को रोकना हमारा कर्तव्य है, जो इतिहास की ऊपर-चढ़ती पिंगला नाड़ी के साथ चढ़ रहे हैं। इतिहास की गति को रोकने वालों का पूरा विरोध होना चाहिए, हो सके तो सत्ता के हाथ विरोध। 'मृत्यु' के ऐसे प्रयोग के पीछे एक आइडियोलॉजी प्रच्छन्न रहती है—विचार का एक आग्रह-तन्त्र जो सत्य और सच्चे इतिहासबोध को अपनी बपौती समझता है। पीछे यह प्रेरणा होती है कि उसे विगत में आगत के सत्य का इलहाम हुआ है; अब तक जो था, अहदे-जहालत था (अन्धकार-युग), उसे दूर करना है। जो सत्य को न माने, और उसका विरोध करे, वह ग़लत ही नहीं, ग़लत आदमी है, उसे हटा देना धर्म है।

मृत्यु शब्द का ऐसा प्रयोग पश्चिम के उस मानस की प्रसूति है जो ऐसे सेमेटिक अद्वयवाद में पली है जहाँ दूसरा असहमत विचार मोहग्रस्त ही नहीं, आसुरिक माना जाता है, और माननेवाला वध के योग्य। यह प्रवृत्ति

धर्म (मज़हब, रिलिजन) में ही नहीं, पश्चिम के धर्म-निरपेक्ष (और धर्म-विरोधी) सेक्यूलर मानस में भी व्याप्त है। कम्यूनिज़्म को ही लीजिये या उससे भी बढ़-चढ़ कर, उससे भी व्यापक, आधुनिकता की कई वादों में फैली आइडियोलॉजी को, जो अपने आप को एक नये प्रकाश का 'युग' ही कहती है। आगे की मानव यात्रा के लिए 'सत्य' ही नहीं, 'अनिवार्य' युग पिछले युगों को 'मृत' की कोटि में रखता नया प्राण-ज्योति-गर्भ युग। आगे जो बढ़ेगा, इस युग के बोध से अनुप्राणित होकर ही बढ़ पाएगा। अभी पिछले ही दिनों मैंने आधुनिकता के एक इतिहासकार को पढ़ा जो लिखता है कि यों तो आधुनिकता ने बड़ी हिंसा, नृशंस परयातना, नरसंहार, शोषण और अन्याय के साथ विश्व पर अपने को व्याप्त किया है, पर जो भी हो परिणाम सही विकास की ओर, और मानवता के लिए कल्याणमय हुआ है, इतिहास आगे बढ़ा है। पश्चिम के ऐसे कई सम्मान्य विचारकों की सूची बनायी जा सकती है (हाइडेगर को मैं पढ़ ही रहा हूँ) और उनके उद्धरणों का ताँता लगाया जा सकता है जो यही बात दूसरे शब्दों में कहते हैं। पर यहाँ उद्धरणों में नहीं जाऊँगा, प्रसंग-बाहर होगा।

एक बात बहुत दिनों से मन में है जो यहाँ कहना चाहता हूँ, थोड़ी प्रसंग से हटकर हो चाहे। मैं अँग्रेज़ी साहित्य का विद्यार्थी था, फिर संस्कृत में दाख़िला हुआ। किसी ने पूछा, 'डेड लैंग्वेज क्यों पढ़ना चाहते हो?' मेरे मन में सवाल उठा; मैंने बदले में पूछा : 'लैंग्वेज डेड क्या काल में ही होती है या स्पेस (देश) में भी हो सकती है? अगर आप संस्कृत को इसलिए डेड कहते हैं कि उसे आज बोला नहीं जाता तो क्या अँग्रेज़ी डेड नहीं है—अँग्रेज़ी को *यहाँ* तो नहीं बोला जाता, इस देश में। (यह बात मैंने बाद में जानी कि अँग्रेज़ी की तरह संस्कृत भी एक बड़े विचारक वर्ग की बोलचाल की भाषा है; बल्कि जब की बात है, उस समय अँग्रेज़ी आज की तरह बोलचाल में इतनी नहीं थी।' जो भी हो, मेरी बात का उत्तर था कि अँग्रेज़ी डेड कैसे, कई देशों में बोली जाती है, वहाँ की मातृभाषा है, हमारे यहाँ मातृभाषा न सही। मैंने पूछा : 'पर बोलना ही, और वह भी मातृभाषा की तरह बोलना ही, अगर भाषा को ज़िन्दगी देता है तो जहाँ वह नहीं बोली जाती वहाँ के लिए डेड क्यों नहीं, जैसे भारत में, भारत में उसे ज़िन्दा क्यों कहा जाय, डेड क्यों नहीं?'

इसका उत्तर नहीं मिला। भाषा के जीवित होने का लक्षण अगर 'मातृभाषा के रूप में बोला जाना' है तो अपनी भाषा के सिवा सभी दूसरी भाषाएँ अजीवित होंगी। और अगर यह लक्षण नहीं है तो जिस भी भाषा को आप सीख लें, उसका सार्थक प्रयोग करें, जो भाषा आपकी चेतना में जाग्रत हो, वह आपके लिए जीवित है, चाहे कहीं की, कभी की, भाषा हो, बात देश-काल की परिधि की नहीं। ऐसी कोई भाषा नहीं जिसे हम अपनी चेतना में जगा कर जीवित नहीं कर सकते हैं। इजराईल में मृत कहलाने वाली हिब्रू यों ही जीवित है—अब तो मातृभाषा का भी रूप लेने लगी है। चीन में पुराने समय से चली आती मैण्डेरिन और हमारे यहाँ अँग्रेज़ी भी यो ही जीवित हैं। फिर, भाषा का सार्थक प्रयोग *बोले जाने* तक सीमित नहीं होता। उसे पढ़ना क्या उसे जीवित नहीं रखता? जिन साहब ने मुझे कहा था कि संस्कृत डेड है, वे अँग्रेज़ी बोलते कम, पढ़ते ही ज़्यादा थे, बोलते बंगला थे। भाषा के जीवित होने की सबसे बड़ी निशानी है, उसमें सोचना, या उसके प्रत्ययों में, उसकी कोटियों में सोचना। इस अर्थ में अपनी मातृभाषा भी अपने लिए मृत हो सकती है—जैसी कि हममें से कइयों के लिए हो ही रही है—हमारी सोचने की कोटियाँ अँग्रेज़ी की होती जा रही हैं। आलंकारिकों की भाषा में कहें तो आज हमारी व्युत्पत्ति की भाषा अँग्रेज़ी है, हमारे विवेक, हमारी अपनी, अपने विगत की, अपनी परम्परा की समझ का आधार अँग्रेज़ी में विकसित प्रत्यय और कोटियाँ हैं। इन्हें ही हम आधुनिक के नाम पर अपनाते हैं।

भाषा के जीवित रहने की एक और भी बड़ी निशानी है—उसमें सृजन करना। इस अर्थ में हमारी भाषाएँ मृत नहीं हैं, पर पूरी, स्वतन्त्र, आत्मचेतना के साथ सृजन तब होता है जब सोचने की—विमर्श की—भाषा भी वही हो, जिसमें हम कविता, कहानी लिखते हों। यहाँ हममें द्वैधीभाव है।

स्पष्ट है कि किसी भाषा को मृत कहने वाले कहना यह चाहते हैं कि उसे मृत *होना चाहिए*। सच पूछिए तो ऐसों के लिए प्रयोग में होना जीवित होने का लक्षण नहीं है—चाहे वह कैसा भी प्रयोग क्यों न हो। आधुनिक मानस कहता यह है कि जो कुछ आधुनिकता के अनुकूल नहीं, उसके औचित्य की परिधि में नहीं समाता, वह है भी तो *बचा हुआ* है—पर बचने लायक नहीं है—इतिहास (परम्परा) का कचरा है, उसे होना *चाहिए* नहीं।

'भाषा मरती नहीं' का एक इंगित यह भी है कि विगत अगर मनुष्य का

है तो उसके किसी भी काल में हम प्रवेश कर सकते हैं, वहाँ सृजन की सम्भावनाएँ होती हैं, जिन्हें हम जगा सकते हैं। किसी परम्परा की मृत्यु की तो बात क्या, सच पूछिए तो उसका अन्त भी नहीं होता, हाँ एक अवसान सा हो जाता है। आज कई लोग जो परम्परा की मृत्यु की बात करते हैं, या इसी बात को कुछ मध्यम स्वर पर रखते हुए परम्परा के अन्त की बात करते हैं, वे इस मृत्यु या अन्त को एक सिद्ध *तथ्य* या हो चुकी घटना के रूप में आँकते हैं। वे मनुष्य के विगत को एक सीधी किसी गन्तव्य की ओर आगे बढ़ती हुई रेखा के रूप में देखना चाहते हैं। उनको यह भी गुमान होता है कि रेखा का लक्ष्य उनकी आँखों में है—धुँधला ही सही—पर है। इस बात से वे इन्कार नहीं कर सकते कि विगत में यात्रा ने भिन्न-भिन्न रास्ते लिए हैं—भिन्न परम्पराएँ, भिन्न संस्कृतियाँ, भिन्न सभ्यताएँ रही हैं। पर वे यह भी गुमान रखते हैं कि विगत के पन्थ जाल में वे उस 'सही' एकमार्ग को भी बीन सकते हैं जो सही भविष्य की ओर जाता है। वही जीवित मार्ग है; शेष मृत। आधुनिकता जब यह दावा करती है कि मानवता के इतिहास में आधुनिकता एक विलक्षण पड़ाव है, जहाँ से मनुष्य मानो एक नयी उच्चतर भूमि पर आगे बढ़ेगा, तो यही इतिहास-दृष्टि काम करती है। आधुनिकता का अपना एक विलक्षण विगत भी है। उसकी प्रशस्त यात्रा प्राचीन ग्रीस से आज के पश्चिम तक प्रगत रही है। अन्यत्र यह यात्रा हो ही नहीं सकती थी। आधुनिकता मानती है कि भविष्य का कोई भी पथ, अगर जीवन्त पथ होगा तो पश्चिम की परम्परा में दीक्षित होकर उसे अपनाकर ही आगे *बढ़* सकेगा। इससे इनकार करना मनुष्य की यात्रा को उलटे मुँह विगत की ओर ढकेलना होगा।

पर इतिहास को यों भी देखिये। भाषा—और परम्परा—अगर मरती नहीं तो विगत बीत भी नहीं जाता है। काल की गति को लेकर कई दृष्टियाँ रही हैं, आज की इतिहास-दृष्टि उसे एक निरविच्छिन्न क्रम-शृंखला में आगे चलता देखती है। मैं काल-स्वरूप के विवाद में यहाँ नहीं जाना चाह रहा। काल का स्वरूप तो आदि और अन्त की तरह ही रहस्य के गूढ़ में ओझल रहता है। पर इतिहास वैसा रहस्य नहीं है, विशुद्ध विचार की या अध्यात्म की बात नहीं है। इतिहास के अपने रहस्य होंगे, पर अधिक परिचित से हैं—मनुष्य के अनुभव की पहेलियाँ हैं, सृष्टि के स्वरूप की नहीं। आज की इतिहास-दृष्टि में जिस बात को महिमा दी जाती है वह है *क्रम*, तभी

काल को भी आगे बढ़ते तीर की तरह आँका जाता है। धारणा एक रेखा की है, और उस पर सीधी गति—बल्कि प्रगति—की। साथ ही इस कल्पना से आक्षिप्त—इससे अपने आप उभरती—किसी गन्तव्य की धारणा : ये आज इतिहास के सारे ऊहापोह पर, इतिहास-बोध पर बहुत हावी है। पर विगत को और तरह से भी देखा जा सकता है।

इतिहास-*दृष्टि* जो भी हो, आज के इतिहास-ज्ञान में जो विशेष बात है, विद्या के रूप में जो उसकी महिमा है, वह है उसका अपूर्व विस्तार। मनुष्य के विगत का जितना ब्यौरा—साध्य-सिद्ध ब्यौरा—आज हमारे पास जमा है, पहले कभी नहीं था। जिन सभ्यताओं की सम्मृति लुप्त हो गयी थी, वे मानो आँखों के आगे बिछी हैं- उनके नगर, उनका स्थापत्य, उनका साहित्य, उनकी व्यवहार-व्यवस्था (जिसका वाङ्मय दिन दिन पर दिन बढ़ता जा रहा है), इनमें हम प्रवेश कर सकते हैं। काम पश्चिम ने ही किया है। और एक अर्थ में योरप की पिछली सदी (और उससे पहले के कुछ 'आधुनिक' समय) को इसका श्रेय जाता है। इतिहास का यह फैलता परिसर एक दूसरी इतिहास-दृष्टि की ओर ध्यान ले जा सकता है। इस दृष्टि में *क्रम* और *आगे* बढ़ने पर जोर नहीं, महत्त्व की बात यहाँ विस्तार के वैविध्य का वैभव और उसकी चिरन्तन बहुमुखी सम्भावना है। क्रम-प्रधान दृष्टि के लिए जो बीत गया, वह गया, वह मर गया है, उस तक हम न लौट सकते हैं न लौटना चाहिए। पर पिछले लोग हमारी ही तरह मनुष्य थे, हमारी ही तरह मध्य में थे, और कुछ साध रहे थे—भाव, कर्म, ज्ञान, इन्हीं में कुछ साध रहे थे। उनकी परम्पराओं का अन्त नहीं अवसान हुआ है, जैसे हमारी साधना का भी होगा। उनकी प्रतिभा से लौ लग जाय तो हम भी उनकी साधना में आलाप करते हुए उसे आगे बढ़ा सकते हैं, उसमें सार्थक सृजन कर सकते हैं। जैसे कि पश्चिम की 'आधुनिक' कहलाने वाली विदेशी और यों हमारे लिए काल में विगत न सही पर देश में 'मृत' परम्परा में हम आज कर रहे हैं। और यह सच है कि आधुनिक परम्परा में प्रवेश कर हम पिछली डेढ़ दो सदियों से सचमुच सृजन करते रहे हैं, और आज भी कर रहे हैं। पर चूँकि वह काल में विगत नहीं है, इसलिए हमें पश्चिम का मुँह तकने की ज़रूरत होती है। अब भी ज़रूरत पड़ती है। हमें अभी भरोसा नहीं कि पश्चिम की परम्पराओं की प्रेरणा से हमने स्वयं *अपना* स्वतन्त्र आधुनिक पा लिया है। विशेषकर विचार के क्षेत्रों में, जहाँ

कि आत्मचेतना का मर्म रहता है। आधुनिकता की हमारी कोई अपनी ऐसी व्युत्पत्ति—अपना विवेक, अपनी पकड़, अपनी समझ—नहीं बनी है जो हमें *अपनी* आधुनिक परम्परा में आत्मस्थ होकर आगे बढ़ने दे। स्वतन्त्रता से पहले लगता था कि उसके बीज जाग रहे हैं, अँकुरा रहे हैं, पर स्वतन्त्रता के बाद फिर लकीरी की फकीरी घर करती लगती है। पश्चिम की चकाचौंध बढ़ गयी है, दुनिया में जिसे देखिये, उनके पीछे है। हम भी हैं। अपनी सी अनुवृत्ति कर रहे हैं।

ऊपर इतिहास के जिस रूप की ओर मेरा संकेत था उसमें यह भी निहित है कि हमारा मध्य एक नहीं, सदा से अनेक रहा है, और वैविध्य के द्वार सदा खुले रहते हैं। किसी विगत मध्य में कुछ सार्थक हो तो वह *बीत* नहीं जाता, *मृत* नहीं होता, उसमें नये आलाप का द्वार खुला रहता है। उसमें व्युत्पत्ति की कुछ पैठ हो जाय तो प्रतिभा का सृजन भी सम्भव है। आधुनिक कहलाने वाली परम्परा अद्वय नहीं है, आलाप के लिए अकेली सार्थक परम्परा नहीं है, कई मध्यों में एक ही मध्य है। हम आज सहस्राब्दी की बात कर रहे हैं। अगली सहस्राब्दी की सोचिये। हज़ार साल बाद कल्पना करना कठिन है कि कोई एक परम्परा अपना वर्चस्व बनाये रहेगी, चाहे कितनी ही आज छा गयी हो। हाँ, आदमी रहा तो परम्परा भी होगी, और कल्पना यही सुगम लगती है कि एक नहीं अनेक होंगी, यही मनुष्य की प्रवृत्ति में सहज है। सृजन का भी यही धर्म है, बहुमुखी होना। आधुनिकता की तरह अपने आप को एकमात्र वरेण्य मार्ग कहनेवाली प्रवृत्तियाँ भी होंगी, पर उनका रूप क्या होगा कौन जाने। आधुनिकता अपने एकमार्ग होने का प्रमाण इतिहास में देखती-दिखाती है। उसी ने मनुष्य के स्वरूप को समझने का—उसके सिद्ध और उसके साध्य में पैठने का—इतिहास को एक प्रमुख आधार बनाया है, और इसी दृष्टि से इतिहास को आँका है। पर मार्ग एक नहीं सदा अनेक होते हैं (नहीं तो एकमार्ग की खोज ही निरर्थक है) और यह बात इतिहास में भी देखी जा सकती है। नये मार्ग तभी उभरते रहते हैं। यह न भूलिए कि मनुष्य के सिद्ध और साध्य स्वरूप को समझने के लिए इतिहास का एक प्रमुख प्रमाण के रूप में महत्त्व, इसका भी अपना इतिहास है जो आधुनिकता के साथ ही पनपा है, आधुनिकता के साथ इसका अवसान भी हो सकता है। इतिहास और कुछ बताता हो या नहीं, यह तो बताता है कि जो इतिहास में उभरता है, उसका

इतिहास में अवसान भी होता है। ऐसी गहरी सभ्यताएँ रही हैं—भारत ही को देखिये—जहाँ आज की तरह और आज की तरह के इतिहास का महत्त्व नहीं रहा है (पश्चिम में भी नहीं रहा है)।

आधुनिक इतिहासबोध की प्रेरणा से आज भविष्य की सही तैयारी के लिए युगबोध की बात की जाती है। आज के पश्चिम की ज्ञान, भाव, कर्म की परम्परा(एँ) इस युगबोध की नाभि में हैं (और उसके आज को गढ़ता वहाँ की पिछली सदी और पिछली दो-तीन—या कुछ गणनाओं में चार-पाँच—सदियों का सांस्कृतिक-राजनैतिक इतिहास)। एक विशेष सन्-संवत की शताब्दी और सहस्राब्दी जो हम सारी दुनिया के साथ डंके की चोट मना रहे हैं, तो इस बहाने अपने आधुनिक होने का उद्घोष भी कर रहे हैं। नहीं तो सब को मालूम है कि सन् या संवत एक नहीं अनेक हैं, और उनमें अधिकतर में शताब्दी या सहस्राब्दी एक संख्या भर है, इससे अधिक कुछ नहीं। ख्रीस्तीय सन के लिए सहस्राब्दी का परम महत्त्व है : जीज़ज़ ख्रीस्त ने वादा किया था कि वे हज़ार साल बाद लौटेंगे और तब मनुष्य का इतिहास अपने गन्तव्य को पा लेगा, स्वर्ग-निष्काषित मनुष्य के लिए स्वर्ग का द्वार फिर से खुल जायेगा। आधुनिक मानस ख्रीस्त को नकारता है, पर उसके गन्तव्य-गामी इतिहासबोध से प्रभावित है, सदी भी उसी के नाम की चला रहा है। ईसाइयत कहती है कि स्वर्ग का द्वार उसी के लिए खुलेगा जो ख्रीस्त की शरण लेगा; आधुनिकता यह कहती है कि इतिहास में गन्तव्य की ओर वही बढ़ेगा जो आधुनिक संस्कृति में दीक्षित होगा। यही दीक्षा युगबोध है।

पश्चिम की स्पर्धा परखिये। दम्भ देखिये। 'दम्भ' कहने से कतरायें तो आत्मविश्वास कहिये, पर उनका आत्मविश्वास ऐसा है जो प्रभुत्व और ऐश्वर्य के साथ अपने आप आता है। वे जानते हैं कि दूसरे उनके मुखापेक्षी हैं, बिन कहे उनके पीछे चलेंगे। वे यह भी जानते हैं कि वे प्रभु ही नहीं, गुरु भी हैं, धन और सत्ता ही के नहीं, ज्ञान और उपदेश के भी स्रोत हैं : राजा लोकपतिर्गुरुः। विज्ञान जैसी विद्याओं में ही हम उनको गुरु नहीं मानते, जो उन्होंने विशेष साधी हैं, पर दर्शन, साहित्य, राजधर्म, समाजविद्या, चित्र, वास्तु जैसी विद्याओं में भी हम उन्हीं की दीक्षा को दीक्षा समझते हैं। दूसरे शब्दों में, मनुष्य क्या है, और उसे क्या होना चाहिए इस दृष्टि के लिए भी हम उन्हीं को आप्त समझते हैं। यहाँ तक कि हम क्या हैं, क्या

थे, हमें क्या होना चाहिए, इसे भी हम बहुत कुछ उन्हीं की आँखों से देखकर आँकते हैं। अचम्भा नहीं कि उनका आत्मविश्वास आत्मस्तब्धता की कोटि के आसपास मँडराता है।

कहना न होगा कि सन् संवतों का चलना परम्परा द्वारा स्वीकृति पर निर्भर करता है। स्वीकृति के कारण भिन्न हो सकते हैं। राज्य या सत्ता द्वारा स्थापित होना स्वीकृति का एक प्रधान कारण होता ही है। पर और भी कारण होते हैं जिन्हें पूरी तरह तोलना आसान नहीं। फिर, विभिन्न प्रयोजनों के लिए विभिन्न संवत भी हो सकते हैं, जैसे कि हमारे यहाँ हैं ही। विक्रम संवत की स्थापना का मूल इतिहास एक पहेली बना हुआ है। पर ईस्वी सन् की स्वीकृति रोम में कॉन्स्टैण्टाइन के बाद ही हुई, जिसने पुराने धर्मों और कई पुरानी परम्पराओं को उखाड़ते हुए, क्रिश्चन धर्म को राज्यधर्म घोषित किया। यों भी ईस्वी सन् ईसा के साथ, या उनकी मृत्यु के साथ नहीं चला था। उनके समय और उनकी मृत्यु के कई पीढ़ियों बाद तक भी, उनको मानने वालों का सम्प्रदाय इतना छोटा था कि उनके नाम से किसी राष्ट्र-व्यापक संवत के चलने का प्रश्न नहीं था। ईस्वी सन् पादरियों ने बहुत पीछे चलाया और चलानेवालों के लिए ईसा की तिथि का प्रमाण केवल अनुश्रुति थी, ईसा के समय से कोई वर्षगणना नहीं रखी गयी थी, जैसा कि बुद्ध या महावीर के बारे में प्रसिद्ध है (चाहे गिनती को लेकर कुछ परम्परा-भेद और मतभेद सही)। अब आज जो हम अपनी साँसों को ईस्वी सन् की ही गिनती से गिनते हैं, तो इसके पीछे एक बड़ा विचित्र सा पारतन्त्र्य है, जिसे हम अपनी स्वतन्त्रता में पाल रहे हैं। हम जब तक परतन्त्र थे, पश्चिम का आततायी-राजा-लोकपति रूप हमारे मानस पर छाया था। अब वह हट गया है तो हम उसे गुरु रूप में निष्कलंक देख सकते हैं। बिना किसी ग्लानिबोध के युगबोध पाल सकते हैं। ठीक है, आगे पाँव धरने के लिए पीछे की टेक चाहिए, पर युगबोध की धारणा आगे की गति को कस देना चाहती है, पाँव की आँख पर रोक लगा देना चाहती है कि इधर-उधर न झोंके। विगत के बहुद्वार आँगन को एकद्वार कर देना चाहती है। ताकि आगत भी एक सा हो। मैंने ऊपर युगबोध की जगह 'व्युत्पत्ति' की बात की। इसलिए भी उसमें युगबोध जैसा कोई एकनिष्ठ हठाग्रह निहित नहीं है।

क्या है यह व्युत्पत्ति? उसमें विगत से आगत का कैसा सम्बन्ध है? आगे

की सार्थक उन्मुखता से—प्रतिभा या सृजन से—वह विगत का क्या सम्बन्ध आँकती है?

व्युत्पत्ति की धारणा को मैं एक व्यापक सा सन्दर्भ या पटल देना चाहता हूँ। स्मृति से आरम्भ करता हूँ। स्मृति इतिहास का भी आधार है। पर जिसे हम बोलचाल में 'याद' कहते हैं, किसी पुरानी घटना का चेतना में तैर आना या उधर ध्यान जाना, हमारी चेतना में इससे गहरी, इससे प्रसूत जड़ें हैं स्मृति की। हमारे विवेक का, यों हमारे 'आपे' का, आत्मचेतना में आत्मस्थ होने का भी आधार है स्मृति। याद होगा गीता के आरम्भ का वह प्रसिद्ध श्लोक जहाँ कृष्ण स्मृति को बुद्धि का आधार बताते हैं :

> क्रोधात् भवति सम्मोहः सम्मोहात्स्मृतिविभ्रमः।
> स्मृतिभ्रंशाद्बुद्धिनाशो बुद्धिनाशात्प्रणश्यति॥

अर्थ स्पष्ट है। तात्पर्य को यों खोलना चाहता हूँ (संक्षेप में सार-सार कहने की चेष्टा करूँगा ताकि बात का विस्तार बहुत बढ़ न जाय)।

हमारे स्वातन्त्र्य का—किसी साधना, किसी पुरुषार्थ यात्रा का—आधार हमारी आत्मचेतना है। आत्मचेतना के लिए आत्मस्थ होना आवश्यक है; एक प्रवर्तमान (या प्रवृत्तिशील द्रष्टा, कर्ता, भोक्ता का बना रहना आवश्यक है, जिस में सातत्य हो (कम से कम जीवन भर तो हो)। हम जब आपे में होते हैं—आत्मस्थ होते हैं—तो अपने को ऐसा ही प्रवृत्तिशील पाते हैं।

यों आत्मस्थ होने का एक पक्ष है बुद्धि में जागरूक रहते हुए अपने बस में होना—अपना सारथि हो पाना। आवेग के बस में हो जाना, आत्मच्युति है—आपा खो देना, आपे से बाहर हो जाना।

बुद्धि का आधार है स्मृति, जो केवल विगत का संस्कार मात्र नहीं—स्मृति केवल विगत को चित्रों में या शब्दों में या दूसरे आकारों या चिह्नों में सँजोती भर नहीं है—जैसा कि हमें भान हो सकता है। स्मृति हमारी आत्मचेतना और उसके विवेकबोध के बने रहने के सूत्र के रूप में आगे आती है। एक अर्थ में बुद्धि का आधार है; बुद्धि का धारण करती है। इसका एक संकेत हमारा भाषाबोध है। भाषाबोध के बिना हमारे लिए आत्मचेतना अकल्पनीय है। निराधार हो जायेगी। और भाषाबोध केवल 'याद' की बात नहीं है, उसकी जड़ें कहीं गहरी होती हैं, स्मृति की उस तह तक जाती हैं, जहाँ विवेक, या बुद्धि की भी नींव है; भाषा स्पष्ट ही बुद्धि

का भी 'धारण' करती है। यों स्मृति हमारी आत्मचेतना को एकसूत्र रखती है और उसके माध्यम से हमारे आपे को घर देती है।

क्रोध जैसे आवेग के झटके से आत्मचेतना की जागरूकता से च्युति हो जाती है, यही सम्मोह है।

बात को समेटते हुए कह सकते हैं कि स्मृति विगत में उभरी, बनी, विगत में जड़ करती वह चेतना है, जिसमें हम यहाँ आज भी आत्मस्थ हैं। स्मृति और उसके गर्भ में स्थित बुद्धि हमारे ज्ञाता, भोक्ता, कर्ता, स्वरूप को विगत से जोड़ती हुई वर्तमान के साथ एकसूत्र करती है, और आगत की ओर हमारी प्रवणता को आत्मचेतन गति और आधार देती है। स्मृति न हो तो हमारा वर्तमान एक क्षण मात्र होगा, एक निराधार निलम्बित त्रिशंकु क्षण जिसका न आगा न पीछा, जो अपने आप में विलीन, अपने आप में विनष्ट होता है। यों स्मृति हमारे वर्तमान को *मध्य* बनाती है, उसे प्रवहमान काल में आधार देती है, आँख देती है।

व्युत्पत्ति को परम्परा की स्मृति कह सकते हैं, उसी में परम्परा आत्मस्थ होती है। ज्ञान, कर्म, भाव, इनमें विगत ने क्या साधा, क्या बनाया-सिरजा, उसके रूप, उसकी रूप-साधना, इनका औचित्य, इनसे निकलता आदर्श कि आगे क्या साधना चाहिए, यह व्युत्पत्ति है; परम्परा का स्मृति-बीज विवेक। परम्परा व्यक्ति की तरह आत्मचेतन नहीं होती, उसके आत्मस्थ होने का आत्मचेतन आधार व्यक्ति ही होता है, पर वह व्यक्ति में सीमित नहीं होती, *होती* समष्टि की है, व्यष्टि की नहीं। व्यक्ति उसका वहन करता है, उसे प्रतिभा देता है, गति देता है, उसे चलाता है, बदलता भी है, पर अकेला नहीं, दूसरे व्यक्तियों के साथ, जिनके परस्पर-भाव में संवाद के साथ संघर्ष भी जुड़ा होता है; यह संवाद-संघर्ष परम्परा के स्वरूप में ही समाहित दिखता है। यह उसको एक में सदा अनेक-गर्भ रखता है।

परम्परा, व्यष्टि से पहले होती है, व्यष्टि को रूप देती है, व्यष्टि के बाद भी रहती है, व्यष्टि-शृंखला में पर-पर बनी रहती है। किसी व्यष्टि विशेष की मोहताज़ नहीं होती। पर व्यष्टि के बिना भी उसका होना सम्भव नहीं। उसका ग्रहण व्यष्टि ही करता है, व्यष्टि में ही वह घनीभूत होती है, प्रकाश पाती है, प्रतिभा पाती है। वह मनुष्य-व्यष्टि में व्यष्टि को मनुष्य बनाती हुई भी उसके व्यष्टि-ऊपर स्वभाव का साक्षात संकेत और वाहन है। वह

मनुष्य का प्रत्यक्ष निरह, विराट है। परम्परा, समाज-चेतना जैसी कोई अनात्मचेतन-संस्कार-सिद्ध, सीमित वस्तु नहीं, जो व्यष्टि को बाँधती है, या उसे किसी साँचे में ढालती है, जैसा आज के कई समाजशास्त्री मानते लगते हैं। ऐसा कहना परम्परा को व्युत्पत्तिहीन मानना है, जो कि कोई परम्परा नहीं होती। परम्परा कम या अधिक आत्मस्थ (बुद्धि-विवेक-निष्ठ) हो सकती है पर आत्मचेतनाहीन नहीं। बल्कि परम्परा व्यक्ति को व्यक्ति बनाती हुई उसे खोलती भी है, उसे दिगन्त देती है, सृजन के द्वार दिखाती है। शास्त्र-परम्पराएँ स्पष्ट ही अधिक आत्मस्थ होती हैं। समाजशास्त्री अपनी ही शास्त्र-परम्परा को देखें, वही उन्हें विचार देती है, विचार के बँधे-तैयार परिनिष्ठित रूप देती है, पर उस विचार में ही स्वातन्त्र्य का परिसर भी देती है। बल्कि, उस विचार का परिसर इतना उदार-विस्तृत होता है कि परम्परा का वहन करती समष्टि (और उसमें सन्निविष्ट व्यष्टि) न भी रहे तो भी उसकी सम्भावना का परिसर बना रहता है, वह किसी व्यष्टि या समष्टि चेतन में लौ जगा सकती है। विचार पर ही नहीं, यह बात मनुष्य की अन्य साधनाओं पर भी पूरी उतरती है। हम जब योरप के 'पुनर्जागरण' की बात करते हैं तो परम्परा के इस रूप की ही बात करते हैं जो अपने उदय के समय विचार से अधिक शिल्प में ही समर्थ और व्याप्त थी। व्युत्पत्ति को इस अर्थ में 'लोकोत्तर' भी कहा जा सकता है, क्योंकि वह 'लोक' का—किसी भी व्यष्टि-समष्टि समूह विशेष का—अतिक्रमण करती है।

व्यक्ति की तरह परम्परा भी आगे भविष्य की ओर उन्मुख होती है, इसलिए व्युत्पत्ति भी सिद्ध नहीं होती, साध्य होती है, अपने आप को देखती, तोलती, जाँचती चलती है। तभी राजशेखर ने उसमें भी प्रतिभा या सृजना की बात की है।

इन शब्दों में बात को रक्खें तो आगत-विगत के बीच एक सूत्र की बात की जा सकती है। फिर भी प्रश्न हो सकता है, व्युत्पत्ति का प्रतिभा या सृजन से सम्बन्ध क्या? सृजन का स्वभाव बड़ा अद्‌भुत है, उसमें एक विचित्र विरोधाभास है। नये को साधता है तो पुराने को नकारता है; पर बनता भी पुराने के ही आधार पर है। शून्य में सृजन नहीं होता, चाहे हम यह कह भी लें कि *बढ़ता* शून्य की ही ओर है; जो नहीं है, उसे मूर्त करता है। इसलिए व्युत्पत्ति और प्रतिभा का सम्बन्ध भी अन्तर्विरोध में पलता

है, क्योंकि एक का सम्बन्ध पुराने से है, दूसरे का नये से। इस विरोध को विरोधाभास इसलिए कह रहा हूँ क्योंकि सृजन तो हम सहज करते ही चलते हैं, उसके *करने* में कोई विरोध आड़े नहीं आता, हाथ नहीं रोकता। समझने में (उसकी व्युत्पत्ति में) विरोध खड़ा हो सकता है (कि सचमुच कुछ सृजन सा सृजन हुआ भी कि नहीं)। फिर भी एक विरोध तो दिखता ही है, और तभी अचम्भा नहीं कि पुराने आलंकारिकों में एक गहरा विवाद था : व्युत्पत्ति और प्रतिभा का सम्बन्ध क्या? सम्बन्ध हो भी सकता है क्या? प्रतिभा जबकि नितान्त नये की ओर, अनहोनी की ओर, झुकती है, व्युत्पत्ति में पुराने पर ही टिके रहने की टेक होती है। तो फिर प्रतिभा का व्युत्पत्ति के बासी से कोई सम्बन्ध क्या सचमुच हो भी सकता है? आप सोच ही सकते हैं कि इस पर दो अलग तरह के उत्तर दिये जाते थे, कुछ सम्बन्ध मानते थे, कुछ नहीं मानते थे और प्रतिभा को एक विलक्षण शक्ति या वृत्ति बताते थे—प्रज्ञा कहते थे—चेतना की दूसरी वृत्तियों से सर्वथा अछूती।

पर एक मध्य का मार्ग भी निकाल गया था। कवियों ने निकाला था, जिनका सृजन से दैनन्दिन (रोटी-दाल का) सम्बन्ध होता है। कवि कहते (और कर दिखाते) थे कि पुराने के हेरफेर से नया निकलता है। बात उतनी सीधी-सपाट भी नहीं जितनी यों कहने में लग सकती है। हेरफेर, आकस्मिक, तात्पर्यहीन, भी हो सकती है, तुच्छ, वृथा भी। सार्थक हेरफेर प्रतिभा चाहता है, और प्रतिभा (व्युत्पत्ति को) किसी मुट्ठी की पकड़ से बाहर ही कहीं मँडराती रहती जान पड़ती है। पर प्रतिभा किसी उपाय-कौशल की मुट्ठी में न भी हो, हेरफेर—या रूपान्तर-साधना—के मार्ग में परिवर्तन *साधने* का एक द्वार तो है ही, आलाप का द्वार, जो कि संगीत की शिक्षा में तो स्पष्ट ही है, प्रतिभा को टोहने का एक सहारा है। और फिर पुराने की काया-पलट से नये की ओर बढ़ने की चेष्टा, यह हमारी सारी चेष्टाओं में निहित होती ही है। इसमें व्युत्पत्ति ही प्रतिभा को धरती देती है। फिर, व्युत्पत्ति प्रतिभा की कसौटी का भी काम करती है। सचमुच कुछ नया बना भी या नहीं बना, इसे बिन-परखे भी हमारी आत्मचेतना सन्तोष नहीं करती, पर नये को परखने का काम भी नयेपन को गर्भ में रखे बिना नहीं हो सकता—दूसरे शब्दों में बिन प्रतिभा के नहीं हो सकता। तो व्युत्पत्ति को भी प्रतिभा चाहिए। यों दोनों एक-दूसरे पर टिके हों तो

विचार की दृष्टि से एक चक्रक सा बनता है, जहाँ दोनों ही निरालम्ब होते दिखते हैं। पर यह चक्रक विषम चक्रक नहीं है, जहाँ परस्पर-भाव बन न पाये, खोखला, अपदार्थ ठहरे। खोखलापन तो मनुष्य की यात्रा में तब आता है जब व्युत्पत्ति और प्रतिभा दोनों ही निष्प्राण हों, और विशुद्ध रूढ़ि की जड़ता काम करे। प्रतिभा और व्युत्पत्ति का चक्रक बना रहे तो हमें चक्रवत् आगे ही बढ़ाता है। और मैं नहीं समझता कि मनुष्य की यात्रा में ऐसा कभी कहीं हुआ है कि रूढ़ि ने चेतना को जकड़कर गतिहीन कर दिया हो। यह ठीक है कि परम्पराएँ, समाज, सभ्यताएँ विनष्ट भी हुई हैं, भूली गयी हैं, पर यह कहना ठीक नहीं होगा कि उनके विनाश का कारण व्युत्पत्ति और प्रतिभा का अभाव था। मनुष्य की यात्रा पूरी तरह से रूढ़िग्रस्त कभी नहीं हो सकती। ऐसा तभी हो सकता है कि मनुष्य आत्मचेतन ही नहीं रहे।

पीछे मैंने 'युगबोध' और 'व्युत्पत्ति' के बीच भेद की बात की थी, उस पर आता हूँ, उसको बढ़ाता हूँ। स्पष्ट है कि 'आधुनिक' युगबोध भी एक व्युत्पत्ति ही है, विगत का तोल-मोल, संरक्षण-योग्य का संरक्षण, और करणीय धर्मों का आदर्श। पर वह अपने को *सही,* इतिहास के वर्तमान मोड़ पर एकमात्र सम्यक् व्युत्पत्ति बताता है। इस पूर्वग्रह को मैंने पीछे हठाग्रह कहा है। पर, फिर भी, उसका एक दावा है जो प्रतिभा को विशेष प्रश्रय देता जान पड़ता है। 'आधुनिक' मनीषा विगत के बन्धन को तोड़ताड़ कर आगे की ललक का नारा देती है—उसकी व्युत्पत्ति के मर्म में—उसके इतिहास-दर्शन में—भी इस ललक के ही जीवन्त प्राणवान सूत्र खोजने की विवेक-चेष्टा है। रूढ़ियों का निराकरण है। दूसरी परम्पराओं को पिछली और पिछड़ी—और 'पारम्परिक'—इसलिए बताती है कि वे विगत-ग्रस्त हैं, आगे के अनजान से डरती हैं, जो सृजन का बाधक है, और पीछे की सिद्ध रूढ़ियों को ही आगे साध्य समझती हैं। पीछे की अनुवृत्ति साधती हैं, और आगे की प्रतिभा को उस अनुवृत्ति से बाँध रखना चाहती हैं, चेतना उनमें वास्तव में भविष्योन्मुख है नहीं। उन्हें 'पारम्परिक' कहना ही ठीक है।

सन्देह नहीं कि सभ्यता, संस्कृतियों में अनुवृत्ति की महिमा रही है। किसी मूल स्वर की गूँज, अनुगूँज साधते रहने पर जोर रहा है। भाव यह रहा है कि सत्य और औचित्य का आदर्श किसी, आद्य, आर्ष चेतना को मिल चुका है। हम आनेवालों का धर्म है उस सत्य की अनुवृत्ति बनाये रखना,

कि च्युत-विकृत न हो जायें। प्रतिभा इसी में है कि अनुवृत्ति का स्पन्द रहे, छूटने न पाये, टूटने न पाये।

बात एक हद तक मान भी लें तो भी विगत को और उसकी विविध साधना के विस्तार को इस एक नकार के घेर में नहीं समेटा जा सकता। फिर, जैसा कि कह आया हूँ, विगत को नकारने-तोड़ने-वाली दृष्टियाँ, जैसे ईसाइयत, इस्लाम, ये अपने 'सत्य' की अनुवृत्ति का बन्धन ही तलवार की नोक साधते रहे हैं, इसे धर्म मानते रहे हैं। और जैसा कि कह ही चुका हूँ, आधुनिकता की मनीषा—और उसका आचरण-व्यवहार—भी इस धर्म से अछूते नहीं हैं उसके केन्द्र में भी यह घोर आग्रह है कि आगे की प्रतिभा उसको गर्भ में लिए बिना प्रतिभा ही नहीं होगी। यही उसका 'युगबोध' है, और उसका उद्‌घोष है कि इस बोध के बिना भविष्य निर्बोध ही रहेगा। यह उसका उद्‌घोष ही नहीं, दूसरों के प्रति उसके ज्ञान, भाव, कर्म की और उसके प्रभुत्व की प्रवृत्ति भी है।

यों तो आधुनिकता का अर्थ सीधा सा है : 'नया', '*यहाँ, इस समय* नया'। इसमें चिरन्तन बहुमुखी भाव है। इस अर्थ में देश और काल-भेद के साथ हर परम्परा में सार्थक नया 'आधुनिक' होता है। यही प्रतिभा का स्वभाव है। कोई नयी बात नहीं है। पर 'आधुनिक' शब्द को अपने इस निहित बहुवचन से बचाने के लिए आज का आधुनिक अपने को एक अभूतपूर्व, अनोखा, अद्वय 'नया' मानता है, जो देश-काल विशेष में होते हुए भी सर्व-देशमुखी और विश्वजनीन नया है। यही नहीं, यह नया मनुष्यमात्र के इतिहास में नयेपन को एक नयी भूमि पर ला खड़ा करता है, इसलिए सबके लिए नये के रूप में इतिहास द्वारा 'आदिष्ट' है। 'आधुनिक' के सहज अर्थ को देखिये तो यह प्रतिभा का आदर है, प्रतिभा के विचित्र वैविध्य का आदर है। किसी एक 'आर्ष' सत्य को मानते हुए भी प्रतिभा का सनातन आदरबोध ही कहता है—'एकं सत् विप्रा बहुधा वदन्ति'। इसके विपरीत अपने को पुकार- पुकारकर नया-नया कहती हुई भी आज की आधुनिकता एक परम्परा विशेष की *अनुवृत्ति* चाहती है। कहती है कि पहले ज्ञान, भाव, कर्म इनमें योरप की काठी अपनाओ तभी आगे के इतिहास में कोई अपनी सी स्वतन्त्र सार्थक गति पा सकोगे। यह प्रतिभा के स्वातन्त्र्य का, उसके विगत-से अछूते निर्बन्ध स्वर-चारण का आह्वान नहीं है। प्रतिभा कहती है, आगे के अनजान से क्यों डरता है तू ("कैनो

रे तोर अजानार भय") आधुनिकता इस अभय का सन्देसा नहीं है, वह कहती है कि मेरे पीछे आ तभी सच्चा सृजन होगा, नहीं तो तू अनुवृत्ति ही करता रहेगा, जैसा आज तक *(तेरे)* इतिहास में होता आया है। कहती है आधुनिक युगबोध को अपना क्योंकि महाकाल के इस मोड़ पर यही सही, सम्यक् व्युत्पत्ति है, तभी आगे का प्रतिभ-पन्थ सूझ सकता है, नहीं तो, अपना ही पीछा करता *(तू)* वहीं-वहीं घूमेगा; धोखा ही रहेगा कि आगे बढ़ रहा हूँ। आधुनिकता यह भी कह सकती है कि चलो चाहो तो यों ही कह लो कि हम यात्रा के मध्य में हैं, पर इतिहास ने आज उस मध्य को विश्व-भर में एक बना दिया है और वह मध्य आज आधुनिकता का ही मध्य है, अब आगे का पन्थ इसी मध्य से है। पर ऐसे भी हैं जो *इस* मध्य में अभी आये नहीं है; उन्हें चाहिए कि आ जायें (हम भी इस चेष्टा में हैं कि उन्हें ले आएँ, जैसे भी हो) क्योंकि जो आधुनिकता के मध्य में नहीं है वह कहीं नहीं है।

और मानना भी होगा कि सचमुच ही उस मध्य में हम हैं—अपनी चेष्टाओं से भी—घटनाओं की गति से भी।

पर क्या यह भी मानना होगा कि व्युत्पत्ति का ही बहुबोध घिरकर एक युगबोध में समाहित हो गया है? इतिहास का घटनाचक्र पूरा हमारे बस में नहीं होता। हमारे संस्कार ही नहीं शिक्षा भी बहुत कुछ हमारे बस में नहीं होती। हमारी बुद्धि में आज पश्चिमी शिक्षा के गहरे संस्कार हैं, और इनसे इनकार करना भी अपने आप में कोई बुद्धि-संगत बात नहीं। पर क्या हम अपनी स्मृति भी पश्चिम की स्मृति में खो देना चाहते हैं—क्या हम पश्चिम के विगत को ही अपना सच्चा विगत समझ लेना चाहते हैं, कि उसी में आत्मस्थ हों? हम ऐसा करने को आज उन्मुख हैं, पर यह रूढ़ि, आस्था, श्रद्धा का ही मार्ग होगा; ऐसे मार्ग पर पहले भी संस्कृतियाँ चली ही हैं। पर इसे व्युत्पत्ति का बुद्धि-चेतन और आत्म-परीक्षा में जागरूक मार्ग नहीं कह सकते। इतिहास-विद्या की ही व्युत्पत्ति को लें, थोड़ा भी विचार कर देखें तो इतिहास दृष्टि भी अनेक में बसी है, एक को तो रूढ़ करना पड़ता है। एक विकल्प दृष्टि की बात मैंने ऊपर की ही है।

यहाँ सोचने की एक गम्भीर बात है जिसका हमारी विगत-को देखती दृष्टि से गहरा सम्बन्ध है। व्युत्पत्ति और प्रतिभा के जिस चक्रक की हमने ऊपर बात की, अगर उसकी गति मनुष्य में निरन्तर है, तो हमारी इतिहास-दृष्टि

इस बोध से अनुप्राणित होनी चाहिए। यह भी भूलना नहीं चाहिए कि परम्पराओं, संस्कृतियों और सभ्यताओं में जहाँ एक अपने 'स्व'—भाव की साधना रही है वहीं परस्पर-भाव भी रहा है। हिंसा, दम्भ और सत्ता-कामना के बीच भी इस परस्पर-भाव के उदारतर क्षितिज बने रहते हैं। साधना का स्वभाव ही है कि वह एक केन्द्र (एक व्यक्ति, एक समूह) ढूँढ़ती हुई भी अनेक के बीच ही अपना अलगाव बनाती है। उसका एक अनेक का निराकरण नहीं है, अनेक में ही पनपता है, अनेक से ही सम्भव होता है, नहीं तो शून्य होगा। वह अनुभव का एक है, विचार का अन्य-व्यावृत एक नहीं। और सच तो यह है कि विचार में भी अन्य-व्यावृत्ति अन्य के बिना नहीं बनती। सर्वथा एक के 'होने' में और शून्य में कोई अन्तर नहीं।

पर किसी सार्थक परस्पर भाव के लिए अपना आत्मस्थ केन्द्र—अपनी स्मृति—तो चाहिए। आधुनिकता की दृष्टि में इस स्मृति की—व्युत्पत्ति-स्वातन्त्र्य की—गहरी अवज्ञा है।

इतिहास को ही अगर हम व्युत्पत्ति का आधार मानें, आगे के लिए भी उसे ही प्रमाण मानें तो भी, सोचिये : इतिहास का विषय आत्मचेतन मनुष्य है तो इतिहास को विशेष स्थितियों की एक शृंखला में (परिनिष्ठित, निर्धार्य युगों में) नहीं विविध गतियों की सनातन सम्भावना के रूप में आँकना चाहिए। आधुनिक इतिहास-दृष्टि हमें ऐसा करने से विमुख करती है। (भारत के इतिहास से कुछ इतिहासकारों को हम इसलिए हताश होते पाते हैं कि भारत में अलग युगों की साफ़ कड़ियाँ नहीं बनतीं, सब युग एक साथ गड्डमड्ड दिखते हैं!) मनुष्यता को एक बनाकर उसकी एक काल-यात्रा को पड़ावों में—स्थितियों में—रखना इतिहास की व्युत्पत्ति के लिए यह अनिवार्य नहीं है। जैसा कह भी चुका हूँ, हम सहज ही विगत को युगों में बाँटकर इतिहास को उनकी गठरी बना देते हैं। पर विगत की ओर देखते हुए हमारी चेतना के मूल में स्मृति काम करती है। स्मृति के एक पक्ष की मैंने ऊपर बात की, जहाँ उभरता है कि स्मृति हमारे लिए विवेक में आत्मस्थ होने की वृत्ति है, विगत से आगत का जाग्रत मध्य बनाती है। पर स्मृति को हम 'याद' के रूप में लेते हैं। याद में विगत को चित्रों का पसारा बनाते हैं, एक काल-क्रम में सजे चित्रों का पसारा। अपना आज देखते हैं तो सोचते हैं, यहाँ से निकले, फिर वहाँ से निकले। स्मृति यहाँ विगत

चित्रों के रूप में और उनके क्रम-बोध में विलीन रहती है। स्मृति जहाँ तक 'याद' है, उसका स्वरूप, उसका 'साँचा' यही है—घटनाओं को स्थित रूप में बाँध-बाँध देना—कि ऐसा हुआ, और फिर ऐसा हुआ। अवस्थाओं में देखती है स्मृति। इतिहास भी विगत को अवस्थाओं के क्रम में बाँध-बाँधकर देखता है। यह कहना तो मूढ़ दुराग्रह होगा कि इतिहास हम स्मृति ही से रचते हैं। हमारी स्मृति का दायरा ही क्या है? फिर उसकी भ्रान्तियाँ भी अप्रकट नहीं। भ्रान्ति दूर करने के लिए स्मृति से अधिक भरोसे के प्रमाण-व्यापार का सहारा लेना पड़ता है। बुद्धि का सहारा। इतिहास की रचना में बुद्धि की वे सारी वृत्तियाँ काम करती हैं जो किसी भी सत्य के सन्धान में व्यापृत होती हैं : प्रश्न, साक्ष्यसंग्रह, अनुमान, युक्तितर्क, कल्पना, परीक्षा...। पर चेतना में इतिहास का स्थान स्मृति ही बनाती है। स्मृति ही चेतना को विगत-उन्मुख करती है, इतिहास को बोध का वह पटल देती है जिस पर विगत के चित्र बनते हैं। स्मृति में चेतना का स्वभाव ही ऐसा है कि वह जिसे देखती है उस दृश्य को एक स्थिति देना चाहती है, ताकि देख सके। स्मृति का ही नहीं बुद्धि का भी कुछ यही स्वभाव है। बुद्धि अपने विषय को बाँधकर स्थिर-स्थित कर देखती है, नहीं तो दीठ ही नहीं जमेगी।

पर स्थिति को हम *पीछे* ही पकड़ सकते हैं। उसी ओर स्मृति की उन्मुखता है। लेकिन स्मृति के दूसरे गहरे रूप को देखें तो स्मृति केवल देखती ही नहीं हमें *बनाती* भी है। हमें आत्मस्थ करती है। आत्मस्थ रहते हुए हम अपने को एक यात्रा के मध्य में पाते हैं। और चेतना को आगे की ओर उन्मुख पाते हैं, जहाँ स्मृति की दृष्टि का प्रसार नहीं। आत्मस्थ चेतना के सन्धान का प्राण, उसका उन्मेष, आगे की ओर ही होता है। यह प्रतिभा का क्षेत्र है। वह अनजान की आँख है, सार्थक सृजन की लौ पालती है। ऐसा नहीं है कि प्रतिभा की आँख पीछे नहीं देखती। जहाँ तक प्रतिभा का व्यत्पत्ति से सम्बन्ध है, वह पीछे से जुड़ती हुई आगे की ओर देखती है। पर उसके देखने में पीछे का विस्तार भी एक चल-क्षितिज सा ही दिखता है, स्थित सा नहीं, तभी व्युत्पत्ति में प्रतिभा की बात सार्थक है। प्रतिभा स्वभाव से 'पुरुरूप'—रूपवैविध्य—का धाम है। व्युत्पत्ति को भी पुरुरूप करती है। और इतिहास जहाँ तक व्युत्पत्ति है, आत्मस्थ रहते हुए विगत की पकड़ है, वह भी पुरुरूप हो सकती है। इतिहास में प्रतिभा-गर्भ स्मृति स्थितियों का क्रम नहीं देखकर नयी-नयी, गतियों की सम्भावना देख

सकती है। बात इतिहास को साक्ष्य के प्रमाण-लोक से हटा कर कल्पना के परीलोक में या पुराण-आख्यान-लोक में ले जाने की नहीं है। व्युत्पत्ति में कल्पना होती है, पर वह अप्रमा नहीं होती। भ्रान्त हो सकती है, पर अविवेकी नहीं। हमें भ्रान्ति से डर लगता है, तभी एक सत्य की आस्था पालना चाहते हैं, पर सर्वथा अभ्रान्त तो अन्ध श्रद्धा ही हो सकती है, या फिर श्रुति या इलहाम। भ्रान्ति तो प्रमाण-व्यापार के अन्तरंग की गति है, उसके बिना बुद्धि अचल होगी।

प्रमाण-व्यापार भी वैविध्य पालता है (बुद्धि में जितना वैविध्य है, कहाँ है?)। और इतिहास का प्रमाण-व्यापार तो वैविध्य का निराकरण कर ही नहीं सकता, उसका सम्बन्ध मनुष्य से है, और मनुष्य के बारे में दृष्टि-भेद तो दृष्टि-भेद की जड़ है। जिस इतिहास-दृष्टि की बात कर रहा हूँ वह मनुष्य के विगत की साधनाओं को एक सदा सन्मुख 'मध्य' के रूप में देखती है। एक बहुवैभव गतिशील मध्य, जहाँ से आगे ही नहीं पीछे भी प्रतिभा के कई क्षितिज खुलते हैं।

आरम्भ की शताब्दी, शताब्दी का अन्त :
कुछ आपबीती, कुछ जगबीती
सुधीर चन्द्र

आरम्भ की शताब्दी, शताब्दी का अन्त : कुछ आपबीती, कुछ जगबीती

सुधीर चन्द्र

रिवाज़न इस तरह के व्याख्यान प्रारम्भ होते हैं वक्ता द्वारा अपनी अयोग्यता अथवा अपर्याप्त योग्यता के इज़हार से। पर आज शाम का विषय—एक पूरी शताब्दी की आदि से अन्त तक चर्चा—तो ऐसा है कि यदि कोई दिग्गज विचारक भी इस विषय में सन्तोषजनक प्रतिपादन के सम्बन्ध में अपनी असमर्थता व्यक्त करे तो उसको आप महज़ औपचारिकता का निर्वाह नहीं मानेंगे। अतएव मेरे जैसे अल्पज्ञ के साथ तो आप सहानुभूति भी कर सकेंगे कि ऐसे जटिल विषय पर बोलने के लिए उसको आमन्त्रित किया गया। हाँ, मेरे लिए ख़तरा यह ज़रूर है कि आप रोष भी कर सकते हैं कि मैंने इस आमन्त्रण को स्वीकार करने का दुस्साहस किया ही क्यों। विशेष रूप से तब जब कि मुझसे पहले इस व्याख्यानमाला को देश के कुछ मूर्धन्य विचारक एवं साहित्यकर्मी एक उच्च स्तर प्रदान कर चुके हैं।

उस ख़तरे—आपके रोष के ख़तरे—को ध्यान में रखते हुए शायद उचित होगा यदि मैं अपने दुस्साहस से ही बात शुरू करूँ। लगभग डेढ़ साल पहले जब मदन सोनी ने इस व्याख्यान की बात की तो मेरी पहली, और सहज, प्रतिक्रिया थी कि यह मेरे बस के बाहर है। पर उनसे बात करते-

करते जल्दी ही मुझे लगने लगा कि जिस तरह का शोध कार्य मैं पिछले पैंतीस सालों से कर रहा हूँ उसका तकाजा है कि मैं प्रत्यक्ष रूप से बीसवीं सदी के बारे में सोचूँ। मैं आभारी हूँ मदन जी का जिन्होंने मुझे यह अवसर दिया, और आग्नेय जी का कि उन्होंने भी, मेरी सारी सीमाओं के बावजूद, मुझे इस व्याख्यानमाला में शिरकत के काबिल समझा।

प्रत्यक्ष रूप से बीसवीं सदी के बारे में सोचने से मेरा आशय यह है कि एक अरसे से मैं उन्नीसवीं सदी के उत्तरार्द्ध और इस सदी के बिल्कुल ही प्रारम्भ में औपनिवेशिक भारत के सामाजिक-सांस्कृतिक इतिहास का अध्ययन इस विश्वास के साथ करता रहा हूँ कि उन्नीसवीं सदी आज भी हमारे वैयक्तिक-सामूहिक अस्तित्व का अंग बनी हुई है। इस सदी में जिसे अपने साठ वर्षों में से पिछले साढ़े तीन दशकों के दौरान मैं इतना अधिक उन्नीसवीं बीसवीं सदी की दहलीज़ पर बैठा रहा हूँ कि बीसवीं सदी के निवासी से कहीं अधिक अपने को उन्नीसवीं सदी के उत्तरार्द्ध का प्रवासी महसूस करता हूँ। अपने समय में उन्नीसवीं सदी की उपस्थिति के अहसास के बावजूद या उसके कारण।

सौ साल पहले के भारत में इतने लम्बे प्रवास के फलस्वरूप मुझे लगता है कि मैं बीसवीं सदी के आरम्भ को लगभग अनुभूति के स्तर पर थोड़ा-थोड़ा समझ पाता हूँ। अतएव, बग़ैर किसी दम्भ के—यद्यपि भ्रम की सम्भावना तो बनी ही रहती है—मुझे लगता है कि अपने प्रवास व निवास के अनुभवों के सहारे मैं अपने तरीक़े से यदि बीसवीं सदी के प्रारम्भ और अन्त की बात करने की कोशिश करूँ तो उस दुस्साहस का कुछ औचित्य तो बन ही जाता है।

एक

अपने अनुभवों के आधार पर अपनी सदी के आरम्भ और अन्त पर विचार करने का निर्णय करके सोचना शुरू ही किया था कि इसके लिए कौन से अनुभव प्रातिनिधिक और समीचीन होंगे कि बचपन की एक याद कौंध गयी। एक ऐसी याद जिसने इससे पहले मुझे परेशान नहीं किया था। पचासेक साल सुप्तावस्था में पड़ी रही यह याद अकस्मात उभर आयी जब इस सदी का जायजा लेने का सवाल उठा।

ठीक कह नहीं सकता कि उस समय मेरी उमर क्या थी। चार साल से कम और नौ साल से ज़्यादा नहीं रही होगी। आज़ाद हो गये या होने वाले हिन्दुस्तान में बीत रहा बचपन। स्थान : अपनी ख़ास तरह की तमाखू और डाकुओं के लिए जाना जाने वाला कस्बाई शहर मैनपुरी। मैनपुरी मुझे उस समय बहुत बड़ा शहर लगता था। मेरे इस विशाल शहर में तीन एक-दूसरे से लगे मुहल्ले थे जिनमें लगभग सारे घर हमारी अपनी ही बिरादरी के थे। परिणामस्वरूप—यह मैं उस समय नहीं समझता था—रोज़मर्रा की ज़िन्दगी एक ख़ास सामूहिक लय में चलती थी। आना-जाना पैदल ही होता था। बिजली और साइकिल अभी नहीं आये थे। जब हमारे घर में बैटरी से चलने वाला रेडियो आया—मुहल्ले का पहला रेडियो—तो सारे मुहल्ले का जमघट लगा था शाम को इस अद्‌भुत यन्त्र के उद्‌घाटन-प्रदर्शन के लिए।

इस मैनपुरी में जब भी मेरी माँ, मुहल्ले की और जवान बहुओं की तरह, घर के बाहर निकलती तो चिरुआ लाज मारकर निकलती थी। आज भी वह शब्द— चिरुआ लाज—और उसमें छिपा स्त्री-शरीर मुझे याद है। पता नहीं पचास-पचपन साल के बाद उस याद के ऐसी स्पष्टता से उभर आने के पीछे चिरुआ लाज के कारण उस समय हुई कोई वेदना है। पूरे कपड़े पहनने के बाद एक पिछौरा (चादर) ओढ़कर लगायी जाती थी चिरुआ लाज। घूँघट का एक विचित्र प्रकार। पूरे बदन को पिछौरे से लपेटकर नाक के ठीक नीचे चिड़िया की चोंच जैसी ज़रा सी जगह पिछौरे में बनाकर मेरी माँ, मुहल्ले की तमाम जवान बहुओं की भाँति, दो उँगलियों से इस चोंच को सिर्फ़ इतना चीरकर चलती थी कि नीचे सड़क का एक छोटा-सा टुकड़ा दिखायी पड़ता रहे। न जाने कितनी बार मैनपुरी की ईंटों से बनी गलियों में चिरुआ लाज मारे चलती अपनी माँ के साथ चला हूँ मैं। अस्सी पूरी कर गयी अपनी माँ से पूछ नहीं पाता कि चिरुआ लाज की उन्हें याद है या नहीं। चाहता हूँ कि अब वह उससे पूर्णरूपेण मुक्त हो। उसकी स्मृति से भी।

पिछली अर्द्धशती में मैनपुरी बहुत भले ही न बदला हो, मेरे बचपन वाली गलियाँ उतनी ही सँकरी होते हुए भी सीमेंट की हो गयी हैं। मुद्दत से वहाँ बिजली आ गयी है, भले ही बिला नागा वह हर रोज़ कुछ घण्टों के लिए चली जाती हो। मेरी बिरादरी के तीनों मुहल्लों में अब और जातियों के

लोग भी आ बसे हैं। रेडियो की जगह टेलीविजन ने ग्रहण कर ली है, लगभग हर घर में। चिरुआ लाज तो दूर, पिछौरा भी अब भूले-भटके ही दिखायी देता है। घूँघट के नाम पर कभी-कभार साड़ी का पल्लू माथे पर सरका लिया जाता है।

आज चिरुआ लाज की सिर्फ़ याद रह गयी है। वह भी मेरी पीढ़ी के कुछ लोगों में। हमारे बाद यह याद भी चली जायेगी। सम्भव है भविष्य में कोई इतिहासकार इसको खोज निकाले। फ़िलहाल तो मैनपुरी में हमारे मुहल्ले की बहुएँ भी वैसे ही आती-जाती है जैसे मुहल्ले की लड़कियाँ। कितना शुभ परिवर्तन है स्त्रियों के रोज़मर्राके जीवन के लिए; उनके शारीरिक-मानसिक स्वास्थ्य के लिए।

दो

अब एक नज़र उस व्यक्ति पर भी चलते-चलते डाल लें जो अपने प्रावासिक अनुभवों के आधार पर शताब्दी के आदि तथा अन्त दोनों को थोड़ा-बहुत अनुभूति के स्तर पर समझने का दावा कर रहा है। ब्राह्मण-ज़मींदार परिवार में जन्मे इस व्यक्ति का प्रारम्भिक बचपन परस्पर विरोधी शक्तियों से निर्मित वातावरण में बीता। बाबा परिवार के निरंकुश सर्वेसर्वा थे। परिवार के बाहर भी उनका दबदबा था। गेरुआ वस्त्र धारण कर चुके थे और प्राय: एक कमण्डल भी उनके साथ रहता था। गांधी के परम भक्त थे और असहयोग आन्दोलन से भारत छोड़ो आन्दोलन तक जेल जाते रहे। राष्ट्रीय आन्दोलन में भाग लेने से पहले ही एहतियातन ज़मींदारी अपने बेटे के नाम कर दी थी, पर ज़मींदारी उन्मूलन तक असल स्वामित्व उन्हीं का रहा। गांधी-भक्ति ने कभी ज़मींदारोचित धर्म के निर्वाह में कोई रोड़ा नहीं अटकाया। जुआ, नशा, पर स्त्री-गमन के प्रति आसक्ति जीवन के अन्त तक रही। पत्नी जल्दी ही क्षय रोग और स्वामी की यन्त्रणाओं से मुक्ति पाकर परलोक सिधार गयी। स्वयं जीवन के अन्त तक वैसे ही मस्त, निरंकुश और सतर रहकर पन्द्रह साल पहले अपना गेरुआ चोला छोड़ चले गये। एक असाधारण, आकर्षक एवं विशाल व्यक्तित्व। गुण और दोष दोनों में ही विशाल। साहस कर सको तो तुम्हारा विद्रोह झेलने को तैयार, नाना प्रकार से तुमको पराजित करने को तैयार, पर स्वयं पराजित

होने से भयभीत नहीं। साहस न कर सको तो सहते रहो उनकी निरंकुशता।

बाबा के अपने विरोधों के अलावा, परिवार में हर समय ही तनाव की स्थिति इसलिए भी बनी रहती थी कि बाक़ी और व्यक्तियों के स्वभाव उनके स्वभाव से बिल्कुल भिन्न थे। प्रारम्भ में इन अन्य व्यक्तियों के प्रभाव ही निर्णायक रहे। पारम्परिक जीवन, चौका-चूल्हा, छुआछूत, पर्व-त्यौहार, पूजा-कीर्तन। किन्तु बाबा के प्रति उमर के साथ बढ़ते आक्रोश के बावजूद, उनकी विद्रोही जीवन एवं चिन्तन शैली का भी प्रभाव पड़ता रहा है। यह प्रभाव पिता के सरकारी अफसर बनने के कारण मैनपुरी छोड़ने और हर दो-तीन साल बाद नयी-नयी जगहों में जाने, तरह-तरह के लोगों के सम्पर्क में आने और अपेक्षाकृत मुक्त वातावरण में शिक्षा पाने के फलस्वरूप और गहरे होते चले गये।

और आज जब मैं उस व्यक्ति के बारे में सोचता हूँ जो आपसे बात कर रहा है तो चिरुआ लाज वाली माँ के साथ मैनपुरी की गलियों में घूमने वाले लड़के से उसका तालमेल बिठाना ख़ासा मुश्किल लगता है।

तीन

अगर यह माँ-बेटा पिछली अर्द्धशती में अपने वैयक्तिक जीवन में इतना बदल गये हैं—माँ कम और बेटा ज़्यादा—तो क्या कारण नहीं बनता यह मानने का कि इस शताब्दी के आदि से उसके अवसान तक हमारे देश में, और व्यापक विश्व में, अनेक महत्त्वपूर्ण परिवर्तन हुए हैं? आख़िर अपने बदलने के मामले में दो अलग पीढ़ियों के यह दो व्यक्ति अपवाद तो नहीं होंगे। जो इनके साथ हुआ वही कमोबेश औरों के साथ हुआ होगा। आप भी अपने और अपने सम्पर्क वालों के जीवन पर दृष्टिपात कर देख सकते हैं कि बदलाव की यह बात कितनी सच है।

सम्भव है कि जीवन पर दृष्टिपात के आमन्त्रण को स्वीकार कर आप ऊपर की प्रस्तावना से असहमत हों। उससे अधिक सम्भावना यह है कि कम से कम माँ के सम्बन्ध में, आपको मेरी तर्क-पद्धति में संवेदनहीनता दिखायी दे। आपको लगे कि चिरुआ लाज के लोप के बाद भी कितना कुछ है स्त्री को पीड़ित करने को, त्रस्त करने को, कि अगर कोई एक वांछनीय बदलाव आता है तो दो अशुभ प्रवृत्तियाँ भी उभर आती हैं।

दरअसल, मैं जिस जाति-बिरादरी की बात कर रहा था उसमें पिछले कुछ दशकों में एक कुरीति का प्रवेश हो गया है। वह है दहेज़। तो स्त्रियों की नियति की दृष्टि से हम क्या आकलन करेंगे पर्दा के बहिष्कार और दहेज तथा तज्जनित दोषों के आगमन का?

चार

यहाँ पर मैं प्रख्यात फ्रांसीसी इतिहासकार ब्रॉदेल के द्वारा किये गये सापेक्षतावाद के उपयोग का हवाला देकर थोड़ी देर के लिए आपको उन्नीसवीं-बीसवीं सदी के सन्धि बिन्दु पर ले जाना चाहूँगा। समय की सापेक्षता से हम सब भली-भाँति परिचित हैं। पीड़ा के पाँच मिनट और आनन्द का पूरा दिन—एक अन्तहीन, दूसरा क्षण-भर में ख़तम। ब्रॉदेल ने इतिहास में समय की इस सापेक्षता की पड़ताल करते हुए दिखाया है कि व्यक्ति के जीवन में, समाज के विकास में और भौगोलिक अथवा भूगर्भीय निर्मितियों में समय अलग-अलग वेग से चलता है। हिमालय पर्वत, राष्ट्रीय आन्दोलन और सी.वी. रमन—तीनों के जीवन के अपने-अपने परिप्रेक्ष्य होंगे। अतएव हमारे अपने जीवन में जो परिवर्तन बड़े महत्त्व के और व्यापक लगें, देश के इतिहास के परिप्रेक्ष्य में उनकी पैमाइश बहुत बदल जायेगी। भूगोल के परिप्रेक्ष में और अधिक।

दो उदाहरणों के सहारे अपनी बात कहना चाहूँगा। पचीस साल होने को आये, एक दिन नेहरू मैमोरियल लायब्रेरी में बैठा १८८७ का *इण्डियन स्पेक्टेटर* देख रहा था। अचानक एक सम्पादकीय ने झकझोर दिया। यह एक अद्भुत महाराष्ट्रियन युवती के बारे में था। नाम था उसका रखमाबाई। उसकी शादी, सर्वव्यापी बाल विवाह प्रथा के अनुसार, ११ साल की उमर में अपने से नौ साल बड़े आदमी से कर दी गयी थी। अगले ११ सालों तक किसी न किसी काराण या बहाने से वह अपने पति से दूर रही। इन ११ सालों के दौरान वह एक सुसंस्कृत युवती के रूप में विकसित हुई जबकि उसका पति, अशिक्षित, रोगी और निखट्टू बना रहा। ११ साल तक अपनी पत्नी को पाने के तमाम प्रयत्नों की विफलता झेलने के बाद उसने बम्बई उच्च न्यायालय में अपने दाम्पत्य की प्राप्ति के लिए मुकदमा दायर कर दिया। रखमाबाई ने यह कहकर कि वह अपने पति को पसन्द

नहीं करती उसके पास जाने से इकार कर दिया। मुकदमे के दौरान उसने जिन तर्कों का सहारा लिया उनमें एक था कि चूँकि बालपन में ही उसका विवाह हो गया था, वह इस योग्य नहीं थी कि इस विवाह को अपनी सहमति दे सके। यह एक क्रान्तिकारी तर्क था तत्कालीन भारत में जहाँ न सिर्फ़ हिन्दुओं बल्कि सभी समुदायों में अभिभावकों द्वारा निहित बाल-विवाह का प्राधान्य था। रखमाबाई के पक्ष में दिया गया एक और प्रमुख तर्क था सम्भोग की अनुपस्थिति। चूँकि वह कभी भी अपने पति के साथ नहीं रही थी, और उनके बीच सम्भोग नहीं हुआ था, उनका विवाह अपूर्ण और अवैध था। यह तर्क भी बाल-विवाह की व्यापक प्रथा के लिए घातक था।

इस मुकदमे में पहला फ़ैसला रखमाबाई के पक्ष में हुआ। आप सहज ही अनुमान लगा सकते हैं कि इस फ़ैसले से हिन्दू तथा अन्य समुदायों में कैसी खलबली मच गयी होगी। समाज सुधार के समर्थकों को छोड़ बाक़ी लोगों को लगा कि इस फ़ैसले से विवाह और परिवार की जड़ें उखड़ जायेंगी। रखमाबाई प्रकरण अब एक दम्पति का आपसी झगड़ा न रहकर वर्तमान भारत—विशेषतः हिन्दू समाज—के मनोवांछित प्रारूप को लेकर हो रहे सैद्धान्तिक संघर्ष का अंग बन गया।

अपील हुई। रखमाबाई के पक्ष में दिये गये सैद्धान्तिक तर्कों को नहीं माना गया। निर्णय हुआ कि मुकदमे की नये सिरे से सुनवायी हो। पर वह सुनवायी सिद्धान्तों को लेकर नहीं, पति-पत्नी के गुणदोषों के आधार पर हो। उस सुनवायी के शुरू होते ही रखमाबाई ने सनसनी पैदा कर दी। उसने कहा कि उसका सारा बचाव सिद्धान्तों पर आधारित है, उसके पति के दोषों पर नहीं। और चूँकि अदालत सिद्धान्तों पर विचार करने की स्थिति में नहीं है, वह—रखमाबाई—अपने पक्ष में कुछ नहीं कहेगी। ज़ाहिर है कि अदालत का फ़ैसला इसके बाद उसके विरुद्ध ही होगा, पर वह—अदालत के प्रति पूर्ण सम्मान बरतते हुए—उस फ़ैसले को न मानकर वह बड़ी से बड़ी सज़ा कबूल कर लेगी जो क़ानूनन उसको दी जा सकती है। यह सज़ा, उस समय के क़ानून के मुताबिक, थी छः महीने की क़ैद और या जायदाद की जब्ती।

जरा विचार कीजिये। १८८७ की दुनिया। निष्क्रिय प्रतिरोध सत्याग्रह, इत्यादि को अभी अमल में आने में देर है। और औपनिवेशिक भारत में

एक पच्चीस-वर्षी, मध्यवर्गी, स्वशिक्षित युवती एक साथ विदेशी राज्य-तन्त्र और शक्तिशाली रूढ़िवाद को चुनौती देती है। आश्चर्य नहीं कि अँग्रेज़ वाइसरॉय से लेकर लोकमान्य तिलक जैसे परम्परावादी तक हिल गये। अन्ततः रखमाबाई इंग्लैण्ड गयी और छः साल बाद डाक्टर बनकर देश वापस आयीं।

उसी समय, इण्डियन *स्पैक्टेटर* का सम्पादकीय पढ़ते-पढ़ते, मुझे लगा कि रखमाबाई एक बड़े ही महत्त्वपूर्ण ऐतिहासिक क्षण का प्रतिनिधित्व करती हैं, वर्तमान भारत के निर्माण में। मन हुआ इस विषय पर एक किताब लिखी जाय। वह इच्छा भी पूरी हो गयी कुछ समय पहले *एनस्लेव्ड डॉटर्स* (ऑक्सफोर्ड यूनिवर्सिटी प्रेस, नयी दिल्ली, १९९८-१९९९) के प्रकाशन से।

पर यहाँ जिस प्रयोजन से मैं रखमाबाई का ज़िक्र कर रहा हूँ उसका सम्बन्ध है एक पूरी शताब्दी में हुए परिवर्तन से। अभी मैंने कहा कि रखमाबाई प्रकरण के माध्यम से मैं एक विशिष्ट ऐतिहासिक क्षण को समझना चाहता था। लेकिन जल्दी ही पता लगने लगा कि औपनिवेशिक भारत का यह क्षण सौ साल बाद भी हमारे साथ है। दूसरे शब्दों में, रखमाबाई के जीवन में हुआ चमत्कारिक परिवर्तन भारतीय समाज के जीवन में—अन्यथा हो रहे नाटकीय परिवर्तनों की सतह के नीचे—एक विचित्र निरन्तरता का परिचायक है।

रखमाबाई के पक्ष में केवल एक निर्णय हुआ था। उसके सौ साल बाद—मानो इतिहास की विडम्बना को रेखांकित करने के लिए—आन्ध्र प्रदेश उच्च न्यायालय के न्यायमूर्ति रॉय चौधरी ने भी दाम्पत्य पुनः स्थापन के एक मुकदमे में पत्नी के इस अधिकार को स्वीकार किया कि वह अपने पति की सहवास की माँग को ठुकरा दे। यही नहीं, न्यायमूर्ति रॉय चौधरी ने हिन्दू विवाह क़ानून की उस धारा को ही अवैध घोषित कर दिया जिसमें दाम्पत्य की क़ानूनन पुनः स्थापना का प्रावधान है। रखमाबाई ने सौ साल पहले स्त्रियों के जिस अधिकार का उद्घोष किया था उसको मानकर न्यायमूर्ति रॉय चौधरी एक बड़े सामाजिक परिवर्तन को क़ानून का प्रश्रय दे रहे थे।

किन्तु मात्र चार महीने के बाद—और यहाँ इतिहास की विडम्बना उभरकर आती है—दिल्ली उच्च न्यायालय के न्यायमूर्ति रोहतगी ने न्यायमूर्ति रॉय

चौधरी के सारे तर्कों को विस्तार से काटते हुए स्थापित किया कि दाम्पत्य पुन: स्थापन का प्रावधान संवैधानिक एवं विधिसम्मत है। उनका तर्क था कि इस प्रावधान का उद्देश्य है कि पति-पत्नी का सहवास हो सके और परिवार का एक सामाजिक संस्था के रूप में संरक्षण हो सके। दाम्पत्य पुन: स्थापन की वैधता स्थापित करने के बाद भी न्यायमूर्ति रोहतगी के लिए सम्भव था कि वह इस मुकदमे में पत्नी को अपने पति के साथ रहने के लिए बाध्य न करें। यह महिला पति के साथ रहने को तैयार थी, बशर्ते उसको अपने सास-ससुर के साथ न रहना पड़े, चूँकि वह उसको परेशान करते थे। पर न्यायमूर्ति रोहतगी ने उसकी शर्त को नज़रअन्दाज़ करके आदेश दिया कि वह संयुक्त परिवार में ही जाकर अपने पति के साथ रहे। ज़ाहिर है कि न्यायमूर्ति रोहतगी के सोच में स्त्री के स्वतन्त्र अस्तित्व, अपने शरीर की स्वायत्तता बनाये रखने के अधिकार और अपने परिवार के स्वरूप निर्धारण में उसकी भूमिका के लिए कोई स्थान नहीं है। दाम्पत्य प्रत्यास्थापन को वह संयुक्त परिवार व्यवस्था से अलग नहीं कर सकते। यदि पति-पत्नी में कोई दरार पड़ गयी है और—जैसा कि अक्सर होता है—संयुक्त परिवार इस दरार का कारण है तो न्यायमूर्ति रोहतगी दाम्पत्य व्यवस्था को सुरक्षित रखने की दुहाई देते हुए संयुक्त परिवार का संरक्षण करेंगे।

महिलाओं के आत्म-सम्मान और चैन से वैवाहिक जीवन बसर करने की सम्भावना से सम्बन्धित यह दो परस्पर विरोधी निर्णय एक अनिश्चित स्थिति पैदा कर सकते थे। अनिश्चितता की उस स्थिति में आन्ध्र प्रदेश और दिल्ली उच्च न्यायालयों के अतिरिक्त देश के अन्य उच्च न्यायालय दाम्पत्य पुन: स्थापन के मामलों में अपने विवेक के अनुसार इन विरोधी निर्णयों में से किसी को भी मान सकते। पर देश के सर्वोच्च न्यायालय को यह अनिश्चितता अमान्य थी। जल्दी ही उसने अपना निर्णय दे दिया। एक बार फिर, सौ साल के अन्तराल के बाद, जैसे रखमाबाई के पक्ष में दिया गया फ़ैसला निरस्त हुआ था, भारत के सर्वोच्च न्यायालय ने न्यायमूर्ति राय चौधरी के निर्णय को ठुकराकर न्यायमूर्ति रोहतगी के निर्णय को वैध घोषित कर दिया।

रखमाबाई के साथ हुए अन्याय और सौ साल बाद के उच्चतम न्यायालय के फ़ैसले को महज़ संयोग तो नहीं कहा जा सकता। यहाँ स्त्रियों को

देखने की एक ख़ास नज़र शताब्दी के आदि से लेकर अन्त तक समाज में उसी तरह प्रतिष्ठित दिखायी पड़ती है। न्यायपालिका के उच्चतम स्तरों को सुशोभित करने वाले व्यक्ति, जो अपेक्षया अधिक शिक्षित, सुसंस्कृत व संवेदनशील होते हैं, यदि उनकी नज़र ऐसी है तो नीचे के स्तरों पर स्थिति कुछ ज़्यादा चिन्ताजनक ही होगी, आश्वस्तकारी नहीं। वैसे भी, साधारणतः, न्यायपालिका अपने समय में व्याप्त सामाजिक चेतना को प्रतिबिम्बित करती है। अतः यह मानने का औचित्य बनता है कि कम से कम स्त्रियों के मामले में हमारी सामाजिक चेतना में परिवर्तन से अधिक निरन्तरता का अस्तित्व रहा है।

बड़ी विचित्र, सतही तौर पर नाकाबिले यक़ीन लगती है यह स्थापना सामाजिक चेतना की निरन्तरता की। कैसे सामंजस्य बिठा सकते हैं इसका हम उस मुक्ति से जिसकी चर्चा से हमने यह बात शुरू की थी? वही नहीं, शताब्दी के आरम्भ की तुलना में आज जीवन का कौन सा क्षेत्र है जिसमें स्त्रियों ने धड़ल्ले से अपनी उपस्थिति दर्ज़ नहीं की है? शिक्षा, समाज सेवा, प्रशासन, राजनीति, साहित्य, संगीत, नृत्य, कला, पत्रकारिता, उद्योग, यहाँ तक कि अपराध जगत में भी स्त्रियाँ पुरुषों के वर्चस्व को चुनौती दे रही हैं। यौन–सम्बन्धों में भी स्त्रियों ने पहले के मुक़ाबले में अधिक आज़ादी हासिल कर ली है। रखमाबाई के लिए विवाह से पूर्व लड़की की इच्छा अथवा सहमति सिर्फ़ सपना रह गयी, पर आज अपनी मर्ज़ी से अपना जीवन संगी चुनने वाली स्त्रियों की संख्या नगण्य नहीं है।

यह सब बीसवीं शताब्दी के बदलते यथार्थ का हिस्सा है। पर फिर भी हमारी सामाजिक चेतना का एक स्तर है जहाँ काफ़ी कुछ वैसा ही है जैसा पहले था। वह बदलाव हम आसानी से, हर जगह देख लेते हैं। ठहराव हमको प्रायः दिखायी नहीं देता। शायद उसको देखने से हम कतराते हैं। उसके साथ एक अपराध बोध, नहीं तो बेचैनी जैसा कोई भाव जुड़ जाता है। उसको विशेष प्रयत्न करके ही देखा जा सकता है।

ठहराव के सन्दर्भ में एक छोटी–सी बात। डेढ़ सौ साल होने को आये जब ईश्वरचन्द्र विद्यासागर और अन्य समाज सुधारकों के प्रयत्नों से १८५६ का हिन्दू विधवा पुनर्विवाह क़ानून पारित हुआ। हम सब जानते हैं कि क़ानून बन जाने के बाद भी विधवाओं के लिए कुछ विशेष न कर पाने के कारण विद्यासागर के अन्तिम वर्ष किस अवसाद में बीते। आज उस

तरह का अवसाद महसूस करने के लिए कोई विद्यासागर नहीं बचा है। पर कितनी विधवाएँ आज भी दूसरा दाम्पत्य अपने लिए जुटा पाती हैं? विशेष रूप से तब जब उनके कोई बच्चा भी हो। पर विधुरों के पुनर्विवाह उतनी ही आसानी से होते हैं जैसे पहले होते थे। विषयान्तर न हो इसलिए इस भेद के विस्तार में न जाकर सिर्फ़ आपको याद दिलाना चाहूँगा कि विधवा विवाह का जो आन्दोलन उन्नीसवीं सदी में शुरू हुआ था उसमें एक अहम् मसला यह भी था कि पुनर्विवाह की इच्छुक विधवा का अपने दिवंगत पति के साथ सम्भोग हुआ या नहीं। क्षत और अक्षत योनि के आधार पर विधवाओं की दो श्रेणियाँ इस आन्दोलन में हो गयी थीं। ज़्यादातर सुधारक अक्षत योनि के पुनर्विवाह को ही समर्थन देते थे। बीसवीं सदी में हुई यौन सम्बन्धों की तथाकथित क्रान्ति के बाद भी लगता है कि क्षत योनि से जुड़ी दुश्चिन्ताएँ भारतीय पुरुष को आज भी आक्रान्त किये रहती हैं।

निरन्तरता के ही सम्बन्ध में एक बात और। इस निरन्तरता का ताल्लुक सिर्फ़ सामाजिक चेतना से ही नहीं है। चूँकि चेतना का सामाजिक स्थिति से कार्य-कारण का सम्बन्ध होता है, यह निरन्तरता अनिवार्यत: सौ साल के दौरान भारतीय समाज और परिवार में रही स्त्री की दशा से भी जुड़ी है। रखमाबाई का विद्रोह अपने आप में अनूठा था। पर उस विद्रोह को पैदा करने वाला अन्याय आम था। कचहरियों में दाम्पत्य पुन: स्थापन के मामलों का आते रहना जताता है कि वह अन्याय बीता नहीं है। हमारे अपने समय में हुआ एक अन्य विद्रोह दिखाता है कि वह अन्याय कुछ स्थितियों में कितना भयंकर हो सकता है। फूलन देवी का विद्रोह। रखमाबाई प्रकरण से बिल्कुल भिन्न, पर उतना ही अद्वितीय, और समाज में व्याप्त स्त्री-उत्पीड़न का ज्वलन्त प्रमाण।

शताब्दी के अवसान की पूर्वसंध्या में विगत सौ वर्षों की उपलब्धियों का स्मरण करते समय मनन का एक विषय यह भी है : क्या एक अकेली रखमाबाई या फूलन देवी का विस्फोटक आविर्भाव क्षण-भर के लिए उद्घाटित नहीं कर जाता अन्याय और अत्याचार की उस निरन्तरता को जो अन्यथा लगभग अदृश्य रहती है?

पाँच

अपने दूसरे उदाहरण के रूप में मैं बात करना चाहूँगा गांधी की। मैंने कभी इस विषय का विधिवत् अध्ययन नहीं किया है, पर बार-बार उन्नीसवीं सदी के अन्त के अपने अभी भी जारी अध्ययन के दौरान मुझे लगा है कि उस वातावरण में अचानक कोई गांधी बनकर उठ खड़ा होगा। गांधी का ऐसा जीवन्त पूर्वाभास आपको भ्रान्ति भर लग सकता है। एक ऐसे दिमाग़ में उपजी भ्रान्ति जो, ऐतिहासिक अनिवार्यता का पक्षधर न होते हुए भी, मात्र संयोग में विश्वास न रखने की वजह से गांधी के आने से पहले गांधी-जैसी आहटें सुनने लगता है। सम्भव है, इस सन्दर्भ में आपको एक बार फिर रखमाबाई का शहादती प्रतिरोध याद आ जाय। यही नहीं, उस समय के स्त्री-स्वातन्त्र्य के सबसे बड़े समर्थक, बहरामजी मलबारी, जो जी- जान से रखमाबाई की मदद में लगे हुए थे, बहुत चाह रहे थे कि रखमाबाई को सचमुच जेल जाना पड़े। उनको विश्वास था कि एक निर्दोष और अपने ध्येय के लिए कुछ भी कुरबान करने को तैयार युवती के जेल जाने का—उसके प्रतिरोध का—समाज और सरकार दोनों पर चमत्कारी प्रभाव पड़ेगा। इसके अतिरिक्त भी मलबारी के लेखन और जीवन को ग़ौर से देखें तो एक 'सत्याग्रही' भाव का स्पष्ट आभास होता है। कुछ इसी तरह का आभास प्रसिद्ध गुजराती साहित्यकार गोवर्धनराम माधवराम त्रिपाठी को लेकर भी होता है।

गांधी का पूर्वाभास देने वाला यह वातावरण कुछ हद तक देश की अपनी ही सामाजिक संरचना और चिन्तन प्रक्रिया से जुड़ा था। पर साथ ही वह ब्रिटिश औपनिवेशिक शासन के चरित्र द्वारा निर्धारित विवशताओं और सीमित सम्भावनाओं का भी परिणाम था। ऐच्छिक वरण और विवशता-जनित विकल्प कुछ इस तरह मिल गये कि लोगों को गांधी का अनुसरण करते समय स्वयं ही हमेशा नहीं पता रहता था कि सत्याग्रह उनके लिए आदर्श है या मजबूरी। परिणाम इसका यह हुआ कि राष्ट्रीय आन्दोलन—भारतीय राष्ट्रीय कांग्रेस के नेतृत्व या उसके वर्चस्व को मानने वाला राष्ट्रीय आन्दोलन—कभी गांधी के साथ और कभी उनको अलग करके चलता रहा। दक्षिण अफ्रीका से लौटकर ३२ वर्षों तक गांधी देश की राजनीति में सक्रिय रहे। कभी कांग्रेस के सर्वेसर्वा, कभी उसके बाहर। पर ऐसा करिश्मा बना उनका कि इन ३२ वर्षों में से ३० वर्ष आज भी राष्ट्रीय

आन्दोलन के इतिहास में गांधी–युग के नाम से जाने जाते हैं। और आज भी जन–मानस में यह विश्वास जमा हुआ है कि देश को आज़ादी अहिंसा से मिली।

स्वयं गांधी तक़रीबन अन्त तक यही मानते रहे। कैसे सम्भव हो सका यह? कितनी बार इन ३२ वर्षों में अहिंसक आन्दोलनों के दौरान हिंसा हुई? एक आन्दोलन तो गांधी ने वापस ही हिंसा के भड़कने के कारण लिया। एक आन्दोलन के प्रारम्भ में ही गांधी ने ख़ुद कह दिया कि यदि हिंसा भड़की तो आन्दोलन वापस नहीं लिया जायेगा। और उस आन्दोलन में अहिंसा कम हिंसा ज़्यादा हुई। इन्हीं ३२ वर्षों में कांग्रेस ने गांधी के इस सुझाव को मानने से साफ़ इन्कार कर दिया कि उसके— कांग्रेस के— लिए अहिंसा एक अटल सिद्धान्त है, न कि मात्र राजनैतिक उपयोगिता को ध्यान में रखते हुए अपनाया गया एक शस्त्र। बार–बार स्वराज पार्टी के वक़्त से लेकर स्वतन्त्रता प्राप्ति तक, इसी कांग्रेस ने गांधी के साधनों और कार्यक्रमों का खुलकर उल्लंघन किया। गांधी के अन्तिम दो–ढाई सालों की बेचारगी और व्यथा तो हम सब ही जानते हैं।

गांधी को बहुत देर लगी यह समझने में कि राष्ट्रीय आन्दोलन की अहिंसा अहिंसा थी ही नहीं। किन्तु जब एक बार उन्होंने यह समझ लिया तो इसके तार्किक–व्यावहारिक परिणामों का सामना उन्होंने बड़ी निर्ममता से किया। मुझे लगता है कि गांधी द्वारा १९४७ में किया गया विवेचन तब से ही हमारे जातीय जीवन के विभिन्न क्षेत्रों में अबाध उद्घाटित होता रहा है। अपने को कोसते हुए कि ''मैंने कैसे मान लिया कि अहिंसा बुज़दिलों का हथियार हो सकती है?'' गांधी ने कहा : ''अब ३२ वर्ष बाद मेरी आँखें खुली हैं। मैं देखता हूँ कि अब तक जो चलती थी वह अहिंसा नहीं थी, बल्कि मन्द–विरोध था।'' इस कटु सत्य का विश्लेषण गांधी ने इस प्रकार किया :

> दुर्बलों के साथ अहिंसा का कभी मेल बैठता ही नहीं। अतः उसे अहिंसा के बजाय निष्क्रिय प्रतिरोध कहना चाहिए। मगर मैंने जो अहिंसा चलायी थी वह दुर्बलों की नहीं थी, जबकि निष्क्रिय प्रतिरोध होता है। उसमें सबलता नहीं आयी थी। इसके अलावा निष्क्रिय प्रतिरोध सक्रिय और सशस्त्र प्रतिरोध की तैयारी होती है। नतीजा यह हुआ कि लोगों के दिलों में जो हिंसा भरी थी, वह एकाएक बाहर निकल पड़ी।

दिलों में भरी हिंसा के एकाएक बाहर आने का अनुभव गांधी को पाकिस्तान के बनने को लेकर हुई व्यापक हिन्दू-मुस्लिम हिंसा के सन्दर्भ में हुआ। तब से अब तक आये दिन हमको भाषा, क्षेत्र, जाति, धर्म इत्यादि के आधार पर निकल पड़ी हिंसा का सामना करना पड़ा है। यह सब हिंसाएँ—सामूहिक हिंसाएँ—शुरू में एकाएक निकल पड़ती-सी लगती हैं। फिर उनका एकाएकपन चला जाता है और हम जल्दी ही उनके आदी हो जाते हैं। १९८४ में रातोंरात सिखों के विरुद्ध निकल पड़ी हिंसा और पिछले साल ईसाइयों पर शुरू हुए हमले गांधी का मोहभंग करने वाली हिंसा से जुड़ी प्रक्रिया की निरन्तरता ही दर्शाते हैं। इस निरन्तरता का भी आभास गांधी को हो गया था। अपनी मौत से दो महीने पूर्व गुड़गाँव में रोमन कैथलिकों को सताए जाने पर व्यक्त गांधी के उद्‌गार बरबस याद आ जाते हैं। उन्होंने कहा :

> मैं अपने एक भाषण में आप लोगों से कह चुका हूँ कि जब यूनियन में हिन्दुओं और सिखों का मुसलमानों के ख़िलाफ़ भड़का हुआ गुस्सा कम हो जायेगा, तो सम्भव है वह दूसरों पर उतरे। लेकिन जब मैंने यह बात कही थी तब मुझे यह आशा नहीं थी कि मेरी भविष्यवाणी इतनी जल्दी सच साबित होने लगेगी। अभी तक मुसलमानों के ख़िलाफ़ बढ़ा हुआ गुस्सा पूरी तरह शान्त नहीं हुआ है।

इस संक्षिप्त गांधी प्रकरण के अन्त में मैं गांधी के एक ऐसे उपवास की चर्चा करना चाहता हूँ जिसके सहारे हम अन्तर्सामुदायिक कटुता, वैमनस्य और अन्दर सुलगती हिंसा का अन्दाज़ अपने समय को समझने के लिए लगा सकते हैं। आश्चर्य की बात है कि इस अत्यन्त महत्त्वपूर्ण उपवास की चर्चा कोई ख़ास नहीं हुई है। सन् १९३३ में ८ मई से २९ मई तक २१ दिन के लिए किया गया यह उपवास पूना समझौते का सीधा परिणाम था। समझौते के समय गांधी को बचाने के लिए जो भी उत्साह दिखाया गया हो, उसके तुरन्त बाद ही गांधी को महसूस होने लगा कि सवर्ण हिन्दू समझौते की भावना के विरुद्ध तरह-तरह से कोशिश कर रहे हैं कि इससे होने वाले लाभों से यथासम्भव हरिजनों को वंचित रखा जाय। समझौते को छः महीने भी नहीं बीते थे कि गांधी के मन में एक तूफ़ान उठने लगा। उनकी इस मनःस्थिति का कुछ अनुमान ३० अप्रैल को वल्लभभाई पटेल को लिखे पत्र से लगता है। उन्होंने लिखा :

> क्या कोई अपने मन के सारे विचार किसी से कहता है? या कह सकता है? तीन दिन हुए मेरी नींद ही उड़ गयी। मुझे नींद न आये, यह बड़ी असामान्य बात है।...मानो, इन तीन दिनों में किसी महाप्रलय की तैयारी होती रही हो। यह कहना कठिन है कि मेरे मन में यह व्याकुलता कब से चल रही थी।...रात को ११ बजे नींद खुल गयी, आकाश में तारे देखता रहा और रामनाम रटता रहा। पर मन में बार-बार यही विचार आ रहा था कि इतना व्याकुल है तो उपवास क्यों नहीं करता? कर। यह मंथन काफ़ी देर तक चलता रहा। साढ़े बारह बजे बिल्कुल स्पष्ट आवाज़ आयी : तुझे उपवास करना ही होगा। बस, निर्णय हो गया।

इस उपवास से जुड़े अपने 'सारे विचार' भले ही गांधी ने न कहे हों, यह स्पष्ट है कि हरिजन-सेवाकार्य में उनकी विफलता ही यह महाप्रलय मचाये हुए थी उनके अन्दर। क्या करें वह कि उनकी पात्रता बढ़े इस कार्य के लिए और दूसरों का भी हृदय परिवर्तन सम्भव हो सके? अपनी आत्मशुद्धि और उनकी आवाज़ सुनने को तैयार हर व्यक्ति की शुद्धि के लिए अनशन ही उनका अन्तिम साधन था। पर कुछ भी स्पष्ट शब्दों में कहना नहीं था इसके उद्देश्य के बारे में। वरना सम्भव था कि अनजाने में ही वह उपवास किसी पर दबाव का ज़रिया बन जाय। ३० अप्रैल को ही जारी किये गये सार्वजनिक वक्तव्य में गांधी ने कहा :

> जब मैं बिल्कुल हाल के अतीत पर दृष्टि डालता हूँ तो बहुत से ऐसे कारण मिलते हैं जिन्होंने इस उपवास को उकसाया होगा। वे कारण इतने पवित्र हैं कि बताये नहीं जा सकते। पर वे सब महान् हरिजन ध्येय से जुड़े हैं।

बिल्कुल हाल के अतीत में इस उपवास के कारणों का होना और महान् हरिजन उद्देश्य के लिए इसका किया जाना, क्या बचता था इसके बाद बताने को! गांधी कुछ भी न बताना चाहकर सब कुछ बताना चाह रहे थे। बता रहे थे, 'एक वर्ड टू द वाइज' वाले अपने अन्दाज़ में। उपवास की पवित्रता को बचाते हुए। पर लगता नहीं कि बहुत ज़्यादा सवर्ण हिन्दू उनकी बात सुन सकने की स्थिति में थे। पूना समझौते के बाद उभरकर आयी जिस मनोवृत्ति से व्यथित होकर गांधी यह उपवास कर रहे थे, वही मनोवृत्ति हरिजनों के पक्ष में उठती उनकी आवाज़ के प्रति सवर्णों को बहरा किये दे रही थी। कट्टर रूढ़िवादियों को छोड़ दीजिए, गुरुदेव रवीन्द्रनाथ ठाकुर भी, जो पूना समझौते के लिए उत्तरदायी गांधी के आमरण अनशन

के समय शान्ति निकेतन से यर्वदा जेल पहुँचकर गांधी के सीने पर सर रखकर रोने लगे थे, इस उपवास के विरोध में थे।

विशुद्ध सैद्धान्तिक दृष्टि से देखें तो मई १९३३ का यह उपवास सत्याग्रह के सौन्दर्य और पवित्रता का एक अनुपम उदाहरण है। पर व्यावहारिक स्तर पर इसका कोई लाभकारी प्रभाव सवर्णों पर पड़ा हो, ऐसा नहीं लगता। जहाँ तक हरिजनों का सवाल है, कम से कम राजनैतिक स्तर पर, डॉ. अम्बेडकर के नेतृत्व में हरिजन गांधी, कांग्रेस और हिन्दू समाज से उत्तरोत्तर विलग होते गये।

इसी बीच हरिजनों के लिए मन्दिर खुलते रहे, कुएँ खुलते रहे, शिक्षा की सम्भावनाएँ बढ़ती रहीं, आरक्षण होता रहा, राजनीति और प्रशासन में स्थिति सुधरती रही। और भी बहुत कुछ होता रहा। अस्पृश्यता के बाह्य चिह्न मिटते रहे।

लेकिन, गांधी की शब्दावली में, दिलों में असत्यता बनी रही। आश्चर्य नहीं कि दिलों में हिंसा भी घुमड़ती रही।

गांधी की स्थापना को फिर याद करें : निष्क्रिय प्रतिरोध सक्रिय और सशस्त्र प्रतिरोध की तैयारी होती है। उसके सन्दर्भ में देखिये चेतना की इस दूसरी निरन्तरता को जिसे गांधी की नैतिक सत्ता, राजनैतिक कुशाग्रता और उनका वर्षों का रचनात्मक कार्यक्रम भी न तोड़ पाये। सितम्बर १९३२ में ब्रिटिश सरकार द्वारा हरिजनों के लिए प्रस्तावित पृथक निर्वाचन के विरुद्ध गांधी के आमरण अनशन के वक़्त डॉ. अम्बेडकर ने अपने को निहायत बेबस पाया था। उस बेबसी को हम अक्सर भुलाये रहते हैं। पर गांधी शायद पूना समझौते के बाद ही समझ गये थे कि उन्होंने अनजाने में अम्बेडकर और हरिजनों के साथ अन्याय कर दिया है। उनके मई १९३३ के उपवास की प्रभावहीनता एक निर्णायक क्षण था जिसमें हरिजनों का सवर्ण हिन्दुओं और राष्ट्रीय आन्दोलन में विश्वास बुरी तरह टूट गया। बड़े-बड़े आदर्शों, नारों और वादों के पीछे पलते संकीर्ण हितों की अनाकर्षक असलियत खुलने लगी। इसी क्रम की एक कड़ी है इन दिनों जोर पकड़ने वाली एक दलित दलील। कुछ रैडिकल दलित तर्क देने लगे हैं कि जैसे देश में मार्क्सवादियों ने वर्ग पर जोर देकर जातिगत अन्याय को अनदेखा कर दिया, उसी तरह धर्मनिरपेक्षता के नाम में दलितों के हितों की उपेक्षा हो रही है।

छह

परिवर्तनों के बीच बनी रहने वाली जिस निरन्तरता की बात मैंने कुछ विस्तार और कुछ इशारे से स्त्रियों और दलितों को लेकर कही है वही कमोबेश जातीय जीवन के अन्य कई पहलुओं को लेकर भी कही जा सकती है। पर उसकी कोई दरकार है नहीं।

अब अन्त में कुछ शब्द कहकर मैं आपसे विदा लेना चाहूँगा। अपने समय को समझने की कठिनाई से हम सब वाकिफ हैं। एक भीड़ उमड़ पड़ती है भावों की, विचारों की, व्यक्तियों की, घटनाओं की। उसके बाद भी एहसास बना रहता है इस भीड़ के परे बहुत कुछ होने का जो हमसे अदृश्य है। जो भीड़ दिखायी देती है वह भी पल-पल रूप बदलती लगती है। हम सोचने लगते हैं क्या इसमें से छाँटे, क्या छोड़ें, समय के लिए उसके महत्त्व और प्रातिनिधिकता के आधार पर। जो छाँटते हैं—सही या ग़लत—उसके बारे में भी आश्वस्त नहीं हो पाते कि क्या सचमुच उसको पकड़ पाये हैं, समझ पाये हैं। अनिश्चितता की इस अटलता को जानते हुए भी अन्ततोगत्वा हम उसको शब्दों में बाँधने को विवश हो जाते हैं। शब्द, जो सम्प्रेषण की तरलता के बावजूद, अर्थ की स्थिरता लाते हैं।

मैं अब तक के अपने कहे को कम से कम स्थिर और अधिक से अधिक तरल रखना चाहता हूँ। इस आशय के तहत मैं आपसे अनुरोध करूँगा कि मेरे शब्दों के पीछे जो संघर्ष है, हमसे विदा लेती इस सदी को समझने का, उसको ध्यान में रखते हुए अपने अनुभवों की रोशनी में मेरे कहे को परखें। इसी आशय के तहत् मैं अपने कहे के आधार पर कोई निश्चित परिणाम निकालने का प्रयत्न नहीं करूँगा। हाँ, इतना ज़रूर कहना चाहूँगा कि परिवर्तनों को स्वीकार करके भी जिस निरन्तरता की तरफ़ मैंने आपका ध्यान आकर्षित करने की कोशिश की है उसमें परिवर्तन और निरन्तरता के बीच कोई अनिवार्य ऐतिहासिक सम्बन्ध जताने का आग्रह नहीं है। मैं मानना चाहता हूँ—यद्यपि सैद्धान्तिक स्तर पर इसका उलटा भी स्थापित किया जा सकता है—कि अदृश्य ऐतिहासिक शक्तियों के रहते हुए भी मानवीय हस्तक्षेप कारगर हो सकता है।

चिरुआ लाज से मुक्ति पाकर भी मेरी अस्सी-वर्षीया माँ को लग सकता है कि वह पराधीन है; रखमाबाई से लेकर फूलन देवी तक का सौ वर्ष का

इतिहास स्त्रियों के लिए हताशा का कारण हो सकता है; विदेशी शासकों के विरुद्ध सफलता के बरक्स गांधी के सत्याग्रह की अपने ही समाज में अपेक्षाकृत विफलता इशारा कर सकती है लुप्तप्राय हो गयी अहिंसा और शहादत की सम्भावनाओं का; हो सकता है कि श्वेत अमरीका को दी गयी जेम्स बॉल्डविन की चेतावनी—"फायर नैक्स्ट; टाइम"—चरितार्थ हो जाय डेढ़ महीने बाद आने वाली शताब्दी के हिन्दुस्तान में। लेकिन इनमें से किसी को भी किसी अटल ऐतिहासिक नियति का हिस्सा नहीं माना जा सकता। सम्भावनाएँ और भी हैं। किशन पटनायक के शब्दों में, विकल्पहीन नहीं है दुनिया।

अन्त और आरम्भ : एक ग़ैर-ज़रूरी आत्मालाप

प्रभात त्रिपाठी

अगर इन शब्दों के साथ बीसवीं सदी का सन्दर्भ न जुड़ा होता तो क्या ये शब्द उस इतिहास से बचे रह सकते थे, जिनके बीच एक लेखक का सृजन-संघर्ष जारी रहता है? क्या इन शब्दों का अपना समय, इतना स्वायत्त और स्वयंपूर्ण हो सकता है कि लेखन को नियन्त्रित-प्रभावित करने वाले, दूसरे शब्द-समय को, या कि इतिहास को, आसानी से अलग किया जा सके? कम से कम उससे उतनी दूरी ही बनायी जा सके कि लिखने का समय, इतिहास की गुलामी का समय न लगे। और फिर लेखन को इस तरह पढ़ा जा सके कि उसे किसी 'एक' अर्थ की मुख्यता से जोड़े रहना मुमकिन न हो। ऐसा शायद मैं इसलिए सोच रहा हूँ कि बीसवीं सदी के इस ख़ास दौर में, विभिन्न विषयों पर होने वाले चिन्तन में, इतिहास के दबावों को भाषा की नैसर्गिक, बेशक उसकी बनावट में ही निहित नैसर्गिक नानार्थता से जोड़कर देखने के प्रयत्न, आज महज़ साहित्य के अध्ययन में ही नहीं, बल्कि समाज-विज्ञानों और प्राकृतिक-विज्ञानों के क्षेत्र में भी हो रहे हैं। इसके अलावा यह भी कि मैं इतिहास के बारे में घनघोर अज्ञानी हूँ और यहाँ इन शब्दों के ऐतिहासिक सन्दर्भ से छुटकारा नहीं है। इसलिए यह, अपने आप से बात करने की कोशिश ही है।

सच पूछा जाय तो जिस समय मैं यह लेख काफ़ी परेशानी के साथ लिखने

की कोशिश में लगा हूँ, उसके ठीक पहले मैं गौरी विश्वनाथन की किताब *द मास्क्स ऑव कॉन्क्वेस्ट* पढ़ रहा था जो इतिहास की ही किताब थी, लेकिन मैं उसे मज़े-मज़े में उपन्यास की तरह पढ़ रहा था और सोच रहा था कि सतर्क विचार-विश्लेषण के साथ उसने उन्नीसवीं सदी में अँग्रेज़ी साहित्य (भारत में) की शिक्षा के बारे में लिखा है, और मनवा लेने वाले तरीक़े से यह प्रमाणित करने की केशिश की है कि ब्रिटिश सत्ता वह क़दम, याने भारत में अँग्रेज़ी साहित्य पढ़ाने का यह उपक्रम, सत्ता और ताक़त को महफ़ूज़ रखने और बढ़ाने के उद्देश्य से उठाया गया क़दम था। तब मुझे लगा था, हालाँकि तथ्यात्मक ढंग से नहीं, कि हिन्दी के अध्ययन-अध्यापन को इस तरीक़े से समझने की कोशिश नहीं की गयी। हिन्दी गद्य के अभ्युदय काल का ज़िक्र करते हुए, इस अन्तर्दृष्टि या सन्देह को इतने पुरजोर और विस्तृत तरीक़े से सामने नहीं रखा गया कि हो सकता है कि हिन्दी साहित्य की शिक्षा का आरम्भिक दौर भी उसी उपनिवेशवादी दृष्टि का एक अंग हो, जिसके चलते, इंग्लैण्ड से भी पहले भारत में अँग्रेज़ी साहित्य की शिक्षा का आरम्भ हुआ। अँग्रेज़ी साहित्य की शिक्षा के इस शुरुआती दौर में साहित्य को एक स्वतन्त्र विषय के रूप में पढ़ाने का पुरजोर विरोध ईसाई मिशनरियों के द्वारा किया गया। वे मूलतः इसके सेकुलर रूप के विरोधी थे। और आरम्भिक कई वर्षों में, उनके विरोध को ब्रिटिश राज का समर्थन भी मिला था, लेकिन अन्ततः अँग्रेज़ी साहित्य के अध्यापन के सेकुलर रूप को ही राज के हित में स्वीकृति मिली थी।

बीसवीं सदी के आखीर में अँग्रेज़ी साहित्य के अध्यापन के जो तौर-तरीके भारत के स्कूलों, कॉलेजों में जारी हैं, हिन्दी साहित्य के पठन-पाठन का तरीक़ा या उसकी परीक्षा के प्रश्नों का निर्माण उससे कोई भिन्न नहीं है। कहा तो यहाँ तक जा सकता है कि हमारी सारी की सारी शिक्षा पद्धति अँग्रेज़ी शिक्षा पद्धति के रूप को, बल्कि इस शिक्षा के उन्नीसवीं सदी वाले रूप को, अभी तक अपनाये हुए हैं। और जब इस तरह, इस सदी के आख़िरी अध्याय की बात चल ही गयी है, तो शायद यह कहना बहुत ग़लत नहीं होगा कि आधुनिक भारत का काफ़ी कुछ पश्चिमीकृत हो चुका है। भारत के बहुत से बुद्धिजीवी आज भी यह बात आत्ममुग्धता से सोचते हैं कि हम गर्व से अपने को भारतीय कहते हुए यह कह सकते हैं कि यूरोप से हम अलग हैं (यों यूरोप के कितने सारे देशों को उनकी राजनीति,

उनकी संस्कृति, उनकी कला और उनके साहित्य को, सारांशीकरण या समग्रीकरण की भाषा में सोचना, एक तरह से सत्याभास की धुँधली भाषा में उन्हें देखना है, और उस स्थिति में तो और भी ज़्यादा जबकि ज़िन्दगी और भौतिक विकास के तौर-तरीक़ों को स्वीकार करते हुए, बुद्धिजीवी अपनी जीवन शैली की सुख-सुविधाओं को लगातार बनाये रखे)। और इतने विशिष्ट ढंग से अलग है कि पश्चिमीकरण की इस प्रक्रिया में निहित आर्थिक, राजनीतिक और सामाजिक मुद्दे हमें सोचने लायक भी नहीं लगते, क्योंकि या तो हम साहित्यिक हैं या विचारक और इसलिए 'काल' के बहुत स्थूल अर्थ में घटित ये तथ्य हमें कुछ भी सोचने को मजबूर नहीं करते, कि चिकित्सा, शिक्षा, राजनीति, यातायात, खान-पान और रहन-सहन तक में पश्चिम के तौर-तरीक़ों के लगभग पूर्ण स्वीकार के बावजूद शुद्ध भारतीयता नामक चीज़ कहाँ और कैसे बची है। हो सकता है कि साहित्य के सन्दर्भ में यह सवाल लगभग फिजूल हो, लेकिन ख़ुद अपने देश की बहुलता, विविधता के बीच हम लगभग 'सार' की तरह की भारतीयता की कल्पना कैसे कर लेते हैं? ख़ासकर एक ऐसे समय में जबकि आधुनिक राष्ट्र-राज्य के समानान्तर बढ़ रही टेक्नोलॉजी सम्प्रभुता की भू-राजनैतिक धारणा को लगभग तोड़ चुकी है तथा नृवंश भाषा और सम्प्रदाय के दबाव इस कदर बढ़ चुके हैं कि किसी भी राष्ट्र कहे जाने वाले समुदाय को दृढ़ एकल ज़बान में सोच पाना मुश्किल है।

दूसरी बात यह कि अगर एक विषय पर सोचो, तो दूसरे, और दूसरे से तीसरे पर सोचना, सोच-विचार की नियति हो चुकी है। लेखन की इस नियति पर, अतिसाक्षरता और शब्द के उपनिवेशीकरण के इस विषय पर लिखते हुए डेविड जी. स्मिथ ने इस सादी बात पर उँगली रखी, यह कहते हुए कि "सेंट लुइस में वाशिंगटन विश्वविद्यालय द्वारा, भाषा और साहित्य के अपने आजीवन अध्ययन के कारण सम्मानित किये जाने के दौरान वाल्टर ओंग ने कहा कि जैसे-जैसे उनकी उम्र बढ़ रही है, वे महसूस कर रहे हैं कि लिखना कितना कठिन काम है, ख़ासकर इसलिए कि हर चीज़, हर दूसरी चीज़ से सम्बन्धित है।" सदी के आख़िरी समय में, चाहे हम शब्द के समय के बारे में ही क्यों न सोच रहे हों, हमारा सोच, पश्चिम से अलग किसी शुद्धता में हमारा या बिल्कुल हमारा नहीं हो सकता।

जिस जगह हम बहुत सरल ढंग से अलग हैं, और सम्भवतः इतने अलग

कि उसे सार से भिन्न ठोस के मुहावरे में अपना, बिल्कुल अपना कह सकते हैं, वह जगह है अपनी भाषा। लेकिन इस अपनी भाषा हिन्दी पर सोचते हुए, इसकी सृजनात्मकता के बहुरंगी संसार में रहते हुए, मैं अचानक अपनी उस भाषा में चला जाता हूँ जिसे हिन्दी की बोली की तरह जाना जाता है। हो सकता है यह एक भाषावैज्ञानिक ऐतिहासिक सच हो, पर मेरा अन्तरंग सच यह है कि मेरे सुख-दुख की भाषा छत्तीसगढ़ी है। और यहाँ उसका ज़िक्र निरा भावुक या निरा आलंकारिक नहीं है, क्योंकि इसकी याद मैं उस सोच-विचार के सन्दर्भ में कर रहा हूँ, जिसका ज़िक्र करते हुए अपनी अन्तरंगता की विशिष्ट भाषा के सोच-विचार को वाणी देते हुए बारबरा टी. क्रिश्चियन ने लिखा—"रंगीन लोगों ने भी हमेशा से ही सिद्धान्त-विवेचन किया है, लेकिन पश्चिमी तर्क-भाषा की अमूर्तता से एक बिल्कुल ही भिन्न भाषा में, और इस विषय में मेरा कहना स्पष्ट है कि हमारा विचार आख्यानों, सूक्तियों और मुहावरों में व्यक्त होता है, और भाषा के साथ कौतुक में भी, क्योंकि हम मानते हैं कि स्थिर नहीं, बल्कि गतिमान विचार ज़्यादा महत्त्वपूर्ण हैं।" जब मैं छत्तीसगढ़ी के बारे में अचानक सोचने लगा था, तब मेरे मन में यह बात भी आयी थी कि हिन्दी की वैचारिक चर्चा में उसके विशिष्ट आंचलिक परिवेश के साथ उसके सन्दर्भ को महज़ छविमय आलंकारिकता की दृष्टि से देखा गया है। शायद इसलिए भी इस तरफ़ मेरा ध्यान गया कि आधुनिक राजनीति की ताक़त जो कि आधुनिक टेक्नोलॉजी की ही ताक़त है, और जो सीमान्त संस्कृतियों को ताक़तवर संस्कृतियों की अनुगतता में ही बचाकर रखना चाहती है। नयी और अतिविकसित सूचना शक्ति की चर्चा के समय मेरे मन में यही बात थी :

> वास्तविक समय में, सारत: हमेशा ही रैखिक-स्पेस के कल्पित निर्माण, राष्ट्र राज्य सीमाएँ, राज्य कर्तव्य (स्टेट ऑथरशिप) के बदलते बिखरते क्षेत्र भी हैं, जिसकी लिखत व्यक्तियों और गुटों के भीतर अंकित है। राज्य की ताक़तवर दमनकारी दृष्टि या सामान्य-बनाने वाले इसके हाथों के द्वारा, इस लिखत के अर्थों और आचरणों का पुनर्निर्माण निरन्तर जारी रहता है। सूचना वैश्विक स्तर पर इस शक्ति-समीकरण को बदलती है, विचारों, वस्तुओं, बिम्बों और धन के उस तीव्र 'प्रवाह' के द्वारा, जो नयी सूचना शक्ति के कारण नमनीय संगठनात्मक केन्द्रों में संचित रहते हैं तथा अपने प्रभाव में विखण्डनकारी अराजक और अव्यवस्थाजनक होते हैं।

कुवैत पर सद्दाम हुसैन के अस्थायी कब्ज़े के सन्दर्भ में, वहाँ लगी पूँजी की असल ताक़त के वैधानिक मालिकों को, इसी नमनीयता की वजह से, पूरी संचार-व्यवस्था के संगठित केन्द्रों के हकूकों से पृथक नहीं किया जा सका। इसी तथ्य को बताने के लिए टिमोथी ल्यूक ने ये बातें लिखी थीं, पर यह भी जोड़ा था कि संचार-व्यवस्था की इस नमनीय ताक़त के चलते दुनिया भर के अभिजन अगर एक-दूसरे के नजदीक आये हैं तो दुनिया भर की सीमान्त संस्कृतियों में तीव्र दरारें भी पैदा होने लगी हैं।

उन्नीसवीं सदी के शुरुआती दौर की जिस शिक्षा के द्वारा आधुनिक राष्ट्र-राज्य की बुनियाद पड़ी थी, उत्तर-आधुनिक तकनीकी-ज्ञान से उस राष्ट्र-राज्य की भौगोलिक सीमाएँ टूटने लगी हैं, लेकिन विभिन्न नृवंशीय सांस्कृतिक अस्मिता के दबावों की तीव्रता आज इस देश में ही नहीं सारी दुनिया में महसूस की जा रही है। शायद इसलिए यह भी सच है कि छत्तीसगढ़ की बात मेरी चिन्ता के प्रवाह में यूँ ही नहीं आ गयी है, बल्कि अरसे से मुझे लगता रहा है कि हिन्दी साहित्य के अध्ययन-अध्यापन या दूसरे शब्दों में, आनुष्ठानिक और संस्थागत माध्यमों से उसके उत्पादन और खपत का जो तौर-तरीका अपनाया गया, उसमें हिन्दी अंचल की बोलियों को जो महत्त्व मिलना चाहिए था वह नहीं मिला। जबकि भारतेन्दु ने उन्नीसवीं सदी के उत्तरार्ध में इस ओर संकेत किया था कि हिन्दी साहित्य के अध्ययन-अध्यापन और सृजनात्मक समृद्धि के लिए विभिन्न अंचलों की बोलियों (उन्होंने कविता के छन्दों के सन्दर्भ में अपनी बात कही थी) के साथ, इस नयी गद्य-भाषा का आवयविक सम्बन्ध आवश्यक है। वैसे भी सृजन की सार्थकता, संस्कृति के समूचे सन्दर्भ में ही समझी जा सकती है। विभिन्न अंचलों की बोलियों के सांस्कृतिक परिवेश के साथ विभिन्न लेखकों का रिश्ता आवयविक और अन्तरात्मिक होता है। वास्तव में उनके सामाजिक-व्यवहार, उनकी वैयक्तिक चेतना, एक तरह से उनका पूरा वजूद, अपने अंचल की भाषा में ही प्रच्छन्न रहता है। लेकिन मुझे लगता है कि खड़ी बोली के रूप में परिनिष्ठित भाषा के व्यवहार की जो नयी अनिवार्यता पैदा हुई, उसका सम्बन्ध, साहित्य से कहीं ज़्यादा औद्योगिक विकास और आधुनिक राज्य के व्यावहारिक परिचालन से था, और शायद नये शहरीकरण के दौर में लोगों ने, विशेषकर बुद्धिजीवियों ने, इसे उपयोगी मानकर इसलिए ही स्वीकार किया। भारतीय

संस्कृति के परिवर्तनशील (प्रोटीन) स्वरूप को ध्यान में रखते हुए, हिन्दी अध्यापन में, या एक तरह से पूरी हिन्दी आलोचना में, खड़ी बोली के लेखन और हिन्दी क्षेत्र की विभिन्न बोलियों के ऐतिहासिक सांस्कृतिक धरोहरों और सन्दर्भों के पारस्परिक सम्पर्क/असम्पर्क पर गम्भीर चिन्तन के उदाहरण शायद हैं ही नहीं, या अगर हों तो शायद अध्यापन और आलोचना में ऐसे किसी सन्दर्भ को वरीयता प्राप्त नहीं है। शायद इसका प्रमुख कारण यह भी हो सकता है कि बीसवीं सदी की नयी शिक्षा से प्रभावित प्रेरित अधिकांश लेखन का गहरा और आवयविक रिश्ता, विभिन्न बोलियों के सांस्कृतिक परिवेश के साथ नहीं था। नागार्जुन और रेणु को छोड़कर अधिकांश आंचलिक रचनाएँ, आलंकारिक मुद्राएँ ही रहीं। मुख्य बात यह है कि इन आंचलिक भाषाओं के साहित्य की अपनी परम्परा पर भाषा वैज्ञानिक जिज्ञासाओं के अतिरिक्त कोई ज़्यादा ध्यान नहीं ही दिया गया। इसके अलावा, इनके साम्प्रतिक जीवन पर, आधुनिक राष्ट्र-राज्य के समानान्तर और लगभग उसकी अनुगतता में विकसित होने वाली शिक्षा पद्धति और इसी में शामिल साहित्यिक-शिक्षा के द्वारा संस्थागत स्तर पर विकसित होने वाले साहित्य और उसके व्याख्याताओं के प्रभाव में निहित राजनीतिक आशयों तथा आशयों में भी निहित दमन की प्रक्रिया को प्रायः ही अनदेखा किया गया। फौरी राजनीतिक लाभ के लिए और इन बोलियों के क्षेत्रों में व्याप्त व्यापक जन-असन्तोष—जिसके निश्चित रूप से उतने ही व्यापक समाजार्थिक कारण हैं—को ऐसे लाभ के हक़ में इस्तेमाल करने के लिए राजनेताओं के द्वारा ज़रूर इन अंचलों की सांस्कृतिक अस्मिता से सम्बन्धित राजनीतिक सामाजिक कार्रवाई में थोड़ी तेजी आयी है। ख़ासकर पिछले दस-पन्द्रह बरसों से। लेकिन फिर यह भी याद रखना होगा कि इसी दौरान बाज़ार मुक्त हुआ है, जिसमें 'हिन्दी' प्रचार और बाज़ार की मुख्य भाषा के रूप में इन क्षेत्रों में अधिक सक्रिय, अधिक पुरअसर होती गयी है। और उसके ऐसा होने में राज्य और राज्यवाद की अटूट अखण्डता को बरकरार रखने वाली सरकार का योगदान, अपने पल-पल बदलते रूपों के बावजूद, पहले से कहीं ज़्यादा प्रभावशाली रहा है। यानी हिन्दी प्रदेशों में हिन्दी साहित्य का एक सन्दर्भ बोलियों के साहित्य के साथ उसके अनजुड़े होने तक ही नहीं, बल्कि क्षेत्रीय संस्कृतियों के प्रति उसकी सहज उपेक्षा में भी देखा जा सकता है।

वास्तव में हिन्दी साहित्य की शिक्षा के आधुनिक युग को, साहित्य के माध्यम से एक पश्चिम क़िस्म की नागरिकता की सुदृढ़ प्रतिष्ठा की शुरुआत के रूप में ही लिया जा सकता है, गोकि साहित्य के अलावा अन्य विषयों की शिक्षा के पीछे भी मूल रूप से यही विचार क्रियाशील था कि इस शिक्षा के द्वारा अँग्रेज़ अपने उपनिवेश को सुरक्षा भी देना चाहते थे, और इसके लिए प्रत्यक्ष दमनात्मक कार्रवाइयों से बचना भी चाहते थे। उन्नीसवीं सदी में अँग्रेज़ी साहित्य की शिक्षा के इरादों के बारे में लिखती हुई अपनी पुस्तक की भूमिका में गौरी विश्वनाथन लिखती हैं :

> मेरा काम बहुत कुछ ग्राम्शी के उस विचार से जुड़ा है, जिसमें संस्कृति तथा सत्ता/शक्ति के आपसी सम्पर्क के बारे में लिखते हुए उन्होंने कहा कि सांस्कृतिक दमन सहमति से सम्भव होता है, और हो सकता है (होता ही है) कि यह शुद्ध ताक़त से पहले विजय हासिल करे। किसी सामाजिक समुदाय का वर्चस्व दो तरहों से ज़ाहिर होता है, एक, सीधे दमन के रूप में और दूसरा, बौद्धिक तथा नैतिक नेतृत्व के रूप में। ब्रिटिश भारत में शिक्षा का इतिहास यह बताता है। परम्परागत अर्थ में साहित्य से सम्बद्ध कार्य—मसलन चरित्र निर्माण, या सौन्दर्य बोध का विकास या नैतिक विचार का अनुशासन—इसी परम्परा के रखवालों के द्वारा नियमन और नियन्त्रण के लिए भी ज़रूरी माने गये थे।

यों बीसवीं सदी के अन्त पर लिखते हुए, हिन्दी पर लिखते हुए, वह भी स्वाधीन भारत में, उन्नीसवीं सदी के पराधीन भारत के अँग्रेज़ी साहित्य की शिक्षा के ज़िक्र की कोई तर्क-संगति, साफ़-साफ़ ढंग से समझ में नहीं आती। लेकिन मैंने शुरू में कहा था कि यह अपने आप से बातचीत है। अपने आप से बातचीत का एक मतलब यह भी होता है कि तर्क-वितर्क, कुतर्क-सतर्क और तर्कातीत, सब कुछ ऐसी लय में चलता रहता है, जिसके यों तो कई मतलब निकाले जा सकते हैं, और इस निष्कर्ष पर भी पहुँचा जा सकता है कि यह निरी बकवास है। और कई बार अपने खयालों की उड़ान में मुझे यह लगता भी है कि अपने शब्दों में तो सारा इतिहास बकवास के अलावा और है क्या, लेकिन अभी जब काफ़ी बेमन से मैं इसे लिखने में लगा हूँ तो मुझे दूसरे के शब्दों में इतिहास दबोच रहा है, और मैं सोचने लगा हूँ कि साहित्य इत्यादि के बारे में इतनी गम्भीरता से लिखने वाले रोलाँ बाख़्त ने यह क्यों लिखा कि :

> देवताओं के बारे में, डेमेट्रियस फेलेरियस ने कहा कि कहो कि वे देवता हैं। आलोचनात्मक सत्याभास का अन्तिम निर्देश इसी तरह का है। 'साहित्य के विषय में कहो कि वह साहित्य है'। यह शब्द-दुहराव (Tautology) निरा तर्कहीन नहीं है। शुरू में वे यह विश्वास करने का दिखावा करते हैं कि साहित्य के बारे में बात करना सम्भव है और उसे विमर्श की वस्तु के रूप में लिया जा सकता है। लेकिन यह विमर्श कहीं नहीं ले जाता क्योंकि उनके पास, इसके बारे में कुछ भी कहने को नहीं है, अलावा इसके कि वह वही है।

क्या साहित्य की स्वायत्तता या स्वयंपूर्णता पर यह एक व्यंग्य-कथन मात्र है? या सचमुच यह एक सचाई है कि एक विशिष्ट तरह के लेखन के विविध रूपों को देखते हुए, साहित्य के बारे में यह निष्कर्षात्मक विचार किया जा सकता है कि उसके भीतर रहकर, उसके बारे में प्रथमत: और अन्तत: यही कहा जा सकता है कि वह साहित्य है। और जब उसके बारे में कुछ कहा जाने लगता है, तो साहित्य वहाँ नहीं होता, उसके बारे में बातें करने के कोण और तरीक़े भर होते हैं। या फिर जैसा कि स्वयं बाख़्त ने कहा भी, कि साहित्यिक इतिहास को, अपनी समुचित धारणा और कार्रवाइयों में, साहित्यिक कार्यों के परीक्षण में जुटना चाहिए। साहित्यिक कार्य यानी उसके उत्पादन, सम्प्रेषण और उपभोग के कार्य और उन्हें निहित करने वाली संस्थाओं के हालात के भी। यानी इस इतिहास को अन्तत: समाजशास्त्रीय होना होगा। ख़ासकर इसलिए कि व्यक्तियों से कहीं ज़्यादा, सांस्थानिक गतिविधियों से उसका मुख्य सरोकार है। बाख़्त के मन में इस बात को लेकर कोई सन्देह नहीं है कि साहित्य भाषा का एक अलग और विशेष रूप है : ''साहित्य, वस्तुओं और नियमों, तकनीकों और कार्यों का एक ऐसा योग है, हमारे समाज की सामान्य (अर्थ) व्यवस्था में जिसका मुख्य कार्य ही आत्मपरकता को संस्थानीकृत करना है।''

शायद हिन्दी अध्ययन-अध्यापन, आलोचना और सर्जनात्मक साहित्य के सन्दर्भ में बाख़्त के इस उद्धरण की तारतम्यता काफ़ी धुँधली है, लेकिन इस लेख को शुरू करने के पहले, अपनी कल्पना और सर्जना की जिस दुनिया में मैं था, उसके चलते इसे भी अपनी 'आत्मपरकता' को प्रक्षेपित करने का, एक ऊटपटाँग तरीक़ा ही कहा जा सकता है कि साहित्यिकता और असाहित्यिकता या साहित्येतरता के बीच कोई निर्णायक विभाजन कर सकना मेरे लिए असम्भव काम है।

साहित्य की स्वायत्तता, उसकी उच्चावचता, उसका किसी अन्य भाषा से भिन्न और मुक्त होना, उसके सौन्दर्य के आस्वाद का प्रश्न, ये सभी हिन्दी की बहसों के चलते कभी–कभार मन में उठते हैं तो कई बातें दिमाग़ में आती हैं। जैसे यही कि साहित्य के इतिहास, या उसकी इतिहास–चेतना के चलते, हिन्दी के मार्क्सवादी कहे जाने वाले लेखक, पिछले कई वर्षों से साहित्य की स्वायत्तता और सौन्दर्य के प्रभु को लेकर बहस करते रहे हैं। एक तरह से यह साहित्य के सौन्दर्यवादियों पर प्रश्नचिह्न है। लेकिन दोनों, यानी रूपवादी या मार्क्सवादी (हिन्दी के), इसे ऐसी सार्थक तफ़सील में नहीं देख सके हैं कि इसे सिद्धान्त न सही, उसके निर्माण की प्रक्रिया के रूप में उतने मुकम्मिल ढंग से सामने रखें जैसा कि पश्चिम की समकालीन बहसों में देखने को मिलता है। इसका बुरा नतीजा यह हुआ है कि न सिर्फ़ साहित्य के अतीत को, उसके वर्तमान से जोड़ा जा सकता है, और न इतिहास के दबावों को, उसके सतत् परिवर्तनशील चरित्र को, बदलते सामाजिक व्यवहारों और संस्थानीकरण की उसकी प्रक्रिया के विशिष्ट बदलावपूर्ण स्वरूप के सन्दर्भ में, उसकी कोई सार्थक समझ, बौद्धिक समाज में या शिक्षा जगत में सक्रिय करने की कोई पहल ही हुई है। ऐसी समझ जहाँ इतिहास को सारांशीकृत एकल भाषा की तरह नहीं, बल्कि विशेष और बदलावपूर्ण स्थितियों में, संस्थाओं से सम्बद्ध व्यक्तियों द्वारा, अनुशासन विशेष की उतनी ही विशिष्ट स्थिति में किये गये काम के रूप में देखा जा सके। और साहित्य के विशिष्ट रूपात्मक और अभिव्यक्तिगत वैशिष्ट्य के साथ, इसका सम्बन्ध स्थापित करने की हमारी कोशिश इस दुराग्रह से बच सके कि इतिहास साहित्य से बड़ी ताक़त है और वह भी एकल और एकमात्र। वह सामाजिक साहित्यिक व्यवहारों के अन्तर्गत निर्मित 'पाठों' के एक ऐसे 'केन्द्र' के रूप में सम्प्रेषित होने की सम्भावना से भी बच सके जिसे हम विमर्शातीत सच या 'मेटा लैंग्वेज' के रूप में देखने के आदी हो चुके हैं, ख़ासकर 'आधार और अधिरचना' के प्रति अपने दुराग्रहपूर्ण नासमझ लगाव के कारण। इसी के चलते हम 'इतिहास' को साहित्य का नियामक तक मानने लगे।

साहित्यिक आलोचना की मेरी अपनी समझ लैण्ट्रीशिया के इस कथन से काफ़ी मिलती है कि आज के समय में आलोचना का मुख्य कार्य सांस्कृतिक रूप से शंकाकुल और तकलीफ़जनक पाठक पैदा करना है। इसी अर्थ में,

बल्कि इसी कार्य के लिए आलोचना को देखा जाना चाहिए। आलोचना की राजनीति के आशयों के निर्वचन, व्याख्या और निर्माण के लिए ऐसी किसी समझ की अनिवार्यता मेरे लिए तो लगभग स्वत: सिद्ध है। ऐसे समय में जबकि शिक्षा संस्थान, इतिहास और साहित्य की दीगर संस्थाएँ, राज्यवाद और सैनिक–संस्कृति के विभिन्न प्रसारक, या एक तरह से समूचा तन्त्र, पूरी शिक्षा–विधि में विशेषज्ञता के भिन्न माध्यमों से राजनीति के प्रति या तो गहरी उदासीनता को विकसित करने में लगे हैं, या ऐसी सरलीकृत सारांशीकृत राजनीतिक समझ का विकास करने में लगे हैं जिससे कि बहुलता, विविधता और बदलते सामाजिक सम्बन्धों के बीच विकसित होती राजनीतिक समझ को न सिर्फ़ कुन्द किया जा सके, बल्कि आनुष्ठानिक कर्म से उसे लगभग बाहर कर दिया जा सके, ताकि असहमति और प्रतिरोध की गुंजाइश कम से कम होती जाय, तब अध्ययन, अध्यापन और आलोचना का हस्तक्षेप ज़रूरी हो गया है।

मुझे लगता है कि हिन्दी के अधिकांश मार्क्सवादी ऐतिहासिक दृष्टि और भौतिकवादी दृष्टि की अपनी बारम्बार दुहरायी जाने वाली प्रतिज्ञा के बावजूद, न तो सभ्यता की तीव्र रफ़्तार में तेजी से बदलती बहसों की वैचारिकता से अपने को जोड़ पा रहे हैं और न ही विशिष्ट बदलावपूर्ण समाज की गतिकी के सन्दर्भ में, अपने समाज, बल्कि अपने 'समाजों' के लिए लचीली सैद्धान्तिकता से लैस कोई वैचारिकी प्रस्तुत कर पा रहे हैं। वे पश्चिमी बहसों की सूचना का कामचलाऊ इस्तेमाल 'सार–कणों' की तरह ज़रूर कर रहे हैं, लेकिन मार्क्सीय पदावली और श्रेणियों को दी जाने वाली अधुनातन चुनौतियों और इनके प्रत्याख्यानों की प्रासंगिकता अप्रासंगिकता को समझने–समझाने की कोशिश हमारे यहाँ नहीं के बराबर है।

मार्क्सवादी विचारधारा को लेकर पश्चिम की बहसों में इस लगभग सहमति के बावजूद कि उसकी श्रेणियाँ साहित्य के राजनीतिक, सामाजिक आशयों की समझ के लिए अब ज़्यादा काम की नहीं रह गयी हैं, वहाँ के बुद्धिजीवी इसे चलताऊ ढंग से ख़ारिज नहीं करते। मार्क्स या मार्क्सवाद की साम्प्रतिक अप्रासंगिकता पर वे पूरे विस्तार से विचार करते हैं। उदाहरण के लिए स्टुअर्ट हाल की ये पंक्तियाँ लें :

> विचारधारात्मक व्यवहारों को अब इस मान्यता के साथ स्वीकृति देनी होगी कि अपने आप में वे स्वयं सक्रियता के साथ सामाजिक सम्बन्धों का निर्माण

> करते हैं। यह एक ऐसा विचार है जो इन रूपों के गुणों और प्रभावों पर अतिरिक्त बल देता है, और फिर इसमें इस मूल मार्क्सवादी मान्यता को चुनौती भी शामिल है, कि आर्थिक और सामाजिक सम्बन्ध, प्रातिनिधिक और सतत् परिवर्तनशील वैचारिक रूपों से स्वतन्त्र होते हैं। उससे भी बड़ी यह कि ऐसे सम्बन्धों को विचारधारात्मक व्यवहारों का नियामक या निर्णायक माना जा सकता है।

या लाक्लॉ और मौफे द्वारा समाज के सम्बन्ध में यह विचार :

> समाज को सीवनों से भरे, या फिर अपने आप में परिभाषित पहचान मानने की भूमिका को अब विश्लेषण की ज़मीन के रूप में लेना मुमकिन नहीं है। सामाजिक सम्बन्धों में ही अन्तर्निहित तीव्रतम बदलाव यह बनते हैं कि उसे एक सूत्र में बाँध सकने वाला कोई सिद्धान्त, मसलन, परम्परा से दी गयी उत्पादन पद्धति की धारणा अब सम्भव नहीं है, क्योंकि समाज की कोई धारणा तार्किकता से व्यवस्थित किसी ऐसे संगठित केन्द्र की तरह नहीं की जा सकती जो कि अपने स्वभाव को तार्किकता से व्यवस्थित बुद्धि के सामने उजागर कर सके।

इसलिए ऐसे विचार को निरस्त करते हुए वे निष्कर्ष की तरह कहते हैं

> ''समाज की कोई धारणा ऐसे संगठित समय के रूप में सम्भव नहीं, जहाँ कि हर हिस्सा स्थिर है, और दूसरे तमाम हिस्सों से उसकी क्रियात्मकता का रिश्ता किसी मुख्य सिद्धान्त (या मुख्य अन्तर्विरोध) के ज़रिये से है, जो कि स्वयं सामाजिक सम्बन्धों की तह में कहीं मौजूद है।''

ऐसे कथनों को हिन्दी में बिना किसी गम्भीर बहस के निरर्थक प्रतिक्रियावादी कथनों की तरह ले लिया जायेगा, लेकिन आलोचना की इस बीसवीं शताब्दी के अन्त में भाषा में विन्यस्त रूपों, अर्थों की बहुलता के सन्दर्भ में मार्क्सवाद को किसी महा-आख्यान की तरह लेने की बात पश्चिमी बुद्धिजीवी के लिए अब लगभग अप्रासंगिक ही है, लेकिन भारतीय बुद्धिजीवी के लिए?

सिर्फ़ भारत में ही नहीं, बल्कि भारत के बाहर भी अनेक लोग ऐसे हैं जो यह मानते हैं कि दमन और अन्याय के ख़िलाफ़ आज भी आलोचना की भाषा को सक्रिय रखा जा सकता है। भारत में, ख़ासकर पिछले दस वर्षों के भीतर जिस तरह की राजनीतिक संस्कृति विकसित हुई है उसके विशिष्ट सन्दर्भ में राजनीतिक समझ और सर्जनात्मक व्यवहारों के द्वारा

यथास्थिति में हस्तक्षेप समकालीन आलोचना की राजनीति की एक सही दिशा है। हिन्दी के शुरुआती दौर से ही, उसके मिज़ाज में, उसके स्वभाव में, सभ्यता-समीक्षा की सक्रियता रही है। ऐसी स्थिति में सभ्यता के और अस्तित्व के मूलभूत प्रश्नों और सामाजिक न्याय और मुक्ति के विशेष सन्दर्भ में, मार्क्सवादी विचार की नैतिक रूपकीयता, मुझे आज भी बड़े काम की चीज़ लगती है।

भारत में हिन्दी साहित्य की शिक्षा, आज बीसवीं सदी के आख़िरी वर्ष में जिस ढंग से दी जाती है, साहित्य और समाज के सम्बन्ध को जिस तरह छात्रों के दिमाग़ में भरा जाता है, उसे देखते हुए अनायास ही अरसा पहले पढ़े एक अँग्रेज़ी निबन्ध की याद भी मुझे आ रही है, जिसमें १९ वीं सदी के उत्तरार्द्ध में शुरू होकर आज तक जारी साहित्य की शिक्षा के बारे में लिखते हुए जेराल्ड ग्राफ कहते हैं :

> साहित्य विभाग के लोग इस बात पर ही अपने को सम्मानजनक ढंग से लैस मानते थे कि उनके पास ऐसे कुशल शिक्षक हैं जो साहित्य के 'कालों' (periods) और विधाओं को, सन्तुलित विविधता को, पाठ्यक्रम में शामिल कर उसे पूरा कर लेते हैं। अगर दूसरी तरह से सोचो तो कोर्स को पूरा करने के इस तरीक़े की वजह से ही प्रशासकीय संगठन अन्ततः सार्थक विचार और बहस का स्थानापन्न बन जाता है। चूँकि पाठ्यक्रम में, काल-विभाजन और विधाओं का एक-दूसरे के साथ कोई सीधा सम्बन्ध नहीं होता था, इसलिए शिक्षक भी ये सवाल नहीं उठाते थे कि कालों और विधाओं का आपस में क्या सम्पर्क या क्या विरोध है? या हो सकता है? या काल निर्धारण का क्या अर्थ है? अथवा ऐतिहासिक और विधागत तरीक़ों से साहित्य के अध्ययन के क्या अभिप्राय हो सकते हैं? और इसी के चलते, साहित्य के अध्यापक और छात्र दोनों, साहित्य को इस कोण से देख ही नहीं पाते कि वे उसे समय के समूचे सांस्कृतिक सन्दर्भ से जोड़ सकें। अभी तक समकालीन समीक्षा की इस सीख को, संस्थागत स्तर पर रूप नहीं दिया जा सका कि पाठ कोई 'द्वीप अकेला' नहीं है और साहित्यिक 'पाठ' की पढ़ाई के लिए 'सांस्कृतिक पाठ' की पढ़ाई ज़रूरी है।

हिन्दी का इतिहास पढ़ाते हुए भी अधिकांश शिक्षक राजनीतिक, सामाजिक, सांस्कृतिक, धार्मिक परिस्थितियों का ज़िक्र करते ज़रूर हैं लेकिन यह बस ज़िक्र ही होता है। उनके मन में यह सवाल नहीं उठता कि साहित्यिक या राजनीतिक पृष्ठभूमि उस काल की रचनाओं में किस तरह विन्यस्त हुई

है, या नहीं हुई है? मसलन, राजनीतिक या सामाजिक शक्तियों के प्रति युग विशेष के विभिन्न रचनाकारों का रुख़ क्या है? और उस समय की हालत को लेकर, उनकी चिन्ताएँ साहित्य के विशिष्ट रूप में किस हद तक आ सकी हैं? नहीं आ सकने की हालत में, यह सवाल कि क्यों नहीं आ सकी हैं। बीसवीं सदी के इन आख़िरी वर्षों में साहित्य के अध्यापक की धारणा कुंजीनुमा इतिहास पुस्तकों पर आधारित है। और इस तरह के अध्यापन के चलते छात्रों की प्रश्नाकुलता जड़ हो चुकी है। छात्र सिर्फ़ 'परीक्षा' की दृष्टि से साहित्य पढ़ते हैं। और इस परीक्षा की दृष्टि से हिन्दी के भक्ति काल और हिन्दी के आधुनिक युग के बीच इतना ही सम्बन्ध है कि इन दोनों के बीच एक रीति काल नाम का काल है, और जिसके बारे में मुख्य प्रश्न आज भी यही है कि यह नाम सार्थक है या नहीं है। आधुनिक युग के बारे में यह ज़रूर बताया जाता है कि पहले यह गुलामी का युग था, और विज्ञान का प्रभाव पड़ रहा था, और राष्ट्रीय चेतना जाग रही थी, लेकिन इस तरह की जड़ भाषा में यह सब बताया जाता है कि छात्र 'रट' लेने के सिवा और कुछ सोच ही नहीं सकते। यों भक्ति काल को स्वर्ण युग कहा जाता है, लेकिन ताज़ा समकालीन सच्चाइयों के सन्दर्भ में यह प्रश्न कभी छात्र के दिमाग़ में नहीं उठता कि भक्ति की प्रासंगिकता उनके अनुभव के स्तर पर क्या है, और क्यों है। यह प्रश्न या इस तरह के प्रश्न तभी उठ सकते हैं जब हम इतिहास के अध्ययन को इस रूप में स्वीकार करें कि उसकी साम्प्रतिकता क्या है। आज और अभी, यहाँ के सन्दर्भ में, उसका अर्थ हमारे लिए क्या हो सकता है? विड्डाउसन ने यही सवाल उठाया था जब उन्होंने कहा था कि,

> "अध्ययन का लक्ष्य ही यह होना चाहिए कि अतीत और अतीत-अर्थ की अध्ययन भूमि को पुनरुत्पादन की उन संस्थाओं और प्रक्रियाओं से जोड़ें, जहाँ इन अग्राह्य सारों को भौतिक रूप दिया जाता है। मसलन *किंग लियर* का अर्थ, उसका उपयोग और मूल्य यही है कि अभी इस शताब्दी के आख़ीर में, उसे किस तरह पढ़ा या मंचित किया जाता है। गोर्डोन दंगे वही थे जो वे अभी, शक्ति और वर्चस्व के समकालीन विमर्शों के साथ अपने सम्बन्ध में हैं।"

यह बात प्रासंगिक तो लगती है कि अतीत को वर्तमान में पढ़ना एक सही दिशा हो सकती है। लेकिन इसमें मुश्किल यह है कि वर्तमान में उसका क्या अर्थ है या हो सकता है, यह कमोबेश इस बात पर ही निर्भर करेगा

कि अतीत में उसका किस तरह से अर्थ किया जाता रहा है। यह ज़रूर है कि इससे हम इतिहास को, *अपने समय में*, देख सकेंगे। अभी और यहाँ के अनुभव-सन्दर्भ उसको एक नया अर्थ दे सकेंगे। वास्तव में इसे इतिहास की तरह नहीं, बल्कि अन्य पाठों या आख्यानों की तरह देखने से ही, उसकी निर्मिति या बनावट में निहित सांस्थानिक और सामाजिक सम्बन्धों की सक्रियता समझ में आ सकती है और तब इस तरह विचार को भी सही दिशा मिल सकती है कि शक्ति-सम्बन्धों की मौजूदा स्थिति में उसकी आलोचना की राजनीति की सही दिशा क्या हो सकती है।

जब मैं शिक्षा-जगत में कोर्स पूरा करने की दृष्टि से पढ़ाये जाने वाले इतिहास का ज़िक्र कर रहा था तो मेरे सामने आधुनिक संस्कृति का व्यापक सन्दर्भ, ख़ासकर जनतन्त्रात्मक संस्कृति के आधुनिक समय में उभरती, दलित आत्मचेतना का वह महत्त्वपूर्ण सन्दर्भ था जो कि इतिहास की निरन्तरता से विच्छिन्न नहीं है। हैरत या दुख की बात यह भी है कि *अधिकांश* मार्क्सवादियों ने, भक्तिकाल को इस दृष्टि से देखने की कोशिश नहीं की कि इसका अध्ययन-अध्यापन अब एक संस्थानीकृत रूप ले चुका है। और इस संस्थानीकरण के चलते, कम से कम मार्क्सवादियों के अपने ज़्यादा ज़रूरी लक्ष्यों के चलते, इसकी व्याख्या को वर्तमान के उस सन्दर्भ से जोड़ना ज़रूरी है, जिसके चलते लोक-राग, लोक-भाव, लोक-भाषा और लोक- धर्म के संस्कार विचार से सृजित इस कविता की मूल्य चेतना को उस हिंस्र साम्प्रदायिकता के बरअक्स रखा जा सके, जो भक्ति काव्य के एक काव्य-नायक के राजनीतिक प्रतीकीकरण के ज़रिये आज फासिज़्म की तरह का एक ख़तरा बन चुकी है। पुरुषोत्तम अग्रवाल अपनी पुस्तक *संस्कृति : वर्चस्व और प्रतिरोध* में बेशक इसे शक्ति-विमर्श के सार्थक सन्दर्भ से जोड़ते हैं। इसके अन्तर्विरोधों के बावजूद आधुनिक संकट से उबारने के एक मूल्य-चेतस स्रोत के रूप में इसके महत्त्व को रेखांकित करते हैं और सही मानते हैं कि ऐतिहासिक समय और व्यक्ति-जीवन की अपनी सीमाओं के बावजूद भाषा का यह सर्जनात्मक रूप वर्चस्व के विरुद्ध प्रतिरोध के स्वर के कारण ही इतना जीवन्त हो सका था कि आज भी लोक-जीवन की धार्मिक, सामाजिक, आध्यात्मिक मूल्य चेतना उसी से अपना रस ग्रहण करती है, सम्भवत: इसलिए कि इसकी सर्जनात्मक प्राणवत्ता और इसका रूप-विन्यास,

लोक-जीवन से अभिन्न था।

लेकिन रामचन्द्र शुक्ल, जिन्होंने भक्ति-काव्य को लोकधर्म और लोकमंगल जैसे व्यापक रूप से अर्थवान् और मूल्यचेतस शब्दों से जोड़ा, उसके लोकधर्मी स्वरूप में निहित प्रतिरोध की चेतना को रेखांकित नहीं कर पाये, इसलिए नहीं कि उन्होंने कबीर की लगभग उपेक्षा की, या इसलिए भी नहीं कि सूर के काव्य में निहित 'ज्ञान' और 'योग' को दी जाने वाली चुनौती के स्वर को उन्होंने प्रतिरोध के स्वर की तरह नहीं लिया, बल्कि ज़्यादा इसलिए कि वे अपने से ठीक पहले जारी हुई उस साम्प्रदायिक राजनीति के नये औपनिवेशिक रूप को नहीं समझ पाये जो हिन्दी गद्य के शुरुआती दौर में अदालती भाषा के विवाद के रूप में सामने आया था। और न ही सृजनात्मक अभिव्यक्ति के वरण के रूप में 'भाखा' का चुनाव करने वाले भक्त कवियों के सृजनात्मक प्रयत्न को वे भाखा के व्यावहारिक क्षेत्र, यानी हीनतर मानी जाने वाली जातियों की दुनिया, से जोड़कर इस तरह देख सके कि इसके पीछे ब्राह्मणवादी या सवर्ण-वर्चस्व को दी जाने वाली चुनौती भी हो सकती है। शायद इसलिए कि उन्नीसवीं सदी के आरम्भिक दौर में जारी हुई आधुनिक शिक्षा तथा नयी राजनीति में वर्चस्व-प्राप्त ब्राह्मणवाद से भी वे प्रभावित थे, जिस नयी राजनीति की बनावट का विश्लेषण करते हुए आशीष नन्दी कहते हैं :

> एक स्तर पर राष्ट्र एक विचार है। उन्नीसवीं सदी के आरम्भिक दौर में वे बुद्धिजीवी अभिजन ही थे—ब्राह्मणवादी, नगर-केन्दित और ब्रिटिश राज समर्थक—जिन्होंने भारतीय जनता जैसे किसी विचार को 'प्रसार' का रूप दिया; एक अर्थ में, एक राजनीतिक समुदाय के रूप में भारत उन्हीं की खोज है। राजनीति की पहली पीढ़ी के बुद्धिजीवी यह मानते थे कि भारत और भारतीयता का यह विचार एक नयी एकीकृत सांस्कृतिक अस्मिता को अपने में समाहित करे और उन्नीसवीं सदी के पूर्वार्द्ध का पूरा समय भारतीयता की धारणा की पुनर्परिभाषा के ज़रिये राजनीति का एक नया आधार निर्मित करने में ख़र्च किया गया ताकि वह आधुनिक नागरिकता के अनुकूल हो सके।

अब जब ब्राह्मणों के इस नेतृत्व की बात चल ही गयी है तो मराठी भक्ति काव्य के सन्दर्भ में इनकी हैसियत और इनके कामों का ज़िक्र बहुत अप्रासंगिक नहीं होगा। कम से कम, इससे एक ऐसा रास्ता तो खुलेगा कि हम आज के लगभग फासिस्ट सन्दर्भ में, भक्ति-काव्य की व्याख्या के

सन्दर्भ में इतने सतर्क तो रहेंगे ही कि जिस वर्चस्व के विरुद्ध भक्तों ने भक्ति को सामाजिक सांस्कृतिक आन्दोलन का रूप दिया, हम उसे पुनर्प्रतिष्ठित करने का काम तो अपनी व्याख्या से नहीं कर रहे हैं। इसके अलावा प्रामाणिक भारतीयता की पहचान के लिए इस लोक-भाव की आस्तिकता को लोक-भाव के प्रति भक्ति के सन्दर्भ में देखने-दिखाने की कोशिश शुरू हो सकेगी।

कैम्ब्रिज हिस्ट्री ऑफ़ इण्डिया के अन्तर्गत मराठा (सोलहवीं से अठारहवीं सदी) इतिहास पर लिखते हुए स्टेवर्ट गोर्डोन कहते हैं :

> शुरू से ही ब्राह्मणों के विभिन्न गुट मुसलमान राजाओं की सेवा में लगे थे और कार्य-संचालन में उनकी भूमिका अहम थी। मध्यम और निम्न स्तर पर कर-वसूली का पूरा प्रशासन उन्हीं के ज़िम्मे था। बहमनी राज्य के विघटन के बाद उसके उत्तराधिकारी अहमदनगर के मुस्लिम शासकों ने, महाराष्ट्र के एक बड़े भाग को अपने कब्ज़े में ले लिया (पन्द्रहवीं और सोलहवीं सदी में) तब वास्तविक रूप से पूरा प्रशासन देशस्थ ब्राह्मणों के द्वारा ही चलाया जाता था। मुसलमान शासन के अन्तर्गत उन्हें बहुत कम तकलीफ़ उठानी पड़ी, उल्टे उनकी सामाजिक गतिशीलता में बढ़ोत्तरी ही हुई।
>
> समूची पन्द्रहवीं और सोलहवीं सदी के दौरान, दरबार और ब्राह्मण नियन्त्रित मन्दिरों के बाहर बहुत कुछ घट रहा था।
>
> ग़ौरतलब है कि भक्ति महाराष्ट्र में नहीं तमिल देस में शुरू हुई और यह शुरुआत मुस्लिम विजय के पहले दसवीं सदी में ही हो चुकी थी, उस समय के वैदिक कर्मकाण्ड और अन्य औपचारिक व्यवहारों की प्रतिक्रिया में ही भक्ति का उदय हुआ था, इसकी विभिन्न धाराओं में शान्तिप्रियता, आवेगात्मकता, रागात्मकता, ब्राह्मण विरोधी और इस्लाम में रुचि रखने वाली प्रवृत्तियाँ तक शामिल थीं। प्राथमिक रूप से इसे मराठी हिन्दुत्व की मुख्यधारा के साथ द्वन्द्व और सम्वाद के रूप में देखना चाहिए, जो कि अपने आप में (यानी यह मुख्यधारा) रक्षणशील, मन्दिर-केन्द्रित और ब्राह्मण-नियन्त्रित थी, इनके उत्सवों में संस्कृत का प्रचलन था, तथा जातिवाद को समर्थन भी। इसी सन्दर्भ में यह समझा जा सकता है कि भक्ति की बहुत कम धाराएँ सेकुलर, राजनीतिक या सैनिक दुनिया से सम्बन्धित थीं और किसी ने भी इस्लामी शासन के विरुद्ध प्रतिरोध को मौलिक सिद्धान्त की तरह प्रतिपादित नहीं किया।

मुसलमान घृणा के मुख्य मुहावरे से राजनीति का आरम्भ करने वाले नेता, और उसे ही आधार बनाकर भक्ति साहित्य की व्याख्या करने वाले अध्यापकों को इन तथ्यों से परिचित होना चाहिए। इसलिए यह तथ्य भी कि उन्नीसवीं सदी के आरम्भ में ब्राह्मणवादी अभिजनों ने उसी तरह ब्रिटिश सत्ता का साथ दिया और अपने आकाओं से इनाम पाया। भारत में अँग्रेज़ी साहित्य की शिक्षा के औपनिवेशक आरम्भ के दौरान ब्राह्मणों के प्रति अँग्रेज़ों के स्पष्ट झुकाव को रेखांकित करते हुए गौरी विश्वनाथ ने यह स्पष्ट किया है कि उस समय सरकारी स्कूलों में कई जगह ऐसी व्यवस्था थी कि ब्राह्मण तथाकथित निम्न जातियों से भिन्न 'सेक्शन' में रखे जाते थे। आमतौर पर छोटी जाति के लोग सरकारी स्कूलों में नहीं बल्कि मिशनरियों के स्कूलों में पढ़ते थे, लेकिन कालान्तर में वहाँ भी, व्यावहारिक रूप में, ब्राह्मणों को ज़्यादा महत्त्व मिलने लगा था। इसी सिलसिले में मुसलमानों की हालत का ज़िक्र करते हुए सरकारी नौकरियों के सन्दर्भ में उन्होंने जो आँकड़े दिये हैं उससे पता चलता है कि इस मामले में मुसलमानों का प्रतिशत हिन्दुओं के मुक़ाबले लगभग नगण्य था। वह भी उस प्रदेश में याने बंगाल में, जहाँ इसके सौ बरस पहले तक वे प्रभु समाज के सम्मानित सदस्य थे और शुद्ध संख्या की दृष्टि से हिन्दुओं के मुक़ाबले कम नहीं थे।

ज़ाहिर है कि उन्नीसवीं सदी में ही उस ब्राह्मणवाद का वर्चस्व आरम्भ हो गया था, जिसने बीसवीं सदी में भक्ति-काव्य जैसे प्रमुख सर्वभारतीय आन्दोलन की व्याख्या हिन्दी के सन्दर्भ में भी शिक्षा संस्थानों के माध्यम से की। लोक-धर्म की अपनी प्रतिज्ञा और सदाशयता के बावजूद आचार्य शुक्ल अपने आदर्श कवि तुलसी की तरह इसके प्रभाव से मुक्त नहीं हैं, लेकिन तुलसी के विपरीत उनके अपने सृजन-संघर्ष की विशिष्ट ज़मीन लोक-जीवन या लोक-भाषा नहीं थी, बल्कि उनका अपना कर्मक्षेत्र अँग्रेज़ों के आदेशों पर चलने वाले शिक्षा संस्थान थे और उनकी अभिव्यक्ति की भाषा खड़ी बोली थी जिसने भारतेन्दु के समय से ही नयी सृजनात्मकता के सन्दर्भ में गद्य की नयी भाषा में अपने ख़ास ढंग से राजनीतिक शक्ति-समीकरण की अनिवार्यता को रेखांकित किया था। इसलिए यह थोड़ी दुख भरी हैरत जैसी बात लगती है कि जब बीसवीं सदी के पूर्वार्द्ध में ही, जन-राजनीति (अभिजन-राजनीति के बरअक्स) की शुरुआत करते हुए गांधीजी ने ब्राह्मणवाद को चुनौती दी थी, और स्वतन्त्रता आन्दोलन के

दौरान उसे कम से कम उतना शक्तिशाली नहीं रहने दिया था, और साहित्य के क्षेत्र में जब आर्थिक–सामाजिक विसंगतियों को एक नयी तरह से देखने की शुरुआत प्रेमचन्द कर चुके थे, तब भी शुक्लजी या उनके जैसे अनेक अध्यापकों ने इस महत्त्वपूर्ण तथ्य को क्यों अनदेखा किया कि हिन्दी के भक्ति–काव्य में व्यापक और मुखर ढंग से इस्लाम विरोध नहीं है। अधिकांश अध्यापक इस तथ्य पर जोर देते नज़र नहीं आते कि लोक–जीवन में भक्ति के इन प्रतीकों के साथ आम जनता का क्या सम्बन्ध था (ध्यातव्य है कि यह सम्प्रेषण–टेक्नोलॉजी का आधुनिक नहीं बल्कि मध्ययुगीन समय था) और परम्परागत धार्मिकता के व्यापक लोकक्षेत्र में भक्ति से सम्बन्धित रचनाएँ तथा उनके जीवन–व्यवहार में भक्ति-केन्द्रित उदारता, सहिष्णुता और परदुखकातरता जैसे भाव–रूप, क्या भक्ति साहित्य के निर्माण और प्रसार के बाद प्रचलित हुए? क्या स्वयं भक्त कवियों ने लोक–जीवन में मौजूद भक्ति के स्रोतों से कोई अन्तर्क्रिया नहीं की या कोई प्रेरणा नहीं ली?

यह सब इसलिए कि भक्तिकाल के काव्य नायक, रीतिकाल में भी जारी रहते हैं। और तो और मर्यादा पुरुषोत्तम राम की छवि और उनका चरित्र दोनों रीतिकाल में बदल जाते हैं। हालाँकि इस युग के काव्य में वे केन्द्रीय चरित्र की तरह स्वीकृत नहीं हैं, लेकिन रसिक 'राम' के रूप में उनकी प्रतिष्ठा के एकाध उदाहरण इस युग में देखने को मिलते हैं। पर बीसवीं सदी में राम और कृष्ण की दोनों गाथाओं को मानव–केन्द्रित रूप में (या नायिका–केन्द्रित रूप में भी) देखने की जो कोशिश गुप्तजी और हरिऔध करते हैं उस सम्बन्ध में क्या यह प्रश्न एक गौण जिज्ञासा की तरह भी रखे जाने योग्य नहीं है कि धार्मिक–कथाओं के इन नायकों का यह मानव-रूपीकरण, क्या आधुनिक राष्ट्र–राज्य और उसके सत्ताधारी वर्ग की नयी ज़रूरतों को पूरा करने के अभिप्रायों को भी अपने में नहीं समेटे है? इसके अलावा यह भी कि इस 'छवि' को प्रतिष्ठित और प्रचारित करने का काम शिक्षा संस्थानों के बाहर बुद्धिजीवी वर्ग में भी जारी था। मध्ययुग की ऐसी साहित्यिक सामग्री पठन–पाठन के लिए मौजूद थी जिसकी धार्मिकता को उसकी मानवीय या साहित्यिक व्याख्या की बाधा की तरह तो नहीं ही देखा जा सकता। इसके साथ–साथ एक नयी मानवकेन्द्रिता हिन्दी साहित्य के सृजन और अध्यापन के ज़रिये विकसित की जा रही थी, और साहित्य

उसका एक असरदार माध्यम था, और यह इसलिए कि आधुनिक राष्ट्र राज्य के अनुकूल एक नयी-नागरिकता को एक परम्परागत समाज में जड़ें ज़माने की जगह मिले।

साहित्यिक अध्यापन के विशेष रूप को प्रतिष्ठित करने और आने वाले दिनों में उसे नागरिक-चेतना के प्रमुख-संस्कार का रूप देने के प्रयत्नों को तथा साहित्य की स्वायत्तता और उसके सौन्दर्यबोध के प्रश्न को भी, व्यापक समाज के शक्ति समीकरण से जोड़ते हुए टोनी बेनेट, पश्चिमी साहित्य के सौन्दर्यबोध के मुद्दे से उलझते हैं और कहते हैं कि 'एस्थेटिक और साहित्य शिक्षा' नामक निबन्ध लिखने के दौरान एक बार वे एक ऐसे ब्यूटी सेलून के सामने से गुजरे, जिसका नाम ही था, 'एस्थेटिक्स'। इससे बड़े मौज़ूँ ढंग से उन्हें यह बात याद आयी, बेशक रेमण्ड विलियम्स के हवाले से, कि इस शब्द के अपने विशेषज्ञ इस्तेमाल के अलावा—मसलन ललित कला के सिद्धान्त की तरह, या आस्वाद के दर्शन या सुन्दर के विज्ञान की तरह—अब इसका प्रयोग सुन्दर दिखने या चाक्षुष प्रभाव पैदा करने के अर्थ में, या कि जैसे उक्त प्रसंग में, सुन्दर दिखने के तौर-तरीक़ों के बचाये रखने के अर्थ में भी किया जाने लगा है। इसी अर्थ से इसे सम्बन्धित करते हुए वे फूको के प्रबन्ध *इतिहास और यौनाचार* का ज़िक्र करते हैं कि फूको 'स्व' के अन्य व्यवहारों के साथ इस सौन्दर्यबोध को भी जोड़ता है। ऐसे व्यवहार, फूको कहता है, जिन्हें स्व/आत्म (Self) के निर्माण की टेक्नोलॉजी के हिस्सों की तरह लिया जाना चाहिए। ऐसे व्यवहार, जो व्यक्तियों को अपने शरीर आचरण आत्म-विचार और होने की विधि पर, ऐसे विशेष कार्य आरोपित करने को प्रेरित करते हैं ताकि वे स्वयं को इस तरह रूपान्तरित कर सकें जिससे उन्हें आनन्द, शुद्धता, ज्ञान, पूर्णता या अमरत्व की विशिष्ट स्थिति का एहसास हो सके।

टोनी कहते हैं कि क्या हर्ज़ है अगर हम सौन्दर्यबोध को भी इसी तरह लें। यानी न्याय के किसी सिद्धान्त (Theory of Judgement) की तरह नहीं जिसके- सटीकपन को जाँचा जा सके, बल्कि एक विमर्श की तरह। ऐसा विमर्श जो निर्देशों के अपने संगठन के ज़रिये (सुखद और सुन्दर और उदात्त के बीच का फ़र्क़) तथा उनसे जुड़े कुछ और भेदों के ज़रिये (सत्य और झूठ, अच्छा और बुरा) ऐसे 'स्पेस' की सृष्टि करता है, जहाँ मूल्य निर्णय की कार्रवाई स्व/आत्म-निर्माण की पद्धति के हिस्से की तरह

क्रियाशील रहती है। और अगर एस्थेटिक्स को इस तरह सोचा जा सके तो फिर फूको प्रश्न करते हैं कि आत्म निर्माण की इस टेक्नोलॉजी का शक्ति की टेक्नोलॉजी के साथ क्या रिश्ता है। शक्ति की वह टेक्नोलॉजी, जो व्यक्तियों के आचरण का निर्णय करती है तथा उन्हें विशिष्ट लक्ष्यों और दबावों के प्रति समर्पित भी।

इसके बाद पश्चिम की सौन्दर्यबोधी–बहस को पूरे विस्तार से सामने रखते हुए, इयान हंटर की किताब *कल्चर एण्ड गवर्नमेंट : द एमरजेन्स ऑफ़ लिटरेरी एजुकेशन* के हवाले से वे इस निष्कर्ष पर पहुँचते हैं कि एक स्वायत्त व्यवहार के रूप में सौन्दर्यवादी साहित्य की स्थापना का संस्थानीकृत रूप पहले उन्नीसवीं सदी के अँग्रेज़ी स्कूलों और बाद में विश्वविद्यालयों के आलोचनात्मक कर्म के माध्यम से सामने आया। स्कूली शिक्षा के प्रशासनिक इतिहास के विशेष सन्दर्भ में स्वायत्त साहित्य के सौन्दर्यबोधात्मक रूप के उस विकास को भी देखा जा सकता है जिसे वहाँ के सभी मार्क्सवादियों ने साहित्य की सापेक्ष–स्वायत्तता के अर्थ में स्वीकार किया। भारतीय मार्क्सवादी भी लगभग यही करते हैं। लेकिन हंटर ने एस्थेटिक स्वायत्तता के इस सांस्थानिक विनियोजन को इस परिणति के रूप में भी देखा कि इसके द्वारा ही उस नयी नागरिकता और उसे संयमित रखने वाली ऐसी आलोचना का निर्माण हुआ जो कि आधुनिक राष्ट्र राज्य के तन्त्र को मजबूत बनाये और महफ़ूज़ रखे। ज़ाहिर है कि मूल मुद्दा एस्थेटिक स्वायत्तता का शिक्षा संस्थानों में विनियोजन मात्र नहीं बल्कि पाठ पाठक और आलोचक के बीच विशिष्ट तकनीकी व्यवस्था का सम्पर्क है, क्योंकि इसी के आधार पर शिक्षा और सौन्दर्यशास्त्र के बीच के सम्पर्क को दीर्घकालिक प्रभावों के सन्दर्भ में समझा जा सकता है।

हिन्दी के अध्ययन अध्यापन में साहित्य की स्वायत्तता या उसके विशिष्ट रूप या सौन्दर्यबोध जैसे प्रश्नों पर ज़्यादा जोर नहीं दिया गया। बेशक मुक्तिबोध जैसे कवि–समीक्षक ने साहित्य के सौन्दर्य, उसकी स्वायत्तता और उसकी सामाजिकता जैसे प्रश्नों पर थोड़े बोझिल विस्तार से विचार किया है पर आलोचना और साहित्य के संस्थानीकृत रूपों के विशेष सन्दर्भ में स्वायत्तता को, या साहित्य के विशेष रूप को, उस तरह से विवादास्पद मुद्दा नहीं माना गया। फिर भी इस दिशा में सोचने के कई कारण हो सकते हैं कि साहित्य के अध्ययन–अध्यापन के ज़रिये एक ऐसी

नैतिकता और सौन्दर्यदृष्टि विकसित करने की कोशिश ज़रूर की गयी जिसकी बद्धमूल अराजनीतिकता को नष्ट किये बग़ैर, समाज और साहित्य के सम्पर्क को लगभग अमूर्त सन्दर्भों और अमूर्त शब्दावली में देखा जा सके। पिछले बीस वर्षों में साहित्य के विशिष्ट भाषिक रूप, या उसकी राजनीतिक सामाजिक चेतना के सम्बन्ध में जो गम्भीर आलोचना हुई है उसका श्रेय मार्क्सवादियों या अध्यापक आलोचकों से कहीं ज़्यादा, उन आलोचकों को दिया जाना चाहिए जिन्हें काफ़ी चलताऊ ढंग से रूपवादी कहकर ख़ारिज कर दिया जाता है, लेकिन जिनके काम में साहित्य की स्वायत्तता की प्रखर पक्षधरता के बावजूद उसकी निर्मिति में निहित सामाजिक आशयों, व्यवहारों और प्रक्रियाओं की स्थिति की जटिलता को लक्ष्य किया जा सकता है। बेशक तभी, जब इस तरह के काम को सिरे से ख़ारिज कर देने के किसी सांस्थानिक 'डिक्टेट' से पाठक की दृष्टि ही धुँधली न हो गयी हो।

ऐसे एक उल्लेख योग्य काम के रूप में मदन सोनी के काम को लिया जा सकता है। शुरू में ही यह स्पष्ट करूँ कि मदन के काम से मेरी सहमति कतई नहीं है। यह भी कि उनके लेखन में बहुत कुछ ऐसा होता है जो मेरे सिर के ऊपर से निकल जाता है। मैं यह भी मानता हूँ कि ऐसा मेरे अपने अज्ञान की वजह से होता है। यह शायद मेरे अपने पढ़ने के ढंग का विचित्र विरोधाभास है कि जिस भाषा के कारण मदन को पढ़ते हुए सक्रिय बौद्धिक जिज्ञासा और प्रश्नाकुलता के साथ मैं एक अन्दरूनी बहस में शामिल होता हूँ, वही भाषा उनके पूरे लेखने के प्रति मेरी चिढ़ का कारण भी है। शायद इसलिए कि यह भाषा खोजने और लगातार खोजने की दिशाएँ सुझाती है। यह ऐसी भाषा है जो महज़ साफ़-साफ़ दिखती हुई चीज़ों की तरफ़ इशारा नहीं करती, बल्कि अनजाने प्रसंगों और विषयों की बिल्कुल नयी और अनेकार्थ-समृद्ध दुनिया में विचरने और विचारने को आमन्त्रित करती है। ऊपर ऊपर से लग सकता है कि इसे आज की हालत का एहसास नहीं है, लेकिन गहरे उतरें तो लगता है कि यह हमारे अपने समय को सभ्यता के बृहत्तर परिप्रेक्ष्य, परम्परा की निरन्तरता और विशिष्ट ज्ञान-विज्ञानों में किये जाने वाले अधुनातन अध्ययनों के सन्दर्भ में देखती और दिखाती है। यह भी लगता है कि इसमें साहित्यिक कार्य के विशेष रूप के प्रति, और सृजन में अन्तर्निहित चिन्तनात्मक अन्तर्धारा

के प्रति, गहरे सम्मान का भाव है। और इतना ही नहीं, उनके भीतर रहते हुए आलोचना की ऐसी भाषा के निर्माण की चेष्टा भी है जिससे उसे अपने आप में एक स्वायत्त विधा की संज्ञा मिल सके।

अपनी असहमति के बारे में सोचता हूँ तो लगता है कि यह भाषा, तर्क-प्राण ही नहीं, बल्कि तर्क सीमित भी है। तर्क-रंजित होने के कारण उसे ऐसा रूपकत्व नहीं मिल पाता कि वह बहुतों के लिए बहुत कुछ हो सके। लॉजिक की जगह रेहट्रॅरिक और मेटाफर के प्रयोग की कोशिश उसके यहाँ है ज़रूर, लेकिन कुछ दूर चलकर वह ऐसी 'शैली' का पल्ला थाम लेती है कि ऐसा हुआ तो इसलिए हुआ और नहीं हुआ तो इसलिए। दूसरी बात यह कि वे एक विशाल जन-समुदाय के जीवन-व्यवहार और संस्कार के बारे में दो टूक ढंग से सामान्यीकरण करते हैं, तब नहीं लगता कि उनकी बात में ऐसा लचीलापन है कि वह कृति विशेष की विशिष्टता और विशाल विविध भारतीय जीवन के सामान्यीकरण को एक साथ थाम सके। मुझे यह भी लगता है कि किसी पद विशेष को एकाधिक बार समझाने के बावजूद वे उसके आसपास के शब्दों को या उसके सम्भावित अर्थ की सम्भाव्य जिज्ञासाओं को उतने विस्तार से नहीं लिखते, जितने की ज़रूरत मुझ जैसे लगभग अज्ञानी पाठक को होती है।

निर्मल वर्मा की कथा के बारे में उनका ऐसा ही एक शब्द-युग्म है, 'उपनिवेशोत्तर-यथार्थ'। इसे वे एकाधिक बार विशेषित करते हैं। इसे प्रभावित करने वाले मुख्य कारक के रूप में वे यथार्थवाद को लेते हैं। यथार्थ के ग्रहण की प्रक्रिया को समझाने के बाद वे मानते हैं (कम से कम मुझे यही लगा) कि इसी यथार्थवाद ने भारत का उपनिवेशीकरण किया और इसी के चलते वह उपनिवेशोत्तर भारत में भी जारी है। उपनिवेश पूर्व के भारत की सारमयता का ज़िक्र भी वे 'सार' (essence) की भाषा में ही करते हैं। उपनिवेशोत्तर भारत के विभिन्न समुदायों, उनके सांस्कृतिक जीवन की विविध छवियों, उनके अनेक धार्मिक विश्वासों और आचारों, उनकी भाषाओं में निहित यथार्थबोध के अनगिन बिम्बों को, वे एक totalising concept में देखते प्रतीत होते हैं। यथार्थ ग्रहण की एक पश्चिम-भिन्न प्रक्रिया को वे उपनिवेश-पूर्व के भारत का *मूलरूप* मानते हैं। भारत के इस अपरिवर्तनीय *मूलरूप* पर जोर देने के लिए ही, वे उपनिवेश-पूर्व भारत में मौजूद 'समय' को transcendental real की तरह देखते हैं, और

उपनिवेशोत्तर भारत के इतिहास को extra discursive real की तरह। कुल मिलाकर मामला यह बनता है कि अँग्रेज़ों के आने के पहले (या कि शायद उनका आशय यह भी हो कि मुग़लों के आने के पूर्व, या उससे भी पहले मुसलमानों के आने के भी पहले, क्योंकि अपनी किताब के ब्लर्ब में, जो कि भूमिका का ही एक अंग है, उन्होंने कहा कि शताब्दियों पूर्व प्रतिष्ठित काव्य-नायक को, उसकी *मूल-पाठीय* अवस्थिति में न देखा जाकर, एक राजनीतिक प्रतीकीकरण के बदले उसका दूसरा और भयानक राजनीतिक प्रतीकीकरण किया जा रहा है जो कि अपव्याख्या है, इसलिए, इतिहास या इतिहासातीत भारत के किस बिन्दु को वे उपनिवेशपूर्व का 'मूल-भारत' मानेंगे, यह कह सकना मुश्किल है) सब कुछ ठीक-ठाक था, लेकिन उनके आने के बाद ही भारत की मूल पहचान मिट गयी, या मिट रही है। अगर निर्मल के कथा-देश या उसके रूप और सौन्दर्य में निहित अर्थच्छटाओं के बारे में ही यह निबन्ध कुछ कह रहा होता तो उससे बहस करने की ज़रूरत नहीं थी। सम्भव है कि मैं अपव्याख्या कर रहा हूँ लेकिन ऐसी जगहों पर अपने लेखन के रहस्यमय आकर्षण-विकर्षण के चलते, वे टैरी ईगलटन के इस कथन की याद दिलाते हैं कि :

> ऐसी जगहों पर साहित्य उन लोगों के सामने अपने आपको एक धमकी, रहस्य, चुनौती और अपमान की तरह पेश करता है जो बावजूद इसके कि 'पढ़ना' जानते हैं पढ़ नहीं सकते, संकेतों को उघारने या समझने की योग्यता के बावजूद अज्ञानी रहते हैं। ऐसे ही अन्तर्विरोध में साहित्य की तानाशाही उजागर होती है, साहित्य हमेशा कहीं और मौजूद है जिसे साक्षर होने के बावजूद, न हमने पढ़ा है, और न ही पढ़ सकते हैं।

इसके विपरीत पुरुषोत्तम अग्रवाल के लेखन से मेरी पूरी सहमति है। उनकी किताब *संस्कृति : वर्चस्व और प्रतिरोध* एक बेहद ज़रूरी किताब है। उसका रागात्मक पर्यावरण, उसकी सम्प्रेषणीयता का आधार है। उन्हें पढ़ते हुए लगता है कि प्रखर तार्किकता से जीवन्त उनकी भाषा में एक कशिश, एक वेदना भी है। 'साहित्य और समाज' इन दो पदों के बीच की अन्तर्क्रियाओं को उन्होंने एक ऐसी भाषा में लिखा है जो अपने ईषत् आक्रामक तेवर के बावजूद उस मूल्य-चेतना और उन संस्कारों से मण्डित है जिसे हम एक अनपढ़ सामान्य भारतीय के नैतिक विवेक में ही नहीं, उसके सम्पूर्ण आचरण और कर्म में विन्यस्त देख सकते हैं। इस भाषा में

भागीदारी की ऊष्मा है और इसी से निर्मित होती है उसकी लय-गति की सप्राणता। बुद्धिकर्मी (यह शब्द प्रमोद वर्मा का है, कायदे से जिनका ज़िक्र भी इस निबन्ध में होना था) होने की अपनी स्थिति को पहचानती इस भाषा में हमारे समाज का मन है और उसकी भाव-गतियों के ठोस सन्दर्भों में इतिहास के परिप्रेक्ष्य में अपनी अस्मिता की गतिशीलता की पहचान की एक सार्थक चेष्टा भी।

इधर पिछले कुछ वर्षों से भारतीय समाज में साम्प्रदायिक ताक़तों और सवर्णों के द्वारा अभिप्रेरित हिंसा की जो घटनाएँ घट रही हैं उसे केन्द्रीयता देते हुए और उसके साथ ही औरत के प्रति किये जाने वाले अत्याचारों को एक मूलभूत सांस्कृतिक मुद्दे की तरह लेते हुए पुरुषोत्तम ने जो बातें कहीं हैं उनमें संस्कृति और अस्मिता के सन्दर्भों को भारतीय अभिजनों की इकहरी और एकांगी व्याख्याओं की तरह सामुदायिक जीवन से अलग-थलग रहकर नहीं उभारा गया है। उन्नीसवीं सदी से प्रारम्भ होकर आज तक जारी सांस्कृतिक आत्ममंथन की प्रक्रियाओं को उपनिवेशवाद से जोड़ते हुए भी पुरुषोत्तम उन्हें उन विशिष्ट मूर्त इहलौकिक और सामुदायिक अस्तित्व के प्रश्नों से जोड़ते हैं जिनका सम्बन्ध हमारी जाति व्यवस्था और इसी अर्थ में हमारी अस्मिता तथा उससे जुड़े शक्ति समीकरण से है। इसकी शुरुआत गांधी ने की थी। शक्ति की धारणा भारतीय समाज में मौजूद ज़रूर थी और इसके वर्चस्व को चुनौतियाँ भी दी गयी थीं लेकिन इसके मूल पर, यानी वर्णाश्रम व्यवस्था पर चोट करने और इसके ख़िलाफ़ सदियों से दलित समुदाय में आत्मचेतना का संचार करने का काम गांधी के पहले व्यापक राजनीतिक स्तर पर नहीं हुआ था। लोगों की भाषा, यानी जन-भाषा, 'धर्म' को पहचानते हुए गांधी ने वर्णाश्रम के प्रतिष्ठाक्रम को चुनौती दी। स्वतन्त्रता के बाद लोहिया ने पूरी आक्रामकता के साथ 'जाति और औरत' के सवाल को भारतीय राजनीति से जोड़ा। उन्होंने विमर्श और राजनीतिक सक्रियता के दोनों स्तरों पर भारतीय सत्ता के चरित्र में निहित सवर्ण-वर्चस्व को खुलेआम चुनौती दी और द्रोपदी के हवाले से औरत की एक नयी छवि गढ़ने की कोशिश की। लोहिया के अनुयायी उनके काम को जारी नहीं रख सके। साम्यवादी पहले ही जाति के इस मसले को अहम मसला नहीं मानते थे। ज़ाहिर है कि यह ख़ाली 'पोलिटिकल स्पेस' था, जिसे साम्प्रदायिक और दलित-विरोधी ताक़तों ने भरा।

इसलिए आज की भयानक स्थिति में पुरुषोत्तम की किताब पर सोचते हुए लगता है कि उसने संस्कृति पर होने वाले चिन्तन के सन्दर्भ में एक बहुत ही ज़रूरी काम किया है। उसकी भाषा प्रसंग सीमित नहीं है, बल्कि सदियों से जारी 'आन्तरिक उपनिवेशवाद' के ख़िलाफ़ एक सार्थक हस्तक्षेप है। और जैसा कि उसने कहा भी है कि यह सवर्ण विरोध का मामला भर नहीं है। भयानक और मारात्मक ग़रीबी, ग़ैरबराबरी, अपमान, हिंसा और खुलेआम अत्याचार के सन्दर्भ में वर्चस्व और प्रतिरोध की शक्तियों के बीच वरण के प्रश्न से जुड़ा एक अर्थगर्भ विमर्श है और संवेदनागर्भ भी। भक्ति काव्य को मूल्यचेतना के स्रोत के रूप में ग्रहण करने पर शायद ज्ञान–मीमांसा की एक ऐसी पद्धति विकसित की जा सके जिससे अभूतपूर्व हिंसा की इस शताब्दी के भारतीय रूप को ही नहीं, असीमित उत्पादन, उपभोग और खुले बाज़ार की गलाकाट प्रतियोगिता को विस्तार देने वाली पश्चिमी संस्कृति को भी समझने की दिशा में भी हम आगे बढ़ सकते हैं। यह ध्यान रखना होगा कि ऐसे किसी विमर्श के विरोध में सिर्फ़ 'शुद्ध भारतीय' लोग ही नहीं आयेंगे, बल्कि नव उपनिवेशवाद की वे शक्तियाँ भी आएँगी जो आधुनिक विकास, बाज़ारू संस्कृति, उन्माद और उपभोग तथा सैनिकीकरण के नये नुसखों को जीवनशैली के स्तर पर सारे विश्व में प्रचारित कर रही है। हो सकता है कि उपनिवेशोत्तर–भारत से मदन का संकेत इस तरफ़ भी हो। इसी तथ्य को ध्यान में रखकर एडवर्ड सईद ने एन्थोनी स्मिथ के हवाले से कहा :

> बीसवीं सदी के उत्तरार्द्ध में, इलेक्ट्रॉनिक प्रचार–तन्त्र से पैदा होने वाला ख़तरा, उपनिवेशवाद से कहीं ज़्यादा ख़तरनाक हो सकता है। पहले की तुलना में अब पश्चिमी टेक्नोलॉजी ग्राहक देशों के मर्म तक जाने की अभूतपूर्व शक्ति से सम्पन्न है। विकासशील देशों में इसे भयानक उथल–पुथल और सामाजिक अन्तर्विरोधों के तीव्रतर होते जाते नतीजों की तरह देखा जा सकता है।

और ऐसे में अन्त के बाद के आरम्भ पर सोचते हुए देरिदा की ये पंक्तियाँ :

> इसके पहले बुनियादी वैज्ञानिक शोध ऐसे उद्देश्यों के प्रति इस कदर प्रतिबद्ध नहीं था जो साथ–साथ सैनिक उद्देश्य भी हैं। मिलिटरी का प्रमुख 'सार' या उसकी टेक्नोलॉजी की सीमाएँ, या उसके उत्तरदायित्व की सीमाएँ अब परिभाषा से बाहर हो गयी हैं। जब हम सुनते हैं कि हर एक में दो मिलियन डॉलर, सिर्फ़ शस्त्र–निर्माण में ख़र्च किये जा रहे हैं।

यह आँकड़ा १५ बरस पहले का है। पन्द्रह बरस बाद कारगिल के विजयोल्लास में, 'ईडियट-बॉक्स' पर रंगारंग कार्यक्रम देखते इस बात पर सोचने की फुर्सत अगर हमारे सत्ताकामी अभिजन को मिल सके तो शायद...

बीच में it? उर्फ़, 'अग्नि से ढक्' : इतिहास का क्रम, क्रम के इतिहास से प्रादुर्भूत होता है[1]

वागीश शुक्ल

बीसवीं सदी बीतने में कोई तीन-साढ़े तीन बरस बाक़ी हैं। राजनीतिक और सामाजिक इंजीनियर इक्कीसवीं सदी के स्वागत की तैयारी में हैं— महिलाएँ ज़्यादा आज़ाद, किसान ज़्यादा ख़ुशहाल, टेलीविजन ज़्यादा रंगीन, तस्वीर ज़्यादा 'हाई डिफिनीशन', हर नागरिक 'इनफार्मेशन सुपर-हाइवे' पर चलता हुआ, हर गाँव में पीने का पानी उपलब्ध, हर बच्चा एक ऐसे स्कूल में दाख़िल जिसमें इमारत भी है, ब्लैक बोर्ड भी और अध्यापक भी। उधर मातम और विदाई का बाज़ार भी गर्म है, इतिहास का अन्त हुआ, लेखक की मृत्यु हुई, सारे अनुशासन 'डि-कांस्ट्रक्ट' हुए और 'डि-कांस्ट्रक्शन का मातम' मनाया जा चुका।[2] विज्ञान अब एक कहानी है और हम सब अपने बुने हुए सपनों में बसते हैं।

यह सब ईसवी काल-गणना के मुताबिक है जिसे अगर पोप ग्रेगरी ने 'एडजस्ट' न किया होता तो अभी इक्कीसवीं सदी कुछ और दूर रही होती। विक्रम संवत् की इक्कीसवीं सदी भी अब अधेड़ हो चली यह २०५३ है, लेकिन जब उसका प्रारम्भ होने वाला था और भारतीय स्वतन्त्रता-संघर्ष के सफल होने के लक्षण बिल्कुल स्पष्ट थे तब भी किसी ने यह

नहीं कहा कि जब भारत आज़ाद होगा तो वह विक्रम की इक्कीसवीं सदी में प्रवेश कर चुका होगा। कह सकते हैं कि ऐसा क्यों कहते, हम 'सदियों' और 'अल्फ़ों' में नहीं (शताब्दियों और सहस्राब्दियों में नहीं) बल्कि युगों और कल्पों में सोचने वाले लोग हैं, हम यों नहीं कहते कि यह १९९६ चल रहा है, हम यों कहते हैं कि इस कलियुग के ५०९७ वर्ष बीते और इस सृष्टि के १९५५८८५०९७ वर्ष। हम ऐसा कहेंगे तो सही कहेंगे। लेकिन आदमी की ज़िन्दगी छोटी होती है, अगर वह कुछ ख़ुशी मनाना चाहता है। शादियों की 'सिल्वर जुबिली' होती है और लेखकों के साठ बरस की उम्र तक पहुँचने का भी इन्तज़ार अब नहीं किया जाता, पचासवीं वर्षगाँठ का उत्सव अधिक प्रचलित है। सरकारें अपने 'सौ दिन' मनाती हैं, पत्रिकाएँ अपने सौ अंक। सब लोग योग-सूत्र और महा-भाष्य लिखने वाले पतंजलि के साथ बैठकर रोते हैं—क्या ज़माना (कलियुग) आ गया है, कोई बहुत जीता है तो सौ बरस। फिर हम सौ बरस की बात क्यों न करेंगे, सदी में क्यों न सोचेंगे!

आदमी की ज़िन्दगी कभी बहुत बड़ी भी होती है। हमने अपने मारने वाले का एक नाम रखा—'टाइम'। 'टाइम इज़ द ग्रेट किलर।' इस रिश्ते को 'ग़मे इश्क़' कहते हैं। लेकिन कुछ के साथ ऐसा होता है कि यह 'टाइम' उन्हें बहुत बाद में याद करता है। इस बीच वे इस 'टाइम' को याद करते रहते हैं। इसके लिए मुहावरा पहले मुहावरे को उलटकर बनता है। वे 'टाइम' को 'किल' करते रहते हैं। इसे 'ग़मे रोज़गार' कहते हैं। 'ग़मे इश्क़' और 'ग़मे रोज़गार' की अलग-अलग कोठरियों में बन्द लोग एक 'क़ैदे फ़िरंग' (=कड़ी क़ैद, 'फ़िरंगी की क़ैद'[३]) में हैं—और यह दुनिया एक 'पैन-आप्टिकॉन'[४] है जिसमें जार्ज आर्वेल के शब्दों में 'कोई देखे या न देखे, ख़ुदा तो देखता होगा'।[५]

१९८४ बीत गया लेकिन कोई निश्चिन्त नहीं है। सब जानते हैं कि १९८४ अभी आने वाला है। दिमाग़ में एक छोटी सी 'चिप' बैठा दी जायेगी और जो जो दुख-सुख, खीझ, गुस्सा और ख़ुशी मन में उठेगी, सब की सब 'आन रिकार्ड।' 'आम्नीसियेंट' की 'मोनोपली' ख़ुदा के हाथ से जाने वाली है। और १९८४ कब था नहीं? विचित्रवीर्य की एक पत्नी वृद्ध महर्षि व्यास को रतिदान करते समय अनिच्छा के नाते पीली पड़ जाती है—सन्तान पाण्डुरोगी। दूसरी घबराकर आँखें बन्द कर लेती है—सन्तान

अन्धी। १९८४ समय का दूसरा नाम है। 'क़ैदे फ़िरंग' में घिरे लोग फिरंगियों की तरह ही गिनते हैं—बीसवीं सदी ख़त्म हो रही है और एक भयानक अनजान हावी है जिसकी गुलामी में ज्ञान और अज्ञान दोनों हाथ बाँधे खड़े हैं। बीसवीं सदी का ख़ात्मा कलियुग की शब्दावली में नहीं बयान हो सकता क्योंकि कल्कि की कोई जगह इस 'नैरेटिव' में नहीं है।

ख़ात्मे की बातें हमेशा होती रही हैं। जितने भी धर्म हैं उनका काम प्रलय की एक डरावनी तस्वीर के बिना नहीं चलता। जितनी भी क्रान्तियाँ हैं उनका काम 'निज़ाम टूटने के कगार पर है' की गाथा सुनाये बिना नहीं चलता। लेकिन धर्म और क्रान्ति अन्ततः व्यवस्था के दुकानदार हैं। यह 'मॉडल' पुराना पड़ गया, इसे फेंकिए, यह नया माल आया है, इसे इस्तेमाल कीजिये। लेकिन बीसवीं सदी जब एक दिन, एक क्षण में, अचानक इक्कीसवीं सदी में घुस जायेगी तो वह बाज़ार के किस हिस्से में होगी, लेजर के किस ख़ाते में? 'कंडेम्ड'? 'रिसाइकिल्ड'? 'अप-ग्रेडेड'? बीसवीं सदी के जाते हुए क़दमों की 'जाहट' और इक्कीसवीं सदी के आते हुए क़दमों की 'आहट' एक ही आवाज़ के दो अलग-अलग नाम हैं या दो अलग आवाज़ों की जुगलबन्दी?

'कहानी बीच से शुरू होती है,' एरिक फोएगलिन कहते हैं। लेकिन जैसा कि वे आगे कहते हैं :

> जिस बीच से हम पश्चिम के दर्शन-शास्त्री के रूप में बीसवीं सदी के अन्तिम चरण में प्रारम्भ करते हैं वह वही बीच नहीं जिससे जेनेसिस के लेखकों के ईसा के क़रीब पाँच सौ बरस पहले प्रारम्भ किया था...हमारा सामना बीच की अनेकता से है...[६]

यह 'बीच की अनेकता' यह 'मध्य का बहुवचन' ही सही मुहावरा है यह जानने के लिए कि हम क्यों अचानक एक सदी को लेकर चर्चा करने लग गये हैं। इसके पहले पश्चिम में भी, 'सहस्राब्दी' महत्त्वपूर्ण थी, लेकिन इसलिए नहीं कि 'हज़ार साल' अपने आप में कोई ख़ास बात थी। इसलिए कि जो भी 'ऑर्डर' था—ईसाइयत/इस्लाम—वह अपनी एक उम्र तय किये हुए था—हज़ार साल—और उस उम्र के बीतने का मतलब था एक नयी उम्र का दस्तावेज़ हासिल करना। किसी 'ऑर्डर' के अभाव में समय की एक देह का अवसान पहली बार चिन्ता का, या चर्चा का, विषय

बना है। कलियुग का मुहावरा (सतह पर) एक 'ऑर्डर' का मुहावरा है। एक व्यवस्था की तरतीब जिसमें केवल व्यक्ति या केवल समाज की भूमिका यदि है भी तो गौण है। बीसवीं सदी का मुहावरा (सतह पर) 'ऑर्डर' का मुहावरा नहीं, इसको बनाने में (सतह पर) व्यवस्था ने कोई योगदान नहीं किया। यह फिरंगियों का मुहावरा ज़रूर है, लेकिन हमारे लिए यह सदी फिरंगी मुहावरों में महारत हासिल करने की ही सदी रही है। चूँकि हमने 'देशाटन के लाभ' कभी नहीं समझे इसलिए इन मुहावरों को सिखाने फिरंगी हमारे यहाँ आये। अब हम घर बैठे टेलीविजन चला लेते हैं।

बीसवीं सदी के अन्त तक आते-आते 'बीच की अनेकता' लुप्त होने के कगार पर है। अर्थशास्त्र और राजनीतिशास्त्र की एक मानक पाठ्य-पुस्तक तैयार हो चुकी है जिसके विभिन्न संस्करणों पर ही दुनिया को चलना-चलाना है। ये संस्करण 'फार सेल इन इण्डिया ओनली', 'फार सेल इन चाइना ओनली' आदि के उपशीर्षकों से पहचाने जाते हैं, मूलतः पाठ्य-पुस्तक एक ही है। यह 'एक-ध्रुवी' यूनी-पोलर संसार है, एकता में एकता को पहचानने वाला संसार जो ऐसे किन्हीं भी दो मनुष्यों को भिन्न मानता है जो एक ब्राण्ड का साबुन नहीं लगाते। लेकिन यह एक-ध्रुवीयता 'ऑर्डर' होने का दावा नहीं करती, ऑर्डर की तरह 'फंक्शन' करती हुई लग सकती है।

'ऑर्डर' से क्या मतलब? कांट की एक बहु-उद्धृत उक्ति उन 'सत्य के द्वीपों' की बात उठाती है जो भ्रम के तूफ़ानी समुद्र के बीच में हैं। योग वासिष्ठ इन सत्य के द्वीपों की सत्ता से इनकार करता है और कहता है कि रस्सी में दीखता साँप जैसे भ्रम है वैसे ही सचमुच का साँप भी भ्रम ही है। 'ऑर्डर' की तलाश रस्सी में साँप की तलाश है। वर्तमान फिरंगी 'ऑर्डर', ऑर्डर होने का दावा नहीं करता। वह 'ऑर्डर' की तलाश में अपने सारे करतब दिखाता है। दुनिया की गड़बड़ियाँ क्या हैं, वह तय करता है। दुनिया की गड़बड़ियों को कैसे ठीक किया जाय, वह तय करता है। इस प्रक्रिया में—वह प्रतिरोध का संविधान, आचार-संहिता और प्रौद्योगिकी निश्चित करता है। इस प्रतिरोध में आत्म-निरीक्षण और आत्म-भर्त्सना शामिल है। और जो मूल्य निश्चित किये गये हैं उनके निश्चयन की प्रक्रिया पर प्रश्न भी इसमें शामिल हैं। और प्रतिरोध के एकाधिकार का

दावा भी। "अँग्रेज़ी भाषा में स्वतन्त्रता के विरुद्ध तर्क करना सम्भव ही नहीं है", का अर्थ यही है कि स्वतन्त्रता की परिभाषा और व्याख्या केवल अँग्रेज़ी भाषा में ही सम्भव है।

'प्रतिरोध' क्या है? जैसा कि ऊपर संकेत किया गया, यह 'ऑर्डर' की तलाश है। इसे मैंने प्राचीन भारतीय चिन्तन के आधार पर 'रस्सी में साँप की तलाश' का नाम दिया है। फोएगलिन यह प्रश्न उठाते हैं कि आख़िर जब लोग जानते हैं कि 'डिस-ऑर्डर' एक ऐसी सचाई है जिसे वे बदल नहीं सकते तो वे प्रतिरोध करते ही क्यों हैं, 'ऑर्डर' की तलाश की ही क्यों जाती है?

'डिस-ऑर्डर' क्या है? फोएगलिन गिनाते हैं—आदि ग्रीक कवि हीसियड को उद्धृत करते हुए—चारों ओर भूख है, अन्याय है, मौत है, दरिद्रता है और शोषण है। सृष्टि की यही कथा है जो एक सच्चाई (=रियलिटी) के रूप में हमारी चेतना में दीखती है। और जिस हद तक चेतना सच्चाई को 'चेतती' है उस हद तक सचाई एक 'वस्तु' है जिसका एक आकार है और जिसे मूर्त होने के लिए जगह चाहिए। इस 'वस्तु' की सत्ता एक व्योम (=स्पेस) में है जहाँ इसकी शक्ल तय होती है। इसे उन्होंने 'वस्तु-सचाई' (=थिंग-रियलिटी) कहा है।

लेकिन मैं/हम के अतिरिक्त एक 'तू' भी होता है और एक 'वह' भी जिसमें 'मैं' और 'तू' हिस्सेदार हैं। मनुष्य यदि 'मैं' है और समाज 'तू' तो मनुष्य की चेतना में समाज की 'वस्तु-सचाई' पूरा सच नहीं है, एक बड़ी सचाई है जिसमें मनुष्य और समाज के सहसम्बन्ध विद्यमान हैं। ठीक यही बात मनुष्य और ईश्वर के साथ भी है। यदि मनुष्य 'मैं' है और ईश्वर 'तू' तो दोनों के बीच का रिश्ता किसी बड़ी सचाई में ही 'सही' हो सकता है। इसे फोएगलिन 'वह-सचाई' (It-Reality) कहते हैं, यद्यपि वे 'मैं' और 'तू' नहीं इस्तेमाल करते।[७]

यहाँ क्षेपक के रूप में एक नज़र प्राचीन भारतीय चिन्तन की शब्दावली पर। अद्वैत वेदान्त का कहना है कि ईश्वर तभी ईश्वर है जब वह अज्ञान से युक्त होता है। जीवन का 'मैं' और ईश्वर का 'तू' दोनों ब्रह्म के 'वह' में साझीदार होते हैं, तभी 'सच' होते हैं क्योंकि सच होने के लिए अज्ञान एक अनिवार्य शर्त है।

भारतीय चिन्तन-परम्परा 'मैं', 'तू', और 'वह', के बीच भेद की अपेक्षा अभेद पर बल देती रही है कभी 'अहं ब्रह्मास्मि' (मैं ब्रह्म हूँ कहती है, कभी 'तत्त्वमसि' =वह तुम हो)। वह 'इट्-सचाई' (इसको हम It-Reality की जगह इस्तेमाल करेंगे)को 'वस्तु-सचाई' से भिन्न भी नहीं मानती—योग वासिष्ठ का कहना है कि कभी कुछ होता ही नहीं है न जन्म न मृत्यु, न बन्ध न मोक्ष, न जीव न ईश्वर, न ज्ञान न अज्ञान (या यों कहें कि अज्ञान एक बहाना है ताकि ज्ञान का उपदेश किया जा सके, उसकी एक शक्ल बन सके)। किन्तु यहाँ इसका प्रसंग नहीं।

क्षेपक समाप्त करते हुए और फोएगलिन की बात पर लौटते हुए, जितनी भी खोजें हैं—सत्य की खोजें—वे सब इस 'डिस-ऑर्डर' में 'ऑर्डर' की तलाश हैं। और 'सत्य', जो इस खोज से चिपकता है, एक कहानी भी है एक घटना भी। कहानी इसलिए कि खोज सत्य को एक वस्तु के रूप में संकल्पित करती है। और घटना इसलिए कि (अपने दावे के अनुसार) सत्य इस खोज में प्रकाशित होता है, इट्-सचाई इसमें भासती है। यह इट्-सचाई का भासमान होना ही इस खोज को वैधता प्रदान करता है।

सृष्टि की जितनी भी कथाएँ हैं (फोएगलिन ने *बाइबिल* से जेनेसिस का उदाहरण लिया है) वे सब की सब अपनी वैधता इसी में खोजती हैं। ऐसी सृष्टि-कथा केवल एक कहानी होने का दावा नहीं करती—चाहे वह ईश्वर ने मनुष्य को सुनायी हो या मनुष्य ने मनुष्य को (और मनुष्य ने ईश्वर को क्यों नहीं?)—बल्कि वह इट्-सचाई को अपने में झलकाने का भी दावा करती है। और इस तरह ही वह वस्तु-सचाई की ऐसी कहानी बनने का दावा करती है जो इट्-सचाई का बयान करती है जिसमें दृढ़-सचाई दमक रही है। यह एक प्राइवेट कहानी है जिसमें पब्लिक होने की भाषा (लोगॉस) का इस्तेमाल किया गया है। और इस भाषा को पाना ही इस दावे का आधार बनता है।

बीसवीं शताब्दी का अवसान किस तरह बयान किया जायेगा? ऊपर हम कह आये हैं कि यह एक-ध्रुवी संसार है। कभी चार दुनियाओं की बात होती थी, वे मुहावरे अब भी मिटे नहीं हैं। एक 'फर्स्ट वर्ल्ड' होता था, पश्चिम। एक 'सेकण्ड वर्ल्ड' होता था, वह पश्चिम जो पश्चिम का विकल्प बनने का दावा करता था। एक 'थर्ड वर्ल्ड' होता था। वह सारा पूरब जो पश्चिम की गुलामी से अपने को छूटा हुआ मानता था और कभी

इस पश्चिम तो कभी इस पश्चिम की ओर झुकता हुआ अपनी जगह कहीं बीच में बताता था। एक 'फोर्थ वर्ल्ड' होता था, अमेरिकन इण्डियनों का, जिसका विस्तार इस गणना की प्रौद्योगिकी में हम उन सारे मानव-समूहों तक फैला सकते हैं जिन्हें अब 'आदिवासी' कहा जाता है। ये चार दुनियाएँ थीं और इनमें से सिर्फ़ एक दुनिया ने सिर्फ़ एक मोर्चे पर शिकस्त खायी है लेकिन अचानक जिस शब्दकोश से ये चार दुनियाएँ गिनायी जाती थीं उसी शब्दकोश से एक-ध्रुवीय विश्व की अवधारणा निकल पड़ी है। दरअसल, यह संसार बहुत दिनों से एक-ध्रुवीय है—कुछ सदियों से—और बीसवीं सदी के अन्त तक आते-आते एकध्रुवीयता ने अपने सारे नकाब उतार फेंके हैं। लेकिन अभी भी यह एकध्रुवीयता 'ऑर्डर' होने का दावा नहीं करती। इसने सिर्फ़ इतना किया है कि 'डिस-ऑर्डर' की भी प्रवक्ता ख़ुद बन बैठी है। यह न केवल बीसवीं सदी के बीते हुए और बीतते हुए दिनों का अख़बार अपनी भाषा में तैयार कर रही है बल्कि आने वाले दिनों का, इक्कीसवीं सदी का, एजेण्डा भी अपनी मर्ज़ी के मुताबिक तैयार कर रही है। होलोकास्ट हुआ? हाँ, हुआ। हिरोशिमा हुआ? हाँ, हुआ। स्टालिन हुआ? हाँ, हुआ। अब आइए मिलकर विचार करें कि इक्कीसवीं सदी में यह कैसे न हो। सी टी बी टी कर ली जाय।

यह 'फ्यूचर' कहलाता है। हम असन्तुष्ट हैं, हम प्रतिरोधी हैं। आइए एक 'फ्यूचर' बनाया जाय। वह फ्यूचर जो इट्-सचाई को अपने में झलकाये। वह फ्यूचर जो *कम्युनिस्ट मैनिफेस्टो* में दिया हुआ है, जिसमें शाम को चैन से मछली मारकर वक़्त गुज़ारने के लिए वक़्त होगा।

आज की दुनिया—बीसवीं सदी की दुनिया—यह मानकर चलती है कि कुछ भी बिना पर्याप्त कारण के नहीं होता। कुछ होता है (जन्म, मृत्यु, सृष्टि, प्रलय) तो इसलिए कि उसका एक पर्याप्त कारण है। जो कुछ होता है वह ऐसा ही इसीलिए होता है कि उसका पर्याप्त कारण होता है। 'वो हर इक बात पर कहना, कि यों होता तो क्या होता' इसलिए होता है कि पर्याप्त कारण की समझ नहीं होती, इस पर्याप्त कारण को ख़ुदा कहते हैं—इट्-सचाई।

इस 'पर्याप्त कारण' के सिद्धान्त को समय-समय पर अपने-अपने ढंग से बहुत लोगों ने कहा है किन्तु आधुनिक संसार जिस संस्करण पर सबसे अधिक विश्वास करता है वह लाइब्निट्ज़ द्वारा प्रतिपादित है—''यह

चीज़ों का आख़िरी तर्क ख़ुदा कहलाता है।''

इस ख़ुदाई निज़ाम को समझ लें तो फ्यूचर बना हुआ समझिए। ग़रीब को गुस्सा क्यों आता है? इसे समझिए और उसकी ग़रीबी दूर करिये ताकि उसे गुस्सा न आए। अथवा, इसे समझिए और उस मस्तिष्क-रसायनिकी को सुधारिए जिसके नाते मस्तिष्क में वे रसायन बनते हैं जो गुस्से के रूप में अपना असर दिखाते हैं। जेनेटिक इंजीनियरिंग करिए। वह गुस्से को ख़त्म कर देगा।

हेगेल ने कहा था, ''जो तर्कणीय है वह सच है। जो सच है वह तर्कणीय है।'' लेकिन जैसा कि फोएगलिन कहते हैं, ''दुर्भाग्यवश जो अ-तर्कणीय है, वह भी सच है।''[८]

और इसका क्या करें कि अँग्रेज़ी 'रीजनेबुल' का अनुवाद केवल 'तर्कणीय' ही नहीं, 'न्याय-संगत' भी है।

दुर्भाग्यवश जो न्याय-संगत नहीं है, वह भी सच है।

और 'सच' की जगह 'सत्य' ही क्यों न कहें?

इस इट्-सचाई में जो इट् (= it) है उसे पुरानी अँग्रेज़ी में (बारहवीं सदी तक) हिन्दू (= hit) लिखते थे आरज 'ही' (= he), 'शी' (= She) और 'इट्' (it) वाली तिकड़ी से यह पुरानी 'ही' (= he), 'हीऑ' (= heo) और 'हिट्' (= hit) वाली तिकड़ी अधिक 'तर्कणीय' (= reasonable) भी थी। सभी 'अन्य पुरुष' एक ही अक्षर से प्रारम्भ होते थे। लेकिन इट्-सचाई को हिट्-सचाई के रूप में लिखने पर हम 'हिट्' का क्या अर्थ निर्धारित करें? 'हिट्' जैसे फ़िल्म हिट् होती है, हिट्-सचाई वह सचाई जो हिट् हो जाय, बिक जाय, लोकप्रिय हो जाय? सम्भवतः इस समय पश्चिम से आती हुई इट्-सचाई इसी रूप में हिट्-सचाई है। 'हिट्', जैसा कि वह 'हिट-मैन' में आता है, जैसे 'हिट्-मैन' का अर्थ 'पेशेवर हत्यारा' वैसे ही हिट-सचाई वह सचाई जिसका पेशा हत्या करना है? ख़ुदा की ख़ुदाई के इस इज़हार से किसने कब इनकार किया है जब स्वयं ख़ुदा का ही उद्‌गार है—कालोऽस्मि लोक-क्षयकृत प्रवृद्धः—मैं संसार का विनाश करने वाला काल हूँ *(श्रीमद्‌भागवद्‌गीता)* या—हिट् जैसे वह 'हिटिंग द बाटल' में आता है, ''हिट्-सचाई' के पदच्छेद में 'सचाई' एक ऐसे नशे की जगह लेती है जो वस्तु-सचाई से दूर कहीं भगा सकने में समर्थ है। जैसा कि

मिर्ज़ा बेदिल का कहना है—"मैं भ्रम के नशे में डूबाने वाला प्याला चढ़ाता हूँ इस दुनिया (वस्तु-सचाई) में भाँग के अलावा शराब का गुण किसमें है, किसी में नहीं।"[९] क्या सत्य की खोज में लगे लोग ('वर्कोहलिक' की तर्ज पर) 'रियल-कोहलिक' (= Real-cohalic=Re-alcohalic) होते हैं, बारम्बार सचाई का घूँट पीकर रह जाने वाले नशेड़ी?

सम्भावनाएँ और भी हैं किन्तु बीसवीं सदी के प्रपात में नीचे भरभराते हुए मनुष्य को अब तलहटी छूने में बहुत दिन बाक़ी नहीं हैं और उसे वह सुरंग खोजनी ही पड़ेगी जिससे वह इक्कीसवीं सदी के पाताल-लोक में प्रवेश करेगा। वहाँ उसे मणि-माल और अमृत-कुण्ड भेंट करने वाले वासुकि मिलेंगे या अपने कुचले हुए सिरों का बदला चुकाने को बेताब धरती से बेदख़ल गेहुँअनों की फ़ौज मिलेगी, अभी कुछ कहा नहीं जा सकता। लेकिन उसे ख़ुद से दुचार होने की एक नयी तकनीक ज़रूर खोजनी पड़ेगी।

उन्नीसवीं सदी उम्मीद की दुनिया थी। ब्रिटिश साम्राज्य में सूर्य अस्त नहीं होता था। भारत में सब लोग जाग गये थे। श्रृंगार रस की कविता लिखने से स्वजाति का उपकार न होगा यह निश्चित हो गया था। वेद में मूर्तिपूजा मानने वाले पोंगा हैं इसमें कोई द्विविधा न थी। डार्विन और मार्क्स हो चुके थे। रास्ता मिल गया था और मंजिल सामने थी। और अगर नीत्शे थे तो राह के रोड़े की तरह उन्हें हटाया जा सकता था। बरअक्स इसके, बीसवीं सदी ने उम्मीदों और ना-उम्मीदियों का मलबा इकट्ठा कर दिया है। अब विज्ञान का कहना है (स्टिफेन हाकिंग) कि न केवल ख़ुदा दुनिया बनाते समय (एक जुआड़ी की तरह) पाँसे फेंकता है अपितु वह प्राय: उन्हें ऐसी जगहों में फेंक देता है जहाँ वे (बिसात के बाहर) गड़प्प हो जाते हैं। कम्प्यूटर और जेनेटिक साइंस और इंजीनियरिंग में इतनी प्रगति के बावजूद बौद्धिक संसार में ऐसी मुर्दनी छाई हुई है जैसे कयामत आने ही वाली है। दिन पर दिन यह बात पक्की होती जाती है कि ज़िन्दगी की शुरुआत भले ही और भी जगहों पर हुई हो (जैसे कि मंगल ग्रह से मिले हुए सबूतों की ताज़ातरीन जाँच यह बताती है) लेकिन ज़िन्दगी की रिहाइश अकेले इस धरती पर ही है लेकिन इससे यह भाव अधिक उपज रहा है कि हम भयानक रूप से अकेले हैं, यह भाव कम कि 'बड़े भाग मानुस तन पावा।' क्योंकि 'मानुस तन' एक महत्त्वाकांक्षी ख़ुदाई स्कीम की जगह एक ऐसा

पाँसा साबित हो रहा है जिसे बिसात के बाहर फेंक दिया गया हो—एक ब्लैक होल में गड़प्प पाँसा, जिसकी पर्वा करने वाला कोई नहीं है, जिससे इट्-सचाई ने कोई रिश्ता कायम करने से इनकार कर दिया है, प्रकृति और पुरुष के परस्पर एक-दूसरे को 'वन नाइट स्टैंड' के रूप में पहचानने का परिणाम जिससे प्रकृति और पुरुष दोनों ही बेख़बर और बेनियाज़ हैं।

बहुत मेहनत से, बड़ी जद्दोजहद के बाद, पश्चिम की एक पहचान बनी थी—इतिहास। इल्हाम (रिविलेशन) ने मनुष्य को और सृष्टि को एक ज्यामितीय आकृति में ढाला जिसमें एक प्रवेश भी था और एक निर्गम भी। भारत में ऐसा नहीं हुआ यह पहले भी पश्चिमी विचारकों को मालूम था और आज भी है। और जैसा कि फोएगलिन ने कहा है, यदि इल्हाम नहीं होता तो इतिहास की समस्या का जन्म न हुआ होता। जहाँ इल्हाम नहीं हुआ है, जिन लोगों के पास ऐसे सन्देश नहीं पहुँचे हैं, वे समय से कैसे जूझते हैं?

'भारत में इल्हाम नहीं हुआ है', का क्या मतलब है? यहाँ ईश्वर ने मनुष्य से कोई बात कभी की ही नहीं है। वेद ईश्वर की वाणी नहीं है, इसीलिए उसे अपौरुषेय कहते हैं। *श्रीमद्भागवद्गीता* ईश्वर की वाणी अवश्य है किन्तु उससे जितना काम भारत में लिया जाता है उतना ही *रामचरितमानस* से भी ले लिया जाता है जो और चाहे जो कुछ हो, ईश्वर की वाणी नहीं है। कभी तौल में *रामचरितमानस* वेद से ज़्यादा भी ठहर जाता है, विश्वनाथ मन्दिर वाली जाँच में *रामचरितमानस,* वेद के नीचे शास्त्र के नीचे पुराण के नीचे *रामचरितमानस,* वाले क्रम को उलटकर सबसे ऊपर आ गया था। 'राम ते अधिक राम कर दासा।' इसलिए यहाँ बौद्ध आचार्य नागार्जुन कह सकते हैं कि बुद्ध कभी हुए ही नहीं और उन्होंने कोई उपदेश किसी को नहीं दिया। अमृत पिए हुए देव भी मरते हैं। ब्रह्मा और विष्णु और शिव की भी एक उम्र होती है। यहाँ इतिहास कैसे होगा जब इतिहास के स्रोत, स्पेस-टाइम के जनक, अपने दिन गिनते रहते हैं? इतिहास (हिस्टरी) से ही क्रम (ऑर्डर) की उत्पत्ति होती है, दूसरी ओर क्रम से ही इतिहास बनता है। जिस 'ऑर्डर' की बात अभी तक चल रही है वह 'हिस्ट्री' से अन्योन्याश्रित भाव से सम्बद्ध है। क्रम यदि इट्-सचाई है तो इतिहास उसका वस्तु-सचाई के रूप में बयान है, चेतना में अनुभूत और परिसीमित की गयी इट्-सचाई।

पश्चिम ने प्राचीन ग्रीक चिन्तन को अपना उत्तराधिकार बना लिया है और होमर तथा हीसियड को अपने वंशवृक्ष में दर्ज़ कर लिया है। इस प्रकार ये भी इतिहास और क्रम के समर्थक करार दिये जाते रहे हैं और इल्हाम से यद्यपि इनका बादरायण सम्बन्ध भी नहीं है, इनको उसकी छत्र-छाया में समेटने की ऐसी लगातार कोशिश हुई है कि हम आज इन्हें पश्चिम के आदि कवियों के रूप में जानते हैं (और यहाँ हम फिर नीत्शे की याद कर सकते हैं जिसने प्राचीन ग्रीक चिन्तन में पूर्व की उपस्थिति को भी दर्ज़ किया था और पश्चिम के बीज भी पहचाने थे किन्तु नीत्शे एक अपवाद है और पश्चिम में पूरा शामिल नहीं)।

मैं ग्रीक कवियों की बात बिल्कुल न उठाते हुए और यह पूरा का पूरा स्वीकार करते हुए कि इल्हाम इतिहास का स्रोत है (किन्तु मैं *ओल्ड टेस्टामेंट* को पूर्णतः पश्चिमी ग्रन्थ नहीं स्वीकार करता यद्यपि मैं इस पर यहाँ कुछ न कहूँगा) यह कहना चाहता हूँ कि 'क्रम' की भारतीय अवधारणा भिन्न है। यह शब्द, इट्-सचाई के लिए, भारतीय शब्दावली में अपरिचित नहीं—अभिनवगुप्त ने 'क्रम' पर बहुत विचार किया है—किन्तु मैं उस आख्या में भी नहीं जाऊँगा। लेकिन जिस हद तक 'क्रम' 'ऑर्डर' के लिए हिन्दी शब्दावली में संस्कृत से लिया गया शब्द है, उस हद तक भी, 'क्रम' की क्या अवधारणा हमारे मन में है? देव-मनुष्य-दैत्य यह एक क्रम है किन्तु हम इससे इनकार नहीं कर सकते कि दैत्यराज बलि कहीं पाताल में पड़े अगले मन्वन्तर की प्रतीक्षा कर रहे हैं जिसमें वे इन्द्र होंगे और उनके साथी दैत्य देवों का स्थान ग्रहण करेंगे। तब इस क्रम का क्या होगा और क्रम-परिवर्तन की अपरिहार्यता स्वीकार कर लेने के बाद वर्तमान क्रम किस इट्-सचाई को बताता है?

मैं यहाँ थोड़ा खिलवाड़ संस्कृत व्याकरण की मदद से करना चाहता हूँ और उस खिलवाड़ की मदद से यह बताने की कोशिश करूँगा कि इट्-सचाई के बारे में मेरी अपनी सोच क्या है। 'क्रम' शब्द 'क्रमु' धातु से निष्पन्न है जिसका अर्थ है 'पाद विक्षेप करना', 'पैर बढ़ाना', 'चलना'। महर्षि पाणिनि तीन प्रकार की धातुओं की सत्ता स्वीकार करते हैं, 'सेट', 'वेट', 'अनिट्'। 'सेट्' (=स+इट) वे धातुएँ हैं जिनमें धातु और प्रत्यय के बीच (कभी-कभार) 'इट्' आ जाती है। 'इट्' पाणिनीय व्याकरण की तकनीकी शब्दावली में 'इ' का नाम है। अगर इस बात को याद कर लें

कि शाक्त आगमों में 'ई' शक्ति का नाम है जिसके होने और न होने से ही 'शिव' और 'शव' में अन्तर स्पष्ट होता है तो यह 'इट्' एक इट्-सचाई के रूप में बदल जाती है जिसे पश्चिमी चिन्तन की इट्-सचाई का एक भारतीय समकक्ष कह सकते हैं। 'वेट्' (=वा+इट) धातुएँ वे हैं जिनमें धातु और प्रत्यय के बीच 'इट्' आ भी सकती है और नहीं भी। 'अनिट्' धातुएँ वे हैं जिनमें 'इट्' नहीं आती। यहाँ तीन (अलग-अलग सन्दर्भ में प्रचालित वाक्यों को एक साथ पढ़ लें—'धातु शब्द की योनि है, 'शब्द ब्रह्म है' और 'व्याकरण शब्द का अनुशासन है।' 'क्रमु' धातु जब परस्मैपदी होती है तब वह, सेट् होती है, उसमें बीच में 'इट्' आती है (और उसके रूप क्रामति, क्राम्यति, क्रामतः/क्राम्यतः, आदि चलते हैं)। लेकिन यह धातु, आत्मनेपदी भी होती है और तब वह अनिट् होती है, उसमें बीच में 'इट्' नहीं आती (और तब उसके रूप क्रमते, क्रमेते आदि चलते हैं)।

हमारा क्रम जब परस्मै-पद (= 'दूसरे के लिए क़दम') होगा, जब हम दूसरों के लिए पाद-विक्षेप करेंगे, दूसरों के रास्ते पर चलेंगे तब वह 'सेट्' होगा, उसमें बीच में एक 'इट्' का आना ज़रूरी होगा। लेकिन हमारा क्रम जब आत्मने-पद (= 'अपने लिए क़दम') होगा, जब हम अपने लिए पाद-विक्षेप करेंगे तब वह अनिट् होगा, उसमें बीच में 'इट्' नहीं आयेगी।

अपने लिए क़दम रखते ही हमें बीच में इट् की ज़रूरत नहीं रहती।

बीसवीं सदी का सम्पूर्ण क्रम न केवल काल-गणना की विधि में अपितु अपने सम्पूर्ण आकार-समुच्चय और प्रकार-समुच्चय में विदेशी है। हम क्यों 'थर्ड वर्ल्ड राइटिंग' कर रहे हैं? हम इस बात से अनभिज्ञ हैं कि 'थर्ड वर्ल्ड' का नाम संसार की आबादी के सबसे बड़े हिस्से को अज्ञान और उपेक्षा के ब्लैक होल में, बिसात से बाहर, फेंक देने का एक उपक्रम है? और यदि हम इससे कभी अपमानित महसूस करते हैं तो क्यों हममें से अनेक इसका समाधान इस बात में ढूँढ़ रहे हैं कि 'इण्डियन लिटरेचर' एक 'कटेगरी' के रूप में है ही नहीं, अर्थात् कन्नड़ साहित्य हिन्दी साहित्य से बिल्कुल अलग चीज़ है। उर्दू और हिन्दी के दो अलग 'कल्चर' हैं? स्पष्ट है कि भेद और अभेद के आधार भी हमने विदेशी ही स्वीकार किये हैं और यह मानकर चल रहे हैं कि चूँकि 'फ्रेंच लिटरेचर' और 'इंग्लिश लिटरेचर' भिन्न हैं और फ्रांस तथा इंग्लैण्ड दो अलग राष्ट्र हैं इसलिए कन्नड़ और हिन्दी साहित्य में भेद को पहचानने का आधार यह होगा कि कन्नड़ और हिन्दी दो अलग

'राष्ट्र' हैं, 'हिन्दी' एक 'जाति' का नाम है।

यह 'खण्ड-खण्ड पाखण्ड पर्व' इक्कीसवीं सदी का प्रवेश-द्वार नहीं। हम 'इट्' को एक 'मूवेबुल ऑग्मेंट' के रूप में स्वीकार करने के अभ्यासी रहे हैं, एक ऐसा चिप्पड़ जिसे हम चाहने पर लगा सकते हैं और चाहने पर हटा सकते हैं। वेदान्त-दर्शन ईश्वर को स्वीकार करता है या नहीं इस विषय में हमारे पण्डितों की एक राय नहीं है, किन्तु वेदान्त-दर्शन क्या है इस विषय में उनकी राय एक है। क्योंकि ईश्वर एक 'इण्टर-प्रटेशन' है, एक भाष्य और भाष्य अलग-अलग हो सकते हैं। इसलिए वस्तु-सचाई एक 'नैरेशन' (=कथा) के रूप में आती है लेकिन इट्-सचाई एक 'इवेंट' (=घटना) के रूप में नहीं, एक 'एक्सेजिसिस' (=भाष्य) के रूप में आती है और इस प्रकार इट्-सचाइयाँ भी एक से अधिक हो सकती हैं।

पश्चिम इसे नहीं स्वीकार करता। फोएगलिन कहते हैं :

यदि गवेषणा (=क्वेस्ट) अपने सत्य के लिए व्यापक सचाई (=कॉम्प्रिहेडिंग रियलिटी) में एक घटना (=इवेंट) होने के ऊपर निर्भर है तो मध्य का बहुवचन (=प्लुरेलिटि आफ़ दि मिडिल) के दो अर्थ हो सकते हैं। (क) व्यापक सचाइयों का एक बहुवचन जिसके साथ तत्सम्बन्धी मध्य के बहुवचन जुड़े हुए हैं और दूसरा (ख) घटनावसरों (इपिसोड्स) का एक बहुवचन जो उसी अद्वितीय व्यापक इट्-कथा में उपस्थित हो रहे हों। पहली सम्भावना को अर्थहीन मानकर अस्वीकार कर देना होगा... । कुल-सी इट्-सचाइयों की श्रम-कल्पना,.. चेतना के विश्लेषण का परित्याग कर देगी... ।[१०]

इस उद्धरण में मैंने फोएगलिन के तर्कों को हटा दिया है क्योंकि उनसे उलझना मेरा उद्देश्य इस आलेख में नहीं है। यहाँ मेरा प्रयोजन केवल उस निष्कर्ष प्रक्रिया को दिखाना है जिसके अधीन विकल्पों को एक जगह तक पहुँचाकर रोक देना अनिवार्य हो जाता है। यह अनिवार्यता इतिहास और ऐतिहासिक दृष्टि से 'सह-ज' सम्बन्ध स्थापित करती है, उसके साथ ही उपजती है।

बीसवीं सदी बीतते-बीतते भारत को यह सोचना होगा कि उसे किन शर्तों पर इक्कीसवीं सदी में ले जाया जा रहा है। अब नारे 'यूनिफार्मिटी', 'हेजेमनी' के नहीं हैं। कोई हमसे यह नहीं कहेगा कि एक-समान चाल-

ढाल रखिये और विकसित देशों की प्रभुसत्ता स्वीकार कीजिये। बात को साहित्य तक सीमित रखें, तो उन्नीसवीं सदी के अन्त में हमारी आकांक्षा यह बनती थी, हम यह कहते थे या हमसे यह कहा जाता था, कि साहित्य वैसा होना चाहिए जैसा पश्चिम में होता है। यह बीसवीं सदी तक भी खिंचता आया—प्रेम और क्रान्ति वैसी जैसी शैली कीट्स बायरन में, आधुनिकता वैसी जैसी इलियट और पाउण्ड में, प्रतिबद्धता वैसी जैसी लूकाच और ब्रेख्त में, साहस वैसा जैसा पास्तरनाक और सोल्जनेत्सिन में। अब हम यह नहीं कहेंगे, अब हमसे यह नहीं कहा जायेगा। अब बातें 'मल्टी-कल्वर', 'मल्टी-कल्चर्स' और 'मल्टिपुल च्वाइस' की हैं। अब बातें इस तरह होंगी कि हमसे यदि यह कहा जायेगा कि 'थर्ड वर्ल्ड राइटिंग' एक 'राष्ट्रीय रूपक-कथा' (=नेशनल एलेगॅरी) होती है (फेड्रिक जेमिसन) तो हम कहेंगे कि बच्चू आप हैं किस चक्कर में, भारत में तो दर्जनों उप-राष्ट्रीयतायें हैं और दर्जनों संस्कृतियों की कई दर्जन उप-संस्कृतियाँ, फिर कहीं से 'इण्डियन लिटरेचर' जैसी कोई चीज़ और कहाँ की राष्ट्रीय रूपक-कथा (एजाज अहमद)। कभी हमसे कहा जाता था और हम कहते थे—कविता में राष्ट्रीय अस्मिता ऐसी जैसी येट्स की। लेकिन अब हमसे यह नहीं कहा जायेगा और हम ऐसा नहीं कहेंगे। अब हमारी अस्मिता अन्य अस्मिताओं से भिन्न है क्योंकि अस्मिताओं की बहुलता अब का मुहावरा है। पुरानी आदत अभी पूरी तरह छूटी नहीं और 'दलित साहित्य' को 'ब्लैक राइटिंग' की तर्ज़ पर देखने की प्रविधि अभी फ़ैशन से बाहर नहीं हुई किन्तु यह 'पहचानने' में हमें देर न लगेगी कि दलित साहित्य का चरित्र भिन्न है और उसका एक अलग काव्यशास्त्र है जो हमारे यहाँ से उपजेगा।

पहले यदि आप अपने मनपसन्द अभिनेताओं को देखना चाहते थे तो आपको सिनेमाहाल जाना पड़ता था। लेकिन अब ऐसा नहीं है। अब आप घर बैठे सोनी इण्टरटेनमेंट टेलीविजन पर उन्हें देख सकते हैं । सोनी इण्टरटेनमेंट टेलीविजन—आपकी बेस्ट च्वायस।[११]

हमने कभी शेक्सपियर को एक अँग्रेज़ साहित्यकार और हाफ़िज़ को एक ईरानी साहित्यकार के रूप में नहीं पढ़ा। हमारे लिए यह बहस मानीख़ेज़ नहीं रही है कि टी. एस. इलियट एक ब्रिटिश कवि है या अमरीकन। लेकिन अब हमें न केवल अनन्तमूर्ति को कन्नड़ साहित्यकार, और नामदेव

ढसाल को मराठी साहित्यकार के रूप में पढ़ना बताया जाता है अपितु सन्त कवि रैदास को दलित साहित्यकार के रूप में पढ़ने के लिए हम तैयार हो चुके हैं और मीरा अब एक स्त्री–कवि के रूप में पहचानी जाने के लिए प्रस्तुत हैं। अब शीघ्र हमें यह भी मालूम हो जायेगा कि वैदिक ऋषि कवष ऐलूष एक दलित कवि थे और दर्शन में अचिन्त्य भेदाभेदवाद तथा साहित्य–शास्त्र में भक्ति–रस को स्थापित करने वाले रूप गोस्वामी और जीव गोस्वामी मुसलमान थे।

बहुलता, एक व्यापक, अद्वितीय, इट्–सचाई के सन्दर्भ में एक घटना के रूप में, एक अद्वितीय इट्–कथा में घटनावसर के रूप में हमारे सामने है।

हम वस्तु–सचाइयों को अनदेखा नहीं कर सकते और हमें यह जानना ही होगा कि ऋषि कवष ऐलूष को अन्य ऋषियों ने अपनी मण्डली से ढकेलकर क्यों बाहर कर दिया था। लेकिन हम इसके लिए भी विवश हैं कि कवष ऐलूष को उसी इट्–सचाई में भागीदार बनाये जिसमें महात्मा गांधी तक भागीदार हुए थे जब उन्हें दक्षिण अफ्रीका में ट्रेन से ढकेलकर प्लेटफॉर्म पर गिरा दिया गया था? क्या हम साहित्य को 'मल्टी–कल्चरल' ब–वज़न 'मल्टी–नेशनल' ही कहने के लिए विवश हैं? क्या बहुवचन केवल मध्य के होते हैं, आदि और अन्त के नहीं?

मैं समझता हूँ कि ऐसा मानने पर हम विवश नहीं हैं! हम तो 'शब्द' की संज्ञा 'अ–शब्द' भी स्वीकार करते रहे हैं...शब्दस्याशब्द संज्ञा।[१२]

सन्दर्भ

१. एरिक फोएगलिन (Eric voeglin) की पुस्तक क्रम और इतिहास (Order and History) का प्रारम्भिक वाक्य : ("The order of history emerges from the history of order.") जो पाँचवें और अन्तिम खण्ड क्रम की तलाश में (In search of order) के पृष्ठ ३२ पर पुनः उद्धृत किया गया है।

फोएगलिन की यह पुस्तक पाँच खण्डों में १९५६ से १९८७ तक प्रकाशित हुई। पाँचवाँ खण्ड लेखक की मृत्यु के कारण अपूर्ण रह गया और उसके केवल दो अध्याय उपलब्ध हैं। इस अन्तिम खण्ड को इन टिप्पणियों में EV5 से जताया गया है।

२. *डि-कांस्ट्रक्शन का (मातमी) रतजगा* (The wake of Deconstruction) लेखक बार्बरा जान्सन (Barbra Johnson), The Bucknill lecters in Literacy Theory श्रृंखला में ग्यारहवीं पुस्तक, Blackwell १९९४

३. यह शब्द फ़ारसी साहित्य में भारत में अँग्रेज़ी शासन के बहुत पहले से प्रचलित है।

४. 'पैन-आप्टिकान' या सर्वेक्षा-गृह (Pan-opticon) उन्नीसवीं सदी में परिकल्पित एक ऐसे कारागार का अभिकल्प है जिसमें केन्द्र में एक टावर हो जिसकी खिड़कियाँ चारों ओर की कोठरियों की खिड़कियों के सामने खुलती हों ताकि टावर मैं बैठे-बैठे हर कोठरी में क्या हो रहा है इस पर नज़र रखी जा सके। विशेष विवरण के लिए देखिये (Michel Foucoult) की पुस्तक Discipline and punish में पृ. २०० से प्रारम्भ विवरण।

५. यह बतलाना आवश्यक है कि जार्ज आर्वेल का मूल वाक्य है "Big brother is Watching you."

६. If the validity of the story depends on its beginning in the middle, then our own story, in order to be valid, must have its beginning in the middle, too; and the middle in which we begin as Western philosopher towards the end of the twentieth century A.D. is not the middle in which the authors of Genesis had to begin their story about 500 BC; nor is it the middle in which Plato developed his symbolism. In the pursuit of our questioning, thus, we encounter a plurality of middles, validating a plurality of quests, telling a plurality of stories, all having valid beginnings.

—EV5 Page 28

७. To denote the reality that comprehends the partners in being, i.e. God and the World, man and society, no technical term has beeen developed, as far as I know by anybody. However, I notice that philosophers, when they seen into this structure incidentally in their exploration of other subject matters, have a habit of referring to it by a neutral 'it'. The It referred to is the mysterious 'it' that also occurs in everybody language in such phrases as 'it rains'. I shall call it therefore the it-reality, as distinguished from the thing-reality.

—EV5 Page 16

८. The identification of thinking and being inevitably recalls the...Hegelian identification..."what is reasonable, is real what is real is reasonable." Unfortunately, what is unreasonable, is also real.

—EV5 Page 87

९. क़द:ह ब. सुर्खशी+ए+वह्म में-ज़नम बेदिल
दरीं बहार चि. दारद ब-ग़ैर+ए+बैग, शराब॥

संयोगवश, इस शेर में जिस फ़ारसी मुहावरे 'क़दह ज़दन' (= 'प्याला मारना') का प्रयोग किया गया है वह 'हिट द बाटल' का शब्दश: अनुवाद होगा।

१०. If the story ofthe quest depends for its truth on being an event in the comprehending reality, a plurality of middles can mean either (1) a plurality of comprehending realities with a corresponding pluriality of middles, or (2) a plurality of episodes occurring in the same comprehending it-story. The first possibility must be dismissed as senseless, because we have no experience of a comprehending reality other than its comprehensiveness in relation to reality in its mode of thingness. The phantasy of multiple it-realities would transform the it into one of the things comprehended and require a further comprehending reality; the phantasy would abandon the analysis consciousness, with its structure of intentionality and luminoisty, and with the exegetic analysis its experiential basis. If, then, the second possibility is to be accepted,we must accept the reality of an it-story that tell itself through the events of the participatory quests for truth and, with its reality, the implications of the paradoxic symbolism.

—EV5 Page 29

११. 'सोनी इण्टरटेनमेंट टेलीविजन' का विज्ञापन।

१२. यह महर्षि पाणिनि की अष्टाध्यायी के सूत्र १/१/६७ का अप-पठन (= misreading) है। मूल सूत्र है 'स्वं रूपं शब्दस्याशब्दसंज्ञा' जिसमें से मैंने पहले दो शब्द छोड़कर आलेख में उद्धरण दिया है। इससे एक वाक्य बनता है जिसका अर्थ वही है जो मैंने आलेख में दिया है, इसके लिए आवश्यक व्याकरणिक व्यायाम को मैं यहाँ विस्तार से समझना आवश्यक नहीं मानता। किन्तु महर्षि पाणिनि का मूल आशय बताना आवश्बताना। उनका कहना है कि जब दुनिया में किसी से कहते हैं कि 'अग्नि लाओ' तो—वह 'अग्नि' शब्द को नहीं लाता, अग्नि का जो अर्थ है, (जलती) 'आग', उसे लाता है। वह अर्थ से काम लेता है न कि शब्द से। व्याकरण-शास्त्र में ऐसा न समझा जाय। उदाहरण के लिए अग्नेर्ढक् (४/२/३२, *अष्टाध्यायी*) में कहा गया कि 'अग्नि (शब्द) से ढक्' प्रत्यय लगाया जाये (और इस प्रकार 'अग्नि' से 'आग्नेय' शब्द बनता है।) इसका यह अर्थ न लगाया जाये कि आग से अष्टाध्यायी की पोथी को ढक देना है। मैं समझता हूँ कि यदि महर्षि पाणिनि ने स्वतन्त्र रूप से एक सूत्र लिखकर यह चेतावनी देना आवश्यक समझा है (ऊपर दिया गया उदाहरण व्याकरण के विद्वानों में प्रचलित है और पण्डित ब्रह्मदत्त जिज्ञासु की अष्टाध्यायी पर की गई व्याख्या से लिया गया है) तो मेरा अप-पठन उनके आशय से बहुत दूर नहीं है।

अन्त और आरम्भ

नाग बोडस

२९ सितम्बर, १९९८ की शाम को क़रीब सवा चार बजे कैम्ब्रिज विश्वविद्यालय के अप्लाइड मेथेमेटिक्स एण्ड थ्योरिटीकल फिजिक्स विभाग (डीएएमटीपी) के एक कमरे में घुसता हूँ और पाता हूँ कि मेरे सामने एक पहियेदार आरामदेह कुर्सी में एक निर्जीव सा व्यक्ति बैठा है, जिसका सिर उसके सीने पर टिका है, जिसका निचला होंठ लटका हुआ है, जिसकी केवल आँखें चमक रही हैं और इसके अलावा उसके शरीर के किसी भी हिस्से में किसी तरह की कोई हरकत नहीं है। ये दुनिया के सबसे मशहूर भौतिकी-वैज्ञानिक प्रोफ़ेसर स्टीफन हॉकिंग हैं, जो अपने बायें हाथ की दो कमज़ोर उँगलियों को कम्प्यूटर पेड पर सरकाकर अपने से बाहर की दुनिया से सम्पर्क रख पाते हैं। मतलब इन्हीं उँगलियों से व्होइस-सिन्थेसाइजर चलाकर दूसरे से उधार ली आवाज़ से लाउडस्पीकर के ज़रिये हमसे बोलते और इन्हीं से अपनी व्हीलचेअर से लगे कम्प्यूटर के पर्दे पर संक्षिप्त इबारत बनाकर हमें सूचना देते हैं। विटगेंश्टाइन पर नाटक लिखने के काम के सिलसिले में कैम्ब्रिज में रहते हुए, मैं स्टीफन हॉकिंग के साथ तस्वीर खिचवाने की अपनी तमन्ना पूरी करने के लिए ही, उनके कमरे में दाख़िल हुआ था।

पहियेदार कुर्सी पर बैठे हुए ५६-५७ साल के हॉकिंग हमारे समय के

सम्भवत: सबसे महत्त्वपूर्ण भौतिक वैज्ञानिक हैं। कई विद्वान इन्हें आइंस्टाइन का उत्तराधिकारी तक मानते हैं। ब्रह्माण्ड की उत्पत्ति, इसके अस्तित्व को संचालित करने वाले नियम, इसके अन्त की सम्भावना, 'समय' और मुख्यत: सब कुछ अपने में निगलने वाला 'ब्लेकहोल'—इनके खोज के विषय हैं। २१ साल की उम्र में अपने शरीर पर से इनके स्नायुओं का नियन्त्रण धीरे-धीरे कम होता गया है और सन साठ के दशक से ये पहियेदार कुर्सी पर हैं। इनकी यह बीमारी 'एएलएस' या 'न्यूरोन मोटर डिसीज' के नाम से जानी जाती है। १९८५ में इन्हें निमोनिया हुआ था और इनकी जान बचाने के लिए इनका वाक्-तन्तु या 'व्होकल कॉर्ड' भी हटा दिया गया था, जिससे ये अब स्पीकर के ज़रिये ही बोलते हैं। पर इसके पहले से ही इनकी आवाज़ इतनी ख़राब हो गयी थी कि इनकी बात समझना आसान नहीं होता था। जिन लोगों ने न्यूरोन मोटर डिसीज के मरीज़ों को देखा है, उन्हें हॉकिंग का काम में लगे रहना और सो भी इतनी उच्चकोटि का काम करना, बहुत बड़ा चमत्कार लगेगा। मैंने ख़ुद हॉकिंग को चाय पिलाये जाने का दृश्य देखा है, कि चाय की दो-चार बूँदें ही इनके मुँह में जा रही हैं और अधिकतर चाय इनकी गर्दन से लटके एक विशेष प्रकार के स्कार्फ में फैलकर नीचे जमा हो रही है।

बड़बोलेपन का आरोप लगने का ख़तरा होते हुए भी 'आदि' और 'अन्त' से सम्बन्धित विषय के इस लेख की शुरुआत उपरोक्त अनुभव से करना मुझे उपयुक्त लगता है। सिर्फ़ इसलिए ही नहीं कि स्टीफन हॉकिंग का नाम ब्रह्माण्ड के 'आदि-अन्त' और उस 'ब्लेकहोल' के साथ जुड़ा हुआ है, जो अपने आसपास के सब कुछ का, यहाँ तक कि एक अदनी प्रकाश किरण का भी अन्त कर उसे उदरस्थ कर लेता है, बल्कि इसलिए भी कि जहाँ उनकी बीमारी उनके शोध-जीवन के 'आदि' से ही उनके शरीर का 'अन्त' करने की प्रक्रिया में लगी है—कि बीमारी पहचान में आने के बाद डाक्टरों ने उन्हें बस दो-तीन साल ही की ज़िन्दगी दी थी—वहीं उनका आत्मबल और उनके मस्तिष्क की ऊर्जा इस 'अन्त' को दूर ढकेले जाने की जी-तोड़ कोशिश में है।

बहरहाल, ब्रह्माण्ड-वैज्ञानिक कहते हैं कि ब्रह्माण्ड और 'समय' दोनों की ही उत्पत्ति १५ अरब साल पहले एक अत्यन्त शक्तिशाली धमाके के साथ हुई थी, जिसे 'बिग बेंग' कहा जाता है। देश-काल के एक बिन्दु पर स्थित

अरबों अब्ज ऊर्जा के इस 'ब्रह्माण्डीय-अण्डे' के फूटने के बाद ब्रम्हाण्ड और देश-काल फैल रहे हैं। मतलब ब्रह्माण्ड फैल रहा है और समय सकारात्मक दिशा में आगे बढ़ रहा है। अरबों साल बाद एक ऐसी स्थिति आयेगी जब ब्रह्माण्ड फैलने के बजाय सिकुड़ने लगेगा और अन्त में फिर से असीम ऊर्जा के सुपरडेंस बिन्दु या 'ब्रह्माण्डीय-अण्डे' में बदल जावेगा। यद्यपि १९८० की शुरुआत में हॉकिंग का यह मानना था कि ब्रह्माण्ड सिकुड़ने लगने के साथ समय भी उल्टी दिशा में जाने लगेगा, पर इससे हुई आलोचना के बाद उन्होंने इस धारणा पर पुनर्विचार किया और समय के सीधी दिशा में चलते रहने की धारणा को ही स्वीकारा।

ब्रह्माण्ड पर के इस पूरे काम का आधार आइंस्टाइन का जनरल थ्योरी ऑफ़ रिलेटिविटी, मतलब गुरुत्वाकर्षण से सम्बन्धित सापेक्षता का सिद्धान्त है। हॉकिंग ने न सिर्फ़ ब्रह्माण्ड की उत्पत्ति से सम्बन्धित प्रश्नों में बल्कि पूरे के पूरे ब्रह्माण्ड सम्बन्धित शोध में और विशेष रूप से 'ब्लेकहोल' के काम में दख़लन्दाजी की। उन्होंने सापेक्षता सिद्धान्त के अलावा क्वांटम मैकेनिक्स और पुराने समझे जानेवाले थर्मोडायनेमिक्स के नियमों को ब्रह्माण्डीय प्रक्रियाओं में लगाया। क्वाण्टम मैकेनिक्स का अनिश्चितता का सिद्धान्त शून्य पर प्रश्नचिह्न लगाता है और सेकेण्ड के "एक बटे 'इकाई संख्या के आगे पैंतालीस शून्य'" हिस्से (१/१०^{४५}) को न्यूनतम समय और एक मीटर के "एक बटे' इकाई संख्या के आगे पैंतीस शून्य'" हिस्से (१/१०^{३५}) को न्यूनतम दूरी तय करता है।

पोप जॉन पॉल ने १९८१ में ब्रह्माण्ड सम्बन्धी समझ का जायजा लेने के लिए और मुख्यत: वैज्ञानिकों से यह आग्रह करने के लिए कि वे 'बिगबेंग' को ईश्वर पर छोड़ते हुए उसके बाद की प्रक्रिया पर ही अपना ध्यान केन्द्रित करें, वेटीकन में वैज्ञानिकों का एक सम्मेलन बुलाया था। इसमें हॉकिंग ने सीमाहीन या क्षितिजरहित ब्रह्माण्ड का अपना सिद्धान्त प्रतिपादित किया। इसके अनुसार चूँकि ब्रह्माण्ड की कोई सीमा ही नहीं है, इसलिए उसके बाहर किसी का अस्तित्व ही नहीं और 'बिगबेंग' और उसके बाद से ब्रह्माण्ड में जो कुछ हो रहा है, वह निहित भौतिक नियमों के अनुसार हो रहा है और इसलिए इसके संचालन में ईश्वर या किसी अन्य सत्ता के लिए किसी प्रकार की कोई भूमिका नहीं है। इस पर विवाद उठना स्वाभाविक था, पर हॉकिंग की स्थापनायें गणितीय भाषा में होने के कारण वे पोप तक

अन्य धार्मिक गुरुओं की समझ से परे थीं और इसलिए विवाद उग्र रूप धारण नहीं कर पाया।

इस सन्दर्भ में विटगेंश्टाइन ने अपने मित्र मॉरिस डूरी से ईश्वर के बारे में जो कुछ कहा वह भी दृष्टव्य है। उन्होंने कहा था कि अगर मैं ईश्वर को अपने जैसा, पर अपने से कई गुना ताक़तवर जीव समझता होता, तो निश्चित ही मैं ख़ुद को उसके ख़िलाफ़ खड़ा हुआ पाता। ईश्वर मेरे लिए इसलिए महत्त्वपूर्ण है, क्योंकि वह मेरे अन्दर ही वास करता है।

इन दोनों चिन्तकों की ईश्वर सम्बन्धी धारणाएँ यद्यपि विरोधी नहीं हैं, पर दोनों में एक विडम्बनापूर्ण अलगाव ज़रूर दिखलायी देता है। शारीरिक रूप से पूर्णतः अपंग हुए हॉकिंग ईश्वर के अस्तित्व के बारे में सिर्फ़ इतना ही कहते हैं कि अगर वह है भी तो इतने विशाल ब्रह्माण्ड (जिसमें हमारी पृथ्वी समुद्र में एक बूँद के बराबर है) की चिन्ता में लगे रहने से उसका ध्यान हमारी ओर जाना नामुमकिन है। वे पूरी तरह वस्तुपरक (ऑब्जेक्टिव) बने रहने के लिए कटिबद्ध हैं, न सिर्फ़ ब्रह्माण्ड सम्बन्धी अनुमानों को लेकर, बल्कि अपने व्यक्तिगत जीवन की कठिनाइयों को लेकर भी। वे भौतिकी के समीकरणों को ब्रह्माण्ड की उत्पत्ति से शुरू होकर उसके असीम विस्तार को बतलाने में पूर्णतः सक्षम मानते हैं और इसलिए ब्रह्माण्ड की योजना में ईश्वर के लिए कोई जगह नहीं छोड़ते। इसी तरह अपनी शारीरिक अपंगताओं के लिए भी न तो वे अपने भाग्य को और न ही ईश्वर को ज़िम्मेदार ठहराते हैं।

इससे अलग सिर्फ़ अपनी आत्मा की आवाज़ पर एक भरेपूरे अत्यन्त सम्पन्न परिवार से बाहर निकले और जानबूझकर ख़ुद को कष्टों में डालने वाले विटगेंश्टाइन केवल अपने अन्दर के ईश्वर के अस्तित्व को स्वीकारते हैं और उससे भी सिर्फ़ यही एक प्रार्थना करते हैं कि वह उन्हें अपने डर और अपनी नफ़रत पर काबू पाने की शक्ति दे।

यहाँ पर एक और बात ग़ौरतलब है। हॉकिंग आइंस्टाइन के सापेक्षता सिद्धान्त की विश्वसनीयता पर कोई प्रश्नचिह्न नहीं लगाते। यह ठीक भी है, क्योंकि इसमें अब तक कहीं भी किसी तरह की तार्किक खोट नहीं पायी गयी है। पर बहुत पहले क्वांटम मैकेनिक्स में इस तरह की तार्किक खोट बतलाये जाने और उसे नज़रन्दाज किये जाने पर भी, वे इसकी

विश्वसनीयता पर किसी प्रकार का प्रश्नचिह्न क्यों नहीं लगाते, और इसके लिए 'कॉपेनहेगन स्कूल' की व्याख्या को सही मानते हुए इसका उपयोग क्यों करते हैं?

क्वांटम मैकेनिक्स में 'वेव फंक्शन' की व्याख्या में अतार्किकता होने की ओर कुछ विद्वानों ने इशारा किया था और इसलिए इसके पूरी तरह यथार्थ को व्यक्त करने की क्षमता पर प्रश्नचिह्न लगाया था। डेविड ब्होम ने इस अतार्किकता से छुटकारा पाने के लिए 'हिडन व्हेरिएबल्स' या अदृश्य-चर होने की परिकल्पना भी की थी। पर क्वांटम भौतिकी के पितामह माने जानेवाले नील्स बोह्व तथा उनके साथ काम कर रहे हाइजेनबर्ग आदि वैज्ञानिकों के गुट ने, जो कि 'कॉपेनहेगन स्कूल' के नाम से जाना जाता था, इस विरोध को नज़रअन्दाज़ किया और 'वेव-फंक्शन' को 'प्रोबेबिलिटी एम्लीट्यूड' की भौतिकता प्रदान की। विज्ञान जगत ने भी उनकी इस व्याख्या को माना और आज भी क्वांटम मैकेनिक्स की 'कोपेनहेगन-व्याख्या' ही रूढ़ है, जिसका सबसे बड़ा कारण इसके उपयोग से मिल रही सफलताएँ हैं। वैसे जब तक इसे असफलता का सामना नहीं करना पड़ता तब तक इस व्याख्या पर प्रश्नचिह्न लगाना और ब्होम के अदृश्य-चर को दृष्टव्य करने के प्रयत्नों में—लगना अपेक्षित भी नहीं है। फिर भी इसके अतार्किक बने रहने की बात तो रहती ही है न। यहाँ फिर विटगेंश्टाइन याद आते हैं, जो तार्किकता को सर्वोपरि माने जाने के ही ख़िलाफ़ हैं और सोच के सिर्फ़ वैज्ञानिक और तार्किक तरीक़ों का इस्तेमाल करने की वकालत करनेवालों पर आरोप लगाते हैं कि उनका तरीक़ा रेल की पटरी बनाकर उस पर चलने का है और अन्य तरीक़े से सोचने को वे जादू टोना मानते हैं।

ब्रह्माण्ड और विशेष रूप से 'ब्लेकहोल'* के क्षेत्र में किया गया हॉकिंग का काम अद्‌भुत है। निस्सन्देह इसका आधार वैज्ञानिक स्थापनायें हैं तथा विश्लेषण का तरीक़ा भी तार्किक एवं रेशनल है, मतलब युक्त-विश्लेषण

---

* सूर्य के वजन से चार गुने से अधिक वजनी ऐसा तारा जो अपनी अत्यधिक गुरुत्वाकर्षण शक्ति के कारण सिकुड़कर अत्यधिक घना हो गया है और जो इतना शक्तिशाली है कि यदि प्रकाश की एक किरण भी उसके क्षेत्र में आ जाय, तो वह उसे अपनी ओर खींचकर अपने में सोख लेता है। ब्रह्माण्ड में ऐसे अनेक 'ब्लेकहोल' हैं।

पर आधारित है। पर भौतिक प्रमाणों के अभाव में यह वैज्ञानिक चिन्तन की श्रेणी में ही आता है, वैज्ञानिक नियम या तथ्यों की श्रेणी में नहीं। फिर यह भौतिकरूप से अनुपयोगी तो है ही और सबसे बड़ी बात इसके प्रौद्योगिकी की प्रगति में मददगार होने की सम्भावना बिल्कुल नहीं है, जो आज की रिकार्ड-तोड़ प्रौद्योगिकीय प्रगति के सन्दर्भ में स्वागतयोग्य ही कहा जाना चाहिए। जब हर कोई उपयोगिता की बात कर रहा हो, तो केवल बौद्धिक रूप से उत्तेजक, पर अन्यथा पूरी तरह से अनुपयोगी काम हितकारी ही कहा जाना चाहिए। जी नहीं, हॉकिंग जैसे चिन्तकों के काम को विज्ञान-कथा की श्रेणी में नहीं रखा जा सकता। हाँ, इसे विज्ञान-कविता कहना ज़्यादा उपयुक्त होगा, कि इसके गणित को समझना चाहे भले ही कठिन हो, पर इसके निष्कर्ष हमें बौद्धिक आनन्द तो देते ही हैं।

ऊपर वर्णित चाय के वाकये के दौरान मैंने हॉकिंग के शोध-छात्र हंटर से पूछा था कि इन दिनों आप लोगों की दिलचस्पी किस क्षेत्र में है। उसका जवाब था—टाइम ब्रेकडाउन, मतलब 'समय की टूटन'। इसके सुनते ही मैं सन्नाटे में आ गया था। समय-जिसे अविच्छिन्न समझा जाता रहा है, उसमें टूटन? मैंने हंटर से अपने ताज़े शोध-पत्र की प्रति देने का अनुरोध किया और उसने कम्प्यूटर से निकालकर 'ग्रेव्हीटेशनल एण्ट्रोपी एण्ड ग्लोबल स्ट्रक्चर' नाम के शोध-पत्र की एक प्रति मुझे थमा दी। यह 'ब्लेकहोल' से सम्बन्धित काम है। इसके निष्कर्ष वाले पैरा की अन्तिम दो पंक्तियाँ कहती हैं—"In these situations the Hamiltonian will not give a unitary evolution in time. This raises the possibility of loss of information and quantum coherence." दुर्भाग्य से हॉकिंग से फिर से मिलने की हड़बड़ी में मैं हंटर से उसका काम समझने के अवसर से वंचित रहा। पर मेरी अपनी सीमित समझ से इसका सीधा सरल अर्थ निकलता है कि बढ़ते समय के समीकरण का अपेक्षित हल नहीं निकलता, जिस कारण मिल सकनेवाली जानकारी खोने की सम्भावना बनती है। यह समय के टूटने का स्थिति की ओर इंगित करता है, मतलब इससे टुकड़ा समय की लुभावनी कल्पना बनती है।

असीम ऊर्जा के चार-आयामी बिन्दु में 'बिग बेंग' धमाके से ब्रह्माण्ड की उत्पत्ति, उसका विस्तार और अन्ततः 'बिग क्रंच' में उसका फिर से एक बिन्दु में संकुचन समझने के लिए हम एक चार-आयामी (मतलब तीन

देशीय आयाम और एक काल आयाम में स्थित) गोले की कल्पना करें। इस गोले के एक बिन्दु को हम 'बिग बेंग' मानें। पन्द्रह अरब साल पहले इस बिन्दु से शुरू होकर ब्रह्माण्ड गोले पर फैल रहा है। समय भी 'बिग बेंग' पर शुरू हुआ और तब से आगे बढ़ रहा है। फैलते-फैलते जब ब्रह्माण्ड की स्थिति गोले की अधिकतम परिधि पर, मतलब इसके व्यास के बराबर व्यास के चक्र पर पहुँचेगी, तो ब्रह्माण्ड का विस्तार होने के बजाय इसका सिकुड़ना शुरू होगा और क़रीब पन्द्रह अरब सालों बाद जब यह शुरुआती बिन्दु के ठीक विपरीत बिन्दु पर पहुँचेगी तो 'बिग क्रंच' मतलब विशाल संकुचन की स्थिति आवेगी। १९८१ में हॉकिंग ने ख़ुद को सुधारते हुए ब्रह्माण्ड के संकुचन के साथ समय के पीछे जाने की बात को तो तज दिया था, पर अब उन्होंने समय के टूटने की क्रान्तिकारी बात सामने ला दी है।

हमारे यहाँ पुनरपि जन्मम् पुनरपि मरणम् की कालचक्रीय परम्परा रही है। पर दुबारा जन्म उसी योनि में होना निश्चित न होने से यह कालचक्र वृत्तीय न होकर, स्पायरल या सर्पिल है, मतलब स्प्रिंग की तरह का है। पृथ्वी के अपनी धुरी पर घूमने से एक दिन का कालचक्र, चन्द्रमा की कलाओं से माह का कालचक्र और पृथ्वी के सूरज के चक्कर लगाने पर साल का कालचक्र हमारे अनुभव के हिस्से हैं। ये सभी कालचक्र वृत्तीय हैं, सर्पिल नहीं। इस पर से एक संकुचित क़िस्म का निष्कर्ष निकाला जा सकता है कि ब्रह्माण्ड में चाहे भले ही समय आगे जा रहा हो, पर सौर मण्डल की सीमा में समय आगे नहीं जाता और चक्रीय ही रहता है—मतलब भूमण्डलीय समय में प्रगति नहीं, परिवर्तन है। इस सदी के उत्तरार्ध में मनुष्य द्वारा प्रकृति के साथ की हुई ज्यादती के कारण ऋतुचक्र में बदलाव आया है और इसकी अनिश्चितता में भी काफ़ी बढ़ोतरी हुई है। पर यदि इसे तथा भूकम्प और चक्रवात जैसे अपवादों को छोड़ दिया जाय, तो सहस्राब्दियों से ऋतुचक्र में मामूली क़िस्म का बदलाव ही रहता आया है और इसलिए हम कह सकते हैं कि इस सदी का आज का दिन पिछली सदियों के इस दिन से किसी तरह से अलग नहीं है। पर भौतिक वैज्ञानिक ब्रह्माण्डीय और भूमण्डलीय समय में भेद नहीं करते। वे भूमण्डलीय समय को भी आगे की ओर जाता हुआ मानते हैं और इसे इस तथ्य से जोड़ते हैं कि सूर्य कहीं से भी ऊर्जा नहीं लेता और सतत् ऊर्जा सिर्फ़ दे ही रहा है और चूँकि

सौर ऊर्जा का तीर एकदेशीय है इसलिए भूमण्डलीय समय का तीर भी एक ही दिशा बतलाएगा। सौर-ऊर्जा के एकदेशीय होने की बात वैज्ञानिक ब्रह्माण्ड के फैलने से जोड़ते हैं।

वस्तुतः भूमण्डलीय समय की प्रगति की हमारी धारणा हमारे जैविक अनुभव से जुड़ी है, मतलब एंथ्रोपोजेनिक या मानवोद्‌भवी है। हमारा भूतकाल तो हमारे भविष्यकाल को प्रभावित कर सकता है, पर हमारा भविष्यकाल हमारे भूतकाल को नहीं। इसी तरह बीज से अंकुर से पौधे से पेड़ से फूल से फल तक की प्रगति और फिर ह्रास, और भ्रूण से जीव की यौवन तक की प्रगति और फिर प्रौढ़ता, वार्धक्य के रास्ते से मृत्यु तक की अवनति। फिर एक बीज से अनेक बीज और एक जीव से अनेक जीव और इन बीजों और जीवों की अपनी-अपनी स्वतन्त्र शाखाएँ—यह सब 'बिग बैंग' के बाद से ब्रह्माण्ड के विस्तार और समय के तीर के एकदेशीय होने से तुलनीय है। मतलब यह कि विज्ञान और व्यवहार दोनों की ही दृष्टि समान है।

इस सन्दर्भ में, क़रीब सौ साल पहले कही गयी अर्नेस्ट माक* की बात पर ग़ौर करना दिलचस्प होगा। माक कहते हैं, "समय की मदद से चीज़ों में हो रहे परिवर्तनों को नापना पूरी तरह से हमारी क्षमता के बाहर की बात है। उल्टे समय अपने आप में पूर्णतः अमूर्त है और हम ही उस तक चीज़ों में हो रहे परिवर्तनों के जरिये से पहुँचते हैं।" मतलब यह निकलता है कि समय गुजरने से हम परिवर्तन होने को नहीं देखते, बल्कि हो रहे परिवर्तनों के माध्यम से ही हमारे लिए समय बोधगम्य होता है। ब्रह्माण्ड के कण-कण में समय व्याप्त है और किसी कण या उसके आसपास हो रहा परिवर्तन ही हमें उस समय को महसूस कराता है। दुर्भाग्य से सहस्राब्दियों से चले आ रहे व्यवहार ने हमारे जहन में समय की एक भ्रष्ट तस्वीर

---

* अर्नेस्ट माक (1838-1916) उनकी किताब 'साइंस ऑफ़ मैकेनिक्स' ने न्यूटन के बाद की मैकेनिक्स या बलविज्ञान सम्बन्धी खोज में बहुत महत्त्वपूर्ण भूमिका निभायी। उन्होंने पहली बार 'मात्रा' की सटीक परिभाषा देते हुए इसे इनर्शिया (inertia) के साथ जोड़ा। माक के नाम से माक-नम्बर चलता है, जो सुपरसोनिक जेट विमानों की रफ़्तार बतलाने के काम आता है। उदाहरण के लिए, किसी सुपर सोनिक जेट की रफ़्तार माक-2 होने का मतलब यह है कि यह ध्वनि की रफ़्तार से दुगनी है।

बनायी है, जिस कारण समय जैसे निर्गुण तत्त्व को हम घड़ी और कैलेण्डर या पंचांग की सीमाओं में बाँधते हैं।

कई बार मेरे शहर में श्रावण के दिनों में ऐसा होता है कि एक जगह बहुत तेज बारिश हो रही है। अपने वाहन पर आगे बढ़ते हुए इससे जल्दी छुटकारा पाने की मैं कोशिश करता हूँ और कुछ दूर आगे जाने पर पाता हूँ कि वहाँ पर सूखा है, मतलब कोई बारिश नहीं हुई है। ऐसा हर जगह होता होगा और यह अनेक लोगों के अनुभव का हिस्सा भी होगा। मेरी इच्छा यह रही है कि उस रेखा पर पहुँचूँ , जो बारिश और सूखे को विभाजित कर रही हो। मतलब शरीर का आधा हिस्सा बारिश से भीगता रहे और आधा बिल्कुल सूखा रहे। पर हर बार इस तरह की कोशिश नाकाम रहती है। इतना ही नहीं, बारिश की सीमा से सूखे की सीमा तक पहुँचना भी नहीं हो पाता, क्योंकि यह समझ पाना मुश्किल होता है कि किस बिन्दु तक बारिश है, और किस बिन्दु से सूखा शुरू हुआ है। तो क्या व्यावहारिक जगत में आदि अन्त का इस तरह का मिलन सम्भव नहीं है? क्या दोनों में एक अन्तराल होना ज़रूरी है, फिर चाहे यह अन्तराल बहुत छोटा ही क्यों न हो? डी'एलमबर्ट्स (१७१७-८३) के क्लासिकल मैकेनिक्स के अनुसार भी वास्तविक कार्य या 'रिअल वर्क' समय के एक अन्तराल के बीच ही होता है, जबकि 'वर्चुअल वर्क' या कल्पित-कार्य एक समय-बिन्दु पर हुआ माना जा सकता है।

विज्ञान और व्यवहार की देश-काल की समझ तार्किक कही जा सकती है, यद्यपि व्यवहार का तर्क उतना कठोर नहीं होता, जितना कि विज्ञान का। इससे अलग कला-साहित्य की देश-काल की समझ अनुभूतिपरक है। तार्किक और ग़ैर-तार्किक ढंग से सोचने में फ़र्क़ जानने के लिए हम विटगेंश्टाइन के पास चलते हैं। वे कहते हैं, "तार्किक ढंग से सोचने वाला उस टूरिस्ट गाइड की तरह है जो आपको लन्दन के सभी महत्त्वपूर्ण ठिकानों को दिखाता है और फिर आपसे कहता है कि देखो ये लन्दन है। गाइड होने पर मैं ऐसा कुछ नहीं करूँगा। मैं आपको लन्दन के हर ठिकाने पर अलग-अलग रास्तों से और अलग-अलग दिशाओं से ले जाऊँगा और इन्हें अलग-अलग कोणों से दिखाऊँगा। और मैं आपको लन्दन की छोटी गलियों में ले जाऊँगा और गन्दी जगहों पर भी और अधिकतर इन्हीं जगहों पर। यात्रा पूरी होने पर मैं आपसे कहूँगा कि अब आप ख़ुद के लिए

लन्दन की एक तस्वीर बना लो।''

विटगेंश्टाइन की तर्ज पर आपसे अपने लिए अपनी अनुभूति के समय की तस्वीर बनवाने के लिए मैं आपको आपके सपनों से, वेद-उपनिषदों से, *रामायण, महाभारत* से, कालिदास, शूद्रक आदि के पास से, *मनुस्मृति* की चातुर्वर्णिक धारणा के पड़ौस से, गौतम बुद्ध, ईसा मसीह, मोहम्मद, गुरु नानक आदि से मिलवाते हुए, आपके पुरखों के दर्शन करवाते हुए, प्राचीन और अर्वाचीन कला-साहित्य की बानगी दिखलाऊँगा और फिर आपके वंश में भविष्य में पैदा होने वाले बच्चों के पास ले जाकर उन्हें आपका आशीर्वाद दिलवाऊँगा और फिर आपसे कहूँगा कि अब आप अपने लिए समय की तस्वीर बना लो। और तब आपको लगेगा कि समय नाम का यह तत्त्व कभी तो समुद्र जैसा विशाल और गहरा लगता है और कभी 'ये आया और ये गया' क़िस्म का टूटता तारा।

और भ्रमण के दौरान आप देख चुके होंगे कि समुद्र, इन्द्र और वरुण मिलकर उड़ीसा में ताण्डव कर रहे हैं और दो-तीन दिन पहले इनकी गर्जना सुनने के बावजूद हमारे हुक्मरान आराम फरमा रहे हैं, कि रंज, हाकिम को बहुत है, मगर आराम के साथ। और आप देखेंगे कि कुरुक्षेत्र की रणभूमि के हृदय-विदारक दृश्य करगिल, पारादीप और एर्समा में मौजूद हैं और रथ पर चल रहे धनुर्धारी राम अपने ही लोगों को निशाना बनाये हुए हैं, और जगह-जगह ब्रह्मास्त्र पनप रहे हैं और *मनुस्मृति* की जाति-व्यवस्था की गन्दगी तो ख़ुद आपके शरीर में है और महाभारत अभी भी जस का तस चल रहा है, पर उसमें की गीता को निकाल दिया गया है और उसका *शान्तरस* तो *ज्ञानेश्वरी* और महात्मा गांधी और बाबा आमटे और ऐसे अनेक सत्य-आग्रहियों के बावजूद कहीं बहकर लुप्त हो गया है और मोहम्मद एक नाम भर रह गया है और *कुरआन* पर उसी के रखवालों ने जगह-जगह कीचड़ डाल दिया है और उसे ही पवित्र मनवाने की कोशिशें हो रही हैं और ईसा मसीह रो रहे हैं कि उनका 'पुअर-चर्च' तहस-नहस कर दिया गया है और वे बहुत अमीर हो गये हैं।

इस अनुभूति के बाद आपको लगेगा कि सिवा इस बात के कि ईसाई समुदाय के लिए यह अत्यधिक धार्मिक महत्त्व की घटना है, मानवमात्र के लिए ईस्वी सन दो हज़ार का केवल व्यावहारिक महत्त्व ही है, मतलब आत्मा से जुड़ा हुआ इसका महत्त्व नहीं है। यह व्यवहार के दुश्चक्र के

कारण ही है कि हम ईसाई कैलेण्डर को लगभग प्राकृतिक मानने लगे हैं, कि निस्सन्देह इसमें अपरोक्ष रूप से थोपी गयी अन्तर्राष्ट्रीय सहमति का भी योगदान है, जिसके अन्तर्गत ग्रेगरियन कैलेण्डर को तक़रीबन पूरी दुनिया में गणना का मानक समझ लिया गया है। और इसलिए जहाँ तक समय को बरतने का प्रश्न है, वहाँ विश्व हिन्दू परिषद के अशोक सिंहल आदि और मार्क्सवादी कम्यूनिस्ट पार्टी के हरकिशन सिंह सुरजीत आदि में अगर कोई अन्तर है तो वह सतही ही है, क्योंकि अशोक सिंहल आदि हिन्दू परम्परा के विक्रमी संवत की कितनी भी बढ़ाचढ़ा कर बातें करें, बाबरी मस्जिद ढहाने के दिन को ६ दिसम्बर मतलब ईस्वी सन के हिसाब से ही याद करते हैं।

मज़ेदार बात यह है कि पुराने कम्प्यूटरों द्वारा पैदा की गयी २००० आँकड़े यानी की Y2K समस्या के कारण ईस्वी सन दो हज़ार को जितना महत्त्व मिला या यह जितनी चिन्ता का कारण बना और इस वजह से इस पर जितना पैसा ख़र्च किया गया, उतना अन्य किसी कारण से नहीं। Y2K समस्या इसलिए पैदा हुई कि कम्प्यूटर के शुरुआती दौर में इसकी हार्ड डिस्क पर संग्रहण के लिए जगह कम थी और उपलब्ध जगह को गणना के लिए अधिक से अधिक इस्तेमाल करने के उद्देश्य से तारीख़ बतलाने वाला ईस्वी सन, चार आँकड़ों की बजाय अन्तिम दो आँकड़ों में ही लिखा गया। इससे सहस्त्राब्दी का अन्त आने पर पुराने कम्प्यूटरों पर सन् २००० की जगह ०० आया और कम्प्यूटर ने इसे १९०० पढ़ा और हमें इस सदी की शुरुआत में ले गये और उस हिसाब से आँकड़ों में और उनसे गणना में उलटफेर कर दिया। कम्प्यूटर में जब ईस्वी सन के लिए दो आँकड़े डाले गये थे तब या तो इस बात की कल्पना नहीं रही होगी कि इस प्रौद्योगिकी का इतना व्यापक उपयोग होने लगेगा और नागरिक जीवन की बिजली, पानी, परिवहन आदि की ज़रूरतों के साथ अनेक अन्य ज़रूरतें भी इस प्रौद्योगिकी पर निर्भर हो जावेंगी या फिर लेतलाली बरती गयी होगी। इनमें से कोई भी बात सही हो, इतना स्पष्ट है कि प्रौद्योगिकी की प्रगति एकरेखीय और दूरदृष्टिहीन होती है, जिसके दुष्परिणाम भुगतने के लिए हम अभिशप्त हैं। कहा जा सकता है कि प्रौद्योगिकी ही तो आख़िर इस समस्या का हल निकाल रही है और यह हल सम्भावना के दायरे में भी है और अगर कोई अड़चन है तो इस हल के लिए अपेक्षित धन न जुटा

पाने के कारण ही है। इस पर पूछा जा सकता है कि क्या प्रौद्योगिकी का काम एकरेखीय बने रहते हुए अपनी संकुचित दृष्टि के साथ प्रगति के पथ पर चलते रहना ही है, कि क्या इसे प्रगति से होनेवाले परिणामों पर समग्रता से विचार नहीं करना चाहिए? प्रौद्योगिकी की प्रवृत्ति शुद्ध रूप से वणिक क्यों है, कि अभी तो इससे मुनाफा कमा लिया जाय और जब दुष्परिणाम सामने आयेंगे तो उन्हें दूर करने के उपाय भी निकाल ही लेंगे? मतलब साफ़ है। प्रौद्योगिकीय प्रगति का आधार प्रश्न बनाना, उनके हल निकालना, इन हलों को उपयोगिता के रास्ते पर डालना है और जब इनसे नयी (अधिकतर नुकसानदेह) समस्याएँ पैदा हों, तो उनके हल निकालने के लिए फिर से भिड़ जाना है। यदि इस योजना के दूसरे और तीसरे चरणों में समय का अन्तराल सीमित होता तो हमें इस पर उँगली उठाने की गुंजाइश ज़्यादा नहीं बनती। पर दुर्भाग्य से ऐसा नहीं हो रहा है और दुष्परिणामों के हल निकलने के पहले ही कई जीवन नष्ट हो जाते हैं और प्रकृति तक को इनके घाव झेलने पड़ते हैं। फिर जब प्रगति की रफ़्तार किसी जुनून की तरह दिन दूने रात चौगुने हिसाब से बढ़ रही हो तो इन्तज़ार का दुष्परिणामों को देखने का सब्र किसे और क्यों होगा?

तो क्या हमें ईस्वी सन दो हज़ार के आगमन का महत्त्व क्रिकेट में सचिन तेण्डुलकर या ब्रायन लारा द्वारा दुहरा शतक खड़ा करने से, अधिक से अधिक, चार छह गुना ज़्यादा समझना चाहिए? आख़िर इनके इस तरह के शतक बनाने या मैच जीतने के वक़्त भी तालियाँ बजाकर और पटाखे फोड़कर ही हम ख़ुशी का इज़हार करते हैं। पर ऐसा नहीं है। साल के, शताब्दियों के या सहस्त्राब्दियों के पहले दिन के उत्सव हमारी सभ्यता से जुड़े हैं और क्रिकेट में जीत के उत्सव इस सभ्यता के हिस्से मात्र हैं। वैसे इतना तय है कि नयी सहस्राब्दी के आगमन का महत्त्व बुनियादी क़िस्म का नहीं है, क्योंकि हम में से हर एक जानता है कि १ जनवरी, २००० को ऐसा कुछ भी नहीं होने वाला था कि जिससे समय की गुणात्मकता में तब्दीली आ जाती या कि समय के बारे में हमारी ख़ुद की धारणा ही बदल जाती।

सभ्यता की बात मानते हुए भी, पूछा जा सकता है कि क्या इस तरह से तारीख़ों का जायजा लेना सांस्कृतिक रूप से भी महत्त्वपूर्ण है? सांस्कृतिक रूप से इससे अधिक महत्त्वपूर्ण निश्चित तौर पर ईसा मसीह का जन्मदिन

है। ईसा ने आख़िर सहनशीलता और प्रायश्चित की स्वस्थ संस्कृति पर अपनी अमिट छाप छोड़ी थी। इस हिसाब से सभी धर्मों के महापुरुषों के जन्मदिन सांस्कृतिक रूप से महत्त्वपूर्ण हैं और इनकी शताब्दियाँ और सहस्त्राब्दियाँ विशेष अवसर होने की हकदार बनती हैं। इन्हें साम्यदायिक द्वेष या दुराव भी बढ़ाने के या धार्मिक अन्धविश्वास फैलाने के कारण, या इन भावनाओं के परिणाम समझना भ्रष्ट-धर्मनिरपेक्षता है। इस कारण, अशोक सिंहल आदि से मेरा यह आग्रह बिल्कुल नहीं है कि वे बाबरी मस्जिद ढहाने के दिन को विक्रम सम्वत की तिथि के अनुसार मनाने लगें। यहाँ पर मेरा उद्देश्य सिर्फ़ इस बात को रेखांकित करना है कि केवल अपनी संख्यात्मक अधिकता के कारण व्यवहार विचार को दबाता है और अशोक सिंहल आदि की तरह के व्यक्तियों में तो यह विचार को भ्रष्ट तक करता है। हमारे जीवन में व्यवहार की अधिकता के कारण ही विटगेंश्टाइन कहते थे कि ''कैम्ब्रिज में तो ऑक्सीजन ही नहीं है और जहाँ तक मेरे ज़िन्दा रह पाने का सवाल है तो मैं अपनी ऑक्सीजन ख़ुद बनाता हूँ।''

इसका मतलब यह हरगिज़ नहीं कि मैं विचार को व्यवहार से ऊपर समझता हूँ। आख़िर गांधीजी व्यवहार की प्रतिमूर्ति थे और कई जगहों पर उन्होंने अपने व्यवहार को उस स्तर पर ला दिया था जहाँ विचार और व्यवहार का भेद तक मिट जाता है।

विज्ञान के समीकरणों में समय दिक्काल के चतुष-आयामी परिवेश का एक आयाम है। व्यवहार में भी यद्यपि समय एक आयाम ही है, पर वह दिक् आयामों के साथ मिलकर कोई समुच्चय नहीं बनाता। विज्ञान में भी दिक् और काल का सम्बन्ध एक गणितीय काल्पनिक इकाई—'ॠण एक (— १) के वर्गमूल'—के द्वारा ही स्थापित होता है, जो यथार्थ में अनाकलनीय होते हुए भी गणित और भौतिकी की एक अत्यन्त महत्त्वपूर्ण संख्या है, और जो एक अन्य स्तर पर कोणांक या फेस (phase) को दर्शाने में महत्त्वपूर्ण भूमिका भी निभाती है। पर व्यवहार में इसके किसी समुच्चय का हिस्सा बनने की अवधारणा बन नहीं पाती और इसलिए व्यावहारिक स्तर पर दिक् और काल अपने अलग-अलग अस्तित्व में ही स्थित रहते हैं।

कविता और कला में काल अपने आप में ही बहुआयामी है। 'काल' का एक आयाम वह है जिसमें कवि कविता को पूरी करता है या यों कहें कि

पूरी करने के लिए मजबूर होता है। इसका दूसरा आयाम वह है जिसमें दुनिया की अच्छी से अच्छी और सशक्त से सशक्त कविता भी अधूरी रहने के लिए अभिशप्त है। कवि जीवन या पाठक जीवन की व्यावहारिक मजबूरियाँ ही कविता को पूरा करने या ठीक से कहें तो उससे पीछा छुड़ाने के लिए दबाव डालती हैं। यही कारण है कि कविता कभी मरती नहीं; खो जाती है, बिछुड़ जाती है या थक भी जाती है, पर कभी समाप्त नहीं होती। तीसरे आयाम में कविता अपना ख़ुद का विश्व रचती है और एक अन्य में इस विश्व का व्यावहारिक विश्व से सम्बन्ध प्रकाशित करती है। और फिर सबसे बढ़कर कविता के हर शब्द में अमूर्त समय विद्यमान है। शब्द के बदलते अर्थ, इसमें निहित समय के रूपों को प्रकाशित करते हैं कि शब्द जितना अधिक अनेकार्थी होगा, उतना ही उसमें अर्थ परिवर्तन होगा और उतनी ही काल की छटाएँ उसमें से प्रकाशित होंगी।

कुछ साल पहले भारत भवन के किसी कार्यक्रम के लिए भोपाल जाना हुआ था। मध्यप्रदेश कला परिषद से श्रीराम तिवारी मिलने आये। उनका प्रस्ताव था कि रुद्र हांजी पर परिषद द्वारा प्रस्तावित मोनोग्राफ के लिए मैं उन्हें एक टिप्पणी लिख दूँ। मैं यह कहकर इसे अस्वीकार कर देता हूँ कि यद्यपि स्वर्गीय रुद्र हांजी से मेरी मित्रता थी और मैं कभी-कभार उनके साथ गपशप करने बैठता भी था, पर एक तो मैं कला का विद्यार्थी नहीं हूँ और इसलिए बिना उनकी कला को अच्छी तरह से जाने उस पर कोई टिप्पणी करना अनुचित समझता हूँ और दूसरे उनसे मेरी घनिष्टता भी उस स्तर की नहीं थी, जिस स्तर की उनके दो नज़दीकी मित्रों, श्री राय और श्री जेकब की थी। श्रीराम निराश होकर चले जाते हैं। उसी रात मेरे सपने में रुद्र हांजी आते हैं। यद्यपि वे मोनोग्राफ के लिए लिखने का आग्रह नहीं करते, पर फिर भी मैं बेचैन हो जाता हूँ और सुबह अपनी ओर से पहल कर श्रीराम से कहता हूँ कि मैं मोनोग्राफ के लिए टिप्पणी लिखूँगा और भोपाल में रुकने के दौरान ही अपनी स्मृतियों के आधार पर एक टिप्पणी लिखकर उन्हें थमा भी देता हूँ। आप चाहें तो इससे स्व. रुद्र हांजी द्वारा मेरे सपने में आकर मुझे उन पर लिखने का आदेश देने का निष्कर्ष निकाल सकते हैं। पर मेरे हिसाब से यह दादी-नानी, माँ-बाप, बड़े-बूढ़ों ने बतलायी बातों से, पढ़कर मालूम किये अन्धविश्वासी और परम्परावादी कहानी-क़िस्सों से तथा कुछ लोगों ने कसमें खाकर बतलायी इस तरह की घटनाओं

से निकली सीखों से बना, आसान सा निष्कर्ष है, जो सोचने की स्वाधीनता को भोथरी करता है। और इसलिए मैं यह निष्कर्ष निकालता हूँ कि भारत भवन के उस समय हो रहे कार्यक्रम के असर और इस कार्यक्रम में हिस्सेदारी करने आये अन्य मित्रों के साथ गपशप की ललक ने, रुद्र हांजी के साथ मैंने गुजारे समय के टुकड़ों को दबा दिया था और नींद में जाग्रत हुए अवचेतन ने मुझे इसके बारे में आगाह किया और ताश के बिखरे पत्तों की तरह इधर-उधर पड़े समय के उन टुकड़ों को इकट्ठा करने और अपनी फुरसत के क्षणों में इनके साथ 'पेशेंस' का खेल खेलने के लिए प्रेरित किया, कि कभी उनकी उन्मुक्त झरने जैसी हँसी के क्षण का पत्ता उठाऊँ, कभी पद्मा विद्यालय के इमामबाड़े में नसैनी पर चढ़े, पूरी तल्लीनता से सीमेंट-गारे से उसकी भीत पर शिल्प बताते समय के टुकड़े का पत्ता उठाऊँ तो कभी रम पीते हुए डलहौजी जाने के अपने अनुभव सुनाते हुए मुझे बड़ी आज़ीज़ी से वहाँ कम से कम एक महीना रहकर वहाँ के निश्छल एकान्त का अनुभव करने के आग्रह के क्षण का पत्ता उठाऊँ, वो कभी किताबों के बीच रखे किताब के ही आकार के उनके एक शिल्प को देखते रहने का पत्ता उठाऊँ और ख़ुद ही इस तरह के पत्तों का मूल्य तय करूँ, कि यह हुकुम का इक्का होगा और यह पान की दुर्री और इनसे अपने लिए सीक्वेंस लूँ, कि अलग-अलग वक़्त पर पत्तों का अलग-अलग मूल्य और इसलिए अलग-अलग सीक्वेंस। समय के ये टुकड़े मेरे लिए उतने ही वास्तविक हैं, जितने कि यह लेख लिखते समय के क्षण।

एक और उदाहरण। तीन-चार साल पहले मुम्बई जाकर क़रीब दस दिन वहाँ रुकना हुआ। वापसी का टिकिट इधर-उधर गिरगिरा न जाय, इसलिए एक दिन उसे आकस्मिक उपयोग के लिए साथ लेकर गये अतिरिक्त चश्मे के घर में रख देता हूँ। आने के दिन पूरा सामान और बिस्तर उलट-पलटकर देखता हूँ, पर टिकिट कहीं नहीं मिलता। पूरे दिन का समय, मित्रों की मदद और काफ़ी झंझटों के बाद भी नियम के अनुसार पिचत्तर प्रतिशत की कटौती पर दूसरा टिकिट ख़रीदने की कोशिश भी समयाभाव के कारण विफल होती है और मित्रों से पैसे उधार ले, उसी आरक्षण पर नया टिकिट ख़रीद, मैं वापस घर आता हूँ। क़रीब चार महीनों बाद वह टिकिट चश्मे के घर में पाया जाता है। इसमें मेरी ग़लती यह थी कि मैंने उस अ-पारदर्शी चश्मे के घर में टिकिट के साथ समय का वह टुकड़ा भी

रख दिया था, जिसके दौरान मैंने इसे रखने का उपक्रम किया था। यदि चश्मे का घर पारदर्शी होता तो सम्भव था कि टिकिट के साथ समय का वह टुकड़ा भी मुझे दिखलायी दे जाता और मैं न सिर्फ़ व्यर्थ के ख़र्च और व्यर्थ की परेशानी से बचता, बल्कि उस पूरे दिन का सदुपयोग भी करता। हाँ, पारदर्शी चश्मे के घर में भी टिकिट के साथ-साथ समय का वह टुकड़ा दिखलायी देना ज़रूरी था। यदि वह न दिखलायी देता तो मैं उस टिकिट को या तो काग़ज़ का कोई और टुकड़ा समझता या फिर पहले कभी इस्तेमाल किया हुआ टिकिट।

कविता-कला काल के ऐसे टुकड़ों को समेटकर उनकी एक कड़ी बनाती हैं—ऐसी कड़ी जो अलग-अलग टुकड़ों के अस्तित्व को स्वीकारते हुए भी उनमें निरन्तरता के दर्शन कराती है। कला-साहित्य की सौन्दर्यानुभूति का एक बहुत बड़ा हिस्सा काल के इन टुकड़ों और उनके गुम्फन को महसूस करने में है। और इसलिए कला-साहित्य में बीसवीं सदी का अन्त ३१ दिसम्बर, १९९९ को नहीं होता। या कुछ लोगों और विशेषकर जयंत नारलीकर के तर्क के अनुसार ३१ दिसम्बर, २००० को भी नहीं होता। यह सदी भी अन्य सदियों की तरह अपनी निरन्तरता बनाये रखती है, कि हर सदी जैसे एक नदी है और सब मिलकर एक महानद बना रहे हैं और हम पिछली पीढ़ियों से इसलिए अधिक भाग्यशाली हैं कि इस महानद में एक और नदी जुड़ते हुए देख रहे हैं। कुछ उपनिषदों में यह शान्तिपाठ है कि पूर्ण में से पूर्ण निकालने पर भी पूर्ण ही बचा रहता है। कविता-कला समय के कुछ टुकड़े ही नहीं एक अनन्त से दूसरे अनन्त की ओर जाता पूरा का पूरा समय भी निकाल लें तो भी यह पूरा का पूरा ही बचा रहेगा।

कविता या कला में आये काल के ये टुकड़े चूँकि कालानुक्रम से नहीं हैं, इसलिए इनमें आदि और अन्त के होने का प्रश्न भी पैदा नहीं होता, कि अच्छी कविताएँ या अच्छे चित्र तो शब्दश: शुरुआत रहित और अन्तहीन ही होते हैं, कि आपको लगता है कि जो है उससे पहले भी कुछ रहा है और पूरा होने पर भी आगे कुछ और होना ही चाहिए, कि ओर है न छोर।

चूँकि सहस्राब्दी का अन्त चर्चा में है इसलिए उस पर विचार करना छोड़ा नहीं जा सकता। बहरहाल! इस सदी के अन्त के दो दशकों से हमें जो कुछ देखने को मिल रहा है, वह यदि अन्य किसी समय में होता, तो भी हमारे लिए विचारणीय ही होता। जो होता आ रहा है, वह इतना अधिक

उजागर है कि मुझे या किसी और को इसका दिखलायी देना विशिष्ट न होकर साधारण है और हम में से अधिकतर इसे महसूस भी करते रहे हैं। मैं यहाँ प्रौद्योगिकी के क्षेत्र में हुई प्रगति की तीव्रता का उल्लेख कर रहा हूँ। 'प्रगति' या 'प्रोग्रेस'। 'विकास' या 'डेवलेपमेंट' नहीं। प्रौद्योगिकी में प्रगति हर दौर में होती रही है, बिल्कुल मानव जीवन की शुरुआत से ही। पर पिछले दो दशकों में हुई इस प्रगति की रफ़्तार अभूतपूर्व है। मनुष्य कर्म के किसी भी अन्य क्षेत्र में इतना तेज बदलाव नहीं आया है। बात अब सिर्फ़ रफ़्तार की ही नहीं, रफ़्तार की रफ़्तार की भी है, कि आज दुगनी तो कल चौगुनी और परसों दस गुनी। चार-छह साल पहले टेक्नोलॉजी के उत्पाद एकाध साल में पुराने पड़ते थे और तब या तो इन्हें बदलने की या 'अपग्रेड' करने की ज़रूरत महसूस होती थी। अब यह काम तीन-चार महीनों में ही हो रहा है। अब हम आये दिन माइक्रोसॉफ्ट के बिल गेट्स की तस्वीर एक नया उत्पाद झुलाते हुए देखते हैं। अब 'ज्ञान-प्रौद्योगिकी' या 'नॉलेज इंडस्ट्री' एक्सपोनेंशल या चर-घातांकी मुनाफ़ों की प्रौद्योगिकी है और इसकी तुलना में दूसरी सभी प्रकार की प्रौद्योगिकियाँ, जिन्हें 'ईंट-गारा' मतलब 'ब्रिक एण्ड मोर्टार' इण्डस्ट्रीज कहा जाने लगा है, अपने मुनाफ़ों के रास्तों पर रेंग रही हैं। दुनिया के सबसे अधिक धनवान व्यक्तियों में पहले तीन-चार सिर्फ़ एक कम्पनी—बिल गेटस् की माइक्रोसॉफ्ट—के व्यक्ति हैं।

सूचना-प्रौद्योगिकी के बाद प्रगति की तेज रफ़्तार में आयुध क्षेत्र का नम्बर आता है जो लगभग पूरी तरह से सत्ता-पोषित है। बावजूद शीतयुद्ध की समाप्ति की घोषणा के, न्यूट्रोन बम्ब बन गये हैं, जिनसे इमारतो, ढाँचों और मालमत्ते को नुकसान पहुँचाये बिना सिर्फ़ जीवों को नष्ट किया जा सकेगा, कि एकदम 'क्लीन होलॉकॉस्ट'।

स्वास्थ्य के लिए होनेवाले ख़तरों के प्रति बिना पूरी तरह से आश्वस्त हुए, जैविक प्रौद्योगिकी का शोध प्राकृतिक फल और सब्जियों को ज़्यादा उत्पादन देनेवाली प्रजातियों में धड़ल्ले से बदलता आ रहा है। इनके उपभोग के अनपेक्षित परिणामों, विशेषकर एलर्जी होने की सम्भावना से आतंकित यूरोप और अमेरिका के उपभोक्ता अब माँग कर रहे हैं कि उन्हें बतलाया जाय कि उन्हें बेचे जाने वाले उत्पाद जैविक रूप से सुधारे हुए हैं, जिससे कि वे या तो इनके उपयोग को टाल सकें या फिर इसमें

सावधानी बरत सकें। क्लोनिंग के ज़रिये कार्बन-कॉपी जीव बनाने की बात तो अब आम जानकारी की हो चुकी है, पर अभी कल-परसों के अख़बार में जैविक प्रौद्योगिकी के क्षेत्र की एक अत्यन्त भयानक खबर पढ़कर मैं सिहर गया था। इसमें अमरीकी रक्षा सचिव के हवाले से कहा गया है कि अमरीका ऐसे जैविक हथियार बनाने में कामयाब हो गया है, जो डीएनए सिलेक्शन के ज़रिये किसी इलाक़े की मनचाही इन्सानी नस्ल को ख़त्म कर सकेंगे और बाक़ी की नस्लें इनसे अछूती रहेंगी। इसी हवाले से यह भी बतलाया गया है कि अमरीका इन जैविक हथियारों को अपनी सैन्य-सामग्री में शामिल करने का निर्णय भी लेने जा रहा है। मतलब यह है कि हिटलर द्वारा यहूदियों को नष्ट करने के काम में इस्तेमाल की गयी गैस चैम्बरों की प्रौद्योगिकी बहुत गँवारू थी और अब इसमें अभूतपूर्व प्रगति दर्ज़ कर एक साफ़-सुथरी विधि ढूँढ़ ली गयी है।

इस सबके सन्दर्भ में यह दलील देना कि इन्सानी विवेक प्रौद्योगिकी की इस तरह की प्रगति को रोकने में सक्षम रहेगा हद दर्जे का भोलापन है। विवेक अन्ततः देश-काल सापेक्ष है और हर ग़लत क़दम को जायज़ ठहराने के लिए तर्कों की कमी तो कभी रही ही नहीं है।

प्रगति का यह बुखार व्यक्तिगत जीवन में इतना फैल गया है कि छोड़ बेकारों और क्षमता तथा योग्यता के अनुरूप काम न मिले लोगों के, हर कोई दौड़-भाग में लगा है और हर एक के पास समय की कमी है। हम अपने अधिकतर समय का उपयोग गलाकाट प्रतिद्वन्द्विता में ख़ुद को आगे रखने की जायज़-नाजायज़ कोशिशों और असुरक्षा की भावना के तहत अधिक से उपभोग की वस्तुएँ और अधिक से अधिक साधनों को जुटाने में कर रहे हैं। हम कठिन जीवन जीने के लिए अपने शरीर और अपनी आत्मा को अधिक सक्षम बनाने के बजाय कठिन समय में भी अपने लिए सम्पन्नता और ऐशो-आराम का द्वीप बनाने की चिन्ता कर रहे हैं। जो देश में असुरक्षा का माहौल बढ़ने लगे तो विदेश में सुरक्षित रहने का इन्तज़ाम करने का सोच रहे हैं। और जब हमें इस भागमभाग से थोड़ी-बहुत फुरसत मिलती है तो उसे जीवन्त बनाने के लिए हम 'रोमांच' का सहारा लेते हैं।

अति तीव्र प्रौद्योगिकीय प्रगति ने 'रोमांच' को जीवन का, और विशेषकर युवा-जीवन का अत्यन्त महत्त्वपूर्ण मनोवैज्ञानिक घटक बना दिया है। हर क्षेत्र में रोमांच की माँग बढ़ रही है। हत्या में, हिंसा में, यौन सम्बन्धों में,

यहाँ तक कि शोध में भी अधिक से अधिक रोमांचक होने की कोशिशें जारी हैं। आख़िर शिकागो विश्वविद्यालय के रिचर्ड सीड मानव क्लोन बनाने का अपना-शोध जारी रखने की ज़िद पर अड़े हुए हैं न। 'रोमांच' की खुराक पर पल रहा व्यक्ति फिर कविता की ओर क्यों भला मुड़ेगा? कविता आपको चौंका सकती है, आश्चर्य में डाल सकती है, विचलित कर सकती है, पर रोमांचित नहीं कर सकती। और अगर एकाध कोई कविता यह कर भी दे तो या तो वह कविता न होकर कविता की पैरोडी होगी या फिर यह उसका प्रमुख तत्त्व नहीं होगा।

यहाँ समसामयिक प्रौद्योगिकी के हमारे सांस्कृतिक जीवन पर पड़नेवाले दुष्परिणामों की चर्चा करना अनावश्यक है, क्योंकि हर मध्यमवर्गीय परिवार इन्हें भुगत रहा है। सिर्फ़ एक उदाहरण देना काफ़ी होगा। अभी हाल में अमरीका के 'कैसर फेमिली फाउंडेशन' ने वहाँ के ८ से १८ साल की उम्र तक के तीन हज़ार बच्चों पर किये सर्वेक्षण की रपट प्रकाशित की है। इस सर्वेक्षण के अनुसार ये बच्चे औसतन पौने सात घण्टे (मतलब एक वयस्क के काम के घण्टों के बराबर समय) अपने कमरों में बन्द होकर टेलीविजन देखते हैं।

'प्रगति' मतलब आगे बढ़ना, मतलब पिछले में 'कुछ' इस तरह से जोड़ना कि यदि यह 'कुछ' निकाल दिया जाय तो फिर से पिछला आ जाय। 'प्रगति' न सिर्फ़ एकरेखीय है, बल्कि अपने आसपास से इसका सम्बन्ध भी कुछ इस तरह का है कि यह अपने लिए वहाँ से ऊर्जा तो ले लेती है, पर इसका भुगतान भविष्य में कभी तो भी, अपनी ही शर्तों पर, धीरे-धीरे ही करती है। ज़रूरी नहीं कि यह भुगतान कल्याणकारी ही हो। प्रौद्योगिकी के कई उत्पादों और इसकी प्रक्रियाओं ने मानव समूहों और प्रकृति के सन्तुलन पर डाले हुए विपरीत परिणामों के अनेक उदाहरण दिये जा सकते हैं। जैसा कि ऊपर कहा गया है निस्सन्देह बाद में इन परिणामों से छुटकारा पाने के लिए विधियाँ भी तलाश ली जाती हैं, पर तब तक प्रकृति का एक हिस्सा और मनुष्य की एक पीढ़ी इनके शिकार हो चुके होते हैं।

'प्रगति' में एक वरीयता क्रम निहित है। विज्ञान-प्रौद्योगिकी का 'मॉडर्न', इनके 'क्लासिकल' से वरीयता में आगे है, उसके आगे की प्रगति है। इस हिसाब से इन क्षेत्रों में हर युग में कुछ 'क्लासिकल' और 'कुछ मॉडर्न' रहता आया है।

'विकास' मतलब शनैः-शनैः अधिक सम्पूर्ण, अधिक सशक्त, अधिक बड़ा और अधिक बेहतर होना। मतलब उस आवरण को जो कुण्ठित किये हुए है, हटाना और जो शक्तिमान, पर अव्यक्त है, उसे प्रकाशित करना।

'विकास' का अर्थ है, जो खोजा जा चुका है उसे अधिक व्यापक बनाने के प्रयत्नों में लगना। प्रौद्योगिकी में विकास का मतलब हुआ कि उपलब्ध प्रौद्योगिकी को व्यापक उपयोग के लिए विकसित करना। हमारे लिए इसका मतलब हुआ कि प्रदूषण रहित ऊर्जा स्रोतों और विशेषकर प्राकृतिक रूप से उपलब्ध ऊर्जा स्रोतों, जैसे कि सौर-ऊर्जा, कृषि और जानवर-जन्य कचरे और मैल से पैदा की जा सकने वाली ऊर्जा को विकसित कर व्यापक बनाना, पानी और विशेषकर पीने के पानी की उपलब्धि को बढ़ाना और हर किसी की पीने के पानी की ज़रूरत को पूरा करना, आवागमन के जन-साधनों को विकसित करना और उन्हें प्रदूषण-रहित बनाना, स्वास्थ्य सुविधाओं को इस तरह से विकसित करना कि उनमें प्राकृतिक और परम्परागत तरीक़ों का भी इस्तेमाल हो सके, जन संचार और जन-आनन्द के माध्यमों में सांस्कृतिक तत्त्वों का समावेश करते हुए उन्हें अधिक से अधिक सुलभ बनाना, शारीरिक श्रम के महत्त्व को बनाये रखते हुए, कमर-तोड़ मेहनत के कामों से छुट्टी दिलाने की कोशिश करना आदि आदि।

'परिवर्तन' मतलब पिछले से अलग, मतलब कुछ जोड़ना, कुछ घटाना या कुछ इस तरह से तब्दील करना, जो जोड़ने घटाने से परे हो, जो न सिर्फ़ आरेखीय बल्कि कई बार अव्यक्त तक हो।

कला और साहित्य न तो प्रगतिशील हैं और न ही विकासशील। वे परिवर्तनशील हैं। परिवर्तनशील कला-साहित्य में विज्ञान-प्रौद्योगिकी का 'क्लासिकल' से 'मॉडर्न' की ओर जाने वाला वरीयताक्रम नहीं है। इनका 'पोस्टमॉडर्न' प्रगति नहीं परिवर्तन है, और इसलिए वह मॉडर्न से वरीयता में बिल्कुल भी आगे नहीं है, जैसा कि मॉडर्न भी 'रोमांटिक' से वरीयता लिए हुए नहीं है। कुछ लोगों द्वारा इन्हें वरीयताक्रम देना, उन पर विज्ञान के अधकचरे प्रभाव का परिणाम है, जो दुर्भाग्य से बहुतेरे लोगों की मानसिकता को ग्रसित किये हुए है। चूँकि विज्ञान-प्रौद्योगिकी के हर युग में 'क्लासिकल' और 'मॉडर्न' रहते ही हैं, इसलिए इनमें 'पोस्टमॉडर्न' हो ही नहीं सकता।

कला-साहित्य का 'क्लासिकल' शब्द का अर्थ भी विज्ञान के 'क्लासिकल' से अलग है। साहित्य में 'माडर्न क्लॉसिक' का इस्तेमाल धड़ल्ले से होता है। विज्ञान-प्रौद्योगिकी में इस तरह का शब्द-प्रयोग सम्भव ही नहीं, क्योंकि इसमें 'माडर्न' और 'क्लॉसिकल' विपरीतार्थी हैं। कला-साहित्य-संस्कृति केवल परिवर्तनगामी ही नहीं है, इनमें होने वाले परिवर्तन शिथिल भी हैं। छायावाद से नयी कविता में आना कई दशकों की प्रक्रिया थी। वैसे समसामयिक शुद्ध विज्ञान में प्रगति की रफ़्तार भी प्रौद्योगिकी की प्रगति की रफ़्तार की तुलना में शिथिल ही है। जब प्रौद्योगिकी की प्रगति की रफ़्तार बहुत तेज नहीं थी, कला-साहित्य-संस्कृति को इसकी प्रगति से सामंजस्य स्थापित करना सम्भव होता था। शुरुआत में यह जिन क्षेत्रों में तेज हुई, जैसे कि अन्तरिक्ष के क्षेत्र में, उनका जन-जीवन से सीधा-सीधा सम्बन्ध न होने से इस सामंजस्य में कोई फाँक भी नहीं पड़ी। आप चल रहे हैं और आपसे बहुत दूर अगर कोई दौड़ रहा है, तो उसके और आपके बीच का खिंचाव चिन्ता की बात नहीं बनता। और अगर दौड़नेवाला बहुत दूर है, तो उसका दौड़ना भी चलनेवाले को तेज चलना ही लगता है। एक के चलने और दूसरे के टहलने के बीच का खिंचाव भी मामूली ही होगा। पर आप टहल रहे हैं और दूसरा बहुत तेज दौड़ते हुए बार-बार आपके पास से गुजर रहा है, तो इससे पैदा हुआ खिंचाव असहनीय ही होगा। जबसे प्रौद्योगिकी चलने की जगह बहुत तेज दौड़ने लगी है, कला-साहित्य-संस्कृति के साथ का इसका खिंचाव तकलीफ़देह होने लगा है और टूटने की स्थिति आने में भी अब ज़्यादा समय नहीं है।

प्रौद्योगिकीय प्रगति की तीव्रता समय को पकड़ने की एक दौड़ है, मानो जल्द से जल्द ऊपर वर्णित देश-काल के गोले के व्यास पर पहुँचने की जल्दी हो। पर व्यास के बाद ब्रह्माण्ड के सिकुड़ने और अन्ततः 'बिग क्रंच' तक पहुँचने का पतनशील मार्ग है। तो फिर प्रगति की यह भयावह रफ़्तार अन्ततः अवनति की ओर नहीं ले जा रही क्या? इससे अलग शिथिल परिवर्तन के फलक पर टिकी कविता समय के टुकड़ों को पकड़कर बैठने का आनन्द देती है और इस तरह आपको भागमभाग से अलग होने का अवकाश भी देती है। यह चौंकाती है, आपकी संवेदनाओं को झकझोरती है, पर 'थ्रिल' नहीं करती।

माओ झे डोंग की शब्दावली का इस्तेमाल करते हुए यह कहा जा सकता

है कि ईस्वी सहस्राब्दी के इन अन्तिम वर्षों का प्रमुख अन्तर्विरोध प्रौद्योगिक प्रगति की 'अति तीव्र रफ़्तार' और 'कला-साहित्य-संस्कृति के शिथिल परिवर्तनों' के बीच है। आनेवाली शताब्दी में यह अन्तर्विरोध और अधिक तीव्र होगा। प्रौद्योगिकी की तेज रफ़्तार के वाहक तथा उनके पक्षधर इस अन्तर्विरोध को सुलझाने के लिए सांस्कृतिक क्षेत्र के परिवर्तनों को तेज करने की कोशिशों में लगे हैं। पूरी दुनिया में एक से सांस्कृतिक रूप को फैलाना इन कोशिशों का एक हिस्सा है, जिसके लिए सेटेलाइट टी .वी. चैनल्स, इण्टरनेट आदि को बतौर औजार प्रयुक्त किया जा रहा है। पर 'शिथिल परिवर्तन' संस्कृति का बुनियादी तत्त्व है और इसे बिगाड़ने का मतलब एक संस्कृतिविहीन—लगभग अनैतिक और स्व-केन्द्रित सभ्यता का रास्ता बनाना है।

हमारे अपने देश के सन्दर्भ में कुछ चिन्तक इस बात पर सन्तोष दिखलाते हैं कि पूर्व-काल में ज़बर्दस्त बाहरी सांस्कृतिक हमले होने के बावजूद हम अपनी सांस्कृतिक अस्मिता बनाये रख सके और इसलिए यह निष्कर्ष निकालते हैं, जो सम्भवत: सही भी है, कि हज़ारों साल से चली आ रही हमारी सांस्कृतिक विरासत में ऐसा कुछ है जो हर प्रकार के हमलों के बावजूद अक्षुण्ण रहता है। (लगभग सारी दुनिया में साम्यवादी व्यवस्था के तहस-नहस होने के बावजूद हमारे यहाँ के अनेक मार्क्सवादियों का उसी व्यवस्था के सोच से लगभग पहले की तरह ही चिपके रहना, क्या उसी 'ऐसे कुछ' से सम्बन्धित है ? तो क्या यह 'ऐसा कुछ' एक प्रकार का 'इनर्शिया' है ?) बहरहाल, यह सही है कि काफ़ी हद तक हम अपनी सांस्कृतिक अस्मिता टिकाये रखने में सक्षम रहे हैं, पर इस तथ्य को नज़रअन्दाज़ भी नहीं किया जा सकता कि भ्रष्ट पारम्परिक समझ के कारण हम अपनी संस्कृति के अस्वस्थ पहलुओं—जैसे कि कट्टर जाति-प्रथा, बाल-विवाह, महिलाओं का पर्दा तथा अन्य अनेक प्रकार के उत्पीड़न, अन्धविश्वास आदि को भी ढोते आ रहे हैं और इनमें जो कुछ सुधार आये हैं वे परोक्ष सांस्कृतिक आक्रमण न रहने के बाद ही आये हैं। फिर कुछ चिन्तक यह आशावाद भी दिखला रहे हैं कि अपनी अस्मिता बचाये रखने की यदि हमारे लिए कुछ उम्मीद है तो वह गाँव-कस्बों के उन समूहों के बीच है, जो विदेशी भाषा तथा उसके ज़रिये फैलाये जा रहे सांस्कृतिक प्रदूषण से अछूते हैं।

ये चिन्तक प्रौद्योगिकी की अत्यधिक तेज प्रगति और उसके उपादानों की व्यापकता को नज़रअन्दाज़ कर रहे हैं। ये अपनी गफलत में इस बात को भूल रहे हैं कि आज हमारी तथा अन्य देशों की संस्कृति का सामना प्रौद्योगिकी के उस अन्धड़ से है, जो इलाक़ों और भाषाओं में भेद नहीं करता, कि जो आपकी भाषा और दूसरी सांस्कृतिक पहचानों को ढकेलता नहीं, उन्हें या तो बिगाड़ता है या उन्हें आत्मसात् कर उन्हें बाज़ारू और आत्माहीन बनाता है, कि यह आक्रमण नहीं करता, लुभावने, सरलीकृत और सुविधायुक्त विकल्प देता है।

दुर्भाग्य से इस अन्धड़ के विरोध में आने की पहल धार्मिक उन्मादियों ने ले ली है और उनका शोर पाण्डुरंग शास्त्री आठवले के स्वाध्याय मण्डल या बाबा आमटे के आनन्दवन जैसे रचनात्मक कामों से की जा रही अवज्ञा को दबा रहा है।

सहस्राब्दी के साथ-साथ चूँकि यह बीसवीं सदी का भी अन्त है, इसलिए इसके द्वारा पैदा की गयी सम्भावनाओं और संकटों की ओर इशारा करना भी उपयुक्त होगा, यद्यपि इस काम में दुहराव आने को टालना शायद सम्भव न हो। भौतिक विज्ञान ने इस सदी को दिये दो प्रमुख सिद्धान्त—सापेक्षता का सिद्धान्त और क्वांटम मैकेनिकी—में से पहला चट्टान की तरह अडिग खड़ा है। थोड़ी सी अतार्किकता के बावजूद दूसरे को भी अब तक किसी प्रकार की प्रतिस्पर्धा नहीं मिली है और यह अमूर्त से और अमूर्त होता गया है, कि इसकी भाषा केवल गणितीय बनकर रह गयी है। प्रकृति के चार बुनियादी बलों—अर्थात् विद्युत चुम्बकीय, क्षीण अन्योन्यक्रिया (वीक इण्टरेक्शन), प्रबल अन्योन्यक्रिया (स्ट्रांग इण्टरेक्शन) तथा गुरुत्वाकर्षण—को एक ही सूत्र में लाने के प्रयत्न आइंस्टाइन के समय से ही होते आ रहे हैं। बीसवीं सदी के अन्तिम दो दशकों में इस काम में काफ़ी कुछ प्रगति भी हुई है, पर फिर भी इन प्रयत्नों के जल्दी सफल होने की सम्भावना कम ही है, यद्यपि हॉकिंग का विश्वास है कि अगले बीस सालों में इस तरह के सूत्र ज़रूर मिल जायेंगे। पर दस साल पहले भी दस सालों में यह सम्भव होने की भविष्यवाणी उन्होंने की थी। उधर जीव विज्ञान में बीसवीं सदी के अन्तिम दशकों ने आनुवंशिकी (जेनेटिक्स) को वैज्ञानिक वरीयता की प्रथम पंक्ति में लाया गया है और अगली सदी पर इसका व्यापक प्रभाव पड़ना लगभग निश्चित है।

विज्ञान ने बहुत पहले इन्द्रियों से महसूस किये जाने वाले तथ्यों की विश्वसनीयता पर प्रश्नचिह्न लगाने का काम किया था। बीसवीं सदी के विज्ञान ने इसे और आगे बढ़ाया है और इस तरह मानवीय अनुभव को ऐन्द्रिक ज्ञान के परे की व्यापकता देने के साथ-साथ जाँचकर्ता द्वारा माप के परिणामों पर असर डालने की बात को लाकर न्यूटनीय निश्चितता के सिद्धान्त को दफ़नाया है।

यद्यपि विज्ञान ने अज्ञान, कठमुल्लापन और अन्धविश्वास के विरुद्ध जंग लड़ने में अत्यन्त महत्त्वपूर्ण भूमिका निभायी है, पर इसकी सफलताओं ने इसे ख़ुद एक अन्धविश्वास बना दिया है, यहाँ तक कि सिर्फ़ आस्था और विश्वास पर आधारित धार्मिक मान्यताओं और ज्योतिष जैसे विषयों का औचित्य बतलाने के लिए भी वैज्ञानिक तर्कों का सहारा लिया जा रहा है—मतलब आस्था की भूमि पर भी तर्क और विज्ञान का वर्चस्व स्वीकार जा रहा है। विटगेस्टाइन तो धर्म के साथ दर्शन को जोड़ने के भी विरुद्ध हैं। उनकी एक प्रसिद्ध उक्ति है :

यदि ईसाइयत सही है, तो उस पर लिखा सारा का सारा दर्शन ग़लत है।

प्रौद्योगिकी में मायक्रो इलेक्ट्रानिक्स, अन्तरिक्ष-विज्ञान और जेनेटिक्स ने ज़बर्दस्त शक्तियाँ अर्जित की हैं। अगली शताब्दी में इनके वर्चस्व की, ख़तरे पैदा करने की, और बहुत कुछ नुकसान हो चुकने के बाद इन ख़तरों के हल निकालने की क्षमताओं में अभूतपूर्व बढ़ोतरी होने की पूरी सम्भावना है। ओजोन परत में छेदों के बढ़ने तथा उद्योग-जनित 'ग्लोबल वार्मिंग' से भूमण्डलीय तापक्रम के बढ़ने और इससे ध्रुवों की बर्फ़ पिघलने और मालदीव जैसे देशों के डूबने के ख़तरे तो बहुत क़रीब हैं और इनसे निजात पाना बहुत बड़ी चुनौती है। बहरहाल, बहुत सी और बहुविध कुर्बानियाँ ले लेने के बाद प्रौद्योगिकी द्वारा पैदा किये गये भौतिक प्रदूषणों से छुटकारा चाहे मिल भी जाय, पर संस्कृति को प्रदूषित करने की इसकी तेज मुहिम का मुक़ाबला करने का काम प्रौद्योगिकी के बाहर का ही है और इसमें जितनी देर होगी उतना ही यह संघर्ष कठिन होता जावेगा।

जनसंख्या विस्फोट इक्कीसवीं सदी की प्रमुख चिन्ता है। इसी से जुड़ी है, भूमि की चिन्ता। कहा जाता है कि औसतन दुनिया की आबादी हर चालीस साल में दुगनी हो जाती है। अनुमान लगाया गया है कि इस हिसाब

से छब्बीसवीं सदी के अन्त तक यह इतनी बढ़ जावेगी कि पृथ्वी का सीमित धरातल इसे टिका नहीं पाएगा। इससे निबटने का काम केवल प्रौद्योगिकीय प्रगति के भरोसे पर छोड़ने का मतलब है दूसरे ग्रहों (मुख्यतः मंगल ग्रह) पर या स्पेस-स्टेशनों पर मानव बस्तियाँ बनाने की भव्य और अभिजात्य योजनाओं पर अन्धाधुन्ध धन और शक्ति का दुरुपयोग करना। असल में इस समस्या का हल 'प्रगति' के दायरे का न होकर 'विकास' के दायरे का है और जब तक 'प्रगति' की जगह 'विकास' पर जोर नहीं दिया जाता तथा 'प्रगति' के लिए ख़र्च किया जा रहा अन्धाधुन्ध पैसा 'विकास' पर नहीं लगाया जाता, तब तक इसका कारगर हल निकलना असम्भव है।

अमर्त्य सेन ठीक कहते हैं कि जनतन्त्र बीसवीं सदी का सबसे बहुमूल्य तोहफ़ा है। पिछली सदी और इस सदी के शुरुआती दशकों में पश्चिमी ताक़तों का यह तर्क कि दुनिया के कुछ देश जनतन्त्र के लायक ही नहीं हुए हैं, अब कहीं पर सुनायी नहीं देता, कबाइली क़िस्म की जमातों के लिए भी नहीं। जनतन्त्र एक सार्वभौमिक ऊर्जा की तरह सब ओर फैल रहा है और अविकसित देशों के पिछड़े और कमज़ोर समुदायों में भी सत्ता में भागीदारी करने की भावना जोर पकड़ती जा रही है। जगह-जगह उच्च वर्गों तथा समुदायों के राज्यसत्ता पर वर्चस्व को चुनौती दी जा रही है, जो जनतन्त्र की जड़ें गहराने का लक्षण है। जनतान्त्रिक गुणवत्ता में वृद्धि इसका अगला पड़ाव है और इसलिए यह इक्कीसवीं सदी के शुरुआती दशकों के लिए एक बड़ी चुनौती है। लोकप्रियता जनतांत्रिकता का एक प्रमुख घटक ज़रूर है, पर मानवीय और संवैधानिक मूल्य इसके ऊपर हैं और इनकी रक्षा करते रहना इस चुनौती को स्वीकारना है। दुर्भाग्य से पिछले कुछ सालों से अपने देश की संस्थाओं का हमारा अनुभव निराशाजनक रहा है। एक के बाद एक संवैधानिक सत्ता-केन्द्रों की गरिमा को गिराया जा रहा है। आये दिन इन केन्द्रों पर स्थापित व्यक्ति कभी अपनी कमज़ोरी तो कभी अपनी असहायता के बीच हमें दिखलायी देते रहे हैं। उदाहरण के लिए पिछले साल ही एक प्रदेश के राज्यपाल, बिना इस बात की चिन्ता किये कि उन्हें कम से कम प्रगटरूप से संकीर्ण पार्टीगत राजनीति से परे दिखलायी देना चाहिए, अपनी पार्टी के प्रदेश-प्रभारी की अगुआनी करने हवाई अड्डे पर पहुँच गये थे। पर इस तरह की विकृतियाँ शायद जनतन्त्र

को व्यावहारिक रूप से अधिक व्यापक बनाये जाने के संक्रमण काल की हैं और उम्मीद की जा सकती है कि जनतान्त्रिक समझ गहराने के साथ-साथ संवैधानिक सत्ता-केन्द्रों की गरिमा तथा उनके अधिकारों की रक्षा हो पाना सम्भव होगा।

जनतान्त्रिक समझ के गहराने से यद्यपि मानव सभ्यता निःसन्देह बेहतर होगी, पर प्रौद्योगिकी के बढ़ते वर्चस्व के कारण इसके सांस्कृतिक रूप से निर्धन होने का ख़तरा भी वास्तविक है। हमें जान लेना चाहिए कि प्रौद्योगिकीय तेज रफ़्तार के 'अन्त' में ही विभिन्न सांस्कृतिक परम्पराओं की अस्मिता की रक्षा की सम्भावना और अतिरिक्त सांस्कृतिक समृद्धि का 'आरम्भ' निहित है।

'सरलीकरण' जनप्रियता प्राप्ति का औजार है और 'नारा' जन को आकर्षित करने का आभूषण, कि नज़र में भर जाये और बार-बार याद आता रहे। जनतन्त्र में न सिर्फ़ राजनीति बल्कि व्यापार भी इनका भरपूर उपयोग कर रहे हैं।

पर 'सृजन' को 'सरलीकरण' और 'नारे' संकुचित ही करते हैं और इसलिए जनप्रियता सृजन का ध्येय नहीं हो सकती। यह अलग बात है कि जनप्रियता को ध्येय बनाये बिना भी कई बार अच्छा सृजन जनप्रिय हो जाता है। बुनियादी रूप से सृजन अपनी ही शर्तों पर होता है और इसलिए वह अकेले का जनतन्त्र (डेमोक्रेसी) है, कि विभिन्न अवलोकनों, विचारों, दृष्टिकोणों के आत्म-संवाद से बना और निकला हुआ। दार्शनिक सृजन के बारे में विटगेंश्टाइन कहते हैं।

दर्शन चीज़ों को हमारे सामने रखता भर है, यह न समझाता है और न कुछ डिड्यूस करता है,...हमें 'समझाना' तजना चाहिए और केवल 'वर्णन' को इसकी जगह लेनी चाहिए।

प्रौद्योगिकी और व्यापार का गठजोड़ जनतन्त्र को सरलीकृत करेगा। मूल्यों और संवेदनाओं को हाशिये पर डालेगा और वर्गों के भेद को बढ़ाएगा। यह सांस्कृतिक सरलीकरण को भी बढ़ावा देगा, कि सब कुछ पका-पकाया हो, बिना किसी कष्ट के समझ में आने वाला।

सवाल प्रौद्योगिकी के विरोध का नहीं, इसके वर्चस्व और हर क्षेत्र में इसकी घुसपैठ के विरोध का है। आख़िर 'न्यूरॉन मोटर डिसीज' से पीड़ित

स्टीफन हॉकिंग कम्प्यूटर की मदद से ही अपने शोध का काम कर पा रहे हैं। फिर फाउंटेन पेन से लेकर छापेखाने, टेलीफोन, फैक्स, इण्टरनेट और वर्ड-प्रोसेसर का इस्तेमाल हम करते ही हैं तथा औषधीय तथा शल्य चिकित्सा में हुई प्रौद्योगिकी की प्रगति का हमें लाभ मिल ही रहा है। प्रौद्योगिकी का विरोध करने के लिए विरोध करना बेमानी है। चिन्ता तब होती है, जब प्रौद्योगिकी की बेहद तेज रफ़्तार हमारी विविध रंगी सांस्कृतिक विरासत और हमारे मानवीय मूल्यों को एकतरफ़ा प्रभावित करती है और किसी दानव की तरह इन्हें रौंदने की कोशिश करती है।

कम्प्यूटर और सूचना प्रौद्योगिकी की कृत्रिम बुद्धि (आर्टीफीशियल इण्टेलीजेन्स) ज्ञान-क्षेत्र के काम करने लगी है और इस तरह के काम करने की इसकी क्षमता का और अधिक विस्तार होना निश्चित है। पर बुद्धिमान से बुद्धिमान कम्प्यूटर भी 'संवेदनशीलता' और 'दृष्टिकोण' हासिल नहीं कर सकता। कम्प्यूटर ऐसा कुछ भी हासिल नहीं कर सकता जो अपरिभाषित हो। इसका भावानात्मक घनत्व शून्य है। कला-साहित्य के सर्जक के पास यह सब है और बहुत कुछ ऐसा भी है, जो शब्दातीत तथा अपरिभाषित है। वह बहुत अधिक भावुक चाहे न हो, पर उसका भावनात्मक घनत्व साधारण और बुद्धिमान दोनों ही प्रकार के व्यक्तियों से अधिक ही होता है, कि वह भावुकता से ऊपर उठकर भावनाओं को तौलता है। इसलिए सृजनशील कलाकार-साहित्यकार कम्प्यूटर से भी ऊपर रहेगा और सहस्त्राब्दियों से उसके पूर्वजों द्वारा पोषित जड़ों से जुड़कर सर्जन के आयाम और इसकी कॉस्टीटुएंसी को व्यापक बनाएगा। तीसरी सहस्त्राब्दी की आशा की किरण या सिल्वर लाइनिंग इस बात पर टिकी है कि सर्जक कलाकार-साहित्यकार अपनी ज़िम्मेदारी को बढ़ाते हुए संस्कृति में हो रहे प्रौद्योगिकीय प्रदूषण को रोकने की मुहिम में कितनी अगुआई करते हैं।

तीसरी सहस्राब्दी में भारतीय सभ्यता के योग्य पुरुषार्थ : रक्षण, पुनर्नवीनीकरण और विकास की नयी दिशाएँ*
दयाकृष्ण

तीसरी सहस्राब्दी में भारतीय सभ्यता के योग्य पुरुषार्थ : रक्षण, पुनर्नवीनीकरण और विकास की नयी दिशाएँ*

दया कृष्ण

मित्रों,

पता नहीं इस व्याख्यान के शीर्षक ने आपको चौंकाया कि नहीं। मैं ज़रूर चौंक गया था, हालाँकि जब मुझसे इस व्याख्यानमाला में व्याख्यान देने को कहा गया तो मैंने ख़ुद यह शीर्षक सुझाया था। सच कहूँ तो इस व्याख्यानमाला को जो नाम दिया गया है—'अन्तराल' उसी पर से मेरे दिमाग़ में यह शीर्षक कौंध गया था। उस पर निग़ाह पड़ते ही प्रश्न उठा—अन्तराल किसके-किसके बीच ? स्पष्ट ही, व्याख्यानमाला के इस नामकरण के पीछे यही तथ्य रहा होगा कि हम लोग जल्द ही बीसवीं सदी को लाँघकर इक्कीसवीं सदी में प्रवेश करने वाले हैं—यदि हम इस ईसाई काल-गणना को अपनी भी मान लें, तो। मगर, हम सिर्फ़ एक नयी शताब्दी में ही नहीं, एक नयी सहस्राब्दी में भी प्रवेश करने जा रहे हैं : ईसा

* साहित्य अकादेमी, नयी दिल्ली में प्रस्तुत लिखित व्याख्यान

के बाद की तीसरी सहस्राब्दी में, भले, यह सच है कि हममें से शायद ही कोई सहस्राब्दियों के हिसाब से सोचता होगा। आमतौर पर हम लोग अगले कुछ वर्षों या एक दशक के हिसाब से ही अपनी योजनाएँ बनाया करते हैं। शताब्दियों की शब्दावली में सोचना ही विरल है, सहस्राब्दियों की कौन कहे! हाँ, यदि हम सभ्यताओं और सभ्यतागत पुरुषार्थों की बात करते हैं तो सहस्राब्दियों में सोचना इतना अजीब नहीं लगेगा—कम से कम उन सभ्यताओं के सदस्यों को तो बिल्कुल नहीं जिनके पास अनेक सहस्राब्दियों का अनवरत और बाकायदा दर्ज़ किया गया इतिहास रहा है। और, भारतीय सभ्यता के पास तो कम से कम पाँच सहस्राब्दियों के प्रमाणपुष्ट इतिहास की धरोहर है। इसलिए, किसी सभ्यता को लेकर सहस्राब्दियों की शब्दावली में सोचना इतना अजीब नहीं है जितना पहली बार देखने पर लग सकता है। यहाँ इस कमरे में हम सभी लोग भारतीय हैं, कम से कम, ज़्यादातर लोग तो हैं ही; और जब हम स्वयं को भारतीय कहते हैं तो इसका मतलब यही होता है कि हमें सुदूर अतीत में गड़ी हुई अपनी जड़ों का अहसास है—जड़ें, जो ईसा से तीन हज़ार वर्ष पूर्व के आस-पास विद्यमान हड़प्पा सभ्यता तक फैली हुई हैं। भारतीय होना इस तरह इस सुदूर अतीत द्वारा संरचित होना है। अपनी बनावट की इस हक़ीक़त की हमें न केवल पूरी-समूची, हालाँकि धुँधली चेतना होती है, बल्कि हम सभी को भविष्य में भी इसे निरन्तर बनाये रखने की ज़िम्मेदारी का अहसास भी होता है। मगर क्यों? अपनी पहचान की रक्षा या नैरन्तर्य की यह चिन्ता हमें क्यों सताती है? क्या इसलिए कि हमें कोई ख़तरा भविष्य में इसके ऊपर—यानी इसके बचे रहने पर—मँडराता दिखायी दे रहा है? हम क्यों पुनर्नवीकरण की और विकास की नयी दिशाओं की बात कर रहे हैं?

इस तरह का प्रश्न पूछने का अर्थ है एक ऐसी समस्या को उठाना, जो हमारे समय की सबसे दुर्दान्त और विकट समस्याओं में से एक है। यदि हम कहीं अन्यत्र जन्मे होते—अमेरिका में या किसी भी पश्चिम यूरोपीय देश में, तो यह प्रश्न बिल्कुल नहीं उठता। तब हम अपनी सभ्यता के भविष्य के बारे में एकदम निश्चित और आश्वस्त होते। किन्तु यदि हम चीनी होते, या पश्चिमी एशिया या इस्लामी सभ्यता से जुड़े होते, तब भी कदाचित हमारे भीतर अपनी उस सभ्यता के भविष्य को लेकर—जिसने हमें जैसे

भी हम हैं वैसा बनाया है—उसी तरह की शंकाएँ और उलझनें खड़ी हो जातीं। सारी अ-पाश्चात्य सभ्यताएँ आज संकट में पड़ी प्रजातियाँ हैं : वर्तमान भूमण्डलीकरण के चलते और विश्व के समस्त दूसरे मानव-समुदायों के ऊपर इन पाश्चात्य प्रजातियों के एकछत्र वर्चस्व के चलते। पृथ्वी का बहुत बड़ा हिस्सा पश्चिम के द्वारा पराजित और उपनिवेशीकृत हुआ, जिसके फलस्वरूप विगत कुछ ही शताब्दियों के भीतर उत्तरी और दक्षिणी अमेरिका, ऑस्ट्रेलिया और अन्य देशों के आदिवासियों का बहुलांश एकदम विलुप्त हो चुका है।

इतना ही नहीं, बची-खुची अन्य सभ्यताओं के भी जीवित सदस्य, विशेषत: उनके प्रबुद्धजन अपनी लम्बी औपनिवेशिक तथा अर्द्ध-औपनिवेशिक दासता के दौरान एक बाहर से आरोपित शिक्षा-पद्धति में ढलकर इस कदर रूपान्तरित और इस कदर स्मृतिभ्रंश के शिकार हो चुके हैं कि अब वे दुनिया को अपनी सभ्यता और संस्कृति की आँखों से नहीं, पश्चिमी दृष्टि और पश्चिमी परिप्रेक्ष्य में ही देख पाते हैं। प्राचीनतर सभ्यताओं को भी साथ लपेटते हुए समूची पृथ्वी का इतिहास कुछ इस तरह लिखा गया है कि पढ़ने वाले पर यही छाप पड़े कि पाश्चात्य सभ्यता उन सभी को लाँघकर अपदस्थ कर चुकी है और अब वह मानव-मात्र के भविष्य का एकमात्र सच्चा प्रतिनिधित्व करने वाली सभ्यता के रूप में प्रतिष्ठित हो चुकी है—उन सबके लिए जो ऐतिहासिक कारणों से पिछड़ गये हैं। लगभग सभी ने मनुष्य के अतीत को देखने-समझने की इस 'ऐतिहासिक' पद्धति को जाने-अनजाने पूरी तरह अपना और आत्मसात् कर लिया है। मात्र एक उदाहरण पर्याप्त होगा। कार्ल सैगन की प्रसिद्ध पुस्तक *दि एसेंट ऑव मैन* में एक भी ऐसे ग़ैर-पश्चिमी व्यक्ति का ज़िक्र नहीं मिलेगा जिसने सुदीर्घ कालावधियों के दौरान मनुष्य जाति द्वारा तय की गयी इस कठिन चढ़ाई के ज़बर्दस्त अभियान में रंचमात्र भी योगदान किया हो अथवा मामूली से मामूली भूमिका भी निबाही हो। किताब, बेशक, जोरदार है, मगर बुनियादी तौर पर यह मनुष्य के नहीं, पाश्चात्य मनुष्य के सभ्यता-शिखर पर आरोहण के अभियान की कथा है, जो जानते-बूझते मानव जाति की इस साझा उपलब्धि में समस्त अन्य सभ्यताओं के अकाट्य योगदान को नज़रअन्दाज़ करती है : इस तथ्य को सर्वथा विस्मृत करते हुए कि समूची मानवजाति, जिस दिन से वह इस छोटे से ग्रह पर अवतरित

हुई, तभी से, सभ्यता के इस अभियान में जुटी रही है। इसी प्रवृत्ति का एक दूसरा उदाहरण, अभी हाल ही में सन-संवत् लिखने का ढर्रा जिस तरह चुपचाप बदल दिया गया है, उसमें दिखायी दिया है। ए .डी. यानी (ईसा के बाद) को अब 'सी.ई' यानी 'कॉमन एरा' (सबका काल-निर्णय) से विस्थापित कर दिया गया है मानो सारी मानव-जाति इस बात पर सहमत हो चुकी है कि यही सबका सर्वनिष्ठ और सर्वाश्लेषी 'काल' है। उदाहरण तो इसके अलावा भी ढेरों गिना दिये जा सकते हैं किन्तु इस प्रलोभन में पड़ने से कोई लाभ न होगा। फिर, यह इस व्याख्यान का मुख्य उद्देश्य भी नहीं है। निस्सन्देह, जिस परिस्थिति में हम डाल दिये गये हैं, उसके प्रति जागरूक होना पड़ेगा ताकि हम अपनी सभ्यता के अतीत और वर्तमान का इकट्ठा एक साथ साक्षात्कार और मनन कर सकें और उसे सार्थक ढंग से वर्तमान के साथ जोड़ सकें।

बहरहाल, कथा कहाँ से आरम्भ करें 'पाश्चात्य इतिहासकार—या कहें, चीज़ों को देखने के पश्चिमी नजरिये में दीक्षित इतिहासकार—पहले ही तय कर चुका है कि आर्य लोग कहीं बाहर से आये और अपनी पूर्ववर्ती हड़प्पा सभ्यता को ध्वस्त करने की भूमिका उन्होंने अदा की। और, हालाँकि हम इस देश में रहने वाले अधिकांश लोग अपने अतीत को उसकी वैदिक जड़ों तक आसानी से पहचानते और स्वीकारते हैं, हमें हड़प्पाकालीन सभ्यता के साथ उसके जुड़ाव के बारे में कुछ ख़ास मालूम नहीं है। हड़प्पा सभ्यता के साथ उस सभ्यता—जिसे हम भारतीय सभ्यता कहते-मानते हैं—का जो भी रिश्ता है वह हमारे लिए बहुत करके अटकलबाजी का ही विषय है, सहज विश्वास या जानकार लगाव का नहीं। तथापि, धीरे-धीरे इस अतीत की इण्डो-यूरोपीय विद्वानों द्वारा पेश की गयी तस्वीर बदल रही है। आज कोई भी गम्भीरतापूर्वक 'हमलावर आर्यों' वाली थियरी को नहीं मानता। यद्यपि आर्य बाहर से भारत में आये होंगे—यह धारणा अभी भी सामान्यतया स्वीकार की जाती है; जबकि इस बात के पुष्ट प्रमाण आये दिन उपलब्ध होते रहते हैं कि जिस सरस्वती नदी की वेदों में इतनी जीवन्त भूमिका दिखायी देती है, उसका हड़प्पा सभ्यता के विकास में भी उतना ही आधारभूत योगदान रहा था। सरस्वती के सूख जाने की भौगोलिक घटना ही उत्तर-हड़प्पाकालीन सभ्यता में प्रगट होने वाले परिवर्तनों का मूल कारण थी—ऐसा माना जाने लगा है। किन्तु यद्यपि

सरस्वती नदी वैदिक वाङ्मय में वर्णित लोगों तथा पुरातत्त्ववेत्ताओं द्वारा खोजे गये हड़प्पा सभ्यता के लोगों के बीच की महत्त्वपूर्ण कड़ी जुटाती है, दोनों के बीच के सम्बन्धों पर निर्णायक रोशनी पड़नी अभी बाक़ी है।

वास्तव में जो दो विकट गुत्थियाँ अपनी सभ्यता के गहनतम स्रोतों तक जाने के रास्ते में हमारे आड़े आती हैं, वे इस तथ्य से जुड़ी हैं कि एक ओर जहाँ एक से एक विस्मयकारी पुरातात्विक प्रमाण हमने खोज निकाले हैं, वहाँ दूसरी ओर हम भाषा (सिन्धु घाटी सभ्यता की लिपि) की गुत्थी नहीं सुलझा पाये हैं। और इस कारण, हमारी विडम्बना यह है कि बहुत कुछ जानते हुए भी हम निश्चयपूर्वक कुछ नहीं जानते। दूसरी तरफ़ जहाँ हमारे पास वेदों के प्रामाणिक पाठ तीन हज़ार बरसों से सुरक्षित और उपलब्ध हैं और उनके भाष्य और व्याख्या की भी उतनी ही लम्बी परम्परा है, इस ठोस साहित्यिक प्रमाण को पुष्ट करने के लिए आवश्यक पुरातात्त्विक सामग्री बहुत कम है। हो सकता है, किसी दिन दोनों के बीच का रिश्ता न केवल प्रमाणित हो जाय बल्कि एक अविच्छिन्न प्रवाह में उनकी सुसम्बद्धता भी उजागर हो जाय। किन्तु वह घटना भविष्य के गर्भ में ही है।

तथापि जो कुछ भी थोड़ी-बहुत जानकारी हमें उक्त प्रमाणों की है, वह चकित कर देने वाली है। हड़प्पा सभ्यता का विस्तार एवं व्याप्ति ही कल्पनातीत ढंग से चमत्कृत कर देने वाली है, और उसकी गुणवत्ता और समृद्धि अविश्वसनीय। मेसोपोटामिया के साथ उसके सामुद्रिक व्यापारिक सम्बन्धों का प्रमाण साफ़ जताता है कि इस अनोखी सभ्यता ने परिवहन, संगठन, लेखा-जोखा, मालगोदामों तथा अन्य आवश्यक संसाधनों और प्रणालियों का कैसा व्यवहारदक्ष तन्तुजाल विकसित कर डाला था जिसके बग़ैर इस तरह के क्रिया-कलाप किसी भी सभ्यता के लिए सम्भव ही नहीं हो सकते। दूसरी ओर वैदिक वाङ्मय न केवल यथार्थ की प्रकृति और उसके साथ मनुष्य के सम्बन्ध के बारे में गहन-गम्भीर चिन्तन-मनन का प्रमाण प्रस्तुत करता है, बल्कि ऐसे खगोलीय पर्यवेक्षणों का भी जो बग़ैर सूक्ष्म निरीक्षणात्मक ज्ञान के और बग़ैर बिल्कुल अलग प्रकार की सामर्थ्य की अपेक्षा रखने वाली गणितीय कलनाओं के, सम्भव ही नहीं हो सकते थे। अलावे इसके, वैदिक ऋषि कविकर्म को लेकर भी बड़ी सजग स्व-चेतना का प्रमाण देते हैं जिसके माध्यम से ही उनकी जिज्ञासाएँ, अन्तर्दृष्टियाँ

और पर्यवेक्षण रूपायित हो पाते हैं। वैदिक अनुष्ठान या वैदिक यज्ञ के बारे में भी ख़ासा विमर्श हुआ है। किन्तु उसमें प्रायः यह बात भुला दी जाती है कि यज्ञ सम्पन्न करने के लिए जो वेदी आवश्यक थी उसका निर्माण बड़ी जटिल ज्यामितिक जानकारी की अपेक्षा रखता था और साथ ही यज्ञ के लिए उचित मुहूर्त चुनने के लिए आवश्यक नक्षत्रों की गति-विधि का परिज्ञान भी। इतना ही नहीं, वैदिक वाङ्मय की प्राचीनतम ऋचाएँ अनुष्ठानों के अर्थ को लेकर, जो यज्ञ सम्पन्न किया जाना है, उसके यथातथ्य अभिप्राय को लेकर भी भरपूर चिन्तन-मनन का प्रमाण देती हैं। प्राचीनतम ब्राह्मण ग्रन्थों में से एक में याज्ञवल्क्य से एक विचित्र प्रश्न किया गया है कि उस परिस्थिति में जब यज्ञ में आहुति देने के लिए कोई सामग्री उपलब्ध न हो तो क्या करना उचित होगा? याज्ञवल्क्य का उत्तर प्रश्न से भी अधिक अद्भुत है। याज्ञवल्क्य कहते हैं कि यदि कुछ भी देने को नहीं है, तो सत्य की ही आहुति श्रद्धा की अग्नि में दी जानी चाहिए। कितनी विचित्र लगती है यह बात—दुरूह पहेली सरीखी! तनिक कल्पना कीजिये कि कोई मनीषी हमें सत्य का बलिदान करने को कह रहा है। क्या मतलब हो सकता है उसकी बात का? जब पहली बार यह प्रसंग मेरे पढ़ने में आया, मुझे विश्वास ही नहीं हुआ कि कोई ऐसी बात कह सकता है। परन्तु बाद में, विचार करने पर, मैंने याज्ञवल्क्य की उक्ति के अन्तर्निहित अभिप्राय को खोज ही लिया। याज्ञवल्क्य चरम आहुति की बात कर रहे थे—ऐन्द्रिक संवेदों और तर्कशक्ति से प्राप्त समस्त ज्ञान का बलिदान कर देने का आह्वान कर रहे थे और यह सुझा रहे थे कि अन्ततः इस सारे लौकिक ज्ञान को उस परात्पर सत्ता के प्रति श्रद्धा में विसर्जित कर देना आवश्यक होता है जो कालातीत और सनातन है और जिसे न तो प्रत्यक्ष संवेदन द्वारा जाना जा सकता है, न अनुमान द्वारा। यह वह चरम आहुति है जो तभी दी जानी चाहिए जब उसकी अनिवार्यता का क्षण आ पहुँचे। क्योंकि मनुष्य अपनी ज्ञानेन्द्रियों अथवा तार्किकता के द्वारा जिन सत्यों को उपलब्ध कर सकता है, वे पारमार्थिक नहीं, व्यावहारिक, कामचलाऊ सत्य ही होते हैं जिनका संशोधन-परिमार्जन होता आया है।

इन प्राचीन पाठों में और भी ऐसी चीज़ें हैं जो उस काल (ईसा पूर्व की तीसरी सहस्राब्दी) की जैसी जो तस्वीर बनायी गयी थी उसमें काफ़ी उलट-पुलटकर देने वाली हैं। आरम्भिक ब्राह्मण-ग्रन्थों में कवष की कथा

इसे झलकाती है। यही बात *छान्दोग्य उपनिषद्* में सत्यकाम जाबाल के आख्यान के बारे में भी है। मगर इस सब पर जितना ध्यान देना चाहिए, उतना ध्यान नहीं दिया जाता। न इस तथ्य को ही उभारा जाता है कि वेद के साथ वेदांग अनिवार्यतया जुड़े हुए हैं जिनमें मुख्यत: गणित, खगोलविद्या और काव्यशास्त्र आदि क्षेत्रों से सम्बद्ध प्रायोगिक और तार्किक ज्ञान समाहित है। यह बात अकल्पनीय जान पड़ती है कि इस ज्ञान का हड़प्पाकालीन सभ्यता की ज्ञानात्मक उपलब्धियों से अथवा उसके बाद के ज्ञान–विकास के साथ कोई सम्बन्ध ही नहीं था। आख़िर बन्दरगाहों का निर्माण अथवा सुदूर देशों के साथ समुद्री व्यापार का रिश्ता कायम करना बिना उच्चकोटि का यान्त्रिक कौशल विकसित किये और बिना नक्षत्रों की जानकारी के किस प्रकार सम्भव है? अलावा इसके, व्यापारिक सम्बन्धों में सिर्फ़ उत्पादों का ही विनिमय नहीं हुआ करता, विचारों का भी आयात–निर्यात अनिवार्यत: होता रहता है। प्राचीन अथवा आधुनिक व्यापार–मार्ग ही वे मार्ग भी हैं जिनके द्वारा विचारों का एक सभ्यता से दूसरी सभ्यता तक संक्रमण हुआ। भारतीय सभ्यता का फ़ारस की सभ्यता के साथ, या ज़रथुस्त्र के धर्म और दर्शन के साथ सम्बन्ध तो सर्वविदित ही है।

यह कथा काफ़ी जटिल है और इसके विभिन्न पहलुओं को आपस में जोड़कर शायद ही कभी देखने की कोशिश की गयी हो। एक बात मगर पक्के तौर पर कही जा सकती है कि ईसापूर्व की पहली ढाई सहस्राब्दियों की कथा मानवीय अभीप्सा के लगभग सभी आयामों में समृद्ध है जिसकी परिणति आकस्मिक विस्फोट की तरह भारत के पूर्वी हिस्से में दो महान व्यक्तित्वों—महावीर और बुद्ध के प्राकट्य में हुई। इन महापुरुषों ने न केवल वेद प्रामाण्य को चुनौती दी, बल्कि मानवीय अवस्थिति को लेकर विचार करने की प्रक्रिया को पारलौकिक सन्दर्भ में वियुक्त करने की पहल की और यह सुझाया कि मानवजीव अपनी स्थिति को अपने ही प्रयासों के बल पर बुनियादी ढंग से रूपान्तरित कर सकता है। उन्होंने अपने लोगों से उनकी अपनी ज़ुबान में बात की और इस तरह सन्तों की उस सुदीर्घ परम्परा की नींव इस देश में डाली, जो सदैव अपने लोगों से उनकी अपनी लोकभाषाओं के ज़रिये ही संवाद करते रहे हैं।

इसलिए, वर्तमान को यथातथ्य समझने के लिए हमें उसके साथ ही उस सुदीर्घ परम्परा की विरासत को भी भलीभाँति देखना पड़ेगा जो प्राक्–

वैदिक, वैदिक, वेदविरोधी, वेदान्तर और अ-वैदिक परम्पराओं के रूप में हमारे यहाँ सहस्राब्दियों के दौरान निर्मित-विकसित होती रही और जिन्होंने, गहनतम अर्थों में हमारे जातीय स्वभाव और संस्कार को गढ़ा है; हमें वह बनाया है जो हम हैं। हममें से प्रत्येक एक साथ ही बौद्ध, जैन, शैव, वैष्णव, स्मार्त और वह सब है जो इस देश में पल्लवित हुआ है—भले चेतन स्तर पर हम इनमें से किसी एक पर अधिक बल दें।

वेदों के साथ अनिवार्य रूप से जुड़े 'उपवेद' हैं जिनमें से कुछ ज्यामिति और खगोल विद्या पर केन्द्रित हैं। भारत की शेष समस्त आगम परम्पराओं में कदाचित ही ऐसी सहायक वैज्ञानिक उपविद्याओं का परिमण्डल अनिवार्यतः विद्यमान रहा हो। 'वेद' शब्द का अर्थ ही, कम से कम उस काल में ज्ञान हुआ करता था—जैसाकि धनुर्वेद, आयुर्वेद, नाट्यवेद इत्यादि शब्दों से प्रकट है। साथ ही, वैदिक पाठ को समझने के प्रयत्न के सिलसिले में उस सुदीर्घ भाष्य-परम्परा का भी सूत्रपात हुआ जो इस देश के बुद्धिजीवन को तमाम दूसरी सभ्यताओं के बौद्धिक क्रिया-कलापों से अलग वैशिष्ट्य प्रदान करता है। *निघंटु* और *निरुक्त* इस विषय का प्रतिपादन करने वाले सर्वाधिक प्रचीन ग्रन्थ हैं। पहला वेदों में प्रयुक्त पर्यायवाची और homonyms शब्दों पर केन्द्रित है और दूसरा उन सामान्य और अमूर्त समस्याओं पर, जो वैदिक पाठों की अर्थमीमांसा से ताल्लुक रखते हैं। *निरुक्त* में उन कई सारे चिन्तकों की धारणाओं का उनके नामोल्लेखों सहित विशद विवेचन किया गया है जो या तो निरुक्तकार यास्क के समकालीन रहे होंगे या पूर्ववर्ती। तनिक, कौत्स सरीखे विचारक के साहस की कल्पना कीजिये, उसकी इस स्पष्ट उद्घोषणा के सन्दर्भ में, कि "यदि वेद जो कहते हैं, वह किसी अन्य तरीक़े से नहीं कहा जा सकता, तो फिर उन्हें निरर्थक ही मानना होगा क्योंकि किसी उक्ति की सार्थकता इस बात में निहित होनी चाहिए कि जो उसमें कहा गया है, वह किसी दूसरे रूप में, दूसरी शब्दावली में भी कहा जा सकता है। क्योंकि, जब मैं आपसे कह चुका हूँ कि मैं आपकी बात नहीं समझ पा रहा हूँ और आप मुझे दूसरे सही ढंग से समझाने के बदले, अपने कहे हुए को ही दुहराते चले जायें तो मैं आख़िर कैसे किस तरह यह समझ पाऊँगा कि आप कहना क्या चाहते हैं? कोई बात सार्थक और समझ में आने लायक, बुद्धिगम्य हो, इसमें यह अनिवार्यतः निहित होता है कि उसका अभिप्राय कई भाषिक रूपों से व्यक्त हो सकना

चाहिए, क्योंकि किसी बात की व्याख्या करने का मतलब यही होता है।'' क्या आप *बाइबिल* या *कुरान* के सन्दर्भों में इस तरह के आलोचनात्मक साहस की कल्पना कर सकते हैं? क्या वहाँ कोई यह कहने का साहस कर सकता है कि वे बे-मानी हैं यदि उनके कथ्य को किसी और भाषा में सम्प्रेषित नहीं किया जा सकता—इसलिए कि वह स्वयं ख़ुदा की ज़ुबान है? तथापि यह तथ्य है कि कौत्स ने बहुत प्राचीनकाल में वेद के सन्दर्भ में ऐसा कहा और यास्क ने उसके इस दृष्टिकोण को बाकायदा उसके नामोल्लेख सहित अपने *निरुक्त* में दर्ज़ किया। उसने और भी कई प्रश्न उठाये—जैसे यही, कि भाषा का अर्थ क्रिया में है या संज्ञा में। उन प्रश्नों पर उसके बाद भी निरन्तर वाद-विवाद-संवाद चलता रहा है। पाणिनि का प्रादुर्भाव उसके फ़ौरन बाद होता है जिन्होंने न केवल संस्कृत भाषा के व्याकरण को सुव्यवस्थित किया, प्रत्युत एक आदर्श ढाँचा भी प्रस्तुत कर दिया—भारतीय परम्परा में रचे जाने वाले समस्त परवर्ती वैज्ञानिक ग्रन्थों के लिए।

ईसा पूर्व की तीसरी सहस्राब्दी के उत्तरार्द्ध में इस प्रकार ज्ञान के विविध क्षेत्रों में सूत्रबद्ध शास्त्रों की रचना का उपक्रम हुआ। इन सबके सब शास्त्रों के स्रोत और विकासबिन्दु 'उपवेदों' में निहित थे जो—जैसा कि हमने पहले कहा था—स्वयं वैदिक वाङ्मय का ही अंग थे। जो लोग भारत की आध्यात्मिक परम्परा की बहुत बात करते हैं वे भूल जाते हैं कि किस तरह-कम से कम आरम्भिक काल में—वेद का अर्थ कितना व्यापक—समावेशी था; उसमें वह सारा ज्ञान जुड़ा हुआ था जो अब प्रत्यक्ष और तर्कलभ्य ज्ञान समझा जाता है और पारमार्थिक ज्ञान से बलपूर्वक अलगाया जाता है। यह सच है कि परवर्ती काल में ज्ञान की शाखाओं का विभाजन और विशेषीकरण हुआ और हरेक को स्वायत्तता प्रदान कर दी गयी। किन्तु यह भी सच है कि इन विविध अनुशासनों की एकीकृत जड़ों को कभी भी विस्मृत नहीं किया गया। वस्तुतः, देखा जाय तो, यह दावा कि सारे भारतीय शास्त्र अपना आध्यात्मिक आयाम रखते हैं, इसी जातीय स्मृति का अवशेष है। तथापि इस तथ्य को हमेशा स्मरण रखना चाहिए कि ज्यों ही कोई अनुशासन शास्त्र की तरह सूत्रबद्ध हो जाता है और अपनी स्वतन्त्र-स्वायत्त हैसियत अख़्तियार कर लेता है, त्यों ही उसका एक अपना ही जीवन-चक्र चल पड़ता है और उसमें आन्तरिक और बाह्य दोनों

ही स्तरों पर ऐसी समस्याएँ उत्पन्न हो जाती हैं जिनका उनके मूलोद्‌भव की परिस्थिति से कुछ ख़ास लेना-देना नहीं होता। यह अपने आप में एक बड़ी समस्या है जिसके ब्यौरे में हम यहाँ नहीं जायेंगे।

ईसा के बाद की पहली सहस्राब्दी के आरम्भ में ही हम भारत में अनेकानेक ज्ञान-विज्ञान की शाखाओं तथा कलात्मक गतिविधियों का निरन्तर विकासक्रम देखते हैं। वैदिक वाङ्‌मय का औपनिषदिक चरण पूरा होता है, इसी परम्परा में उपवेदों का, धर्मसूत्रों, गह्यसूत्रों और श्रौतसूत्रों का विकास अनन्तर अन्यान्य शास्त्रों के रूप में होता है जैसे, अर्थशास्त्र, कामशास्त्र, स्मृतिग्रन्थ और भी बहुत सारा सूत्र-साहित्य। अलावा इसके दर्शन के क्षेत्र में मीमांसा, न्याय, वैशेषिक, ब्रह्मसूत्रों और योगसूत्रों की भी रचना इसी दौरान अपनी परिणति को प्राप्त होती है। खगोलविद्या, गणित, औषधि-विज्ञान और व्याकरण, भाषा-शास्त्र इत्यादि का एक अलग ही समूह विकसित हो जाता है। यह वाङ्‌मय अत्यन्त विपुल और वैविध्यपूर्ण है; उनके अन्तःसम्बन्धों का कायदे से अध्ययन अभी तक किया ही नहीं गया। न उन बौद्धिक संस्थानों का जिनकी संरक्षण तथा सम्प्रेषण सम्बन्धी व्यवस्थाएँ निश्चय ही बड़ी समृद्ध रही होंगी।

आमतौर पर इतिहासकारों का ध्यान भारतीय सभ्यता के इस अत्यन्त सृजनात्मक युग (ईसापूर्व की पहली सहस्राब्दी के उत्तरार्द्ध से लगाकर ईसा बाद की पहली सहस्राब्दी के पूर्वार्द्ध तक) की उपलब्धियों या प्रक्रियाओं पर नहीं जाता। उनका ध्यान ज़्यादातर बाहरी घटनाओं पर केन्द्रित रहा है—जैसे ३४३ और ३४० बी.सी. के बीच इसी भारत पर हुए सिकन्दर के आक्रमण पर। जबकि वह आक्रमण भारत के एक सुदूर पश्चिमोत्तर प्रान्त तक सीमित था और उसमें भी ऐसी स्थिति निर्मित हुई थी जिसमें सिकन्दर की सेनाओं ने लड़ने से इनकार कर दिया और उसे वापस जाना पड़ा। ध्यान देने योग्य बात यह है कि उस युग की या बाद की भी किन्हीं भी रचनाओं में इस घटना का उल्लेख नहीं पाया जाता। ज़ाहिर है, इसीलिए, कि भारतीय परिदृश्य में, भारतीय दृष्टि से देखने वालों को यह घटना महत्त्वपूर्ण क्या, उल्लेखयोग्य भी नहीं लगी। सवाल यह है कि क्या भारत में रहने वाला आज का कोई भी इतिहासकार चीज़ों को भारतीय दृष्टिकोण से देखता है, या कि देखने की क्षमता है उसके पास ? पाश्चात्य चेतना में सिकन्दर का अभियान ज़रूर काफ़ी बड़ा दीखता होगा और उसकी पश्चिम

के इतिहास में महत्त्वपूर्ण भूमिका भी रही होगी। विडम्बना मगर यह है कि उनका इतिहास ही आज बाक़ी सारी पृथ्वी के निवासियों का इतिहास बन चुका है। सिकन्दर का आक्रमण बहुत अल्पजीवी था। उसका महत्त्व भी, भारतीय दृष्टि में केवल गान्धार-कला के सन्दर्भ में तथा सिकन्दर की मृत्यु के उपरान्त कई स्वतन्त्र इण्डो-ग्रीक राज्यों की स्थापना तक सीमित था। इन्हीं राज्यों में भारतीय और यूनानी विचार-परम्पराओं के बीच कुछ सार्थक अन्त:क्रिया हुई। पश्चिम एशिया के आर-पार उत्तरी भारत से ठेठ यूनान तक सिकन्दर के उत्तराधिकारियों के राज्य फैले हुए थे और उनमें जो विचारों का आदान-प्रदान हुआ होगा उसने भारत में ही क्यों, यूनान में भी दूरगामी परिणाम उपजाये होंगे। अरस्तु के बाद यूनानी चिन्तन में हुए विकास को भारतीय प्रभाव के बिना समझना कठिन होगा। मसलन 'स्टॉइक' तथा 'एपीक्यूरियन' विचारधाराओं का विशिष्ट भारतीय विचारधाराओं के साथ जो आश्चर्यजनक साम्य दीखता है, उसे और कैसे समझेंगे? यहाँ तक कि प्लेटो के चिन्तन में भी विशिष्ट भारतीय गन्ध और स्वाद साफ़ पहचाना जा सकता है। और, वह कथा भी किसे मालूम नहीं जिसमें अरस्तु अपने शिष्य सिकन्दर से आग्रह करता है कि वह भारत से किसी मनीषी को ज़रूर लेकर आये। यह क़िस्सा सच्चा हो चाहे न हो, कम से कम इतना तो दर्शाता ही है कि उस समय भी भारत की तत्कालीन विश्व में पहचान आध्यात्मिक बुद्धिवैभव के कारण ही थी। महावीर एवं बुद्ध की कीर्ति भी तब तक दूर-दूर तक फैल चुकी होगी। यह अविश्वसनीय जान पड़ता है कि पश्चिमोत्तर भारत में चलने वाला यह सांस्कृतिक विनिमय सीमान्तों के पार नहीं पहुँचा होगा।

जहाँ तक यूनानी प्रभाव का प्रश्न है, यह गान्धार कला में, तथा भारतीय कृतियों में आये यूनानी गणितज्ञों के उल्लेख से जगज़ाहिर है। कुषाण और शक साम्राज्यों ने उत्तर-पश्चिमी भारत के बड़े हिस्से को मध्य और पश्चिम एशियाई प्रान्तों से मिला दिया था और भारत के पश्चिमी तट से रोम के साथ होने वाले व्यापार के जो प्रचुर प्रमाण २०० ए.डी. के आसपास के उपलब्ध हैं, उनसे विभिन्न सभ्यताओं के बीच फैले आदान-प्रदान के बड़े विस्तृत तन्तुजाल का पता चलता है। न केवल वस्तुओं के आदान-प्रदान का बल्कि विचारों के विनिमय का भी। इस सब की धुँधली जानकारी भर हमारे लोगों को होती है। किन्तु उसकी व्यापक

अर्थवत्ता में उतरने का उत्साह पता नहीं क्यों किसी को नहीं होता।

ईसा-पूर्व की पहली सहस्राब्दी के उत्तरार्द्ध की तथा ईसा-पश्चात की प्रथम सहस्राब्दी की कथा अभी लिखी जानी है। जो तस्वीर अभी प्रचलित है—कम से कम दर्शन के क्षेत्र में—वह पूर्णतः ग़लत व भ्रामक जान पड़ती है क्योंकि वह बौद्ध चिन्तकों के तत्कालीन दबदबे को बहुत घटाकर दिखाती है। इस विषय पर जो कुछ लिखा मिलता है उससे हमारे ऊपर यही छाप पड़ती है कि यह समूचा काल औपनिषदिक वेदान्त-दर्शन की धारा से अनुप्राणित रहा था। तथापि, आठवीं शताब्दी के शंकराचार्य से पहले ब्रह्मसूत्रों पर किसी भी भाष्य की सम्पूर्ण अनुपस्थिति कुछ और ही जताती है। यही हाल वेदों का है जिनके बारे में यास्क के *निरुक्त* के पश्चात् सातवीं-आठवीं सदी तक कोई यन्त्र नहीं लिखा मिलता, जब वल्लभी राज्य के अन्तर्गत पहली बार उन पर सीधा काम किया गया। वैदिक अध्ययन का वास्तविक पुनर्जन्म केवल विजय नगर के साम्राज्य में ही सम्भव हुआ जो चौदहवीं शताब्दी के बाद फला-फूला था। यह सही है कि हमारे पास मीमांसा-सूत्र और शबर का भाष्य तथा कुमारिल और प्रभाकर की सुप्रसिद्ध कृतियाँ विद्यमान हैं। किन्तु ये कृतियाँ सीधे वैदिक पाठों से जुड़ी हुई नहीं हैं। तथ्य यही है कि भारतीय दर्शन की तथाकथित 'ऑर्थोडॉक्स' परम्पराओं के अन्तर्गत रची गयी समस्त दार्शनिक कृतियों को भी जोड़ दें तो उनका योगदान बौद्ध-दर्शन ग्रन्थों की संख्या के आधे तक भी कदाचित ही पहुँचेगा।

किन्तु दर्शन इस सहस्राब्दी में सृजित भारतीय सभ्यता के बहुमुखी कृतित्व का केवल मात्र एक आयाम भर है और शायद आप लोगों को यह जानकर उतना ही अचम्भा होगा, जितना मुझे हुआ था, जब मैंने जाना कि सहस्राब्दी के अन्त में जो हमारे महानतम विचारकों में से एक हुआ था और जो स्वयं को आधुनिक कहता था, उसने स्वचेतन ढंग से अपने को पूर्ववर्ती आचार्यों से अलग किया था। इस विचारक का नाम था उदयन—महान् दार्शनिक, जो दसवीं शती के आसपास सक्रिय था।

बेशक, इस सहस्राब्दी का अन्त महमूद गजनबी के लगातार एक के बाद एक किये गये आक्रमणों से होता है। सोमनाथ मन्दिर के उसके द्वारा ध्वस्त किये जाने की कथा इस काल के इतिहास-लेखकों द्वारा ख़ूब बखानी गयी है। सोमनाथ ध्वंस की समकक्ष बौद्धिक घटना के रूप में अलबेरूनी के

यात्रा-वृत्तान्त की भी बहुत चर्चा हुई है जिसमें अलबेरूनी ने भारतीय विद्वानों की आत्म-तुष्ट और संगोपनशील मानसिकता की आलोचना की है और कहा है कि इन लोगों में बाहर वालों की ज्ञान-सम्पदा के प्रति कोई जिज्ञासा नहीं है। अलबेरूनी के वक्तव्य को इतना तूल दे दिया गया है कि वह विश्वभर में ब्राह्मण बुद्धिजीवियों के चरित्र का प्रामाणिक चित्र मान लिया गया है। मगर इस तथ्य को बड़ी आसानी से भुला दिया गया है कि यह उस आदमी की साखी है जो विजेता महमूद गजनबी के साथ भारत आया था जिसे भारत की धर्मप्राण संस्कृति से घृणा थी और जो उस सबको निरंकुश ढंग से नष्ट करने में जुटा हुआ था जो भारत के लोगों के लिए दिव्य और पावन था। ऐसी हालत में अलबेरूनी कैसे उन लोगों से यह अपेक्षा करता था कि वे उसे वह सब उत्साहपूर्वक बताने को प्रस्तुत होंगे जो वह उनसे जानना चाहता था? वास्तव में ख़ुद अलबेरूनी ने ऐसी बात कही है जो किसी को धक्का पहुँचाने और उसकी आँखें खोलने को पर्याप्त है। वह यह कि सिवा उन लोगों के जो किसी तरह भाग निकले—हमारी पहुँच के बाहर—हमने जो भी हमारे हाथ आ गये उन सभी को नष्ट कर दिया है। ठीक-ठीक शब्द भले यह न हों, किन्तु अर्थ कुल-मिलाकर उसके वक्तव्य का यही है।

तो भी, अलबेरूनी की भारत-यात्रा का एक-दूसरा आयाम भी है जिस पर हमारा ध्यान जाना चाहिए। वह यहीं मनीषियों की खोज में नहीं आया था, बल्कि गणित, खगोल, औषध-विज्ञान और इस तरह के व्यावहारिक उपयोग के ज्ञान-विज्ञान का पता लगाने आया था जिनके लिए भारत तब की सारी दुनिया में ख़ासा जाना जाने लगा था। अरब लोगों पर यूनानी विद्वत्ता का प्रभाव तो सर्वविदित है परन्तु भारतीय विद्वत्ता ने अरबी दुनिया में ज्ञान के विभिन्न क्षेत्रों में हो रहे विकास को कितना और किस तरह प्रभावित किया, इस बारे में बात बहुत कम हुई है। अरबी अंकों की बात ज़रूर होती है जो भारत से लिए गये थे। मगर उसके बाद...मानो कहानी शून्य है। इसी तरह भारत पर अरबी विद्वत्ता के असर के बारे में भी कोई चर्चा नहीं करता। इतिहासकारों की दिलचस्पी तो लगता है, सिर्फ़ लड़ाइयों और तबाहियों के ब्यौरों में रहती है और हिन्दू-मुस्लिम संघर्ष की शब्दावली में कहानी कहने में—भले यह जाना-माना तथ्य हो कि भारत में ही मुस्लिम शासकों के बीच आपस में युद्ध लड़े गये जिस तरह कि हिन्दू

राजाओं के बीच भी।

ईसा के बाद की दूसरी सहस्राब्दी की कहानी को कई तरीक़ों से देखा जा सकता है। किन्तु इसे बलपूर्वक रेखांकित करना ज़रूरी है कि न केवल सोमनाथ के मन्दिर का ध्वंस के बाद शीघ्र ही पुनर्निर्माण किया गया, बल्कि इस घटना के बाद काफ़ी अन्तराल से उड़ीसा और मध्यप्रदेश के विख्यात मन्दिर-समूहों की रचना हुई। भुवनेश्वर और खजुराहो के भव्य मन्दिर इस तथ्य के जीवित प्रमाण हैं कि गजनबी के विनाशकारी आक्रमणों का उत्तर भारत के कुछ हिस्सों को छोड़कर कहीं कोई ख़ास असर नहीं पड़ा और जहाँ पड़ा, वहाँ भी थोड़े से समय के लिए। नालन्दा का महान् बौद्ध विश्वविद्यालय दो सौ बरस आगे तक फलता-फूलता रहा जब तक बख्तियार खिलजी ने आकर न केवल विशाल भू-भाग में फैले उनके विहारों को धूल में मिला दिया, बल्कि लगभग उन सारे ही आचार्यों और स्थविरों की हत्या कर डाली जो वहाँ रहते और पढ़ाते थे। इतिहास में शायद ही कभी इतने सारे बुद्धिजीवियों का इतने कम समय के भीतर इतनी तेजी और आकस्मिकता के साथ क़त्लेआम हुआ होगा। भारत में बौद्ध दर्शन इस भयंकर विनाशलीला के बाद बचा नहीं रह सका क्योंकि इस तारीख़ के (१२०० ए.डी.) के बाद कोई बौद्ध विचारक प्रकट हुआ नहीं दीखता। जबकि १००० ए.डी. और १२०० ए.डी. के बीच के दो सौ बरसों में वे काफ़ी तादाद में मौजूद थे। वस्तुतः इस दौरान उनकी संख्या वेदान्तियों से कहीं अधिक थी जबकि यह शंकराचार्य से काफ़ी बाद की बाद है जिन्हें आठवीं सदी में ही भारत से बौद्ध दर्शन के उन्मूलन का श्रेय दिया जाता है। विचित्र तथ्य यह भी है कि जैन धर्म भी १००० ए.डी. के बाद ख़ासा फलता-फूलता दिखायी देता है और जैन दर्शन के विद्वानो की संख्या भी वेदान्तियों से अधिक थी।

अद्वैत वेदान्तियों को जो चुनौती मिली, वह एक दूसरी जगह से। यामुनाचार्य से आरम्भ करते हुए एक पूरी शृंखला महान् वेदान्ती आचार्यों की दक्षिण में प्रगट हुई जिन्होंने शंकर कृत उपनिषदों और ब्रह्मसूत्रों के भाष्य से असहमति प्रकट की। अब दार्शनिक गतिविधि का केन्द्र विंध्याचल के और नर्मदा के दक्षिण की ओर खिसक गया। यामुनाचार्य ने वेद के समकक्ष ही आगमग्रन्थों की प्रामाणिकता स्थापित करते हुए *आगम-प्रामाण्य* लिखा। इससे भी गम्भीर चुनौती वीर शैव सम्प्रदायों की ओर से

प्रस्तुत हुई जिन्होंने खुले तौर पर वेद के प्रमाण को अस्वीकर किया और अपने ग्रन्थ तमिल भाषा में लिखे। दक्षिण में ही शैव सिद्धान्त का आन्दोलन खड़ा हुआ। इसके अतिरिक्त तर्कशास्त्र और ज्ञान-मीमांसा के क्षेत्रों में भी अत्यन्त महत्त्वपूर्ण प्रगति हुई जिसके केन्द्र पूर्वी भारत में—ख़ासकर बिहार तथा बंगाल में थे जहाँ गंगेश से गदाधर तक एक से एक बौद्धिक चमत्कारों का बोलबाला रहा। दक्षिण और पूर्व इस प्रकार महान बौद्धिक गतिविधियों के केन्द्र बने इसी सहस्राब्दी के पूर्वार्द्ध में। ठीक इस वक़्त, जिस वक़्त उत्तरी भारत एक के बाद एक राजवंशों के मुस्लिम शासकों के आधिपत्य से गुजरता रहा और जिनका वास्तविक नियन्त्रण दिल्ली और आगरा के आसपास ही केन्द्रित रहा।

इस युग के इतिहासकारों ने अपना समूचा ध्यान उत्तरी भारत की राजनैतिक घटनाओं पर ही केन्द्रित किया है और इसीलिए उस काल का बड़ा एकांगी और विकृत चित्र ही वे प्रस्तुत कर सके हैं। समझ में नहीं आता यह किस तरह का इतिहास लेखन है, जो पूरी तरह दिल्ली आगरा में हुकूमत चला रहे गिने-चुने राजवंशों पर ही सिमटा रहता है और दक्षिण में चार सौ बरसों तक अत्यन्त सफलतापूर्वक सक्रिय चोल शासन की अद्‌भुत उपलब्धियों को बिल्कुल नज़रअन्दाज़ कर देता है। चोलों ने ही न केवल सीलोन जीता, बल्कि इण्डोनेशिया तक जा पहुँचे थे। हमें याद रखना चाहिए कि दक्षिण में न केवल हिन्दू राज्यों की एक गौरवशाली परम्परा ग्यारहवीं सदी से लगाके कोई पाँच-साढ़े पाँच सौ वर्षों तक फलती-फूलती रही—विजयनगर साम्राज्य के अन्त (१५६७ ए.डी.) तक, बल्कि ज्ञान और सर्जना के सभी क्षेत्रों में भारतीय सभ्यता के प्रगतिशील अभियान का सिलसिला अपने सभी आयामों में चलता रहा और सभी आयामों में अपने नैरन्तर्य और विकसनशीलता का असन्दिग्ध प्रमाण प्रस्तुत करता रहा। चोल कांस्य मूर्तियाँ विश्वविख्यात हैं और इसी तरह विजयनगर साम्राज्य के अन्तर्गत सायणाचार्य द्वारा किया गया वेदभाष्य भी। केरल भी रचना की दृष्टि से बहुत समृद्ध रहा इस काल में; कहा जाता है कि न केवल साहित्य और कलाओं में, बल्कि गणित और व्याकरण जैसे ज्ञान-क्षेत्रों में भी वहाँ ज़बर्दस्त प्रगति हुई। किन्तु उस तरफ़ भी अपेक्षित ध्यान नहीं दिया गया है। इतिहास जो कथा कहता है वह गौरी वंश, गुलाम वंश, खिलजी वंश, तुग़लक वंश, सैयद वंश, लोदी सल्तनत और मुग़ल सल्तनत की कथा है।

यही वह तस्वीर है खण्डित और विकलांग जो इतिहासकारों ने बनायी है। जहाँ तक उत्तर भारत का सम्बन्ध है, शायद मात्र एक तुग़लकों को छोड़कर वास्तविक सृजनात्मक गतिविधियाँ मुग़लों के ही आगमन के साथ सम्भव हो पाईं जिनका प्रभावी शासनकाल १५२७ ए.डी. में हुई पानीपत की लड़ाई से नहीं, बल्कि १५४० या १५०० ए.डी. के आसपास शुरू हुआ माना जाना चाहिए जब अकबर ने गुजरात विजय के साथ अपना साम्राज्य सुदृढ़ किया। तो भी, उत्तर भारत में इस्लामी शासन की महत्त्वपूर्ण उपलब्धियाँ स्थापत्य, प्रशासन, चित्रकला और संगीत के क्षेत्रों में हुई हैं यद्यपि इतिहासकारों के वृत्तान्तों में उन पर बहुत कम ध्यान दिया गया है।

यही काल समस्त भारतवर्ष में सन्त कवियों के उत्कर्ष का भी स्वर्ण–युग है। देशी भाषाओं में साहित्य–रचना का एक नया युग तभी प्रारम्भ होता है। राष्ट्रीय पुनरुत्थान को समर्पित नये केन्द्रों की नींव भी इसी दौरान पड़ती है जैसे कि चैतन्य महाप्रभु के नेतृत्व में वृन्दावन में सोलहवीं सदी के अन्तिम दशकों में। नहीं भूलना चाहिए कि वृन्दावन न केवल मथुरा के बहुत निकट है, बल्कि आगरा भी वहाँ से पास ही है—वह आगरा जो वैभवशाली मुग़ल–साम्राज्य के मध्याह्न के सूर्य की तरह चमक रहा था। अकबर निश्चय ही महान् शासक था और उसने जो साम्राज्य खड़ा किया वह १९०७ ए.डी. में औरंगजेब की मौत तक कायम रहा।

इसके बाद की कहानी सभी को मालूम है। १७५७ ए.डी. में प्लासी का युद्ध होता है और १८५७ ए.डी. में उत्तरी भारत का पहला संयुक्त और विफल अभियान अँग्रेज़ों को हिन्दुस्तान की सरज़मीं से खदेड़ने का। यह सपना १९४७ में पूरा होता है—१८५७ में अँग्रेज़ों की जीत के कुल नब्बे बरस बाद। ज़रा सोचिये, अँग्रेज़ों को अपनी सारी नयी टेक्नोलॉजी और शक्ति के साथ समूचे देश पर अपना आधिपत्य कायम करने में सौ साल लगे और यहाँ से जाने के लिए मजबूर किये जाने में सिर्फ़ नब्बे साल।

१९४७ के पहले की कथा अकल्पनीय सी जान पड़ती है। राजा राममोहन राय से लगाकर गांधी तक जो विलक्षण विभूतियों की पूरी पाँत की पाँत इस छोटे से कालखण्ड के भीतर एक के बाद एक हमारी आँखों के सामने गुजरती है, वह किसी भी अन्य सभ्यता के इतिहास में अनूठी और अतुलनीय कही जायेगी। अक्षरशः। फिर भी आज जब हम अपने चतुर्दिक के परिवेश पर निग़ाह डालते हैं या सुबह का अख़बार पढ़ते हैं तो भीतर से विषण्ण

और निस्तेज महसूस करते हैं। किन्तु हमें सभ्यताओं को दीर्घकालीन अभियानों की तरह देखना-सीखना होगा। पीछे मुड़कर देखें और इतिहास के समूचे दीर्घकालीन परिप्रेक्ष्य में अपने को रखकर सोचें तो हमें कुछ अलग तरह का अहसास होगा। आख़िर १९४७ के बाद के भारत की भी तो अपनी बड़ी उपलब्धियाँ हैं। उनका संक्षिप्त भी सर्वेक्षण करें तो हम पायेंगे कि हम पर जो भी गुजरी है, बुरी नहीं गुजरी है, बल्कि हमने सुनिश्चित ठोस प्रगति की है। जनसंख्या में अकल्पनीय वृद्धि के बावजूद हम इस पूरे समय के दौरान किसी बड़े पैमाने पर अकाल-भुखमरी के शिकार नहीं हुए यही अपने आप में ऐसी उपलब्धि है जिसकी मिसाल ब्रिटिश राज या मुग़ल शासन दोनों में नहीं मिलेगी। द्वितीय महायुद्ध के दौरान पड़ा मनुष्य-निर्मित बंगाल का अकाल ज़रूर अँग्रेज़ी राज की उपलब्धियों में गिना जायेगा। स्वतन्त्रता के बाद भारत की उपलब्धियाँ विस्मयजनक हैं, संख्या की दृष्टि से; हालाँकि प्रति नागरिक की आय के हिसाब से देखा जायेगा तो उपलब्धि नगण्य लगने लगेगी। विज्ञान के क्षेत्रों में, यथा न्यूक्लियर टेक्नोलॉजी तथा अन्तरिक्ष विज्ञान में, जहाँ पश्चिमी ताक़तें अपने ज्ञान को प्रगट करने के मामले में अत्यन्त गोपनीयता बरतती रही हैं, भारत दूसरे देशों के लिए ईर्ष्या का विषय बन गया है। इतना ही नहीं, वर्णपट के दूसरे छोर पर, गांधी की विरासत भी नष्ट हुई ऐसा कदापि नहीं कहा जा सकता। उसे लेकर पहले विनोबा ने, तत्पश्चात् जयप्रकाश नारायण ने बड़े पैमाने पर प्रयोग किये ही। यद्यपि यह सही है कि उनके प्रयोग सफल नहीं हुए, तथापि यही तथ्य, कि वे आजमाए गये, यही जताने को काफ़ी है कि लोग गांधी को भूले नहीं थे। उनके बाद भी अभी हाल में ही पाण्डुरंग शास्त्री आठवले का स्वाध्याय आन्दोलन चुपचाप अपना काम करता रहा है। ऐसा नवीन प्रयोग जिसने लाखों देशवासियों की रोज़मर्रा की ज़िन्दगी में अद्‌भुत रूपान्तरण सम्भव कर दिखाया। तो कैसे कहा जाय, वह गांधीवादी आध्यात्मिक विरासत मिट गयी?

परन्तु मैं आप लोगों को यह सब क्यों बता रहा हूँ? शायद आप लोग कम से कम पाँच सहस्राब्दियों से अभी तक चली आ रही इस कहानी के ब्यौरों से उकता गये होंगे। नहीं? मैं सिर्फ़ आपको याद दिलाना चाहता हूँ कि अब इस तीसरी सहस्राब्दी में प्रवेश करने के पूर्व हमें एक बार पीछे मुड़कर देख लेना चाहिए और अपनी सभ्यता की उस सुदीर्घ यात्रा की

समूची झलक पा लेनी चाहिए कि कितनी दूरी हमने तय की है। ऐसा करने से हममें अपने अतीत से प्रोत्साहन और संकल्प-साहस बटोरकर भविष्य में संक्रमण करने का हौसला जागेगा। हाँ, नयी सहस्राब्दी में प्रवेश करते हुए उसकी दहलीज़ पर हमें एक और तर्क दिखायी देता है इस प्रत्यवलोकन की अनिवार्यता का। वह यह, कि पिछले एक सौ पचास बरसों में कुछ ऐसा घटित हुआ है जो हमारी इस भारतीय सभ्यता के पाँच हज़ार बरसों के इतिहास में भी कभी नहीं घटा, जो सचमुच अभूतपूर्व घटना है। वह घटना यह है कि हम लोग पहली बार अपनी सभ्यता के ज्ञानात्मक अतीत की जातीय स्मृति से कट गये हैं—उस स्मृति से, जो आत्म-चेतना के स्तर पर इस सभ्यता के 'होने' की, उसके अस्तित्व की ही बुनियादी शर्त रही है।

सन् १८५७ में अँग्रेज़ों ने भारत में अपने विश्वविद्यालय स्थापित किये थे और तब से वे बाढ़ की तरह फलते रहे हैं और उन्होंने हिन्दुस्तानियों के भीतर एक नये ही वर्ग को पनपाया है—जिस वर्ग में हम और आप सभी आते हैं—जो अपने मुल्क और उसके लम्बे अतीत से कहीं ज़्यादा पश्चिम के बारे में जानते हैं। ज्ञान के हर क्षेत्र में हम केवल वही जानते हैं जो पश्चिम ने उपजाया है—यूनानियों के वक़्त से लगाकर आज तक। क्योंकि हमारे स्कूल, कॉलेज और विश्वविद्यालयों में—जहाँ हमारे दिलोदिमाग़ की ढलाई होती है—यही पढ़ाया जाता रहा है। इस प्रकार एक ऐसी मानसिकता का निर्माण हुआ है जिसमें हर आदमी भीतर से यही मानकर चलता है कि सारे ज्ञान की जड़ें पश्चिम में है; कि भारतीय सभ्यता का, या शायद किसी भी अन्य पश्चिमेतर सभ्यता का अतीत इस दृष्टि से शून्य है कि उसका विश्व सभ्यता को कोई योगदान नहीं है और हमारे यहाँ अगर कुछ है जिससे हम थोड़ी-बहुत उम्मीद कर सकते हैं, तो वह है सिर्फ़ अध्यात्म, धर्म या विज़्डम, जो भी उसे कह लें।

हमारी सभ्यता का यह सर्वग्रासी स्मृतिभ्रंश हमारे भीतर इतनी गहरी जड़ पकड़ चुका है कि हममें से अधिकांश इस तथ्य से बिल्कुल भी अवगत नहीं होते कि हम अपने इतिहास के हज़ारों वर्षों के दौरान इन सब ज्ञानात्मक अभियानों से गुजर चुके हैं और उनसे गुजर कर ही यहाँ तक पहुँचे हैं। हमारी यह स्मृति-भ्रष्ट बदहाली उस शिक्षा-पद्धति की देन है जो अँग्रेज़ों ने इस देश में रोपी और जिसकी परिणति एक भयानक रंगभेद 'सरीखे

पार्थक्य (अपार्थीड) में हुई है। एक तरफ़ वे लोग हैं जो अभी भी किसी तरह ज्ञान की परम्परागत पद्धतियों से चिपके हुए हैं, और दूसरी तरफ़ वे जो उन विषयों का उस पद्धति से अध्ययन करते हैं जिसे 'माडर्न' कहा जाता है। इन दो वर्गों के बीच किसी तरह के संवाद या सम्प्रेषण की गुंजाइश ही नहीं बची है। चूँकि ये 'माडर्न' ही देश के वास्तविक सत्ताधारी एलीट के रूप में प्रतिष्ठित हो चुके हैं और चूँकि वही अपने को इस सभ्यता का एकमात्र प्रतिनिधि मानते-समझते हैं, इससे एक ऐसी विचित्र और असंगतियों से पटी हालत पैदा हो चुकी है कि इस देश का सभ्यतागत अतीत, जिसने अपने आपको पाँच हज़ार बरसों—और उथल-पुथल से भरे बरसों में भी—निरन्तर कायम और सक्रिय-रचनाशील रखा, उसके सामने अब इतिहास की इस घड़ी में सम्पूर्ण आत्म-विस्मृति और पूरी तरह उजड़ जाने का ख़तरा उपस्थित है। यह ख़तरा पश्चिमी विद्वानों द्वारा प्रवर्तित और भारतीयों द्वारा बिना विचारे अपना लिये गये इण्डोलॉजिकल दृष्टिकोण से और गहरा गया है। उस दृष्टिकोण के अनुसार इस सभ्यता के बौद्धिक अतीत को अभिलेखागारों तथा पुस्तकालयों में सुरक्षित कर लेना चाहिए जिस तरह प्राचीन मिश्र में लोग शवों को ममी बनाकर दफ़नाते थे। ताकि वे अध्ययन और शोध के लिए उपयुक्त सामग्री की तरह सुलभ हो सकें, बस। इस तरह का दृष्टिकोण भारतीय अतीत को शव में बदल देता है और उसे पिरेमिड के लायक ही बना छोड़ता है।

हो सकता है, बहुतों को यही तरीक़ा ठीक लगता हो, परन्तु सही बुद्धि यही कहती है कि इस सभ्यता को—अद्यावधि जीवित-प्राणवन्त सभ्यता को—बनाये रखने का, उसके रख-रखाव का, यह कोई उपाय नहीं है। जो इसे अपना रहे हैं, वे वे लोग हैं जो तरह-तरह के कोश तैयार करते हैं, हस्तलिखित ग्रंथों की खोज करते हैं और फिर उन्हें वातानुकूलित पुस्तकालयों-अभिलेखागारों में ले आते हैं और कभी-कभार उन्हें सम्पादित करके छपा भी देते हैं। इस क़िस्म की गतिविधियाँ ठेठ सन् १७८४ से—जब 'एशियाटिक सोसाइटी' स्थापित की गयी थी—तब से चली आ रही है : इस देश में भी और विदेशों में भी। कई सारे हमारे विद्वान लोग इन यन्त्रों का अँग्रेज़ी में अथवा भारतीय भाषाओं में अनुवाद करने में जुटे हुए हैं। हो सकता है, उनके उद्देश्य निर्दोष हों, तो भी ये निर्दोष उद्देश्यों से प्रेरित विद्वज्जन सुविधापूर्वक भूल जाते हैं इस बात को, कि भारतीय सभ्यता को

अपना कोई भी उद्योग इस तरह 'प्रिजर्व' करके रखने की नौबत कभी नहीं आयी—ज्ञात इतिहास की समूची अवधि में। वे यह भी भूल जाते हैं कि इस तरह के संरक्षणात्मक क्रिया-कलाप जितने बढ़ते जाते हैं, उतना ही लोगों का अपने देश की अतीत परम्पराओं का ज्ञान विस्मृत होता जा रहा है। विडम्बना यह है कि जितना ही प्राचीन अर्थों के मुद्रण का कार्य बढ़ता जा रहा है उसी अनुपात में अपनी संस्कृति के सरलतम पाठों को सीखने-समझने की हमारी क्षमता क्षीण होती जा रही है। जहाँ तक पाण्डुलिपियों को समझने का सवाल है, उन्हें तो पढ़ने-समझने की कौन कहे, सुरक्षित रखने के लिए ही पाण्डुलिपि-विज्ञान के विभाग खोलने पड़ रहे हैं।

यह सारी वस्तुस्थिति सभी लोग जानते हैं। तथापि जिसका भी भारत के अतीत से ज़रा भी लेना-देना है, उसे इस संकट के इलाज या सुधार का इसके सिवा और कोई उपाय नहीं सूझता कि जैसे भी हो, यह संरक्षण वग़ैरह का काम ही तेज किया जाये और सरकारी संस्थान इसके लिए जितना हो सके, उतनी धनराशि मुहैया करें। इस विडम्बनापूर्ण कर्म को परम्परा का 'संरक्षण' कहा जाता है। मैं जोर देकर इस बात को कहना चाहता हूँ कि अतीत-संरक्षण की इस धारणा को जब तक पूरी तरह त्याग नहीं दिया जाता, तब तक इस देश की अतीत परम्परा को बचाने या उसका जतन कर सकने की उम्मीद रखना बिल्कुल बेकार है। परम्पराएँ उनको जाग्रत साक्षात् जीवन से काट करके, विच्छिन्न करके न तो बचायी जा सकती हैं, न चुस्त-दुरुस्त रखी जा सकती हैं। उनका सही रख-रखाव तभी सम्भव है जब वे उनका अध्ययन या शोध करने वालों के सक्रिय बुद्धिजीवन का साक्षात् जीवन्त अंग बन सकें। इसका तात्पर्य यही है कि उनका अनवरत आलोचनाप्रवण अनुशीलन होता रहे; वे हमारे जीवन्त संवाद में शामिल हों और हमारे जीवन्त अनुभव की रोशनी में परखी जाती रहें; संशोधित परिमार्जित की जाती रहें। साथ ही जिन दिशाओं में विकास हमें अभीष्ट है उनके सन्दर्भ में भी वे हमारे जीते-जागते सरोकार बनें।

अर्थात् जिसे हम रख-रखाव या 'मेंटेनेंस' कह रहे हैं उसकी प्रक्रिया पुनर्नवीकरण से अलगायी नहीं जा सकती। और पुनर्नवीकरण को फिर उसी तरह विकास के प्रश्न से काटकर नहीं देख सकते। ये तीनों बातें एक ही क्रिया के तीन पहलू हैं : अर्थात्, जो हमें मिला है, जो हमारी विरासत है, उसके साथ जीवन्त क्रिया-प्रतिक्रिया का सम्बन्ध और इस प्रतिक्रिया

में उसे परिवर्तित करने की सहज तत्परता—ऐसी आत्म-चेतना के साथ जो कि आलोचना प्रवण भी होगी, गुण-स्वीकारी भी होगी और सृजनशील भी होगी। और तीनों एक साथ होगी। ये तीनों आयाम इतने आपस में लगे-लिपटे हुए होते हैं फिर भी हमारी प्रवृत्ति उन्हें अलगाने की है। ग्रहण करनेवाली और निर्णय करने वाली आत्म-चेतना का अर्थ ही होता है—उस निर्णय का एक ओर हमारी भावनाओं पर प्रभाव पड़ना, और दूसरी ओर सम्यक कर्म की दिशा में हमें प्रेरित करना। तो वैसा ही सभ्यता के अतीत की हमारी समझ के साथ भी होना चाहिए। परम्पराओं को यथावत् जैसी वह है या थी—मानना एक निरी भ्रान्ति है जो इस तथ्य से पोषित होती है कि हमें ख़ुशफहमी है कि हम उसकी रक्षा को सुनिश्चित करने वाले काम में संलग्न हैं—उसे यथावत् अतीत की जैसी शुद्धता में कायम रख के। आख़िर एक जीवित वस्तु एक मृत वस्तु से किस मानी में अलग होती है?—इसी में न, कि जहाँ मृत वस्तु को हम कुछ लक्षणों के आधार पर पहचानते हैं, जीवित वस्तु को हम उस तरह कभी नहीं समझ सकते। उसे हम केवल उसके उद्देश्य या पुरुषार्थ या अभीप्सा की शब्दावली में ही ग्रहण कर सकते हैं कि वह किस तरह चरितार्थ होने की कोशिश करती है और अपने में किस अभीप्सा को साकार करने की उसकी अन्दरूनी माँग है। इस तरह उसका 'होना' उसके होते रहने यानि *परिणमन* की प्रक्रिया में ही सन्निहित है—वह परिणमन, जो कभी समाप्त होने वाली प्रक्रिया नहीं है। क्योंकि यदि कोई वस्तु निरन्तर जीवित रही आती है, तो वह अन्तर्विवश है उस आदर्श को साकार-चरितार्थ करने के लिए, जिसका उसे संज्ञान होता है। भारतीय परम्परा जिसे 'पुरुषार्थ' करके पहचानती है, उसका यही अर्थ है, हालाँकि उसे इस तरह समझा या समझाया नहीं गया है।

मैं इसलिए भारत के अतीत को एक बार फिर से जीवन्त बनाने के लिए एक तिहरी रणनीति प्रस्तावित करना चाहूँगा। पहला क़दम होगा उसके प्रति सचेतन-जागरूक हो जाना। लेकिन—जैसाकि मैंने अभी-अभी कहा—किसी जीवित वस्तु के बारे में जागरूक होना उसकी अभीप्सा के बारे में सचेतन होना है और यह अभीप्सा, यह खोज कई दिशाएँ अपना सकती है, कई रूप धारण कर सकती है। जागरूक होने का मतलब, इसीलिए उन अवधारणाओं, जिज्ञासाओं, समस्याओं और विचारों के प्रति जागरूक

होना है जिनका अतीत में सामना किया गया, अनुधावन किया गया और फिर उन्हें सूत्रबद्ध किया गया। परन्तु चूँकि यह सब उस विशेष सन्दर्भ में घटित हुआ जिसमें वह अपने उद्भव की प्रक्रियाओं द्वारा ही बँधा हुआ था, इसलिए उसका एक विशेषीकृत रूढ़ हो चुका रूप है जिससे उसे मुक्त किया जाना ज़रूरी है। ताकि उसमें जो कुछ सचमुच सार्वभौम है, उसे स्वायत्त किया जा सके। जिससे वह हमारे उस नये जीवन-सन्दर्भ में चरितार्थ हो सके जिसमें हम आज जी रहे हैं। यह स्वायत्तीकरण, समझने का यह उपक्रम, इसे एक पुरुषार्थ की तरह हमारे लिए प्रस्तुत करता है। अर्थात् ऐसे नये से नये जीवन्त रूपों में, जो कभी नहीं चुकते, वह अपने को उद्घाटित और चरितार्थ करने की चुनौती हमारे सम्मुख पेश करता है। अपनी प्रकृति से ही कोई आदर्श या पुरुषार्थ कभी भी इस लोक में अपनी सम्भावनाओं को सौ फीसदी चरितार्थ नहीं कर सकता। इसीलिए वह आदर्श है और इसीलिए वह वरणीय है।

एक विपुल-विराट् सभ्यता की धरोहर—जैसी कि हमारी सभ्यता रही और है—इस तरह एक असमाप्य कार्य की तरह होती है, जिसे हमको अतीत की पीढ़ियों की ओर से सौंपे गये दायित्व की तरह अनुभव करना चाहिए। ऐसी धरोहर जिसके प्रति हम ऋणी अनुभव करते हैं—उस सारी समृद्धि के लिए जो वह हमारे लिए छोड़ गयी है। जिसे उसने अभी अधूरे कार्य की तरह हमारे करने के लिए छोड़ा है—अपनी योग्यता, अपनी अन्तर्दृष्टियों के अनुसार।

वर्तमान का सन्दर्भ वह है जहाँ हम सिर्फ़ एक, मात्र एक सभ्यता द्वारा चारों तरफ़ से घिर गये हैं, आक्रान्त हैं। हमारी ही जैसी दुखद-विडम्बनापूर्ण नियति अन्य सभ्यताओं की भी है। शायद आगामी सहस्राब्दी में हमारी सबसे बड़ी ज़िम्मेदारी यही है कि हम अपने आपको इन तमाम अन्य सभ्यताओं के प्रति उनके पुरुषार्थों के प्रति खोलें और इसका यत्न करें कि किस तरह हम स्वयं अपनी सभ्यता के अन्तर्निहित और प्रेरक पुरुषार्थ को उनकी रोशनी में रूपान्तरित, परिवर्तित-संशोधित कर सकते हैं और इसी खुलेपन में अपने आर-पार सृजनशील भी बने रह सकते हैं।

अँग्रेज़ी से अनुवाद : रमेशचन्द्र शाह

हमारी आधुनिकता

मुकुन्द लाठ

मैं यहाँ ऐसी किसी 'आधुनिकता' की निर्मितियों या अभिव्यक्तियों के स्वरूप का लक्षण या विवेचन नहीं करना चाहता जिन्हें हम प्रदत्त मान सकें या जिन्हें हम 'आधुनिक' और 'हमारी' के रूप में सहज पूर्वग्रह के साथ निर्धारित कर सकें। या बात को यों कहूँ कि मैं यह नहीं करना चाहता कि अपने यहाँ की किन्हीं कृतियों या प्रवृत्तियों को 'आधुनिक' के नाम से सामने लाऊँ और यह दिखाने की चेष्टा करूँ कि इनमें 'आधुनिकता' क्या है। यह एक बड़ा काम है और बड़ी चेष्टा चाहता है। पर ऐसा किया जाये इससे पहले सवाल यह उठता है कि 'आधुनिकता' से हम समझना क्या चाहते हैं? 'समझना क्या चाहते हैं' इस फिकरे का प्रयोग जानबूझकर इसलिए कर रहा हूँ कि 'आधुनिकता' का प्रयोग तो हम करते ही हैं—बहुत करते हैं, और अपनी ही कृतियों-प्रवृत्तियों के बारे में करते हैं। पर इन्हें किसी गहरे, कचोटते, मार्मिक अर्थ में परायी भी समझते हैं। तभी 'हमारी' आधुनिकता का प्रश्न घुमड़कर आता है, सताता है। झिंझोड़ता है।

मैं इस 'हमारी' की ओर अपनी तरह से झुकना चाहूँगा। चर्चा को एक विशेष परिप्रेक्ष्य देकर आगे बढ़ाऊँगा, ताकि बात में पहले, चर्चा की पूर्वपीठिका की तरह, हमारी आधुनिकता की समझ में ही निहित विडम्बना निरावरण होकर आगे आये।

मेरे दो अभिप्राय होंगे जो चर्चा में कुछ घुलेमिले भी रहेंगे—एक तो

'आधुनिक' और 'आधुनिकता' की प्रचलित-स्वीकृत सी धारणा पर (उसकी विडम्बना को आगे लाते हुए) प्रश्न उठाना, और दूसरा 'आधुनिकता' की जो 'हमारी' धारणा मुझे उभरती दिखती है, उस ओर संकेत करना। यह भी कह दूँ कि मैं समझता हूँ कि 'आधुनिकता' की यही सहज और समीचीन धारणा भी है।

बात को हमारी कलाओं के सन्दर्भ में रखकर उभारूँगा। इसलिए नाट्य से शुरू करता हूँ। नाट्य बड़ी विलक्षण कला है। इस पर चिन्तन भी अपने यहाँ पुराना है। कहा जा सकता है कि अपने यहाँ नाट्य-चिन्तन ही कला-चिन्तन का सूत्रधार भी रहा है। कला का स्वरूप—उसकी आत्मा—क्या है? इस आधारभूत प्रश्न पर चिन्तन के सूत्र भरत के नाट्यशास्त्र को आलम्बन बनाते रहे हैं। हम साधारणतः जानते ही हैं कि 'रस' की चर्चा भरत से शुरू होती है और फिर सब कलाओं को अपने घेरे में समो लेती है। पर इसका एक गहरा कारण है जिससे हम शायद उतने परिचित नहीं हैं। भरत नाट्य को स्वरूप से ही भिन्न कलाओं का संगम मानते हैं। साथ ही, नाट्य को स्वतन्त्र कला भी मानते हैं। स्वतन्त्र ही नहीं, सब कलाओं की मूल कला भी मानते हैं—तभी यहाँ तक कह देते हैं कि नाट्य सभी कलाओं का उत्स है। उनकी बात का यही अर्थ हो सकता है कि नाट्य में अलग-अलग कलाएँ अपना अलग स्वरूप खोकर नाट्यमय हो जाती हैं—नाट्य-रूपी अवयवी के अवयव या अंग हो जाती हैं। भिन्न कलाओं के नाट्यांग हो सकने के कारण ही नाट्य-गर्भ 'रस' सब कलाओं पर व्यापक हो सका।

तात्पर्य यह कि नाट्य भिन्न स्वतन्त्र कलाओं से बना एक स्वतन्त्र अवयवी है। नाट्य की कोई भी सही पकड़ इस मर्म को साथ लेकर नहीं चलेगी कि नाट्य में परस्पर-भिन्न और परसर-स्वतन्त्र कलाओं का घनिष्ट ही नहीं नाट्य-निमज्जित सम्बन्ध होता है। भरत का एक शब्द लें तो भिन्न कलाओं के ऐसे सम्बन्ध को 'वृत्ति' का नाम दे सकते हैं। वृत्ति का एक बड़ा उपलब्ध सा दृष्टान्त है—'गीत'। हम जब आम तौर पर 'गाने' की बात करते हैं तो 'गीत' ही ध्यान में होता है, जहाँ काव्य और संगीत का सुलभ-सा गुँथाव होता है—दोनों एक हो जाते हैं। यही वृत्ति है।

भिन्न कलाओं के साथ के और भी सन्दर्भ होते हैं जहाँ कलाओं को एक विशेष योजना और अभिप्राय के साथ एकत्र किया जाता है। मन्दिर के

पूजा-अनुष्ठानों में ऐसा होता है। बहुत प्राचीन समय से लगभग सभी सभ्यताओं में होता चला आया है। हमारी परिचित 'आरती' इसका एक साधारण-सा, छोटा-सा, उदाहरण है। पर पूजा का ऐसा आयोजन, और उसमें कई भिन्न कलाओं का संयोजन बहुत प्रसूत और विस्तृत भी हो सकता है—बड़े, और बड़े विशेष, अवधान के साथ गुम्फित किया जा सकता है। बड़े मन्दिरों में पूजा-विग्रह के सामने मन्दिर के तदर्थ-घटित वास्तु-परिसर में (जैसे किसी नाट्य-मण्डप में) कलाओं के ऐसे समागम सदियों से होते चले आये हैं। इनके रूप-विधान के आदेश और निदर्श भी उपलब्ध हैं—पांचरात्र और दूसरे सम्प्रदायों के आगम-ग्रन्थों में, और अन्यत्र भी। प्रसिद्ध विष्णु-धर्मोत्तर पुराण में भिन्न कलाओं का जो ब्यौरेवार विवरण मिलता है, वह ऐसे ही सन्दर्भ को ध्यान में रखकर गूँथा गया है। वहाँ भी नाट्यशास्त्र की तरह भिन्न कलाओं को स्वतन्त्र माना गया है—उनके लक्षण अलग-अलग दिये गये हैं।

ऐसे सन्दर्भ के लिए 'वृत्ति' की बात उचित होगी कि नहीं, प्रश्न हो सकता है। एक बड़ी आपत्ति यह हो सकती है कि यहाँ कलाओं का कोई साथ बनता भी है तो उसका प्रयोजन, उसके स्वरूप का मर्म या तत्त्व कला के क्षेत्र से ही बाहर जाता दिखता है।

पर अब एक और व्यापकतर सन्दर्भ लीजिये—सभ्यता या संस्कृति का सन्दर्भ। ऐसे ही सन्दर्भ की चर्चा यहाँ अभिप्रेत है। एक ही संस्कृति में भिन्न कलाएँ साथ रहती-पनपती हैं। इस साथ का नाट्य जैसी वृत्ति या पूजा-अनुष्ठान जैसा भी संगम नहीं कह सकते—कलाओं के साथ के इन दोनों प्रकारों में कलाओं को विशेष रूपों में ढाल कर एक गुम्फ में नियोजित किया जाता है। संस्कृति में उलटा ही होता है। हम पाते हैं कि किसी भी प्रौढ़, शिष्ट, आत्मचेतन संस्कृति में भिन्न कलाएँ अपना-अपना स्वातन्त्र्य साधने में ही अन्तर्निविष्ट रहती हैं। भरत के समय भी यही था, और उसके कुछ सदियों बाद, विण्णुधर्मोत्तर के समय में भी यही था—भिन्न कलाओं की भिन्न रूप-साधना ही नहीं थी, भिन्न शास्त्र भी थे, जो इनकी दूरी और बढ़ाते थे (तभी भरत ने बड़े जागरूक भाव से नाट्य में उनके संगम को एक पृथक् प्रयत्न से साधा है)। आज भी बात यही है।

पर स्वातन्त्र्य के बावजूद एक ही संस्कृति में कलाओं का एक अन्तरंग साथ होता है, जिसे एक-संस्कृति-निष्ठता भी कह सकते हैं। संस्कृति का

एकत्व व्यक्ति के एकत्व की तरह ही आसानी से परिभाषित नहीं किया जा सकता, पर वह उसकी अभिव्यक्तियों में एक निगूढ़ अपनापन समोता है, उसका संकेत बनता है। कलाओं के सन्दर्भ में इसे संवेदना या सहृदयता की प्रवृत्ति में निहित मर्म या दिशा के साधर्म्य के रूप में देखा जा सकता है, जो रचना-कर्म और कृतियों की निर्मिति और स्वभाव दोनों में प्रविष्ट रहता है। एक निबिड़ अर्थ में यह संस्कृति-गत एकत्व नाट्य जैसे वृत्ति-साध्य अवयवी के एकत्व से कहीं गहरा होता है, क्योंकि हमारी साधना की अभिवृत्ति में ही पिरोया रहता है। भिन्न कलाओं में यह एक मर्म कैसे प्रकट होता है ? इसका आकलन कैसे हो ? लक्षण कैसे किया जाय ? ऐसे प्रश्नों में यहाँ जाने की ज़रूरत नहीं। यहाँ तो हम मान कर ही चल रहे हैं कि हमारी संस्कृति जैसी कोई एक भारतीय संस्कृति है जो हमारी भिन्न प्रवृत्तियों में, और इसलिए भिन्न कलाओं में, अभिव्यक्त होती रही है, और आज भी हो रही है—बाहर के, अन्य संस्कृतियों के, प्रभाव आते रहे हैं, छाते भी रहे हैं, पर इन प्रभावों को हमने अपनाया, आत्मसात् किया है, उसे एक हमारेपन की धरती दी है, और आज भी यही बात है—इस बोध को पालते हुए ही हम आधुनिकता के हमारेपन का सवाल उठाते हैं, हम अपने अनुभव में भी यह 'हमारापन' पाते-तलाशते हैं। कलाओं में इसकी सहृदयता, इसकी तलाश, पैनी है। वहाँ हम संवेदना का एक प्रत्यक्ष-सा अपनापन देख भी पाते हैं।

भिन्न कलाएँ साधना-सहृदयता के एक ही परिसर में पलती-बढ़ती हैं तो एक भीतर का साथ उनमें अनायास उभरता है। इस अर्थ में यहाँ भी एक 'वृत्ति' की, और एक 'अवयवी' की भी, बात की जा सकती है—पर किसी एकजुट भाव से नहीं, एक छितरे हुए खुलेपन के साथ। संस्कृति कोई बनी हुई, तैयार, परिनिष्ठित चीज़ नहीं होती—सदा बनती हुई रहती है संस्कृति, जब तक रहती है। व्यक्ति ही की तरह, स्वरूप से ही साध्य, चरिष्णु। कलाएँ अपना स्वातन्त्र्य साधती हुई ही साथ रहती है यहीं। इसलिए यहाँ वृत्ति की बात एक वृत्ति-कल्प भाव की ही बात हो सकती है, एक ऐसी संहति जो वृत्ति की समानधर्मा हो, वृत्ति की तरह किसी अंग-प्रत्यंग में सिद्ध-सन्नद्ध, सम्पूर्ण अवयवी को रूप देने की ओर उन्मुख नहीं। फिर भी एक ही संस्कृति के भीतर, एक ही समय, भिन्न कलाओं में एक मर्मगत एकता की बात गोचर होती है—नहीं तो एक

संस्कृति की बात भी निराधार होगी।

इस एकता का अनुभव हम आज भी करते हैं, जब कि बाहर का प्रभाव विशेष हावी है, और इसी कारण अपनी कलाओं में किसी आश्वासन के साथ 'हमारेपन' की बात करते हैं। इस पर गर्व भी करते हैं। जो बाहर से आया है उसे अपना बना ले पाने की सामर्थ्य की, अपनी विशिष्ट सृजन-प्रतिभा के जीवट की बात करते हैं। अपने अनुभव से इसकी ताईद भी करते हैं—हमारी संवेदना की परख में एक 'हमारेपन' का साक्षात् स्पन्द उभरता है जो हमारी सभी कलाओं में हमें जागता दिखता है। हम में से जो भिन्न कलाओं के रसिक हैं—और ऐसे यहाँ कई उपस्थित हैं—वे इस बात के साक्षी होंगे। भारत भवन, जहाँ हम चर्चा कर रहे हैं, ऐसे संस्थान इस बात के भी साक्षी हैं कि हम बड़े आत्मचेतन भाव से भिन्न कला-साधकों और कला-रसिकों में एक गहरा अन्योन्य-भाव साधते भी हैं। पर 'साधना' यहाँ 'होने' का प्रतीप या विरोधी नहीं है—हम उसे ही साधते है जो हैं भी, तभी यह संस्कृति की बात है। एक बोध का परिवेश है जो सब कलाओं को साथ घर देता है—एक अन्तः सलिल धारा का स्रोत बहता है, जिसमें भिन्न कलाएँ अपना स्वातन्त्र्य रखती भी साथ चलती हैं। भिन्न, पर संस्कृति में एक, और अपने गहरे भेदों के बावजूद, प्रतिभा के उन्मेष में भी एक।

पर फिर भी हम अपनी कलाओं में एक विचित्र, बड़ा विषम-सा विच्छेद भी करते हैं—उनकी संस्कृतिगत एकता के भीतर एक तीखी दरार डाल देते हैं। हम कुछ कलाओं को 'आधुनिक' कहते हैं, कुछ को पारम्परिक। साहित्य, चित्र, मूर्तिकला, वास्तु, ये 'आधुनिक' हैं, नृत्य, संगीत 'पारम्परिक'। इन सभी कलाओं को हम 'अधुना' सार्थक और सृजनशील मानते हैं, पर 'आधुनिक' सबको नहीं मानते, 'आधुनिकता' सब में नहीं देखते। लग सकता है कि बात सिर्फ़ वर्गीकरण की है, यह दिखाने के लिए कि हमारी कुछ कलाओं पर पश्चिम का प्रभाव है, कुछ पर नहीं है। पर वर्गीकरण ऐसा सपाट, अन्य-तात्पर्य-विहीन, है नहीं—और हम यह जानते भी हैं। क्योंकि 'आधुनिकता' को हम वरेण्य मानते हैं, श्रेय समझते हैं, पारम्परिकता, को हेय और त्याज्य। 'आधुनिकता' यों भी 'केवल' आज के होने' भर की बात नहीं है, 'आज क्या होना चाहिए' की बात है। युगबोध की बात है। हमारी 'पारम्परिक' कहलाने वाली कलाएँ—विशेषकर

संगीत, नृत्य—इन्हें हम प्रौढ़, प्रबुद्ध ही नहीं नये सृजन के उन्मेष से युक्त भी मानते हैं, इन्हें केवल पुराने की अनुवृत्ति नहीं समझते, इन्हें आज—अधुना—सार्थक भी पाते हैं, पर इनमें 'आधुनिकता' नहीं पाते—आज का युगबोध नहीं पाते। बात हमें उलझन में भी डालती है, पर बदलती नहीं। हमारे बोध की लीक बन गयी है।

मैं समझता हूँ बात केवल उलझन की नहीं, हमें मुँह-चिढ़ाती विडम्बना की है—हमारी विमर्श-बुद्धि में ही घर करते परायेपन की बात है। और बात केवल बाहरी प्रभाव की भी नहीं। ये तो पश्चिम के आने के पहले भी आते रहे हैं। एक उदाहरण लीजिये। बाहर का प्रभाव तो हमारी उस चित्रकला पर भी बहुत पड़ा है जिसे हम लघु चित्रकला कहते हैं—उस पर फ़ारस का भी प्रभाव है, पश्चिम का भी, पर वहाँ हम न अपनेपन का अभाव देखते हैं, न 'युगबोध' का—तत्कालीन युग को भक्तियुग, रीतियुग, जैसे भी आँके।

'आधुनिकता' के साथ यहाँ अन्तर यह है कि आज हमारा युगबोध ही अपना नहीं रहा है—'युग' का केन्द्र ही पश्चिम हो गया है। वहाँ की संस्कृति हमारी संस्कृति की निकष हो गयी है। जो कुछ सचमुच, सार्थकभाव से, आज का है—जिसे आज का होना चाहिए—वह पश्चिम का ही हो सकता है। अपने बोध की इस पर-मुखापेक्षी, आत्महीन विडम्बना के कारण ही हम अपने ही भीतर से पनपते नये उन्मेष के वैभव की 'आधुनिकता' नहीं देख पाते—जैसे कि नृत्य और संगीत में—अगर वह पश्चिम से अछूता है। उसे हम 'आधुनिकता' के साथ जोड़ ही नहीं पाते! निर्विचारता यहाँ तक है कि इन्हीं कलाओं पर थोड़ा सा भी और कोरा नकल-धर्मी, निरा अ-सार्थक भी पश्चिमी प्रभाव हो तो हम उसे 'आधुनिक' कह बैठने में संकोच नहीं करते।—इस आत्म-विडम्बना का एक अवांछित असर यह भी हुआ है कि हमारी उन कलाओं में जिन की हमारी परम्परा भी किसी रूप में बची हुई है—चित्र, मूर्ति, वास्तु—इनमें 'हमारापन' ही दो धाराओं में बँटा हुआ है—'आधुनिक, और पारम्परिक'। यह ठीक है कि इनमें जो पारम्परिक कहलाता है, उसमें किसी सार्थक नये का उन्मेष नहीं दिखता, जैसा कि 'आधुनिक' पश्चिम-जात धारा में दिखता है। पर इसमें दोष हमारा भी है। जिसे हम 'पारम्परिक' कह बैठे हैं, सच पूछिए तो उससे हम नये की अपेक्षा भी नहीं करते—पुराने की, लीक की, अनुवृत्ति की ही आकांक्षा करते हैं। न हमारे प्रतिभाशील लोग उसकी ओर जाते हैं, न हमारी

संवेदना किसी आत्मचेतन परख और समीक्षा-आलोचना की दृष्टि से उधर उन्मुख हुई है। हमने इन्हें एक फतवा-सा देकर विगत में ही रख दिया है—इतिहास की वस्तु बना दिया है। वरना इन परम्पराओं में सम्भावना की कोई कमी नहीं है। ऐसा नहीं है कि ये भाव और निर्मिति की नयी दिशाएँ नहीं ले सकतीं, जैसी नृत्य, संगीत ने ली, और पश्चिम को समोते हुए, अपनी परम्परा के भीतर से ही साहित्य ने ली। साहित्य यहाँ हमारे आत्मस्थ अपनेपन का बड़ा उपयुक्त उदाहरण है। पश्चिम का साम्राज्य आया तो पारम्पारिक कहलाने वाली कलाओं की वही स्थिति थी जो नृत्य, संगीत की ही नहीं साहित्य की भी थी। साहित्य अपनी जड़ों में रहता हुआ ही 'आधुनिक' हुआ। दूसरी कलाओं में एक नयी, पश्चिम से ली गयी, परम्परा की ही नये सिरे से स्थापना की गयी, और इन परम्पराओं को ही हम परिभाषा या 'आधुनिक' कहते हैं। पर बात परिभाषा मात्र की नहीं है, जैसा हमारा बोध ही हमें बताता है—हम आज के युगबोध के साथ भी इन्हें ही जोड़ते हैं—चाहे इनमें उन्मेष हो या नहीं। पारम्परिक चित्र, मूर्ति, वास्तु, इनमें हम अगर इनके भीतर ही रहते हुए पश्चिम के प्रभाव को अपनाते—जैसा कि हमने साहित्य में किया—तो कोई कारण नहीं दिखता कि ये भी परम्परा के भीतर से ही नया सार्थक उन्मेष—दूसरे शब्दों में 'आधुनिकता' की ओर नहीं बढ़ सकते थे। पहले भी—बल्कि अभी पिछले दिनों तक ही, 'पारम्परिक' ठहरा दिये जाने के पहले—ये कलाएँ अपनी समर्थ प्रौढ़ता के साथ बाहर का प्रभाव पचाती ही रही हैं।

लग सकता है कि हम 'आधुनिकता' को यहाँ फिर भी पश्चिम के प्रभाव से ही जोड़ रहे हैं। मानो यह कहना चाह रहे हैं कि पश्चिम के साक्षात् हस्तक्षेप के बिना भी हम अपने भीतर वह दिशा ले सकते थे जो पश्चिम ने ली है। जापान में ऐसा हुआ है। वहाँ का शिष्ट, अभिजात संगीत तो अब पश्चिमी क्लासिकल संगीत ही है—उनका अपना संगीत 'पारम्परिक' होकर रह गया है, और इसी रूप में इतिहास की वस्तु की तरह संरक्षित किया जाता है—उन्मेषहीन, अनुवृत्ति-प्राण। यह ठीक नहीं। क्योंकि ऐसा करने में यह मनोभाव निहित है कि हर संस्कृति में ही आज के युगबोध का—और यों आज की 'आधुनिकता' का आधार और स्रोत पश्चिम ही हो सकता है—किसी की अपनी ही संस्कृति से, अपनी ही परम्पराओं से उपजती अपनी अलग-अलग आधुनिकता नहीं हो सकती। यह बड़ी भ्रान्ति

है। इसीलिए हम मान बैठे हैं कि पश्चिम से असम्पृक्त कलाएँ (जैसे नृत्य, संगीत) कितनी ही नवोन्मेष-स्फुरित हों, वे 'आधुनिक' नहीं हो सकतीं। हम पश्चिम को आज एक निकष की तरह ही नहीं, पारस-शिला की तरह मान बैठे हैं, जिसके स्पर्श के बिना हीन धातु सोना नहीं बन सकती।

पर क्यों?

यह प्रश्न हमें अपनी आधुनिकता की समझ की पराधीनता की ओर सीधा ले जाता है। यह विडम्बना खुलकर आगे आ जाती है कि क्या आधुनिक है, क्या नहीं, इसकी हमारी समझ ही हमारी नहीं है। हम समझ को ही पश्चिम के हवाले कर बैठे हैं। अपनी कलाओं के बीच हम जो 'आधुनिक' और 'पारम्परिक' का वर्गीकरण करते हैं, उसमें यह तात्पर्य अन्तःस्यूत है। विभाजन की ये कोटियाँ ही हमारे अपने स्वतन्त्र विमर्श में जागते किसी सार्थक 'नये' को नहीं, पश्चिम को आधार बनाती हैं—सार्थक, असार्थक इस वर्गीकरण में पश्चिम-समर्पित है।

'आधुनिकता' की इस (हमारे लिए) अनिवार्य-सी पश्चिम-निष्ठता के पीछे कई जटिल कारण हैं। पश्चिम की हम पर विजय, हम पर उनका राज्य करना, यह कारण कहा जाता है, और है भी, पर यह कोई गहरा कारण नहीं है। कारण बाहर से नहीं आया है, हमारे ही भीतर है—हम पर पश्चिम का साम्राज्य नहीं (उसे तो गये ही बरसों बीत गये हैं) पश्चिम की मनीषा हम पर छा गयी है। पश्चिम की दृष्टि—विशेषकर मनुष्य-दृष्टि—हमारी आत्मदृष्टि पर हावी है। यह दृष्टि मनुष्य-विषयक है तो जगत-विषयक भी है, क्योंकि जगत्-विषयक दृष्टि की नाभि में भी मनुष्य ही होता है—विशेषकर जहाँ प्रश्न 'जगत् क्या है?' से उठकर यह हो कि 'जगत् को क्या होना चाहिए?'।

जिस दृष्टि की बात कर रहा हूँ, उसे इतिहास-दृष्टि भी कहा जा सकता है। वह मनुष्य को इतिहास में रखकर देखती है, उसे स्वरूप से ही इतिहास-जीवी समझती है। मनुष्य-मात्र की सभ्यता-संस्कृति को एक ख़ास समझ के भीतर पिरोती हुई यह दृष्टि मनुष्य की काल-यात्रा का केन्द्र ही पश्चिम में देखती है। दृष्टि क्या है? इस बात के ब्यौरे को यहाँ नहीं फैलाना चाहता, पर उसकी कुछ चर्चा प्रासंगिक है, इसलिए भी कि वह दृष्टि हमारे अविचारित बोध का अंग बन गयी है। तभी इतनी सक्षम है।

बहुत संक्षेप में और बहुत सरल, मोटे रूप में इस दृष्टि की बात करता हूँ—ध्यान इस अभिप्राय पर रखते हुए कि 'आधुनिकता' मनुष्य मात्र के लिए एक नये, क्रान्त, 'युग' के रूप में पश्चिम में ही क्यों है, और वहीं से क्यों आ सकती है। इस अभिप्राय को कुछ खोलकर दिखाना इसलिए भी उचित समझता हूँ क्योंकि बात हमारे बोध में श्रद्धा बनकर घर कर चुकी है, और यों प्रच्छन्न, अस्फुट सी ही रहती है, आत्मचेतन युक्ति के रूप में प्रकट, प्रस्तुत नहीं रहती, तभी हमें हमारे ही अजाने में भीतर से हमें प्रेरित करती है। वैसी ही भीतर बसी युगबोध की उस दृष्टि की तरह जो आज के समय को कलियुग बताती है।

कलियुग की दृष्टि की तरह ही यह दृष्टि भी मनुष्य के (मनुष्य-मात्र के) स्वभाव-स्वरूप विषयक है। मनुष्य की चेतना ही इसका विषय है। पर यह काल को निरन्तर अग्रगामी देखती है, चक्रवत्, नहीं), मनुष्य इसके लिए सतत प्रगति के पथ का पथिक है। यह मनुष्य को इतिहास में रखकर देखती है। मनुष्य का स्वरूप—उसकी चेतना—इस दृष्टि में उसके व्यवहार से बनती है जो समाज-संस्कृति में रूप लेता है। तभी मनुष्य के इतिहास में उसकी यात्रा की गति और प्रगति को इतिहास के साक्ष्य में देखा जा सकता है। मनुष्य में कई सभ्यताएँ और संस्कृतियाँ उभरी हैं, पर सब प्रगति की यात्रा में समान-भाव से अग्रसर न हैं, न रही हैं। आज पश्चिम इस यात्रा का अग्रदूत है, क्योंकि प्रगति के बीज का वहीं वपन हुआ है, और वहीं आज परवान चढ़ा है। यह प्रगति का बीज ही 'आधुनिकता' का भी बीज है। यह पुराने जड़-मूढ़ 'पारम्परिक' को पीछे छोड़कर आगे बढ़ता चला जाता है। पश्चिम में इसने 'पारम्परिक' को बिल्कुल पीछे छोड़ दिया है, पर दूसरी संस्कृतियों में पारम्परिकता का ही राज है, वही आधुनिकता का बीज था ही नहीं। आधुनिकता वहाँ पश्चिम ही लाया है, वहीं से वह आ सकती थी। यह आधुनिकता पश्चिम के साम्राज्य-विस्तार के क्रूर-नृशंस, आततायी मार्ग से आयी हो, दमन-शोषण में पली हो, पर है यह मनुष्य मात्र की यात्रा का 'नया' सार्वजनीन रूप से सार्थक 'आधुनिक' युग। यह मनुष्य के बोध में एक नया अभूतपूर्व स्फोट, नयी क्रान्ति है जो मनुष्य की चेतना को ही एक नये धरातल पर उन्नीत कर देती है, तभी मनुष्यता के लिए ही एक नया 'युग' है। यह मनुष्य के समूचे 'होने' को, उसकी रहनी-करनी, उसके सोचने-समझने, उसके सृजन, सब कुछ को

मनुष्य की चेतना के ही एक नये पड़ाव या मोड़ पर ले आता है : उसकी राज्य-समाज-क़ानून-अर्थव्यवस्था को ही नहीं, उसके ज्ञान-भाव-कर्म, इन सभी क्षेत्रों में एक नया प्रतिमान, नया आदर्श और भाव्य-बोध लाता है। कला, दर्शन, साहित्य, विचार, सभी को नये प्रकाश में ढालता है। या यों कहिए कि मनुष्य की सभी प्रवृत्तियों में एक नया 'युगबोध' जगाता है। यही 'आधुनिकता' है।

यह 'आधुनिकता' सार्वभौम हो, पर पश्चिम से इसका नाड़ी का सम्बन्ध है। इसकी सम्भावना पश्चिम में ही थी, वहीं पनपी। प्राचीन ग्रीस इस सम्भावना की जन्मस्थली है, जिसे पश्चिम अपनी संस्कृति की भी नींव मानता है। ग्रीस 'आधुनिकता' की आद्यभूमि इसलिए है कि वहीं रीजन या युक्तिशील बुद्धि का उदय हुआ। रीजन ही मनुष्य की प्रगति की सारथि है। रीजन के प्रकाट्य को मनुष्य की पहली और मूल 'आधुनिकता' भी कह सकते हैं। इसके पहले मनुष्य आदिम मूढ़ता और ज्ञानान्धता में ही डूबा था, यही 'पारम्परिकता' का भी पर्याय है। रीजन ने ज्ञान, कर्म, भाव, मनुष्य की सभी प्रवृत्तियों को आलोक की दिशा दी। पर यह पश्चिम में ही हुआ, अन्य संस्कृतियाँ स्वतन्त्र थीं, इसलिए रीजन की प्रभा पश्चिम तक सीमित रही। वहाँ भी इसे संघर्ष करना पड़ा : योरोप के मध्यकाल में रीजन का शुभ्र आलोक ईसाइयत की मलिन, युक्तिहीन श्रद्धा से ग्रस्त हो गया। रीजन पर अन्धकार-या 'पारम्परिकता' कहिए—फिर से हावी हो गयी। पर १४वीं-१५वीं सदी में एक पुनर्जागरण आया, ग्रीस की प्रतिभा फिर से उन्मीलित हुई। उन्मीलित ही नहीं एक नये उन्मेष के साथ पल्लवित हुई। विज्ञान का आविर्भाव हुआ, जिसने मनुष्य की समूची समझ में ही रीजन का एक अभूतपूर्व स्फुरण जगा दिया। नये ज्ञान के साथ नयी शक्ति जगा दी, यों भी ज्ञान इस दृष्टि में शक्ति का ही दूसरा नाम है। मनुष्य के जगत् से और अपने आप से सम्बन्ध का ही एक नया पर्व आविर्भूत हुआ, मनुष्य को एक नया प्रभुत्व मिला। घटना योरोप में ही घटी। वहीं पनपी। पर विज्ञान योरोप के लिए एक नयी शक्ति का स्रोत बना तो पश्चिम सारे संसार पर दिग्विजयी होने लगा। पर यह दिग्विजय विज्ञान की भी दिग्विजय थी—एक नये युग की ही दिग्विजय थी। योरोप का प्रभुत्व मनुष्य मात्र के लिए नये युगबोध के प्रसार का साधना बना, मार्ग कितना ही अमानुष क्यों न रहा हो।

संक्षेप में यही 'आधुनिकता' की मनुष्य-दृष्टि में निष्ठ इतिहास-दृष्टि है। इसका उदय योरोप में विज्ञान और सत्ताबोध दोनों की नयी उपलब्धि के साथ हुआ। एक नये गौरव-बोध ने उसमें एक नया आत्मबोध भी जगाया, जिसने विचार में नये इतिहास-मूलक मनुष्य-बोध का रूप लिया। सत्ता और विज्ञान के आत्मगौरव में जन्मे इस इतिहास-बोध में मनुष्य-यात्रा का 'हरावल' उसका युद्धवीर अग्रणी ही योरोप था। वह यात्रा का केन्द्र और नेता ही नहीं, उसका मसीहा भी था—जो दूसरी को चाहे-अनचाहे अपने साथ ले रहा था। इतिहास-पुरुष की कालयात्रा की नियति को पूरा कर रहा था। नये प्रकाश का तापी-प्रतापी सूर्य बनकर शेष संस्कृतियों के अन्धकार को बरबस हटा रहा था; दूसरे शब्दों में, वहाँ की 'पारम्परिकता' के जंजाल को साफ़ कर रहा था।

यों 'आधुनिकता' पश्चिम से आयी, और वहीं से आ सकती थी। प्रकट है कि यह 'आधुनिकता' संस्कृति-सापेक्ष नहीं, निरपेक्ष 'आधुनिकता' है; इसे आधुनिकता का परमार्थ भी कह सकते हैं। पर इतिहास की विचित्र-वक्र गति ने इसे पश्चिम-सापेक्ष बनाया है, इसलिए उसकी छत्रछाया के बिना यह रूप नहीं ले सकती।

अपने सार में-बोध के मर्म में—यह बड़ी (पुराण-सदृश) रूपकमयी इतिहास-दृष्टि है। यह 'आधुनिक' को एक निरपेक्ष, सार्वभौम युग बताते हुए भी इसे अनिवार्यतः पश्चिम से जोड़ती है, उसे स्वरूप से ही पश्चिम-केन्द्रित बनाती है। इस दृष्टि का उदय योरोप की गम्भीरतम विचार-परम्परा में १८वीं-१९वीं सदी में हुआ, जब योरोप में विज्ञान ज्ञान का ही पर्याय हो गया था और योरोप दूसरी सभ्यताओं को सहज विजेय ही नहीं, अपने आगे क्षुद्र, म्लान, और हीन—'अविकसित'—समझने लगा था (जैसा कि अब भी समझता ही है)। पश्चिम अपने आप को विश्वभर की सत्ता-समृद्धि की लोकयात्रा में ही नहीं, चेतना की यात्रा में भी अपने को सब का नेता—आत्म-नियोजित नहीं, इतिहास-नियोजित, नेता—मानने-कहने लगा था। योरोप के प्रसिद्ध-प्रतिष्ठित विचारक अब यह कहने लगे कि शेष संस्कृतियाँ जब तक ज्ञान, भाव, कर्म, सब में योरोप की संस्कृति की स्नातक नहीं होंगी, अपनी जड़ता से मुक्त नहीं हो पायेंगी (अर्थात् 'पारम्परिक' ही रहेंगी)। इधर योरोप दूसरी सभ्यताओं पर अधिकार जमा ही रहा था, उसका राज्य-समाज-क़ानून तन्त्र ही नहीं, उसका विचार और

आदर्श तन्त्र भी नयी शिक्षा के माध्यम से फैल रहा था। योरोपीय संस्कृति 'आधुनिकता' का पर्याय हो गयी, और दूसरी संस्कृतियों की अपनी प्रवृत्तियाँ पारम्परिक हो गयीं।

कहना न होगा कि 'आधुनिक' और पारम्परिक को यों समझा जाय तो 'हमारी' आधुनिकता परायी ही रहेगी—उसका अपनापन अधिक से अधिक पश्चिम की शाखा-उपशाखा या उपनिवेश ही हो सकेगा। क्योंकि हमारा पहला अपनापन दृष्टि का ही अपनापन हो सकता है।

हमारे यहाँ मनुष्य को और मनुष्य के बीच अपने आप को समझने के लिए इतिहास की महिमा नहीं रही है। मनुष्य और मनुष्य-जगत् को एक काल-यात्रा के रूप में समझने की जो हमारी परम्परा रही है, वह विशुद्ध पौराणिक है; उसमें तथ्यों-घटनाओं के साक्ष्य-गर्भ प्रमाण का आदर नहीं है (इसीलिए यहाँ अधिकतर दार्शनिकों ने ऐतिह्य को प्रमाण का दर्जा नहीं दिया है, उसे अनुश्रुति-किंवदन्ती ही माना है)। हमने योरोप से इतिहास-बोध सीखा और मनुष्य के और अपने प्रति इतिहास-दृष्टि को अपनाया तो इस दृष्टि में निहित रीजन की योरोप-केन्द्रिकता को भी अनायास अपना लिया। पर रीजन या बुद्धि-प्रज्ञा किसी की बपौती नहीं होती। फिर यह भी देखना चाहिए कि यह नयी, प्रामाणिक-वैज्ञानिक कहलाने वाली, इतिहास-दृष्टि भी मनुष्य के इतिहास का एक रूपक ही बाँधती है, तथ्यों के बाने में एक पौराणिक दृष्टि ही है। इतिहास के विद्यार्थी जानते ही हैं कि साक्ष्य को प्रमाण मानते हुए भी विगत के कई, और कई परस्पर-भिन्न ही नहीं, परसर-प्रतीप चित्र आँके जा सकते हैं; दूसरे बिल्कुल अलग रूपक बाँधे जा सकते हैं। यहाँ साक्ष्य नहीं, दृष्टि प्रधान होती है। पुराणों का कालचक्र और मनुष्य की चेतना के उत्कर्ष-अपकर्ष की चतुर्युगी, ऐसा ही रूपक है। मनुष्य की काल-यात्रा की बात ही एक रूपक है; पर उस यात्रा में किसी का अपने आप को बुद्धि-प्रज्ञा का एकाधिकारी और इतिहास-नियुक्त नेता कह देना तो रूपक का परम दुष्प्रयोग भी है, रूपक-धर्म के साथ अन्याय है। पर रूपक हम पर हावी हुआ है और हम भी योरोप को ही मनुष्य की इतिहास-यात्रा के केन्द्र में रखने लगे हैं, और यों जो सचमुच सार्थक नया है, अग्रसर है, उसका घर योरोप को मानने लगे हैं।

ऐसा नहीं कि हमारे यहाँ पश्चिम का विरोध नहीं हुआ, अपनेपन की दृष्टि नहीं उभरी; हमारी पश्चिम के प्रति समूची प्रतिक्रिया आत्मावलोकन की

प्रक्रिया भी रही है। हमारा सारा स्वतन्त्रता-संग्राम हमारी संस्कृति के ही एक गहरे 'हमारेपन' के बोध में बसा था, स्व-राज्य की ही नहीं, स्वधर्म की बात करता रहा है, जो उस सन्दर्भ में संस्कृति के स्वराज की बात थी। आज भी हम हमारी आधुनिकता की बात करते हैं तो यही बोध जागता है। पर बोध को जो सतर्क विमर्श चाहिए, वह पश्चिम के विचार की तुमुल आक्रान्ति के आगे निष्प्रभ भी होता रहा है—और आज तो बहुत ही निरालोक लगता है—विशेषकर दृष्टि के क्षेत्र में, जहाँ पश्चिम की मनुष्य-दृष्टि, विश्व-दृष्टि, चिन्तन के प्रत्यय, कोटियाँ, वहाँ के स्वीकृत वर्गीकरण, हमारी बुद्धि के अनालोचित संस्कार हो गये हैं। दार्शनिक कृष्णा चन्द्र भट्टाचार्य ने अपने एक प्रसिद्ध लेख में विचार के 'स्वराज' की बात की थी (विचार का स्वराज स्वभाव से ही दृष्टि का भी स्वराज चाहता है)। बात चुभी थी, पर बहुत कुछ बात भर ही रह गयी लगती है। ऐसा नहीं है कि बात की गूँज हममें नहीं है—नहीं तो हम हमारेपन की बात ही नहीं करते—पर प्रेरणा अपनी दृष्टि के साथ विचार-विमर्श के स्तर तक कम ही जाती है। पश्चिम के विमर्श की कोटियाँ (और उनमें निहित 'दृष्टि') हममें कितनी गहरी जड़ें जमा चुके हैं, कलाओं में पश्चिमी प्रभाव के आधार पर 'आधुनिक' और 'पारम्परिक' का भेद इसी का एक स्फुट साक्षी है।

एक और विमर्श यहाँ अनायास उभरता है। 'आधुनिकता' का अगर वही अर्थ है जो हमारे प्रयोग में स्वीकृत है तो हमारी 'आधुनिकता', इस फिकरे में ही एक अन्तर्विरोध उभरता दीख सकता है। हमारी आधुनिकता की बात संस्कृति का और यों आधुनिकता का बहुवचन मानकर चलती है, और यह स्वाभाविक भी है। कोई भी नयापन किसी चली आती संस्कृति—या संस्कृतिगत किसी परम्परा या धारा—की अपेक्षा से ही नया होता है। अगर यह अपेक्षा नहीं हो तो 'आधुनिक'—और 'आधुनिकता'—इन कोटियों का प्रयोग साफ़ ही किसी विशेष अभिप्राय से किया जा रहा है। वह अभिप्राय क्या है, इसी को कुछ खोलने के लिए मैंने ऊपर की चर्चा को रूप दिया है।

मैं यह नहीं कहना चाहता कि योरोप में सार्थक नये का उद्भव नहीं हुआ है, पर क्या सार्थक नयापन पश्चिम का उत्तराधिकार और एकाधिकार है? 'आधुनिकता' के हमारे प्रयोग में यही मान्यता छुपी हुई है। नहीं तो अपने संगीत, नृत्य को आधुनिक कहने से हम नहीं कतराते। इनमें 'हमारेपन' को

तो हम मान कर ही चलते हैं। इनकी सृजनशीलता—आज की, 'अधुनातन'—सृजनशीलता के भी हम कायल हैं। पर इनमें हमें 'आधुनिकता' नहीं दिखती। सामने भी आ जाये तो भी नहीं दिखती। ओडीसी नृत्य को लीजिये। हमारे देखते उसने रूप लिया है, बढ़ा है, फैला है, बिल्कुल नया नृत्य है; उसे नृत्य का एक अनूठा विदग्ध और सार्थक रूप भी मानते हैं। फिर वह आधुनिक क्यों नहीं? इसीलिए तो कि पश्चिम से नहीं आया है! कत्थक को लीजिये। उसे सौ-डेढ़ सौ साल से ज़्यादा नहीं हुए हैं—वाजिद अली शाह के समय परवान बढ़ा था कत्थक। यहाँ पश्चिम के जड़ जमा चुकने के बाद का ही है; लगभग तभी का है जब हमारी दूसरी 'आधुनिक' कलाएँ प्रतिष्ठित हो रही थीं। हाँ, उस पर पश्चिम का प्रभाव नहीं है, चाहे बाहर के दूसरे प्रभाव हों। तभी वह 'आधुनिक' भी नहीं है। यही बात संगीत के साथ भी है। खयाल नया ही है। जिस रूप में आज हम उसे जानते हैं, १९वीं सदी में, या उससे कुछ ही पहले, खयाल ने यह रूप लिया है, और वह हमारे सामने ही बदल भी रहा है। हम इस बात को मानते हैं, अमीर खाँ को, कुमार गन्धर्व को, और दूसरों को हम बिल्कुल नये पथ का पथिक कहते हैं, पर इसमें 'आधुनिकता' हमें कुछ नहीं दिखती। (मैं हिन्दुस्तानी संगीत की बात कर रहा हूँ, पर कर्नाटक में भी अपनी तरह का नयापन है)। चर्चा में आगे चलकर मैं संगीत में एक ऐसे भी नयेपन की बात करूँगा जिसे एक मूल-स्पर्शी नयापन कहा जा सकता है।

पर पहले मैं 'आधुनिक' शब्द के अपनी ही परम्परा में आये एक विलक्षण प्रयोग की ओर आपका ध्यान दिलाना चाहता हूँ। अपने पश्चिम-प्रवर्तित इतिहास-बोध को एक बार किनारे रख दीजिए। 'परम्परा' और 'आधुनिकता' के सम्बन्ध पर अलग से विचार कीजिये। इनमें कैसा सम्बन्ध है? क्या ऐसा आमूल, परस्पर-विरोध का सम्बन्ध है कि या तो एक रहता है या दूसरा, जैसा सम्बन्ध कि मिथ्या और सत्य के बीच होता है? पर यह तो बात समझ में नहीं आती है। क्योंकि मनुष्य रहता ही परम्पराओं में है। समाज, संस्कृति परम्पराओं में ही पलती है, चाहे पश्चिम की हों या हमारी या कहीं और की। इतनी-सी बात सोचिये कि हममें तो, चलिए, 'आधुनिकता' पश्चिम से आयी, पर पश्चिम में कहाँ से आयी? शून्य से तो नहीं आयी! उनकी अपनी ही परम्पराओं का परिणाम है उनकी

आधुनिकता, बल्कि आधुनिक पश्चिम की आधुनिकता ग्रीस की ऐसी परम्पराओं का परिणाम है जो बची नहीं थीं, लुप्तप्राय हो गयी थीं। इन 'मृत' परम्पराओं की शव-साधना से ही पश्चिम में नये प्राण का स्फुरण आया, 'आधुनिक सभ्यता' का जन्म हुआ। ऐसी वहीं की मान्यता है। इससे तो परम्परा की महिमा ही प्रकट होती है, उसकी 'पारम्परिकता' नहीं।

सच यह है कि परम्परा और आधुनिकता सापेक्ष होते हैं, इनका सम्बन्ध शत्रुता का नहीं हो सकता। परम्परा में ही सार्थक नया कुछ जन्म लेता है, और यही आधुनिकता का बीज है। पर परम्पराएँ एक नहीं अनेक होती हैं—स्वभाव से ही बहुत—इसलिए आधुनिकता को भी एकम्-अद्वितीयम् मानने का कोई कारण नहीं। हाँ, परम्परा—कोई भी परम्परा-जड़, निष्प्राण, दृष्टिहीन हो जा सकती है। इसी के लिए 'रूढ़ि' या 'अन्ध-परम्परा' जैसे शब्दों का प्रयोग होता है। पर परम्परा में जान हो तो आधुनिक भी होती चलती है, निरन्तर आधुनिक क्योंकि आधुनिकता की धारणा परम्परा-सापेक्ष ही नहीं, काल-सापेक्ष भी है, स्थिर या ध्रुव कुछ नहीं; आधुनिकता परम्परा के साथ ही चीष्णु हो सकती है, परम्परा में सतत प्रतिभा का प्रमाण हो सकती है। आधुनिकता को हम स्थिर कर दें, परम्परा की किसी प्रवृत्ति-विशेष से बाँध दें तो फिर आगे के नये को 'उत्तर-आधुनिक, उत्तर-उत्तर-आधुनिक', जैसे शब्दों से अभिहित करना पड़ता है। परम्परा की धारणा पर हमारे यहाँ कुछ गहरा और आज भी प्रासंगिक विचार उभरता है। उसकी कुछ चर्चा करूँगा। पर परम्परा में 'आधुनिक' शब्द के ही एक प्रयोग की चर्चा पहले करता हूँ। अपने यहाँ की एक प्राचीन, पर आज तक सजग, विचार-परम्परा में इस शब्द का ऐसा प्रयोग हुआ है जो ध्यान देने योग्य है। मैं न्याय-दर्शन की परम्परा की बात कर रहा हूँ। 'न्याय' को यहाँ 'रीजन' का भी पर्याय कह सकते हैं, उसका सम्बन्ध बुद्धि-प्रज्ञा और युक्ति से ही है (रीजन की परम्परा को ग्रीस तक सीमित मानना ही एक ख़तरनाक सी रूढ़ि है)।

न्याय-चिन्तन-परम्परा की एक प्रधान धारा गौतम के न्याय-सूत्रों पर भाष्य-टीका करने की धारा रही है। इस धारा में, एक के बाद एक, टीकाओं पर टीकाएँ लिखी जाती रही हैं। गौतम के कोई १०००-११०० साल बाद मिथिला में उदयनाचार्य हुए। बड़े पैने और प्रौढ़ विचारक थे, और अपनी प्रौढ़ता पर उन्हें गर्व भी था। स्वतन्त्र ग्रन्थों के साथ उदयन ने

न्याय-सूत्रों पर एक प्रसिद्ध टीका भी लिखी है जो अपने से पहले (वाचस्पति मिश्र द्वारा) लिखी गयी टीका पर टीका है। यों उदयन ने न्याय पर ही नहीं वैशेषिक पर भी लिखा है, वैशेषिक जगत् को युक्ति और विश्लेषण के साथ आँकने-समझने की एक गहरी दिशा रही है।

गौतम के न्याय-सूत्रों पर भाष्य लिखने की धारा टीका या भाष्य और फिर उस पर भाष्य या टीका—यह रूप लेती रही है। पर यह परम्परा विचार को आगे बढ़ाने की भी परम्परा रही है। नये पूर्वपक्ष—विशेषकर बौद्धों की ओर से उठायी गयी नयी, पैनी आपत्तियाँ-नये प्रश्न, नये संशय और साथ ही नयी उद्‌भावनाएँ—या नया विचार-न्याय-परम्परा के अभिन्न अंग रहे हैं, और यह बात भाष्य-परम्परा में भी पूरी उजागर है। यों भी कह सकते हैं कि संगीत और नृत्य की लम्बी आलाप-परम्परा की तरह इस परम्परा में आधुनिकता पिरोयी सी हुई है, अन्तःगुम्फित है। उदयन ने इस बात को एक जगह खुल कर, कण्ठतः, ही कह दिया है। चले-आते चिन्तन के आगे वे अपने विचार को 'आधुनिक' का नाम देते है। पुराने को नकारते हुए उसमें नयेपन का दावा करते हैं।

न्याय में प्रमाण का बड़ा स्थान है—यों भी रीजन या युक्ति की परम्परा में बिना प्रमाण के ज्ञान की बात नहीं होती। पर नैयायिक एक अजीब-सा प्रमाण मानते हैं जो दूसरे दार्शनिकों को अमान्य है। प्रमाण का नाम है, उपमान। नैयायिकों के लिए उपमान, प्रत्यक्ष, अनुमान और शब्द के सिवा, शब्दों के सही अर्थ-बोध और यों सही वस्तुनिष्ठ प्रयोग के एक स्वतन्त्र माध्यम के रूप में प्रचलित है। उपमान का भाषा से सम्बन्ध है, और भाषा का व्यवहार से ही नहीं ज्ञान से भी घनिष्ट सम्बन्ध है, तभी प्रमाण-विचार भाषा और वस्तु के सम्बन्ध पर विचार के बिना पूरा नहीं होता। उपमान-प्रमाण का इसीलिए महत्त्व है। जैसा कि उपमान शब्द से ही प्रकट है, उपमान का उपमा की तरह सादृश्य या साधर्म्य से सम्बन्ध है। उपमान में सादृश्य-साधर्म्य के आधार पर ज्ञात शब्द का अज्ञात अर्थ से सम्बन्ध बैठता देखा जा सकता है। जिसने 'नीलगाय' शब्द सुना हो, पर नीलगाय कभी देखी न हो, उससे कहा जाय कि नीलगाय गाय जैसी ही होती है, तो वह नीलगाय देखकर 'नीलगाय' शब्द और उसके संकेत (नीलगाय-पशु) के सम्बन्ध को सही, 'प्रामाणिक' बैठा लेगा। यों उपमान एक अलग प्रमाण है।

पर, कहना न होगा, यह बड़ा कमज़ोर सा, गौण-अवान्तर सा ही प्रमाण लगता है। इसे शब्द और अनुमान में सहज ही समेटा जा सकता है। अचम्भा नहीं कि इसके अलग प्रमाण कहे जाने पर गम्भीर आक्षेप किये गये। पर उपमान को बचाने की चेष्टा में नैयायिकों ने शब्द और अर्थ के सम्बन्ध पर गहरा, स्वतन्त्र विचार भी किया। इस विचार में एक विकास उभरता है जो उदयन और उनके काल में आकर विशेष रूप लेता है। इसे उदयन 'आधुनिक' कहते हैं। वे उपमान पर विचार करते हुए वाच्य और वाचक—या शब्द और अर्थ—के सम्बन्धों पर नये चिन्तन को सामने रखते हैं, और इसी प्रसंग में अपने चिन्तन को आधुनिक बताते हैं। अपने से पहले के—८वीं सदी के—प्रसिद्ध नैयायिक जयन्त भट्ट को वो पुराना ही नहीं, 'बूढ़ा—जर्जर, नैयायिक (जरन्नैयायिक), तक कह देते हैं। अपने लिए और अपने से पहले (९वीं सदी में आये) वाचस्पति मिश्र के लिए 'आधुनिक' शब्द का प्रयोग करते हैं। 'वयं आधुनिकाः', इस फिकरे का इस्तेमाल करते हैं, जहाँ, साफ़ ही, न्याय-परम्परा में चिन्तन की एक बिल्कुल नयी धारा के उदय की ओर संकेत है।

प्रकट ही, यहाँ आधुनिकता परम्परा-सापेक्ष है। एक ऐसे नये सार्थक नयेपन या उन्मेष की बात है जो अपनी वरेण्यता में पुराने को पीछे छोड़ देने का दावा करता है। यह परम्परा का निषेध नहीं है, पल्लवन की एक नयी सीढ़ी है जो परम्परा की सृजनशीलता को चरिष्णु बनाये रखती है। मनुष्य की किसी भी अर्थ-साधना या सन्धान को—पुरुषार्थ की गति को—यों ही समझा जा सकता है। ऐसा मानना कि यह गति किसी समाज, सम्प्रदाय,संस्कृति, समूह विशेष में ही रही है, और है, यह दृष्टि अपने से अन्यों की समूची रहनी-करनी को, उनकी संस्कृति की सारी उपलब्धि को, साधना को, सन्धान को, ज्ञान, कर्म, भाव, सबको—और इस अर्थ में उनके मनुष्य होने की अब तक की योग्यता को ही—नकार देती है। आज की 'आधुनिकता' का कुछ ऐसा-सा ही आशय उभरता है। यह मसीही या इसलामी धर्म की उस दृष्टि की याद दिलाता है जिसके लिए मसीहा या पैगम्बर के दिव्य आलोक के पहले पूरी मानवता पर ही अज्ञान का अँधेरा घिरा था; मानवता के अब तक के दिन, अब तक का जीवन ही अहदे जहालत था; मिथ्या का, जड़-मूर्खता का युग था! 'आधुनिकता' की आज की दृष्टि भी पश्चिम को आधुनिकता का मसीहा ही मानती है। यह मनीषा

चाहे ईसाइयत से ही नहीं, रिलिजन से ही बाज आती हो, पर इस पर मसीहत की छाया साफ़ है।

इसके विरुद्ध उदयन जिस अर्थ में 'आधुनिक' का प्रयोग कर रहे हैं, उसमें पुराने का उच्छेद के भाव से निषेध नहीं है। वहाँ पुराने को लेते हुए ही नया बनता है। और जो आज नया है वह कल पुराना हो जा सकता है। हम जानते हैं कि उदयन के बाद न्याय-चिन्तन में एक और गहरा, नया मोड़ आया, जिसने अपने आपको नव्य-न्याय का नाम दिया। यह चिन्तन के प्रकार में—विचार की मनीषा में—ही एक नया मोड़ था। नव्य-न्याय की इस नयी 'आधुनिक'—या 'उत्तर-आधुनिक'—धारा ने न्याय को ही नहीं, दर्शन के प्राय सभी मार्गों को अपनी युक्तिसूक्ष्मता से प्रभावित किया और नव्य-मीमांसा, नव्य-व्याकरण आदि को जन्म दिया। इसका प्रभाव साहित्य-चिन्तन पर भी पड़ा, और अलंकर-शास्त्र भी एक नयी दिशा लेता देखा जा सकता है। यह नयी 'नव्यता' ऐसी छायी कि दार्शनिक होने के लिए अब 'नव्य' होना आवश्यक सा हो गया।

पर इसका यह अर्थ कतई नहीं है कि पुराना बेमानी हो गया। हमारे यहाँ के विचार के इस नव्य को ही लीजिये। कई बार तो लगता है कि यह युक्ति के जाल में जिज्ञासा के मर्म को ही उलझा कर जकड़ देता है। मनुष्य के सभी अर्थ-संसाधनों में चरिष्णुता के साथ ही एक शाश्वत तत्त्व भी होता है जो किसी देश-काल में कोई भी रूप ले, पर सदा नयी सम्भावना का बीज समोता है, और एक ही नहीं कई भिन्नसार्थक नवीन दिशाएँ ले सकता है। कोई सार्थक नया इसी रास्ते पनपता है। नया अर्थ-सन्धान किसी पुराने सन्धान के सन्दर्भ में, उसे समोता हुआ, ही नया अर्थ-सन्धान होता है, चाहे वह पुराने का खण्डन हो या इससे भी गहरा निषेध ही क्यों न हो : वह पुराने की प्रतिभा का, उसकी सम्भावना का उच्छेद नहीं हो सकता। जिसका खण्डन या निषेध किया जाता है, उसमें सार्थकता की सम्भावना 'मृत' नहीं हो जाती है, वह नयी प्रतिभा का स्पर्श पाकर नये रूप ले सकती है। बाद के योरोप में ग्रीस की परम्पराओं के साथ यही हुआ था। पर यह नवीनीकरण फिर अपनी परम्परा बनाता है, क्योंकि रूप परम्परा में ही ले सकता है, और जिस परम्परा में रूप लेता है उसका अपना गुण-धर्म, उसकी अपनी प्रवणता भी इस नवीकरण का अंग होती ही है।

हमारी पश्चिम-निष्ठ 'आधुनिकता' के साथ भी यही हुआ है, जहाँ तक कि वह 'हमारी' है। और वह 'हमारी' वहीं तक है जहाँ तक हमारी अपनी परम्परा की अंग बन गयी है। यह और बात है कि हम अपने हमारेपन के प्रति ही संशय-प्राण हो गये है; जो पश्चिम के स्पर्श से सूना है, उसमें आधुनिकता न देख पाना इसी बात का लक्षण है।

यहाँ 'परम्परा' की धारणा को समझने के लिए एक पुराने विचार को आगे लाता हूँ। विचार काव्य के सन्दर्भ में रूप लेता है, पर उसका तात्पर्य व्यापक है। आठवीं-नवीं सदी में एक प्रसिद्ध कवि और आलोचक हो गये हैं—राजशेखर। उन्होंने काव्य पर अपना ग्रन्थ, काव्यमीमांसा, कवियों और कविकर्म को ध्यान में रखकर लिखा है। काव्य का स्वरूप ही ऐसा है कि काव्य तभी बनता है जब नया भी हो, एक नयी सार्थकता लिए हो। कवि के लिए प्रश्न होता है ऐसी कविता कैसे रची जाय? उसका उत्स क्या होता है? यह प्रश्न भी सदा प्रश्न ही रहता है, पर राजशेखर ने दो उत्सों की चर्चा की है, जो यहाँ ध्यातव्य हैं (ये भी, निदान को, एक ही मर्म में बसे दिखते हैं)। राजशेखर कहते है कि कविता का जन्म व्युत्पत्ति और प्रतिभा से होता है। व्युत्पत्ति को हम ऐसी समझ कह सकते हैं जो अब तक हो चुके की पकड़ से बनती है। इसके विपरीत प्रतिभा नये उन्मेष की शक्ति है, जिसका लक्षण ही है नव-नव-उन्मेषशालिनी बुद्धि। एक को हम परम्परा का पर्याय कह सकते हैं, दूसरी को उसी में उभरती आधुनिकता का। पर राजशेखर यहाँ एक टिप्पणी करते हैं जो बात को एक विशेष अभिप्राय देती है। वे प्रतिभा के ही दो रूप या प्रकार की चर्चा करते हैं : कारयित्री प्रतिभा और भावयित्री प्रतिभा। यहाँ कारयित्री तो वही है जिसे हम साधारणत: प्रतिभा ही कहते हैं, नव-उन्मेषी बुद्धि या सृजन-वृत्ति या प्रज्ञा। पर भावयित्री की ओर ध्यान दें। भावयित्री का सम्बन्ध व्युत्पत्ति से बैठता है, समझ से, विमर्श से, जो हो चुका है उसकी सार्थक पकड़ से। पर पकड़ की यह सार्थकता भी प्रतिभा चाहती है—विमर्श की प्रतिभा। बात को यों भी रखा जा सकता है कि परम्परा आधुनिकता की ओर उन्मुख रहती है तो उसमें भावियित्री और कारयित्री दोनों का युगल-भाव साथ काम करता है। सभी आधुनिकता का गर्भ बनता है। हम आज अपनी परम्परा के सन्दर्भ में—जो संस्कृति ही का सन्दर्भ है, उस सन्दर्भ में—भावयित्री और कारयित्री को परखें तो भावयित्री का अभाव दिखायी देता

है। तभी उसमें 'हमारेपन' की भी न्यूनता है जो कारयित्री में वैसी नहीं है। संगीत, नृत्य में नये सृजन की सार्थक प्रतिभा होते हुए भी उसे 'आधुनिक' के रूप में न देख पाना इसी का एक प्रतीक है। विचार में हम नया कुछ लें तो अपनेपन को—अपने आत्मस्थ—भाव को-छोड़ देना ज़रूरी नहीं होता है। पर हम उधर ही मुड़ गये हैं। इधर स्वतन्त्रता के बाद तो और भी परतन्त्रता के साथ। पहले स्वतन्त्रता के साथ विचार-संस्कृति के स्वराज की भी एक ललक थी, व्रत था। पर वह बड़ी तेजी से इतिहास की बात होती जा रही है। हमने पश्चिम के विचार-तन्त्र को ही नहीं, उसकी विचार-भाषा को भी अपना लिया है। वहीं की धारणाओं में, प्रत्ययों में, हम अपने और जगत् के बारे में सोचते हैं। मुझे लगता है कि अगर हम हिन्दी और हमारी आज की दूसरी भाषाओं में विचार करते—अपनी विचार परम्परा में रहते हुए पश्चिम को आत्मसात् करते—जैसा कि हमने साहित्य में किया, तो बात शायद और होती। हमारी विचार-परम्परा के भीतर ही नये आयाम खुलते, नये भावन के साथ रूप लेते, तो शायद हमारी आधुनिकता भी आत्मस्थता की दिशा ले सकती थी। यह दिशा आज भी बन्द नहीं हुई है। मैं समझता हूँ कि हम बाहर के प्रभाव का इनकार किये बिना, अपनी विचार-परम्परा के प्रति तटस्थ आलोचना-संवेदना रखते हुए (जो विचार का धर्म ही है) अपनी भाषाओं में सोचने लगें तो एक ऐसी आधुनिकता की ओर बढ़ सकते हैं जो सचमुच हमारी होगी। हम जिसे अपना पुनर्जागरण कहते हैं, उसमें यह प्रतिभा प्रखर जागी थी, पर आज सुप्त है। फिर आज हम विचार की भाषा-इतिहास-सिद्ध भाषा-ही अँग्रेज़ी को मान बैठे हैं, और पश्चिम को विचार का घर, तो एक गहरे अर्थ में 'हमारेपन' की बात ही जैसे बेमानी हो गयी लगती है। लगता है हम अपने विगत को 'इतिहास' ठहरा कर, पश्चिम की परम्पराओं में ही जा बैठना चाहते हैं, उन्हें ही अपना लेना चाहते हैं। क्योंकि आख़िर आदमी रहता तो परम्पराओं में ही है, इतिहास में नहीं, इतिहास तो परम्पराओं के प्रति ही एक विगत-मुखी दृष्टि है। परम्परा विगत को समेटती हुई भविष्य की ओर उन्मुख रहती है।

यहाँ बात में हताशा का स्वर जान पड़ सकता है, पर आज परिस्थिति यही जान पड़ती है। हमारा अपनापन एक अपनेपन की मुद्रा भर बनता जा रहा है—दूसरे को ही नहीं, अपने ही आप को भी दिखाने के लिए कि हमारी

भी अलग पहचान है। अगर हमारे सोचने-समझने की धारणाएँ, विमर्श और भावन के प्रत्यय, कोटियाँ, ये ही आहार्य और परजीवी हो जायें, जैसे कि होते जा रहे हैं, तो हमारा अपनापन एक अलग राष्ट्र के अर्थिक-राजनैतिक अपनेपन से अधिक क्या हो सकता है? पश्चिम की भाषा के साथ उसकी मनुष्य-दृष्टि, विश्व-दृष्टि का बढ़ता प्रभुत्व—हमारी सहर्ष स्वीकृति के अनुमोदन के साथ हमारे आत्मबोध के भीतर ही उसकी बढ़ती महिमा-इसी ओर इशारा करते लगते हैं। कृष्णचन्द्र भट्टाचार्य ने विचार के स्वराज की बात की थी तो पश्चिम की दृष्टि के अभिभव से मुक्त होकर अपनी स्वतन्त्र दृष्टि में आत्मस्थ होने का ही उद्घोष किया था। उन्होंने इसके लिए विचार का हमारी अपनी भाषाओं में ही निष्ठ होना भी ज़रूरी समझा था। पर उनकी बात को न उन्होंने ख़ुद माना, न हम उधर ध्यान देते हैं। अपवाद मिलते है, पर बिरले ही। दर्शन के 'स्वराज' को (हमारी स्व-निष्ठ आधुनिकता को) समर्पित हिन्दी की 'उन्मीलन' पत्रिका का यहाँ नाम लिया जा सकता है, जिसका यशदेव शल्य बरसों से सम्पादन करते आ रहे हैं। उनके अपने विचार में जो स्वराज का सक्षम वर्चस्व है, 'उन्मीलन' का प्रयास उसी स्वर को व्यापक साज देना है। पर उसकी आवाज़ नक्कारख़ाने में तूती जैसी ही है।

हम कहीं भीतर ही भीतर इस से खिन्न-विषण्ण भी होते हैं। इसका एक बड़ा कारण यह भी है कि हमारी कारयित्री प्रतिभा अपनी जड़ें अब भी हमारे स्वातन्त्र्य में रखती है, और उर्वर है। तभी हमारी जिन कलाओं में पश्चिम मुखर है, उनमें भी हमारा अपनापन प्रगल्भ हो पा सका है। संगीत और नृत्य में भी हमारी कारयित्री प्रतिभा उतनी ही समर्थ है; इनमें हमारी आधुनिकता भी झलकती है, पर यहाँ हमारी बुद्धि की, हमारे भावन की परतन्त्रता और मोह-कुण्ठा के कारण हम उसे आधुनिक कहने की बात ही नहीं सोच पाते।

ऊपर कह आया हूँ कि संगीत में हमारी अपनी 'आधुनिकता' की बात कुछ खोलकर करूँगा। संक्षेप में उसी पर आता हूँ।

एक पूर्वपक्ष यहाँ सर उठा सकता है। कह सकता है कि हाँ, संगीत में नया कुछ हुआ है, पर लीक पुरानी है। आधुनिकता एक मामूली नयापन नहीं होता, यह तो मनुष्य की किसी भी करनी में होता ही रहता है : परिवर्तन जैसे जगत् का स्वभाव है, वैसे ही मनुष्य का भी सहज ही स्वभाव होता

है। आधुनिकता इससे कहीं आगे जाती है, और जागरूक भाव से आगे जाती है; वह आत्मचेतन-भाव से पुराने को नकारते हुए नया साधती है। वह प्रवाह में स्वतः उद्‌भूत प्राकृतिक सा, अविचारित-अनायास सा नयापन नहीं है, एक जागती-जीवन्त, जीवट-भरी क्रान्ति है, जो पिछले को आधारगत भाव से नया कर देती है; नया आयाम, नया आकाश देती है। पश्चिम की कलाओं में यही हुआ है। आधुनिकता ने वहाँ निर्मिति और भाव के परिनिष्ठित, नित्य-ध्रुव से माने जाने वाले मानदण्डों को, रूपविधानों को, रुचि ही नहीं, संवेदना-सहृदयता के समादृत मार्गों को ही जानबूझकर, विमर्श के साथ, छोड़ा है; नयी अभूतपूर्व दिशा ली है। आमूल-चूल नयापन उभारा है। हमारी पारम्परिक कलाओं में ऐसा कुछ नहीं हुआ है। यहाँ नया कुछ है भी तो परम्परा के दायरे के भीतर बँधा है।

ऐसी आपत्ति पर पहला विचार यही उठता है कि 'क्रान्ति' किसे कहेंगे, यह एक ऐसे अध्यवसाय या निर्धारण की बात है जिसमें मतभेद ही नहीं निर्णय की भ्रान्ति भी सहज सम्भव है; हम देखते ही हैं कि जिसे नया कहा जाता है उसे इतिहासकार पुराने से जोड़ते चलते हैं; उसे पुराने के प्रवाह का ही एक स्वाभाविक सा पड़ाव या परिणाम—पुराने कारण—प्रवाह का एक नियत सा कार्य या फल बताने के रास्ते लेते है : साक्ष्य सँजोते हैं, युक्तियाँ देते हैं। ऐसी इतिहास-दृष्टि में क्रान्ति शब्द ही थोथा हो जाता है। फिर यह भी है कि नया क्या, पुराना क्या, यह निर्धारण सांस्कृतिक प्रवृत्ति या परिपाटी की भी बात होती है। इधर पश्चिम में नयेपन का दावा आम है। हमारे यहाँ नये को भी पुराना ही कहने का चलन है। पर बात तो देखने की है, प्राश्निक-समीक्षक के परीक्षण की, परख की बात है। ऐसा देखना किसी चलन या परिपाटी से, किसी के दावे से, ऊपर उठकर ही हो सकता है।

सोचने की बात यह भी है कि किसी भी सार्थक नयेपन में एक 'क्रान्ति' जैसा तत्त्व होता ही है। नयेपन की सार्थकता, उसका सृजन-तत्त्व स्वभाव से ही अपूर्व होता है, हमारी गतानुगतिकता से हटकर, चेतना के स्वातन्त्र्य में स्थित होता है; तभी उसके लिए नव उन्मेष की बात की जाती है। प्रतिभा की बात की जाती है—जो पुराने का ही रूपभेद मात्र नहीं साधती। यह बुद्धि का काम है, प्रतिभा का नहीं; प्रतिभा क्रान्त रूप ही साधती है। पर यहाँ मैं 'नया' क्या होता है, उसका पुराने से सम्बन्ध क्या होता है, इस

प्रश्न की तात्विक चर्चा में नहीं पड़ूँगा—प्रसंगान्तर हो जायेगा (हम 'आधुनिक' को एक सार्थक ही नहीं, एक 'क्रान्त' कोटि मानकर ही चल रहे हैं)। तो, मैं संगीत में एक ऐसे नयेपन की बात करता हूँ जिसे विगत के परिप्रेक्ष्य में देखें तो सामने है, पर हम उसे पारम्परिक की कोटि में रख देते हैं, देखना नहीं चाहते। इस नयेपन को नयी क्रान्ति कहने में संकोच नहीं होना चाहिए। और यह क्रान्ति पश्चिम के उसी अभिभव काल में हुई जिसे हम अपने 'आधुनिक' काल से जोड़ते हैं।

कहना न होगा, हमारे संगीत का प्रमुख रूप राग-संगीत है। आलाप के बिना राग नहीं बनता, और आलाप में नया उसके निभाव में ही गुँथा रहता है। इसलिए हमारे राग-संगीत में एक नयापन तो स्वरूप-स्वभाव से ही निहित है। पर, हाँ, आलाप की भी एक परिपाटी की बात की जा सकती है, जो आलाप को भी एक गतानुगतिकता देती है। फिर परिपाटी का एक और भी गहरा बन्धन होता है। रूपविधान का एक ढाँचा, एक सन्दर्भ होता है, जो संगीत क्या है? क्या हो? इसके मूलभूत सिद्धान्तों-निकषों को बाँधता है। राग और आलाप, दोनों इसके वलय के भीतर ही रहते हैं। हम यही तक कह सकते हैं कि यह वलय हमारे संगीत-कर्म को, संगीत-चेतना को ही बाँधे रखता है।

इस वलय का—हमारी संगीत की समझ का ही—एक आधारगत तत्त्व यह है कि स्वर—अर्थात्, सप्तक में स्वरों के स्थान- ये सिद्ध-प्रदत्त होते हैं। ये बने-बनाये होते हैं। इन्हें हम नहीं बनाते, ये पहले से हमें दिये गये होते हैं। हम तो इन्हें लेकर, इनके प्रयोग से संगीत बनाते हैं। राग-रचना की भी यही प्रक्रिया है। यहाँ पूछा जा सकता है कि स्वर-स्थान क्या है? कितने हैं? उनके अन्तराल क्या है? संगीत की किसी भी सक्षम, जागरूक परमपरा में यह प्रश्न पूछा जाता रहा है। स्वर-स्थान, स्वर-संख्या को लेकर विवाद भी होते रहे हैं। ऐसा भी हुआ है कि नये संगीत के साथ नये स्वर-स्थान भी स्वीकृत हुए है। राग के इतिहास में तो यह बात पुरानी है। सब जानते हैं कि भारतीय संगीत में स्वर-सप्तक के पूरे अन्तराल को २२ श्रुतियों में बाँटा जाता है, जिनमें कुछ को ही स्वर (और यों संगीत के योग्य) माना जाता रहा है। पर राग की परम्परा में हम पाते हैं कि प्रयोग विशेष में सभी श्रुतियों को स्वर माना जाने लगा। पर फिर भी स्वर को सिद्ध-प्रदत्त मानने की परम्परा ही रही है।

१७वीं-१८वीं सदी में राग संगीत में एक बिल्कुल नयी बात आती है। इसकी सूचना हम अहोबल नाम के संगीत-शास्त्री में पाते हैं। अहोबल कहते हैं कि स्वर-सप्तक के पूरे विस्तार में २२ से कहीं अधिक विभाजन हो सकते हैं, २२ श्रुतियों की बात तो चली आती हुई शास्त्र प्रथा की एक रूढ़ि मात्र है। इतना ही नहीं, अहोबल स्वर के प्राथम्य का भी प्रत्याख्यान कर देते हैं। वे स्वर को नहीं राग को प्राथमिकता देते हैं। यह नहीं मानते कि स्वरों के स्थान पूर्व-प्रदत्त होते हैं और राग इनसे बनते हैं (स्वर चाहे कितने ही माने जायें)। अहोबल इस सम्बन्ध को ही उलट देते हैं। वे कहते हैं कि स्वर का अपने आप कोई सिद्ध-प्रदत्त स्थान नहीं होता—स्वर वही होता है जो राग में प्रयुक्त होता है, राग के स्वभाव को अभिव्यक्त करता है। यानी स्वर से राग नहीं, राग सें स्वर बनता है।

यह कोई छोटी सी बात नहीं है, राग-दृष्टि में ही एक अपूर्व क्रान्ति है। हम पाते भी हैं कि अपने कथन का प्रमाण अहोबल संगीत के समसामयिक प्रयोग में देखते है, बड़े संगीतकारों की रागदारी में। गहरे संगीतकार ही ऐसा करने-कहने लगे थे। आज के रागदारी के उस्तादों को भी ऐसा करते-कहते सुना जा सकता है। मैंने भी सुना है। तभी इसे संगीत की विमर्श-परम्परा में भी भाँपने की ओर झुका। पर बात कहने-सुनने भर की नहीं है, अनुभव की है, जाँची जा सकती है।

बात के पीछे जिस नयी क्रान्ति की सूचना है, वह राग के निभाव में, राग की धारणा में आज भी जाग्रत है, चाहे इन 'क्रान्त' शब्दों में कही न जाती हो। इस काल से राग-संगीत में एक अपूर्व रूपान्तर आता है जिसके हम उत्तराधिकारी हैं। राग-प्रयोग में व्यक्ति-भाव की प्रगल्भता पुरानी है, इस बात में भी निहित है कि राग आलाप से बनता है जो व्यक्तिगत होता है। पर राग के साथ मात्र रंजन—सहज मधुर-मनोरम—होने का भाव भी पुराना है। अब राग-दृष्टि में ही एक नयी गहरायी आती है जो संवेदना को रंजन मात्र से ऊपर ले जाती है, भाव के नये आयाम तलाशती है, राग की प्रशस्ततर अभिव्यक्तियों की ओर मुड़ती है, आत्मचेतन भाव से राग को एक सम्भावना के क्षितिज के रूप में देखती है। इस सम्भावना को राग-भाव का नाम दिया जाता है, और इसे रूप देने के लिए कलावन्त स्वरों को, स्वरों के अन्तरालों को राग के भीतर से, राग-भाव के उभार के साथ उभरता देखता है। राग के प्रदत्त नियम, प्रदत्त स्वर, ये गौण हो जाते हैं,

राग-दृष्टि में जागता राग का अपना स्वभाव प्रधान हो जाता है। यह स्वभाव व्यंजना के वैविध्य में, उसके अवगाहन की विपुल सम्भावना में जागता है; स्वर के ऐसे अन्तरालों को, विभावों को समोता चलता है, जिन्हें 'स्वर' का नाम नहीं दिया गया है। यही आज की रागदारी है, नितान्त 'आधुनिक' रागदारी है। रागदारी शब्द ही इसी दौर का है, और स्वर को राग-निर्भर मानकर चलता है। यह रागदारी रागभाव का ही निर्मिति पक्ष है, इसका रागभाव से निहित-निविष्ट सम्बन्ध है। किसी कलाकार द्वारा राग का भावन करते हुए, इसी आलोक में स्वरों को देखते हुए राग को रूप देना, यही रागदारी है। सप्तक का जो भी स्थान, जो भी अन्तराल राग के भाव को, उसकी भावित सम्भावना को, व्यक्त करता दिखे, वही यहाँ स्वर है।

रागभाव यह धारणा पुरानों में नहीं पायी जाती। यह संगीत के साधक-कलाकार को एक बिल्कुल नयी स्वतन्त्रता देती है। रागदारी या रागभाव की धारणा में इस स्वतन्त्रता का बीज है। अमीर खाँ की या कुमार गन्धर्व की या रविशंकर की, निखिल बनर्जी की...रागदारी रणभरागभावं अपनी-अपनी तरह से उतरने का ही वैभव है। राग की परम्परा में एक नया, अपूर्व, क्रान्तिकारी, मोड़ है।

अन्त करने से पहले फिर से विचार की ओर मुड़ना चाहता हूँ। विचार में एक सब-कुछ को देखता, सब प्रवृत्तियों के भीतर जागता-परखता सर्वतोमुखी भाव होता है जो संगीत के स्वप्रतिष्ठ स्वभाव में नहीं हो सकता। विचार के 'हमारे' हुए बिना आधुनिकता भी ठीक 'हमारी' न होगी। ऊपर की सारी चर्चा में भी उभरता यही है कि हमारी कमज़ोरी विचार है, जो अपनी प्रेरणा में ही परजीवी होता जा रहा है।

पश्चिम की विचार-कोटियाँ हम में इतनी सहज हो गयी हैं कि हम भूल-सा ही जाते हैं कि विचार की हमारी अपनी परम्परा भी है। और इस बात से तो हम बिल्कुल अज्ञ से हैं कि यह परम्परा विगत की वस्तु नहीं, आज भी सजग-सजीव है। हमारे 'पारम्परिक' ठहरा दिये गये चित्र, मूर्तिकला, वास्तु से कहीं प्राणवान् हैं (चाहे उसी तरह उपेक्षित हों)। इस परम्परा के सप्राण होने का एक मूल कारण यह भी है कि विचार जागता ही बुद्धि के (रीजन के), आत्मचेतन स्वप्रकाश में है। इसलिए यह परम्परा आज भी अप्रासंगिक नहीं है; कोई विचार-परम्परा कभी अप्रासंगिक नहीं होती।

यह संस्कृत में रही है, और आज भी है, और पश्चिम से लगभग अछूती है। यह सजीव ही नहीं सक्रिय भी है; इसमें प्रतिभा जाग्रत है। अभी हाल के दिनों में इसमें गहरे और कुशल विचारक हो गये हैं, और आज भी हो रहे है। यह परम्परा सम्प्रदायों में घर करती है। व्याकरण के, मीमांसा के, अद्वैत और द्वैत वेदान्तों के सम्प्रदाय इसका पोषण करते हैं (अब कुछ संस्कृत विश्वविद्यालय भी इसके विचारक स्थान पाने लगे हैं)। इनमें युक्तिशील, कुशाग्र-तर्कनिष्ठ विचार आज भी उद्यत हैं। आज भी पुराने विचारकों और इनके सम्प्रदायों के परसर-विवादों की शास्त्रार्थ-सभाएँ जमती हैं, और इनमें खण्डन-मण्डन के तीखे-पैने तर्क परसर जूझते हैं। यह परम्परा एक पुरानी चली-आती निरन्तरता पालती है। पर इस निरन्तरता में निरन्तर नयापन भी उभरता देखा जा सकता है। प्रो. दयाकृष्ण ने अपनी एक पुस्तक में विस्तार के साथ यह दिखाया भी है। संस्कृत (और हमारी कुछ दूसरी भाषाओं में अभिव्यक्त) अट्ठारहवीं सदी से आज तक की विचार-यात्रा में नयेपन के प्रकट लक्षणों को उन्होंने बड़े विदग्ध भाव से आगे रखा है। नये पश्चिम-निष्ठ सत्ता-ऐश्वर्य-पोषित संस्थानों, विद्यालयों, विश्वविद्यालयों द्वारा आच्छादित—अवरुद्ध हो जाने पर भी हमारी यह अपनी विचार-परम्परा न 'मृत' है, न लुप्त। हाँ, लुप्त होने की दिशा में बढ़ती लग सकती है। इसके कई कारण हैं जो प्रकट से भी हैं—इसकी उपेक्षा, इसके प्रति नयों की अरुचि, ये तो बड़े कारण हैं ही, पर एक और गहरा कारण है इसका आज के जीवन और अनुभव से दूर छिटक जाना, विचार के अपने ही परिपाटी-बद्ध, सीमित विवादों से बँधे रहना।

इस विचार-परम्परा की एक अभिव्यक्ति हिन्दी (और दूसरी भाषाओं) में भी पायी जाती है, पर यहाँ यह विगत के विचार का अनुवाद, व्याख्या-विवेचना-इतिहास में ही व्यस्त-व्यग्र रहती है; इनमें न संस्कृत परम्परा की प्रौढ़ता है, न प्रतिभा। इसे विचार का विवरण-वर्णन ही कहना चाहिए, विचार नहीं।

पुनर्जागरण के समय हमारे विचार में एक नयी भूमा, अपनी तरह के एक नये, स्वतन्त्र भावन के साथ जागी थी, जब हम एक नयी शुभ्र प्रेरणा के साथ अपने पुनरावलोकन की ओर झुके थे। इस दृष्टि का स्वातन्त्र्य बाहर, भीतर दोनों से जुड़कर भी निर्बन्ध था, आत्मस्थ था। आज यह प्रेरणा पश्चिम की नयी बाढ़ में बह-सी गयी है।

पर अनुरणन बचा है, तभी हम अपनी आधुनिकता के बारे में चिन्तित होते हैं।

मैं समझता हूँ कि हम आज के अपने आत्मस्थ, खुले अपनेपन को अपने साहित्य में सबसे ज़्यादा उजागर पाते हैं। वहाँ हमारी स्वतन्त्र, बाहर-भीतर दोनों को स्वीकारती, भावन में जागरूक आत्मस्थता का स्पन्द अनुभव-प्राण है, चाहे हिन्दी को लीजिये या अपनी और भाषाओं को। हमारे साहित्य का अँग्रेज़ी और संस्कृत दोनों से हटकर आज की भाषाओं में होना इसे एक स्वरूप से ही साम्प्रतिक, अद्य-स्फुरित अपनापन देता है, बाहर, भीतर दोनों प्रभावों के प्रति उन्मुख भी रखता है। हमारी विचार-परम्परा भी अगर साहित्य की तरह अपनी भाषाओं में रूप लेती, नये भावन के साथ रूप लेती—जैसा कि इसने साहित्य में लिया—तो शायद हमारी आधुनिकता भी आत्मस्थता की दिशा ले सकती थी।

यह दिशा आज भी बन्द नहीं हुई है।

संस्तुति और सभ्यताओं का संघर्ष

रामस्वरूप चतुर्वेदी

संस्कृति एक निरन्तर प्रवहमान धारा है, नये सन्दर्भों से टकराती, अपने को और उन सन्दर्भों को भी, अनुकूलित करती चिकनाती चलती हुई। तब स्पष्ट ही मुख्यतः विचारणीय यह है कि वे नये सन्दर्भ क्या हैं जिनका सामना समकालीन संस्कृति को करना है। इस प्रसंग में सभ्यताओं के संघर्ष की एक नयी प्रस्तावना पर पहले कुछ चर्चा अपेक्षित होगी।

संस्कृति और सभ्यताओं के अन्तर तथा सम्बन्ध पर काफ़ी विवेचन होता रहा है। यहाँ आचार्य हजारी प्रसाद द्विवेदी द्वारा दी गयी व्यवहार परिभाषा को मानकर हम आगे चलेंगे। प्रायः सूत्र रूप में आचार्य की व्याख्या यों है—"सभ्यता मनुष्य के बाह्य प्रयोजनों को सहजलभ्य करने का विधान है और संस्कृति प्रयोजनातीत अन्तर—आनन्द की अभिव्यक्ति।" इसी क्रम में फिर जोड़ा जा सकता है कि सभ्यता में व्यापकता अधिक है, संस्कृति में गहरायी। तभी संस्कृति का विवेचन दार्शनिक उपक्रम है, सभ्यताएँ इतिहास के प्रकरण में आती हैं।

पिछले दिनों प्रसिद्ध अमरीकी सन्धि-विग्रह विशारद सैमुएल पी. हंटिंग्टन का आलेख बहुचर्चित रहा है : 'सभ्यताओं का संघर्ष ?' ('द क्लेश ऑफ़ सिविलि-जेशंस ?') जो प्रतिष्ठित जर्नल *फॉरेन अफेयर्स* के ग्रीष्म, १९९३ अंक में छपा था। फिर अनेक विद्वानों-राजनेताओं ने इस पर अपनी

विस्तृत टिप्पणियाँ दीं, जो मूल लेखक के समापन-वक्तव्य के साथ शरद, १९९३ के अंक में प्रकाशित हुईं। अब यह सामग्री पुस्तक-रूप में आ गयी है।

हंटिंग्टन ने अपने आलेख में ख़ासी दो टूक शैली में यह प्रतिपादित किया है कि अभी तक विविध देशों और क्षेत्रों के बीच सामरिक संघर्ष होते थे, फिर धीरे-धीरे आर्थिक संघर्ष प्रबल हुए हैं, पर भविष्य की लड़ाई न सामरिक होगी न आर्थिक, यह होगी सभ्यताओं के बीच। यही कारण है जिससे संस्कृति-सभ्यता का प्रश्न अब दर्शन-धर्म-साहित्य-इतिहास-कलाओं के क्षेत्र से उठकर कूटनीति के पाले में चला गया है। हंटिंग्टन स्वयं एक प्रसिद्ध अमरीकी विश्वविद्यालय में सरकार के प्रोफ़ेसर हैं, और एक अन्य युद्ध-विग्रह, आधुनिक मुहाविर में 'स्ट्रैटजिक स्टडीज़' संस्थान के निदेशक। संस्कृति-सभ्यता के अब तक चले आ रहे उदारवादी दावेदार सहसा इस पट-परिवर्तन से कुछ चौंक सकते हैं, पर यह शायद अपने में संस्कृति का वह नया सन्दर्भ है जहाँ उसे अपने स्वरूप को नये सिरे से समझना होगा।

विख्यात इतिहास-दार्शनिक टॉयनबी के हवाले से हंटिंग्टन बताते हैं कि समूचे विश्व में लगभग इक्कीस सभ्यताओं का विकास-प्रसार हुआ। इनमें से अब प्राय: छ: सक्रिय और जीवन्त रूप में देखी जा सकती हैं। विश्व-इतिहास के अगले विकास-क्रम में ये सभ्यताएँ ही एक-दूसरे से टकराएँगी। आलेख का शीर्षक इसी परिदृश्य की ओर संकेत करता है। आगे हंटिंग्टन फिर कहते हैं कि इनमें भी असली संघर्ष पश्चिम की सभ्यता से, जो उनके अनुसार आधुनिक संसार का प्रतिमान है, इस्लाम का होगा। और इस संघर्ष में कन्फ्यूशियाई अर्थात् चीनी सभ्यता किसी कदर इस्लाम की सहायक होगी। विश्व-राजनीति के समकालीन परिदृश्य पर गल्फ युद्ध (जिसमें इस्लाम के प्रतिनिधि सद्दाम एक ओर, और पश्चिम की शक्तियाँ अमरीका के नेतृत्व में, कुछ सहमे-से इस्लाम राज्यों के साथ दूसरी ओर), बॉसनिया की लड़ाई, न्यूयॉर्क स्थित 'वर्ल्ड ट्रेड सेंटर' को इस्लामी उग्रवादियों द्वारा उड़ाने की कोशिश—इस पश्चिम की सभ्यता, या कि व्यंजना से कहें तो सिर्फ़ सभ्यता, बनाम इस्लाम के बीच भावी संघर्ष का पूर्व-रूप है। अन्धे शेख की प्रेरणा और मन्त्रणा से न्यूयॉर्क के हृदय-प्रदेश में स्थित 'वर्ल्ड ट्रेड सेंटर' को विस्फोट से उड़ाने की कोशिश अपने

आप में तो भयावह है ही, उससे कहीं अधिक प्रतीकात्मक रूप में भयावह है। यह जैसे पश्चिम की सभ्यता पर इस्लाम का सीधा हमला है। भारत में जन्मे, ब्रिटिश नागरिक लेखक सलमान रश्दी के लिए जारी ईरान का फतवा भी इसी संघर्ष का एक उप-फल कहा जा सकता है।

हंटिंग्टन की इन सभी मान्यताओं से यहाँ सहमत या असहमत होना ज़रूरी नहीं है। पर पृष्ठभूमि के रूप में मेरा मानना फरक है। हंटिंग्टन आने वाले इतिहास को सभ्यताओं के संघर्ष के रूप में देखते हैं। मेरा निवेदन है कि बुनियादी तौर पर यह संघर्ष मानवीय इतिहास के पिछले दो हज़ार सालों से होता आ रहा है। और जैसा परिवार की बनावट में बहुत बार होता है, यह टकराहट तीन भ्रातृ सभ्यताओं के बीच चला है। ये तीन सैमेटिक भ्रातृ सभ्यताएँ हैं—यहूदी, ईसाई तथा इस्लाम की, जिन्हें सामान्यत: 'किताब के लोग' ('पीपल ऑफ़ द बुक') की संज्ञा दी जाती है। संघर्ष का पहला दौर चला यहूदियों के बीच में ईसाई मत के प्रवर्तन से, जिसकी परिणति हुई ईसा-मसीह को कुछ यहूदियों द्वारा सूली पर चढ़ा देने से, जिससे फिर आगे शताब्दियों में यहूदी विरोधी ('एंटी-सेमिटिज्म') के विविध रूप चले, और चली समूचे यूरोप में यहूदियों की लम्बी यन्त्रणा, जिसका एक उप-फल यह हुआ कि यूरोप के ये अति शिक्षित-संस्कृत यहूदी वैज्ञानिक-दार्शनिक-कलाकार भागकर नये पक्षपात रहित देश अमरीका में शरण लेते हैं, जहाँ एक अभिनव पुनर्जागरण सम्भव होता है। १९९७ ईस्टर के आसपास तक पोप को याद दिलाते रहना पड़ता है, उस संघर्ष को किसी कदर शमित करने के लिए, कि ईसा मसीह अन्तत: स्वयं यहूदी जन्मे थे।

दूसरे दौर में ईसाई मत, और छठी शताब्दी के आसपास नव संगठित इस्लाम का लम्बा संघर्ष चला। १०९५ में क्लेयरमाँत की सभा में पोप इरवन II ने आह्वान किया कि ईसा मसीह की पवित्र भूमि को मुसलमान धर्मान्धों के चंगुल से मुक्त कराना है। तब ११००-१३०० ईसवी के बीच के वर्षों में प्राय: नौ धर्म-युद्ध (क्रूसेड) लड़े गये, जिन्होंने अरब-एशिया-यूरोप की भूमि को रक्त-रंजित कर दिया। प्रवर्तन के नये उत्साह में इस्लाम ने ईसाई मतानुयायियों को दबाकर रक्खा और कई दिशाओं में खदेड़ दिया। आगे चलकर १४५३ में बाहूजैशियम से भागे ईसाई कलाकारों-दार्शनिकों ने इटली तथा क्रमश: अन्य यूरोपीय देशों में शरण ली, और मध्ययुग का अभूतपूर्व पुनर्जागरण रेनेसाँ प्रवर्तित हुआ। यह इतिहास की

रोचक विडम्बनाओं में से है कि पन्द्रहवीं शती के यूरोपीय और बीसवीं शती के अमरीकी पुनर्जागरण के सूत्रधार इन नये देशों में पहुँचे शरणार्थी थे।

संघर्ष के तीसरे दौर में ईसाई मतावलम्बी यूरोप-अमरीकी सहकार ने सोचा कि दो भ्रातृ सभ्यताओं—यहूदी और इस्लाम से एक साथ नहीं लड़ा जा सकता। दो मोर्चों पर एक साथ लड़कर विजय सम्भव नहीं। तीन के बीच या तो दो एक तरफ़ होकर तीसरे से लड़ें, या फिर दो को लड़ाकर तीसरा मध्यस्थ की भूमिका में आ जाय, यही जीत का रास्ता हो सकता था। पश्चिम ने इस दूसरे रास्ते को चुना। उसने १९४८ में इस्राइल का स्वतन्त्र राज्य तमाम इस्लामिक देशों के बीचों-बीच बनवाकर अपने दोनों विकट प्रतिद्वन्द्वियों को एक-दूसरे के आमने-सामने कर दिया। ठीक उसी समय भारत में वही नीति मानते हुए हिन्दू-मुसलमानों के बीच पहले से चले आते राग-द्वेष को अंग्रजों ने और उद्दीप्त किया। और अब स्थिति यह है कि यूरोप और उनका नेता अमरीका इन विविधमुखी संघर्षों को तीव्र करता हुआ उनके बीच चौधरी का दायित्व ख़ुद सँभाल लेता है। इसमें दुहरा लाभ है—एक ओर उनके शस्त्रास्त्रों की बिक्री बढ़ती है, और दूसरी ओर आपस में ही लड़ते हुए ये विकसनशील देश पश्चिम के लिए कोई ख़तरा नहीं बनते। भारत के हिन्दू और मुसलमान, तथा एक भिन्न स्तर पर भारत-पाकिस्तान-बाँग्लादेश यदि इस सीधे और कठोर यथार्थ को समझ पाते तो बहुत तरह के तनाव और पारस्परिक संघर्ष शमित हो सकते थे। यों, ईसाई पश्चिम अपने को सीधे संघर्ष से हटा लेता है, जो यहूदी-इस्लाम—या कि कभी शायद—हिन्दू सभ्यता से चलता। अब वह शान्ति व्यवस्थापक है। हर संघर्ष में 'ह्वाइट हाउस, शान्ति का ईमानदार दलाल (honest broker of peace) है।

अमरीका-यूरोप का यह चौधरी-रूप फिलिस्तीनी अरब मुसलमानों और इस्राइल के यहूदियों के शान्ति-सम्मेलनों में ख़ूब उभर कर आया है। कई बरस पहले की मैड्रिड कॉन्फ्रेंस का स्मरण करें जिसे इस शताब्दी का अन्तिम दशक लगते-लगते तत्कालीन अमरीकी राष्ट्रपति जॉर्ज बुश के संरक्षण में लम्बी भाग-दौड़ के बाद सेक्रेटरी ऑफ़ स्टेट जेम्स बेकर ने आयोजित किया था। टेलीविजन से सीधे प्रसारित इस सभा में सार्वजनिक रूप से शायद पहली बार यहूदी और अरब मुसलमान नेता मेज़पर आमने-सामने बैठे थे। मैड्रिड के भव्य राजमहल के कक्ष में तीन भुजाओं वाली

मेज़ लगायी गयी थी, जिसके एक ओर यहूदी प्रतिनिधि-मण्डल बैठा था और ठीक सामने दूसरी भुजा पर अरब इस्लामी देश फिलिस्तीन, सीरिया, लेबनान के प्रतिनिधि थे। मेज़ के सिरहाने तीसरी भुजा पर सम्मेलन के प्रवर्तक-द्वय रूस और अमरीका थे। रूस तब तक एक विघटित राष्ट्र हो चुका था, अत: चौधरी की सारी भंगिमा अमरीका की थी जिसे तब 'शान्ति का ईमानदार दलाल' विरुद मिल चुका था। यहूदी और इस्लामी देशों के प्रतिनिधियों के नेत्र एक-दूसरे को देखकर प्रज्वलित हो रहे थे—लगता था कि कहीं कोई किसी पर हमला न कर दे। और अमरीका, जैसा कहा गया, 'हैं। हैं। क्या करते हो।' की मुद्रा में सुखासीन था। लगभग दो हज़ार वर्षों से चले आते संघर्ष में सार्वजनिक रूप से पहली बार ऐसा अवसर आया था कि यहूदी और इस्लाम दो भ्रातृ सभ्यताएँ रक्त-पिपासु रूप में आमने-सामने बैठी थीं, और पश्चिम की ईसाई सभ्यता—किसी कदर हतवीर्य हुआ रूस भी तब तक ईसाइयत में काफ़ी दूर तक लौट चुका था—शान्ति के लिए मध्यस्थता कर रही थीं। यहूदी और मुसलमान दोनों एक-दूसरे को आक्रामक तथा उग्रवादी सिद्ध करने में लगे थे; कॉन्फ्रेंस में एक नाटकीय तथा अति-विस्फोटक प्रसंग तब आया जब सीरिया के प्रतिनिधि ने एक पुराने समाचार-पत्र की कतरन मेज़ पर रक्खी, जिसमें शान्तिवार्ता के समय के इस्राइली प्रधानमन्त्री यिज्तैक शमीर की तसवीर उग्रवादी के रूप में छपी थी, जिसका पता बताने के लिए कुछ इनाम घोषित था। यहूदी प्रतिनिधि-मण्डल में इसको लेकर तीख़ी प्रतिक्रिया हुई, और काफ़ी बीच-बचाव के बाद वही व्यवस्था वापस लौटी।

यों यह सभ्यताओं का नाटकीय और रक्त-रंजित भी, संघर्ष चलता-चलता इस दौर में आ गया है, जहाँ 'गोरे ईसाई पुरुष' ('ह्वाइट क्रिश्चियन मेल')—चाहें तो पसली-भर स्त्री भी जोड़ लें—का प्रमुख अन्तर्राष्ट्रीय परिदृश्य पर स्थापित होना चाहता है। पर इतिहास के इस बिन्दु पर जब पश्चिम के उदार प्रजातन्त्र की चरम मानवीय व्यवस्था सर्वस्वीकृत हो चुकी है, और पहले हेगेल तथा अब द *एण्ड ऑफ़ हिस्टरी* के लेखक फुकोयामा के साक्ष्य पर इतिहास अपने गन्तव्य तक पहुँच चुका है, कहें कि इतिहास पूरा हो चुका है, तभी इस्लाम की निरन्तर बढ़ती आक्रामक मुद्रा पश्चिम के सुख-चैन में खलल डालती दिखती है। हंटिंग्टन के समूचे

विश्लेषण की बेचैनी इस सन्दर्भ में ठीक-ठीक समझी जा सकती है। यह आकस्मिक नहीं कि सद्दाम गल्फ युद्ध में जिन शस्त्रास्त्रों के सहारे पश्चिम से लड़ा था वे अधिकतर पश्चिम से ही बनकर आये थे। मनुष्य से कहीं ज़्यादा भयानक बदला इतिहास लेता है। उत्तेजित इस्लाम ही नहीं, तुर्की का शान्त इस्लाम भी पश्चिम की स्वार्थपरता और वर्चस्व भावना से खीझा है। तुर्की को जब यूरोपीय साझा बाज़ार (ECM) में कई बार के आग्रह के बावजूद स्वीकार नहीं किया गया तो तुर्की के शासनाधिकारियों ने यही कहा कि यह गोरे ईसाइयों का संगठन है, और हम न गोरे हैं न ईसाई। स्वयं अमरीका के समाज में रंग और धर्म की दरारें गहरी हो गयी हैं, जिसका एक प्रबल साक्ष्य नेशन ऑफ़ इस्लाम संगठन के उत्तरोत्तर बढ़ते प्रभाव में देखा जा सकता है। दो साल हुए उनके प्रख्यात वाग्मी नेता लुई फरख़्वाँ ने अमरीकी राजधानी वाशिंगटन डी.सी. में व्हाइट हाउस तथा कांग्रेस के बीच के प्रशस्त मॉल क्षेत्र पर गोरे शासन की मनोवृत्ति के विरोध में 'मिलियन मैन मार्च'—दस लाख वाले लोगों का शान्तिप्रिय प्रदर्शन-आयोजित किया था। कई प्रभावशाली समाचार-पत्रों ने अनुमान किया कि प्रदर्शन में अधिक से अधिक चार लाख व्यक्ति शामिल हुए होंगे। फरख़्वाँ ने कोर्ट में मुकदमा किया कि किसी निष्पक्ष अभिकरण से 'मार्च' में सम्मिलित व्यक्तियों की संख्या का ठीक अनुमान लगवाया जाय। इस नयी गणना का परिणाम आया कि 'मार्च' में आठ लाख के आसपास लोग पहुँचे। इस 'मार्च' के आगे-पीछे अमरीकी जन-समाज के सबसे प्रतिष्ठित और लोकप्रिय दैनिक पत्र द *न्यूयॉर्क टाइम्स* ने सम्पादकीय छापा--'द रैड मैनेस इज़ ओवर, इस्लाम इज़ हियर', अर्थात् साम्यवाद का ख़तरा तो टल गया, पर इस्लाम सामने है। इस सम्पादकीय को लेकर भी 'मीडिया' में काफ़ी चख-चख रही। इन स्फुट प्रसंगों को उद्धृत करने से अमरीकी जन-समाज की सामान्य मानसिकता का भी कुछ पता चलता है, जो सैमुएल हंटिंग्टन की आशंका का आधार और प्रसारण दोनों है।

यों, हंटिंग्टन का आलेख—'सभ्यताओं का संघर्ष'—अपने आप में विषय-वस्तु का जितना सटीक विवेचन है, उतना ही अपना साक्ष्य भी स्वयं है। वैदुषिक स्तर पर इस व्यापक संघर्ष का समाधान कितना सम्भव है, कहना कठिन है। यह ज़रूर है कि प्रतिपाद्य विषय की नीयत और दृष्टि-बिन्दु की समझ और उसका आख्यान, मूल में अन्तर्निहित उत्तेजना को किसी कदर

शामिल कर सकता है। प्रस्तुत टिप्पणी इस दिशा में विनम्र प्रयास है। विश्व-इतिहास हिन्दू राजाओं की, निजी स्वार्थों के लिए, आपसी लड़ाई तथा इस्लामिक और ईसाई राष्ट्रों के आन्तरिक युद्धों से भरा पड़ा है। पर सभ्यताओं के अपने अहंकार रूप में, और उसके वर्चस्व को स्थापित करने के लिए, इन तीन भ्रातृ सभ्यताओं का संघर्ष सर्वोपरि है। बल्कि सभ्यता और संस्कृति के बीच सबसे महत्त्वपूर्ण अन्तर इसी बिन्दु पर जोड़ा जा सकता है—सभ्यताओं में अहंकार होता है, संस्कृति निरहंकार की लब्धि है।

यह तो हुई विश्व-सन्दर्भ की बात। हमारे लिए भारतीय परिदृश्य स्वभावत: अधिक महत्त्वपूर्ण है। यह आरम्भ में ही कहा था कि संस्कृति एक निरन्तर प्रवहमान धारा है। भारत के प्रसंग में आदि धारा आर्य संस्कृति की कही जा सकती है, जिसमें कई आर्येतर तत्त्व मिलते हैं, द्रविड़ संस्कार घुलते हैं, जैन और बौद्ध सुधार आत्मसात् होते हैं। बाहर से आने वाले प्रभावों में इस्लाम और ईसाइयत के तत्त्व घुल-मिल जाते हैं, अन्दर से सिक्ख सुधार सम्मिलित होते हैं। यों यह भारतीय संस्कृति की प्रसन्न धारा प्रवहमान होती है।

यों तो सभी संस्कृतियाँ बाह्य प्रभावों को आत्मसात् करती चलती हैं, यह ग्रहणशीलता उनकी जीवन्तता का प्रमाण और कारण दोनों है। पर भारतीय संस्कृति में यह ग्रहणशीलता और खुलेपन की वृत्ति कहीं अधिक है, क्योंकि यहाँ के आदि धर्म—जिसे सनातन विशेषण ठीक ही दिया गया है—ने परम तत्त्व के किसी एक रूप, या किसी एक पवित्र ग्रन्थ की मान्यता पर कभी बल नहीं दिया। आस्तिक-नास्तिक, निर्गुण-सगुण, वैष्णव-शैव, बौद्ध-जैन सभी हिन्दू धर्म के सदस्य हैं, जब तक कि वे स्वयं इस सदस्यता का घोषित परित्याग न कर दें, जिस तरह की पात्रता के व्यावहारिक जीवन में कई रोचक परिणाम निकलते हैं, जिसका कुछ उल्लेख आगे होगा। तब हिन्दू मानस अपने में विविध प्रकार की मान्यताओं—जिनमें से कई एक-दूसरे की विरोधी हो सकती हैं—को समोने का आरम्भ से अभ्यस्त रहा है, जिस एक प्रक्रिया को आचार्य रामचन्द्र शुक्ल के प्रिय प्रयोग के सहारे कहें तो 'विरुद्धों का सामंजस्य', कहा जा सकता है। जो धारण करे वह धर्म है, ऐसी व्याख्या दी जाती है; हमें कहना है कि वास्तविक धर्म वह है जो विरोधों को धारण करे, और उन्हें अद्वैत करे।

हिन्दू परम्परा में विरुद्धों के इस सामंजस्य के अनेक प्रमाण दिये जा सकते हैं। हमारे दोनों आदि काव्य *रामायण* और *महाभारत* मूलत: परिवारों की गाथा है। एक में भाइयों के बीच परम आग्रह है कि दूसरा गद्दी पर बैठे, दूसरे में परम हठ है कि सुई के बराबर ज़मीन नहीं देनी। यों एक में आदर्श का उदात्त चित्रण है, दूसरे में घनघोर यथार्थ का। जन–जीवन में दोनों की लोकप्रियता एक जैसी है। दर्शन के क्षेत्र में चिन्तन की उच्चतम भूमि है अद्वैत की, जहाँ जड़चेतन सब एक ही वास्तविकता के विविध रूप हैं, कहीं–कुछ कम बढ़ नहीं। दूसरी ओर, व्यावहारिक जीवन में जातियों का ऐसा वैविध्य है, जिसे लक्षित करके पण्डित हजारी प्रसाद द्विवेदी ने कहा था कि हिन्दू समाज में नीची से नीची कही जाने वाली जाति भी अपने से नीची एक और जाति तलाश लेती है। यों एक ओर अद्वैत में सब कुछ का समाहार है, तो सामने जातियाँ गणित की अनन्त राशि की तरह फैली हुई हैं। हिन्दू मानस में दोनों मान्यताएँ बगल–बगल बैठी हुई हैं, इत्मीनान से। काव्यशास्त्र में रस की सूक्ष्म परिकल्पना है, ब्रह्मानन्द सहोदर के रूप में, वहीं अलंकार–ध्वनि–नायिका–भेद के उलझाने–उबाने वाले वर्गीकरण हैं। बाबू गुलाबराय को ध्वनियों के वर्गीकरण–प्रसंग में जातियों के जाल का स्मरण दिलाने वाला 'या अल्लाह! गौड़ों में भी और।' का क़िस्सा बहुत ठीक याद आता है। विरुद्धों के सामंजस्य की यह प्रक्रिया भारतीय जन–जीवन में अब तक चली आती है। यही शायद वह 'बात' है जिससे 'कि हस्ती मिटती नहीं हमारी'। यहाँ कवि और दार्शनिक इकबाल अपना तादात्म्य इस ईसा–इस्लाम–पूर्व–आर्य संस्कृति धारा से मानते हैं, जो यूनान, मिस्र, रोम के मिट जाने पर भी अप्रतिहत भाव से हम तक चली आती है।

यह धारा हम तक कैसे आयी है, इस पर भी कुछ ध्यान देना है। देश की स्वतन्त्रता और अपने संविधान का वरण इस प्रसंग में स्पष्ट ही सबसे महत्त्वपूर्ण घटना है। विरुद्धों के सामंजस्य का एक रोचक और बुनियादी साक्ष्य इस बिन्दु पर मिलता है। प्राचीन काल में इस देश के लिए विधान मनु महाराज ने बनाया था, दुबारा स्वाधीन होने पर फिर डॉ. अम्बेडकर ने बनाया। मनु के विधान में अम्बेडकर के लिए स्थान नहीं था, या कि नहीं जैसा था : अम्बेडकर के विधान में मनु के लिए पूरा स्थान है। और यह अन्तर्विरोध बड़े सहज रूप में घटित हुआ, जैसे प्रशासकीय स्तर पर वैसे

ही जनसामान्य के स्तर पर। सब को लगा जैसे यह तो होना ही था, उचित ही हुआ।

अन्ततः इस क्रम में प्रायः एक दशक पूर्व उठे न्यायिक क्षेत्र के दो वादों की ओर आपका ध्यान दिलाना चाहूँगा। दक्षिण भारत के एक हिन्दू मन्दिर में एक ईसाई गायक अपनी मनौती पूरी होने के उपलक्ष्य में अर्चन करना चाहता था। मन्दिर के अधिकारियों ने बाधा दी, कहा कि यहाँ तो सिर्फ़ हिन्दू प्रवेश कर सकते हैं। गायक ने उच्च न्यायालय में वाद दाख़िल किया कि मेरे पूजन के मूल अधिकार का हनन हो रहा है। माननीय न्यायालय ने वाद को सुनकर आदेश दिया कि ईसाई गायक कह रहा है कि इस मन्दिर के देवता में मेरी आस्था है, अतः इतने सीमित सन्दर्भ के लिए उसे हिन्दू माना जाय, और अपनी रुचि के अनुसार उसे पूजा करने दी जाय। सामान्य-जन और संचार-माध्यम ने न्यायालय का जय-जयकार किया, वादी ने तो किया ही, 'ऐसो को उदार जग माही!' स्वयं धर्म की ऐसी धर्म-निरपेक्षता यहीं सम्भव है। दूसरी ओर बंगाल की विषम राजनैतिक शक्तियों के दबाव में रामकृष्ण मठ/मिशन ने हलफनामे पर कहा, कलकत्ता उच्च न्यायालय में कि हम हिन्दू नहीं हैं, अतः हमें अपने स्कूल चलाने का अधिकार उस ढंग से दिया जाय जैसे कि धार्मिक अल्पसंख्यकों के स्कूल चलते हैं। वाद सर्वोच्च न्यायालय तक पहुँचा जहाँ उसे अस्वीकार कर दिया गया। सामान्य-जन और संचार माध्यम ने फिर न्यायालय का जय-जयकार किया, और दुबारा सोचने पर, शायद वादी ने भी। तो एक ओर ईसाई को, भले सीमित सन्दर्भ में, हिन्दू स्वीकार किया जा रहा है, जबकि दूसरी ओर जो आधुनिक भारत का सबसे बड़ा और तेजस्वी हिन्दू है उसका अनुयायी संस्थान कह रहा है कि हम हिन्दू नहीं हैं। हिन्दू मानस में भी विरुद्धों के सामंजस्य का ऐसा दूसरा रोचक उदाहरण कठिनाई से मिलेगा। जैसा कहा गया, भारतीय संस्कृति को, जीवन्त और गतिशील बनाये रखने वाली 'बात' यही है, जिसकी ओर एक प्रासंगिक इशारा कवि इकबाल ने किया था; 'कविता में कहने की आदत' हर अच्छे कवि की तरह, उसकी भी नहीं थी।

हिन्दी के प्रसिद्ध आलोचक और चिन्तक रामचन्द्र शुक्ल के गद्य में परस्पर मिलते-जुलते ये दो प्रयोग आते हैं—'समन्वय' (''जीवन की पूर्णता कर्म, ज्ञान और भक्ति तीनों के समन्वय में है।'') और 'विरुद्धों का

सामंजस्य', ("विरुद्धों का यही सामंजस्य कर्मक्षेत्र का सौन्दर्य है")। आलोचक के प्रिय कवि गोस्वामी तुलसीदास के सन्दर्भ में आये दोनों प्रयोग आशंसामूलक हैं, पर सन्दर्भ से, और किसी कदर ध्वन्यात्मक विधान से, लेखक दूसरे की महनीयता व्यंजित करता है। स्वयं आचार्य शुक्ल की अपनी आलोचना-प्रक्रिया 'समन्वय साधना' के बजाय 'विरुद्धों के सामंजस्य' के अधिक निकट है। लगता है 'समन्वय' जान-अनजान में आप-से-आप घटित होता है 'विरुद्धों का सामंजस्य' प्रयत्नपूर्वक घटित करना पड़ता है।

एक दशक पूर्व अपनी पुस्तक *हिन्दी साहित्य और सम्वेदना का विकास* (१९८६) का समापन करते हुए निष्कर्ष जिस रूप में प्रतिपादित किया था, वह इस विवेचन में भी उतना ही प्रासंगिक है—"आचार्य शुक्ल अपने विवेचन में समन्वय-साधना की बात भी कहते हैं और विरुद्धों के सामंजस्य की भी। लोक-मंगल की सिद्धावस्था और साधनावस्था की तरह ही यहाँ भी उच्चतर भूमि विरुद्धों के सामंजस्य की है। एक में बचाव की मन:स्थिति है तो दूसरी में उत्साहपूर्ण कर्म की। इस नये द्वन्द्व में हिन्दी मानस किस प्रक्रिया को अपनाये यह विचारणीय है। संस्कृतियों के संघर्ष में, जिसका नवीनतम उदाहरण उन्नीसवीं शती का पुनर्जागरण है, उसने विरुद्धों का सामंजस्य किया। वहाँ संघर्ष चैतन्य शक्ति से था। अब इस नयी टकराहट में पश्चिम की यान्त्रिक सभ्यता सामने है जो अपनी प्रकृति में जड़ है। शायद यहाँ बचाव की मुद्रा में समन्वय-साधना की शैली अधिक फलप्रद होगी।" यों, टकराहट अब भारतीय संस्कृति की पश्चिमी संस्कृति से नहीं, पश्चिमी सभ्यता से है, जिसके परिणाम का न केवल भारत के लिए वरन् सम्पूर्ण विश्व के लिए महत्त्व है। इक्कीसवीं शती का सांस्कृतिक मानचित्र बहुत-कुछ इस पर निर्भर करेगा। हाँ, उपर्युक्त उद्धरण में 'हिन्दी मानस' की जगह उसका व्यापकतर रूप 'भारतीय मानस' कर लेना होगा।

लिलिथ-चयन
शताब्दी के अन्त पर स्त्री

वागीश शुक्ल

बिल क्लिंटन जब से दूसरी बार अमरीका के राष्ट्रपति चुने गये हैं, बहुत भरोसे के साथ अमरीका को इक्कीसवीं सदी में ले जाने की बात करते है किन्तु इसका आशय केवल यह नहीं है कि उनके कार्यकाल में इक्कीसवीं सदी आ चुकी होगी, इसका आशय यह है कि वे अमरीका को एक नये युग में ले जायेंगे। जिस तरह से उनको मत मिले हैं उससे ऐसा दीखता है कि अधिकतर स्त्री-मतदाता उनके पक्ष में थे। किन्तु इसका कारण यह नहीं है कि वे अपने प्रतिद्वन्द्वी बाब डोल की अपेक्षा अधिक युवा और सुदर्शन हैं या टेलीविजन पर बहुत फबते हैं। ज़ाहिर यह होता है कि क्लिंटन को स्त्री-नागरिकों का अधिक समर्थन इसलिए प्राप्त हुआ कि वे अपने प्रतिद्वन्द्वी की अपेक्षा 'चयन' के पक्ष में अधिक दिखायी पड़े अर्थात् वे इसका समर्थन करने वाले माने गये कि कोई स्त्री अपनी इच्छा से निजी कारणों के आधार पर, गर्भपात करवा सकती है। प्रतिद्वन्द्वी का दल 'चयन-विरोधी' माना जाता है, यद्यपि चयन-विरोधी अपने को 'जीवन का पक्षधर' जैसी गरिमापूर्ण और सदाशयी चिप्पी से विभूषित करते हैं।

'चयन'—अर्थात् गर्भधारण करने वाली स्त्री को गर्भ-समापन का अधिकार—एक राष्ट्रपति-चुनाव के मुद्दे से कहीं बड़ी चीज़ है। यह एक

पितृसत्तात्मक समाज में स्त्री की पारम्परिक भूमिका का सर्वाधिक दृढ़तापूर्वक अस्वीकार है। 'तीसरी दुनिया' के देशों में, जिन पर अपनी जनसंख्या को 'नियमित' करने का दबाव लगातार बना हुआ है व्यवस्था और सत्ता ने इसे समर्थन दिया है बल्कि प्रोत्साहित किया है। इस प्रक्रिया में उन्होंने 'नियन्त्रण' को 'नियोजन' और 'कल्याण' के रूप में पाक साफ़ कर लिया है और इस प्रकार इसे एक पारिवारिक मूल्य में बदल दिया है। पितृसत्तात्मकता की अनदेखी न करते हुए उन्होंने 'पिता' की सहमति जानने को ज़रूरी मान लिया है और विवाहेतर गर्भधारण की स्थिति में इसे नैतिक धवलता हासिल करने का एक उपकरण भी बना दिया है। किन्तु पश्चिम में 'चयन', 'चयन' ही है। यह स्वीकार किया जाना चाहिए कि यह गोरी नस्ल और ऐंग्लोसैक्शन वंशवृक्ष के प्रोटेस्टैंट मतावलम्बियों का ही मामला है पर बीसवीं सदी के अन्त में मानव समाज के सरोकार वही हैं जो गोरी नस्ल और ऐंग्लो-सैक्सन वंशवृक्ष के प्रोटेस्टैंट मतावलम्बियों के सरोकार हैं। इस आलेख के सन्दर्भ में, हम इस क्रान्ति या उस धर्म की बेटियों के दस्तों को विचार-परिधि से बाहर रख सकते हैं क्योंकि वे उन विशिष्ट विचारधाराओं का, जो कि उन्हें थमा दी गयी हैं, बलपूर्वक अनुपालन कराने वाली टुकड़ियों से अधिक कुछ नहीं। जब मैं बीसवीं सदी के अन्त की स्त्री की बात कर रहा हूँ तो मैं गोरी नस्ल और ऐंग्लो-सैक्सन वंशवृक्ष की प्रोटेस्टैंट मतावलम्बी स्त्री की बात कर रहा हूँ जिसे बहुत आसानी से अपने पिछड़े हुए कस्बे की उस साँवली हिन्दू लड़की के रूप में हम पहचान सकते हैं जो मुहल्ले के जगराता में सक्रिय है और अमिताभ बच्चन पर निछावर होनेवालियों के दल की सदस्य है।

यह आवश्यक होगा कि हम पितृसत्तात्मक सृष्टि की कहानी की ओर जायें। याहवेह एलोहिम ने आदम की पसली की हड्डी से एक स्त्री गढ़ी और उसे आदम के पास ले आये। आदम कविता करने लगे :

आख़िरकार, यह
'मेरी' हड्डियों की हड्डी है
और 'मेरे' गोश्त की गोश्त

इस कारण उसे कहेंगे स्त्री ('पुरुषी')
क्योंकि उसे पुरुष से निकाला गया (—जेनेसिस २.३)

पश्चिम एशियाई मूल के धर्मों का यह लगातार कहना रहा है कि स्त्री की रूह नहीं होती क्योंकि जीवन-श्वास ईश्वर ने केवल पुरुष के नथुनों में फूँकी थी। स्त्री को रूहानी पुरुष के बरअक्स एक जिस्मानी उत्पाद माना जाता है। इस जिस्मानी उत्पाद ने साँप की बात सुनी—जो एलोहिम के बनाये प्राणियों में सर्वाधिक बुद्धि-सम्पन्न था। एलोहिम ने आदम और ईव को ज्ञान-वृक्ष का फल खाने की मनाही की थी, बल्कि सच यह है कि चेतावनी दी थी कि अगर उन्होंने ज्ञान-वृक्ष का फल खाया तो वे मर जायेंगे। साँप ने 'पुरुषी' से कहा कि एलोहिम झूठ बोल रहे हैं, ज्ञान प्राप्त करने के कारण कोई नहीं मरता। ईव ने साँप पर यक़ीन किया, फल खाया और आदम को भी समझा-बुझाकर खिला दिया। तब उन दोनों को 'अच्छे' और 'बुरे' का फ़र्क़ मालूम हो गया और ख़ुसूसन वे यह जान गये कि वे नंगे हैं। जब एलोहिम स्वर्गोद्यान में अगली बार आये तो इन दोनों ने अपने को छिपा लिया क्योंकि वे अपने नंगे होने पर शर्मसार थे, यद्यपि उन्होंने अंजीर के पेड़ से पत्तियाँ तोड़ ली थीं और उनको सिलकर अपने लिए लँगोटियाँ बना ली थीं। और यही 'मूल पाप' था जिसके लिए एलोहिम ने उन्हें शाप दिया :

> ऐसा कहा गया है कि मूल पाप पिता से सम्प्रेषित किया जाता है क्योंकि अपनी सन्तानों के जन्म में वही संवाहक है। और इसलिए ऐसा कहा गया है कि यदि कोई मनुष्य-मांस से केवल जिस्मानी तौर पर जन्म लेता है तो उसे मूल पाप का संक्रमण नहीं होगा, अब यह तो स्पष्ट ही है कि दार्शनिकों की राय में सर्जना का सक्रिय सिद्धान्त पिता से उद्भूत होता है और माता जिस्मानी सामग्री जुटाती है, इसलिए मूल पाप का संक्रमण माता से नहीं पिता से होता है, अर्थात् यदि मूल पाप आदम ने न किया होता, ईव ने किया होता, तो उनकी सन्तानें मूल पाप से संक्रामित नहीं होतीं, जब कि यदि आदम ने किया होता, ईव ने नहीं तो उनकी सन्तानें मूल पाप से संक्रामित होतीं।[१]

आदम और ईव दोनों को स्वर्गोद्यान से निकाल दिया गया, आदम को खेती करने के लिए, ईव को दर्द से छटपटाते हुए बच्चे जनने के लिए। रतिचर्या और प्रजनन का उद्भव इसमें है कि अच्छाई और बुराई की दो अलग-अलग पहचानें खोजी गयीं। एलोहिम ने स्वर्गोद्यान के पूरब वाले दरवाज़े पर पहरेदार तैनात कर दिये और अगर यह काफ़ी नहीं था तो एक लपटें फेंकती तलवार भी दरवाज़े पर लगातार घूमती रहती थी जिससे कि ये दोनों चुपके से स्वर्गोद्यान में न घुस आवें और जीवन-वृक्ष का भी फल

न खा लें क्योंकि तब तो वे अमर हो जाते और इस प्रकार हर तरह से एलोहिम के बराबर हो जाते। उन्होंने अपने को विचार-शून्य रोबट-कल से बुद्धिमती मशीन में बदलने का, अपना आपा जताने का, जो एकमात्र प्रयास किया था उसके परिणाम में उन्हें अन्य विपत्तियों के साथ-साथ मृत्यु हासिल हुई। चूँकि एलोहिम ने उन्हें जीवन-वृक्ष का भी फल खाने से मना किया था इसलिए उनके साहिबेमौत बनने का यह तर्क तो खोखला जान पड़ता है और एलोहिम में किसी गहरी खीझ को उजागर करता है किन्तु मैं इसकी तफ़सील में यहाँ न जाऊँगा।

यह कहानी अपने आप में अन्तर्द्रोही है किन्तु इसका इस्तेमाल यह स्थापित करने में किया गया है कि आदम का पाप भौतिकवाद था और भौतिकवाद को ईव में पहचाना गया है। एलोहिम के आदेश ये हैं कि ईव अकर्मक सिद्धान्त की आपूर्ति करती है और आदम सकर्मक सिद्धान्त की आपूर्ति करता है। 'चयन' इसे अस्वीकार करता है, कम-अज़-कम वह सकर्मक सिद्धान्त को गौण और भाड़े पर लिया हुआ मानता है। पुराने इस्तेमाल से मँजे हुए कृषि-परक रूपक का उपयोग करें तो 'चयन' इससे इनकार करता है कि फसल जोतने वाले की है, वह इस पर जोर देता है कि फसल उसकी है जिसका खेत है और इस प्रकार वह एक दूसरी घटना के समर्थन में प्रस्तुत होता है जो इस सदी के अन्त में घटित हुई—समाजवाद का पतन।

शताब्दी के अन्त की स्त्री जिस्मानी/रूहानी की बरअक्स प्रस्तुति में भितरघात करती है, सृष्टि-कथा के व्याख्या-आवरण को चीर कर अलग करती हुई और सृष्टि के समय के आगामी भविष्य में ईव की केन्द्रीयता को उजागर करती हुई। शताब्दी के अन्त की स्त्री वैकल्पिक शब्द—'बुद्धिमान्' साँप के शब्द—को खोज निकालने में भी पहली है। यहाँ यह स्मरण करना प्रासंगिक होगा कि यद्यपि जिस हिब्रू शब्द ('आरूम') का यहाँ अर्थात् *जेनेसिस* ३.१ में इस्तेमाल हुआ है, उसका यहाँ अनुवाद 'धूर्त' या 'चतुर' के रूप में किया जाता है, उसी शब्द का *प्रावर्ब्स* १४.८ में 'ज्ञानी' या 'बुद्धिमान्' के रूप में अनुवाद किया जाता है :

> ज्ञानी पुरुष दूरदर्शी होता है। मूर्ख अपने को मूर्ख बनाने का प्रयास करता है और सचाई के सामने आने से कतराता है।

तो यह साँप, ज्ञानी है, दूर तक देखता है। और यही बात ईव के बारे में सच

है जो साँप की बात को ध्यान से सुनती है और इस प्रकार इस ज्ञान में शरीक है। सच तो यह है कि कथा में पहले से ही इस सहभागिता के संकेत दे दिये गये हैं क्योंकि पूर्ववर्ती श्लोक (*जेनेसिस* २.२५ कहता है 'पुरुष और पुरुषी दोनों ही नग्न थे' और 'नग्न' के लिए जो हिब्रू शब्द 'अरूम्मीम' प्रयुक्त हुआ है वह उस शब्द 'आरूम' का समध्वनिक है जो धूर्त/ज्ञानी के लिए प्रयुक्त किया गया है। किन्तु यह ईव का काम था कि वह इस समध्वनिकता को पहचाने और सर्प के शब्द को, ज्ञान को, कार्य में परिणत करे।

यह शब्द क्या है?

> यह (= सर्प का प्रश्न, वा. शु.) न तो निषेधाज्ञा (ज्ञान-वृक्ष का फल खाने की, वा. शु.) के अधीन है और न ही उसका उल्लंघन, यह अन्तर्वैयक्तिक क्षेत्र के बाहर से आने वाले शब्द की तरह बोलता है, 'शुद्ध भौतिक क्षेत्र से आया शब्द जिसे हम व्याकरण में 'इट्' से बताते हैं।'[२]

अन्यत्र मैंने 'इट्-सचाई' और 'इट्-कथन' की चर्चा एरिक फोएगेलिन के ग्रन्थ *क्रम और इतिहास* के सन्दर्भ में की है। मैं उस आलेख से यहाँ यह उद्धृत करना चाहूँगा कि पश्चिम के सन्दर्भ में इट्-सचाई ईश्वर (= एलोहिम) और मनुष्य के बीच के सम्बन्धों का प्रवचन है। ऊपर दिये गये उद्धरण को इसकी बगल में रखते हुए, मेरा सुझाव यह है कि सर्प का शब्द एक वैकल्पिक इट्-सचाई है और यह तथ्य, कि ईव ने यहाँ एक चुनाव किया है, इस ओर इशारा करता है कि शताब्दी के अन्त की स्त्री प्रत्न-कालीन स्त्री में ही गूढ़ है। हम आज किसी नयी स्त्री का सामना नहीं कर रहे हैं केवल एक स्पष्ट सत्यापन का सामना कर रहे हैं, जो सबसे पहली स्त्री पहले से ही थी उसी के सत्यापन का। शताब्दी के अन्त की स्त्री हमेशा पहले से ही पुरानी स्त्री है।

मैं फिर दुहराता हूँ कि कथा अपने आप में ही अन्तर्द्रोही है किन्तु एक उपरि-पाठ एक अन्य अधः-संस्करण (= अन्तर्द्रोह)[३] की प्रविष्टि करता है—मैं यह भी कह सकता हूँ कि एक अधः-पाठ एक अन्य उपरि-संस्करण की प्रविष्टि करता है। यह सन्दर्भ मूल ग्रन्थ में ही उपस्थित है : *इसैया* ३४-१४ में 'लिलिथ' का उल्लेख किया गया है जिसका अनुवाद साधारणतया 'निशाचरी' के रूप में किया जाता है। यहूदी लोकविश्वास में लिलिथ पुरुषी के पहले की स्त्री है जिसे मिट्टी से ही बनाया गया था

जैसे आदम को, और आदम के साथ ही बनाया गया था। वह पुरुषी (=ईव) के पहले आदम की पत्नी थी किन्तु वह अपने को आदम के समकक्ष मानती थी। उनके बहुत से बच्चे हुए, सब शैतान, भूत, दैत्य, चुड़ैलें। किन्तु अन्त में वह या तो घर से खदेड़ दी गयी, या गुस्से में घर छोड़कर चली गयी और एलोहिम ने आदम के लिए 'ईव' को रचा जो एक अधिक उपयुक्त 'सहायिका' थी।

लिलिथ को दो तरह से पेश किया जाता रहा है। एक प्रस्तुति में, जो शायद अधिक प्रचलित है, वह नवजात शिशुओं पर ईर्ष्या-वश आक्रमण करती है क्योंकि वह सोचती है कि ईव ने उसकी जगह हड़प ली है। इस प्रस्तुति के अनुसार ईव की सन्तानों को लिलिथ से भय है। किन्तु एक दूसरी प्रस्तुति भी है जिसके अनुसार वह प्रसव के समय स्त्रियों की रक्षा और सहायता करती है। मेरे निजी विचार में ये दोनों प्रस्तुतियाँ परस्पर विरोधी नहीं हैं—हम भारतीयों को एक समानान्तर उदाहरण ढूँढ़ने के लिए बहुत दूर नहीं जाना है, सिर्फ़ यह याद करना है कि 'विनायक', जो विघ्नकर्ता शक्तियों के अधिपति हैं, कैसे विघ्नहर्ता भी हैं, या कैसे मौत की काली रात 'कालरात्रि' ही वह देवी है जिससे अपने कल्याण की प्रार्थना की जाती है (उदाहरण के लिए लोकप्रिय ग्रन्थ *दुर्गा सप्तशती* देखें)।

लिलिथ की कहानी को फिर उठायें, वह पुरुषी की दोस्त है मगर उसकी दुनिया एक समान्तर दुनिया है—वह छाया-लोक जिसमें एलोहिम से परित्यक्त लोग बसते हैं। हम यहाँ यह भी याद कर सकते हैं कि एक कथा के अनुसार उसने पुरुषी के गढ़े जाने की देख-रेख की। इस तरह वह पुरुषी का अधः-पाठ और उपरि-पाठ दोनों ही है, अधः-पाठ इसलिए कि पुरुषी को उसकी प्रतिकृति के रूप में गढ़ा गया, उपरि-पाठ इसलिए कि जिस दिक्-काल में पुरुषी को गढ़ा गया उसमें वह रची बसी थी। ईव और लिलिथ एक-दूसरे की नक़ल हैं और वे सृष्टि की भी नक़ल ही हैं क्योंकि जीवन-श्वास इनमें से किसी के नथुनों में फूँकी नहीं गयी थी। वे उसको पुनः प्रस्तुत करती हैं जो कभी प्रस्तुत ही नहीं किया गया, वे एक ऐसी सृष्टि को तानती और विस्तार देती हैं जिसकी योजना सृष्टिकर्ता एलोहिम ने बनायी ही नहीं थी। हमें यह नहीं भूलना चाहिए कि मानव जाति एक निर्वासन का परिणाम है और पिशाचों की जाति एक दूसरे, पूर्वकालीन निर्वासन का परिणाम; दोनों ही ऐसी घटनाएँ हैं जिनका एलोहिम को पहले

से गुमान नहीं था।

समकालीन स्त्री–वाद, कम–अज़–कम एक दिशा में, पश्चिम में चल रहे पैगन आन्दोलन से जुड़ा हुआ है, स्पष्ट शब्दों में, यह दीर्घ–प्रचलित पुरुष–प्राधान्य को एक–देव–वादिता के सीधे परिणाम के रूप में पहचानता है। सभी एक–देव–वादी धर्म पुरुष–प्राधान्य के समर्थक हैं। गेल स्टेन्स्टाड और मार्गाट एडलर जैसे स्त्री–वादी चिन्तकों के इस सिद्धान्त–प्रतिपादन के पीछे जो भी तर्क हों, मुझे लगता है कि अन्ततः इस मुकाम पर मूल समस्याओं का सीधा सामना किया जा रहा है। हम यहाँ याद कर सकते हैं कि सब जगह, सभी वक़्तों में, स्त्रियाँ प्रच्छन्न बहुदेववादी रही हैं, जिसे 'निम्न धर्म' कहा जाता है उसकी प्रमुख समर्थक वे ही रही हैं। हिन्दू धर्म जैसे पेगन धर्म में यह फ़र्क़ बहुत साफ़ नहीं दिखायी देता किन्तु अन्य धर्म–तन्त्रों में यह बहुत स्पष्ट है।

स्त्री की प्रत्यभिज्ञा एक पेगन प्रत्यभिज्ञा है। निश्चय ही, हम एक–देव–वादी तन्त्रों की समाप्ति नहीं देख रहे हैं। कुछ अर्थों में इसका विलोम ही सच है जबकि हिन्दू वैचारिकता को भी एकार्थी प्रतीकों में ढाला जा रहा है। किन्तु सम्भवतः स्त्रियाँ किसी एकसार सर्व–प्रभावी समांगी सर्वाख्यान में समा जाने से इन्कार करेंगी और यह इन्कार ढकी–छिपी पुरुष–परिचालित 'स्त्री–वादी' पहलों से अधिकाधिक स्वतन्त्र होता जायेगा।

ऐसी ही एक पहल 'स्त्री–शरीर के बाज़ारीकरण' का विरोध है। हमने अभी हाल में भारतीय भूमि पर विश्व–सुन्दरी प्रतियोगिता के आयोजन पर उठाया गया हो–हल्ला देखा है। बुनियादी सवाल—'आख़िर देह किसकी है?'—कोई नहीं उठाता, यह मान लिया जाता है कि स्त्रियों को 'सार्वजनिक प्रदर्शन' से बचना चाहिए।

सच यह है कि अगर ध्यान से देखा जाय तो बहुत सारे उद्यम जो 'स्त्रियों के लिए' हैं दरअसल स्त्रियों को सार्वजनिक क्षेत्रों से मिटाने पर सही करने के उद्यम हैं। एक महत्त्वपूर्ण उदाहरण तमाम स्त्री–वादी आन्दोलनों के भीतर स्त्री–समलैंगिकता के प्रति बरती जाने वाली उदासीनता, बल्कि द्रोह है। लूस इरिगारे ने एक प्रवचन की बात की है जिसे वे 'उन औरतों के बीच की बातचीत' का नाम देती हैं। इसका मतलब है कि स्त्रियाँ एक–दूसरे को स्त्री के रूप में पहचानने लगें, एक दूसरे से उनकी बातचीत एक

स्त्री की दूसरी स्त्री से बातचीत हो। स्त्री–समलैंगिकता एक चयन है। किन्तु इसमें एक ख़तरा भी है; अगर द्वैत से परहेज में बेहद कड़ाई बरती गयी तो अपने ही बनाये अन्तःपुर में क़ैद हो जाने का ख़तरा। मैं इस बिन्दु को यही विस्तार न दूँगा किन्तु दो बातें हैं जिनकी ओर मैं ध्यान दिलाना चाहता हूँ। पहली यह कि समलैंगिक स्त्री वही नहीं है जो समलैंगिक पुरुष है। समलैंगिक पुरुष केवल एक छोटे दिमाग़ वाली, क़ानूनची, अत्याचारी व्यवस्था के प्रति विद्रोह करता है। सिर्फ़ एक उदाहरण दूँ, समलैंगिक पुरुषों के विरुद्ध पूर्वग्रह के चलते कम्प्यूटर साइन्स की दुनिया के सबसे बड़े नामों में से एक, अलान ट्यूरिंग, का जीवन बेहद तकलीफ़देह गुजरा और आख़िर उनकी मौत भी इसके नाते ही हुई। आज सिर्फ़ चार दशक बाद १९९७ में, यह पूर्वग्रह ग्रेट ब्रिटेन में कम–अज़–कम क़ानूनी तौर पर तो ख़त्म ही कर दिया गया है और जिस हद तक ऐसी बातों में कल्पना करने का कोई मतलब होता है उस हद तक यह कल्पना की जा सकती है कि वे इस दिलफेंक दशवें दशक में शायद बेहतर और ज़ियादा लम्बी ज़िन्दगी जी सकते थे, बर–अक्स छठवें दशक के।

समलैंगिक पुरुष दैवी नियम तोड़ता है, देखिये कि सोडम के नागरिकों का क्या हुआ, धरती का क़ानून तो सिर्फ़ दैवी नियम की नक़ल करने की कोशिश करता है। समलैंगिक स्त्री भी दैवी नियम को तोड़ने का विद्रोही कर्म करती है किन्तु वह उससे आगे भी कुछ करती है, वह अपनी देह को अपनी निजता से विच्छिन्न किये जाने के विरुद्ध लड़ रही होती है, वह अपने को वास्तवाभास में बदले जाने के विरुद्ध, दस्तावेज़ों से मिटाए जाने के विरुद्ध, अभिलेखागारों से ख़ारिज किये जाने के विरुद्ध लड़ रही होती है। सच यह है कि एक–देव–वादी आख्यान–विद्या के एकलैंगिक अर्थवाची संचारतन्त्र में स्त्रियाँ, विशेषतः समलैंगिक स्त्रियाँ, केवल तहबन्द परोक्ष–वचनों के रूप में ही उपस्थित हैं, शून्य–वाची चिह्नों के रूप में ही उनकी सत्ता है। जब स्त्री 'दूसरी लिंग' (सिमोन द बुवा) या 'दूसरी भूल' (नीत्शे) की हैसियत में होती है तब (और केवल तभी) वह इस तन्त्र में चयन की प्रविष्टि करती है और इस आख्यान–विद्या से इन्कार करती है।

दूसरी बात यह है कि एक दूसरा निदर्श कैसे कार्यरत होता है, ऐसा निदर्श जो स्त्रियों को वास्तवाभास के रूप में नहीं बरतता, जो उनकी देह को उनकी निजता से विच्छिन्न नहीं करता, संक्षेप में जो (पुरुष वास्तव–जन

के बरअक्स, क्योंकि यों तो यह सम्पूर्ण विश्व ही भारतीय विचार में एक मरीचिका है) स्त्री को वेतालाविष्ट शव के रूप में नहीं बरतता, यह अगर जानना हो तो वात्स्यायन का *कामसूत्र* पढ़ा जाना चाहिए। मैं इसको यहाँ विस्तार न दूँगा किन्तु यह ज़रूर ध्यान में ले आऊँगा कि *काम-सूत्र* किसी एक-देव-वादी वंश-विद्या के भीतर रचा गया पाठ नहीं है। एक-देव-वादी वंशविद्या में उभयलिंगी एक प्रतिलोम है।

किन्तु भारतीय विचार में उभयलिंगी प्रतिलोम नहीं है। सच यह है कि प्रत्न-तत्व उभय-लिंगी है, अर्ध-नारीश्वर। और इस उभय-लिंगी का एक परकोटा भी है—मुकम्मल जनाना स्वर्गोद्यान जिसमें घुसते ही हर मर्द घुसपैठिया तत्काल एक औरत में बदल जाता है (*श्रीमद्भागवत* ९/१)।

शताब्दी के अन्त की स्त्री अपनी निजता को बे-पर्द देखेगी और अपनी गुमशुदा आत्मा के लिए अपनी गुमशुदा देह को खोज निकालेगी, वह उन सारी लिखावटों को अभिलेखागारों में पुनः दर्ज़ करेगी जिन्हें इतिहास के शब्द-संसाधक ने प्रोग्रामनीय और इस कारण विलोपनीय सूचकों में बदल दिया है, उन सारी लिखावटों को जो उसकी आत्मा को उसकी देह से अपृथक्करणीय रूप में लिखती हैं। यह हाशिये से मत्न तक पहुँचने के लिए किये गये क्षैतिज पदक्षेप से बहुत अधिक है, ज़मींदोज़ी सतह तक आने के लिए ली गयी ऊर्ध्वमुख उछाल से बहुत अधिक है, और काल-क्रम के एक पुनः क्रमांकन से, एक भूल-सुधार से, एक प्रतिकार से, यहाँ तक कि एक पुनर्निर्माण से भी बहुत अधिक है। यह दिक्कालातीत है, यह संरूपण का परा-सर्जनात्मक पुनः-संरूपण है। हम याद करें कि लिलिथ को क्यों निर्वासित किया गया था। उसने चतुर्वर्ण[४] का उच्चारण किया, चार अक्षरों के उस अनुच्चार्य शब्द का, ईश्वर के उस अनुच्चार्य नाम का जिसे केवल आनुमानिक स्वरों की प्रविष्टि के बाद ही 'याहवेह' के रूप में उच्चारित किया जा सकता है, उस चतुर्वर्ण का उसकी शुद्ध व्यंजन-मूलता में लिलिथ ने उच्चारण किया। इसमें कोई सन्देह नहीं है कि यदि एक देव वादेतर सन्दर्भ में इसे देखा जाय तो यह एक आध्यात्मिक कृत्य है, क्योंकि वह परम स्त्री, महाशक्ति क्या है?

अर्धमात्रा स्थिता नित्या, यानुच्चायां विशेषतः

(—दुर्गा सप्तशती)

[वह नित्य सत्ता, वह अधूरी नाप जो इससे पहचानी जाती है कि उसका उच्चारण नहीं किया जा सकता।]

यह परिभाषा रात्रि-सूक्त में दी हुई है, काली रात की कविता में। और यही वह निजता है जो निशाचरी लिलिथ ने बे-पर्द खोज निकाली, जिसमें उसने अपने आपको बे-पर्द पहचाना।

शताब्दी के अन्त की स्त्री जिस चयन को कर रही है वह लिलिथ-चयन है, वह अपने को बे-पर्द पहचानती है कि *वह ही चतुर्वर्ण है।* यह एक आध्यात्मिक कृत्य है। किन्तु यदि इसे एक दिक्काल-परक पुनर्व्यवस्थापन तक ही सीमित रखा गया, उदाहरण के लिए यदि इसे दलित आन्दोलन के निदर्श में ढाला गया जो केवल अधिकार-वंचितत्त्व और अधिकार-धारित्व के बीच की लड़ाई है, यदि इसे समान अवसर और समान प्रतिनिधित्व के लिए संघर्ष तक सीमित रखा गया तो मेरा विचार है कि इस स्त्री को यह स्मरण करना हितकारी होगा कि दिक्काल सृष्टि का अंग है—क्योंकि काल और दिशा ईश्वर की सृष्टि हैं—और इस प्रकार दिक्काल एक पुरुष पराख्यान है और इस कारण ऐसे संघर्ष उसे कभी भी पुरुषों द्वारा खींची गयी चारदीवारी से बाहर नहीं ले जा सकते। इसका यह अर्थ नहीं कि दिक्काल-परक संघर्षों को प्रारम्भ करना, उन्हें जारी रखना और उन्हें तेज करना आवश्यक और अनिवार्य नहीं है, यह केवल एक अनुरोध है कि उस पर भी ध्यान दिया जाये जो उनसे भिन्न है जिन्हें तस्वीर में इसलिए जगह दी गयी है कि वे राह को दूसरी ओर मोड़ दें और ध्यान बँटा दें, उनसे भिन्न जो आनुमानिक स्वर-समूह के रूप में लाये गये हैं ताकि वे यह भ्रम बना सकें कि अनुच्चार्य का उच्चारण कर लिया गया है। और यदि यह स्त्री थोड़ा और गहरे जायेगी, यदि वह एकदेव-वादिता से इतर विचार सरणि को अपनाएगी जो कि भारतीय विचार-सरणि है तो उसे यह जानकारी होगी कि भरत, जिनके नाम पर इस देश का नाम भारतवर्ष है, सुद्युम्न = इला के वंशज थे, उस पुरुष = स्त्री के, जो एक नर-देह और एक नारी-देह के बीच बदलता रहता = बदलती रही है, उस सोचे गये लड़के के जो एक लड़की के रूप में पैदा हो गया क्योंकि मन्त्र ठीक नहीं पढ़ा गया (आनुमानिक स्वर-समूहों की कारसाजी?), जिसे एक ईश्वर विष्णु ने लड़का बना दिया और फिर एक दूसरे ईश्वर शिव ने लड़की में दुबारा बदल दिया और आख़िर जिसके बारे में यह तै हुआ कि वह एक महीने

लड़का रहेगा, एक महीने लड़की, वह सुद्युम = इला जो द्वि-वाची है *(श्रीमद्भागवत ९/१)* किन्तु इस जन-देह के स्त्री-पौरुष से दुचार होने के लिए उसे एक बहुदेववादी लिलिथ होना पड़ेगा।

सन्दर्भ

१. Thomas Aquinas in *Summa Theologica* Q 81 Art V; quoted in *Liberatiang Philosophy* by Hilda Hein p 293-312 on page 296; *Women, Knowledge and Reality* edited by Ann Gary and marilyn pearsall; Unwin Hyman Inc. USA and UK 1989

२. *Narration and discourse in the Book of Genesis*, by Hugh C. White, Cambridge University press 1991, P-130 emphasis and explanations in Parentheses added by Wagish Shukla

३. subversion और sub-version का इस अंश में मूल लेख में इस्तेमाल किया गया था।

४. YHWH, यह एक परम्परा के अनुसार अनुच्चार्य है और इसे Tetragrammation (= चतुर्वर्ण, चार अक्षरों का शब्द) कहते हैं। उच्चारण की सुविधा के लिए इसको YAHWEH लिखते और पढ़ते हैं किन्तु इसमें आये स्वरों A, और E, की हैसियत आनुमानिक है।

—मूल अँग्रेज़ी से अनुवाद लेखक द्वारा

एक सदी का स्मरण : अभाव और शक्ति की क्षति पर शोक

रुस्तम

किसी सदी को याद करने का क्या अर्थ है, ऐसी सदी को जो गुजर गयी है, जो, एक अर्थ में, अभी-अभी सिधार गयी है? अगर इस सिधार जाने का अर्थ सदी की मृत्यु है, जो कि मेरे ख़याल से है—आख़िर एक सदी का भी अपना जीवन और आयु (एक सौ वर्ष, जो हम उसे देते हैं) होते हैं—तो क्या यह मृत्यु शोक का विषय है, वैसे ही जैसे हम उस व्यक्ति की मृत्यु पर शोक करते हैं जो हमारे निकट हुआ करता था और जो, एक तरह से, हमारे जीवन का अंग हुआ करता था?

ध्यान देने की बात है कि सदी की मृत्यु ऐसी घटना है जिसका एक निश्चित क्षण में घटित होना अवश्यम्भावी है : हम पहले से ही जानते हैं कि वह कब मरने जा रही है क्योंकि उसे वह मृत्यु हम ही प्रदान करते हैं, और हम ही उस क्षण को भी निर्धारित करते हैं जिसमें वह मृत्यु होगी। एक ख़ास मामले में—उसकी आयु और मृत्यु के मामले में—हम सदी की नियति के नियन्ता होते हैं : उसके सन्दर्भ में हम ख़ुद को बलात् एक सशक्त अधिकार से सम्पन्न कर लेते हैं। हम इस ओर भी ध्यान दें कि इतिहासकारों ने कुछ सदियों के बारे में इस तरह बात की है मानो वे एक

सौ वर्षों से ज़्यादा समय तक टिकी रही हों। अगर यह बात सच है तो इसे सदियों द्वारा उन पर हमारे नियन्त्रण को चुनौती देने के प्रयत्न के रूप में देखा जा सकता है। दरअसल वह हमें यह जतलाने का प्रयत्न भी कहा जा सकता है कि जो ताक़त हमने अपने ऊपर ओढ़ रखी है वह हम प्राणियों की अहम्मन्यता से ख़ास अधिक कुछ नहीं है, ऐसे प्राणी जो ख़ुद मरणधर्मा हैं और जिनके हाथों में कुछ ख़ास नहीं है।

इसीलिए मसला यहाँ शोक का उतना नहीं है जितना कि वह शक्ति का है। या भिन्न ढंग से कहें तो यह शक्ति की क्षति और अभाव के शोक का मसला है, बजाय सदी की मृत्यु के शोक के। क्षति का मसला यह इसलिए है क्योंकि सदी की आयु को निर्धारित करने की शक्ति से सम्पन्न होने के बावजूद हम उसे मरने से नहीं रोक सकते : हम शताब्दी को एक असमाप्य जीवन से समृद्ध नहीं कर सकते। और अभाव का मसला यह इसलिए है क्योंकि यह क्षति अपनी चरितार्थता में, हमें याद दिलाती है कि सदी के सन्दर्भ में कोई ऐसी ताक़त है जो हमारे पास नहीं है : उसके साथ हमारा रिश्ता इस ताक़त से सहज ही वंचित है। अभाव और क्षति के ये दोनों सच—निषेधात्मक रूप में विद्यमान ये सच—सदी के साथ हमारे रिश्ते की असल प्रकृति को उजागर करते हैं : यह मृत्यु का रिश्ता है, बजाय जीवन के; शून्य पर टिका हुआ एक रिश्ता। तथापि इस शून्य की रचना शताब्दी की मृत्यु से नहीं हुई है; वह पहले से ही विद्यमान है, मृत्यु तो उसे सिर्फ़ सतह पर ले आयी है। ज़ाहिर है कि शोक (सदी की मृत्यु के कारण घटित) एक लोप के लिए नहीं बल्कि (शक्ति की क्षति और .अभाव के) प्रगटन के लिए किया जा रहा है। और जो मृत्यु इस रिश्ते को परिभाषित करती है और इसे मृत्यु के रिश्ते का रूप देती है वह इस प्रगटन में प्रगट होने वाली मृत्यु है : शक्ति की पहले से ही विद्यमान मृत्यु।

एक अर्थ में इस मृत्यु को उस मृत्यु के सदृश कहा जा सकता है जो हमारे किसी आत्मीय के मरने में व्यक्त होती है, जिसके मरने को हम रोक नहीं सकते। किन्तु यह दो महत्त्वपूर्ण अर्थों में उस मृत्यु से भिन्न भी है। एक, हम अपने इस आत्मीय की आयु और मृत्यु की तिथि का निर्धारण नहीं करते, बशर्ते कि हम ख़ुद ही, जिस किसी भी कारण से, उसकी हत्या न कर दें। दो, उसकी मृत्यु ऐसा कुछ प्रगट नहीं करती जिससे हमें उस मृत्यु के सन्दर्भ में पहली बार अपनी शक्ति की क्षति या अभाव का बोध होता

हो : हम पहले से ही जानते हैं कि उस व्यक्ति को मरना है और उसकी मृत्यु के क्षण को हम आगे भले ही खिसका दें किन्तु उसे आने से नहीं रोक सकते। हम जानते हैं कि उस मृत्यु के नतीजे में घटित होने वाला शोक अपने आप में हमारी नियति का एक अंग था : वह कभी भी अविद्यमान नहीं था, हमारी चेतना से कभी भी दूर नहीं था। दरअसल, यह कुछ ऐसा है मानो उस शोक की अवस्था में हम हमेशा से ही थे, या कि वही हमारे भीतर एक सत्ता और प्रक्रिया के रूप में मौजूद था—उस घटना की कातर प्रतीक्षा करता हुआ जो उसे खोलकर इस दुनिया में फैला देगी।

इस तरह उस शोक की प्रकृति कुछ ऐसी है कि वह मृत्यु का नहीं, बल्कि *जीवन* का अनुवर्ती है, एक *रिश्ते* के जीवन का, ठीक उस क्षण से ही जिस क्षण में वह रिश्ता अस्तित्व में आता है : वह ऐसा शोक है जो मृत्यु की घटना का पूर्ववर्ती है और जो उस घटना के बाद भी जारी रहता है। दूसरे शब्दों में, निजी और आत्मीय क़िस्म के सम्बन्धों में मृत्यु को हम प्रतीकात्मक घटना के रूप में बरतते हैं और उस मृत्यु से जुड़ा हुआ शोक प्रतीक के क्षेत्र में जन्म लेता है : वह बिम्बों और शब्दों से निर्मित एक वाग्मि सत्ता है जो प्रतीक के उस क्षेत्र से बाहर की दुनिया के साथ बहुत कम सादृश्य रखती है।

दूसरी ओर, सामान्य विश्वास के विपरीत, शक्ति प्रतीक के क्षेत्र की चीज़ नहीं है। यद्यपि वह प्रतीकात्मक सत्ताओं के व्यापक तन्त्र का उपयोग करते हुए ही ख़ुद को क्रियाशील और चरितार्थ करती है, तब भी वह वास्तविक जगत का ही एक अंग बनी रहती है। इस तरह शक्ति की प्रतीकात्मक सत्ताएँ मात्र अपने नाम से ही प्रतीकात्मक होती हैं। वे पार्थिवता का भार लिए संकेत-मात्र हैं, और सदी की मृत्यु का शोक असल में इस पार्थिवता में स्थित है। ठीक है कि वह एक संकेत है जो एक प्रतीकात्मक अर्थ रखता है, किन्तु वह ऐसा संकेत है जो समूची शक्ति के, बजाय संहत करने के, गँवा देता है—उस चीज़ का बहाना करते हुए जो वह नहीं है, यानी शोक का संकेत। क्योंकि वह जिस पार्थिवता में स्थित होता है वह उसे उसकी इच्छा के विपरीत शक्ति के संकेत में बदल देती है, भले ही ऐसी शक्ति के संकेत में जो अब अशेष हो गयी है और जिसकी क्षति पर शोक किया जा रहा है।

स्पष्ट है, शोक के इस संकेत में ईमानदारी का, प्रामाणिकता का, अभाव

है। *किन्तु बात सिर्फ़ इतनी नहीं है।* यह अभाव प्रतीक के क्षेत्र के परिप्रेक्ष्य में ही अभाव है—चूँकि यही वह क्षेत्र है जहाँ नैतिकी क्रियाशील होती है या, जहाँ (और दोनों का मतलब एक ही है) वह अपनी सारी प्रासंगिकता खो देती है। यथार्थ के क्षेत्र में, ईमानदारी का यह अभाव बमुश्किल ही अभाव कहा जा सकता है : इस क्षेत्र में शोक का संकेत शक्ति के संकेत में प्रगट हुए बिना उस रूप में आकल्पित होता है। इस तरह शोक के संकेत के रूप में इसका प्रगटन शक्ति के विमर्श का समवायी है : वह एक प्रामाणिक संकेत है, ईमानदारी के अपने अभाव में प्रामाणिक।

फिर भी यह तथ्य अपनी जगह बना रहता है कि शोक के संकेत को जब शक्ति के संकेत में बदल दिया जाता है तो वह, प्रतीक के सन्दर्भ में , शोक का संकेत बन सकने में विफल रहता है। ऐसा संकेत बन सकने के लिए उसे प्रतीक के क्षेत्र में और ऐसी भाषा में घटित होना अनिवार्य है जो प्रतीकात्मक विमर्श से सम्बन्ध रखती हो। और यह चूँकि कतई सम्भव नहीं है—क्योंकि प्रतीकात्मक जगत् में शक्ति के लिए कोई जगह नहीं होती—हमारे पास एक ही विकल्प शेष रह जाता है : हम इसे प्रतीकात्मक संकेत की कोटि में रखने से इन्कार कर दें। दूसरे शब्दों में, इस संकेत को जैसा वह है, यानी शक्ति के संकेत के रूप में, देखा जाना अनिवार्य है, किन्तु उतना ही यह भी अनिवार्य है *कि उसे उसी रूप में वर्णित भी किया जाय*। यथावत् रूप में वर्णित होने के लिए शक्ति के संकेत का उस प्रतीकात्मक मूल्य से मुक्त होना अनिवार्य है जो उस पर आरोपित है। यह आरोप उस पर कथित 'प्रतीकात्मक शक्ति की कोटियों के विमर्श' के द्वारा किया गया होता है। यह विमर्श शक्ति का वह विमर्श नहीं है जिसकी चर्चा हमने अब तक की है। साथ ही यह वह विमर्श भी नहीं है जो प्रतीकात्मक जगत में जारी रहता है। यह वह विमर्श है जो शक्ति का *विश्लेषण करता है,* या और भी मुख़्तसर तरीक़े से कहें तो, जो शक्ति के उन तत्त्वों का विश्लेषण करता है जो ख़ुद को—जैसा कि दावा किया जाता है—प्रतीकात्मक भाषा में व्यक्त करते हैं। दूसरे शब्दों में, यह विमर्श इस भाषा को पढ़ने और उसके कूट खोलने का दावा करता है और इस प्रक्रिया में उन कोटियों को विकसित करता है जिन्हें हमने प्रतीकात्मक शक्ति की कोटियाँ कहा है।

किन्तु यहाँ एक कठिनाई है जो 'प्रतीकात्मक शक्ति की कोटियाँ' नामक

इस पद और उसके अर्थ से ही स्पष्ट है। जैसा कि हम लक्ष्य कर सकते हैं, यह पद *अपने में* जिन कोटियों को समेटे हुए हैं वे दो दिशाओं की ओर संकेत करती हैं : वास्तविक जगत (जहाँ शक्ति स्थित है) और प्रतीकात्मक जगत। लेकिन वे इन दिशाओं की ओर संकेत भर नहीं करतीं, वे विपरीत क्षेत्रों और उनमें घटित विमर्शों को संयोजित करने का यत्न भी करती हैं। और यह संयोजन इस तरह किया जाता है : वे एक क्षेत्र के भाषिक संकेतों को उठाकर इस तरह से दूसरे क्षेत्र में रोप देती हैं कि इस दूसरे क्षेत्र के कुछ संकेतों का रहस्योच्छेद किया जा सके। इस उपक्रम में यथार्थ के संकेतों को प्रतीकात्मक रूप–सज्जा प्रदान कर दी जाती है और वे इस तरह प्रकट होते हैं मानो वे प्रतीकात्मक जगत के ही संकेत हों। शक्ति आदर्शीकृत हो जाती है : उसे ऐसे क्षेत्र में रख दिया जाता है जहाँ वह एक प्रतीकात्मक संकेत रच सके।

सौभाग्य से, प्रतीक के क्षेत्र में प्रतीक किसी अन्य अर्थ का संकेतन नहीं करता : उस क्षेत्र की रचना स्वयं प्रतीक (या उनकी बहुलता) से ही होती है (यही वह चीज़ है जिसे प्रतीकात्मक शक्ति की कोटियों का विमर्श कभी भी समझ नहीं पाया है) इसीलिए लगभग ऐसा है मानो उस क्षेत्र की कोई भाषा नहीं होती : उसमें ऐसे बिम्ब या शब्द होते हैं जिनके अन्य कोई भी मायने नहीं होते। यही वजह है कि शोक जैसा संकेत सिर्फ़ इसी क्षेत्र में घटित हो सकता है। वह ऐसा संकेत है जो किसी के भी प्रति नहीं है : वह ऐसे बिम्बों और शब्दों का समुच्चय है जो ख़ुद को ही अभिनीत करते रहते हैं। दूसरे शब्दों में, शोक उस क्षेत्र में कोई *संकेत* नहीं है : वह महज़ शोक है उन बिम्बों या शब्दों के सहारे गढ़ा गया जो प्रतीक के क्षेत्र से ही सम्बन्ध रखते हैं।

इसका मतलब है संकेत कोई प्रतीकात्मक घटना नहीं है, और केवल यथार्थ जगत में ही वह सम्भव हो सकता है। और जब उसे शक्ति के संकेत में बदला जाता है, तो वह हूबहू शक्ति का संकेत ही होता है, जिसका सुविचारित उद्देश्य किसी विशिष्ट प्रक्रिया को जगाना होता है। शोक का संकेत ऐसा ही एक संकेत है और इसीलिए उसे केवल उन कोटियों के ही सन्दर्भ में व्याख्यायित किया जा सकता है जो अपना सारतत्त्व वास्तविक जगत से प्राप्त करती हैं। जैसा कि हमने ऊपर देखा, प्रतीकात्मक शक्ति के विमर्श की कोटियाँ ठीक ऐसी ही कोटियाँ नहीं हैं।

वे ऐसी कोटियाँ हैं जो अपना सामर्थ्य—जो दरअसल यथार्थ जगत के परिप्रेक्ष्य में एक असमर्थता है—प्रतीक के क्षेत्र से हासिल करती हैं, पर उनका उद्‌गम और कार्यक्षेत्र स्वयं यथार्थ जगत में ही होता है। अपने आप में वे ऐसी कोटियाँ नहीं हैं जिन्हें सच्चे अर्थों में यथार्थ जगत की कोटियाँ कहा जा सके। लेकिन वे, शक्ति का भाष्य करने का अहसास कहने वाली कोटियाँ होने के नाते, प्रतीकात्मक जगत से ताल्लुक रखने वाली कोटियाँ भी नहीं हैं।

तब फिर वे किस तरह की कोटियाँ हैं?

ऊपर कही गयी बातों को भिन्न शब्दों में दोहराते हुए हम नये सिरे से यूँ कहें कि ये वे कोटियाँ हैं जो शक्ति के कुछ निश्चित संकेतों का अनर्थ करती हैं और यह अनर्थ बुनियादी प्रकृति का है : यह ऐसा अनर्थ है जो यथार्थ जगत् के विमर्श से परे का है। यह अनर्थ इस प्रकार है : जो संकेत है उसे प्रतीक के ग़लत अर्थ में समझा जाना, और फिर प्रतीक को उसके अपने क्षेत्र से विचलित कर अन्यत्र ले जाये जाने के बावजूद यह विश्वास करना कि वह अपना प्रतीकात्मक रूप बचाये हुए है। लेकिन बात इतनी भर नहीं है और यह अनर्थ यहीं पर ठहर नहीं जाता, क्योंकि स्वयं प्रतीक को इस तरह ग्रहण किया गया होता है कि वह स्वाभाविक रूप से इन कोटियों से बच निकलता है। स्वयं अपने क्षेत्र के भीतर प्रतीक में जिन निरूपणात्मक गुणों का अभाव होता है, यहाँ उसे उन्हीं गुणों से सम्पन्न कर दिया जाता है और इस तरह वह अन्य वस्तु का निरूपक कहलाने लगता है। जिस भूमिका के लिए वह तैयार ही नहीं है, उसी की अपेक्षा उससे की जाने लगती है, *क्योंकि उसे उस भूमिका का निर्वाह करने में सक्षम मान लिया गया होता है।* ग़लतफहमी यहाँ सिर्फ़ प्रतीक को लेकर ही नहीं होती बल्कि उस प्रतीकात्मक जगत को लेकर भी होती है जहाँ प्रतीक कोई भूमिका नहीं निभाता। यह ग़लत समझ, वस्तुतः, प्रतीकात्मक जगत से भी आगे निकल जाती है और मानव अस्तित्व के समूचे विमर्श को अपनी लपेट में ले लेती है क्योंकि वह प्रतीकात्मक और यथार्थ जगत के बीच के स्पष्ट भेद को लक्ष्य करने में विफल हो जाती है।

इस कदर व्यापक पैमाने पर घटित होने वाले अनर्थ पर आधारित ये कोटियाँ क्या करती हैं? वे शक्ति के कुछ निष्ठित तत्त्वों के बारे में, ऐसे तत्त्वों के बारे में जो संकेत में चरितार्थ होते हैं, हमें कपट से भरी हुई

क़ैफियत प्रदान करती हैं। ऐसा करते हुए ये कोटियाँ शक्ति को एक ऐसी संघटना के रूप में पेश करने का उपक्रम करती हैं जो ख़ुद भी कपटपूर्ण प्रकृति की होती है। हालाँकि असल में उनकी तान जिस चीज़ पर टूटती है वह यह है : वे अपनी ऐसी तस्वीर रचती हैं जो उन्हें कपटपूर्ण कोटियों के रूप में तो दर्शाती है, किन्तु ऐसी कोटियों के रूप में जो अपनी ही इस कपटपूर्ण प्रकृति से अनिभिज्ञ हैं। इस नाते यह कपट, जो कि इन कोटियों का अधारभूत लक्षण होता है, अपने ही प्रति अन्धा होता है। इस कपट की यह अन्धी प्रकृति इन कोटियों को शक्ति की कोटियों से अलगाती है, क्योंकि हम जानते हैं कि शक्ति की कोटियाँ अपने शक्तिपरक अभिप्राय में पारदर्शी और स्पष्ट होती हैं। इससे यही नतीजा निकलता है कि केवल प्रतीकात्मक शक्ति के विमर्श की कोटियाँ ही ऐसी होती हैं जो एकसाथ कपटपूर्ण और अन्धी दोनों कही जा सकती हैं।

यह दोहरी प्रकृति—अपने ही प्रति अन्धत्व से संयुक्त यह कपट—इन कोटियों को ऐसे क्षेत्र में रख देती है जो यथार्थ का क्षेत्र नहीं है। यह अन्धत्व उनकी कपटपूर्ण प्रकृति के भीतर से ही सोद्देश्यता को निरस्त कर देता है, उस सोद्देश्यता को जो यथार्थ जगत में जारी विमर्श का आत्यन्तिक रूप से उत्प्रेरक तत्त्व होता है। सोद्देश्यता से वंचित होकर वह क्षेत्र जिससे ये कोटियाँ सम्बन्ध रखती हैं महज़ ऐसा *अपारदर्शी* क्षेत्र ही रह जाता है जिसकी सत्ताएँ यथार्थ की सत्ताओं को स्पष्ट रूप से देख सकने की दृष्टि खो देती हैं, और साथ ही स्वयं उनकी अपनी उत्प्रेरणाओं को देख सकने की दृष्टि भी। इसी तरह यह क्षेत्र प्रतीक का क्षेत्र भी नहीं हो सकता : प्रतीकात्मक शक्ति के विमर्श की कोटियों की खण्डित दृष्टि—ऐसी दृष्टि जो यथार्थ के द्वारा कलंकित बनी रहती है—उन्हें प्रतीकात्मक जगत का अंग होने के अयोग्य बना देती है। प्रतीकात्मक जगत की सत्ताएँ, यानी प्रतीक, यथार्थ जगत से जुड़ पाने के लिहाज़ से सम्पूर्णतया अन्धी, नितान्त अक्षम होती है। यह अक्षमता ही है जो उन्हें वह बनाती है जो वे हैं : उनका प्रतीक होना किसी तथाकथित प्रतीकात्मक योग्यता—जो उनमें है ही नहीं—के कारण नहीं है, बल्कि इस कारण है कि वे यथार्थ जगत से नितान्त दूर हैं। यह दूरी प्रतीकात्मक शक्ति के विमर्श की कोटियों का पूर्व प्रदत्त लक्षण नहीं है।

इसका मतलब यह है कि ये कोटियाँ प्रतीकात्मक क्षेत्र की बजाय यथार्थ

क्षेत्र के अधिक निकट हैं। यह सापेक्षिक निकटता एक अन्य अर्थ में भी है : जबकि ये कोटियाँ अपने कर्तृत्व के प्रति आंशिक रूप से अन्धी होती हैं, वे यथार्थ की सत्ताओं के साथ अन्तर्क्रिया के रिश्ते में होती हैं। बिना इस अन्तर्क्रिया के इन सत्ताओं को व्याख्यायित करने का दावा वे नहीं कर सकतीं। दूसरी ओर, प्रतीक के साथ उनकी अन्तर्क्रिया अनुकूलन की होती है, इसलिए अन्तर्क्रिया उसे बमुश्किल ही कहा जा सकता है। दुर्भाग्य से, उनके लिए जो चीज़ अनुकूलित हुई होती है, प्रतीक के साथ उसका मामूली सा लेना-देना होता है : वह प्रतीकात्मक जगत की सत्ताओं का एक विद्रूप रेखांकन मात्र होता है।

हम तत्काल उन दो चीज़ों को दर्ज़ करें जो यहाँ घटित हुई हैं। पहली यह है कि प्रतीकात्मक शक्ति के विमर्श की कोटियाँ यथार्थ की सत्ताओं के साथ अनुकूलनात्मक प्रकृति में साझा करने लगती हैं। दूसरी यह कि चूँकि वे प्रतीकात्मक जगत की सत्ताओं को अनुकूलित करने में विफल रहती हैं, वे स्वयं यथार्थ के क्षेत्र के द्वारा आंशिक-रूप से अनुकूलित हो गयी होती हैं। प्रतीक के जगत के साथ संगति बिठा पाने में उनकी अक्षमता उन्हें यथार्थ की सत्ताओं का आसान-सा निशाना बना देती है। ऐसा इसलिए होता है क्योंकि प्रतीकात्मक को, उसके स्वभाव से ही, यथार्थ जगत की सत्ताओं द्वारा अनुकूलित नहीं किया जा सकता। वे केवल उस चीज़ को ही अनुकूलित कर सकती हैं जिसने अभी पूरे तौर पर प्रतीकात्मक हैसियत हासिल नहीं की है। या, वैकल्पिक रूप से उस चीज़ को जो ऐसी हैसियत का सिर्फ़ स्वांग भरती हैं।

अनुकूलन से यहाँ क्या तात्पर्य है, और प्रतीकात्मक शक्ति के विमर्श की ये कोटियाँ जब आंशिक तौर पर अनुकूलित कर ली जाती हैं, तब क्या होता है? तब, क्या वे आंशिक तौर पर यथार्थ के विमर्श की कोटियाँ बन जाती हैं और तब भी अपनी विमर्शात्मक स्वायत्तता का कुछ अंश बचाये रखती हैं? क्या इस अनुकूलन का यह अर्थ है कि ये कोटियों एक ख़ास स्तर तक अपनी अपारदर्शिता त्यागकर प्रांजल हो जाती हैं?

यहाँ हमें सावधानी बरतनी होगी। दो वजहों से। हमने इन कोटियों को अपारदर्शी क्षेत्र में रखा है और उन्हें एक स्वतन्त्रता प्रदान की है। इन कोटियों की पहले से ही अपनी एक अवस्थिति है और आचार का वह ताना-बाना भी है जिसके अनुरूप, किसी दिये गये क्षण में, उनका आचरण

सम्भावित है। हमने इस पर भी जोर दिया है कि उनकी प्रकृति और उससे उत्पन्न क्रियाएँ इन कोटियों को यथार्थ के क्षेत्र के द्वारा आंशिक-रूप से अनुकूलनीय बना देती हैं।

इन दोनों ही वजहों से, यथार्थ के क्षेत्र के प्रति इनकी संवेदनशीलता का सम्बन्ध उस अपारदर्शी क्षेत्र से होता है जो उनके लिए आवास उपलब्ध कराता है और उनके आचरण और प्रकृति को संस्कारित करता है। इसीलिए जब ये कोटियाँ यथार्थ के क्षेत्र के द्वारा आंशिक रूप से अनुकूलित कर ली गयी होती हैं तब असल में यह स्वयं इनका क्षेत्र है जो इस तरह आंशिक रूप से अनुकूलित हो गया होता है। दूसरे शब्दों में, अपारदर्शिता का क्षेत्र एक *शिथिल* क्षेत्र होता है; उसकी सीमाएँ भली-भाँति संरक्षित नहीं होतीं। या इस क्षेत्र की कोई सीमाएँ ही नहीं होतीं; वह एक धुँधला भू-भाग है जो कुछ-कुछ यथार्थ का ही एक विस्तार होता है। 'कुछ-कुछ' क्योंकि धुँधलापन यथार्थ क्षेत्र की चारित्रिकता नहीं है; 'विस्तार' क्योंकि अपने धुँधलेपन के कारण यह क्षेत्र प्रतीकात्मक जगत के विरुद्ध यथार्थ की लड़ाई में उसका एक हथियार बनने के लिए निरन्तर तना रहता है।

इस क्षेत्र या इसके विमर्श की कोटियों का उपयोग करते हुए यथार्थ का क्षेत्र एक ऐसे चेहरे के साथ सामने आ सकता है जो कि उसका वास्तविक चेहरा नहीं है, और जो प्रतीकात्मक को छलने का प्रयत्न कर सकता है। यथार्थ क्षेत्र के उपयोग के लिए ख़ुद को उपलब्ध कराने की यह प्रवृत्ति ही प्रतीकात्मक शक्ति के विमर्श की कोटियों को यथार्थ के क्षेत्र द्वारा अनुकूलित कर लिए जाने की दशा में ले जाती है। और यह अनुकूलन तब घटित होता है जब किसी संकेत को एक प्रतीक के अर्थ में देखा जाने लगता है : इस अन्वय के परिणामस्वरूप शक्ति के विमर्श की सत्ताएँ एक छटा प्रतीकात्मक हैसियत धारण कर लेती हैं। जहाँ एक ओर यह मुद्रा इन सत्ताओं को ऐसी पीठिका प्रदान करती है जिसकी कोई अधिकृत जगह उनके बीच नहीं है, वहीं दूसरी ओर प्रतीकात्मक शक्ति के विमर्श की कोटियाँ जस की तस, यानी, अपारदर्शी क्षेत्र की कोटियाँ, बनी रहती हैं : यह शक्ति के विमर्श द्वारा उनका उपयोग है जो कि उनका अनुकूलन है।

लेकिन हम एक क़दम पीछे लौटकर इन कोटियों को उसकी रोशनी में देखें जो हमने इनके बारे में अभी-अभी कहा है। अर्थात्, चूँकि वे शक्ति के विमर्श द्वारा ख़ुद का उपयोग होने देती हैं, क्या हमें यह नहीं कहना

चाहिए कि वे अपने एक अभिकरण में यथार्थ की सत्ताओं को साझीदार बनाती हैं और इसीलिए एक निष्ठित स्तर तक स्वयं भी यथार्थ के क्षेत्र की सत्ताएँ होती हैं? इसकी एक विवक्षा यह होगी कि अपारदर्शी क्षेत्र के भीतर ही कुछ ऐसे बिन्दु होते हैं जिनका सम्बन्ध यथार्थ के क्षेत्र से होता है : ये वे बिन्दु हो सकते हैं जो प्रतीकात्मक शक्ति के विमर्श की कोटियों की खण्डित दृष्टि के लिए उत्तरदायी होते हैं। इन बिन्दुओं—इस मद्धम रोशनी—के चलते अपारदर्शिता का क्षेत्र प्रतीकात्मक जगत की सत्ताओं के प्रति अनुकूलन का जो रवैया अख़्त्यार करेगा वह वस्तुतः यथार्थ की सत्ताओं का रवैया होगा। हालाँकि जहाँ यथार्थ की ये सत्ताएँ उन सत्ताओं को निगलने और पकड़ने में सक्षम होती हैं जो अभी प्रतीकात्मक हैसियत पूरी तरह प्राप्त नहीं कर सकी हैं, या जिन्होंने किन्हीं कारणों से ऐसी हैसियत आंशिक स्तर पर खो दी है, वहीं प्रतीकात्मक विमर्श की कोटियों में इस क्षमता का अभाव होता है, और वे, जैसा कि हमने ऊपर कहा, प्रतीकात्मक सत्ताओं के विद्रूप रेखांकन को, उसके महज़ एक भ्रम को, ही पकड़ सकती हैं। इसका अर्थ यह होगा कि अपारदर्शिता का क्षेत्र *सिर्फ़ आंशिक तौर पर* ही एक वास्तविक क्षेत्र होता है; इस 'आंशिकता' में वह यथार्थ के क्षेत्र का अंश *तब भी नहीं होता,* और इस तरह वह अपनी मूल प्रकृति को बनाये रखता है—उस प्रकृति को जो उसके यथार्थ के क्षेत्र का एक अंश होने के बावजूद उसे उस क्षेत्र से पृथक बनाये रखती है। यही वह चीज़ होगी जो अपारदर्शिता के क्षेत्र के स्थापत्य को बाध्य करेगी कि वह अपनी संरचना के एक अंश में यथार्थ के क्षेत्र से साझा करे—ऐसी संरचना जो अपनी सम्पूर्णता में ख़ुद से ही सम्बन्ध रखती है। प्रतीकात्मक जगत चाहे ख़ुद को फैलाता ही क्यों न चला जाय, यह स्थापत्य इस संरचना को उस जगत से उत्तरोत्तर दूर, और यथार्थ के क्षेत्र में उत्तरोत्तर गहरायी की ओर ले जायेगा।

दूसरी ओर, यथार्थ के क्षेत्र की भी एक संरचना और एक निश्चित स्थापत्य होता है, *अग्रभाग से ढँकी उसकी दीवारें होती हैं। एक के ऊपर एक तनी हुई छतें होती हैं। रास्ते होते हैं जो एक अवतल में खुलते हैं।*

फिर एक दिन आप यथार्थ के रास्ते पर एक रास्ता लेते हैं, यथार्थ अवतल के भीतर एक अवतल में उतरते हैं। संरचना के भीतर एक संरचना में गोता

लगाते हैं, जिसका स्थापत्य आपको यथार्थ से उत्तरोत्तर दूर, अयथार्थ की उत्तरोत्तर गहरायी में ले जाता है...। यही वह स्थापत्य है जो प्रतीकात्मक का निर्माण करता है : ऐसा स्थापत्य जो अपारदर्शी क्षेत्र की कोटियों के लिए भी अनुकरणीय होगा, अगर वे यथार्थ के प्रति अपनी दृष्टि को—अपनी धुँधली रोशनी को—अपनी खण्डित अन्तर्दृष्टि को गँवा देने के लिए तैयार हों। इस स्थापत्य का अनुसरण किये बिना वे प्रतीकात्मक जगत में झाँक नहीं सकेंगी।

यह संरचना यथार्थ की संरचना को तोड़ती नहीं बल्कि उससे बाहर निकल जाती है और बाहर निकलकर उसके स्थापत्य को, उसकी अवधारणा को ख़तरा पहुँचाती है। ख़तरा पहुँचाती है क्योंकि वह प्रश्न खड़ा करती है, अनेक प्रश्न— उसकी सत्ता के बारे में। ऐसे प्रश्न जो अ-यथार्थ, अ-'सुरक्षित', अ-'स्पष्ट' होते हैं, फिर भी जो एक निश्चित स्थापत्य से आकर एक संरचना में, अपनी ही एक (उप) संरचना में एकत्र हो गये होते हैं।

यथार्थ से बाहर निकलना, इस तरह, अवधारणा से मुक्त हो जाना नहीं है।

किन्तु यह वह 'अवधारणा' नहीं है जो यथार्थ के क्षेत्र के भीतर क्रियाशील होती है। वह अवधारणा हमें प्रतीक के जगत का कोई ज्ञान उपलब्ध नहीं कराती। न ही यह सही है कि जिस सीमा तक अवधारणात्मक चिन्तन से ज्ञान उत्पन्न होता है उस सीमा तक हम उस जगत को जान लेते हैं। उसे हम केवल उसी सीमा तक जान सकते हैं जहाँ तक हमने उसके क्षेत्र में क़दम बढ़ाये होते हैं, जिस सीमा तक हम उसकी सत्ता के, उसके प्रतीकात्मक अस्तित्व के, एक संघटक अवयव बन सके होते हैं : *जिस हद तक हम स्वयं एक प्रतीक बन सके होते हैं।* दूसरे शब्दों में, प्रतीकात्मक को जानने के लिए हमें यथार्थ हस्ती के रूप में अपना होना रोक देना, उसके साथ एक मौलिक दूरी कायम करना, अनिवार्य है।

चौंतीस वर्ष की आयु के बाद होल्डरलिन ऐसे ही एक प्रतीक थे, उतने ही अयथार्थ जितने की कामना की जा सकती थी। हालाँकि होल्डरलिन उन साधारण लोगों के मुक़ाबले असाधारण रूप से भाग्यशाली थे जो प्रतीकात्मक जगत की ओर महज़ अभिमुख होते हैं। वे उस जगत में पूरी तरह स्थित

होकर हमें उसकी संरचना के बारे में बता सकते थे और उस स्थापत्य की रूपरेखा खींच सकते थे जिसमें से वह जगत उत्पन्न हुआ था, और साथ ही साथ, जो स्वयं उस जगत से उत्पन्न हुआ था। क्योंकि जो स्थापत्य प्रतीकात्मक को निर्मित करता है वह ज़रूरी नहीं कि अपनी संरचना का हमेशा ही पूर्ववर्ती हो : प्रतीकात्मक जगत की प्रत्येक हस्ती जिस तरह उसी संरचना को, उसकी तरह उसके स्थापत्य को—हर एक अपने तरीक़े से—एक ही साथ आकार दे सकती है। अथवा यह भी सम्भव है कि वे संरचना को पहले आविष्कृत कर लें (यहाँ तक कि वे उसमें फिसल गयी हों और फिर इसके बाद ही उसकी अवधारणा को स्थिर करें।

एक व्यक्ति पिछले छः वर्षों से उस जगत में ऐसी ही सतेचन फिसलन का प्रयत्न कर रहा है।

एक दिन उसने उस दुनिया की एक हस्ती को फूल चुनते हुए देखा और वह उसके फिर से मिलने की कामना करता है।

जिस क्षण उसने उसे फूल चुनते हुए देखा था, उस क्षण में क्या वह ख़ुद भी प्रतीकात्मक जगत की एक हस्ती नहीं बन गया था?

इस प्रकार वह जगत, अपनी कितनी ही सुदूर स्थिति के बावजूद यहाँ इसी अस्तित्ववान जगत के भीतर मौजूद है।

वह उन फूलों में मौजूद था, और उसमें जो उन्हें चुन रही थी, और उसमें भी जिसने उसे और उन फूलों को दूर से देखा था।

वह जगत वे स्वयं थे और इसकी संरचना का एक अंग भी थे।

वे प्रतीक थे और संकेत नहीं थे। और उनमें शक्ति का सम्पूर्ण अभाव था।

यह अभाव कोई क्षति नहीं था, और उन्हें उसके लिए शोक करने की ज़रूरत नहीं थी।

मृत्यु ने यहाँ स्वयं अपने अस्तित्व को मिटा डाला था।

जब समय आयेगा—ख़ास मृत्यु का उचित समय—वे एक प्रतीक की मृत्यु पर शोक करेंगे।

—मूल अँग्रेज़ी से अनूदित

लेखक-परिचय

वागीश शुक्ल :

आलोचक, कथाकार। संस्कृत और फ़ारसी साहित्य के अध्येता। छन्द छन्द पर कुंकुम (राम की शक्तिपूजा की टीका), शहंशाह के कपड़े कहाँ हैं (निबन्ध संग्रह), उर्दू साहित्य का देवनागरी में लिपिकरण आदि पुस्तकें प्रकाशित। इन दिनों बस्ती (उत्तरप्रदेश) में।

प्रभात त्रिपाठी :

कवि, कथाकार, आलोचक। नहीं लिख सका मैं, जग से ओझल, आवाज़, लिखा मुझे वृक्षों ने, साकार समय में, कुछ सच कुछ सपने (कविता संग्रह), सपना शुरू, अनात्मकथा (उपन्यास), रचना के साथ, आस्वाद के विविध प्रारूप, तुमुल कोलाहल कलह में (आलोचना) आदि पुस्तकें प्रकाशित। इन दिनों रायगढ़ (छत्तीसगढ़) में।

रामस्वरूप चतुर्वेदी :

आलोचक। भाषा और संवेदना, अज्ञेय और आधुनिक रचना की समस्या, कामायनी का पुनर्मूल्यांकन, इतिहास और आलोचक दृष्टि, हिन्दी साहित्य और संवेदना का विकास, कविता का पक्ष, संस्कृति के अस्थिर सन्दर्भ, आधुनिक कविता यात्रा आदि पुस्तकें प्रकाशित।

सुधीर चन्द्र :

समाजेतिहासकार। उन्नीसवीं सदी के भारतीय पुनर्जागरण के विभिन्न पक्षों पर व्यापक लेखन। डिपेंडेंस एण्ड डिसइल्यूज़नमेण्ट : नेशनल कांशसनेस इन लेटर नाइंटींथ सेंचुरी इण्डिया, काण्टिन्युइंग डिलेमाज़: अण्डरस्टेण्डिग सोशल कांशसनेस, द अप्रेस्ड प्रेजेंस, एन्स्लेव्ड डॉटर्स, गाँधी : एक असम्भव सम्भावना आदि पुस्तकें प्रकाशित।

इन दिनों दिल्ली में।

यू. आर. अनन्तमूर्ति :

कन्नड़ कथाकार, कवि, आलोचक। संस्कार, भव, भारतीपुर, घटश्राद्ध, अवस्थे, दिव्या (उपन्यास), मौनी, प्रश्ने, आकाश मट्ठु बेक्कु (कहानी संग्रह), मिथुना (कविता संग्रह), सन्निवेश, पूर्वापर (आलोचना) आदि पुस्तकें प्रकाशित। अनेक पुस्तकें हिन्दी में अनूदित।

निर्मल वर्मा :

कथाकार, निबन्धकार। वे दिन, लाल टीन की छत, एक चिथड़ा सुख, रात का रिपोर्टर, अन्तिम अरण्य (उपन्यास), परिन्दे, जलती झाड़ी, पिछली गर्मियों में, बीच बहस में, कव्वे और काला पानी, सूखा तथा अन्य कहानियाँ (कहानी संग्रह), शब्द और स्मृति, कला का जोखिम, ढलान से उतरते हुए, शताब्दी के ढलते वर्षों में (निबन्ध संग्रह) आदि पुस्तकें प्रकाशित।

नाग बोडस :

नाटककार, कथाकार। कृति-विकृति, टीन-टप्पर, ख़ूबसूरत बहू (नाटक), मेनीफेस्टो (उपन्यास), पाजामें में आदमी (कहानी संग्रह) आदि पुस्तकें प्रकाशित।

रुस्तम :

कवि, दार्शनिक। रुस्तम की कविताएँ, मेरी आत्मा काँपती है (कविता संग्रह), वीपिंग एण्ड अदर ऐसेज़ ऑन बीइंग एण्ड राइटिंग, ए स्टोरी ऑफ़ पॉलिटिकल आइडियाज़ फ़ॉर यंग रीडर्स, वायलेंस एण्ड मार्क्सिज़्म : मार्क्स टु माओ आदि पुस्तकें प्रकाशित।

दया कृष्ण :

दार्शनिक। कॉण्ट्रेरी थिंकिंग, प्रोलिगोमिना टु एनी फ़्यूचर हिस्टोरियाग्राफ़ी ऑफ़ कल्चर एण्ड सिविलिजेशन, डेव्हलॅपमेण्ट इन इण्डियन फ़िलॉसॉफ़ी फ्रॉम एट्टीन्थ सेंसुरी ऑवर्ड्स : क्लासिकल एण्ड वेस्टर्न, इण्डियन फ़िलॉसॉफ़ी : अ काउण्टर पर्सपैक्टिव्ह, प्रॉब्लोमैटिक्स एण्ड कॉन्सेप्चुअल स्ट्रक्चर ऑफ़ क्लासिकल इण्डियन थॉट एबाउट मेन, सोसायटी एण्ड पॉलिटि, आर्ट ऑफ़ द कांसेप्चुअल : एक्स्प्लोरेशंस इन अ कांसेप्चुअल मेज़ ओवर थ्री डिकेड्स, नेचर ऑफ़ फ़िलॉसॉफ़ी आदि पुस्तकें प्रकाशित।

मुकुन्द लाठ :

सौन्दर्यशास्त्री, दार्शनिक, कवि। अ स्टडी ऑफ़ दत्तिलम, संगीत एवं चिन्तन, धर्मसंकट, कर्मचेतना के आयाम, क्या है? क्या नहीं है? तथा कविता संग्रह स्वीकरण आदि पुस्तकें प्रकाशित। इन दिनों जयपुर में।